U0940244

博文
07

希区柯克悬念故事集

林中路 编译

中国華僑出版社
北 京

图书在版编目（CIP）数据

希区柯克悬念故事集 / 林中路编译. —北京：中国华侨出版社，2014.7（2019.6重印）

ISBN 978-7-5113-4756-5

Ⅰ.①希… Ⅱ.①林… Ⅲ.①故事—作品集—美国—现代 Ⅳ.①I712.45

中国版本图书馆CIP数据核字（2014）第142770号

希区柯克悬念故事集

编　　译：林中路
责任编辑：芷　晴
封面设计：施凌云
文字编辑：朱立春
美术编辑：潘　松
经　　销：新华书店
开　　本：720mm×1020mm　1/16　印张：28　字数：560千字
印　　刷：北京德富泰印务有限公司
版　　次：2014年8月第1版　2019年6月第4次印刷
书　　号：ISBN 978-7-5113-4756-5
定　　价：68.00元

中国华侨出版社　北京市朝阳区静安里26号通成达大厦3层　邮编：100028
法律顾问：陈鹰律师事务所
发 行 部：（010）58815874　传　　真：（010）58815857
网　　址：www.oveaschin.com　E-mail：oveaschin@sina.com

前言

阿尔弗雷德·希区柯克（1899–1980）是世界著名的电影艺术大师，出生于英国。他擅长拍摄惊悚悬疑类影片，一生总共执导了五十多部电影，并执导过《希区柯克剧场》等数百集电视剧。此外，希区柯克还参与过大量剧本和小说的创作，造就了一系列希区柯克式悬疑经典。

对很多人来说，擅长在银幕上“惊吓”观众的希区柯克俨然就是悬疑惊悚的代名词、不折不扣的悬念大师。大导演斯皮尔伯格曾这样评价希区柯克：“在悬念片和恐怖片领域里，希区柯克是当之无愧的开拓者，他的影片就好比一本没有理论的电影教科书被传诵至今，成为心理恐怖影片的典范。”

对于悬念，希区柯克曾下过一个著名的定义：如果一群人围着一张桌子玩牌，然后突然一声爆炸，那么你便只能拍到一个十分呆板的炸后一惊的场面。反之，虽然也是表现同一场面，但是在打牌开始之前，先表现桌子下面嘀嘀数秒的定时炸弹，那么你就造成了悬念，并能牵动观众的心。

悬念必须要足够震撼人心，才能达到设置的目的，但越是贴近生活，越是在平淡无奇的状况下发生的悬念，最后带来的效果越好。希区柯克但凡在他的作品中设定悬念，一定是以观众读者为主线，让人们跟同故事中的角色一同深入整个事件之中，并且在极度贴近生活现实的情节之中，感受一个又一个意外的发生。这就是读希区柯克作品的魅力所在。

除了悬念迭出，希区柯克作品的深刻内涵同样值得称道。他对人性和人类的心理世界有着深刻了解和体悟，并有更多机会去探索和表现人类行为中那些奇怪的侧面，因此他又被称为“电影界的弗洛伊德”。在他的世界里，生活永远不平庸、不宁静。他所讲述的故事，是生与死、罪与罚、理性与疯狂、纯真与诱惑、压制与抗争的矛盾统一体，是一首首直指阴暗人心的诗。

他认为，人世间充满了邪恶，无法逃避，人们的正派和善良品质常常经受不住严格的考验，经不起诱惑。于是在他的作品中，我们经常看到一个个受到诱惑的灵魂，逐步地脱去人性的外衣，滑向罪恶的深渊，越陷越深，难以自拔。而且其作品中的人物往往都有些变态或偏执，备受焦虑、内疚、仇恨或情欲的折磨。

因为在希区柯克的内心深处，总有一种莫名的焦虑、一种绝望的感觉。他认为，骇人的东西不仅潜伏在阴影里，或者潜伏在只身独处的时候，有时，当我们和正派、友好的人在一起时，也会感到孤立无援甚至险象环生。即使在长大成人之后，他也经常坦承自己有无穷无尽的荒谬的忧虑。他将这种焦虑和绝望传递给世界，进而展现出人性那深层的恐怖和异常的思想。

读希区柯克，就像在做一道道高难的智力题，在经历一次次灵魂的拷问。希区柯克的作品架构非常巧妙，前后联系相当紧密，有一种令人称奇的结构美，大致可以归纳为：日常可见的生活场景、穿插其中的黑色幽默、曲折离奇的发展经过、令人意外的奇妙结尾。这种架构被后人称为“希区柯克模式”。

希区柯克曾说：“每个人生来就具有悬念癖，作家就是要把悬念兜售给他们，使他们知道迫切想知道的事情。”而在制造悬念这一点上，他无疑是个天才。本书所选的故事，便深得希区柯克式悬疑的精髓，故事类型丰富，包含警匪交锋、机智推理、连环设局、情爱阴谋、复仇计划等多种主题，加上曲折离奇的情节、丝丝入扣的描述，读来定会让人拍案叫绝。

目 录

刀口脱险

当我们抵达路障的时候，时间已经快到后半夜了。滂沱大雨不停地倾泻着，在卡车明亮前灯的照耀下，泛出玻璃纸一般的耀眼亮光。

警察设置的路障距离弯道大约有五十码远，除非绕过这个弯道，否则人们根本不可能从远处发现它。路障处停着四辆警车，其中的两辆朝北停成一个V字形，车头对着我们，剩下的两辆也呈V字形，但车头朝着南方。四辆警车的车灯开得很足，在漆黑的夜里，活像四盏高度数的探照灯。而警车的中央摆放着一个巨大的临时路障，上面一闪一闪的红灯提示过往的车辆需要停车接受检查。

我轻轻地踩了一脚刹车，车速随即慢了下来，在我身后的那个孩子从座位后面探过身子，手握一把猎刀，恶狠狠地顶着我的肋骨，放低声音说："你给我听好了，待会儿你要是敢胡说八道，我就宰了你！他们的确能抓住我，但我一定会在那之前捅死你！"

我扭过头，用眼角的余光瞥了他一眼，尽管路障周边的灯光非常昏暗，但我仍能够清楚地看见他那胡子拉碴而苍白的脸。事实上他并不是一个孩子，尽管看起来很像。他拥有高高的身材，却有着瘦削的体型，因为下雨的缘故，一小撮头发贴在前额上。他穿着一件皮夹克，一条粗布斜纹裤子，外加一双高筒皮靴，裤腿和靴面上都沾满了泥浆，仿佛他是从某辆车上跳下来的一样。

早在十五分钟之前，我还行驶在距这里大概六千米的BC镇。由于大雨连着下了三天三夜，路况变得非常糟糕，特别是有一段大概长约三百码的路段，积水深达半米多。因此，我不得不放慢车速，缓缓通过。突然，卡车副驾一侧的车门被猛地拉开，那个孩子跳上座位，右手握着猎刀，并将刀架在了我的脖子上，让我不许声张，老老实实地开车。当然，除此之外，我也别无选择。我缓缓地驶过这段积水区，但我的心里一直在琢磨，这个孩子为什么要劫持我呢？他犯了什么罪吗？他从哪里来？不过，他的眼中流露出异样的神情，我也没敢过多地打量他，生怕惹怒了他后，他用猎刀捅我。

我把车停在了路障边，距离警车大概有十码远，车的右边有一小片空地，足够让我在接受检查之后倒车。不过，那里站着一名身穿黑色雨衣的警察，他双手插在雨衣中。他的手中是不是揣着枪呢？我心中不免开始紧张，连呼吸都变得困难起来。

一辆警车打开了前门，下来两个衣着相同的警察。他们朝着我驾驶的卡车走来，他们中的一个走到车灯光线之外，站在暗中看着我们，另一个圆脸警察则拿着手电，走到了我的车窗前。我把车窗玻璃摇了下来，他打开手电，朝车内探照。我则在灯光下眯起眼睛，装出一副非常困惑的样子。

“警官，发生什么事情了？”我内心非常紧张，声音明显有些不自然。

“你们要去哪儿？”他非常严肃地询问。

“去桑诺。”我立即回答。

“这大半夜的，去那儿干吗？”

“噢，我去接我太太，她坐半夜的火车回来的。上周她妈妈病了，她回家照顾妈妈去了。”

警官点点头，继续问：“你叫什么名字？”

“麦克。”

“拿你的驾照给我看看。”

我立即从屁股口袋里拿出皮夹，把驾照出示给他看。他用手电照了照，点了点头，随即又照了照我身后的孩子。那孩子显得更紧张，他抿着嘴，把刀藏在右腿和车门之间的地方，这里是警官的视线盲区，他不可能看得到。

警察随即又问：“这是谁？”

“噢，这是我的侄子杰瑞。”我赶紧回答。

“他也住在格兰吉路吗？”

“是的，他和我们住在一起。”

“格兰吉是在BC镇的郊区吧？”

“嗯，没错。”

“你们今晚出发之后，有没有碰到什么可疑的人？”

“什么可疑的人呢？”我赶紧追问道。

“就是大半夜路上有没有闲逛的人，或者是找你搭便车的人？”

我深吸了一口气，然后对他说：“没看见。”此时，有一个念头一直在我的脑海中浮现，但每每想到这个念头，我就直冒冷汗。尽管如此，我仍旧决定冒险一试，毕竟那孩子手中的猎刀让我内心无法安定。

我的左手原本放在我的肚皮上，我现在开始努力地让它向车门的把手靠近，为了不让那孩子发觉，我每次只挪动一寸的距离。我平复了一下紧张的心态，然后故作镇定地向警察询问：“这黑灯瞎火的大雨天还设置路障，是发生什么事情了吗？”

“大约在三个小时以前，BC镇发生了一起抢劫案，一位来自芝加哥的钻石推销员被抢劫了，他身上带着价值两万元以上的钻石。那个劫匪应该非常了解这个推销员的行程，很有可能在芝加哥就已经盯上了他。”

“噢，那你们知道这个劫匪是谁吗？”

“暂时还不知道，”警察顿了顿，接着说，“不过我们知道，这个劫匪是个男的，他独自一人行动。当时，推销员租住在一家旅社里，他的车就停在旅社的后面。随后，劫匪用一根灌了铅的棍子打晕了那名推销员，并抢走了他的车。可是，这劫匪的技术不到家，推销员很快就醒了，并且大声地呼救。当时旅社的几名经理和住客赶了过来，由于劫匪是从后门溜走的，没有人看清他的脸，包括推销员本人。”

我一边听着警察的叙述，一边努力地够着门的把手，终于，我的小指碰到门把手了。我还需要更多的时间，因此我得让警察继续跟我说话：“嗯，听起来挺惊险的，不过劫匪既然开的是偷来的车，那为什么你们要盘查我们这种普通车辆呢？”

“他早就丢下那辆车了，”警察说，“他离开旅社二十分钟之后，我们就在一片小树林中找到了那辆车。那周围荒无人烟，他必然要徒步走很长一段路才能走出来。不过我们怀疑，他会偷另外的车，或者借着搭顺风车的机会抢劫别的车。”

“天哪，那太糟糕了。”我轻轻地呼出一口气，不过因为紧张，我感觉我脸上的肌肉已经绷得紧紧的了。此时，我整个左手都握在车门的把手上，只需要用力向下一按，我就能打开车门。但是，我内心非常惶恐，我不知道那孩子手中的猎刀有多么锋利，但我知道，在我和警察聊天的过程中，他一直死死地盯着我。

“叔叔，我们该出发了，”那孩子突然开口说话了，言辞不多，但能感到他的内心此刻也是诚惶诚恐，“我的意思是，如果警察先生允许我们通过的话，我们要赶快去接婶婶……”

他说话的时候，视线从我的身上转移到警察身上，他想知道，警察在听他说话的时候是怎样的反应。但对我来说，这个空当是多么宝贵啊！我没等他说完，立即向下用力按下门把手，倾尽我全身的力量，猛地向外滚去。在这个过程中，我甚至撞倒了那个警察，最后，我的左肩率先触到了地面，并顺势在地上打了好几个滚，发疯似的对警察喊道：“就是他！他就是你们要找的那个人！他手里有刀！他上了我的车！就是他！”

我滚到路基的下面，终于停了下来。我回过头看着卡车，那个孩子也正打算从车门跳下，手里还拿着猎刀。圆脸警察躺在地上，一手开着手电，另一只手则从雨衣里拔枪。紧接着，警车的车门猛地打开，漆黑的夜空里又多了两支手电光束，几个人在大雨中奔跑，喊叫。

那个孩子从车上跳了下来，在卡车旁边恶狠狠地向四周张望，并且不停地挥舞着手里的猎刀。圆脸的警察朝他开了两枪，另外一个警察补了一枪，终于，那孩子纹丝不动地倒在了地上。

我如释重负地吐了一口气，缓缓地从路基下方起身。此时，警察们都围在那孩子的身边，低着头在检查着什么。我也走了过去，站在那个圆脸警察的身边。“我在 BC 镇的积水路段慢速行驶时，他拉开了车门，冲上车，把刀架在我的脖子上，并且不许我声张，眼睛里还流露出奇怪的眼神。”我以一种极度颤抖的声音说完了这番话。

圆脸警察看着我，然后用一只手拍了拍我的肩膀，虽然表情严肃，却不住地点头，“麦克先生，你刚才的表现非常勇敢，要知道，他刚刚能很轻易地杀死你。”紧接着，圆脸警察对他的搭档说：“吉尔，去卡车上检查一下。”然后问我，“他跳上车的时候，随身带了什么东西吗？”

我回答：“没有。”

那个叫吉尔的警察用手电在我的车上找了一大圈，然后摇摇头回来了。圆脸警察紧接着继续问我：“你还记得他在什么地方劫持你的吗？”

“当然，我记得很清楚。”我肯定地说，并且把具体的位置告诉了他们。

圆脸警察与他的同事合计了一下，然后说：“他一定把钻石藏在某个地方了，等雨小一点之后，我们去那里搜查一下。”

随即，他们从警车上取出一条毛毯，盖在那个孩子身上，并且告知 BC 镇的警局，钻石劫匪已被抓获，并且要求顺带派出一辆救护车。随即，我也上了巡逻车，录了一份口供，并在口供上签了字。等相关的手续完成后，我询问那个圆脸警察：“警察先生，我现在可以去桑诺了吗？我想我的太太应该等急了。哦，还有，你们能给我一杯酒压压惊吗？”

“没问题，”警察对我点了点头，“如果有需要，我们会再与你联系。”

经过短暂的道别，我重新回到卡车里。我慢慢地转过路障，驶入茫茫的夜色之中。我急促地呼吸，一直到驶出五六里路之后，才慢慢地平缓下来。

这简直难以置信，我居然这么轻松地就逃脱了！

首先，我不得不说，我确实对那个推销员下手不够狠，他居然那么快就醒了，还发出了尖叫声；另外，那辆该死的破车居然半路抛锚了，导致我不得不半路弃车而逃；然后，我到了一家农舍，绑了那个真正叫麦克的人，偷走了他的皮夹和卡车，并且吸取前面的教训，我堵住了他的嘴，谁想到半路却杀出了那个蠢货。

反正，我是不知道他怎么想的，不过这对我来说已经构不成影响了。有一点我非常确信，他早晚要杀我，我才会借刀杀了他。路障边，就是最好的冒险之地。

至于那价值两万元的钻石，我用手摸了摸我的腰间，它们还在那。

阳台下的玫瑰花

“早安，亲爱的。”华伦先生亲吻着他的太太，然后从她胖乎乎的手里接过一杯温暖的咖啡，随后坐在了报刊架的后面。他假装自己在看报纸，但其实他正在盘算着如何将他的太太干掉。

他们结婚两年了。没错，这个老女人非常富有，不过，凯琳已经等不及了。

华伦太太走进来对他说：“亲爱的，我们阳台的下面居然长了一朵鲜艳的玫瑰花，这太有意思了，不是吗？我相信它会在今天晚上开放的。我想好了，在我们结婚两周年的纪念舞会上，我要把它戴在我的头上。”

这时，华伦先生的脑子里突然闪过一个念头。他打算晚上带她出去，然后走到阳台边，并要她指出来那朵漂亮的玫瑰花长在哪里。这个时候，他就能从后面一抬，再一推……此时，他的脑海中就在想象着，阳台的下面，遮阳伞和桌子中间，堆着一摊不成形的东西。他甚至想好了自己的台词：“噢，她一定是为了看那漂亮的玫瑰花，结果身子探出去太多了。”

没错，他一定会遭受到别人的质疑，不过这没有关系，他能够继承她的所有财产，而且，不会有人知道具体发生了什么。除非有铁证，否则不会对他造成太多的影响，至于其他人的质疑，他完全不放在心上。

凯琳则住在一栋廉价的公寓里。其实，这个老女人对华伦出手还是很大方的，她可能会为他付清一切账单，送他很多礼物，不过，唯独对他的零花钱掌控得很紧。这使得华伦没有足够的资本来讨好凯琳。

凯琳和他约在中午十一点见面，他必须寻找一些类似于理发、买衬衣的借口溜出来。不过，华伦太太告诉他，整个上午他都能够自由安排。她也没有说中午会不会回来吃饭，她答应别人去一趟迪奥旅馆，然后她还要去上舞蹈课。

“舞蹈课！”华伦先生笑着拍拍她的肩膀，然后说，“看来你是爱上那个叫比克的舞蹈老师了吧，你这段时间总是和他一起跳舞。”

“亲爱的，我之前跳舞可是只跟你跳的，但不知为什么，结婚以后，你就不再跳舞了。”“难道，你不记得我们在乔治家的那天晚上，还一起跳了一支《蓝色多瑙河》吗？”华伦琢磨着，和她相处的时日不是很多了，所以就回味一下过去，哄哄她开心算了。

“噢，那天晚上啊，你当时不愿意接受小费呢，当时你还说，不希望我们纯洁的爱情被金钱玷污，我太感动了，所以第二天就给你买了一块纯金手表，作为对你的补偿，你还记得吗？”

他们两个人都沉浸在甜蜜的回忆之中，随即向对方告别，各忙各的去了。

华伦先生坐在一张椅子上，他正在向他的情人凯琳讲述自己的计划。金发碧眼的凯琳越听越激动，原本高耸的胸脯这时更是一起一伏，透露出一种让人难以拒绝的诱惑。此刻的凯琳，恨不得立马能跟华伦过上富足的生活。

就在这个时候，华伦太太正躺在舞蹈老师比克的怀里。她正笨拙地扭着步子，嘴里不停地哼着舞曲的旋律。比克将嘴凑近她的耳边，轻轻地说：“我的宝贝，昨天晚上我没有接受你的慷慨馈赠，你不会生我的气了吧？其实，我只是不希望我们的纯洁友谊被金钱玷污。”华伦太太丝毫没有流露出难过的表情，她带来了一块白金手表，以此弥补昨晚比克拒收的小费。

华伦先生回到家里，手里还拿着一个二手的钻石发夹，他打算将这个东西当作礼物，送给自己的太太。虽说花大价钱买了这个玩意儿有点浪费，不过华伦一想到计划完成之后，他还能将它转手再送给凯琳，就觉得买这个发夹还是值得的。绝对不会有人怀疑，这个刚刚给太太买了钻石发夹做结婚周年礼物的人，居然会是谋杀他太太的凶手。

华伦太太看到礼物之后非常开心，她此刻特别希望自己能够将一朵玫瑰插到头发之中，这样，她就能光鲜亮丽地与丈夫一同到楼下共进晚餐了。

在华伦先生看来，真正的谋杀，其实是世界上最简单的事情。

他们一同来到阳台，探出身子向下面望去。一举，一推……伴着一声惊恐的哭叫声，阳台下面，有一群人从遮阳伞下跑了出来，他们围向那个已经摔成一团的人。快叫救护车！出人命啦！赶紧报警！快，用桌布盖一下……下面瞬间乱成了一锅粥。

很快，警察冲进了旅馆的套房里。此刻，沙发上正坐着一个双手紧握、头发凌乱的人，这个人正在猫哭耗子地向警方哭诉那可怕的故事：“这简直太悲惨了，他一定是想看清楚那玫瑰花，结果身子探出去太多了。”华伦太太一边哭一边说道。

兰克夫妇默默地站在一个已经挖好的小墓穴边，尽管兰克太太强忍着自己的情绪，但她胖胖的脸上仍很明显地表露出非常悲痛的表情。在约瑟夫看来，她的表情很容易让人产生同情。在边上的兰克先生大约五十岁上下，又矮又瘦，他双手交叉放在身前，将背挺得笔直，整个过程中，他都在不停地左右摇摆着身体，表现出一副非常不耐烦的样子。

“我们还要等多久？”他用带着法国口音的话语问道。

约瑟夫刚想回答，这个时候，教堂的钟声敲响了。他没有多说什么，面朝钟声响起的地方点了点头，随即弯下腰，将放在墓穴旁边的小木箱拎了起来。这个木箱的做工非常精细，很明显是买来的，而不是自己动手做的。约瑟夫并没有多看，娴熟而谨慎地将小木箱放到了三尺见方的小墓穴中，整个过程中箱子都没有刮到墓穴的四壁。随后，约瑟夫将墓穴前面一块小石碑上的土擦了擦，然后站了起来。

小石碑上工工整整地刻着一行字：

巴克，1965-1977，一个忠实的伴侣

约瑟夫向后退了几步，然后站到墓穴的一边。墓穴里埋葬着兰克夫妇的爱犬，此刻，他们也许有很多的感情需要倾注。

他在十年前开始从事宠物埋葬这一行，那时的他，每当为人埋下一只宠物之后，就会站在坟前说一些祷告的话。不过，渐渐地，他觉得自己说的那些话非常空洞虚伪，于是，他改用教堂的钟声来为宠物送行。

这座宠物公墓紧邻一条公路，约瑟夫静静地站在那里，聆听来来往往的车声。

“走吧，”兰克先生有些不耐烦了，“再不走就要迟到了。”

约瑟夫注意到兰克夫妇两个人的差异。相对于兰克先生的急迫，兰克太太显得很平静，她没有太多反应，双眼注视着巴克的墓穴。

兰克先生转过身，径直向约瑟夫走去。此时，兰克太太仍旧表现出极度不舍，虽然跟着她先生的脚步，但没走出几步，就又回过头来，朝墓穴的方向看了看。

教堂的钟声虽已停止，但清脆的余音似乎仍在空气中回荡，随后渐渐地消散在夏日炎热的空气中。

兰克先生抬头问约瑟夫："我该给你多少钱？"

"兰克，我们已经谈好了，他会将账单寄给我们。"兰克太太连忙说。

"我会将费用的明细一并寄给你。"约瑟夫回答。

兰克先生不如他太太那么高，大概只到她的眼睛那里，他抬起头，严厉地看了她一眼，随后，用非常严肃的眼神盯着约瑟夫，然后说："我觉得，我们最好现在就把事情弄完。"

约瑟夫点了点头，说："都行，我随便。一共五十元。"他说这句话的时候，并没有看着兰克太太。

兰克先生立即从西装口袋里掏出一张支票，并且很快用圆珠笔签好字，随即就撕给了约瑟夫。然后，他便打算转身离开。他的太太此时非常难过地看着约瑟夫。

"你随时都能过来探望。"约瑟夫对兰克太太说。

"谢谢！"兰克太太听完之后，嘴角微微上扬，好像在微笑。她跟着丈夫坐上了一辆崭新的红色轿车，然后汽车缓缓地开动了。当他们的车路过用铁丝圈住的狗舍时，里面的狗纷纷发出惊恐的叫声。随后，这辆汽车拐了个弯，消失在约瑟夫的视线中。随后，那些惊恐的狗儿也安静了下来。

约瑟夫仍旧默默地站在那儿，他心里挂牵着兰克太太，因为他明显地察觉到存在于他们夫妇之间的那种紧张气氛。

昨天，兰克太太来到宠物公墓，找到约瑟夫，想商议一下巴克的埋葬该如何处理。整个商议的过程中，约瑟夫能够明显地感受到，兰克太太对这只叫巴克的苏格兰犬有着非同一般的深厚感情。他们已经约定好，在今天将巴克埋葬在宠物公园里，并且，兰克太太要求下葬的时候要使用名贵的杉木，而不是一般的松木。约瑟夫也因此了解到，兰克夫妇应该非常有钱。

事后，约瑟夫送兰克太太上车时，随口问了一句："巴克有多大了？"

"十一岁，"兰克太太说，随后，她接着说，"不过，我相信，巴克并不是老死的，它一定吃了什么不干净的东西。"说到这里，兰克太太显得有些激动，很明显，兰克太太怀疑巴克是被毒死的。

"要不为巴克找个兽医吧，我们做个尸检看看。"约瑟夫向她建议道。

她摇了摇头，"就算尸检证明巴克是被毒死的，又能怎么样呢？"说完，她勉强地笑了笑。

约瑟夫回想起今天一早兰克夫妇把狗带来的情形。当时，巴克被一条大毛巾包裹着。当他看到巴克脸上狞笑的表情和全身扭曲的肌肉时，就明白了，巴克确实是死于中毒，不过，他当时并没有多说什么。

一声狗吠唤醒了他，原来是自己养的那条叫鲁克的英国狗。他还有很多别的事情要做，怎能在这件事情上耽搁太久呢？

很快，时间到了第二个星期的周末。这一天，兰克太太过来了，她远远地就看到了约瑟夫，并且亲切地和他打招呼。

这个时候，约瑟夫正在用水管清洗狗舍的地面。听到兰克太太的声音，他拧紧了水龙头，并冲她微微一笑。他发现，兰克太太的手里拿着一束雏菊，并且，相比一个多星期之前，她的气色好了很多。不知道为什么，每当看到她，约瑟夫总能想到自己已经过世的妻子。

“我……我过来是打算给巴克献点花的，”说着，她尴尬地笑了笑，“其实……我知道，这样看起来有点傻……”

约瑟夫只是微笑。兰克太太优雅地走到巴克的墓前，然后蹲了下来，将手中的那束雏菊摆在墓碑前的地板上。随后，她在那静静地站了一会儿。当她转身走回来的时候，约瑟夫看着兰克太太，问：“喝杯咖啡怎么样？”她点了点头。

随后，他们走进一间小的办公室里，里面摆放着一个咖啡壶。他倒了两杯咖啡，兰克太太表示谢意之后，端着一杯，坐在一张破旧的椅子上，她没有往咖啡里加牛奶和方糖，静静地品味着苦涩的黑咖啡。

她注意到，约瑟夫办公桌背后的那面墙上挂满了奖状，旁边摆放着很多纪念品，她有些好奇地问：“这些都是你赢的吗？”

“都是鲁克赢的呢，”约瑟夫微笑着说，“瞧，边上那张就是鲁克的照片，它拿过三次全国冠军呢。不过，这都是很久之前的事情了。我和我的太太以前都会去参加这些狗儿的赛事，可是，六年前，她意外地去世了，我也因此失去了赛狗的兴趣。”

见状，兰克太太转移了话题，“你这里的环境真不错，特别安静，我觉得你应该是一个非常喜欢动物的人。”

“我认为有人毒死了巴克，”约瑟夫突然冒出一句话。兰克太太心里毫无准备，他接着说，“你的先生好像不喜欢狗。”

她面露惊色，端起杯子，慢慢地咽下了一口苦涩的咖啡。

“很抱歉。”说完，约瑟夫用手摸了摸自己被太阳晒得黝黑的脸，露出一副疲惫的样子。

“你说得没错，他不喜欢巴克，他根本就不是一个喜欢动物的人，你说得简直太对了……”突然，兰克太太意识到自己说得太多，于是连忙补充，“不过，他和其他人一样，也有自己的缺点。”

约瑟夫挨着桌子坐下，然后随口说了一句：“当然。”

“我明白你现在在想些什么，”她像在聊天一样，随口说了一句，“你可能在想，兰克先生并不喜欢我。”说完，她紧紧地握着咖啡杯的手把。

顿时，约瑟夫觉得自己的脸上火辣辣的，他非常坦诚地说：“是的，我的确这样想过。不过，我觉得我有点多管闲事了。”说完，他勉强地笑了笑。

“和其他人一样，我先生也有他自己的一套行事标准。”兰克太太的言语中带着很强的辩护气息。

“是的，你刚刚说过了，他有缺点。”约瑟夫提醒道。

“我说过了是吗？噢，这两句话我都说了，”她看了看自己的手表，然后站起身来，对约瑟夫说，“时间有点晚了，我得去园艺俱乐部了。”

“那我就不耽误你的时间了。”

“这是我自己造成的结果，和你无关。”兰克太太微笑着说。看到她的微笑，约瑟夫内心终于踏实下来。

随即，他拿起她喝完的咖啡杯，然后为她拉开了纱门。

兰克太太彬彬有礼地说：“谢谢你的咖啡。”然后拎着包，转身向外走去。

随后，约瑟夫在办公桌旁坐了下来，听着汽车开走的声音。他的办公室里现在萦绕着一种淡淡的香水味，这种味道备受中年妇女的青睐，他仔细闻了闻，觉得有点像紫丁香的气息。

之后，兰克太太会经常到这里来，时而在巴克的墓前摆一束花，时而站在那儿低头沉思。不过，兰克太太每次都会去约瑟夫那小坐一会儿，并且和他一块儿喝杯咖啡，然后愉悦地聊一聊天。

几次的交谈中，她从来没有说过丈夫的一句坏话。她觉得，和约瑟夫聊天是一件非常愉悦的事情，因为他们有共同语言。没过多久，他们就都了解了彼此，并且互相信任。

一天，兰克太太像往常一样来到了这里。约瑟夫一眼就看出来，她刚刚哭过，湿润的双眼中透露出一股愤怒。最开始的时候，他只当作是过度怀念巴克的原因，可是，当他给兰克太太递咖啡杯的时候才发现，她居然全身都在发抖。

“发生什么事情了吗？”他蹲在她的面前，握住她的双手，打算让她激动的心情平复下来。

兰克太太冷冷地说：“我们吵架了，仅此而已。”

“为什么吵架？”

“这些都已经不重要了。”

“他是不是对你说了什么重话？”

兰克太太将手抽了出来，将温暖的咖啡杯握在手里，然后冷静地说：“兰克打算移民去欧洲，这让我如何答应他？这里毕竟有我的家，有我居住的城市，有我的祖国，何况我的母亲还住在这，我必须照顾她。我们为这件事情吵过很多次，在我看来，这并不是一件多么大的事情。但没有办法，我们就是那么容易为这些无关紧要的小事吵个不停。”

约瑟夫随口问道：“那么，你有没有想过让他一个人去欧洲？”

“如果我不跟着他，他也会一个人去的。但如果我真的那样做了，我将失去我的一切。”

“不过，像生活费、赡养费这些费用，你还是会有的。”

兰克太太有些失落地说：“他总是嫌我老，他总这样说……”

约瑟夫在地上蹲了很长时间，此时感到背部有些酸疼，于是他站起身来，将手搭在了她的肩膀上。

这时，窗外传来一阵喇叭声。约瑟夫示意她，自己要出去办点事，然后走出了办公室。外面站着一名顾客，他的手里用皮带牵着一只小狗。约瑟夫看了看免疫证明，随后将这只小狗安放在狗舍之中。打理好一切之后，他重新回到了办公室。此时，兰克太太看起来情绪好多了，她不哭了，正在安静地品着杯中的咖啡。

随后，他们像什么事情也没有发生一样地聊了很久，整个过程中都没有提及吵架的事情。告别的时候，她对约瑟夫说："我打算再养一条狗，一条大狗。"

约瑟夫点了点头，"嗯，这是个不错的想法。"

她也露出了微笑。

她走了，但是办公室里还弥漫着那淡淡紫丁香的味道。

约瑟夫手里还有一大堆事情要做，加上他养的那条叫鲁克的英国母狗刚刚生下了一窝小狗，他正忙着为狗办理登记的文件。他也暂时忘记了兰克太太说要养一只大狗的事情。

两个星期之后，兰克太太来了，当时，约瑟夫正在为公墓大门的柱子刷油漆。

那天的天气非常好，虽然阳光明媚，但并不炎热，而且时不时吹来的微风让人感觉非常凉爽。所以他们就在屋外谈话。

她看了看漆了一半的门柱，然后对约瑟夫说，"我今天可能待不了很久。"

"随便。"说完，约瑟夫放下了手里的刷子，并且盖好了油漆桶的盖子。

兰克太太微微一笑，说："我今天来想谈谈我买的那只大狗的事情。我上次和你提过，不知道你记不记得。"整个过程中，她那淡蓝色的眼睛一直看着约瑟夫。

他靠在干燥的柱子上，点了点头。

兰克太太此时低下了头，看着地面，低声地说："它……它死了……"

约瑟夫仔细地打量着她的脸，在阳光的照耀下，她脸上的皱纹一览无遗。他有些疑惑地道："它也是中毒死的？"

"也许吧，"她的眼睛依旧看着地面，"我想知道，能不能也把它埋在这里？"

"可以。"约瑟夫的回答，显得慎重而又温和。此时，一阵风吹了过来，连工具房上面的风信机都转变了方向。

兰克太太瞬间松了一口气，微微一笑，然后接着问："这次，我打算用箱子，我家有一口非常大的箱子，它是一只旧的大衣箱。"

"没问题，"约瑟夫用脚跟踩着油漆罐的盖子，问，"需要石碑吗？"

"给我一个十字架吧。"兰克太太平静地说。

"好的，"约瑟夫继续说，"这条狗你应该还没买多久吧，它叫什么名字？"

兰克太太沉思了一下，然后说："国王，它叫国王。"

"你打算明天一早就过来吗？"

"嗯，"她点点头，说，"约瑟夫，谢谢你！"

她转身向自己的汽车走去，约瑟夫目送着她。打开车门的时候，她回头看了看约瑟夫，他正在石碑旁擦手，并对她微笑。汽车发动了，当车驶过狗舍时，里面的狗儿轻轻地叫了叫。

第二天清早，兰克太太就开车过来了，这次只有她一个人。约瑟夫站在大门外迎接她。约瑟夫看了看大衣箱，箱子是黑色的，上面缀着铜质的系扣，整个箱子都被厚厚的皮带捆绑着。箱子的边角处还有报纸和胶带的痕迹。

兰克太太看着约瑟夫将箱子从车里搬下来，然后拖到了已经挖好的墓穴旁边。

寂静的清晨，约瑟夫只能听到自己沉重的呼吸。他们默默地站着，都没有说话。不久之后，教堂的钟声响了起来，他将箱子放到墓穴中，随后低着头，看了看那破旧且褪色了的皮箱盖。

兰克太太转身向办公室走去。约瑟夫拿起铲子，准备填土。当他弯下腰时，分明地感到她正站在窗前，两眼死死地盯着他。

干完活后，约瑟夫回到了办公室。他们像往常一样地聊了一会儿，然后，兰克太太离开了这里。

一切都和往常相似，兰克太太会经常过来看望约瑟夫，和他一起聊天、喝咖啡。约瑟夫渐渐地感觉到，她比以前要开朗、快乐了许多，当然，这也可能是表面现象。

她仍同以往那样，偶尔会带一小束雏菊放到巴克的墓前，不过，她从来没有在那条叫“国王”的大狗的墓碑前放过花。

约瑟夫心中其实非常明白，那条叫“国王”的“大狗”，其实正是她的丈夫兰克。

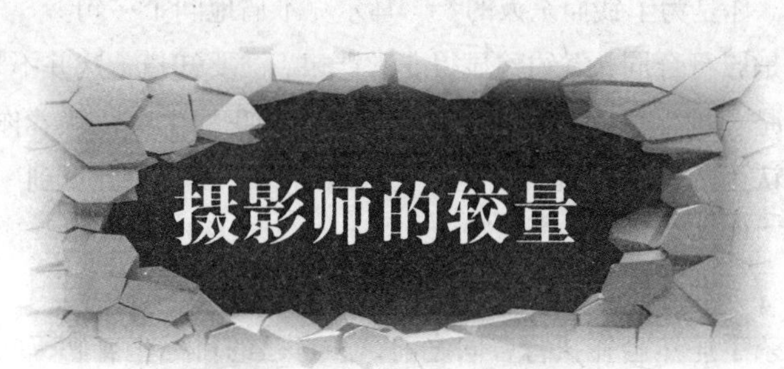

摄影师的较量

一个男人走进了马尔克的花园里，他个子矮小，身型偏瘦，眼睛上方的棕褐色眉毛十分惹眼。他穿过花园，向马尔克的屋子方向走来。

此时的马尔克正待在自家的院子里，他坐在开满荷花的池塘边，端着一杯冰镇饮料，正专注地翻阅着一本小册子。突然，马尔克抬起头，打量着这位不速之客。“你是谁？”马尔克从来没有见过这名男子，因而语气显得非常生硬，“你进门的时候按了门铃吗？”说完，马尔克把手中的饮料放在身边的玻璃茶几上。

这名男子腰际挎着一台照相机，他掏出一张名片，并对马尔克微微躬身行礼。

马尔克打量着名片的内容，“约翰，摄影师，”他大声地读着，“噢！先生，我认识你，我常常在摄影杂志上欣赏到你的大作。”随即，马尔克的态度变得和善许多，并客气地请约翰坐下。

约翰礼貌地致谢，并坐在了马尔克的正对面。对于马尔克曾经看过自己的作品，并耳闻过自己的名字这两点，约翰表示非常高兴。随即约翰为自己的到访做出解释：“马尔克先生，因为你的仆人不在，所以我就直接进来了。”

阳光映照在荷花盛开的池塘里，一对白天鹅在湖面上怡然地游动着。层层水纹使得湖面微微泛起一丝涟漪，波光粼粼，景致宜人。

看着宜人的景象，马尔克身子向后一仰，“是啊，仆人们外出野餐去了，这是我的仆人们每年所能享受到的福利。我都不记得今天整个园子里只有我一个人了。不过，约翰先生，你专程来找我，有何贵干？你是想来拍摄我所珍藏的古董吗？”马尔克先生是举世闻名的古董收藏家，他的家中藏有大量的哥伦比亚史前艺术品。

听到这，约翰摇了摇头，从外套的口袋中掏出一把手枪，冷静地对马尔克说：“马尔克先生，很抱歉，我今天是来杀你的。”

此时，马尔克反而表现出一种出奇的冷静，除了两眼闪过一丝惊讶之外，脸上再没有表现出一丝多余的表情。“呵呵，这真是一件让人意外的事情，我还以为你是个摄影师呢。”

“没错，我是摄影师，而且还是个非常棒的摄影师。”约翰回答，“不过，我还有一份副业，并且这份副业为我带来的收入远远超过当摄影师带来的收入。”

“也就是说，你是为了钱而杀人的？”马尔克不屑地问了一句。

“我认为这是履行合同，”约翰显得非常严肃，“要知道，这并不是一件邪恶的事情，在我看来，这就是一桩生意，当然，你也可以认为，我的生存依赖着你们的死亡。”

马尔克起初认为约翰在开玩笑，但他无法从约翰的表情中寻觅到一丝笑意。随即，马尔克对约翰说：“你是个职业杀手？”

“没错。”

“一个职业杀手居然会在执行合同之前，和自己的目标坐着聊天？在我看来，你不过是在虚张声势罢了。说吧，你这般恐吓我，想要达到什么目的？”

“不，我唯一的目的就是来这里杀掉你，而且我就要动手了。”

“噢，那你怎么迟迟没有动手呢？”马尔克看着约翰，伸出手，把手里的小册子也放到了面前的茶几上。

其实，这个问题一直困扰着约翰。从本质上来说，这份工作和别的工作也没什么差异，但自己为什么在工作的过程中会如此拖泥带水呢？难道是因为马尔克作为一名艺术家，对自己的作品非常欣赏，由此在潜意识里形成了一种阻力吗？

约翰想了想，回答道：“要是你不急，那么我也没什么可急的。”

马尔克舔了舔嘴唇，回味着冰镇饮料的味道，“你做这行多久了？我指的是你的杀人副业。”

“没多久吧，偶尔做做。”

马尔克显得有些好奇，“那是谁雇你来杀我的？”

“不知道。我不认识雇主，我只认识中介，”约翰说完，停了一下。按照合同的约定，杀手是不能向目标人透露雇主的信息的，但一想到马尔克必死无疑，说出来又能怎样？于是约翰紧接着又说，“你知道帮会吗？”

“就是那种专职犯罪的组织吗？”

约翰点点头，“没错，就是帮会雇我来杀你的，有个雇主愿意出高额的报酬，所以帮会决定让我这么做。”

“哦，”听到这里，马尔克显得很平静。他将手伸到衬衣的口袋里，掏出一包香烟。他掀开盒盖，自己拿了一根，并示意约翰也拿一根。约翰摇了摇头，于是马尔克合上盒盖，点燃了嘴里的香烟，并且把烟盒放回了口袋里。他吸了一口，然后吐出几个烟圈。“我知道是谁要杀我。”

“我们每个人都有仇人。”约翰冷冷地说。

马尔克并没有对他加以理睬。“除了我的侄子，不会有第二个人想我死。”说到这里，马尔克的声音显得有些激动。“没错，我是个富翁，但他是个穷光蛋。他现在在一家二流的博物馆当讲解员，他非常清楚，他是我的唯一财产继承人，并且他觊觎我的财产很久了。虽然我年岁已高，但身体非常硬朗。他估计是等不及了，才想通过你们来尽快解决这个问题。这样一来，他就能快速地继承我的一切财产。怎么样，我的推理正确吗，约翰先生？”

“找帮会帮忙的人，都有非常充分的理由。”约翰像个石头一样地坐着，一动不动地听着。

“这个没良心的东西！”马尔克终于发怒了，“我可不想死在他的手里。”

听到这里，约翰举着枪，枪口抵在马尔克的腰眼上，“马尔克先生，我想你别无选择了。”

马尔克笔直地坐在椅子上，看着约翰，“等等，你刚刚说，你当杀手的收入远远超过做摄影师的收入，没错吧？”

约翰点点头。

“你很喜欢钱，是吧？”

约翰再次点了点头。

“看，”马尔克示意约翰，“看见门口的两只花瓶了吗？它们是来自秘鲁的古董，每只花瓶价值五千元。”

约翰看了看花瓶，一言不发，随后又把视线转移到马尔克的身上，枪口丝毫没有挪动位置。

“看到你身边桌子上的那个陶器了吗？它可是古代的黑陶，值三千元。”马尔克看着约翰，冷静地说。

约翰的脸上掠过一丝惊异，“这么值钱的东西，你居然就这么随意地摆放，真是太大意了。”

“呵呵，每到晚上，我就会把它们和我的其他藏品一起放到储藏室里，那里有防盗系统监控。而在白天，我每天都会拿出几件摆在外面，供自己欣赏。这是我喜欢的生活方式。”

“不过，它们看起来没那么珍贵。”

“它们看起来确实很普通，不过我想，你会对它们换来的钞票感兴趣的。”

此刻，约翰的脸上看不到任何表情，“你打算用这些东西来抵你的命吗？”

“嗯……”

约翰有些激动，“别做梦了，我跟你说了，我是职业杀手，我会严格履行合同的。”

“这太遗憾了。”马尔克伸手拿起茶几上的冰镇饮料，喝了一口。此时，马尔克的额上已经微微地渗出了些许汗珠，他将香烟摁灭在烟灰缸里，并指着烟灰缸对约翰说：“你知道这个烟灰缸的价值吗？它是印加族的彩色餐盘，它可有五百多年的历史了，市值超过了一万元。”

约翰用余光扫了扫这印加彩色餐盘破烂的外表，他很难相信，这货居然值一万元。此时，马尔克被刚咽下的饮料呛了一口，不住地咳嗽起来。约翰立马将视线转回马尔克的身上，只见这位大收藏家手按着胸口，咳得满脸通红。过了一会儿，马尔克的气顺过来了，终于不咳了。

约翰说：“很感谢你将这么多值钱的东西都告诉我，我会在离开的时候，将它们一并带走的。”

“难不成你要伪造现场，让这一切看起来像一个偷艺术品的贼干的？”

“这也未尝不可啊。”说完，约翰还不忘耸耸肩。

马尔克此时脸上看起来有些无奈，他理了理花白的头发，郑重地对约翰说：“既然如此，那你不妨带点有价值的东西走吧，”说完，马尔克笑了笑，“我刚刚是骗你的，院子里的东西值不了几个钱。”

“我不信。”

“我是说真的，院子里的这些都是垃圾，你要真想让警方相信我是被一个偷艺术品的窃贼所杀，你就要偷点值钱的东西，比如我的玉米穗。”

听到这里，约翰显得有些茫然，“玉米穗？”说完，约翰还重复了好几遍。

“没错，那个玉米穗是我家里最值钱的收藏，它是纯金的，并且是用手工雕刻的艺术品，是15世纪一个印加族的金匠亲手雕刻的。”

约翰的眼神显得非常呆滞，他对于印加文化似乎没有任何兴趣。马尔克随即说：“我的玉米穗是真正的无价之宝，其他人不配拥有它，是的，任何人都不配。”

约翰说：“我愿意相信你刚刚说的，马尔克先生，不过，只有一个玉米穗……”

没等约翰说完，马尔克站起身来，“我带你亲眼看一看吧。”

约翰的枪口动了一下，“玉米穗藏在哪儿？”

“这件宝贝我从来没有让陌生人看过，它藏在我的书房里。不过，反正我要死了，那我就再看一遍吧。”后面那句，是马尔克故意提高音调说出来的。

约翰显得很兴奋，像猫一样地从座位上跳了起来，“你带我去，我就跟在你后面。”约翰内心在盘算着：这个时候纵容一下他有什么关系？其实，约翰自己早已按捺不住内心的好奇。

马尔克走在前面，带着约翰走过庭院，穿过法式落地门，最后来到了书房。书房非常大，四周摆满了玻璃柜。屋里的架子上都铺着绒布，上面摆放着马尔克的收藏品。由于心中只想着玉米穗，约翰对这些都没太大兴趣，只是匆匆一瞥。

最后，马尔克领着约翰来到一个保险柜的前面。这个保险柜足有半个人那么高，马尔克蹲了下来，抬起头，沉思了片刻，随即用双手快速地解开了门锁，然后回头对约翰说：“这里面就是玉米穗了，存放它的是真正的电控保险柜，除了我和忠实的秘书之外，没有人能打开它。”

吱的一声，保险柜的门打开了，马尔克从柜子里取出一个被绒布包裹着的圆筒盒子。马尔克将它交给约翰：“约翰先生，这里面装着的就是玉米穗了。”

约翰非常警觉，他后退一步，双手紧紧地握着手里的枪，并对马尔克说：“你把盒子打开。”

马尔克熟练地解开包裹在外面的绒布，拿出里面的玉米穗，并把它轻轻地放在盒子上。他轻轻地对约翰说：“怎么样，漂亮吗？”说完，马尔克又从衬衫口袋里掏出烟盒，抽出一根烟，点燃后，深深地吸了一口，只等约翰开口说话。

“确实非常美，要是能将这上面每一根巧夺天工的玉米穗都拍摄下来的话……”约翰话没说完，停了停，然后对马尔克说，“你把保险柜的门关上，然后拿着玉米穗，去后面的院子里。”

马尔克点点头，按照约翰所说的，关上了柜门，拿着玉米穗，带着约翰，原路返回到开始的座位上。他将这个金质的古董轻轻地放在池塘边的玻璃茶几上，并用刚才阅读的那本小册子垫着。

约翰坐在椅子上，开始询问马尔克：“你的这件藏品，大家都知道吗？”

“当然，它可是我所有的藏品中价值最高的。”

“行，那我听你的，我会把它带走。”

“不过，我也警告你，你拿到它之后，不可能脱手，因为你一旦出手，就意味着你向世人宣告你是杀我的凶手，因为它太有名气了。”

“如果是这样，我会把它扔到海里，这样就永远没人能得到它。”说完，约翰举起手枪，指向马尔克，“马尔克先生，你准备好了吗？”

“我可以再抽一根烟，最后再看一眼玉米穗吗？”马尔克谨慎地询问。

约翰很佩服眼前这位老者的勇气，说：“请吧！”

“你能给我一根烟吗？”

“我不抽，”约翰回答，然后紧接着问，“你自己的口袋里不是有烟吗？”

马尔克回答：“我刚刚把烟锁到保险柜里了。”

“为什么？”

“因为那个烟盒里装着我新买的微型相机，它是万岁牌的，你还记得它的广告词吗？它还没有一个香烟盒大。”马尔克不紧不慢地说，而且声音非常平和。

“我听说过这个牌子，不过我更喜欢美隆牌的，”说完，约翰停了一下，“你把它装在香烟盒里面？”

“不，在拍下你的照片之前，它一直被我握在左手里，”马尔克紧接着说，“我中途用咳嗽声掩盖了相机的咔嚓声，你还有印象吗？在那之后，我就悄悄地把它塞到了香烟盒子里。”

“你偷拍了我的照片？”

“是的，而且是一张特写，内含你的容貌和手枪。”

约翰此刻非常镇定，他耐心地说：“马尔克先生，你不是在开玩笑吧？按你的意思，我刚刚出现在你面前的时候，你的手中就刚好有一个微型相机？然后你又刚好拍下了我的正面照片，并且还锁进了非常先进的防盗保险柜中？”

“嗯，没错。”

“哈，这真是一种绝佳的恐吓。你想在警方调查这宗案子的时候，让秘书打开保险柜，发现玉米穗不见了，但里面有一台照相机。他们取出胶卷进行冲洗之后，就能凭借照片找出凶手，并且大家一眼就能辨别出真凶居然是众所周知的摄影师约翰。我分析得没错吧？”

“嗯，分析得太对了。”马尔克镇定地回答。

“你太聪明了，”约翰说，“你居然想让一位摄影师在摄影上栽跟头，真是妙极了。不过，我不会相信你说的话的。”

“噢，你为什么不信呢？”马尔克面带微笑地问。

“很简单，我到你这里之后，我一直在关注着你的举动，你没有空隙去拍我的照片。”约翰非常自信。

“原来如此，那么你是否有关注过我的那些花瓶、陶器甚至是烟灰缸呢？”

约翰突然有点喘不过气来。不过他很快镇定了下来，“可能看了吧，不过，我走进来的时候，你手里刚好拿着个微型相机，这太巧合了。”

马尔克若无其事地耸了耸肩，“我一般情况下是不会撒谎的，如果是为了救命，我可能会撒谎，不过我建议你看看这个。”马尔克把茶几上的那本小册子递给了约翰，这就是约翰刚来的时候，马尔克手里的那本小册子，小册子上赫然写着一行字——《万岁牌微型照相机使用手册》。

此时，约翰就像一个输得一塌糊涂的赌徒，他垂头丧气，把手枪从马尔克的腰际移开。他沉默了许久，然后突然问道：“你打算报警吗？”

“没那个必要，不过我有一个想法，”马尔克的脸瞬间变得阴沉，“这件事，我的侄子要负很大的责任。约翰先生，你怎么会从帮会那里获得这项任务呢？”

“有个叫罗洛夫的人……”

“不，”马尔克连忙打断约翰的话语，“我的意思是，他们是否让你看过暗杀目标的照片？”

约翰摇了摇头，“接头人只给了我一个名字和一条地址，剩下的，都由我一个人解决。”

“原来如此，这个问题很好解决，”马尔克连忙说道，“他们只把名字和地址告诉你了，对吧？”

“嗯。”

“我给你提一个建议，你把今天的事情当作一个误会就行了。名字和地址都对，但唯独人不对，你能理解我的意思吗？”

约翰看着马尔克，脸上露出疑惑的表情。

“我的侄子是我弟弟的儿子，我们的姓相同。”马尔克眯着淡蓝色的眼睛，对约翰轻轻地说。

“哦，”约翰似乎明白了什么，但又立刻追问，“那地址呢？”

马尔克抬起手，手指指向荷塘对面的一栋房子。“看到那栋房子了吗？那是我的车库，我的侄子平时就住在那儿，房租我也一分钱都不收他的。现在，地址的问题也解决了，我们俩的地址也相同。”

听到这里，约翰沉默了。

马尔克说：“哪怕是在道德沦陷的时代，一个因为贪慕伯父钱财，而要置伯父于死地的人，尚且会受到责罚，何况是现在？所以，我必须要给我的侄子一点颜色看看。”

约翰沉默了一会儿，然后不动声色地对马尔克说：“这种惩罚是永久性的吗？”

“当然，你愿意帮我这个忙吗？”

“什么时候行动？”

“不如就今天晚上吧，你看如何？我知道那个时候他一定在家，而且在今天晚上十一点以前，我的仆人们都不会回来。”

“那，你到时候会在哪？”

“哈哈，我会去城市的另一边，约几位好朋友吃饭。我们的晚宴会从八点一直持续到深夜。”

“行！”约翰回答。

马尔克感到很高兴，“那一言为定！”

不过，约翰突然又开始顾虑起来，“我杀错了人，帮会就不会给我钱，作为一名职业杀手，我的名誉肯定也会受到很大的影响。”

马尔克再次耸了耸肩，“没错，既然是我们自己犯下的错误，我们就得为之负责。”

约翰长叹了一口气，“马尔克先生，我实在不明白你到底犯了什么错误，不过对我而言，今天真是倒霉透了。我失去了应得的报酬，我还必须要免费地除掉你的侄子，我甚至还可能失去帮会的工作。作为一名职业摄影师，却栽在了业余摄影爱好者手里。而且，我还失去了眼前这个珍贵的黄金玉米穗。”

马尔克拿起心爱的玉米穗，一边爱不释手地端详着，一边对约翰说：“你的损失的确挺大的，不过，只要你履行了我们的约定，我就把那个胶卷还给你。”

听到这里，约翰感到非常诧异，“你就不怕我拿到胶卷之后，再对你下手？”

“哈哈，你放心，胶卷我不会拿去冲洗，我会在明天早上将它原封不动地送到你的工作室，当然，前提是今天晚上你干得漂亮。”

约翰显然无法理解马尔克的意图，马尔克也似乎看穿了约翰的心思，“约翰先生，要知道，正是因为今天的这件事情，你让我看清了我侄子的本来面目。就凭这一点，我也会将胶卷还给你。”

“谢谢。”约翰喃喃自语道。

马尔克看着大厅里的花瓶、黑陶和印加彩盘，然后对约翰说：“约翰先生，在你离开这里的时候，你可以从中任意选择一样东西带走，算作我对你的一点小意思，”说完，马尔克从座位上站起来，他将玉米穗小心翼翼地捧在手心，然后摇着头，接着对约翰说，“约翰先生，现在是我们俩道别的时候了。我最近的身体状况非常不好，很容易感到疲劳，不过还是要谢谢你，在这个时候能够为我排解内心的寂寞。其实，这是一件很讽刺的事情，我的侄子真是太沉不住气了，其实他只要再等几个星期就可以了。”

约翰听得云里雾里，“你这番话是什么意思呢？”

马尔克抬起头，发出爽朗的笑声：“就在昨天，我的主治医生告诉我，我得了绝症，最多还能活两个月吧。”说完，马尔克走进了屋内。

望着马尔克进屋的背影，约翰沉思了片刻。随后，他拿起屋子里用作烟灰缸的那个彩色餐盘，把里面的烟灰和烟头倒进了边上的一个花盆里，然后小心翼翼地将它揣在了自己的口袋中。

面对马尔克这样诡计多端的人，你很难从他的话语中辨别真假。不过，约翰口袋里揣着的这个烟灰缸，也许真的能卖几个钱。

“亨利太太，麻烦你尽可能详细地跟我们描述一下，到底是一连串怎样的大事导致了这个悲剧的发生呢？”

“好的，法官大人，那我就从第一件事开始说起吧。那是星期天的晚上，当时正在举行宴会。为了这个宴会，我们特意买了大量的新唱片，那些唱片都不便宜，但为了能在宴会上玩得高兴，能尽兴地唱歌跳舞，花这些钱都无所谓了。可是，宴会还没开始，我们就发现，唱片机有问题，那些优美的音乐彻彻底底被毁了，而且还发出很多让人难以忍受的噪音。

“我的丈夫当时就打电话到唱片机服务商那里了，可是他们说来不了，最快也得到星期一才能派人来修。也正因为这样，整个宴会都搞砸了。听音乐是我们最喜欢的娱乐方式，没有了音乐，哪还有什么乐趣呢？所以客人们纷纷离开了，而且最先离开的客人是我丈夫的老板，还有他的太太。这让我们感到非常尴尬。首先，他们是这次宴会的贵宾，再一个，为了这个宴会，我们在购买唱片这方面花了很多钱。

“倒霉的事情并没有因此而结束，星期一上午，烤面包机也出毛病了。最开始的时候，我们谁都没有发现这个问题，和往常一样，我们把面包片放了进去。结果，面包就在里面被烤焦了，而且发出一股难闻的焦味。虽然我和我的丈夫都喜欢吃那种有些焦味的面包，但我们并不喜欢那种烤成了焦炭的面包。我们之后又试了两次，但结果都一样。最后，我们那天早上连早餐都没有吃，因为所有的面包都被烤焦了。

“法官大人，你能想象得到吗？没有早餐吃是一件多么悲惨的事情。所以，我不得不提前出门，然后开车送他到公司附近的早餐店去吃早饭。可是，麻烦又随之而来了。我送完我的丈夫之后，汽车的发动机就开始跟我发脾气，不停地冒烟，而且发出很大的响声。我的车子就这样在半路上抛锚了，所以我不得不给汽车修理厂打电话。等到修理厂之后，修理工掀开车前盖，用工具在里面敲了敲，仔细检查了一番，然后他就跟我说，我的汽车零件没有调试好，导致油箱的浮漂爆裂了，并且建议我这几天要出门的话，最好选择乘出租车，这种毛病要修个两三天，甚至更久。

“接着，我就打车回家了。但我居然把面包机忘在车尾箱里，而且我也忘记买面包了。什么都没有，我不可能饿肚子啊！最后，我只能去邻居玛丽家里蹭饭。我一边吃饭，一边跟她讲述这几天的悲惨遭遇，从唱片机的噪音、面包机的故障到汽车的毛病，我一一跟她解释清楚了，并且告诉她，修理厂的工人说，我的汽车故障是因为浮漂爆裂了。然后玛丽打断了我的话，说她有些不明白。她只知道，钓鱼的时候要用浮漂，潜水艇里面或许也要用到浮漂，但她始终想不明白，汽车为什么也有浮漂。难道说，是为了防止汽车掉进水里的时候，不至于让车子沉下去？另外，她还有一个疑惑：为什么一个小小的浮漂爆裂了，汽车就会发出巨大的响声，而且会让发动机不停地冒烟？

“等过了一会儿之后，她又告诉我，现在一些汽车修理厂的工人，欺负我们女人不懂那些专业知识，故意编一些怪里怪气的名词让你听不懂，然后让你觉得车子出了很严重的问题，借机敲诈你一笔。经常是没毛病的说成有毛病，小毛病说成大毛病。没有问题的时候修得可带劲了，真正有问题的时候他又修不好了。对了，她还告诉我一件事情。她家的冰箱之前坏过一次，她打电话叫来了修理工。那个修理工检查了之后对她说，冰箱的热圈坏了。当时，她就觉得那个修理工是在侮辱她的智商，正常人都知道，冰箱是用来制冷的，又不是烤箱，怎么会用到热圈这种东西。这也就算了，关键是那价格太离谱了，居然收了她八十八块五毛。在她看来，那个修理工什么问题都没帮她解决。她说，有些医生也是这样的，而且比这还要缺德。她举了她叔叔的一个例子，她的叔叔当时总是肚子疼，然后去医院检查。医生看过之后，说她的叔叔患有非常严重的胆结石，必须开刀，否则会有生命危险。当天，她的叔叔就做完了手术。可是，她事后看了一下，从身体里取出来的石头，小到肉眼都看不见，但是费用高得离谱。那些钱，足够买一颗比那块结石大六倍的钻石了。”

“法官大人，我想，你一定能体会到，我从玛丽家里离开的时候，情绪该有多么复杂。我当时只想快一点回到家里，我想看电视，因为我最喜欢的电视剧要开始了。我很想知道，艾丽斯最后有没有流产？鲍比有没有发现，他儿子的亲生父亲其实是他的亲弟弟？小彼得最后到底怎么样了，是变成了小女孩还是小男孩？可是，当我急急忙忙赶到家里打开电视的时候，电视屏幕居然在不停地跳……”

“屏幕在不停地跳？”法官问。

“没错，法官大人，你也觉得难以置信吧？我们家的电视机买了有些年头了，是会经常出这样那样的问题，不过，像那天那样猛跳的情况，我敢保证，之前从来没有出现过。我当时就傻了，这样一来，我根本就看不成电视了！然后，我就开始生气，最近家里的东西接二连三地出问题，也就意味着我要不停地为它们支付修理费用。偏偏这些东西修起来都不便宜，原本手头就不宽裕，这样一弄，我的日子就过得更紧巴了。这个时候，我听见外面有人敲门。当我开门的时候，我发现，门口站着的那个人居然是来修唱片机的。

“他走进来之后，看见我的电视屏幕不停地在跳，便走到电视机旁边，用手轻轻地扭了下其中一个旋钮，屏幕瞬间就变得非常清晰了。他当时就告诉我，电视机的垂直控制出了问题。听到这句话我就来气，玛丽说得没错，那些修理工就知道哄骗我们这些对于机械一窍不通的女人，目的只有一个，为了从我们身上多榨一点钱。在我看来，他就是那样的人。我看穿了他的心思，所以没有让他得逞。我也不是那么好欺骗的，至少我知道，垂直是表示上下的，可是他做了什么上下的事吗？根本没有！只是扭了一个旋钮而已，这个我也会！

“接着，他就去搬弄我们家的那个唱片机了。他打开，将耳朵凑过去听了一会儿，然后又关掉，从他的工具箱里拿出一把榔头，让我先帮他拿一下。他开始拆唱片机，就像医生在做手术一样，他很快就拆出了一堆零件，我说得没错，他就是想多赚钱。地上摆了一堆东西，然后他跟我说这说那的。”

“好的，亨利太太，你不要停，继续说，那个修理工究竟跟你说什么了？”

“你根本就不会相信的，那简直太荒谬了。他拆了一堆零件下来，然后跟我说，你们家的唱片机之所以会有噪音，就是因为放低音的大喇叭爆了，并且连接小喇叭的高音线有些接触不良。听到这里，我就……”

“所以你就……”

“法官大人，你说得没错，我那时心中瞬间就燃起一股无名大火，将他递给我的那把榔头高高地举了起来，然后用力地砸在了他的后脑勺上！”

立秋过后，天气渐渐变得凉爽起来。

一天晚上，刚从夜校下课的博尔带着哈利一同回到了家中，直奔书房。他们关上了门，开始了一次秘密的商谈。这一点有点非同寻常，确切地说，这是大本公司发生百万劫案的前夕。

玛丽是博尔的太太，她并不喜欢哈利这个人。不过，她除了自己，对于其他任何人都报以漠不关心的态度。虽然到了奔四的年纪，但她仍然拥有苗条的身材、修长的双腿，加上平日保养得当，她的容颜并没有因为年岁的增长而衰退。唯一的不足就是对生活缺乏热情，因此他们夫妇总是过着平淡如水的日子。

为他们生活带来转变的，就是这个哈利。

十五年前，哈利从一所中学辍学，此后就没有再读过书。而这个学期，哈利决定去一家夜校念书，打算获得一张中学文凭，博尔则成为他的历史老师。由于哈利的基础很差，在开始的很长一段时间，他都没有办法跟上班级的进度，博尔对他却关爱有加，为他开小灶，帮他补功课。久而久之，这居然成为一种习惯：博尔会在放学的时候把哈利带回家，和他在书房里一边喝咖啡，一边研读功课。

哈利虽然书读得不多，但言行并不粗鲁，不过，玛丽并不喜欢这个人，她总觉得哈利看她的眼神有点奇怪，更重要的是，她对博尔如此关心这个学生非常反感。

博尔总为此解释道:“他虽然不是一个非常有趣的人，但我对他的读书动机非常感兴趣。”

玛丽并不满足于这个解释，因此不断地追问博尔。最后，博尔道出了实情：“他是为了能多挣钱才读书的。因为没有文凭，他根本就没有前途。他从来没有做过一份体面的工作，十六岁就出来打工，在全国流浪。”

听到这里，玛丽对这个人更加厌恶，但博尔坚持说：“他现在担任一家洗车公司的技工兼门卫。在这家公司让他意识到文凭的重要性，他不在乎读什么，他之所以重新读书，是因为在他看来，这是通向赚钱之路的捷径，如此而已。”

说到这里，博尔不停地点头，“他是一个很坦率的人，我们其实和他一样，都需要钱。钱果然是个好东西！”博尔停了停，接着说，“但是，他现在发现，要想集中精力念书是一件非常困难的事情，他开始质疑他最初的单纯想法，而我想做的，就是鼓励他继续把书念下去。”

听到这里，玛丽突然觉得博尔说的最后一句话有点虚伪。她不否认钱是好东西，谁都爱钱，包括她自己，但这并不意味着，哈利和她一样爱钱，她就得对哈利也抱有好感；同时，这也无法解释，博尔为什么要与哈利成天地黏在一起。

终于，在十月底的一个夜晚，玛丽按捺不住了，决定向博尔问个清楚。

当晚，博尔送走哈利的时候已经快到半夜，此刻，玛丽还躺在客厅的沙发上看电视。博尔回到客厅，关掉了电视，然后抽了张椅子，坐在了玛丽的身边，悄悄地说：“玛丽，我明天要去汉密尔顿开会，哈利明天也放假。不过，我不打算去，我想和哈利去偷点东西。”

玛丽不以为意，探过身子，重新打开电视机。

“玛丽，我是认真的。”博尔说。

玛丽看着博尔，冷冷地问：“你们想偷什么？”

博尔斩钉截铁地说：“大本装甲服务公司！这个主意是哈利想出来的，他的汽车公司就是主要为装甲车服务的。他观察了一段时间，发现每周五的上午，大本公司的装甲车都要从汉密尔顿的信托公司往附近的四家工厂押运工资，虽然面额都很小，但总量很可观，有一百万呢！玛丽，你想想看，一百万啊！”

玛丽听完之后，异常冷静，非常坦率地对博尔说：“你疯了吗？”

博尔仍试图说服玛丽：“自打我们结婚那天起，你就一直想要我找一份可以赚大钱的工作，现在不就正好有这样一个机会吗？”

玛丽抿着嘴，脸上露出一丝不屑的表情，“之前我是这样说过，可每次你都说，除了教书，别的都不会，还要我不要瞎折腾，安分守己地过日子就行。”

“是的，我不否认，教书能带来一份安定的生活，可是你想想，一百万啊，我们的后半生可能就因此而发生天翻地覆的转变了。”

“你干不来的，”玛丽不紧不慢地说，“除非是那种职业劫匪，否则，像你这种门外汉，怎么可能干成这种惊天动地的事情？”

“我们考虑过这一点。在哈利看来，正因为我们不是专业劫匪，我们做这件事情才是安全可靠的，才有可能成功，”博尔深吸一口气，继续说，“哈利已经为这件事情制订了周密的计划，他考察了沿路的情形，发现了一个适合我们下手的地方。我们需要做的，就是把那两个警卫捆起来，然后把他们锁在卡车的后面。我们会把车子停在一个能够藏钱的地方，然后回家，等这件事情的风声过去之后，我们就能风平浪静地过日子了！”

玛丽很想说些什么，但又被博尔打断了，“亲爱的，我知道你在顾虑什么。是的，我们拿到钱之后，有很长一段时间不能动用它，因为警察会在那段时间对突然出现的暴发户做盘查，”博尔狞笑了一下，继续滔滔不绝地说，“哈利说，为了这一百万，他愿意花足够的时间去等待，因为警方永远不可能怀疑到我们头上，我们没有前科，没有服过兵役，更没有在其他的地方留下我们的指纹档案。至少在外人看来，一个守法公民，一个外行，永远不可能与这种惊天大案扯上一丝联系……”

“博尔！”玛丽听不下去了，大声打断了他的话，“别让哈利这个疯子把你拖下水，我知道他要做什么蠢事，要知道，你们会因此被关到牢里去的！”

博尔点点头，表示认可玛丽的担忧。“是的，我坚信，哈利会迫不及待地启用那笔巨款，我也相信警察肯定能根据线索追查到哈利头上，并且他很可能把我供出来。”

玛丽的双眼一直死死地盯着她的丈夫。

“不过亲爱的，你不要担心，我为此也做好了预案。哈利会策划执行整个计划，他会先偷一辆汽车，而且这辆车的车主会到晚上才发现车被盗了。而我会把我的汽车藏在水库附近的一个小森林之中。在我们的计划得手之后，我和哈利就会改乘我自己的汽车前往波顿，那儿有个绝佳的藏钱地点。不过他开始并不想告诉我那个具体的地点，因为他担心我在关键的时候掉链子，所以，最好的方案就是只有他一个人知道巨款藏在哪。这样，即使他被抓，钱也会永远地藏在那儿，他甚至可以出狱之后再去取，”博尔停了一下，补充道，“不过，他并不相信你，并且要我什么都别跟你说，怕你会出卖我们。”

玛丽摇摇头，“不会的，只是我不太相信哈利那个人。”

听到妻子的这句话，博尔终于露出了微笑，他伸出一只手，搭在玛丽的手上，“我就知道你不会出卖我们，我也向哈利保证了这一点。我知道你会担心，其实在最开始的时候，我的内心也非常害怕，不过我相信我们的计划一定能成功，毕竟这件事除了我们，再没有别人知道了。”

玛丽的态度似乎有了一点转变，期待博尔继续往下说。

“明天，我和哈利就会按照原计划开始行动，不过在那之前，我要先去汉密尔顿的会场签到，然后再离开。会场里面到时候肯定是乱哄哄的，因此不会有人注意到我离开了。随后，我会赶到水库边和哈利会面。上周，哈利买了几个大的金属箱，我们到波顿之后，就会把钱装进这几个箱子里，哈利会把这几个箱子搬到那个其他人都找不到的地方。那儿附近有一个古老的牧场，是哈利小时候生活的地方。”

博尔继续向玛丽解释着他的计划，“事情办完之后，我也不会回到会场，我会和哈利待在一起。毕竟我们只有一辆车，哈利不希望在黄昏之前有人发现他的行踪，而且他也希望事情完成之后，像什么都没有发生一样，轻松地返回家里。所以，我们会在那个古老的农场停留很长一段时间。这也刚好满足我的需求，因为晚上到家之后，我要单独行动，不过我要提前告诉你，你在明天晚上会成为寡妇！”

听到这里，玛丽惊叫了起来：“寡妇！”

博尔很冷静地对玛丽说：“明天，哈利会穿着我的衣服，口袋里会有我的皮夹，他会死在我的车里。他将充当我不在场的最好人证。”

玛丽沉默了，过了很长时间之后，她才对博尔说：“可是，你们俩长得并不像啊。”

“这一点你不用担心，我们俩都是黑头发，黑眼睛，身形也差不太多，他也只比我小一岁。至于相貌的问题并不重要，因为明天到现场认尸的人毕竟是你。”

“你要去哪儿？”玛丽有一些担忧。

“嗯……我可能得失踪一段时间，可能六个月，也可能十个月吧，总之不会太久，等风声过去了，我们就会再见面的。没准儿我们会在一艘豪华的游艇上不期而遇呢。对了，我有保险，你到时候可以把它取出来用。再经过一段时间的交往，我就会和一位美丽而寂寞的寡妇结婚，而你呢，则会嫁给一位百万富翁，到时候呢，我们就再也不用为钱这种小问题而发愁啦！”

“可他们总有一天会捉到你的！”玛丽仍在警告博尔，不过，可以明显地感觉到，这种警告已经不如开始那么冰冷而强烈了。

博尔咧开嘴，对玛丽会心一笑，“亲爱的，看来你还没有想明白。我会借此除掉对我不利的证人，除此之外，我还会除掉我自己。有哪个警察局会对一个寒酸的历史老师的死亡饶有兴趣呢？他们哪会在这上面花太多的工夫？是的，哈利失踪了，并且哈利认识那些警卫，所以他可能是最大的怀疑对象，不过只要哈利死了，不就死无对证了吗？这件事情也就自然而然不会牵扯到我的头上。我的计划就妙在这里，哈利是整个案件的唯一线索，不过那时，他早已安眠在我的墓碑下。”

“不过，博尔，我必须知道你在哪里，我还得知道钱藏在哪里，”玛丽的脸上写满了质疑，“要知道，凡事总有万一。”

博尔点了点头，说：“嗯，你说得对极了，我得抽个时间去把藏钱的地图照着画一份出来，而且这件事情不能让哈利知道。所以，这件事只能等我杀了哈利之后再进行。不过你放心，我会在他离开农场回到家里之前杀掉他，否则，他的过早死亡，会引起警察的注意。”

博尔捏着玛丽的手，试图安抚她内心的不安，“放心，只要有空，我就会把地图寄给你，至于我藏在哪里，这个你必须要等上一段时间。因为最开始的时候，我会四处游荡，甚至会进行乔装打扮，我可能会挑一个离家很远的地方住下来。你只需要安安心心地待在家里，等待风声过去。相信我，一切都会非常顺利的。”

随后的两个小时，夫妻俩都在讨论玛丽在今后的一段时间内要做些什么，他们讨论得非常详细，甚至连选择哪家殡仪馆这类问题都没有放过。

“像丧葬费和房屋贷款这种大笔的费用，你可以暂时不用管，因为他们知道你靠保险金过日子，要着急的是他们，因为你现在没钱，仅有的一点还得用来吃饭。”博尔想了想，认真地对玛丽说。

随后，他又拿出自己的皮夹，从里面拿出一些钞票递给了玛丽。“嗯，这里面得留下一点儿。”他拍了拍手中的皮夹，讽刺地笑了笑。

最后，他们重新温习了一遍整个计划，而后上床休息。那天晚上，玛丽显得异常兴奋，她甚至还做了一个美丽的梦，梦见自己成为百万富翁，要什么就有什么。

第二天早上，时钟刚指向七点，他们匆匆吃完早饭就分手告别了。虽是告别，但心中异常激动，细细回味一下，他们才发现原来已经有很长时间没有这么激动过了。

玛丽收拾完餐桌和厨房，然后去附近的购物中心逛了逛，顺便洗了个头发，然后提着大包小包的东西回到了家中。

下雨了，而且气温有些偏低。这真是太棒了，这正是博尔想要的天气呢，因为下雨能够冲刷掉车祸现场的多余痕迹。

玛丽匆匆地回到家中，连鞋都顾不上脱，就急急忙忙地跑到房间，打开收音机。这时，新闻正好播放了一半："……匪徒抢走了一百万美元，警察部门现已在沿线的各条公路设卡拦截，而被劫持的汽车已经被警方找到，现停在水库附近的树林中。"

他们安全地撤离了！玛丽如释重负地舒了一口气。她看了一下午的电视，并且吃了一顿简单的晚餐。

十点左右，有人在敲门。玛丽前去开门，发现是一位警察。

玛丽非常警觉地问了一句："有什么事情吗？"

"博尔太太，我很抱歉地告诉你……"警察显得有些不安，"你的先生遭遇车祸了。"

"噢！博尔……"她带着哭腔喊道，一双手紧紧地握在了一起，"他怎么了？受伤了吗？他……"说到这里，她突然说不出话来了。

警察神色有些凝重，"他可能伤得有些重，现在还在医院。我们的头儿派我来接你，认为你应该立刻赶过去。"

警察局就是这样的办事套路，他们话是这样说，为的只是暂时安抚家属而已，很多时候，等人到了医院，他们就会说，你的丈夫死了，现在躺在太平间里，请你过去辨认一下尸体。

玛丽被警察扶上了警车，此刻，雨仍没有停。

车很快就到了医院，警察把她领到了大厅，与接待的护士小姐简单说明了情况之后，护士小姐就领着他们登上去往五楼的电梯。怎么没有去地下室呢，不应该去太平间的吗？玛丽觉得有些意外。这时，警察对玛丽说："博尔先生现在正躺在五楼的特护病房中，你过去看看吧。"

听到这里，玛丽愣住了。哈利居然还活着！

瞬间，玛丽觉得自己陷入休克的状态，她甚至听不见周围的人在说什么，而那个医生正站在护理人员的柜台边等她。

医生的一番话，终于惊醒了她："博尔太太，我不敢向您保证，他有多大的希望苏醒过来，我们现在拍下了 X 光，等结果出来之后，我们才能进行下一步抢救工作，也许手术是让您先生重获新生的唯一方式。"

她稍微清醒了一点，用一种近乎可怜的眼神看着医生，很久之后，才低声说了一句："谢谢你。"她突然意识到，周围的人都在等她表态，于是，她非常合时宜地问了一句："我可以进去看看我先生吗？"

"可以，不过，他现在正在昏迷中，"医生警告说，"他可能伤到了大脑，也许认不出你。

你要做好心理准备，因为他伤得太重了，脑壳都裂开了，可能会吓着你。不过，伤成这样还能活着，已经是一个奇迹了。”

正如医生所说，她看到床上躺着的这个人之后，就开始浑身发抖。要不是事先知道，她根本不可能认出，躺着的这个人居然就是哈利。

她尽最大的努力控制着自己的情绪。她缓缓地走向床边，用微弱的声音颤抖地说：“博尔，你醒醒啊，我是玛丽，你看看我，和我说句话好吗？”

躺在床上的哈利就像一具尸体，一动不动，除去那断断续续且稍显吃力的呼吸，他真的和死了没什么区别。

玛丽以一种近乎无助而绝望的眼神看着医生，医生只是轻轻地扶着她走出了病房。

“你现在帮不到他的，”医生向她解释，“你现在能做的，就是在外面安静地等着，等着X光的结果。这是你目前接近你先生的最好方式，而且你能在这里获得你先生的最新病情。”说完，医生就离开了。玛丽一个人坐在走廊里，头脑中一片混乱。

过了一会儿，医生回来了，他摇着头告诉玛丽：“希望可能不是很大，不过我们会尽全力的，我们已经邀请了汉密尔顿的一位脑神经专家过来会诊，他会在今天晚上为你的先生进行手术，这是目前我们唯一的选择。”

玛丽的精神看起来要崩溃了，医生轻轻地拍着她的肩膀，带给她最大的安慰。“我会安排护士长给你服用一些安眠药的，我的建议是，你回家把这些药吃了，然后安安心心地睡一觉。这台手术可能要持续很长时间，你没有必要在外面干等着。如果有需要，我们会让人通知你过来的。你现在需要做的，就是保持你的精神状态，不要自我折磨，你的丈夫肯定也不希望看到你现在的样子。”

她起初极力推脱，想留在医院，不过最终她还是选择了回家。夜里的雨没有停，寒意更重了。她回到家，看了看时间，还不到十二点。

一个人在家，让她感到有些不安，她来回地在家踱步，脑中乱成了一团。博尔原本想要用这个计划弄死哈利的，没想到哈利竟然没死。这下，除了要担心哈利会不会醒过来，还要担心自己的生活费。哈利要是醒了，保险金也就没了，至于银行的那几百块，又能撑几天？别说还房子的贷款了，就连日常的水电餐饮费用也变得难以为继。更糟的是，博尔可能还不知道哈利没死，甚至可能很久以后才知道这个消息。像这种不起眼的交通事故，汉密尔顿的报纸又怎么会进行特别关注？再加上正值百万劫案的爆炸性新闻档期，报纸没有变成通篇专题已经是非常万幸了。

不过，一想到哈利重伤的模样，玛丽的心里又泛起了一丝安慰。他一定会死的！玛丽不停地安慰自己。

她吃不下安眠药，但由于过度担心，她早已疲惫不堪，躺在床上很快就睡着了。一直到第二天早上八点，她被医院的一通电话吵醒。

“博尔太太，我们已经为你的先生做完了手术，不过他现在仍然处于昏迷状态，”电话另一头的医生显得非常疲惫，很显然一个通宵都没有好好休息，“他可能还得继续昏迷一段时间。”医生停了停，原本以为她可能会对此说些什么，结果电话两端都沉默了一会儿。医生又安慰地对玛丽说：“不过，很万幸，他还活着。”医生又停了停，玛丽依旧保持沉默。最后，医生说：“博尔太太，我建议你暂时还是留在家里吧，护士们在这里忙成一团，你来了也帮不上什么忙，好好休息吧。”玛丽含糊地搪塞了几句感谢的话语，然后缓缓地从床上坐起，穿上衣服。

大约十分钟后，门铃响了。玛丽前去开门，发现门口站着一位警察。

“博尔太太，我们的莫克警官在局里等你，他有些情况要向你了解一下。”

玛丽一听，头皮有些发麻，心里琢磨着：难道又出什么麻烦事了？

来到警局之后，玛丽见到了胖乎乎的莫克警官。他不紧不慢地对玛丽说：“很抱歉，博尔太太，在这个悲伤的时候我们还要打扰你，我们是想把你丈夫的随身物品归还给你的。”

玛丽看着警官递过来的皮夹、钥匙和一些硬币，不禁松了口气。

莫克警官向后靠在椅背上，注视着她，随后问道：“博尔太太，你先生在开车的时候，是否会搭载陌生人呢？我的意思是，他有没有这方面的习惯？”

玛丽想起事前博尔对他的再三叮嘱，要尽可能地说实话。于是玛丽点了点头。“嗯，他偶尔会这么做吧，虽然他不赞成，尤其是警告我不要随车搭载陌生人，但如果他觉得这个陌生人信得过，并且确实需要帮助的话，他会这么做的。不过，警官先生，你问这个干吗？”

“噢，是这样的，由于那天下大雨，我们没有在现场发现任何脚印。但在我们看来，如果只是因为雨天路滑，使得车辆从弯道上冲下山坡，是不会让你的丈夫伤成那样的。你丈夫身上的伤大多集中在头部和肩部，而且我们经过鉴定，那些伤很明显是遭凶器重创形成的。”莫克警官慢吞吞地对玛丽讲述着警方的推断。

听到这里，玛丽开始紧张起来，“也就是说，我的丈夫并非因为车祸而受伤？”

“是的，至少我们不这么看。顺便问一下，你丈夫出门的时候，带了多少现金？”

她觉得这个问题难以回答，所以，最后回答了一句：“不太清楚。”

“嗯，我们仔细检查过了，他的皮夹中只有五美元，我们认为，你的丈夫可能搭载了一位陌生人，而这个人打算对你的丈夫进行抢劫。你的丈夫可能在这个过程中进行了抵抗，不过这位陌生人应该对你的丈夫痛下了杀手，并且自以为已经杀掉了你的丈夫。同时，为了干扰我们的判断，他把五元钱放回了皮夹之中，并且把汽车推到了山下面。”

玛丽从口袋里掏出手帕，不停地擦着眼泪，嘴里还不停地发出颤抖的声音，“天哪，这简直让人难以置信！”

“当然，还有其他的，”莫克警官继续分析，“你丈夫随身的皮夹与钥匙上都没有指纹，由此看来，这一定不是车祸，而是一起蓄意抢劫和谋杀。我很不幸地告诉你，博尔先生正是这起蓄意抢劫谋杀案的受害者。”说到这，莫克警官将自己肥胖的身躯从椅子上挪起来，并且礼貌地示意玛丽询问结束，可以离开了，然后补充道：“博尔太太，你放心，当你的丈夫苏醒之后，我们也许能从他的口中收获一丝线索。我们会尽最大努力的。”

从警局回来的路上全程有人护送，秋雨早已停了，阳光明媚，气温也不如昨天那般寒冷，但玛丽的内心觉得更加寒冷了。博尔并不了解犯罪，连杀个人都不知道该怎么杀，他完全低估了警察的办案能力。由于他忘记把哈利的指纹印在皮夹和钥匙上面，这使得警察开始将注意力转移到寻找陌生的搭车人身上，而且案件的性质也发生了转变，找不到这个陌生人，就会使这个案子变成一个无尽悬案。

不过，玛丽现在一想到哈利可能已经死了，心中就总能涌起一股莫名的安慰。可是，偏偏事与愿违，哈利仍然坚强地活着，医生也不断地安慰玛丽，告诉她手术后的昏迷是正常现象。

医生对玛丽说："这种昏迷的状态还不知道要持续多久，而且我们现在还不能完全确定他的大脑究竟遭受了多大程度的伤害。这一切只能等他苏醒之后才能了解。"

玛丽急得都快哭了，但医生很明显地误解了她的眼泪，仍在不断地安慰她："没关系，我见过很多伤得比这还要厉害的人，他们最终都康复过来了，所以，你可千万不要半途放弃啊，博尔太太。"

听完这番话，玛丽的身体不自主地哆嗦了一下，医生立即示意边上的护士把玛丽搀扶到边上好好休息。医生小声地对护士说："初期，探望时间只有十分钟。"说完，医生就走出了病房。

自从这一刻起，玛丽每天几乎都过着类似的生活。她日复一日地坐在哈利的床边，允许陪护的时间也从最开始的十分钟日益延长到几个小时。陪护时间一旦结束，她就以最快的速度赶回家中，然后搜查家中的信箱，坐在电话机旁等待电话，最后以恍惚的睡眠撑到第二天天亮。

她每天都在焦急地等待着，一方面等待着哈利赶紧死去，另一方面等待着博尔给她新的消息。连日来的焦虑让她的体重迅速下降了五千克，脸色也变得憔悴苍白。看着玛丽的这番容貌，护士小姐真为她捏一把汗，让她有时间就多去休息。

玛丽谢绝了护士的好意，"当他醒来的时候，我一定要在他的身边。"

时间就这样过了几天，人们对大本公司的百万劫案的关注度也日益下降，报纸的头条也不再刊登相关的新闻，只能在边角的部分表明这个案件还在缓慢地进展着，不过，案件相关的线索都已消失得差不多了。

在哈利动完手术的第七天，玛丽像往常一样走进病房，打算陪护哈利。她意外地发现，病床边围着很多护士和医生，他们都低着头，看着床上躺着的那个人。

一个念头瞬间从玛丽的头脑中闪过：哈利死了！

可是，很快她的头脑中马上涌出第二个念头：他醒了，甚至能开口说话了！

医生看到玛丽进来，便示意她来到病床边，"博尔太太，你先生的身体状况今天有了很明显的好转，虽然他还没有醒，但是他在几分钟之前睁开了眼睛，我们对他做了几项相关的测试实验，他都有反应。不过他现在的身体仍然非常虚弱，仍然处在危险期，不过你放心，我们有信心将他从死神那儿带回来。"

看着床上的哈利，玛丽的两眼简直能够喷出火来。

“尽管我们仍然不确定大脑的伤势，但是没关系的，哪怕受了重伤，他也是有可能完全康复的，这个过程就是比较耗时间罢了，至于脸嘛，”医生安慰性地笑了笑，接着说，“也没太大关系，以后整个容就可以了。”玛丽斜靠在椅子的扶手上，感觉腿有点站不太稳，医生见状拍了拍玛丽的手，“我就知道这条消息能让你彻底放心，我建议你更多地留在医院，多陪他说说话，他可能记不住你说的话，但你的声音也许能有助于他的苏醒。”

对于医生的建议，她必须服从。玛丽坐在床边，握住他的手，和他进行着简单的对话：“博尔，你醒了吗？我们现在在医院里，你前一段时间发生了车祸，受了点伤，不过没有关系，有医生和护士的帮忙，你会很快地好起来的，我也会一直在你的身边陪着你，你只要睁开眼，就能看见我坐在你的身旁。”玛丽的举动，让站在一旁的护士感动不已。

能够很明显地感到，哈利的脸色比之前好太多了，而且脸上的表情也不再僵硬了，他的嘴角也时不时地微微动一下。

护士小姐看见这一幕，非常激动，连忙说：“博尔太太，他能听见你的声音，你看，他在笑呢！”

“博尔，”玛丽连忙喊着，“我是玛丽啊，你醒了吗？你能听见我说的话吗？”

玛丽只觉得被握着的那双手微微动了一下，而后又没有什么反应了。不过，哈利的呼吸确实比之前平稳了许多，也没有起初那么吃力了。玛丽一直坐在床边对着哈利发呆，以至于没有注意到病房中来了一位陌生人，他是莫克警官的一位手下。他示意玛丽回警局接受调查。

此时的玛丽并不害怕，不过却非常烦躁。她非常清楚，自己不能冒险行事。一旦哈利完全康复，而且头部没有受伤，那么她将陷入极大的危险之中。所以，她暗自下定决心，一定要在他没有完全苏醒之前，杀掉他。她打算等到五点三十，然后抽出他头下的枕头，压在哈利的脸上，让他窒息而死。随后，再将枕头摆回原位，向护士呼救。毕竟哈利的身体仍然处于极度虚弱之中，随时会出现意外，因伤势复发导致呼吸困难而死，这也是非常可能的。而且通过一段时间的相处，医院里的每一个人都深信他们的爱情非常坚定，不会有人怀疑到她的头上。

随后，她极不情愿地跟着警察来到巡逻车上，心中不停地期望自己能够在计划的时间内赶回来，而且哈利最好不要在这之前醒来。

和上次调查一样，莫克警官的语速容易让人产生倦意：“我从医生那里了解到，你的丈夫身体状况有所改善，不过，以他目前的身体状况，可能还无法协助我们进行有效调查。”

玛丽表现得很不耐烦，连忙点头，希望这样的调查能够早点结束。

“不过，我们需要他，”莫克警官接着说，“我们似乎找到了一点线索。”莫克警官说完后，故意停了下来，以为她会为此说些什么，谁知道玛丽由于内心处于一种极度的急躁状态，根本没注意听莫克警官刚刚所说的话。

“我们可能找到了那个搭便车的陌生人，没准，这个人你还认识。”莫克警官补充道。随即，他拿起一沓照片，塞到玛丽的手中，然后接着说：“不过我先提醒你，这些照片可不怎么好看，不过你还是要感谢天气，要不是这么寒冷的温度，你可能看都看不下去。”

玛丽心中满是疑惑：搭便车的陌生人？他们怎么可能找到一个根本就不存在的人？她以一种极度疑惑的眼神看着莫克警官。

“是这样的，博尔太太，昨天有几个小孩在当时发生车祸的山脚下玩耍，无意中发现了这个人。我想，他是跟着车子一块儿从山上掉下来的，而且，他应该是从车祸现场爬出来的，一直爬到了不远处的丛林里，鞋底早已结块的泥渍和车祸路边的土样完全一致。当然，还有另外一种可能，他可能因为踩到泥浆而滑倒，然后被汽车的缓冲板碰了一下，随即被拖下了山崖；也可能他是推汽车的人，不过由于汽车动力的原因，他也被顺带着带了下去，”说完，莫克警官停了停，然后提高了语速，像是不假思索一般地脱口而出，“山崖下面的石头非常锋利，他应该死于失血过多，加上那天大雨，现场被冲刷得非常干净，以至于让人察觉不到有人随同跌下了山崖，从而耽误了最佳的救援时机。”

玛丽看了看照片，确实像警官说的那样，不堪入目，虽说博尔凄惨地在山下的丛林里待了六天，但这张脸，玛丽清楚地认得，分明就是博尔的。

视觉的刺激加上连日的操劳让玛丽的胃中不停地翻滚，心中也莫名地涌起了一股冲动的怒火。她为博尔最后这个致命错误感到非常生气。不过，她很快地冷静下来，她突然想明白了，现在还不是生气的时候，并且瞬间决定，枕头谋杀计划要立即取消，哈利不能死！

一想到奄奄一息的哈利，玛丽的心中突然惊恐万分。哈利现在是唯一知道钱藏在哪里的人，她必须得想尽一切办法得到确切的答案。如果护士与医生一直陪护在哈利身边，她的这项目的就不可能达到。并且，如果他醒来之后知道是博尔要杀掉他，他也一定不会透露巨款的埋藏地点。不过，玛丽坚信，这一切最终都能通过时间来解决，而且她知道，哈利对她一直心存好感，没准现在能好好地利用到这一点。

玛丽从来没有如此想立刻赶回医院过。然而，莫克警官仍旧在不紧不慢地说话：“博尔太太，现在州警察和汉密尔顿的城市警察都参与到这个案件的调查之中，要知道，我们在这个搭便车的人的钱袋中发现了差不多一万元现金。他把钱袋塞在腰带里，但他的皮夹中没有什么证件。身上携带的那些现金，大多都是成捆成捆地放着，而且上面的日期恰好与大本公司劫案发生的日期吻合。”

说到这，莫克警官终于停了下来，若有所思地打量着玛丽。“其实，我们非常确定，这个人就是大本公司劫案的其中一名歹徒，这可不是一个小的案子啊，一百万美元呢，”警官看了看玛丽，接着说，“博尔太太，我们非常怀疑，你是否认识照片上的这个人？”

玛丽看着照片，内心波澜涌动，但面部表情丝毫没有发生变化，坚定地说：“我根本就不认识他。”

警官长叹了一口气，“哎……其实你大可以说实话的。今天早上，中心中学的校长在看到这张照片的时候，当即毫不犹豫地指认，这个人就是你的丈夫——博尔。”

她似乎还想开口辩解什么，不过感觉喉咙里被什么东西卡着，根本发不出声。

“你应该勇敢地进行指认，”莫克警官再次劝告玛丽，“这也许能让陪审团相信，你把医院的人称为你的丈夫，只是一个诚实的错误而已，毕竟，你对于犯罪的事情并不清楚，而我们也会继续找人对另一个从犯进行指认。事实上，我们也许知道这个从犯是谁了，等他康复过来，我们就可以将他提审。”

说完，莫克警官意味深长地盯着眼前的这名妇女。“或许，他们因为某些事情起了争执，当然，也有另外一种可能，那就是，这场车祸从头到尾都是你丈夫事先安排好的。”

玛丽低头陷入沉默之中，而此时，莫克警官的声音开始变得轻松起来，“博尔太太，你丈夫的同谋暂时还无法说话，但你是可以发言的，事已至此，你干吗还在这兜圈子，干吗不给我们节省点时间，痛痛快快地告诉我们躺在床上的人到底是谁，这个案子的经过到底是怎样的？”说完，莫克警官的语气瞬间变得严厉起来，略带恼怒地补充了一句：“不过，我想提醒你一句，你在回答我上述问题之前，你有权聘请一位辩护律师。”

“我不要什么律师，这件劫案从头到尾我根本就不知情。”玛丽逼着自己说出了这句话。

“噢，原来是这样，博尔太太，我还想告诉你一件事情，除了钱，我们还找到了另一样小东西，它藏在你先生的皮夹里，是一张小而详细的手绘地图，上面清楚地记载了你可以去什么地方提取现金，关键是，地图的背面还有留给你的字句，最后还签着‘博尔’的名字，这一切非常清楚地指明你也是大本劫案的同谋之一。”

听到这番话，玛丽瞬间就瘫软了。不过，莫克警官并没有停止叙述：“哪怕是医院里躺着的那位永远开不了口，你也逃不了嫌疑。顺便告诉你一件事情，我们已经通过这张地图，找到了丢失的那一百万美元。”

莫克警官降低了声音，面露一丝微笑，非常和蔼地说：“博尔太太，我想，你还是去请一位律师吧，我觉得你此时真的很需要一位律师。”

有一个地方，四周围着八尺高的围墙，围墙的顶端还嵌着锋利的玻璃碎渣，沿着围墙的走向，还种着高高的木棉树，微风拂过，枝叶摇摆。院内的四周铺满了鲜绿的草坪，而在这森严的院落中央有一栋房子，里面住着这个院落的主人——马斯特。然而，就在一个漆黑的雨夜，这里发生了一桩谋杀案。

这栋三层楼的房子里面只有马斯特一个人，房间的管家玛格丽特今天也刚好休息。马斯特并不觉得独处有多么难受，只是觉得，一个人的生活会有诸多不便。

这天晚上，他早早地就吃完了晚饭，随后，他离开客厅，穿过走廊，来到了敞亮的厨房里面。他打算弄些茶点，来打发漫长的夜晚。管家玛格丽特虽然不在，但想得非常周到：由于主人有喝晚茶的习惯，她把水壶盛满水，留在灶台上，以免主人马斯特找不到。他打开壶盖，往里面添加了一些优质的茶叶，然后开火煮茶，并关掉了屋里的灯，径直走向自己的书房。

书房门刚被推开，屋子的角落里就传来了一阵低沉的狗叫声。马斯特打开了房间的灯，他养的那只身形硕大的德国牧羊犬睁开眼睛，歪着脑袋从地上坐了起来，当看到进门的人是自己的主人之后，它便又乖乖地躺在地板上，找寻那跑得不远的睡意去了。

这条牧羊犬叫“上校”，忠心耿耿地陪伴着马斯特度过了十二年光阴。别看它现在老在打盹，但它的警觉性丝毫没有下降。

除了“上校”，马斯特很少相信他人，因而他也非常注重保护自己的安全。一到晚上，他准备与自己的太太休息时，就会开启整个院子的警卫防护系统，以抵挡外来的不速之客。马斯特拥有一笔可观的财产，还拥有一副健康的身躯，这是他五十年来不断努力的最好回馈。

此时，窗外风雨大作，倾泻而下的雨水打在黑色的玻璃窗上噼啪作响。大雨下了一整天，这让马斯特觉得非常烦闷，于是他走到窗前。窗外一片漆黑，玻璃上反射出他魁梧的罗马人身躯，威风凛凛之下略带着几分自负。他拉上了窗帘，红色的窗帘从窗户的两侧向中间收拢，马斯特的身影最终被隐匿在窗帘的背后，这种情景，仿佛就像一出舞台剧表演完毕，演员在台上谢幕离场一般。

马斯特坐在书房的一张大桌子边，无聊地把玩着一把黄金刀柄的拆信刀。此时，房子的另一头传来了一阵细碎的吱吱声，像是门窗发出来的声音。马斯特看了看拉上的窗帘，想象着窗外的风雨，不以为意地陷入了沉思之中。随后，他突然打算做些什么。于是，他把拆信刀随手放在了身前的桌子上，起身向橡木书架走去。

马斯特双手按在书架上，用力往里按压了半英寸，然后将书架向右推送，书架很快地就滑到了一边，随即，一扇铁门出现在眼前。它看起来很像一个保险箱的门，马斯特使尽全身力气旋开了铁门，然后向里面走去。

门里面是一个黑暗的密室，宽约六尺，深约八尺，密室的两边摆满了架子和保险柜。他随手拉开了右侧的一个抽屉，里面摆满了各种档案，他随手翻看了几卷。当他翻到有关夏季的那部分档案时，传来了茶水烧开的声音。

看来水烧好了，真不是时候，马斯特骂骂咧咧地整理好了文件。尖叫的茶壶声一直在响着，马斯特突然有一种毛骨悚然的感觉。他关好抽屉，正准备转身离开，突然发现书房里闪过一个人影。马斯特心中暗想：看样子，这人是想用茶壶的响声来分散我的注意力了。马斯特刚准备快步走出去的时候，眼前的一幕让他感到万分惊恐，铁门居然慢慢地关上了！密室里一片漆黑，马斯特摸索到门口，无论怎么使劲，铁门都关得死死的，再也打不开了。

这应该算是马斯特这辈子遭遇的最为惊慌失措的局面了。今天晚上，不会有第二个人能进到这个房子里，而明天早上最可能出现的，也就是管家玛格丽特。此时，马斯特可以肯定一件事情，里面的空气撑不过今晚，自己估计得死在这儿，而关门的那个人，应该就是凶手。

这种情况，马斯特之前从未预料过。不过，马斯特很快调整了自己的状态，由起初的绝望转变为现在的冷静。他预估了一下自己的剩余生命，最快可能也就两个小时，最多也不超过六个小时。等待他的，将是痛苦的窒息死亡。此时此刻，马斯特是多么希望，当时自己在修建这样一个密室的时候，安装了照明设备，哪怕是一盏灯。

凭着记忆，马斯特摸黑找到了一个角落，他背靠着书架坐了下来，尽量让自己处于一个平静的状态，让自己的呼吸节奏变缓，从而最大限度地节约氧气。

就这样，时间平淡地流过了两个小时。渐渐地，马斯特开始觉得呼吸有一点困难了。此时，他内心只好奇一件事情，究竟是谁要置他于死地？

恐惧感随着呼吸的逐渐困难而不断提升，为了让自己不被这种恐惧感打垮，马斯特开始琢磨这个问题。他的脑海中很快地浮现出一连串人影。他在生意场上向来铁面无情，不过，他虽然找出了几个有嫌疑的人，却怎么也找不出他们下手的动机。

就在茫然的时候，马斯特突然想起了一件事情，随即，他在黑暗的密室里得意地笑了起来。因为，不论是谁要进入书房，开关这扇保险门，都必须从“上校”身边经过。他能够毫无动静地进入，说明“上校”对这个人一定很熟悉，于是搜索的范围很快就缩小到几个人的身上。他开始逐个分析。

首先就是他的太太丽达。是的，她有充分的作案动机，她渴望钱，也渴望自由。丽达比马斯特年轻二十岁，并且拥有曼妙的身姿。而且就在不久以前，他听说丽达做了一些不太安分的事情。不过就在前天，他才将丽达亲自送上飞往纽约的飞机，她要去探望她的姐姐——一个非常时髦而著名的百老汇演员，按常理来说，丽达现在应该还在千里之外的大洋彼岸。

其次，他想到了自己的弟弟查理。查理是艺术家，这给人感觉不可思议，作为兄弟，一个是钢铁大亨，一个是山水画家，反差太大了。虽说查理在绘画方面有一定的天赋，不过这点天赋并不足以支撑他以此来养家糊口。至于每月从信托基金那里获得的补助，也只能勉强维持生计。因此，钱就是查理的最大动机。而且遗嘱中有明确规定，兄长去世之后，他的其他兄弟能够依次继承家产，而不能继承的那些人仍要依靠领取救济金过日子。从遗产继承的角度来看，查理的动机很充分。不过，他转念一想，平日和弟弟相处得非常融洽，别的不敢保证，但弟弟的为人自己还是非常清楚的。因此，马斯特很快就将自己的弟弟排除在外。

马斯特想起，就在今天早上，自己还打电话约查理共进午餐，不过被查理婉言谢绝了。他兴奋地说路边有一大片长势喜人的向日葵，由于那片地方是地产商的待开发区域，所以他想在这里被开发之前完成这幅画的创作。一直以来，查理都是这样，只要看到漂亮的东西，他就想用画笔记录下来。不过，查理也说了，要是画不成，他会打电话回来的。但直到现在都还没有打电话来，估计这位大画家还沉浸在创作的乐趣之中吧。

第三个嫌犯就是洛克，他是马斯特的助手，担任公司的副经理。只要马斯特不在，公司的财政就由他全权负责。不过，此时的洛克应该在圣路易，他应该在与一家棉纺公司谈判。和丽达一样，按照正常情况来看，他也不在城里。

马斯特想了想，找不到另外的人了，也就是说，凶手就是这三个中的某一个。

那么，究竟是谁呢？马斯特只觉得密室里的空气越来越浑浊，要非常努力地呼吸才能够满足肺对氧气的需求。他很清楚，自己的时间已经不多了，所以他愈发冷静地来思考这个问题。

今天早上，丽达曾经打了一通电话过来。如果她要一早从姐姐那儿坐飞机回来，她是有足够的作案时间的，她甚至能够赶在我的尸体僵硬之前离开现场。不过，在早晨的电话中，他曾经与丽达的姐姐通过话，也就是说，丽达确实在纽约。要是从纽约赶回来，就必须搭乘直达航班，而且要耗费差不多一天的时间，如果丽达平白无故地消失了一整天，她的姐姐必然早已发现了。要说她们两个人联合起来进行谋杀，这也不太现实，她姐姐在纽约如此成功，犯不着冒这么大的风险来为她妹妹争夺遗产，何况，若是他死了，丽达所能分得的遗产还不如她现在拿到的多。所以几经判断，丽达也应该不是凶手。

难道是洛克？可是洛克应该在圣路易市啊，几个小时之前，他们也通了电话。当时洛克明确地答应了，只要敲定了价格，就会带着资料回来向他请示。他们约定的时间是晚上九点，常年的接触，马斯特确信洛克是个非常守信的人。借着手表的夜光指针，马斯特判断出现在应该是八点五十二分。如果洛克九点的时候打来电话，那就意味着，洛克也不是凶手。反过来想，如果他真的是凶手，又何必多此一举呢？

不过，在这个小密室里，能不能听到外面的电话铃声呢？马斯特在心中盘算着，觉得应该能听到吧，凶手也许想让这件事情看起来像一个意外事件，所以门外的橡木书架一定没有归位。所以声音一定能穿过来。

马斯特吃力地抬了抬手臂，仔细地看了看手表，此时距离九点还有五分钟。马斯特努力让自己站起来，慢慢地挪到门口，然后把耳朵紧紧地贴在门上。如果九点钟，电话铃声没有响，那么凶手就是洛克，如果响了……

就在这时，一阵清脆但细小的电话铃声传到了马斯特耳朵里。他看了看手表，九点差一分。是的，这个电话一定是洛克打来的，他提前一分钟开始拨电话。

马斯特又努力让自己挪回到最开始的位置，他现在呼吸已经非常吃力了，感觉整个密室的氧气就快要被吸干了。他尽量让自己不去注意这些事情，以减轻自己的恐惧感。

这个时候，他在琢磨，如果敲打外面的铁门，是否能够引起他人的注意呢？他躺在地上，完全听不到外面的声音，他用力推开墙边的一个小书架，也丝毫感受不到墙壁边的阵阵凉意，看来外面的声音真的传不进来啊。想到自己居然奢望外面的人能够听到微弱的呼救声，马斯特就忍不住苦笑起来。哪里会有人进来，除非玛格丽特有东西落在这里提前回来了，否则，根本不可能。他打算把耳朵贴在铁门上，想听听下了一天的雨是否停了。

由于力气耗得差不多了，马斯特一下没撑住，脑袋撞到了柜子上，顿时头晕眼花。

这时，他突然想起了什么。外面下了一整天的雨，而查理却说要在路边画向日葵。他在哪里画呢？另外，查理还说过，要是画不成，他会再打电话过来。不过，马斯特转头一想，没准弟弟刚刚睡醒，忘记他早上说过的话了吧。

不过，洛克在圣路易市，丽达也在纽约，他们都不可能出现在这里，所以，必然是查理了。想到这里，马斯特的内心居然变得平静起来，他对于自己的推理非常满意。如今，他的生命就要耗尽，查理从小和自己一块儿长大，而作为哥哥的马斯特处处都占据着上风，想到这里，他甚至觉得自己能够原谅查理。只不过，这种谋财害命的做法，真是太不值得了。

马斯特从衬衫的口袋里拿出一支圆珠笔，同时，他从口袋里掏出了一个打火机，并很快地打着了。他很清楚，在这个时候用打火机照明意味着什么。他随手从文件上扯下一张纸，左手拿着打火机，右手握着圆珠笔，借着微弱而跳跃的火光，在文件纸的反面写下了查理的名字，并且留下了两句话。第一句是“我看见他靠近了这扇门”，第二句是“这是预谋”。最后的落款写的是自己的名字。短短三十秒，马斯特却觉得倾尽了全部的生命力量一般。看着留下的第二句话，马斯特的神情异常凝重。就这四个字，足以让查理死在另一间黑暗的小屋之中。

打火机的火焰渐渐变得昏暗，孱弱地跳跃了两下之后，火焰的光辉就被黑暗彻底吞噬了，密室重新被一片黑暗笼罩着。

警长耐心地询问玛格丽特：“你是因为看到这书架被推开了，所以才报警的吗？”

她点点头。

警方打开了密室的铁门，刑侦的人员对现场进行了拍照，随行的法医也正式宣称马斯特已经死亡。听到消息的玛格丽特一直不停地哭泣，警方将马斯特的遗体抬上了救护车。她除了目送主人的遗体，别无任何选择。所有人都走到屋子的外面，包括忠实的“上校”，它今天早上还没有外出活动呢。

“上校”在草地上翻滚着，虽然动作不如以前灵敏了，不过仍旧很活跃的样子。厨房里的茶壶声非常刺耳，它想叫主人去关火，于是跳起来去撞击铁门，没想到用力过猛，使得自己的前爪碰伤了，直到现在都还只能跛着脚走路。

屋子里，警长向玛格丽特问了一个问题：“查理是谁？”

该死的人是你

玛丽已经有五十岁了，但整个人看起来仍然年轻，显得娇小美丽。一天晚上，她一个人坐在客厅的沙发上，一边看着精彩的恐怖片，一边涂着指甲油。

正当她要为指甲油瓶盖上盖子时，她的身子不由得开始颤抖起来。原来，电视里的女主人公此时正独自走在一条伸手不见五指的黑暗胡同之中，漆黑的夜色里，还躲藏着杀死她父亲的凶手。阴森森的画面配上令人毛骨悚然的恐怖旋律，看到这里，玛丽已经快承受不住了，手指不自觉地伸到了嘴里。她甚至忘记了，自己刚刚才在手指上涂抹了指甲油。此时的她，估计比屏幕里的女人更加紧张，她迫切地希望那个女人能够转身逃脱。不过，一切都太迟了，那个黑色的身影快速地靠近女人的身边，然后扑向她，女人随即发出惊恐的尖叫声。就在这时，突然响起了枪声，凶手应声倒地，只见警车的车灯照亮了漆黑的胡同，地上躺着一个人，嘴里还在喃喃地说着临终前的独白。此时的女主人公趴在一个年轻警察的肩膀上，仍旧惊魂不定。片尾的音乐开始响起，屏幕上的影像也渐渐淡去，整个屏幕被广告占据。

玛丽突然松了口气，她关掉电视，看着刚刚被自己弄坏的指甲，决定重新再补一遍甲油。不过，电视虽然关了，但熟悉的声音并没有停止。古老的屋子里仍旧有怪异的声音，楼梯口那座旧的钟摆在不断地发出沉闷的嘀嗒声，地下室的火炉可能因为受冷而发出噼啪的收缩声，风摇动着树枝在窗户上发出沙沙的响声，厨房和餐厅的木质地板还发出咯吱咯吱的声音……

顿时，玛丽的全身都僵住了。其他的声音也就罢了，但地板是永远不可能自己发出声音的，这说明，地板上一定站着人。

厨房门！玛丽心中大惊，她刚刚出门的时候忘记给后门上锁了！她为自己的粗心大意感到懊恼，此时，地板上再次传来咯吱咯吱的声响，玛丽此时心里害怕到了极点。

她战战兢兢地挪到了电话机旁边，打算打电话报警。就在她准备伸手拿起听筒的时候，餐厅的门吱的一声开了，从门的方向传来了一声非常刺耳的声音："不想死就给我把电话放下！"

玛丽立即转过身来，谁知迎接她的是一阵疯狂的笑声。"亲爱的玛丽，"门口的那个人笑得不停，"如果你刚刚看到了自己的表情，我估计你也会乐疯了的！"

玛丽的脸色突然变得苍白不已，她瞬间瘫坐在电话机旁边的椅子上，全身还在不停地哆嗦。看到眼前的情景，突然闯入的这个人立即止住了笑声。

"玛丽，看来我真的吓到你了，实在是对不起啊，我不是有意的，我只想提醒你注意安全，要记得锁门。你还记得上个星期利普顿的那个女人吗？她就是因为忘记锁门而让坏人进入家中，使自己命丧家中的。"这位不速之客边说边走进餐厅，为玛丽倒了一小杯甜酒压压惊。

这个人名叫卡莱，是一个五十多岁的女人，虽然与玛丽年纪相仿，但看起来比玛丽要苍老得多。玛丽长着一头金发，发质柔软而富有光泽，而且很注重打扮，衣着精致，给人一种舒心的感觉。相比之下，卡莱就糟透了，她的头发像枯草一样干涩，衣裳的颜色虽然鲜艳，但也将她腿粗臀肥的身材缺陷暴露无遗。

"其实，我只想亲口告诉你，要想进入你这间空落的房子是一件多么容易的事情，"卡莱看见玛丽的神色变得正常之后，语气也就变得理直气壮起来，"要知道，像我这样进来的可能就是一个凶手，甚至是更坏的坏蛋。"

听到这里，玛丽显得有些不服气，"这几个月以来，我可就只有这一次忘了锁门。"

"亲爱的，不怕一万，就怕万一啊，有一次，你就完了！"卡莱皱着眉头，她的言语中流露出几分担忧。这种神态，简直和她的弟弟亨利完全相同。虽说亨利过世已经有十年，而且他和他姐姐卡莱基本上没有什么相似的地方，不过，每当玛丽想起亨利那亲切的脸庞，内心的潮水就会上下涌动，并且表现出一种非常痛苦的失落感。

玛丽整理了一下情绪，一方面，她想告诉卡莱，她已经恢复正常，另一方面，她不想将这种状态在卡莱的面前展现。不过，在她的脑海中，亨利的面容仍然会时不时地浮现出来，而这个时候，她会不由得缅怀那段已经永远失去的纯洁爱情。

她和亨利之间的爱情显得非常老套，换言之，中年人的爱情可能都是这样的。由于家庭的影响，父亲对于自由恋爱的干涉，玛丽不敢向心仪的男孩子表达爱意，使得自己的美好青春被白白浪费，最终成为一名老姑娘。亨利的情况也大致相同，由于非常羞涩，他只能将自己全身心地投入银行信托的工作之中，除了努力工作之外，不敢有其他非分之想。也正因为如此，亨利很快被提拔为公司的经理。

一段时间之后，玛丽的父亲去世了，亨利指导玛丽如何处理棘手的遗产纠纷。最开始的时候，玛丽经常会向银行的亨利打电话咨询，亨利对她也是知无不言，倾力相助。没过多久，亨利便主动给玛丽打电话，会和她聊一些业务之外的话题。由于年龄的增长，他们年轻时的那份畏缩与怯懦已经不复存在，他们终于开始恋爱了。

"我要一杯甜酒。"卡莱的一句话，把玛丽从回忆拉回了现实之中。卡莱这个人从来就不相信心灵感应这回事，相反，她总是以一种讽刺的口吻告诫玛丽："一个家庭，要是有一个酒鬼就已经够让人吃不消的了。”

亨利的确有一些弱点，但玛丽对此持一种包容的态度。作为约定，卡莱也从来不会向外人说起亨利酗酒的事情。不过，每当卡莱提到这件事的时候，玛丽总会以泪洗面。她从来就没有记恨过亨利，十年过去了，玛丽的心中只惦念着亨利的好。

玛丽将倒好的酒递给卡莱，卡莱用她那肥胖的手指捏着酒杯。玛丽看着眼前的卡莱，心想：亨利一直都很棒。虽说卡莱偶尔也会讽刺一下亨利，但更多的时候，她也会心怀感激地提起弟弟的慷慨。这是因为，卡莱的丈夫过世的时候，她自己身上没有一分钱，由于家庭瞬间失去了支柱，她的精神也陷入崩溃的状态。这个时候，多亏亨利及时出面，将她送到一所高级疗养院进行调养，待她完全康复后，亨利再把她接到家中，姐弟俩一块生活。

多年以来，卡莱已经将所有的细节都告诉了玛丽。那个时候，在玛丽看来，亨利一方面同情姐姐的不幸，但另一方面也感到有些尴尬，不过玛丽从没有多问。因此，亨利的心中也对玛丽怀有一份感激。直到今天，玛丽仍旧清楚地记得，亨利在向她介绍姐姐的情况时，明确表态，希望她们俩将来能够成为好朋友。

她们成为好朋友了吗？玛丽看着卡莱喝下了刚斟满的甜酒，心中对此满是疑惑。的确，卡莱是亨利留存给她的所有，只有和卡莱待在一起的时候，玛丽才能够放心地去找寻过去的那些记忆碎片。

“你真是一个可怜人儿，太幼稚了。”这句话卡莱经常对玛丽说。有的时候，卡莱甚至会不顾玛丽的感受，对亨利酗酒的事情大肆评论，这使得玛丽非常反感。然而，好在卡莱总能在关键时候想起亨利曾经救过她一命，于是，关于亨利酗酒的话题便能就此打住，她们俩就会转而对亨利的去世默哀。

这个时候，卡莱放下了手中的酒杯，高兴地从椅子上起身，对玛丽说：“天还没有黑，我该回家去了。”

玛丽看着她，脸上露出微笑，“看你说的，好像街上到处游荡着杀人越货的匪徒一样。卡莱，我们这里很安全的。”

“这样的匪徒有一个就够你受的了，”卡莱意味深长地边走边说，走到门口，她停了下来，回过头告诫玛丽，“记住，一会儿我走了之后，你要记得锁门，包括后门，听见没？”

“卡莱，别这样好吗？”玛丽对卡莱这种高高在上的样子非常反感，“你总是把事情想得非常糟糕！”

“小心一点总归是没有错的，”听见玛丽不耐烦的声音，卡莱显得有些生气，不过转而又向她道歉，“玛丽，我不该还把你当一个小孩子来对待，不过你要理解我，你是我在这个镇上唯一的朋友，但你心地太过于善良，所以你会很容易轻信他人……噢，对不起，我又来了！”她皱了皱眉头，这种神态像极了亨利。她最后补充了一句：“总而言之，我只希望你平平安安！”

玛丽听到后非常感动，她握着卡莱的手，向她发誓：“我一定会把门锁好的。”

她目送卡莱离开，随后关好了门。卡莱刚刚说过的话仿佛又在耳边回响。玛丽叹了口气，也许自己真的太过于天真了，总是很容易就相信别人。父亲在世的时候曾经告诫玛丽，他就是玛丽的生活重心，她对此坚信不疑。亨利喜欢使用刮胡子的泡沫液，这样能让他的呼吸散发出清淡的薄荷味，而她从来没有怀疑过，亨利这样做，完全是为了掩盖嘴里的酒味。还有几次，她和亨利约会的时候，亨利都以支气管炎犯了为理由而爽约。这一切，玛丽都相信了。

“他经常喝得酩酊大醉，”在亨利过世之后，卡莱把这件事告诉了她，说完，卡莱用手摸了摸自己丰满的胸部，接着说，“肺病和支气管病，我们家有这两种病的遗传史。”

玛丽可以肯定，这句话是千真万确的。如果亨利拥有一个强壮的胸部，他也许就不会这么早地死去，想到这儿，她又觉得亨利十分可怜。不过，她非常坚信，人们一直非常尊重亨利，因为在整个镇里，几乎没有人知道亨利酗酒的事情，更没有人知道他究竟在十年前的那个雨夜到外面做了什么。她也从来不觉得人们看她的眼神有什么异样，在她看来，只有受流言骚扰的人才会受到别人的这种待见。

她非常希望自己最好永远不要知道那件事情的始末。不过，由于卡莱是个装不住心事的人，只要心里有负担，她就会选择向别人倾诉。所以，玛丽不可能不知道。

卡莱眼中含着泪水，对玛丽说：“亨利不会让你看到他喝酒的样子。那天，他发现家里没有酒了，打算走出去买酒，我多么后悔我当时把汽车钥匙藏起来了……因为那天晚上风雨交加，气温也非常低，他的肺经不起这般折腾，没过多久，他就昏倒在了路边，全身被雨淋得透湿，风一吹，他冷得直哆嗦。我以为他只是昏过去了，就打算将他扶到屋里休息。可没想到，我过一会儿再看他的时候，他就已经不行了……我吃力地将他扶到汽车上，我当时也快虚脱了，不过好在我没有死，这简直是个奇迹！等到医院的时候，我们俩都进行了检查，我只是感染了风寒，休息两天就好，可是亨利的支气管炎转成了肺炎，只在医院弥留了两天，就告别了这个世界……”

玛丽在空荡的屋子里走着，边走边将房间的灯熄灭。当她走进厨房的时候，突然将后门打开，映入眼帘的是窗外沉寂的黑夜。她以前从不怕黑，可是这一刻，她居然有种不寒而栗的感觉。卡莱说得对，一切都变了，她现在是个独居的女人，她缺乏安全感。或许，她应该将她父亲生前用的那把老枪找出来。她隐隐约约有些印象，那把枪放在阁楼上，边上还有一盒子弹，如果没记错的话，应该是在去年春天发现的。

不知为何，玛丽的内心突然升起一团怒火，矛头直指卡莱。她恨那个女人，都是她，让自己担惊受怕地过日子。于是，她决定去报复卡莱。

很快，玛丽就实施了自己的报复计划。

第二天夜晚，玛丽开车来到卡莱的家。她把车停在路边，并悄悄绕到她家的后门，然后爬到院子里。她悄悄地尝试打开房间的门，但发现所有的门都锁得严严实实的。于是，她潜行到卡莱卧室窗外的灌木丛中，她探出脑袋，从两片窗帘之间的缝隙窥探卧室里的情形。此时卡莱正慵懒地翻阅着一本杂志，她手边的桌子上还摆着一杯冰茶。

此时，玛丽心中涌现出一股强烈的犯罪感，她虽然很反感自己现在的这种行为，但又感到非常新鲜刺激。不过，当她看到卡莱此刻正在怡然自得地享受生活时，她内心的怒火又重新燃烧起来了。玛丽打定主意了，一定要吓一下卡莱，让她知道，她也没有那么坚强。不过，玛丽望着紧锁的房门发愁：我要怎么吓她呢？总不至于翻窗户进去吧。要不直接敲门？也不行，卡莱这个人太精明了，她会看清是谁之后才开门的。

这时，玛丽突然灵机一动，想起了一件事情。卡莱曾经向玛丽气愤地抱怨过一件事情，邻居家的狗总是会将她家的垃圾桶打翻，这让她非常懊恼。因此，她在后门的架子上摆了一堆石头，专门用来打狗。玛丽从院子里悄悄地拽来一根长柄的钉耙，悄悄地跑到灌木丛的后面，然后用钉耙用力一推，垃圾桶就翻倒在了地上，里面的垃圾倒得到处都是。玛丽继续用那个钉耙弄翻了一个易拉罐，这个罐子叮叮咚咚地滚了很远。

这招很管用，门口的灯很快就亮了，玛丽俯下身子，从灌木丛的缝隙中窥探卡莱的表情。卡莱从窗户向外探出身子，看了看外面的情况，随即从房间里走了出来。她猛地把门一推，冲到院子里，大声喊道："给我滚开！"然后抓起几颗石头，朝着有响声的地方扔去。此时，卡莱从玛丽的身边走过，但没有发现她。

玛丽觉得已经戏弄够了她，于是站起身来，走到有亮光的地方，非常得意地喊着："哈哈哈，卡莱，你上当啦！看看你，锁了门又怎样，你不照样很轻易地就被引出来了吗？"玛丽的笑声中分明带着几分嘲讽的意味。

卡莱呆站在那里，脸上的表情起初是惊讶，随后转变为气愤。

"你该不会生气了吧？"玛丽试探性地问了一句，卡莱没有说话，玛丽随即补充道，"我们现在扯平了，一报还一报。"说完，玛丽伸出手，想与卡莱和解。没想到，被卡莱拒绝了。

"滚！"卡莱明显很生气，说话都气喘吁吁的，"你偷窥我就算了，你居然还打翻了我的垃圾桶！"

对于这番话，玛丽表示了抗议："我可没有偷窥你，要知道，你开始也是这样对我的，我做的事情可没有你那么过分。"玛丽认为自己受到了莫大的委屈，觉得自己的自尊心受到了伤害，她走到垃圾桶边，把垃圾桶扶正，并把周围的垃圾都捡了起来。

"你给我走开，少来惹我！这些我明天自己会收拾，你居然把我当一个傻瓜来对待，简直不可理喻！玛丽，你走吧，晚安！"卡莱的语气非常严厉，说完转身就气呼呼地回到了屋里，根本就不顾一旁的玛丽，连看都没看一眼。

顿时，玛丽觉得自己就像一个傻瓜一样，她尴尬地离开了卡莱的家。四周黑灯瞎火的，她一不留神，踩到了自己刚才弄翻的易拉罐，把脚给崴了。她并没有向卡莱求助，而是忍着痛，一瘸一拐地走到了路边。此时，她觉得脚踝疼痛难忍，所以，她决定暂时不回家，而是开车直接去高斯医生那儿。

高斯医生其实退休已经有一年多，他早已不坐诊看病了，不过，他的家里还是保留了最初的诊所陈设，最多就是偶尔为一些老的病患检查检查身体。看到玛丽扭伤的脚踝，高斯医生给玛丽打了一剂止痛针，然后做了简单的包扎，并且随手递给她一杯饮料。

高斯退休之后，就喜欢与其他人唠唠闲话，他非常喜欢玛丽，因此他们俩就聊了起来。

得知玛丽是在卡莱的院子里扭伤脚时，高斯随口问了问卡莱的近况。然后，高斯给自己倒了一杯。

过了一会儿，玛丽回到了自己的家中。此时，电话响了。玛丽关好门之后，拿起了听筒。

“是玛丽吗？你终于回家了，我打了好几个电话都没人接，我都准备报警了！你究竟去哪里了？”电话那头的卡莱情绪很激动，而且声音带着几分沙哑。

玛丽冷冷地说：“噢，我从你家离开的时候，不小心扭了脚，所以我到高斯医生那里看病去了，然后顺便和他聊了聊。”

“原来是那个老头啊，唠唠叨叨的，难怪你回来得这么晚。玛丽，你听我说，我今天晚上可能太冲动了，我感到非常抱歉。你达到了目的，成功地将我骗出来了，不过糟糕的是，我又感冒了，所以我的情绪很差，但这都不能成为朝你发火的理由。你说得没错，我们是一报还一报，这样就扯平了。”

听到这，玛丽的声音不再那么冰冷，“卡莱，没事的，我并没有生气。”

转眼到了周末，玛丽能够正常走路了，卡莱的感冒也痊愈了，玛丽邀请卡莱共进午餐。那天天气真的不错，深秋的阳光非常明媚，关键是晒在身上一点儿也不热。她们将午餐的地点选在后院的一棵大树下面。卡莱的心情非常好，就连玛丽笑话她容易上当时，她也只是开怀大笑。

卡莱随后说：“可是，你必须承认，那天你的做法太卑鄙了，如果是歹徒的话，他不可能知道狗的事情。”

玛丽却不以为然地说：“废话，不过我认为我做得很巧妙。要知道，不论是谁，听到打翻垃圾桶的声音，就会下意识地认为是狗弄的。从这一点来看，你和我都一样天真。”

听到这话，卡莱并没有生气。黄昏时分，两个人开始收拾东西。当玛丽将小推车推到屋里时，卡莱显得很主动，她对玛丽说：“我把椅子拿去地下室吧。”

“谢谢。你把椅子放好之后，帮我把门也一并锁好吧。”

“当然，这个你放心。”卡莱说完，就搬着藤椅，从灌木丛围绕的台阶向下走去。

当卡莱开车离开之后，玛丽立即来到了地下室，果不其然，她发现地下室的门没有上锁。卡莱仍然把她当一个傻瓜来看，认为她还是那么容易轻信他人。

天黑了，她将楼下所有的灯都打开，并且将窗帘拉得严严实实，连一丝缝隙都没有留下。随后，她将收音机打开，播放着舒缓的轻音乐，随后走上楼，在一间漆黑的房间窗户边坐了下来。她似乎在等待着什么。

在等待的过程中，玛丽一直在回味高斯医生的话：“这段时间以来，卡莱过得怎样？她最好少喝点酒。”其实，这两句话就足以让玛丽明白点什么。当然，高斯医生还说了些别的：“其实，亨利简直是个圣人。最开始的时候，卡莱的丈夫无法忍受她酗酒，就将她一脚踹出了门外，那个时候，是亨利收留了她，还花了很多钱把她送到最好的疗养院，让她戒掉酒瘾。至于亨利的死……哎，那完全是因为那个风雨交加的夜晚，亨利为了把她拉回家，最终自己淋雨，得了肺炎死的。在亨利死后，卡莱再想喝酒，就只敢自己一个人在家里喝了……”

后来的话，玛丽基本上就没有心思听了，她突然回想起那天晚上，卡莱手边摆着的那杯“冰茶”，以及事后卡莱过激的反应。玛丽甚至在想，那个被打翻的垃圾桶里，是否装着很多空酒瓶呢?

终于，到了晚上十点，玛丽没有白等。黑暗中，玛丽发现了一个女人，她正挪动着肥胖的身躯走进地下室的台阶。没错，那个人正是卡莱。于是，玛丽迅速起身，悄悄地从卧室溜了出来，并向楼下走去。

一直以来，卡莱都在笑话玛丽，认为她太天真，太容易随便就相信别人。没想到，卡莱对玛丽撒了这么多谎，而玛丽从没怀疑过她。现在的玛丽把卡莱视为一个十恶不赦的人，就是因为卡莱这个女人，使得自己唯一深爱的人离开了这个世界，而且她还欺骗自己，并且将酗酒的事情栽赃到亨利身上。

玛丽非常镇定地来到厨房，然后打开了地下室的门，卡莱此时正在楼梯的下面。而卡莱也因为突然出现的灯光而愣了一下，她抬头望着灯光，不停地在眨眼，然后很快地就用手指摆出枪的手势，指着玛丽，笑呵呵地说：“砰！你死了！”

“不，卡莱！”玛丽冷冷地回应了一句，然后拿起父亲生前用过的手枪，对准卡莱说，“该死的那个人，是你！”

神秘的邻家太太

"在我看来，就是菲利普先生杀死了他的太太，并且将她的尸体藏在了后花园里。"一天晚上，雷勒太太这样对她的丈夫说。

雷勒先生并没有将他太太的话放在心上，因为他早已对她太太那丰富的想象力习以为常了。不过，他还是将头从棋盘上抬了起来，非常惊讶地问了一句："菲利普是谁？"

"我早就告诉过你啊，我从来没有看见过他的太太，这就是最奇怪的地方。菲利普和我一样，也是我们这个区域当中负责轮流接送孩子参加夏令营的一名家长，他的小儿子还和我们家的比尔分在一个组里呢。"

雷勒先生以一种讽刺的口吻说："我们的比尔居然被一名凶手开车接送，真不知道是件好事还是件坏事。"

"亲爱的，我没有和你开玩笑呢，我是非常认真的！我总觉得，他们一家人都非常古怪，六个星期以来，我每周二去他们家接送他孩子的时候，从来就没有看见过这孩子的母亲，每次都是菲利普出面与我打招呼。而轮到他接送孩子的那天，也都是菲利普先生一个人开的车。"

"没准他太太死了呢！"

"可是，每当他谈到太太的时候，用的都是现在时，而不是用的过去时。"

"没准他太太还没学会开车吧，或者生病了。"

"也许吧，的确能够找出很多理由来解释这个问题，不过，我始终有一种奇怪的感觉，总觉得哪里有问题。"

"嗯，一直以来，我都觉得，如果你改行写小说，一定能功成名就。"雷勒先生轻声说完之后，便继续研究他的棋盘，并用手挪了上面的一个棋子。

她不耐烦地"哼"了一声。她也从没有奢望过自己的丈夫能够与她一同分享推理的乐趣，而且，事实上，她也非常后悔自己提起这个话题。不过，她的心中始终坚信，菲利普这个人非常神秘。

在夏令营开营的第一天，指导员丽娜小姐就向她介绍了菲利普先生：“菲利普先生人非常好，他是一名教授，刚刚从芝加哥迁居过来，刚好你们住在一个区域。”

当时，雷勒太太非常高兴，因为她早已和另一位派克太太协商好了轮流接送孩子的事情。由于夏令营一周只有三天，分别是周一、周三、周五，现在有了菲利普先生的加入，每星期他们每个人只需要接送一次就行了。于是，她非常高兴地答应了。

丽娜小姐也非常高兴，“太好了，就这么定了吧！我一会儿将他们两家的地址给你。”

第一个星期的周一，由雷勒太太负责接送。她开车载着比尔和派克家的小孩来到了华伦斯大街。这条街的街角就是菲利普的家，干净整齐，并没有什么特别的地方。院子门口站着一个男人和一个男孩。她随即将车停了下来。

“你就是雷勒太太吗？”那个男人走上前来，“我叫菲利普，这是我的儿子勃拉尼。”

看见他们父子，雷勒太太显得非常高兴。勃拉尼长得很清秀，他身穿T恤和短裤，他向雷勒太太点头问好，然后拿着自己的帆布包，坐到了汽车的后座上，和另外两名小朋友坐在一块儿。

雷勒太太对勃拉尼说：“勃拉尼，很高兴我们能在一块儿。”随后，他对菲利普先生说，“不知道周五的时候，您的太太是否有空，因为派克太太这周临时想周三来接送。不知道您这边是否方便？”

菲利普非常爽快地答应了，“没问题，时间定在八点四十五分。”他的声音显得有些死板。雷勒太太稍稍打量了一下他，大约四十出头，个子并不高，瘦瘦的，表情非常严肃，给人一种难以亲近的感觉。雷勒太太心想：这人真冷，不知道他的太太是一个怎样的人？

到了周五的早上，雷勒一家正在吃早餐。这时，屋外传来了一阵喇叭声，雷勒太太赶紧放下手里的咖啡杯，将比尔送到了屋外。门口停着的那辆车应该就是菲利普家的了。他们家的车是蓝色的，她假想了一下菲利普太太的样子：聪明能干，身形娇弱，虽然相貌平平，但才华横溢。

但雷勒太太很快发现，车里坐着的是菲利普先生。

“早上好，菲利普先生，我还以为今天早上会是你家太太来接呢。”

“今天我来代替，”他解释说，“因为刚好到暑假，我没有课，所以比较方便。”

“原来是这样，”她突然觉得一阵尴尬，然后问，“这里的气候和芝加哥相比怎样？会不会热一点？”

“不，芝加哥也很热。”在比尔上车之后，他立即说，“再见，中午的时候我或者我的妻子会将孩子送回来的。”

她站在路边，看着远去的汽车，心中一直在嘀咕，这个人怎么这么冷漠，而且透着一股敌意呢？他是在害羞，还是心不在焉呢？还是说，自己无形之中，将他与自己的丈夫作了个比较？毕竟自己的丈夫性格非常开朗，而且待人接物都非常礼貌和气。

那天中午，雷勒太太需要参加一个午餐会，等她回来的时候，比尔早已回到了家中。

“今天的游泳课上得怎样？中午是勃拉尼的妈妈把你送回来的吗？她长什么样呢？”她似乎非常好奇，不停地问着比尔。

“菲利普先生把我们送回来的，我今天游泳学得还不错哦！”比尔如实地回答。

就这样过了三个星期，雷勒太太早已断了与菲利普太太见面的念想。周五由菲利普教授负责接送似乎已经成为一种惯例，而每周一雷勒太太接送孩子时，她也从来没有看见菲利普太太露过面。

有时，她也会从勃拉尼口中了解一些关于他母亲的事情。勃拉尼是个乖孩子，他非常安静，让她感到有些意外的，是这个孩子过于成熟的用词和小心谨慎的态度。

有一天，雷勒太太非常直接地问：“勃拉尼，我还从来没有见过你的母亲呢，她身体不太舒服吗？”

他的表情有些惊讶，“没有啊，她的身体非常好呢，谢谢您的关心！”

“噢，那她也不经常外出吗？”

“嗯，是的，她很少外出。”

雷勒太太觉得对话无法再进行下去了，继续问，难免给人一种打听的嫌疑。对于逼问孩子的那种大人，她自己也非常讨厌。于是，她开始责备自己：“你怎么成了一个爱管闲事的人呢？你干吗对人家菲利普太太有那么大的兴趣？没有看见她又会怎么样呢？”尽管她意识到了这个问题，但她仍然会不自觉地幻想各种可能：也许菲利普教授的太太非常娇小，她可能有着白皙的皮肤，但是被一个极其严肃的丈夫囚禁在自己的家里。

也许，菲利普太太是个精神不正常的人？雷勒太太心里清楚，她的先生也许会认可这一推论，不过，这种推论未免显得太过于荒唐。那么，菲利普一家为什么又要从芝加哥搬过来呢？是为了寻找一个更好的工作环境，还是想让自己置身于一个陌生的环境之中？

此时的雷勒先生正出神地看着棋盘，在琢磨下一步的棋路，这个时候，她突然大声打岔道：“我觉得，明天一定能够见到她！”

“见到谁？”雷勒先生的思路被完全打断了，他有些厌烦地看着她。

“菲利普太太啊。”

“哦，我还以为她早就被谋杀了呢。”

“别这么说，亲爱的。你可能无法想象出来，我对她是多么好奇。不过，我坚信，她一定会在明天露面的。明天夏令营就结束了，他们为孩子的母亲专门举行了一场聚会！”

雷勒先生此时专注地望着自己的太太，说：“亲爱的，要是明天你发现，这位菲利普太太是一个普通得不能再普通的人时，你会非常失望的。如果这样，你打算怎么办？”

“不会的，我相信，她绝对不是一个普通女人。”

“为什么这么说？在我看来，她也许不喜欢开车，不过她有个非常体贴的丈夫愿意为她开车，就是这样。你其实就是在瞎操心。”雷勒先生说。

“也许吧。”她点了点头，表示承认。

尽管这样，她还是满怀希望地参加了第二天的聚会。当天，天空非常阴沉，外面的风也很大，她很担心聚会可能因为糟糕的天气而被迫取消。好在一场小雨过后，天气渐渐变好了。当她十一点抵达夏令营的场地时，天空居然放晴了。

看到母亲的到来，比尔连忙跑了过来，然后拉着她去欣赏自己制作的手工艺品：一条串着珠子的腰带，还有一张满是涂鸦的橡树叶。身边一位穿着花格子衣服的小女孩为雷勒太太递上了一杯饮料。夏令营的丽娜小姐随后把雷勒太太叫到了一旁，告诉她，比尔是夏令营的模范学员。

最后，她遇见了派克太太，这时，她正在看一件皮革制品。雷勒太太走上前去，问她是否看见了菲利普太太。

“没有呢，她今天来了吗？”派克太太也饶有兴致地问，“我从来都没有见过她，说实话，我甚至怀疑，他们家是不是真有这么个人。”

听到这，雷勒太太仿佛找到了知音一般，连忙说：“是的，我也一直怀疑呢！不过就算我见到她，我也不认识她啊。她有没有和勃拉尼在一块儿呢？”

派克太太想了想，说：“我今天好像也没有看见勃拉尼。”

于是，雷勒太太找到了丽娜小姐，向她打听勃拉尼的情况。

“勃拉尼？他今天应该没有来。今天早上天气不好，所以他的父亲很早就打电话过来了，说风太大，他们就不参加今天的活动了。其实那孩子没来真的挺遗憾的，他的手非常灵巧，做出来的东西很精致呢，”说到这里，丽娜看了看雷勒太太，问，“能不能请你帮我个忙，将他做的这些东西送到他的家里去？”

雷勒太太显得很高兴，她连忙回答：“没问题，乐意效劳！”

她喝了点饮料，然后品尝了一下蛋糕，随即让比尔将勃拉尼的作品收拾了一下，随后便开车回家了。她觉得这是个好机会，正好可以借此去菲利普家里拜访一下神秘的菲利普太太。

令她没想到的是，她正在厨房刷碗时，比尔就跑进厨房，连声喊道：“妈妈，妈妈，勃拉尼的妈妈来我们家了，她想将勃拉尼的东西带回家呢，你把他的东西放在哪里了？”

“勃拉尼的母亲？真的假的？”雷勒太太听完后，连忙将手擦了擦，跟着比尔走了出去。他母亲居然亲自来了，可能吗？此刻，她只觉得自己心里非常紧张。

门口的这个女人，果然和雷勒太太想象中的菲利普太太有很大差别。菲利普太太看上去比她先生至少年轻了十岁，她的头发乌黑亮丽，并且拥有修长的身材，身上那套玫瑰色的衣服格外凸显她的气质，白皙的手臂上还戴着一条金手链。看到眼前的这个女人，雷勒太太说不出一句话，站在门口愣了半天。

“你好，我是菲利普太太，”她面带微笑地说，声音非常甜美，“刚才我给夏令营的丽娜小姐打了个电话，她告诉我你已经把勃拉尼的东西带走了。勃拉尼说他没有参加聚会，心里非常难过，但早上的天气确实太糟糕了，又是风又是雨的，我们俩都非常担心，所以就请假了。”

“确实，早上的大风是有一点吓人呢，”雷勒太太似乎恢复了正常，客气地问，“进来坐坐吧？我一会儿让比尔将勃拉尼的东西拿出来给你。”

“那我就在这儿小坐一会儿吧。”菲利普太太说完，稍显尴尬地笑了笑，“因为勃拉尼还不知道我过来了呢，我怕他担心。毕竟那孩子胆子很小，而且喜欢瞎操心。”

雷勒太太陪着她一同坐在客厅的沙发上，面对眼前的这位美丽客人，雷勒太太瞬间觉得自己的幻想真是太可笑了。菲利普太太双手的指甲都修剪得非常整齐，看着她乌黑的秀发，一尘不染的白色凉鞋，相比之下，雷勒太太瞬间觉得自己看起来就像是一个粗人。

她此刻非常高兴，甚至对菲利普太太说：“我有段时间一度怀疑，是不是真有这样一位菲利普太太。”

“噢，真的吗？”坐在一旁的客人大声笑着，说，“其实我也想见见你呢，不过却一直没有机会。”说完，她从自己的皮包中抽出一支香烟，并且顺手拿起桌上的银质打火机将烟点燃。然后她打量着手里的打火机，说：“这打火机真漂亮！而且还很灵活……”此时，她看了看一旁的雷勒太太，连忙说，“噢，对不起，你抽烟吗？”

“谢谢，我不抽，”说完，雷勒太太将烟灰缸往客人那边推了推，“其实我一直很好奇你到底长什么样，看来和我想象的完全不同，为此，我的丈夫还总是说我太喜欢幻想了呢。”

说到这里，雷勒太太非常庆幸此刻自己的丈夫不在家里，否则，自己一定会被他不停地取笑，他甚至可能说，她把菲利普太太想象成一个被关在家里的可怜人儿。于是她决定，不打算将今天与菲利普太太在家里见面的事情说给丈夫听。

不一会儿，比尔就带着一堆木头、皮革还有金属做的手工艺品来到了客厅里。菲利普太太接过比尔手中的东西，然后放到腿上，并且将它们分门别类地摆开。她看上去非常高兴，“这些东西真有趣。不过它们是什么呢？手链、餐巾圈？噢，简直太可爱了，我真为我家的勃拉尼骄傲！”

雷勒太太有些冲动地说：“是的，连丽娜小姐都不住地称赞他呢，说他心灵手巧。有空的话，你带他一块儿过来玩啊，或者咱们一起吃个便饭。我想，你离开芝加哥来到一个完全陌生的环境里，一定非常寂寞吧？”

“是啊，这种寂寞简直是常人难以想象的。好的，有空我就过来，我很喜欢你们家，因为有许多漂亮而精致的东西。我喜欢它们。”说完，她的眼珠就开始在屋子里不停地打量。“我在这里也不认识几个人，所以我不太习惯在外面走动，加上勃拉尼也喜欢我在家里陪着他，以至于今天才认识您。”

听到这里，雷勒太太恍然大悟，原来，这就是菲利普太太神秘的根源。这个教授潜意识里有着一种强烈的嫉妒心理，原来他想独占妻子的美丽，不希望与外人分享。她之前也耳闻过很多类似的例子，老妇少妻的组合中，这种现象就更加普遍了。瞬间，她觉得眼前的这位菲利普太太是一个值得同情的人：家里有一个极其严肃并且有着强烈占有欲的男人，她的日子一定过得非常可怕吧！她想了想，相处了这么长时间，她确实从来没有见过菲利普先生的脸上露出过笑容呢！

菲利普太太将手中的香烟掐灭之后，简单地收拾了一下勃拉尼在夏令营制作的小玩意儿，随后站起身来，说："雷勒太太，你真的太好了，不过，我该回家了，真的非常感谢你。"

雷勒太太将她送到车上，"有空就过来啊！"她非常热情地跟菲利普太太打招呼，"我会跟你联系的！"随后，她站在路边，目送汽车远去。菲利普太太也从车窗里挥了挥手，手上的链子在阳光下发出闪闪的亮光。

随后，雷勒太太回到了屋子里，继续将中午剩下的事情完成。不过，她头脑中的思绪依旧非常活跃，不停地在回想着刚刚认识的菲利普太太。

大概过了二十分钟，家里的电话响了，她拿起了听筒。电话那头传来的是菲利普先生的声音，这让她倍感意外。

"雷勒太太，我妻子告诉我，她刚刚去过你家，有这回事吗？"

听到这话，她明显有些生气，才离开了一会儿，居然就打电话过来追查行踪了，真是太可笑了！她随即严厉地说："没错，她的确来过我家，怎么，你有什么意见吗？"

"请问，你们家丢了什么东西吗？"电话那头的声音显得有些无奈。

"你这样问是什么意思？我们家什么都没有丢！"

"那个缸型的银质打火机还在吗？"

家里的电话机就摆在客厅的茶几边，雷勒太太能够看到茶几的全貌。她用眼睛扫了一圈，打火机确实不见了。此时，也不知道怎么回事，她突然一句话也说不出来。

电话那头也沉默了一会儿，然后菲利普先生以一种非常疲倦的声音说："发生这种事情真的是太抱歉了，我一会儿就给你送回来。"没错，电话那头的声音已经无奈到极点，仿佛这种令人尴尬的事情已经发生过很多遍了。

雷勒太太轻轻地挂断了电话，她用双手捂住了自己的脸。也不知道什么原因，她居然暗自哭了起来。

“你应该就是约翰逊太太了吧？”霍克律师看着眼前的这位妇人，说，“请坐，我想，你之后会认为这把椅子还是相当舒服的。对了，请无视我这凌乱的桌面，我的办公桌一向如此，因为我善于从凌乱中寻找灵感，而干净整齐只会让我喘不过气来。这听起来非常荒唐，不是吗？不过没关系，人生就是这样。”

约翰逊太太看着眼前这个身材矮小但形象整洁的人，点了点头。她一直注视着这位律师。他一直站在凌乱的办公桌后面，嘴边留着八字胡，他的嘴唇非常薄，黑色的眼睛非常有神。和他凌乱不堪的办公室相比，他的着装却非常讲究，外面是一套剪裁得非常合体的灰色西装，里面则是一件熨得笔挺的白色衬衫，一条窄窄的淡蓝色领带搭配得非常完美。

噢！她是多么不想看到领带这种东西……

“你就是罗曼的母亲吗？我以为你早就聘请好了律师呢。”霍克说。

“你说的是那个叫杰克的律师吗？”

“嗯，他可是个好律师，名声非常好！”

“我今天早晨将他解雇了。”

霍克有些惊讶，“哦？为什么？”

她深深地吸了一口气，“因为他让我的儿子直接认罪，让我的儿子承认，的确是自己杀了那个女孩，不过，要谎称自己的神经有问题。”

“看来你也不希望我这么做。”

她想都没想，脱口而出：“我的儿子是无辜的！”说完，她冷静下来，然后不停地重复之前说过的话：“他是无辜的！他不会杀人！既然他没有做过，他为什么要承认！”

“你向杰克这么说的时候，他……”

没等霍克说完，约翰逊太太就打断了他的话：“他当时说，他无法为我的儿子做无罪辩护。所以，我必须重新找律师。”

“所以，你就找到了我？”

“没错。”

此时，身材矮小的霍克律师坐在椅子上，拿出一支笔，慵懒地在一张黄色的便签纸上写写画画，然后随口问：“约翰逊太太，你了解我吗？”

“我不太了解，不过我听说，你对于案件的处理方式非常特别……”

“嗯，没错。”

“我还听说，你办案的成功率非常高。”

微笑瞬间爬上了霍克律师那薄薄的嘴唇，“是的，我每次出手必定成功，因为我只能这么做，否则我就吃不上饭了。别看我身体非常瘦小，我对于吃喝这一方面还是非常重视的。我要做的事情，其他律师也许做不到，至少在我看来，有一件事情，其他任何一位律师都办不到，你知道是什么吗？

“我听说过，你好像是依据一个叫作‘可能附带发生的事故’的原则来办案的。”

“没错，”霍克律师又重新强调了一遍，“我依据的正是‘可能附带发生的事故’这条原则，一直以来，我都是这么做的。约翰逊太太，我的收费可是非常高的，不过，我只等到事情完成之后才收款。如果我的当事人没有被判无罪，而是被关押到监狱之中，那么我一分钱都不会收。”

说完，他从办公桌后面走出来，在灯光的照耀下，他的皮鞋熠熠发光。

“和五花八门的案件相比，你面临的这个案件其实再普通不过了。按照一般的程序，律师会和你商议价格，往往要预付一半的资金，等事情完结之后，再支付剩下的费用。如果他事先不收取这点钱，一旦官司输了，他什么也拿不到。哪个律师会为无法获利的官司而卖力呢？这就好比是医生，要是不支付一点保证金，如果手术不幸失败了，他管谁要钱去呢？我的收款方式可能期限很长，不过在我看来，可行性还是非常高的。”

“如果你能让我的儿子被判无罪的话……”

霍克律师搓了搓手，说：“宣判无罪？从我所接手的案子来看，这简直不算什么要求，因为我的目标是让你连上法庭的程序都免了。比如说发现了新的证据，比如说真正的罪犯招供了等，不管怎样，我希望对我当事人的那些指控统统取消。我可不喜欢法庭上那种煽情不已的盘问方式。约翰逊太太，我觉得还是要跟你说明一下，我办案的时候，有的时候可能不太像个律师，可能更像侦探，其实这也没什么问题。有句老话怎么说来着？防御就是最好的进攻，这句话反过来说也是对的。”

随后，他转过身，两眼放光地看着约翰逊太太，说：“眼下最为重要的，是挽救你儿子的性命，不让他的名誉受到损失，并且能让他无罪释放。我说得没错吧？”

“是的，你说得很对！”

“不过，”他停了停，说，“眼下有一条对你儿子非常不利的证据。由于死者安娜是你儿子之前的未婚妻，而且是安娜抛弃了你的儿子……”

“可是，是安娜主动提出解除婚约的！”

“你别激动，我不否认这个事实，但这并不代表检察官也会这么看。毕竟，她是被一条领带勒死的。”说到这里，约翰逊太太的视线不由自主地转移到霍克律师系着的那条蓝色领带上，随后又立刻移开。

“约翰逊太太，这条领带可不是一般的领带，这种领带只有牛津大学凯德曼社团的成员才会有。据我了解，你的儿子在读完中学之后，去英国读了一年的预备班，没错吧？”

“是的。”

霍克律师继续问：“而且是在牛津大学读的，并且加入了凯德曼社团？”

约翰逊太太连连点头。

律师吐了一口气，“他拥有这样一条领带，据我了解，全市范围内，只有你儿子加入了这个社团，他既无法说出这条领带的下落，也无法出示案件发生时的不在场证明。”

“一定有人把他的领带偷走了！”约翰逊太太显得有些着急。

“当然，一定是凶手偷走的。”

“凶手这样做是为了诬陷我的儿子。”

“没错，而且我一时也想不到其他理由了。”霍克律师显得很平静，他扬了扬下巴，对约翰逊太太说，“我愿意将你儿子的案子接下来。”

“太好了，真是谢天谢地！”

“我开出的价格是七万五千美元。约翰逊太太，这笔费用可不低，但是，如果你让杰克律师来给你打官司，如果一审再审，加上一而再再而三地上诉，前前后后花费的总费用估计也与这个差不了太多。刚才我说的那七万五千元其实包括了所有费用，除此之外，你不用再交一分钱。不过，要是你的儿子没有被无罪释放，我会将所有的钱都退还给你，一分钱都不收，你觉得这个条件能接受吗？”

约翰逊太太想也没想，立刻就答应了。

“不过，我还要补充一句，从现在开始，要是检察官决定不再起诉你的儿子，这七万五千元你也得照常支付给我，尽管在这过程中，我看起来什么都没有做。”

“这……我有点不太明白。”约翰逊夫人说。

他只是扬了扬嘴角，做出微笑的样子，但他的眼神透露出一种严肃。“约翰逊太太，这么说吧，这是我做事的原则。我刚刚已经和你说过，我的工作看起来更像是一个侦探，我的工作更多是在暗中进行的。为了达到我的目的，我甚至可能故意生起几堆火，弄出一点细小的声响来干扰人们的注意力。并且，这一切都会神不知鬼不觉地进行，而且，这些火熄灭之后，人们根本察觉不到发生了什么。作为我的当事人，如果他最终取得了胜利，这其中其实是蕴含着我的艰辛劳动的。我并不打算去证明什么东西，我只是想拿走我赢得的钱财，不知道你是否能够理解我刚刚所说的？”

尽管约翰逊太太有些云里雾里，不过这话给她的感觉还是有那么几分道理的。约翰逊太太也并没有多想什么，毕竟在她看来，现在最重要的就是保全儿子的自由和名声。随后，她确认了一下：“你的意思是，只要我儿子被无罪释放了，我就得为你支付全额资金？”

“是这样的。”

她皱了皱眉头，然后问：“霍克先生，我是不是该先交一笔预付款？”

“你身上有一美元吗？”

她打开了自己的钱包，在里面找了找，然后递给了他一美元。

“约翰逊太太，”霍克律师理了理思路，“你总共需要支付我七万五千美元，现在已经预付了一美元。我向你保证，如果这个案子最终的结果没有达到你的预期要求，我连你预付的这一美元都会退还给你。不过，你可以放心，这种事情不可能发生的，因为我根本不允许自己失败。”此时，霍克律师的脸上再度露出了微笑。

过了一个多月，约翰逊太太又过来了。

这时，霍克律师身穿一件海军蓝的细条纹西装，里面仍旧是一件笔挺的白衬衫，搭配着一条棕色的领带，领带上面的图案非常柔和。鞋子和上次一样，在灯光的照耀下，发出锃亮的光。不过，他今天的表情有些不同，一双深邃的眼睛里透露出些许忧愁与遗憾。从他的表情来看，他似乎对人失望到了极点。

霍克律师见到约翰逊太太进来之后，说：“你的儿子已经被无罪释放了，检方取消了对他的一切指控，他除了获得了全部的自由之外，还保全了自己的名誉。这些都是非常清楚的事实。”

“没错，这简直太好了，我对这个结果非常满意。不过，那些少女真是太惨了。同时，我也觉得非常遗憾，我认为，我儿子此刻的幸福生活是建立在她们的痛苦之上的。并且，我还觉得……”

“约翰逊太太，”霍克律师并没有等她说完，就打断了她的话，“既然这件事情处理得干净利落，那么，请将那七万五千美元支付给我吧。”

“可是……”

“我们事先可是谈好了条件的，你不会忘了吧。我非常清楚地记得，我们达成了共识。我们之前已经确定过，价格是七万五千美元，当然，你已经预付的那一块钱我得减掉。”

“可是……”

“虽然我什么事情也没有做，不过我们事先已经考虑过这种情况，哪怕你在离开我的办公室之前，检方已经撤诉，你也得全额支付给我。我记得，我当时还举了一个例子。当时，你可是认可了这些条件的。”

“没错，可是……”

“既然如此，你还在‘可是’什么呢，约翰逊太太？”

她挺直了身体，深深地吸了一口气，然后说：“那三个女孩都像安娜一样，被活活勒死，而且她们三个人都非常相似，都有着瘦长的体型、金色的头发，而且她们都有一个高额头。她们中的两个人死在城里，剩下的一个死在河对面的蒙克莱，而且她们的脖子上都缠绕着……”

“一条领带。”霍克律师插话道。

“是的，而且是同样的领带。”

“嗯，都是牛津大学凯德曼社团成员的专用领带。”他继续补充道。

她再次深深地吸了一口气，继续说：“是的，因此这起案子就是一个有精神障碍的人干的。而且最后遇害的那个人是在蒙克莱，这也说明，凶手可能已经不在本市了。希望如此吧，不过这种事情真的太恐怖了。据说那个人之所以行凶，只是因为看到那些女孩就会想到自己的母亲。”

“抱歉，你在说什么？”霍克律师问。

她连忙回答：“噢，这是昨天晚上电视上的一个精神病医生说的，当然，他也只是猜测。”

“没错，而且这种推论听起来很有趣。”霍克律师说。

“可是，问题是……”

“约翰逊太太，你究竟想问什么问题？”律师显得有些不耐烦。

“我想说，我们事先的确达成了某种协议，但是，从另一个角度来说，整个过程中你只去监狱探望过我儿子一次，之后你什么事情都没有做。我儿子之所以会被无罪释放，完全是因为他被关在监狱的时候，那个疯子以同样的工具用同样的手法制造了新的杀人案件，我儿子因此才被证明是无辜的。你不得不承认，对你来说，这七万五千美元简直就是从天而降的一笔意外之财。”

“意外之财？”

“当然。因此，我和我的律师就这件事情简单地商议了一下，他给我的建议是，让你降低费用。”

“这是他给的建议？”

她故意避开了律师的眼睛，然后说：“没错，这是他向我提议的，而且我也认为他说的很有道理。不过，我愿意支付给你一笔钱，以此来冲抵整个过程中你的正常开销。虽说，在我看来，你的花销并不大，我可能最多支付五千美元给你。但是，出于对你的感激，我愿意将费用提高一倍，我给你一万美元。事实上，这也是一笔不小的费用了。我的确不缺钱，但是，我也不希望我这七万五千美元就这么平白无故地送给了一个陌生人，再说……”

“哎……人啊，果然，人类中最恶劣的人就是有钱人！”他闭着眼睛说，过了一会儿，他睁开了眼睛，然后盯着站在一旁的约翰逊太太，“可悲的是，只有有钱人才能够支付那高昂的费用，所以，我必须为最大程度地保护他们的利益而倾尽全力。当处于绝望之中时，他们就会认可彼此间的协议，可一旦稍有希望，他们就会立即背信弃义，食言毁约！”

约翰逊太太连忙说：“不，你误会了，我并没有食言，只不过……”

“约翰逊太太，我告诉你一件事情。”律师说。

“嗯？你说。”

“你最好现在就为我开一张全额支票，当然，你可以不这么做，不过我建议你最好听我的，免得你事后后悔。”

“你这是在威胁我吗？”约翰逊太太显得有些生气。

律师的脸上闪过一丝微笑，“我可没有威胁你，我只是向你提出一个忠告罢了。不过，你要是不把钱给我，我还是会将一些事情告诉你。当然，在我看来，你听完之后，一定会将钱付给我的。”

“不好意思，我没有听懂你在说什么。”

“嗯，我猜到了，”霍克律师说，“约翰逊太太，说到费用的问题，你也许会怀疑我在费用里面注水，现在，我将其中的一小部分开销明细说给你听。”

“我不……”

律师根本没给她留出说话的空当，他接着说：“约翰逊太太，你听清楚了，我的费用明细会从搭火车去纽约的车费开始算。接着是去肯尼迪机场的出租车费，当然，这里面还包含了过桥费，还有给司机的小费，一共是二十美元整。”

“霍克先生！”

“请仔细听我说，约翰逊太太。接下来是我往返伦敦的机票，要知道，我平时只坐头等舱，在我看来，这是对生活的一种享受。哦，忘了告诉你，这些都是我自费的，我认为，在必要的时候，我需要纵容自己享乐一番。再接着，是我往返于希斯罗机场与牛津之间的租车费用。我们这里的汽油价格已经很高昂了，不过英国的油价更高。”

说到这里，他将双手放在那凌乱的写字桌上，整个说话的过程，他都显得非常冷静，不过约翰逊太太则在一旁听得目瞪口呆。

“到了牛津之后，我一共去了五家男士服装的专卖店，其中的一家店里，我没有找到要买的凯德曼社团领带，所以我在剩下的四家店中各买了一条。当然，这样做是为了不引起别人的注意。那种领带简直太受人们的欢迎了，淡蓝色的底料，深蓝色的条纹，旁边的两条条纹更窄，其中一条是金色的，而另一条则是鲜绿色的。那种团体统一佩戴的领带我并不喜欢，不过，凯德曼的领带确实做得非常精致。”

“天哪……”

“当然，约翰逊太太，费用可不止这些，不过你放心，剩下的这些是我自费买的，所以，我觉得就没有必要跟你报备了吧？”

“天哪！天哪！！”

“是啊，我几分钟之前就说过，你把钱直接付了就行，其实你也没有必要知道这些内幕消息，而且，我觉得在那种情况下，你会好受一些。”

“我儿子没有杀那个女孩。”

“约翰逊太太，这点我深信不疑，而且相信一定是某个家伙偷走了他的领带，想要嫁祸给他。但是，要想洗清他的嫌疑，证明他是无辜的，这可不是一件轻松的事情。当然，作为一名律师，既然不能完全为他开脱，那么至少可以给陪审团增加一些怀疑的因素。你的儿子也许会被怀疑终生，不过，好在我和你都能确信，他的确是无辜的。”

“他真的是无辜的！”约翰逊太太说。

“是啊，这个凶手真的是个疯子，他专门杀那些能让自己回想起母亲的女孩。不过，约翰逊太太，你现在是打算给我开支票了吗？不过我觉得，你可以稍微等一等再开，因为你的手现在正在发抖呢。你好好坐一会儿，我倒杯水给你，喝完之后，你也许会平静一点。”

确实，后来她开支票的时候，手不再发抖了。随后，她将支票递给了霍克律师。

“非常感谢你，约翰逊太太，这一美元是你之前预付给我的，请收好。”

她接过了那一美元，放回了自己的钱包中。

“希望你能为我们今天的对话保密，不过就算你告诉别人了，其实也没什么太多意义。”

“放心，我什么都不会说的。”

“嗯，你当然不能说。”

“可是，四条领带……”她迟疑了一下，扬了扬眉毛，问，“你刚刚说，你一共买了四条领带，不过只有三个女孩遇害了。”

“没错。”

“那第四条领带呢？”

“噢，第四条啊，它也许在我的五斗柜里面吧，应该说，四条都在吧，它们原封不动地放在里面，甚至连包装都没有拆开过。虽说我大老远地跑去了英国一趟，整个过程有点折腾，不过这四条领带可是非常好的纪念品，至少它能提醒我，我曾经接手了一个这样的案子。”

“啊！”约翰逊太太显得非常惊讶。

“或许，我刚刚说的故事纯属虚构，或许我根本就没有到伦敦去，我也没有去牛津，那四条领带我也不曾购买。也许，整件事都是我胡乱编造的，我也许只是想骗骗你的钱。”

“可是……”

他站起身来，走到了她的椅子边，握着她的手，将她扶了起来，随即将她送到了门边，然后面带微笑地说：“噢！亲爱的约翰逊太太，眼前的事情不是皆大欢喜吗？我获得了酬劳，你重新获得了儿子。我们各自的目的都达到了，这不是最完美的结局吗？对了，约翰逊太太，电梯就在你的左手边，如果有需要的话，我非常乐意为你效劳。当然，你也许会将我推荐给你的朋友，但我认为，这种事情还是谨慎一点比较好。”

她直接走到了电梯前，然后按下了按钮，站在那里等着电梯的到来。整个过程中，她都没有回头。是的，一次都没有。

藏身之处

尼克此时正躺在一棵枝叶繁茂的橡树下面，头则靠在从泥土里突出来的树根上面，感到非常不舒服。腰间裹着一件囚服，豆大的汗珠从脸上淌了下来，浑身感到黏糊糊的。他在地上躺了很长一段时间，急促的呼吸才渐渐变得正常。

他看了看太阳的方位，打算以此来大致判定一下现在的时间。早上六点的时候，他从囚犯接受劳教的地方逃了出来。现在，至少应该有九点了。他曾听监狱里面一个人说过，这片沼泽的北面有一条铁路。于是，他从逃出来的那一刻就一路向北狂奔。不过，直到现在，他也没有看见铁路的影子。

他从地上坐了起来，随后背靠着树干，用袖子擦了擦流到眼睛里的汗水。他再次抬了抬头，估算了一下时间。不过，透过头顶上那片繁茂的枝叶，他只能看到一片小小的天空。

此时，他一想到自己轻信了监狱里那个人的话，就非常生气。关键是，那人告诉他的时候还显得一本正经，加上他是当地人，在监狱里度过的时间比其他人都长，尼克觉得他没有理由不相信那个人。想到这里，尼克的内心又开始不自主地骂娘。

尼克在高高的围墙里辛辛苦苦地劳作了四年，为的就是能以良好的表现换取到墙外工作的机会，从而让自己有机会从这个鬼地方逃出去。不过，他现在将事情搞砸了，这一切都是那个老笨蛋的错!

一想到此时对自己非常不利的局势，尼克就忍不住叹气。此时，监狱一定布下了天罗地网，在四处搜罗他。如果他继续一动不动地留在沼泽地里，监狱里的警察一定会在很短的时间内抓到他，并且会让他接受更为严厉的惩罚。

他甚至能想象到，回到监狱之后，他可能会被关进一间小黑屋里被饿个半死，然后再被发配到石料厂做苦工。他可能在这个过程中被活活累死，也有可能幸运地撑到刑满释放。不过，由于有逃跑的情节，被抓回去之后，他一定会被额外加五年的刑期。他此时对那个老家伙简直恨之入骨。

想着想着，他突然又倒在地上睡了起来。一连几个小时的连续逃跑，加上内心的过度担忧，此时的他已经心力交瘁了。可是，没过多久，他突然本能地醒了过来，因为他突然感到，边上还站着另外一个人。此时，他警觉地睁开了眼，发现身边站着一个女孩。

这个女孩看起来最多十七岁，身穿一件短衬衫，搭配着一条蓝色的牛仔裤。不过，她的眼神中没有丝毫的恐惧和不安，她静静地站在那儿，显得非常镇定。

尼克抬了抬头，尽量控制住自己的言行，以免吓到了她。他可不想节外生枝，让这个女孩一边哭，一边尖叫着跑出丛林，从而让别人以为他对这个女孩做了什么过分的举动。不过，正当尼克在琢磨着要怎么与这位女孩说话时，她反倒先开口了：“看样子，你一定就是那个逃犯！刚刚爸爸给妈妈打电话的时候，说有个犯人从监狱里逃了出来，他让我们躲在家里，不要到外面随便乱跑。”

尼克眨了眨眼睛，然后舔了舔自己的嘴唇，说：“不过，你似乎并没有听他的话啊，你现在居然和这个逃犯单独待在一块儿，你就不怕他们担心？”尼克在说话的过程中，仍然尽量让自己保持镇定。

女孩慢慢地说：“我才管不了那么多呢！谁让我爸爸跟我吵架，我管他担不担心呢，反正我们俩吵翻了。”

“你到现在还在生你爸爸的气吗？”

“这和你有什么关系？”

尼克点了点头，然后从地上坐了起来，勉强地笑了笑，说：“嗯，你说得对。不过，我现在的这个样子是不是吓着你了？”

少女看起来有些严肃，她认真地说：“没有，你以为你很吓人吗？你要是洗个澡，然后换件衣服，看起来和普通人根本没什么两样。”

“是吗？谢谢你的夸奖，”此时，尼克心里在盘算着，如何让这个女孩帮助他从这个鬼地方逃出去。

看着坐在地上沉思的尼克，女孩不禁问：“你还躺在树下干吗呢？你停在这儿，难道想被他们抓住吗？”

“其实，我现在已经不知道要往什么地方跑了。事实上，我一直在找铁路。我的原计划是要跳上一列火车，这样我就能顺利地离开这里。不过，我似乎跑错了方向，根本就没看见铁路的影子。”

少女摇摇头，告诉她：“你确实跑错了方向，铁路在小镇的另一边。不过，哪怕你现在赶到铁路边也没什么作用，因为那条铁路只会在每天早上五点钟有一趟运货的火车经过。要想赶上那趟车，可不是一件容易的事情啊。”

尼克仍坐在地上，他在估算自己需要多快的速度才能一把将这个女孩抓住，然后利用她当人质。这样一来，警卫们也许就会老老实实地听他的话了。

“你干吗不找个地方躲起来？”女孩的话语显得有些严厉。

“我不知道哪里可以藏身。”

女孩此时折下一朵野花，然后一瓣一瓣地将花瓣扯下来。她漫不经心地说："我知道有个藏身的好地方。"不过，她说完这句话，就装作故意不搭理他，然后在一旁静静地哼着歌。

尼克显得有些意外，他皱起眉头问："那是个什么样的地方？"

女孩显得有些得意，慢慢地说："那是一个非常神秘的地方，而且……那里只有我一个人知道。"

"噢，那个地方安全吗？我能从那儿赶上明天早上的火车吗？"尼克显得有些激动。

小姑娘看了看尼克，然后说："当然，那是一个非常安全的地方。我刚刚不是告诉过你了吗，那个地方只有我一个人知道。而且，只要你愿意，你在那里面躲一辈子都没有问题。"

"那里离这里远吗？"

"嗯……不是很远，不过，也不是很近，因为我们中途要从一条小河趟水过去，不然的话，狗会顺着我们留下的气味，很快找到那个藏身地点的。"

"狗？哪里来的狗？"

女孩有些惊讶地说："你在监狱里居然连这个都不知道？他们要找你，肯定会牵着几条狗来，要知道，路克先生养的那三条狗曾经拿过比赛的冠军。以往只要有逃犯从监狱里逃出来，他们就一定会带着这几条狗到外面去搜索。"

"噢，我确实不知道这回事呢，我才刚刚被调到这边来，最多也就几个星期。"

此时，两人都沉默地站在那儿。尼克不停地打量着眼前的这个女孩，他的内心此时非常纠结，他不知道是该把她挟持为人质，还是接受她的热心帮助。不过，在尼克看来，女孩应该是非常愿意帮助自己的，否则她绝不会将这样一个藏身地点告诉他。

"喂，你想不想去那个藏身的地方看看啊？"女孩终于说话了。

"行啊，不过，我不明白，你为什么要这么热心地帮助我呢？"

"你这个人，怎么跟我爸爸一样。我必须要有足够的理由才能去做一件事情吗？我做事情就是喜欢看心情，难道这不可以？"女孩的话听起来有些尖刻。

"当然，你当然可以这么做。"

"如果你想去那儿，就最好快点跟我过去，我还有别的事情要做呢！"说完，女孩向一条通往沼泽深处的小路走去。

尼克看到女孩转身离开，犹豫了一会儿，随即马上站了起来，紧跟了上去。他们默默地走了十来分钟，起初是沿着一条小路在走，随后又拐进另一条小路上。不过，每拐过一个弯，尼克就觉得离沼泽的中心更近了一点。拐过几个弯之后，尼克觉得自己已经搞不清方向了，于是，他开口问那个女孩："你那个秘密的藏身地点究竟在什么地方？"

"一会儿你就能看见了。"

"还要走多久？"

"很快就到了。"

尼克只能继续跟在后面走着。

很快，他们就来到了一条小河边。女孩脱掉了自己的鞋子，然后趟入了水中。她向里面走了几步，然后回头对尼克喊道："快点跟上来啊，还站在河边干吗？难不成你怕水吗？"

尼克皱起眉头，问："水里面有没有蛇啊？"

女孩笑着说："你怕蛇？哈哈，这里当然没有蛇。"

随后，尼克连鞋子也没有脱，直接踩到了水里。他和女孩一起走到了河中央，然后向河的下游走去。

此时，女孩得意地说："嗯，狗应该找不到我们了。"

他们继续向下游走了一段路，然后走向了河对岸。上岸之后，女孩走到一块草地旁边，将自己的脚擦了擦，随后穿上了鞋子。她抬头看了看尼克，问："你还没有告诉我，你到底做了什么事情才被关到监狱里的。"

"哦，是因为偷窃。"尼克隐瞒了自己持枪抢劫还有强奸等罪行，因为他并不想吓到眼前的这个小孩子，同时，他还想让这个女孩对自己的遭遇产生一些同情。随即，他转变了话题，问："你为什么要和你的爸爸吵架呢？"

女孩生气地说："因为他太固执了。"

尼克坐在了她旁边的草地上，脱下鞋子，将里面的水倒了出来，随后继续问："他在哪些方面表现得非常固执呢？"

"哪些方面？简直是所有方面！"她自以为是地说，"就好比说，小镇的服装店里有一条非常漂亮的黄色裙子，那条裙子只要五十元，可是我的爸爸却说太贵了，最后也没给我买。"

尼克看了看眼前的这个女孩，说："也许你爸爸当时身上真的没那么多钱呢。"

"不可能的，他非常有钱。要知道，他可是我们镇上的药剂师，而且是唯一的一个药剂师。他要为整个镇上医生所开出的处方配药，怎么可能会缺钱呢？"

"我觉得，你的父亲一定有他的理由的。要知道，父母做一些事情，总有某些原因。"

"哼，在我看来，他就是一个老顽固！"说完，女孩就从草地上站了起来，随后沿着河边向前走去。她走了几步之后，又回过头来，对着还坐在地上的尼克说："快点走啦！"

尼克最不喜欢别人指使他做事情了，他两眼露出凶光，向地上吐了一口唾沫，然后从草地上站起身来，跟着女孩向前走去。

他们大约又向前走了两分钟，随后进入一条小路。这条小路虽然曲曲折折，但是越走到深处，视野反而越为开阔。没过多久，他就可以和女孩并肩行走了。渐渐地，一片空地浮现在他们眼前。女孩停了下来，回头对尼克说："我们到了，就是这个地方。"

尼克看着眼前的这片空地，随后疑惑地问："这是什么地方？"

"就是给你藏身的地方啊。"

尼克望着眼前的女孩，脱口而出地问道："就是这里？你打算让我躲在这片空旷的平地上？"

她笑着说："看来，这里真的是个好地方，因为你自己都没发现这里居然还可以藏人。"

随即，她走到了空地的正中央，然后蹲了下来。她轻轻地拨开地上那些松散的泥土，然后移走覆盖在上面的一些青苔，地上渐渐地显露出一道可以打开的活门。

尼克看到眼前的这些，感到非常好奇。他粗略地看了一下，发现这扇门是用木头做的，门上还安装着一个十字形的铁棍，门的旁边还有一根看起来非常沉重的铁质门闩，不过现在，门闩早已滑到一旁的水泥凹槽里。尼克仔细看了看，门闩上满是锈迹，看来已经很久没有被人移动过了。他顺着门口向下面望去，里面漆黑一片，什么都看不见。

女孩说：“这个地方以前是罪犯们窝藏赃物的地窖。在我很小的时候，我就发现了这个地方，不过，我从来没有跟大人们提过。”说到这里，女孩的脸上露出了一丝骄傲的神态。

尼克有些狡猾地询问：“从没有告诉过别人？包括你的男朋友或女朋友，甚至没有告诉过你的爸爸和妈妈？”

她非常肯定地回答：“那是当然！如果从南北战争开始算起，不把我算在内，你可能是第一个知道的人。这地方以前可能是富人们的避难所。”

尼克眯了眯眼睛，目光一直向洞里打探着，他对这个地方很好奇，问：“这个洞里面到底有些什么？”

“这里面只有我存放的一些东西，除此之外，什么都没有。我可以带你下去看看，里面只有一盒火柴、两根蜡烛。”随后，她沿着一道长满青苔的木质楼梯向下走去。女孩一直走到了最下面，此时，尼克还站在最上面张望。女孩显得非常不耐烦，连忙说：“喂，你倒是下来啊！”

听到这种语气，尼克显得非常不高兴。四年以来，他受够了这种被人呼来唤去的日子。不过，他还是想看看究竟。于是，他谨慎地走了下去。

他用脚踏在梯子最上面的那块木板上，想看看这道木梯是否牢靠。当他确认梯子能够承受他的体重时，便放心地往下面走去。等到达洞底时，他看见了一点微弱的火光，原来，小女孩正在划火柴点蜡烛。她拿着一根已经点燃的蜡烛，放在了墙边自然形成的一个泥土架上，确定放稳了之后，她又点了第二根。

她将第二根燃烧着的蜡烛给了尼克，说：“要是你想看看周围的情况，你可以借着蜡烛的光去看看，不过在我看来，这周围没什么可看的。”

尼克接过蜡烛之后，还是对地窖做了一番仔细的查看。尼克发现，这间地窖的空间并不是很大，虽然位于沼泽地区，但里面很干燥，而且比上面的沼泽要凉快。他用手指摸了摸边上的墙壁，意外地发现，这墙壁居然是水泥砌成的。

“没错，这间地窖的顶和墙壁都涂抹了水泥。”女孩看到疑惑的尼克，向他解释道。

“噢，”尼克点了点头，然后跟着女孩走到了木梯之间，“那么，现在我们该怎么办？”

女孩回答说：“我觉得你可以在这个地方待个三四天，毕竟这里非常安全。这样一来，大家会以为你已经逃离这个地方了，之后就会放松对这一地区的搜捕工作。到那时，你再悄悄地溜到铁路边去，搭早上五点的那班火车离开这里。”

“三四天？”尼克看了看阴暗的地窖，说，“我觉得时间太长了，怕待不住。”

女孩耸了耸肩，满不在乎地说：“要不你也可以回监狱待着啊，其实，你住哪里对我来说都一样，毕竟我和你又没什么瓜葛。”

此时，尼克心里正在盘算着如何整一整这个女孩。于是他随口问道：“那我这几天时间里吃什么呢？”

“吃的问题很好解决，我每天都可以给你送一加仑的水，为你带些三明治，还有一些生活必需品。”

尼克把蜡烛也放到了架子上，然后斜靠在墙上，用一种极度怀疑的眼神看着身前的这个女孩。他不解地问：“我还是不太明白，你为什么要帮助我？”

小女孩厌烦地说：“你又来了，真的和我的爸爸一样固执！哪有那么多的理由，我就是喜欢做，这有错吗？”

尼克摇着头说：“现在的人哪有那么善良？他们做事都是带有一定目的的。”

“那随你吧，我没有必要求着你，让你接受我的帮助，你要是想走，随时都可以，我不留你。”女孩做出一副撒手不管的样子，说完之后，她便向楼梯走了过去。

此时，尼克立即跑到了她的身前，挡住了她的去路，补充说：“我觉得，我找不到一个相信你的理由。”

女孩气愤地叫了起来，她说：“你简直不可理喻！我发现你一个人在沼泽里面，看你累得不行，我想为你找一个藏身的好地方，这个时候你却说你找不到一个合适的理由来相信我！”

尼克说：“那你现在跑到镇子里去告发我吧，说你看到了我。”

女孩看着尼克，冷静地说：“我要是想告发你，完全可以趁着你熟睡的时候去做这件事，要是我这个人不可靠，我干吗要带你走这么远的路，把你带到这里来？”

尼克一时也不知道该怎么说，一个人在一旁嘟嘟囔囔地说：“我反正从来没有碰见过你这样的人，所以我很难判断你的话到底有几分真假。”

听到这里，女孩生气了。她转身面对墙壁，将脸埋在了自己的臂弯里。“你和我爸爸一样，不管我做什么事情，在你们看来都是错的！我找个地方死了算了，反正老是做错事！”说完，女孩一屁股坐在地上，呜呜地哭了起来。

这会儿轮到尼克不知所措了，他此时多么希望自己最开始的时候没有遇见这个女孩。他一直坚信这个女孩是个非常好的人质人选，与此同时，这个女孩也确实能够为自己提供一些帮助。尼克想了想女孩刚才所说的话，觉得也有几分道理：要是她打算告发自己，早在自己熟睡的时候就已经这么做了。

此时，他仔细分析了一下自己现在身处的状况：外面是监狱警察的穷追不舍，而自己要赶去的铁路却在镇子的另一边，唯一的一班列车还是在早上五点的时候从那里经过。他重新看了看现在所处的这个地窖，顿时觉得这里是个绝佳的地方，何况女孩每天还会定时为他送来食物和水。

“别哭了，我刚才并不是有意要说那些话的。我答应你，我在这里留下来。”尼克突然说。

但女孩仍然非常生气，她厉声说："你这种人，简直太过分了！我好心帮你，你却根本就不相信我！"

"我相信你啊，"随即，他让开了楼梯口，说，"我现在就让你走，我听你的安排，你不要再哭了。"

女孩坐在地上，抬头看着尼克，抽泣了几声，然后说："你说的是真的吗？你真的不打算伤害我了？"

他用头朝梯子的方向摆了摆，然后说："嗯，我向你保证，我绝对不会伤害你，你赶紧上去吧！"

女孩赶紧朝楼梯上跑去。当女孩跑到地面上的时候，尼克注意到她将沉重的木门从地上抬了起来，看样子是要将门关上。

此时，女孩从上面探着脑袋对尼克说："对了，顺便告诉你一件事情吧。你还记得我之前跟你说的那件裙子的事情吗？我爸爸一直到最后都没有给我买的那条，就是那件五十块的，你还有印象吗？"

尼克抬起头，眯着眼睛对女孩回答说："当然记得啊，有什么事情吗？"

上面的女孩此时脸上露出非常诡异的微笑。尼克当时觉得有些异样，因为他好像从来没有看见过如此诡异的微笑。

女孩连忙向尼克解释说："对了，有件事情要告诉你，警方会给最终逮到逃犯的人奖励五十元，如果只是通风报信协助警察抓获犯人的话，就只能获得一半的奖励。要知道，我想那条裙子都快想疯了，我一定要把它买下来！"

尼克听到这话，目瞪口呆地站在下面，一动不动。他眼睁睁地看着木门砰的一声被关了起来，紧接着，又传来一阵门闩被插上了的声音。此时，他呆坐在地下室里，心里一片死灰，因为转眼间，自己又重新变成了囚犯。

戈德警官低着头，打量了一下躺在地上的那具女尸。她大约三十岁左右，有一头棕色的头发，穿着睡衣，外面还套着一件蓝色的法兰绒睡袍。由于头部受到了重创，甚至看不清她到底长得怎么样，整个人非常不自然地扭曲着。凶器就在她的身边，是一根沉重的铅管。厨房的桌子上摆着一个装满了日用品的购物袋，家里的后门向外敞开着。

随后，戈德转过身，问了问身边的那位叫威廉的年轻警察:"你给拍照的人打电话了吗？"

"嗯，已经打了，我也叫了验尸官过来。"

戈德警官回到了客厅里，此时，死者的丈夫正坐在沙发上，双手不停地在两膝之间揉搓着。这个男人叫乔伊斯，他长得非常英俊，不过，此刻他的脸上看不到一丝血色，显得非常憔悴。一位警察看了看乔伊斯，随后指着地上的那根铅管说："这个东西，是你们家的吗？"

乔伊斯看着警官，摇了摇头说："不，我们家从来就没买过这种东西。"

"那么，请你再重新叙述一遍上午发生的事情。"

"嗯，我和以往每周六一样，去附近的市场买了点东西……"

"买东西？"

"是的，我的妻子已经连续在学校教了一个星期的课，我觉得她太辛苦了，所以想让她享受一个轻松的周末。"

"你自己有工作吗，乔伊斯先生？"

乔伊斯显得有些惊讶，他随后回答道："我平时的工作就是推销保险，不过，如果你指的是她的工资，那我可以向你发誓，我一分钱都没有碰过她的，平时也主要是依靠我的收入来维持家庭的开支。"

"既然如此，她为什么还要去教书？"

"早在我们结婚的时候她就说过，她不会放弃教书，因为她太热爱这份工作了。我自然也不会干预她的选择。”说完，乔伊斯无奈地叹了口气。

“噢，那你接着说吧，你刚刚说你去买东西，然后呢？”

乔伊斯低头看着地板，耸了耸肩，然后以一种哽咽的声音说：“其实并没有什么太特别的地方，我就是去买了一堆日常用品，然后就开车回来了。我是从后门进来的，可是推开门却发现她……”

“你脑海中有没有印象，谁可能会做这种事情？”

他摇了摇头。

随后，一旁的威廉插了一句嘴，问：“你之后有没有到卧室里面看看？”

“嗯，我进了卧室，因为是在卧室里给你们打的电话。”

“案发后，屋子里的东西，你有没有动过？”

“没有。”

随后，威廉对戈德警官说：“我们检查了一下，发现卧室里的抽屉、五斗柜、衣柜等都被翻查过，感觉好像遭遇了洗劫一般。”

听完后，戈德警官又问：“乔伊斯先生，你们家藏了什么值钱的东西吗？”

乔伊斯回忆了一下，然后说：“也没什么值钱的东西吧，要真说值钱的东西，估计就是那两枚戒指了，也就值个一百来块吧。”

不一会儿，拍照的和验尸官都来了，两位警官将他们带到了案发现场。随后，戈德又回到了乔伊斯那儿，继续盘问：“你早上几点去的市场？然后又是几点回来的？”

“离开家的时候大约九点吧，具体的我也没太在意。”

“也就是说，你离家的时间大约介于八点五十和九点十分之间。”

“可以这么说吧。”

“你又是几点钟回来的？”

“我当时也没看表，因为我推开门看见她倒在地上，我的脑子就一片空白了。”

“你能大概估计一个时间吗？”

“我想想看啊，我大概是半小时之前给你们打的报警电话，然后……”突然，他抬起头来，说，“噢，我想起来了！当时我结账的时候，市场里的钟刚好显示的是十点四十。我花了五分钟将东西搬到车上，回来的路上大约又花了五分钟。我最后看见我妻子的时间应该是十点五十分。”

“嗯……乔伊斯先生，你和你太太结婚多长时间了？”

“算到今年六月的话，刚好十年吧。”

“这么长的时间，你们都没有生一个孩子吗？”

“是的，我们没有生。”

“你的妻子有仇家吗？”

“应该没有，因为她和每个人都相处得非常融洽。”

“她还有其他亲戚吗？”

“有，包括她的母亲，两个弟弟，还有一个妹妹。不过他们都住在西海岸。”

此时，厨房里的验尸官把戈德警官叫了过去。验尸官说：“这名女子应该死于重击，凶器就是这根铅管。”随后，拍照的那个人也完成了工作，在向警官确认，是否需要刷现场的指纹。

戈德随即说：“看下那根铅管，上面也许有指纹，然后再去看看卧室当中的那些抽屉，特别是那个五斗柜，因为那里有被明显翻过的痕迹。”

威廉看着戈德，问：“你觉得，失窃的可能性有多大？”

戈德警官耸肩回答道：“这个很难说，也许是有人入室盗窃，然后行凶；也有可能是乔伊斯杀死他的妻子之后伪造的现场。”说完，戈德问了验尸官一个问题：“你觉得这名女子可能是被什么人杀害的？”

验尸官摇了摇头，说：“现在还不能确定。”然后，他坐在厨房的桌子边，填写一张表格。

此时，尸体正面朝天花板躺着。戈德警官立即对威廉说：“去找一条床单过来，把她的脸给蒙上。”

此时，一名漂亮的红发女警走了过来。她叫路易斯，是戈德警官的女儿。别看她年纪轻轻，办起事来可是非常冷静干练。

“我刚刚接到消息，说让我过来验一具尸体。”路易斯刚走进来，就看到了地上的这具尸体，随即非常严肃地问：“一桩凶杀案？”

戈德警官点了点头，“没错，宝贝儿，你说对了。”

路易斯蹲了下来，看了看死者身上穿着的衣物。戈德则走出了厨房，在房子里面到处看了看。这栋砖砌的房子位于一个全是平房的居住区里，房子的后面有一个车库，中间只隔着一条不太宽敞的车道。车库的门前正停放着一辆车，那正是乔伊斯的。车距离门廊只有两步路。戈德走到了车的后面，发现里面还摆着两袋东西，和厨房里的那一袋差不多。

威廉从里面走了出来，然后说：“我们的人刚刚仔细地检查了一下，铅管上没有发现任何指纹，那个五斗柜上面可能也不会有。看来通过这条途径难以找到有价值的线索了。”

戈德警官走上了台阶，随后叹了一口气，说：“没有其他的证人，自然就不会有线索。我们去周围问问附近的邻居，顺便打听一下乔伊斯家里的情况，再看下有没有推销员或者流浪汉一类的人，也许能为我们提供一些意外的线索。我想确定一下，乔伊斯的悲伤到底是真的还是假的。”

过了一会儿，他们回到了家里，此时，尸体已经被一条床单给盖住了。路易斯告诉他们，死者的订婚戒指与结婚戒指都不见了。

戈德警官想了想，然后问：“在检查尸体的时候，你有些什么收获吗？比如，从你的女人直觉来判断？”

路易斯说：“你是想让我判断一下，乔伊斯的话到底是不是真的，对吗？不过就现在来看，我难以确定，因为我们所掌握的情况和他说的基本吻合，也许他没有撒谎。”

戈德警官又走进了卧室里，拍照的工作人员看着他进来后，一边收拾着拍照的设备，一边摇摇头说："我们在五斗柜上面提取到了指纹，不过那些指纹应该是女人的。"

戈德和威廉带着乔伊斯一块儿走进了卧室，他们想让乔伊斯看看，家里到底丢了哪些东西。乔伊斯逐个地翻开了抽屉，并且查看了一下妻子的钱包。乔伊斯发现，钱包里面一分钱都没有，而且妻子平时放在柜子里的珠宝盒也不见了踪影。

"你妻子的这些珠宝是否上了保险？"威廉问。

"没有，那些珠宝其实并不值钱。"乔伊斯摇着头回答。

随后，戈德警官拿起了电话桌上的一张便笺，给乔伊斯看了看。纸上面写着：社区会，周二，四点。乔伊斯看了看，说："这张纸条是我妻子写的，我们开社区会的时间一般都是星期一，也许这是她听说社区会的时间更改了之后，记下来的吧。"

"那你知道，她是什么时候接到的这个电话吗？"

"这个我就不清楚了，也许刚好那个时候我不在家。"

"那么，你能确定电话是谁打过来的吗？"

"也许是玛莎打来的，她是社区会的主席。"乔伊斯回答。

随后，戈德警官在电话桌旁边的小本子上找到了玛莎的电话号码。威廉将乔伊斯带回了客厅，此时，戈德警官将号码拨了过去。经过一番了解，戈德证实了乔伊斯的说法。电话确实是玛莎打过来的，为的是告诉乔伊斯太太，社区会的时间发生了变动。

"玛莎，你还记得，你是早上几点打的电话吗？"

"大约是九点十五分吧，有什么事情吗？"

"是出了一点事，不过你确定是这个时间打来的吗？"

电话那头的玛莎犹豫了一会儿，然后说："虽然我不确定这个时间一定非常准确，但我至少能够确定，打电话一定是在九点以后。因为按照我的通知顺序，乔伊斯太太是第四个，因此也不太可能超过九点一刻。"

"当时是乔伊斯太太本人接的电话吗？"戈德随即问道。

"嗯，没错。"

"你们大约聊了多久？"

"最多两分钟吧，以往的话，我们可能会多聊两句，但是我还要通知其他人，所以很快就挂断了电话。"

"她有没有在电话中提到她的丈夫？"

"没有……对了，到底发生了什么事情呢？"玛莎显得有些好奇。

戈德将整个事情告诉了她，随后向玛莎了解了一些情况。很遗憾，戈德并没有从中获得有价值的线索。

戈德挂断电话之后，又来到了乔伊斯那儿，想让乔伊斯再一次重复一下事情的经过。和上次差不多，不过，乔伊斯多说了两件事情：他并不知道玛莎打电话到家里来，也找不到谁能够证明案发的时候他不在场。

这个时候，灵车开到院子里，停在了后门的门廊外。随即，车上下来了两个停尸房的工作人员，他们拿着担架，从后门走了进来，熟练地将地上的尸体抬了起来，运回了车里。戈德安排了一名警察回去巡逻，随后和威廉一块儿又去附近走了走，看看能不能有什么新的发现。

紧邻乔伊斯家那条车道的旁边就有一间平房，于是，他们决定从这一家开始打听。他们敲了敲门，开门的是一个身穿短西裤和露背上衣的金发女子，她看上去十分漂亮。戈德警官出示了一下自己的警官证，随后解释了一下自己的意图，并对邻居家发生的案件做了一番简单的交代。

那个女子惊讶地说："我刚刚确实看到灵车了，不过我没想到，她居然遇害了！这简直太恐怖了！"

"看来你和他们家很熟，不知道怎么称呼你呢？"

"我叫戴安娜，另外，我和他们家并不是很熟。"

"噢，那你的先生呢？"

"哈哈哈，你说我男人么？他每个月只负责为我寄一张支票，那是我的赡养费。相对于他，我更关心这个。"

"噢，你今天早上听到了什么动静吗？或者有没有看到什么奇怪的事情？"

戴安娜皱了皱眉头，然后说："我只记得，早上九点钟的时候，他们家的车好像开了出去，其他的倒没有太注意。"

"九点？"

"也许就九点零两分？"说完，她耸了耸肩。

"你为什么会记得这么清楚？"

她随口笑了笑，然后说："因为那个时候我刚好醒来，顺便看了看墙壁上的钟。这个时候，我无意中发现，他们家的汽车好像开出去了。"

"你还有别的什么发现吗？"

"一直到灵车开了进来，中间都没有发生别的什么事情。"

"他的车什么时候回来的，你有印象吗？"

"这个我就不知道了。因为我家的卧室刚好在靠近车道的那边，当时窗户是开着的，所以我只知道他什么时候出去的。"

戈德警官抿了抿嘴唇，然后说："你对乔伊斯夫妇的婚姻状况了解吗？比如他们是否经常吵架打架之类的？"

戴安娜摇了摇头，说："这个我不太清楚，不过我印象中好像不记得他们吵过架。"

"行吧，我最后再问一个问题，这一点非常重要，你确定他是在九点钟的时候开车出去的吗？"

"这一点我可以保证，我刚刚说过，那个时候我刚好起床，而且我还站在窗子旁边做了大约十五分钟的健美操。我清清楚楚地记得，他的车子已经开走了。另外，我不太理解，为什么这个时间非常重要呢？"

“因为这可以证明，他确实出去买东西去了。”

“那我明白了，也就是说，我现在其实是在证明案发当时他不在现场。”

“嗯，你可以这么认为。”

“好的，我乐意为此效劳，请问你们现在还需要我做些什么呢？”

“嗯，我们也很高兴，一会儿有必要的话，我们可能需要你的证词。”

随后，戈德和威廉又走访了乔伊斯家的另一位邻居，在那一家中，他们没有收获到任何有价值的线索。不过，可以肯定的一点是，附近没有出现可疑的陌生人，也没有人亲眼看见乔伊斯去了市场。

大约在十二点半之后，戈德和威廉回到了警察局的办公室里。此时，警队的队长和路易斯两个人也在。

威廉随即向队长报告说：“报告队长，我们俩调查了半天，并在附近做了一些走访，暂时没有找到什么有利的线索。”随后，威廉将理顺的案情和队长做了一番阐述：“乔伊斯先生离开家的时间大约是九点到九点零五分之间；他的太太在九点十五分到九点二十分之间接到了一通电话，并且在九点二十之前打完了电话；乔伊斯先生回到家里的时间大约是十点五十分。在乔伊斯先生外出的这段时间里，有人从他家的后门走了进去，并且手持铅管，杀害了乔伊斯太太，然后偷走了她钱包里的少量现金与一盒值不了多少钱的珠宝。”

队长回过头，看着戈德，然后问：“这就是你们一个上午的收获？”

不过，戈德此时的视线只落在了他的女儿身上。然后，他开口说：“路易斯，你真的太漂亮了，我感到很遗憾，我现在才发现这个问题。”

“爸爸，你别开玩笑了。”路易斯笑着说。

“宝贝儿，我才没有跟你开玩笑呢，我是说真的。”

“你想说什么？”

“我觉得，一会儿回家吃午饭的时候，你把那套最漂亮的衣服穿上吧，再然后就是你的表演时间了。”

办公室里其他的三个人都不知道戈德警官到底在说什么。戈德也不急着说破，只是神秘地说：“你们就等着看好戏吧。”

下午两点半，戈德警官再一次来到了戴安娜的家里。“戴安娜小姐，很抱歉，又一次打扰你了。不知道你现在是否方便，跟我去警察局录个口供？”

戴安娜望着门口的戈德警官，然后说：“没有问题，请给我几分钟时间，我去换件外套。”

去警局的路上，戈德一直在不断地感谢戴安娜，谢谢她对于案件侦破的配合。戴安娜也显得很高兴，在她看来，这不过是自己应尽的一项义务罢了，并且她表态自己愿意为一个无辜的男人做不在场证明。

然后，戈德警官又说：“我还有一件事情要告诉你，而且你听完之后一定也会非常高兴。

我们还为他找到了一个不在场的证人。”

“是吗？”戴安娜回过头来，看着戈德，然后问，“那个人是谁啊？”

戈德露出神秘的笑容，然后说：“是一个他所认识的年轻小姐，并且证明乔伊斯在早上九点十分左右进了超市。”

“哦？”戴安娜的回答显得非常惊讶。

随后，戈德警官将戴安娜带到了刑侦队，此时，队长和威廉恰好都在。戈德向她一一介绍了里面的人，并且告诉她，很快就要录口供了，她可以先在旁边的小房间里稍做休息。戴安娜走到了门边，然后看见里面的沙发上坐着一个漂亮女人。那个人就是路易斯，她穿着那套非常漂亮的衣服，安静而美丽地坐在那儿。

随后，戈德向戴安娜介绍：“这位小姐叫玛丽，她就是证明乔伊斯先生在超市的那个人。”

此时，戴安娜一直站在门边，不过，坐在里面的那位玛丽小姐似乎根本没有注意到戴安娜的存在，而是高兴地对戈德警官说：“没错的，乔伊斯就是在九点十分的时候走进的市场，因为我当时刚好看了一下手表。”

戈德警官也微笑地点了点头。

不过，门口的戴安娜却根本没有笑，然后非常生气地说：“这个女人在撒谎！”

坐在沙发上的玛丽抬起头，看了看门口的那个女人，接着说：“乔伊斯就是在那个时候进来的，我当时看了时间的。”

戴安娜有些激动，高声地喊着：“你别听她的，这个臭女人在撒谎！”随后，她停了停，说：“乔伊斯九点半以后才出的门！”

“九点半？”戈德连忙问。

“是的！那个骗子就是在那个时候杀掉了他的妻子。他当时弄得浑身是血，根本出不了门，他必须重新换一套衣服。至于那件衣服，现在还放在我家的洗衣篮子里，里面还包着一个装着珠宝的盒子。”戴安娜的话语中透露出一丝气愤。

“你说的这些，可都是真的？”戈德继续追问。

不过，戴安娜并没有搭理戈德警官的问话，她指着玛丽的鼻子说：“如果你想和他一块儿逃到维京岛，我告诉你，你想都别想，我要把这个骗子送到监狱里去！”

随后，戴安娜将整件事情的经过告诉了警察，并且进行了全程录音。戴安娜哭诉着，乔伊斯如何说好要和她结婚，并且告诉她要怎样做伪证。随后，戈德他们将检察官叫了过来，戴安娜将刚刚的那些话又重新说了一遍。

此时，戈德决定派两个警察去将乔伊斯抓起来。

事后，几名警察又回到的刑侦队里。此时，队长和威廉一脸吃惊地看着戈德，说：“太不可思议了，你是怎么做到的？”

“这其实很简单，人的天性如此。在我看来，她只不过是看到了一个比她年轻漂亮的女人在为乔伊斯撒谎，所以她的心里对这个女人非常嫉恨，所以她就不顾一切地将真相说了出来。”

威廉说："我指的不是这个，我好奇的是，你怎么知道，这个女的与乔伊斯之间有着某种微妙的联系呢？"

戈德笑了笑，继续说："这仍然是人的天性。要知道，她是一个离了婚的女人，美丽而性感，邻近的乔伊斯又非常英俊潇洒，由于工作的原因，男的长期在外，女的又整天不着家，这样一来，像乔伊斯和戴安娜这样的两个人很容易就搞到一块儿去。何况，他的妻子还有一笔十年未动的存款，这种情况下，谋杀就更容易发生了。当我一眼看到隔壁的那个女人时，我看到她的性感装束时，就觉得，这一定是桩谋杀案，只不过，我想让这个女人自己将这个故事讲出来而已。"

自学成贼

早在米歇尔三十岁的时候，他就打算让自己成为一名职业窃贼。

此前，他当过兵，从部队退伍之后娶妻结婚，并有一份修理钟表的稳定工作，可以说，他的日子过得与一般人没什么区别。可就在他三十岁的时候，他意外地遭遇了两件事：他的妻子生病去世，没过多久，他又遭遇了失业。

突然有一天，米歇尔打算干盗贼这一行。他之前从来没有犯过罪，与黑社会更是毫无瓜葛。而且他非常明白，那些职业窃贼之所以会被抓住，有的是因为他们的行窃套路太过于固定，有的则是因为销赃渠道太过于单一，还有的则是因为有犯罪前科。

至于说到犯罪记录，米歇尔则更是清白无比的一个人，五年的时间里，他甚至连一张交通违章的罚单都没收到过。为了解决销赃渠道的问题，他决定只偷当下能够流通的现金。

他并没有急着开始偷窃，而是进行了一系列的相关训练。

他首先要做的，是掌握进入室内的方法。

他精通开锁这一方面，不过，他还是想寻找一些能够更快进入室内的方法。他试着用玻璃刀和胶布来练习切割，同时，他运用肥皂来降低切割的噪音。他很认真地练着，并且最终的效果还很不错：他能够快速地在玻璃上划出一个直径六英寸的洞，并且不带任何声响，随后轻轻一敲，那块玻璃就能够自己掉下来。

接着，他到附近的商店去买了一些作案时可能会用到的工具，包括一根铁撬棍，一把银丝刀，一些马赛克条，还有一把镶了钻石的玻璃刀——这把刀可不便宜。这是他作案的常用工具。他甚至为作案购置了一身行头，买了一双非常流行的胶底鞋，一件海军色的外套，还有一条黑色的长裤。虽然黑色的效果最好，不过他可不想把自己装扮得一身黑，毕竟这样还是太引人注目了。最后，他还买了一个小的收音机。

就这样，他的冒险工作正式拉开序幕了。

他将第一个目标锁定在了一家塑料公司的董事长身上。米歇尔仔细侦查了一下他所居住的房子，这栋房子位于城西，面积非常大，并且屋里没有养狗，仆人晚上也不睡在他家，家里一般只有他和太太两个人。他们虽然有两个儿子，不过这两个儿子现在都在读大学，周末一般也不会回来。

米歇尔每隔三天就会往董事长的家里打一个电话，时间都挑在晚上的十点到十一点之间。第一次打的时候，有人接了电话，米歇尔随即就将电话挂断了；第二次打的时候，还是有人接，于是他谎称自己打错电话了，然后匆匆挂断了电话。此时，米歇尔决定，他最多再打两次电话，如果第四次的时候还有人接，那么他就必须放弃这个目标了。好在第三次的时候，他发现，家里似乎没人。于是他立即穿上了自己置办的那身行头，把作案的工具放进了一个褐色的帆布袋里面，随后立即开车前往城西。为了低调行事，他的车型和颜色都是大众款。为了安全起见，他还在牌照上故意喷洒了泥浆。

几分钟后，他开车路过购物中心。此时，他又拨打了一次电话，发现仍然没有人接听。于是，他加速往城西驶去。他将车停在了距离董事长的家两条街之外的地方，随后拎着那个帆布袋，徒步走到了那栋房子附近。他从帆布袋里拿出了玻璃刀、胶布还有起子。通过之前的几次踩点，他发现，从屋子边上的一个小窗户可以直接进到里面，并且外面有一棵大树遮掩，人们不太容易发现。

屋子里的灯是开着的，尽管车库的门紧闭着，但是里面并没有停着车。这些情况他事先都预料到了，在他看来，这一些都有利于他快速地作案。

他装着非常轻松的样子，然后向屋子那边走去。快到门口时，他警觉地躲到了树丛里，打探了一下四周的情况。当他确定周围没有人时，就在玻璃刀上面涂了一点肥皂，随后扯下一条胶布，开始动手。不到两分钟，他就戴着手套，成功地取下了玻璃。随后，他解开窗户的锁，钻到了屋子里面。

随后，他立即打开口袋里的收音机，并且调到当地警察进行警务呼叫的波段，随后把收音机放回自己的口袋中，并且在左耳上戴了一个耳机。随后，他在头上套了一个旧丝袜，以免发生意外的时候被人一眼认出。在一切准备就绪之后，他开始在房间里到处搜罗。

他弯着腰，免得被窗外的人看见。他要求自己在十五分钟之内离开这儿，所以，他快速地搜寻了书桌抽屉、五斗柜、壁橱等一切可能存放现金的地方。屋子里非常安静，但是他的神经似乎紧张得能够开口说话了。他极力地让自己保持冷静。突然，外面传来了一阵汽车行驶的声音，并且速度渐渐慢了下来。他当时就吓呆了，四肢几乎都不能动弹。不过，他很快就确定自己是安全的，于是，他强行将那种极度的恐惧感咽到了肚子里，随后继续在屋子里搜索。

最终，他清点了一下收获：书桌的抽屉里有两百九十美元，一个女人的首饰盒里有三十美元，衣柜的一个钱包里还有五美元。

他带着战利品，立即返回到车里，随后大踩了一脚油门，离开了城西。

回到家里后，他立即给自己倒了一杯酒，然后就坐在餐桌旁，出神地盯着自己刚刚偷来的那些钱。虽然钱不多，可米歇尔却异常兴奋。他很久没有获得这种感觉了，他甚至觉得，他已经成功地找到了一份适合他的工作。

一段时间之后，他的手法越来越娴熟，接下来的几个月，他都做得非常成功。他告诫自己，不要让自己陷入一种固定的模式中，因此，他一周最多作案两次，且每次的间隔时间都不相同。

目前对他最有利的因素，就是警方那边从没有过他的作案记录。这几个月里，他甚至还会每周按时领取失业救济金。不过，他仍旧非常谨慎，决定寻找更加安全有效的作案方式。

在之后的作案过程中，他将比较重的作案工具统统舍弃了，并且丢掉了那只充当面罩的破袜子，他的工具袋中只有胶布、玻璃刀，外加那台小小的收音机。这样一来，哪怕真的发生了意外状况，这些东西也方便销毁，不至于引起他人的怀疑。

夜间的冒险，加上政府的救济，很快，他渐渐变得富有起来。不过，他突然意识到一个问题：他必须要寻找一个大家看得到的经济来源。他稍稍思索了一下，然后想到了一个好点子。

他开了一家店，专门从事古董和旧货的收购交易工作，这样一来，也能方便自己进行高价销赃。

就这样，他成功地做了好几年，每年的利润也非常丰厚。几年下来，他甚至觉得自己的技术已经上升成为一门艺术了。他会在每次行动之前，对每个细节进行仔细分析，这样能尽可能地降低风险。一旦敲定计划，他就会立即行动，来无影去无踪。

有时候，他会在晚上干完活之后躺在床上，一个人静静地思考：要是自己的妻子还活着，她会怎么看自己呢？妻子应该会原谅自己的这种行为，而且哪怕她亲眼看见了，也会假装不知道这件事。不过，米歇尔相信，她始终不会理解自己为什么要这样做。

不过，在这之后，他的运气似乎就不太好了。

有一天，当他正在城郊的一间房子里作案的时候，收音机里传来了一条消息。有人报警，说麦克大街 333 号貌似有小偷正在行窃。听到这里，他立即停止了行动，因为他所在的地方，正是麦克大街 333 号。

不过，他并不紧张，因为这不是他第一次触响警报器了，他知道该怎么化解危机。只要巡逻车不是恰好出现在房子的周围，他就能够从这里脱身。他像什么都没有发生过一样，若无其事地走到下一条街，然后来到了停车的地方。他完全可以装作刚刚开车路过这里，然后像一个热心的司机一样了解周围发生了什么事情。

不过那天晚上他的运气真的是太糟糕了。走到汽车边上时，发现车子居然有些倾斜。仔细一检查，才发现原来是左边的车轮漏气了。此时他非常庆幸自己没有偷什么东西，并且非常明智地扔掉了玻璃刀和手套。他迅速地打开了汽车的行李箱，然后不紧不慢地为汽车更换轮胎。

就在他换完轮胎的时候，巡逻车在他的身后停了下来。

“你们来晚了呢，我刚刚将轮胎换好。”米歇尔看着从车上走下来的两名警察，开玩笑地说。

他们并没有说话。米歇尔从地上站了起来，发现其中一个年轻一点的警察正在检查他的行李箱。

“我们还以为你遇到麻烦了呢。”另一个警察非常和气地说。

米歇尔将千斤顶从地上拿起来，并将漏气的轮胎举给警察看，随后将它放到了行李箱里面。“还好我带了备胎，不过，仍然非常感谢你们！”米歇尔在说话的时候，眼睛并没有看着他们，他弯下腰，将千斤顶和螺旋放进了行李箱中间，随后“砰”的一声关上了车盖子。他面露微笑地向他们点了点头，随后一边用手帕将弄脏的手擦干净，一边向汽车的驾驶座走了过去。整个过程中，他的心一直狂跳不止。

“先生，请等等！”就在米歇尔的手指刚刚碰到车门的时候，另一个年纪稍大的警察叫住了他。

米歇尔转过身，脸上显得非常茫然。

警察向米歇尔走了过去，问：“你衬衣口袋里装着的东西是什么？”

米歇尔无辜地从口袋里拿出了那个小型收音机，非常诚恳地说：“我的汽车上没有配备收音机，所以我习惯在开车的时候带着这个小玩意儿。”

那个警察仔细检查了一下这个小收音机，说：“这种收音机能够接收短波，甚至可以收听到警察之间专用的呼叫波段。”

米歇尔非常和气地回答：“没错，现在市面上卖的收音机，大多都具备这个功能。”说完，他注意到年轻一点的警察走回了巡逻车里，并且在向对讲机里说些什么。

随即，另一名年纪稍大的警察向米歇尔道了歉，随即让他靠在汽车上，对他进行搜身检查。不过，他们并没有找到什么有价值的线索。

“米歇尔先生，请你稍等一下。”警察说。

大约过了半分钟，坐在车里的年轻警察喊道：“警长要我们把他带回警局调查一下。”随后，米歇尔被带到了警局的一间小办公室里。

屋子里摆着一张大桌子，散发着非常浓重的油漆味。桌子后面坐着一名警官，他叫亨特。他示意米歇尔坐在他的对面。亨特警官的个子非常矮小，身子看起来很单薄。他那一双细长的眼睛总是眯着，似乎在窥探着什么。他的鼻头圆圆的，外加有些秃顶。撇开那双眼睛，他的相貌简直能让人忍俊不禁。

亨特警官看着米歇尔，问：“他们是否将你的权利告诉了你？”

“嗯，他们说了，不过我认为我不需要律师。毕竟，我又没有犯法，而且，我没有理由不与你们合作。”米歇尔回答。

“不过，就在你车胎爆裂的地方，恰巧发生了一起盗窃案，”亨特警官的话语听起来有些干巴巴的，“还有，你为什么会随身携带能够监听警方呼叫的收音机？”

米歇尔面带微笑地回答：“警官先生，现在市面上稍微好一点的收音机都有这项功能。”

“不过，我们接到附近的一位邻居反映，他亲眼看见一个身穿黑衣服的人走进了那栋房子，米歇尔先生，你今天的衣服恰好是黑色的。”

“不过，你们警察的衣服也是黑色的啊，没准他看到的正是你们的人呢。”米歇尔回答。

亨特警官噘了噘嘴，点头说：“嗯，是有可能。”说完，他随手伸进口袋里，然后掏出来一把镶钻的玻璃刀，还有一副手套。米歇尔一眼就认出，这两样东西就是自己的，不过他的脸上并没有表现出什么异样。

“我们在房子的附近找到了这两样东西。”警官说。

米歇尔好奇地拿起那把玻璃刀，问：“这是某种工具吗？”

“这把刀是用来割玻璃的，”说完，亨特警官拿起了桌上的手套，递给了米歇尔，说，“先生，麻烦你试着戴一戴这副手套。”

米歇尔接过手套，然后就往手上戴。之后，他试着弯了弯手指，显得很不适应。

“看起来很合手啊。”亨特警官说。

米歇尔淡然地说：“这没什么奇怪的。这是非常常见的棉布工作手套，价格也很便宜，而且它有大、中、小三种不同的型号，我想我应该适合中号的。”说完之后，他将手套脱了下来。

整个过程中，亨特警官都仔细地看着，然后问：“你开车去那儿干吗？据我们了解，你的家并不在那边。”

“没错，不过因为我平时主要做古董生意，我经常会开着车去一些老房子边上转转，他们总有很多祖传的家具需要出售，所以我会去了解一些情况，比如谁要搬家，谁有旧家具要卖之类的。这样我可以搜集到最有时效性的信息，他们也不用为此去发广告了。”米歇尔非常平静地回答了警官的问题。

“你的主意很不错。”亨特警官笑着回答，他的眼睛一直盯着米歇尔，连眨都不眨一下。

“嗯，我也这么看。”米歇尔回答道，并且他的眼睛也是一下都没有眨。

随后，警官往椅背上一靠，从口袋里掏出了一个皱巴巴的纸烟盒，并点燃了一根烟。然后他递给米歇尔一根，不过米歇尔婉言谢绝了。

亨特警官抽了一口烟之后，说：“你知道，最近一段时间，麦克大街发生了很多起入室盗窃案，这些案件的作案手法非常类似，都是在屋里没人的时候，小额现金和一些比较值钱的小玩意儿被盗。这个盗贼的手法非常专业，应该是我们所碰见的最为专业的盗贼之一。”

“我想你们会抓到他的，警官。”

亨特警官撅起他厚厚的嘴唇，叹了口气，非常困惑地说：“这个盗贼狡猾得很，我们现在还没有足够的线索。”

米歇尔耸了耸肩，说：“那我也帮不上什么，毕竟这是你们才了解的事情。”

亨特警官沉思了一会儿，继续说：“他并不是一个普通的窃贼，他算得上是一个偷窃的专家。”

“听你这么一说，我都觉得，我有点崇拜那个人了，警官。”

“唔，那个人自己……哎，说不清楚，”警官摇了摇头，“他真的很高明，这一点你不得不承认。”

米歇尔面带微笑地说：“不过，在我看来，这些案子不都差不多嘛。”

亨特警官深深地吸了一口烟，然后面朝天花板，再慢慢地吐了出来，“米歇尔先生，你可以回家了，很抱歉打扰了你这么多时间。”

米歇尔立即赶回了家中，而家中的一切迹象表明，这里刚刚被搜查过。不过，他并不担心，因为他早已料到会有这么一天，因此他将偷来的那些钱分散地放在城里的几个保险箱中。

那天晚上，他躺在床上，脑子里不停地在琢磨。警方已经开始关注他了，所以，他必须要潜伏一段时间之后才能继续重新作案。

米歇尔想了想，最好的办法就是搬到一个大城市去。不过，他并不能马上就动身，否则他就会暴露自己。至少要再过半年吧，而且还得在这里继续做四五次案，这样一来就能很好地说明，那些神秘的入室盗窃案件并没有因为他被审问而不再发生。

两个月后，他再一次作案了。这次，他挑了个非常偏僻的地方，这里门禁没有那么森严，出入相对自由，而且，此时的他进行盗窃，并不是为了偷取一些钱财。尽管如此，他还是意外地拿走了两百元现金，一些小颗粒的钻石，还有一些非常珍贵的货币。

过了几天之后，亨特警官来到了米歇尔的店铺之中，打算从他这里了解一些与盗窃案有关的事情。不过米歇尔遗憾地告诉警官，自己什么也不知道，并且告诉他，案件发生的时候，他恰巧躺在床上休息。警方离开之前，米歇尔还与他做成了一笔交易，他将一枚比较稀有的 1928 年发行的硬币卖给了警官。

一个星期之后，米歇尔又作了一次案，并且他发誓，这是他在这个城市最后一次作案。

和上次一样，亨特警官再一次来到了他的店里，说：“也许你会对我说的这条消息很感兴趣，因为那个人又作案了。”

米歇尔表现得非常吃惊：“天哪，太不可思议了！警方居然还没有抓到这个精明无比的窃贼吗？”

“没有呢，这种窃贼是很难抓到的，”警官双手插到裤袋里，不停地摇头。然后，他突然扬了扬眉毛，说：“看来周四案发的那天晚上，你又恰巧在家里睡觉吧？”

“那天我十点就睡了，案子大概什么时候发生的？”

“凌晨吧……对了，我想告诉你件事情，”亨特警官说，“我上次离开你的店之后，对丢失的物品进行了一次清点，然后发现了一些有意思的事情，因为有一部分丢失的东西恰好出现在了你的店里。”

米歇尔听完，非常淡定地说：“警官先生，这种情况很可能发生啊。我店里收藏的这些东西，原本都是批量生产的，何况，对于将旧货卖给我的那些客人，我也不可能去一一盘问。要是你对我店里的东西有疑问，我随时配合你的调查。不过我认为，你从中很难调查出什么有价值的线索。”

亨特警官微笑着说：“是啊，我也觉得不会有什么结果。”随后，他递给了米歇尔一张名片，“要是你在店里碰见什么人向你出售一些可疑的东西，你可以给这个人打电话，他是总局的警官。”

米歇尔接过名片，仔细地看了看，说：“放心吧，警官。”随后，将这张名片放进了衬衣的口袋之中。

一个星期之后，米歇尔的店里又来了一名警察，不过这个警察他从来没有见过。他看起来非常年轻，并且在离开店子的时候，故意打破了一只大概二十元的玻璃花瓶。米歇尔心里当时就在想：这算不算侵犯了我的利益？毕竟，之前亨特警官来了这么多次，他都没有受到这般粗鲁的对待。不过话说回来，他确实在心里认为，亨特警官这人比较好欺负。于是他打算打电话到总局去，找亨特警官好好谈谈。

接电话的是一个叫作布克的警官，他表现出极度的不配合。米歇尔根本就联系不上亨特警官。当米歇尔正式提出赔偿要求时，布克警官告诉他，他会安排相关的人员进行调查，如果有必要，米歇尔甚至可以写一份索赔报告。听完之后，米歇尔感到非常沮丧，他放弃了索赔，并且直接挂断了电话。

不过，他仍旧不甘心，第二天，他再一次打电话到警察局，可是仍旧没有联系上亨特警官。米歇尔找来了通讯簿，查到了亨特警官家里的电话。可是，按照上面的电话拨过去时，仍然没有人接听。随后，他又在通讯簿中找到了亨特警官的住址。他看了看，离自己家也不过半个小时的路程。他立即决定，当天傍晚亲自登门去拜访一下亨特警官。

亨特警官住在一栋小小的白色屋子里，房子周围的灌木丛被修剪得整整齐齐。米歇尔走到了水泥砌成的门廊边，发现院子里还有一个非常漂亮的花园。他走上前去，按了按门铃，并使劲敲了敲门。随后，他发现，他的脚边有两份报纸，于是，他很快就意识到，屋里根本就没有人。米歇尔非常失望地往回走去。

当他从大门里走出来的时候，恰巧碰上了一位骑车送信的邮差。他非常和蔼地告诉米歇尔：“亨特一家告诉我，最近两个星期都不用送信，因为他们全家都到佛罗里达州去了。”米歇尔向那位邮差点头致谢，随后，邮差骑车向前走去，然后拐了个弯，消失在了米歇尔的视线里。

“原来亨特警官到南方度假去了。”米歇尔在车里自言自语地说着。

他就这样开了好几条街，突然脑子里浮现一个念想：这是多么难得的一次机会！这是多么美丽的一次意外！这是一个多么完美的结局！

他立即掉头往回开，下车之后，他更加仔细地打量了一下亨特警官家的布局。

大约晚上十点半，米歇尔将车停在了离亨特家不远的街上。随后，他从车上走了下来，径直地朝着警官家走去，此时，他的手里还把玩着一枚 1928 年发行的硬币。

米歇尔在门廊向四周探望了一下，然后悄悄地溜进了窗边的树丛中。随后，他从帆布口袋里掏出玻璃刀和胶布，熟练地在玻璃上划了一个口子。不到一分钟，他就进入了屋子里。

屋子里一片漆黑，他悄悄地打开手电，然后谨慎地用微弱的手电光探照前方。此时，他正处在一个小卧室之中，卧室里摆放着一张单人床，外加一个五斗柜。

他快速地在每个抽屉中翻找着，里面只有一些男人穿的衣物，一些床单，一只什么都没有装的公文包，外加一块没有刻字的手表。他是一名手表收藏爱好者，于是顺手就把手表扔进了口袋里。

然后，他穿过过道，来到餐厅。角落里摆着一张小书桌，他拉开了下面的抽屉，里面居然都是还没有支付的账单，看来，这名警官的家里并没有什么油水可捞，和那些有钱人的家里一比，简直差太远。他在翻到最下面的抽屉时，找到了一台小的录音机，这东西平时他可能用得上，于是也顺手放到了袋子里。为了防止被他人看见，他继续弯着腰，然后准备到大卧室里去。

这个时候，房间里所有的灯突然亮了！

他的心突然猛烈地跳动起来，本能地朝后门跑去，打算夺门而逃。不过，就在他冲到外面的时候，整个院子全亮了起来。他猛地停了下来，为此还差点儿摔到地上，他抬起一只手臂，挡了挡刺眼的亮光。

“没错，就是他！”此时，有一个人喊道。

米歇尔透过灯光，发现后面有一张熟悉的脸。这个人正是下午和他聊天的那个邮差，不过，他这回换了一身制服。

一双手铐铐在了米歇尔手上。此时，亨特警官出现了，强烈的灯光将他的脸照得非常白，他正叼着一根有些弯折的香烟站在那儿。

米歇尔看着他，脸上没有一丝畏惧的表情。

亨特警官用一种非常仁慈的语气说：“我就知道，你一定会被抓住的，我甚至非常清楚，你为什么会来偷窃。”

米歇尔被推上了警车。而亨特警官则站在那儿，双手插在裤袋子里，一动不动地盯着他。

为了更加保险，哈德森决定提前赶到那儿。

此时，天色非常阴沉，不时地还飘落一些霏霏细雨。他急急忙忙地爬上了三楼，然后蹲在楼梯上喘了喘气。接着，他又爬到窗户边，意外地发现，窗户居然没有上锁。

既然窗户没上锁，那么他就不必大费周章地去撬锁了。此时，哈德森只觉得，芭比这个人平时太不谨慎了。她的家里毕竟还有一些比较有价值的东西，何况，附近的治安条件并不是特别好，门窗上锁应该是最基本的防卫措施。不过，芭比偏偏没有这样做。

哈德森将屋里的窗帘撩开，一阵淡淡的香水味飘了出来。他向里面看了看，黑乎乎的一片，什么也看不见。他并不打算进到屋内，因为他突然觉得，完全没有这个必要。公寓前门的右边安放了一盏灯，昏暗的灯光照了进来，这也就意味着，屋里的门都是敞开着的。

哈德森躲在一旁的安全楼梯里，跪在台阶上，从外套的口袋里拿出了一支左轮手枪，然后将消音器也拿了出来。这两样东西都是他这两天才买的。他熟练地将消音器安装在了枪口，等着芭比回来。

他非常确信，十五分钟之后，公寓的门一定会打开，而且开门的那个人就是芭比。走道上的昏暗灯光对他非常有利，他刚好能借助这一点微弱的光线准确地击中芭比。

天色渐渐暗了下来，雨一直在淅淅沥沥地下着，窗外的风依旧非常猛烈，他能够清楚地听到风将楼下的垃圾桶盖吹得一开一合的响声。此时，屋内仍旧不断地散发出一股淡淡的香水味。曾经，这种香味能够轻而易举地勾起他的性欲，不过，此时的他只觉得一阵恶心。

他在楼道里静静地等待着，脑海中浮现的却是自己的妻子伊丽莎白。他今天所做的一切，也都是为了他亲爱的伊丽莎白。此时的他，内心充满忏悔，伊丽莎白是他生命中的唯一，可是他却跟一个叫芭比的女人在鬼混。

芭比很年轻，年纪只有他的一半大。她是一个性感的金发女郎，有着一双水灵灵的大眼睛和高耸的胸脯。一直以来，她都是靠着傍大款过日子。哈德森内心非常清楚，芭比之前跟过很多男人，他绝对不是第一个。可是他非常确定，他一定是芭比身边的最后一个男人。

几天之前，哈德森曾经向她提出，想要结束这种同居的关系，没想到，芭比居然敢威胁他。这个女人的胆子简直太大了。想到这里，哈德森内心就非常生气，握着手枪的手都在连连发抖。

当时的情形，清晰地浮现在了他的眼前：

芭比撅起鲜红而性感的嘴唇，嘴角浮起一丝幼稚的微笑，她眨了眨眼睛，冷冷地对哈德森说："亲爱的，我希望你能留在我的身边。否则，我会和你的老婆见面的，对了，她叫什么名字来着？我想，我应该会那样做的，不过……"

哈德森相信芭比肯定会这么做，不过他万万没有想到会有这么快。

第二天，当哈德森回到家里时，他的太太伊丽莎白正泪眼婆娑地躺在床上，两只眼睛分明都已经哭肿了。她在不久前接到了一个匿名电话，电话是一个年轻女人打来的，那个女人对伊丽莎白说了很多下流的话之后就挂断了电话。

其实，很早之前，哈德森就有一种不安的感觉，他猜测伊丽莎白也许已经开始起疑心了。不过怀疑归怀疑，接到电话则意味着事情的性质有了根本的不同。哈德森暗下决心，这种事情绝对不能再次发生了。

之前，他从没想过要动手干掉她，不过，事情的发展逼迫着他不得不这样做。

最开始的时候，他打算用下毒的方式来干掉她。尽管他已经弄到了一颗毒药，但找不到合适的机会。芭比这个人心眼很多，要对她下手其实并不是一件非常容易的事情。于是，他又想了其他的方式，但都不是特别理想。

直到有一天，他意外地看到了一则新闻报道：最近一段时间，城东接连发生了妇女被枪杀的案件，而且凶手习惯性地将那些深夜里没有拉下窗帘的女性作为枪杀目标。而且非常凑巧的是，芭比居住的地方距离这几起枪杀案的现场非常近。哈德森顿时觉得，这个主意不错。于是，他开始策划自己该怎么做这件事情。他翻了翻报纸，发现之后接连几天都是阴雨天气。接下来，就是等待机会了。

今天不仅下雨，而且刮起了大风，天色早早地就暗了下来，由于天气恶劣，街上也没什么人。哈德森很快就意识到，这是一个动手的好机会。虽然等候的过程非常煎熬，但一想到麻烦事也许就此而彻底结束，他就振作了起来。他不停地在低声默念着："亲爱的伊丽莎白，我知道自己错了，请相信我，你就是我生命的唯一。"他甚至在想，也许几天之后，他就能带着伊丽莎白去远方旅行，也算作是两人的第二次蜜月之旅。

就在这时，黑暗中闪过了一道黄色的亮光，公寓的前门被打开了。这让他有些意外，因为芭比居然提前回来了。按照以往，她总会在市区的餐厅吃过晚饭之后才回来，一般都是八点左右到家。不过，他很快就定了定神，觉得这样可以少几分钟的煎熬时间。

他眯起了一只眼睛，用另外一只眼睛瞄准手枪的准心。门口那一点昏暗的灯光下，有个女人正站在那里。她此时正穿着雨衣，站在门口显得非常犹豫。她伸出一只手，似乎在摸索着门口的电灯开关。哈德森起初有些犹豫，但看到她即将开灯，于是立即朝她开了一枪，只见她的身子向后晃了晃，两只手向上举了起来。他并没有停下，朝着黑色的人影又连开了几枪。此时，他发现那个黑色的人影渐渐地向前倒了下去，再也没有起来。

哈德森为了保险起见，再次瞄准了尸体，最后补了两枪。其实他知道，完全没有那个必要，作为一名优秀的射击手，他对自己的枪法非常自信，开完第一枪的时候，他就确信自己的任务已经完成。

随后，他开车回到了自己的家里。这个时候，雨渐渐地小了。他看了看表，八点三十分。随后，他坐在车里，向车库里望了望，发现太太的车并没有停在里面。也许她开车出去买东西了，他这样想着。

他一直坐在车里，回忆着刚才的行动。在回来的路上，他将那只手枪拆分成了逐个的零件，然后扔进了河中。这样一来，唯一的作案凶器也不存在了。他非常确信，自己的行动非常干净，即使警方找到了芭比的尸体，现场也没有任何线索能够表明这是他干的，而且也没有任何人证物证能够表明他认识这个叫芭比的女人。就连之前两个人偷偷见面的时候，他也会将手碰过的地方擦拭干净，为的就是不留下指纹的线索。当时这样做，并不是为了在将来杀掉芭比，而是出于一份最纯粹的谨慎。他现在很庆幸自己曾经这么做过，这样一来，他和芭比真的就没有一丝半点的关系了。

在确认没有任何问题之后，他从汽车上下来，然后哼着小曲，走进了家中。进屋之后，他发现家里的桌子上有一张纸条。他瞟了一眼，纸条是伊丽莎白留下的。他一边哼着歌，一边看着纸条上的字，潦草的字迹映入了他的眼帘：

很抱歉……不过，我已经忍受不了了……我早就听说过芭比这个人……我跟踪过你……迟早我得面对她……我得说清楚……那片钥匙……

看到这里，哈德森的喉咙里发出了一声低沉的呻吟，他为自己百密一疏的行为感到后悔，因为在那天早上，他曾经将芭比的钥匙单独取了下来，然后随手放进了五斗柜的裤子里。

“……那片钥匙，我打算去找她。如果她不再，我就在公寓里等她……我必须要和她做个了断……我很爱你……亲爱的哈德森，我无法将你拱手让给别人……我做不到……”

纸条突然滑落到了地上，哈德森顿时木在那里，一动不动。

“不！”他起初低声呻吟了一下，随后发疯似的大叫，“不！不会的！不可能的！”他的心中此时极度慌乱。他开始回想开枪时眼前的一幕：那个人是不是比芭比要高一点，好像还要瘦一点？怪不得当时开枪的时候，他的心中总觉得有些不太对劲。当时的那种模糊印象现在又重新浮现在了他的眼前。在极度不安的状态下，这个模糊的印象被无限放大，他顿时觉得呼吸困难，甚至有一种休克的感觉。

他此时惊恐万分，并且不知所措。他一定是杀错人了，一定是，那个人就是自己的太太，是伊丽莎白！

整件事情的来龙去脉一目了然，可是事情的结果却几乎要了他的命。

他瞬间觉得整个天都塌了下来，脑中一阵眩晕。他将自己事先准备好的那颗毒药翻了出来。他回到客厅，从地上捡起那封信，含着泪水，又重新读了一遍。

最后，他吞下了那颗毒药。只过了几分钟，他就只能坐在沙发上大口地喘气了，他显得非常平静，似乎在静静地等待着什么。

此时，门口突然传来了一阵用钥匙开门的声音。门开了，伊丽莎白走了进来。因为下雨的缘故，她的头发被淋得透湿，外套上也全是水。

她意外地发现，哈德森居然在家。

她的眼神中流露出一丝歉意，连忙说："亲爱的，我原本想在你到家之前赶回来，我想把那封信撕掉，"随后，她叹了一口气，接着说，"我最终还是没敢去，在最紧要的关头，我居然没有勇气去做这个，所以……"她看着坐在沙发上双眼迷离的哈德森，焦急地问："亲爱的，发生什么事情了？你是不是不太舒服？说话啊……"

他确实是出事了，吞下去的那颗毒药已经在他的胃里开始消化了。

锁匠怀特

这一天对特里·怀特来说非同寻常，因为他感到非常快乐。

这个人生来就难以与快乐联系在一块儿。此外，这个人过于谨小慎微，并且昧着良心做事，生性非常贪婪，只要有一点儿蝇头小利，他都会抓住不放。最近，他勾搭上一个情妇，这个情妇年纪很小，从年龄上看，做他的女儿都绰绰有余，不过长得十分漂亮，属于美丽可爱的类型，吸引一群男人对她来说也并不是什么难事。

怀特其实相貌并不俊朗，甚至可以说，离俊朗的标准还差很远。他的肩膀又窄又斜，脸腮的部位也瘦得向内凹陷，干瘪的嘴唇没有一丝血色，而那双眼睛永远是湿润的，前面还架着一副厚厚的镜片。他很少露出笑容，而当他笑的时候，人们更多地会将那当作是一种狡猾的表情。曾经有位顾客对他的脸做过一番评价："没有人会相信他很久，他自己的那张脸本身也不会相信任何人。"

特里·怀特之所以能够勾搭上这个女人，他的相貌自然是靠不住的，他依靠的，是手中的钞票。这个女人名叫蕾切尔。

这天早上，当一想到自己手里掌握着万能的钱时，他就狡猾地露出了笑容。进而想到这些钱是多年来秘密攒下来的时候，他的笑容瞬间又变得非常古怪了。

特里·怀特是个锁匠，但他不仅仅是一个锁匠。他平时还有一些看起来非常合法的副业要忙，比如房屋租赁、股票买卖、高利贷等。不过，他的基本家当确实是靠锁匠的收入挣来的。这份老本行他干了几十年，从年轻的时候开始一直到今天。今年他已经五十三岁。

高街上他有一间小小的铺面，铺面的右边是一家有些破落的小店，主营油漆和壁纸，左边有一家熟食店，不过生意一直都不太红火。这片区域是整个城市中最没落的地方，这里就像锁匠店铺门外肮脏门帘上的那块招牌，饱经风霜的摧残。这块招牌还是他三十一年之前创业之初的时候打造的，然后一直沿用到今天。整座城市中，只有五家锁店被记录在城市便民电话簿中，自然包括老字号的怀特锁店。尽管这家店的位置非常偏僻，但常有老顾客前来。

这天早上七点，他和往常一样，夹了一份报纸在腋下，然后来到店铺中。他推门走了进去，随后又将门顺手关了起来。在后面阴暗的小办公室里，他打开了落地灯，白色的球形灯泡发出温和的亮光，照亮了整间屋子。屋里有一张圆桌，边上摆放着两把配套的椅子。由于年代久远，椅子看起来有些破旧，稍微重一点的人往上一坐都有可能垮掉。每张椅面上都铺了一块深色的漆皮垫子，其中一块垫子上破了一个小洞，草样的填充物从洞里露了出来。地上有一张破旧的地毯，上面还残留着一些咖啡的印迹和食物的残渣。怀特取下头上戴着的帽子，连同腋下夹着的报纸一块儿放在了桌子上，接着，他走到一个水槽前面，拿出一个搪瓷盘和一个塑料杯，用水冲洗了一下，放在一旁的台面上，最后接了一锅水放在电炉上。他打开电炉，然后小心地坐在一把摇摇晃晃的椅子上。只要等几分钟，他就能喝上冲泡的热咖啡了。他摊开桌上的报纸，正打算浏览一下当天的新闻，这时候屋外传来了一阵敲门声。

怀特叹了叹气，慢慢地走到门口，向外看了看。外面站着的是一个年轻人，不过，由于门帘的遮挡，他只能看到年轻人的头。怀特没有开门，他朝门外的年轻人耸了耸肩，然后指了指挂着的钟。

还没到八点，怀特并不打算开门营业，但门外的年轻人似乎特别着急，他拼命地推着屋外的大门。怀特依旧只是耸了耸肩，并没有要开门的意思。随后他转过身，准备走向屋里。此时，年轻人转而开始拍打门外的玻璃。

一般店主在遭遇这种情况的时候，往往都会打电话报警，不过，怀特从来就不想麻烦警察，他在原地犹豫了一下，转身便向门口走了过去。

他打开门，冷冷地问："有什么事情不能八点以后来啊？"

年轻人急急忙忙地说："老人家，帮帮忙，我有急事。"

怀特心里暗暗在想，年轻人做什么事情不是急急忙忙的，正因为这样冲动鲁莽，所以弄砸了很多事情。蕾切尔就是最典型的例子，好在这个小女人遇上了他。随后他说："这样吧，你赶紧告诉我有什么事情，说完之后我要去喝咖啡了。"

年轻人将手伸进夹克的口袋里，然后掏出一块包着的手帕，他小心翼翼地拿出来，轻轻地放在玻璃柜台上，随后将手帕仔细地展开，里面包裹着一块旅馆专用的小肥皂。他对怀特说："麻烦你看看这个，能不能看清楚？"

怀特眨了眨眼睛，说："肥皂？我今天早上已经洗过澡了。"

"老人家，拜托你仔细看看。"

怀特将腰弯了弯，然后凑近那块肥皂仔细瞧了瞧，此时，他的鼻尖距离肥皂只有两英寸。

年轻人急切地问："老人家，你看见上面的印记没有？"

肥皂上面的印记像是一把钥匙的模子。根据多年的经验，他从印记凹凸的程度和轮廓判断，这应该就是典型的耶鲁牌筒状钥匙。这种钥匙有个最大的特征，就是第一齿和第三齿比其他的要长。而这种钥匙所对应的门锁通常被用在住宅和公寓的大门上。

年轻人拍了拍怀特的肩膀，然后问："这上面的印记够清楚吗？"

怀特直了直腰，站起来问："那看你要干吗了。"

"我想照着这个样子打一把。"

"看情况吧。"

"要看什么情况？"年轻人有些不解。

"技术，要看你找的这个师傅的技术。"

"居然不是钱？"

"当然，打造一把这样的钥匙本身就不贵。"

"大概要多少钱？"

"十美元而已。"

"十美元？老人家，这把钥匙最多两美元，而且到处都能做，你这可有点敲诈的嫌疑啊。"

怀特显得有些不耐烦，说："既然如此，那你就去别的店吧，找那些两美元能做的帮你做。"

"五美元怎么样？"

"跟你说过了，十美元，一分不少。"

"你这简直是在逼我。"

"除了你自己，没有任何人想逼你。"怀特淡淡地说。

"十美元就十美元，我也不跟你计较了，做好要多久？"

"你中午过来取吧。"

"要这么久？不能加快一点吗？"

"快不了。"怀特回答。

听完之后，年轻人给了钱，转身准备离开，怀特叫住了他："年轻人，别走。"说完，他跑到柜台的后面，然后从里面拿了一张卡片出来，递给年轻人，说："写下你的姓名和地址，我好给你开一张收据，证明你预付给了我十美元。"

"看来你不太相信你的顾客？"

"不，我只是非常相信上帝而已。"

年轻人离开后，怀特也转身回到他那阴暗的办公室里。他用烧好的热水冲了一杯咖啡，然后坐在桌子边开始看报纸。一则盗窃案的新闻吸引了他的目光：一位实业家和他的妻子在参加完音乐会之后回到家中，突然发现家里遭了贼，价值数十万的珠宝被洗劫一空。出门的这段时间里，家中只留着一名女仆，当时她正在二楼睡觉。整间屋子里的门锁都完好无损，丝毫没有强行进入的迹象。这对夫妻是用自己的钥匙打开的车库门，而且，他们是从地下室回到家中的。新闻里还说，警方正在就案件的细节进行调查。

终于到八点，他要开门营业了。其实，他只需要做一件事情，即拉开大门的门闩。过了大约二十分钟，他迎来了今天的第一位顾客。这名妇女看起来有些上年纪了。她手里拿着一片钥匙来到店里，告诉怀特，她无法打开车门。随后，怀特卖给她一管石墨，简单地教她如何使用，便将她打发走了。

九点差几分的时候，店里的电话突然响了。

怀特将手伸到柜台下面，摘起听筒说：“你好，怀特锁店。”

“请问，你是特里·怀特吗？”

“没错。”

“我是戈登·特里，一切进展非常顺利。”

“嗯，我看了今天的报纸。”怀特显得很平静。

“到时候我给你分些利润。”

“赃物我不要，你把那片钥匙寄回给我就行了。”

“放心，钥匙已经寄给你了，怎么样，有没有兴趣再来一把？”

“等过几个月吧，还有我建议你休息休息，那样可能会长寿一些。做事不能太心急。”

“行吧，那就等过几个月再说吧。”

“嗯，你到时候给我打电话就行，人不要过来。”说完，怀特挂断了电话。

大约到十点，怀特到隔壁的熟食店买了一杯柠檬茶，外加一块樱桃饼。他刚刚享用完点心，今天的第二位顾客上门了。

在经过一阵忙碌之后，他终于弄完了事情。回头看了看墙上的挂钟，此刻显示十一点十七分。接下来他得做些什么呢？此时，他想到早上的那个年轻人。于是，他将那块肥皂和资料卡找了出来。根据卡片上的信息，这个人名叫乔治·杜邦，住在首都大道1444号，不过没有留下电话号码。怀特在柜台玻璃板的下面拿出了一张最新版的地图，然后在地图上寻找着这个地址。不一会儿，他发现这个地址对应着的是一家纪念碑公司。

中午时分，这个叫杜邦的年轻人出现在店里。他看起来和早上一样，仍旧显得非常紧张。他看着怀特，睁大眼睛问：“老人家，东西做好了吗？”

怀特转过身，将那片按照模子做出来的钥匙递给了杜邦。其实，他按照模子一共打了两把，另一把他自己藏了起来。

“老人家，麻烦把肥皂还给我吧。”

“肥皂？我洗手的时候用过了。”

“嘿嘿，老人家，你太精明了。”

怀特看着眼前的这个年轻人，嘴里念道：“就像首都大道的纪念碑一样，沉默是金。”

杜邦摇了摇头，一副没听懂的样子，转身离开了店铺。

怀特走回桌子边，从一台小型压力机下面取出了那块肥皂，连同多打的那片钥匙一块儿放进了资料柜里。他总觉得按杜邦那块肥皂做出来的钥匙有哪里不对劲，不过，就在他努力回忆的时候，电话响了。

怀特走回柜台边，拿起了电话。

“我是丘比。”电话那头传来了一个大嗓门的声音。

“你好，丘比先生。”

“那个叫鲍勃·巴林的人在瓦尔登湖附近有一幢别墅。你应该知道我在说谁吧。”

“没错，我认识他。”

“我就知道，据说你曾经为他做过事？”

“没错，请问你有什么事情？”

“我想知道，你那里有没有他船库的钥匙？”

“也许有吧。”

“太好了，我想租那片钥匙，大约24小时。”

“你准备支付一级租金还是二级租金？”

“怀特，你是在跟我开玩笑吗？”

“丘比先生，我没有跟你开玩笑。你向我租东西的时候，一直都是按二级租金收取的，折合过来就是一百美元一天，没错吧。”

“你继续说。”

“之前你租一片钥匙，最多就是开一扇门。而且只要门被打开了，你大可以在里面为所欲为，这些我都不管。不过，你今天向我租船库的钥匙，我就有点不太明白，你要船做什么？难不成你想借一条船外出钓鱼吗？”

电话那头传来了一阵粗犷的笑声，不过很明显，电话那头的人有些不太高兴，“我只不过是想帮朋友修理一下他的船而已，这样可以让他在用的时候……”

“具体细节我不在乎，不过这片钥匙必须得付一级租金，丘比先生，你能接受吗？”

“一级租金要多少钱？”

“五百美元。”

“没有问题，我会在一个小时之内把钱寄给你。”

“没问题，钥匙我一会儿就寄给你，还是你平时常用的那个地址。”

电话挂断之后，怀特估算了一下今天的收获，总体来说还是非常不错的，何况，现在才过去了半天。他决定晚上去蕾切尔的公寓吃晚饭时，带上一瓶酒，还应该带一点花。这算是他第二次去看望蕾切尔，应该带点东西过去，这样一来，能在蕾切尔的心中留下一个好的印象。

回想起第一次见蕾切尔的景象，他不得不承认，那是一次非常失败的经历，他当时的言行举止，就像是一个去放高利贷的。不过，当下的这个社会，谁又会随随便便就相信另一个人呢？也许，短时间内会相信一个男人，但绝不会在短时间内去相信一个女人，特别是像蕾切尔这样的美丽女人。她生下了一个孩子，但她自己也不知道那个孩子究竟是谁的，而且在这之后，她的父母也不愿意再与她有什么联系。她正是这样的一个女人，如果是你，你会轻易地相信她吗？

怀特心想，雇佣的那个收租人也许占过蕾切尔的便宜，否则他难以理解，她已经连续三个月没有交房租了，但那个收租人一点反应也没有。怀特打算自己亲自调查一下这件事情。来到那个贫民窟之后，怀特看到了她的真实处境，并且听她讲述了自己的遭遇。怀特当时就在琢磨，也许她真的一个人住在这里太过孤单，所以愿意接纳一个孤独男人上门拜访她。

于是他略微思考了一下，就向蕾切尔提出了在一起的想法。毕竟他年纪这么大了，虽然很有钱，但是还没结婚，难免会感到寂寞。他存了一点钱，然后在康力特大街上买了一栋高级公寓，打算让蕾切尔住到那里去。

当时，怀特就向蕾切尔开出了一些条件：她不许对其他人说出特里·怀特这个名字；她必须在第二天就搬到新公寓去住，并且不能将新的地址告诉他人；除了身上的衣服，其他的东西统统都不用带，一切用品由怀特重新购买；不要和过去的朋友联系，特别是年轻的朋友，至于那个让蕾切尔怀孕的流氓，更是绝对不能见；最后，就是得对怀特忠心耿耿，百依百顺。

此时，怀特又想起了第一次见面时，他们关于孩子问题的讨论。蕾切尔其实想把那个孩子留下来，不过怀特并不想。所以，作为让步，怀特打算先观察一个月，如果她确实能和自己一块儿过日子，到那时再讨论孩子的问题。

这个时候，他突然意识到自己不自觉地走到了电话机旁边。他当时不知道为什么有一种莫名的冲动，打算给蕾切尔打一通电话，不过很快他就冷静下来。这个时候还说那么多干吗呢？反正今天晚上就能见面了。

此时也没有顾客上门，他无聊地在店里走来走去。这时，他的目光无意中扫到了那块粉红色的肥皂，脑子里顿时涌现出一个非常古怪的想法，不由心中一惊。他连忙拿起那块肥皂，放在桌子上，然后把眼镜取下来，仔细地用软布擦了又擦，小心翼翼地架到鼻梁上，然后一手托着肥皂，一手伸进裤口袋里摸出一把钥匙。他极不情愿地将这些钥匙逐个与肥皂模上面的印记进行比较，似乎在验证着某个想法。当他比到第八把的时候，发现钥匙和肥皂模上面的印记完全吻合。随后，他赶紧将那片多打的钥匙拿了出来，结果怀特的脸色瞬间就阴沉了下来。

他连忙来到电话旁，给蕾切尔五天前刚搬过去的公寓打了个电话，发现电话没有人接听，又重新拨了一遍，和刚才一样，还是没有人接。

怀特连忙给公寓管理中心打了电话。

“拉里，下午的电视节目好看吗？”怀特没好气地问。

“你在说什么啊？我刚刚准备进来拿把钳子呢，怀特先生。”

“钳子？我想知道，你那双眼睛的作用在哪儿？我不是特意和你强调了吗？一定要注意蕾切尔小姐的一举一动，任何细节都不要放过！”

“我一直都在盯着啊。”

“是吗？那你给我解释一下，为什么她搬进去五天不到，就有年轻人进去找她了？”

“噢，怀特先生，你说的这个情况我知道。”

“既然知道，为什么不早点告诉我？”

“我原本是打算晚一点和你说的。其实，早在昨天下午四点左右，我就发现有个年轻人去敲她家的门了。就像你曾经安排好的那样，我的门铃也响了，所以我走上楼，想看看到底发生了什么事情。我看到了那个男人的样子，他大概有一米八高……”

怀特打断了拉里的话，说："这些都不用你告诉我，我知道那个男的长什么样。"

"嗯，反正当时蕾切尔小姐不同意他进去，不过那个男的似乎很强硬，最终还是进去了。大概过了十分钟吧，那个男的就走了出来。"

"果然……这个时间足够了。"

"我当时还留意了一下他们的对话，那个男的出来之后，蕾切尔小姐说了，永远都不想再见到他。我没有记错，怀特先生。"

"很好，你赶紧到楼上去敲门，如果蕾切尔不在，你就用钥匙把门打开。我会在二十分钟内赶过去。"

挂断电话之后，怀特立即给出租车公司打了一个电话，预约了一台车，然后朝蕾切尔住的公寓赶了过去。当车快开到公寓附近的时候，楼下人潮涌动，而且还有一台警车，一台救护车。司机回过头说："先生，前面可能发生什么事情了。"

"那你停车吧，我就在这里下车。"

付清车费之后，他立即向前面人多的地方走了过去。此时，公寓的大门口围了十几个人。他走到人群边上，前面站着两个胖胖的女人，还有一个老头。

"快看，担架抬出来了。"一个女人惊叫着。

老头叹了叹气，说："哎……连头带脚统统都被盖住了，看来……"

那个女人将手放在嘴边，"噢，简直太可怕了。"

此时另一个胖女人也喊道："噢，你们看那儿……哦，不！"

怀特顺着那个女人指的方向朝里面望了望，又有两个警察从里面走了出来，手里抬着另一付担架。

老头看起来有些幸灾乐祸，"嗯，和刚才那个一样，也被裹得严严实实的。"

一个女人有些惊恐地问："这是怎么了？他们怎么会都……"

此时，边上一个满脸雀斑的女孩抬头看了看那两个女人，双手紧紧地将胸前的那本书抱紧，然后说："据说那个男的把女的杀死之后，自己又自杀了，用的还是那种切肉的刀。"

怀特在一旁自言自语地说："这又是何必呢？他们都还这么年轻，真的是太可惜了！"说完之后，怀特转过身子，往回走去。他走得很慢，整个过程中，他都在思考一个问题：为什么现在的年轻人总是这么鲁莽呢？难道事情的最后只能用死来解决问题吗？

"蕾丝？"床上的一个男人睡得迷迷糊糊，随口在梦里咕哝了这样一句。就在这时，他的头顶上出现了一双圆圆的眼睛，虽然不是特别清晰，不过他能看清楚那两只眼睛背后没有面孔，只是孤零零地飘在半空，就像两个黑洞一般，而且好像马上就要爆开了。突然，这两只眼睛朝他猛地冲了下来。

躺在床上的布鲁·史通发出了一声令人窒息的尖叫，自己也从床铺滚到了地上。他躺在那儿，浑身还在瑟瑟发抖，不过意识渐渐地恢复了过来。

原来，他是在做梦，不过回想起那双眼睛，仍旧让他感到不寒而栗。他突然觉得，还好自己刚刚喝醉了，否则清醒地看到这一切，一定得吓个半死。

他挣扎着准备爬上床。这时候，贝蒂从浴室里走了出来。他其实内心非常妒忌贝蒂，看到她那容光焕发的脸，想到她从来不会被失眠困扰，他就觉得心里不平衡。谁让这个女人小他太多呢？要知道，她才二十来岁呢，正值生命力最为旺盛的时候。

由于昨天晚上的狂欢，贝蒂走路的姿势看起来有些不太稳当。当她蹑手蹑脚地走过杯盘狼藉的地板时，不慎碰到空酒瓶和空啤酒罐，它们互相碰撞，然后倒在了地上，发出一连串叮叮当当的声音，听起来非常刺耳。

他躺在床上，痛苦地呻吟着："噢，我的头啊！"

贝蒂俯下身子，看着床上躺着的男人，以一种嘲笑的口吻说："布鲁，看来你昨天晚上又做噩梦了。"这种娇滴滴的声音总能够撩拨起布鲁的神经，不管他的意识有多么不清醒，瞬间他就觉得精神稍微振作了一些。

"哪有，我明明在锻炼身体，"他以一种自嘲的口吻辩解说，"要知道，运动是我每天早晨起床之后的必修功课。"

其实，布鲁并不完全是在开玩笑。早在他认识贝蒂之前，他从来不会像现在这样喝酒。有事没事的时候，他都会自言自语地问："我什么时候搬来这里住的？三四个星期之前吗？

为什么我完全没有印象了？”这也是事实，每当他想回忆起搬过来的具体日期时，这段记忆就像被删除了一样，任凭他怎么回想，也找不到一丝印象。他唯一记得，他是在晚上搬到贝蒂家里来的，而且那天他刚刚离开他的妻子蕾丝。

贝蒂坐在床边，用自己的乳房在布鲁的胸口蹭了蹭，然后发出一阵娇哼的声音。布鲁的脸上看起来有些尴尬，于是用胳膊肘将贝蒂推了推，假装自己要起身抽烟。他翻了翻搭在一旁椅子上的外套，从口袋里拿了一盒烟出来。贝蒂则随手从桌上拿起一个烟灰缸扔到了他的胸口上，布鲁疼得大叫了一声。

贝蒂站起身来，说：“我给你去买杯咖啡吧。”说完，就朝门口走了过去。

布鲁坐在床边，嘴里咕哝着：“搞什么啊？自己在家里煮咖啡就行了啊，真是多此一举。”不过贝蒂似乎并没有听到，“哐”的一声门已经关上了。

床上的布鲁看起来非常烦躁，贝蒂这个人从来不会到厨房去，即使去了，也只是拿点冰块或杯子之类的，下厨是绝不可能的事情。他们每天吃的东西基本上都是店里做好的熟食，就连咖啡都是用他非常讨厌的塑料杯盛着的。布鲁回想起自己当时在家里的情景，不管是一家人在后院愉悦地烤肉，还是全家人兴致勃勃地去郊外野餐，蕾丝一定都会为他准备一个精致的陶瓷杯，让他享受咖啡的美味。

很快，布鲁完全沉浸在对过去的回忆之中，此时，他满脑子都是蕾丝曾经为他准备的东西，包括煎牛排、烤鸭、糖醋排骨……然而，这么多美好的东西，却都被他一手摧毁。想到这里，布鲁唏嘘不已。不过，他转念一想：毁了也就罢了，反正结婚二十年，自己从来没有获得过满足感，既然如此，又何必为那次让婚姻彻底决裂的争吵而自责不已呢？自己有的时候确实是会多喝两杯，偶尔回家很晚，但这能算是犯罪吗？想到这里，布鲁心里的自责感慢慢地消退了一些，因为以这样的标准来衡量的话，他也有一堆的事情可以抱怨。

其实，他和蕾丝一样，都是受害者。他很清楚，蕾丝是一个聪明的人，这一点，他早就意识到了，而且也早就受够了。不过，最难以让他忍受的，还是她的性冷淡。关于这个问题，他也明确地和蕾丝说过。

“或许是你的原因，是你不想让我有反应。”蕾丝反驳道。

听到这番话，布鲁勃然大怒地吼道：“少跟我扯这些心理问题，你就是冷淡！”

“小点声！你就不怕女儿听见吗？”蕾丝压低了说话的声音，低声恳求说。

他们的女儿已经十八岁，开学将至，她正在楼上自己的房间里收拾学习用品。

“布鲁，你就听我一次劝吧。能不能不要那么固执，也考虑一下其他人的感受？只要我一紧张，你就会生气，对于我的解释也置之不理。”

“够了，蕾丝！结婚这么多年了，我感受最深的就是你的冷漠！你还真会找借口，女儿生病了，你有借口到她的房间里去睡；女儿的病好了，你又能找到新的借口。反正，你就是有找不完的借口。你以为我是什么做的？我告诉你，我是一个人！一个正常的人！”布鲁像一头失控的野兽一样，疯狂地咆哮着，妻子在一旁示意他小点声，但他完全没有理会。

蕾丝也忍不住了，开始抱怨：“你知道我为什么这么做吗？那还不是因为你！我跟你说过多少次了？不要在喝完酒之后碰我，我最受不了你那样，你知道你那副模样有多恶心吗？”

布鲁一怒之下便离开了家。他当时开着车，原本打算开到芳威公园去看篮球赛，以此来放松心情，可是由于看错了路标，一不小心将车开到了滑雪区。由于摸不清方向，他不得不走下车，来到路边的一所廉价酒吧问路，顺便喝了一杯。正是在这个地方，他第一次遇见了贝蒂。

想到这儿，布鲁将烟头摁灭在了胸口上的烟灰缸里，然后抬头看着空荡荡的屋子，心中开始抱怨：“该死的贝蒂，去哪里买咖啡了，这么长时间还不回来！”此时，他只觉得嘴里发苦，喉咙一阵干涩，脑袋更是疼得不行，仿佛要裂开了一般。

手边的床头柜上就摆着一瓶酒，不过他并不打算喝。在他看来，只有酒鬼才会在一清早就灌酒，他可不想成为蕾丝嘴里说的那种人。尽管在他的心里面，对于蕾丝有着诸多不满，但过了这么长时间，心中总会不自觉地想到她。她现在过得怎样了呢？到底会因为他的离开感到难过还是欣慰呢？这一类的问题总在布鲁的脑海中一次又一次地浮现。

他坐在床上，以一种厌恶的目光打量着整间屋子：黑色的木质家具杂乱地摆在屋子里，墙壁上的贴纸显得破旧不堪，整个屋子里给人一种非常凌乱的感觉。一想到这儿，他的脑袋里就瞬间装满了忧郁，这简直无法和之前那整洁的屋子相提并论。想着想着，他又迷迷糊糊地睡着了，不过，先前梦里那索命的小东西又浮现在了他的眼前。他立即从床上蹦了起来，胸口的烟灰缸“砰”的一声翻到了地上。

随后，他低声呻吟着，艰难地从床上爬了起来，用手摸了摸自己的脸，感觉两腮的胡子有些扎手。于是，他决定去洗个澡，顺便把胡子刮掉，这样一来也能让他彻底清醒，不至于再重新回到那恐怖的噩梦之中。

他脱掉衣服，半梦半醒地挪到浴室里，打开了淋浴准备洗澡。正当他打湿肥皂要洗脸的时候，突然就愣在了那里。

布鲁小时候是跟着自己的几个表兄一块儿长大的，那些孩子个个都长得非常漂亮，和他们一比，布鲁就显得非常丑陋了。不过等他长大以后，他看看自己的脸，觉得除了胡子多了些，也算不上丑陋，最多就是相貌平平而已。

然而，眼下镜子里映照出来的这张脸何止是丑陋，看起来简直有些吓人。他两眼之中布满了密密麻麻的血丝，巨大的眼袋分别吊在两只眼睛下面，脸上看不到健康的颜色，发青的脸庞，松弛的嘴角，简直不忍直视。他万万没有想到，只不过过了几个星期，他居然成了这番模样……

看着眼前的自己，心中的愤怒、惊慌还有恐惧瞬间交织在了一起。一瞬间，他的怒火飙升到极点，一拳重重地打在了镜面上，镜子从他的拳头中心向四周裂开。蜘蛛网一般破碎的镜子里，仿佛有无数双怪异的眼睛正在瞪着他。鲜血从他的手上流了下来，一滴一滴地流到了洗手池中。

他打开了水龙头，用凉水冲洗刚刚划破的手，一阵阵酥麻的刺痛钻进了他的心中。他轻声地笑了笑，瞬间想起了小时候的一件事情。当时，他还只有十几岁，他的表弟讥笑他，于是他愤怒地掐住了表弟的脖子。幸亏姑妈及时赶到，否则他一定会亲手掐死他的表弟。当时，他的姑妈就冷冷地告诉他："你身上长着一双屠夫的手。"自从发生那件事情之后，他再也没有去过姑妈家，也因此记恨他们一家。

布鲁将毛巾紧紧地缠在手上，茫然地走回了卧室，他并不知道自己要做些什么，站在那里发呆。他意识到今天是星期六，贝蒂会去参加她朋友的例行聚会，这种聚会一般很早就开始了，主要的活动就是喝酒。他们中至少有一半的人会在天黑之前醉得不省人事，剩下的那些人则会继续狂欢，疯狂喝酒。他对于这样的聚会毫无兴趣，并且试图尽量避开。他脑子里此刻正在琢磨：去哪儿好呢？

他将地板上的一张报纸捡了起来，用手抚平，在桌子上铺好，将之前就摆在桌子上的那瓶酒放在了报纸边上，随后开始浏览报纸上的新闻。

体育版的一条新闻吸引了他的目光，那是纽约扬基队与当地红袜队的决赛新闻。此时，布鲁又想到了蕾丝，如果他现在还和蕾丝在一块儿，他们一定会去观看这场比赛，因为今天比赛的这两支队伍刚好他们都喜欢。蕾丝其实在一开始对球赛完全没有什么兴趣，她完全是为了让布鲁高兴，没想到，她的一番迁就，最后却让她成为一个铁杆球迷。想到这儿，布鲁轻轻叹了口气，随后漫不经心地浏览着其他新闻。

突然，布鲁决定鼓起勇气给蕾丝打个电话，邀请蕾丝去看球赛。一想到这里，他突然觉得非常兴奋，和妻子一起看场球赛，这是再正常不过的事情了。当然，最重要的是，他已经厌倦了现在的这种生活，他需要一种新的生活方式让自己振作起来。不过，怎样才能回到之前的那种生活呢？他想了想，除了和蕾丝诚恳地道个歉之外，似乎没有更好的方法了。布鲁现在想得很开，蕾丝其实挺好的，她就是看起来有些冷漠，人还是挺善良的。而且，他非常肯定，只要蕾丝愿意听他解释，他就能让蕾丝回心转意。

不知怎的，布鲁的心情突然变得轻松起来，他开始琢磨，自己该如何实行这番计划。他觉得首先要做的就是得博取蕾丝的同情。比如，由于他们之间发生了争执，他十分伤心，随后躲到一家非常简陋的旅馆中，在里面茶饭不思，看起来十分可怜。他敢保证，如果蕾丝看到他的这般遭遇，再冰冷的心都会软下来。借着这个机会，他就可以做出保证，自己一定不会再酗酒，也不再乱发脾气，这正是蕾丝对他不满的地方，只要改正了这两点，蕾丝一定会回心转意。

顿时，布鲁感觉内心充满了阳光。他得意地走到电话机前，然后拨通了家里的电话。

很快，电话通了，是女儿接的。布鲁很高兴地问："琳达，你好吗？"

电话那头一阵沉默。

布鲁接着问："琳达，我是爸爸啊，听不出来吗？在学校过得还习惯吗？"

"爸爸？"琳达似乎刚刚从震惊中清醒过来，连忙问，"你现在在哪儿？"

"这你就别管了，我想和妈妈说话，赶快告诉她。"

"和……妈妈？"

“是啊，刚刚不是说得很清楚了吗？”布鲁显得有些不太高兴，潜意识里认为，琳达可能不太愿意让他回去。他想起之前每当他和蕾丝吵架的时候，她总是帮着她妈妈。也许因为他太过于严厉，琳达觉得在他的管教下没有什么自由。

突然，他意识到蕾丝应该是上街买东西去了，以往星期六早上，她都会这样安排。随后他对琳达说：“琳达，你听我说，一会儿妈妈回来之后，让她稍微收拾一下，我中午在玫瑰广场旁边的餐厅等她，就是以前一起看球赛时常去的餐厅。”他的声音听起来依然很严厉，不过他试图告诉琳达，他想化解这种争吵。

琳达随口问了问：“你说的餐厅，是不是那家意大利餐馆？”

他有些意外，不过，对于女儿的合作感到非常满意，连声回答：“是的是的，就是那家，记得告诉妈妈，我中午在那儿等她。”

布鲁此时满怀激动地搓了搓手，觉得自己的计划真是太棒了。他想过，蕾丝有可能会因为愤怒而拒绝他的邀请，不过他相信，善良的蕾丝不会让他一个人在餐厅苦等，因为这种残忍的行为蕾丝根本就做不出来。

他决定立即去换衣服，并打算稍微整理一下自己的面容，希望能给蕾丝留下一个好印象。而且，他必须得先到，这样一来，蕾丝就没有任何借口去责怪他。

整个过程显得非常匆忙，慌乱之中，他踩到了地上的一个空酒瓶，滑了一下。好在他扶住了桌子的一个角，才没有摔倒在地。不过，桌子上的酒瓶子倒了下来，酒洒了一桌子。布鲁看着桌上的狼狈样，满不在乎，反正屋里已经是乱糟糟的一片了，多一点少一点都无所谓。此时，他想到如果刚才打翻酒瓶的这一幕被贝蒂看到了，那就好玩了。贝蒂是个爱酒如命的人，最看不得别人浪费酒。一想到贝蒂那惊诧惋惜的表情，他就乐个不停。

他将外衣的扣子扣好之后，然后开始想象自己一会儿会怎样征服蕾丝。等计划成功地完成之后，他还可以偶尔回来偷偷情，这样一来，他的生活就完美了，他能同时享有两个女人，其中一个能带给他干净舒适、衣食无忧的生活，另外一个能够满足他非常亢奋的肉体欲望。只要不让蕾丝知道另一个女人的存在，她自然就不会感到伤心了。

他在镜子前仔细地看了看自己，然后吹着口哨，兴奋地走出了门外。

酒从那个打翻的瓶子里淌了出来，慢慢地浸湿了报纸上一个女人的照片，照片下面有一段文字：

凶案组的警察们正在全力追捕布鲁·史通，他是杀死他的妻子蕾丝的头号嫌疑人。

警方接到报案后，在第一时间赶到了现场，根据死者十八岁的女儿琳达的描述：当时她正在楼上整理东西，突然听到父母在吵架，她随即赶到楼下，然后发现母亲已经倒在起居室的地板上，不过并没有在屋里发现父亲的踪影，而她的父亲自那一刻起也再没有出现过。

截至目前，警方仍未获得有关布鲁·史通的任何消息。

洗清罪名

格林有着高大魁梧的身材，浓密的黑发之中还夹杂着几根银色的头发。鼻头下面的那两撇八字胡，给人一种希腊人的感觉。他曾经是一名演员，不过现在却沦为了一个骗子。

那年，他正在一个叫格林威治的村子里混迹着，打算有朝一日能够重回演艺圈。他尝试性地接了几段电视广告，并且去小剧院里扮演了一些配角，但并没有给他的事业带来很明显的变化。两个月前，他好不容易抓住了一个机会，能在一部电视剧中扮演其中的一名主角，但最后因为一些意外没有如愿，这让他非常懊恼。

尽管在事业上频频受挫，但他在爱情上有意外的收获。过了两个星期，在一次宴会上，他偶遇了一个叫玛丽的女孩。玛丽拥有着曼妙而性感的身材，加上一头褐色的秀发，简直就是一个男人眼中的性感尤物。当时，他们坐在一块儿，共同欣赏着即兴表演的短剧。两个小时之后，他们又去了一家酒吧，一边品味红酒，一边谈笑风生。

周末时，他们原本打算出去游玩，却不料雨一直下个不停。于是，格林就在玛丽的公寓里待了两天三夜，这期间，他们的感情有了进一步的发展。

玛丽的公寓位于东五十四街。虽然格林见过不少漂亮女孩，但像玛丽般可爱的，却是头一个。玛丽的父亲山姆有钱有势，曾经是一家很有名的电业公司的董事长。玛丽在三年前曾经想进入演艺圈，由于受到父亲的重重阻拦，于是毅然选择离家出走，最后在一家小公司当了一个秘书。不过，她并没有放弃对演艺事业的热爱，她打算一边工作一边利用闲暇时间寻找登台表演的机会。她有一个伟大的梦想，想成为一名当红影星。

玛丽有一个叫罗纳德的哥哥，但是他们俩相处得并不融洽。她的哥哥在纽约工作，主要负责一家分公司的业务项目，满脑子只想着如何赚钱。而玛丽是一个多愁善感的女孩，并且是一个宿命论的拥护者。她对于世界持有一种悲观态度，认为这个世界终究会垮塌。平日里，她很少和他人往来，在纽约，除了几个朋友和他的哥哥之外，再没有亲近的人。

如果玛丽的父亲不幸去世，那么玛丽必然能够继承一大笔遗产，加上她本身外貌条件也非常优越，所以格林并不希望他与玛丽只能做露水夫妻，他希望玛丽能够永远地留在自己身边，如果能正式结婚自然是最好的。

她曾经对格林说过，她和一个叫麦德隆的律师交往过。麦德隆在华尔街工作，为人非常可靠，每天都会西装革履地出没于豪华写字楼。他很想和玛丽结婚，这样就能让她从演艺圈中脱离出来，从而回到原本富足的家庭生活之中。但是，玛丽内心非常清楚，这个男人并不是自己喜欢的那种类型，她很想摆脱这个男人，却又不知道该怎么做。

通过一段时间的交往，格林对玛丽说了很多，说他在外漂泊了多年，演戏的收入根本不能维持自己的正常开支，自己还得做一些根本没什么意义的工作来贴补花销。但是，他从来就没有跟玛丽说过他曾经是个诈骗犯，有着在诈骗圈里混迹的不良经历。不过，玛丽最终还是知道了格林的这一段灰色过去，并且明确地告诉格林，她已经知道了他的全部底细。格林为此也做了一番猜测，觉得玛丽有可能将自己的事情告诉了麦德隆，然后麦德隆通过他的人脉查找到了这些往事。

那是一个星期六，当他们俩彩排完毕之后，格林就来到玛丽的公寓里吃中饭。格林刚一坐下，玛丽就开始质问他。玛丽当时非常伤心，不过倒不是因为格林有着这么一段不太光彩的过去，而是因为格林并不相信她，对她有所隐瞒。尽管格林再三地向她道歉，但她仍旧无法接受这个不相信自己的男人。

玛丽告诉格林，两个星期内不要打电话来骚扰她，两个人也不要见面。格林觉得自己理亏，也就没有多说，随后默默地离开了公寓，独自一人来到一间酒吧，在这里消磨了一整个下午。

等到六点钟的时候，格林突然想起一件事情，晚上似乎有人请他去参加一个宴会，宴会的主人是马戏团的一个后台老板。格林对这个人有些印象，他好像住在西八十四街。于是，他马上叫了一辆出租车，返回了格林威治村的家里，然后以最快的速度洗完澡，换了一身干净衣裳，然后喝了几杯咖啡，尽量让自己处于一种清醒的状态。

宴会在莫林家举行。他家所在的大厦看起来非常气派，整栋建筑由玻璃、瓷釉和钢铁构成，看起来有很浓厚的现代气息，并且占据了百老汇十字路口东侧的整个街区。他抬起手，看了看手表上的时间，现在刚刚过九点。晚间的风相对变得清凉许多，行走在路边，给人一种凉爽而惬意的感觉。

此时，有三对衣着整齐的人也打算走进大厦里面。格林随即跟了进去，他在公寓大厅里望了望，莫林夫妇的门牌号上写着 10D。

格林和他们并不认识，不过跟着他们搭乘了同一趟电梯。电梯停稳后，他走了出来，根据邀请函上显示的地址，莫林夫妇的家就在左边最里面的那一间。格林走了过去，发现那扇门并没有关，音乐声和嘈杂的人声顺着敞开的大门传到了户外。

格林走了进去，房间里面其实非常拥挤，有三四个穿白色衣服的侍者在人群中穿梭着，手里的托盘上摆放着几杯饮料。人群中不断地散发出嘈杂的欢笑声和刺鼻的烟草味，这让格林觉得心里阵阵恶心。他在人群中努力地寻找着，看能不能找到自己在剧团中认识的熟人，这样一来也能和他们一起聊一聊，避免现在的尴尬。不过，他连一个熟人都没找到，这令他非常失望。

他向里面走了走，突然发现房间的一个角落里坐着一名少妇，她正挨着一扇敞开的窗户，尽量呼吸着外面的新鲜空气。格林打量了一下这个女人：她的头发很短，也不是很高，身体非常瘦削，而且皮肤偏黑，穿着一身银色的衣服，但从相貌上看，感觉像个男孩子。不过，格林因为看到了她脸上的那一丝茫然而兴奋不已。他挤过嘈杂的人群，主动地站到了这个女人身边，并且向她搭讪。在一番自我介绍之后，这个女人看着他，然后说："你好，我叫美娜。"

这个叫美娜的女人身上有一种熟悉的气质，格林觉得，他能够看到玛丽的影子，而且凭着他的直觉，他认为这个女人和玛丽一样，也是一个宿命论者。借着这种似曾相识的感觉，他很快就与这个女人聊了起来。没过多久，格林就将手搭在了这个女人的肩上。格林碰她的那一霎，她抬了抬头，忧郁地看着他，然后淡淡地笑了笑。

格林悄悄地对她说："我们换个地方吧，这里太吵了。"

"好啊！"说完，她将杯子放在了窗台旁边，显出一副迫不及待的样子，然后轻声对格林说，"我们就悄悄地走吧，别麻烦主人了。"

很快，他们就穿过了拥挤的人群，然后搭乘电梯，走出了公寓大厦。他们就这样散步似的走了几条街，找了一间安静的酒吧，然后坐了下来。他们之后喝了很多酒，随后搭乘了一辆出租车，来到了格林住的地方。那晚他们也不记得到底发生了什么，一切都像是在醉梦之中。不过，隐隐约约格林还是能够明显地感觉到，美娜和玛丽有着很大的不同。

美娜是一个极度不爱说话的人，而且已经结了婚。不过，婚姻生活并不幸福，她的丈夫经常对她施暴，最终由于无法忍受，她选择了离家出走。她曾经多次告诉格林不要开灯，因为她并不希望她被丈夫施暴的伤疤在他面前暴露出来。

然而，格林第二天早上醒来发现，美娜已经不见了。他四处找了找，最后发现枕头下有一张纸条，上面还写着一行字：我会永远地感激你，温柔的人。美娜。

要是没有这张留下来的纸条，格林简直都不敢相信，昨晚那梦幻一般的经历居然是真的。不过，仅仅只过了半个小时，这场令人销魂的美梦就演变成一场令人恐惧的噩梦。

格林起床之后，去浴室洗了个澡。十点左右，他刚从浴室出来，门外就有人在敲门。格林打开门，发现外面站着两名警察。其中的一名胖警察自称是李警官，另一位看起来非常粗壮的波多黎各人则自称是丘普警官。

"住在东五十四街 264 号的玛丽小姐你认识吗？"

"我认识。找她有什么事情吗？"

"她昨晚被杀了，我们发现的时候，她身中五刀，倒在了自己的公寓里。根据我们的初步推断，遇害时间大约在昨晚十一点到今天凌晨一点之间。"

听到这个消息，格林瞬间脑中一片空白，一屁股重重地坐在了边上的一张椅子上。

"经过我们的现场检查，我们在她的公寓里提取到了你的指纹，而且很多地方都有。

所以，如果方便的话，请你告诉我们，昨天晚上案发的时候你在做什么？”

格林明白他们过来的意图，此时，他心中突然一阵窃喜，幸好美娜昨晚留在了他的家中。于是，他原原本本地将昨天晚上发生的事情告诉了这两名警察，并且把那张纸条也给他们看了。

李警官有些疑惑地在本子上记下了这样一句笔录：一个你不知道姓什么的女人，用你家里桌子上的纸，拿着你的笔写了一张纸条。随后，李警官对格林说：“这样吧，格林先生，请你换一身衣服，然后我们一块儿去拜访你的朋友莫林夫妇。”

在去莫林夫妇家里的路上，另一名丘普警官向格林说了一些事情。最早发现玛丽被害的是她的哥哥罗纳德。听到这些，格林便做了一番猜想：也许昨晚我刚刚离开，玛丽就打电话给她的哥哥，把我和她的事情统统告诉了她哥哥。所以，罗纳德打算今天早上过来接她。不过，当罗纳德赶到玛丽的住处时，发现门并没有上锁，并且发现她已经遇害了。

事实上，警方也正是通过罗纳德找到了格林。他们了解了格林的底细，知道他与玛丽之间曾经发生过争执，从之前的一切迹象来看，格林的作案嫌疑无疑是最大的。但是，格林并不紧张，他相信自己的清白，而且只要莫林夫妇能够找到美娜，他就有不在场的人证。

车很快就到了那栋公寓大厦。李警官跟着格林上了楼，而丘普警官则留在了车里。警官向公寓的管理员说明缘由之后，便搭乘电梯，来到了莫林夫妇的家里。他们夫妇俩正好都在家中看周日的报纸。由于昨晚刚刚举行过一场宴会，屋子里显得非常凌乱，满屋子都是乱放着的杯子，还有随地可见的烟头，空气中还弥漫着昨天没有散尽的烟味。

警方和莫林夫妇在交谈着，但是格林渐渐地意识到了事态的严重性，瞬间就变得紧张起来。

莫林说：“警官先生，我很抱歉，我们并不认识一个叫美娜的女人，而且我敢肯定，我的宴会也并没有邀请她参加。而且，对于这位格林先生，我也没有什么印象，我不记得他昨天来过。如果他们俩昨天真的来了，我和我的妻子至少应该有一个人看见过。昨天晚上，我们俩至少有一个人待在客厅。我没记错吧，亲爱的？”

“嗯，是这样的。”莫林太太点了点头。

李警官一双眼睛紧紧地盯着格林，然后说：“格林先生，你之前告诉我们说，宴会上有三四个侍者在招待客人，请你解释一下。”

格林非常肯定地说：“我绝对没有撒谎，我敢保证！”

莫林夫人看着莫林，表现出一副非常怜悯的样子，似乎眼前的这个人就是个疯子，然后缓缓地说：“我们家昨天晚上举办了宴会，但是一个仆人都没有请。到会的客人多半都是自助，有需要的时候也都是由我们夫妇俩来招待的。”

“那么打扰了，谢谢你，夫人，谢谢你，先生。”李警官点头向莫林夫妇致谢，然后看着格林，挽着他的胳膊，有些严厉地说：“格林先生，我们可以走了！”

正当这时，格林趁着李警官不注意，用力一拳挥向了他的小腹，李警官疼得弯下了腰。格林以最快的速度从房间里逃了出去，并且顺着防火梯爬到了房顶上，随后轻松地一跃，跳上了另一个房顶。紧接着，格林又返回到了大街上，在背街小巷里穿梭着，最终甩掉了尾随的警察。

这样一闹，格林是断然无法回家的了，他不得不投奔结识的那些黑社会朋友。随后，他做了一个整容手术，搭乘了一架飞机，逃到了洛杉矶。尽管警察并没有对他的这个案子进行广泛的宣传，但报纸上还是刊登了他的照片。为了不被发现，他一直都过着东躲西藏的日子。这种生活状态直到他和之前的同伴杰瑞相遇之后才有了改观。

“我现在是跳到河里也洗不清了。玛丽不是我杀的，但有人想借机嫁祸给我。现在已经没有人愿意相信我所说的话了，所以我想你再重新扮一次侦探。杰瑞，你可一定要帮帮我啊！”

随后，格林将莫林夫妇的证词重述了一遍，一旁的杰瑞听得非常认真，他不断揣摩着证词里的关键语句“没人看见格林出现在宴会上，宴会上也没有侍者”，突然，杰瑞的脑海里浮现出了一个大胆的设想。

随即，杰瑞转头对格林说：“我愿意接手你的案子，但我先说清楚，我的费用可不低。”

格林点头说：“行，我手里还有一点钱……”

“那就这么定了。”杰瑞当即打断了他的话，随后说，“这样吧，你暂时先住我这儿，我会亲自到纽约去帮你查个究竟。你觉得行吗?”

“太谢谢你了。”格林说。

杰瑞随即简单地收拾了一下行李，然后就乘飞机去了纽约。到纽约之后，杰瑞选了个落脚的地方——时代广场北面的一家小旅馆，然后就开始蒙头睡觉。

和大多数侦探一样，杰瑞到纽约之后的第一件事情，就是找一个跑腿的人。他在电话簿上翻查着私人侦探的名字，终于，他找到了想要找的那个人——沙根·赫斯，三年之前，他曾经利用过这个侦探进行案件的侦查。赫斯其实是个酷爱抽烟的捷克难民，虽然英语说得很蹩脚，但是这并不妨碍他干活儿。他在东六十五街开了一家私人侦探公司，办起事来很有一套。于是，杰瑞决定再次跟他合作。他拨通了电话，并且约好了下午就在办公室见面。

差不多四点的时候，杰瑞到了。过了四十五分钟，赫斯接下杰瑞支付的两百美元预付款。“杰瑞先生，能为您服务是我的荣幸，您可以放心，我在警察局有熟人。你可以周四再过来一次，那时，我会将警方调查的现状、那个叫格林的演员、被害人的哥哥等这些情况整理成一份报告交给你。”

“对了，另外还有一个人的消息不要遗漏，华尔街的麦德隆律师。”杰瑞补充道。

“好的，我会处理好的，我们就这个星期四见吧，还是这个时间。”

随后，杰瑞走出了赫斯的办公楼，他看了看手表，觉得时间还早，于是打算去拜访一下整个东海岸地区最擅长做假证的人。而当他从那个人的家里出来的时候，已经是晚上八点钟了。他找那个人做了一个纽约警察局的警徽，以便在关键时候能派上用场。

杰瑞拦下了一辆出租车，然后打车来到百老汇和八十七街的路口。下车之后，他往东边走了半条街，便到了格林上次参加聚会的地方。他向公寓大厦的管理员出示了一下警徽，随即走进了大楼里面。他仔细地查了查大楼住户的资料，里面确实有一户叫作莫林的人家。考虑到莫林一家已经向警方提供了证词，并且也清楚证词的内容，所以杰瑞并没有按响他们家的门铃。他按照自己当时的猜想，按响了 11D 的通讯门铃。不过，里面似乎没有人。杰瑞仍旧不停地按着。

管理员笑着说："别按了，你按一个晚上也不会有人出来开门的。琼斯他们一家六个星期前就去海上度假了，差不多要星期天才能回来。"

随后，他又摁响了 9D 的，结果也是一样。管理员说："他们也好像出去了，应该是去参加一个医学年会了，星期四的晚上可能会回来吧。"

随后，杰瑞向管理员礼貌地道了谢，然后离开了这栋公寓。

星期四下午，杰瑞准时来到了赫斯的办公室。他快速地浏览了一下赫斯所准备的报告。文字的档案都夹杂在一块儿，装在一个牛皮纸的卷宗袋里，桌上摆着三张照片。第一张照片是格林的，看上去比他本人现在要英俊得多。第二张照片是麦德隆律师的，看起来像是从他的毕业照上拍下来的。杰瑞仔细打量了一下这个人，觉得其表情非常严肃，嘴角两端微微有些下垂，一双高度近视的眼睛看起来暗淡无光。怪不得，玛丽会喜欢上格林。第三张照片则是罗纳德的。这张照片是赫斯刚刚派手下偷拍来的。他看起来个子并不高，不过身体还算结实。浅色的头发梳成了中分，看得出经过了精细的修剪，嘴唇上方蓄着两撇细细的八字胡，身上的那套西装看起来价值不菲。

看完照片之后，杰瑞将三张照片整了整，然后一起放进了自己的口袋里，然后对赫斯说："初步看来，三个人都有可能杀害玛丽。首先是罗纳德，虽然他口口声声说自己当时在看电视，楼下的人也证明说听到了电视声，时间一直持续到凌晨一点，但这并不能说明什么，他大可以先打开电视，然后溜过去将他妹妹杀害。"

杰瑞停了停，随后说："麦德隆也有嫌疑。他虽然表示自己在案发当时正在参加一个鸡尾酒会，但没有一个人能够证明他在鸡尾酒会上待的时间。而且，他也很可能在鸡尾酒会的过程中动手。而且，在警方推断的作案时间里，并没有人亲眼看见有人进入玛丽的房间里。他犯案的动机应该是嫉妒心，而罗纳德的动机则是那笔丰厚的遗产。"

"我了解了一下遗嘱的内容，山姆在遗嘱中清清楚楚地写着：他的财产会全部留给儿子和女儿，要是在父亲过世前他们中有人意外死亡，那么生存下来的人将获得全部遗产。山姆今年已经七十三岁，曾经因为心脏病入院抢救过两次。"赫斯补充了一下，随后咳嗽了一声，然后继续说，"对于一位活人的遗嘱，其实我是无权过问的，为了弄清遗嘱的具体内容，我额外花费了两百美元。"

听完之后，杰瑞眉头一皱，随后从外套中拿出钱包，将这笔钱付给了赫斯。不过杰瑞心里暗暗在想，现在这间办公室里骗子可不止你一个，随后带着资料离开了赫斯的办公室。

第二天一大早，杰瑞就被外面垃圾车的声音吵醒了。他想起了管理员说的话，9D 的那一对医生夫妇应该回来了。不过，考虑到今天天气太糟糕，所以杰瑞决定第二天去登门拜访。

他走到镜子边开始刮胡子，脑子里想的全是格林的问题：如果莫林夫妇没有撒谎，为什么人们都没有注意到他和美娜的存在呢？因此，他觉得只有一个可能，那就是格林傻乎乎地走错了宴会，但他自己毫不知情。这种事情很有可能发生。格林曾经也说过，他来到大厦的时候，碰上的一群人他都不认识，并且跟他们搭乘了同一辆电梯，然后跟着人群来到了走廊左边尽头的那一扇门。碰巧的是，那儿也在举办宴会，但不是莫林夫妇举办的。

这样一来，就能够解释得通为什么他参加了宴会却没有看见一个熟人，而莫林夫妇宴会上的人也纷纷表示没有看见他。所以，他要么去了楼上，要么去了楼下。而 11D 的琼斯夫妇在外面旅行，所以，楼下 9D 的医生家里就值得探访一下。

此时，杰瑞突然想起了一个被忽视掉的细节。如果格林真的是被诬陷的，而且美娜恰巧能够证明他的清白，那么真凶很可能会赶在美娜报警之前将她灭口，因为格林曾经在报纸上刊登过他的声明。想到这里，杰瑞突然觉得时间紧迫，于是迅速地换好衣服，冲出家门。

他拦下了一辆出租车，以最快的速度赶到了公寓大厦，然后向管理员出示了警徽，随即按响了 9D 的通讯门铃。杰瑞向应答的人简单说明来意之后，门开了。

过了三分钟，杰瑞来到了这户家中，主人谢林夫妇恰好都在。他随即开始提问。

“你们在三个星期前的一个周六是否举行过宴会？”

“没错，而且那个宴会举办得非常成功。没错吧，亲爱的？”

“宴会的规模非常大吗？”杰瑞没等谢林先生回答，就继续问道，“你们对于参加的人员是否都了解？”

“人确实挺多，我们发现，参加的人也很杂。”谢林先生随即回答道。

“你们的宴会上，是否有四名身穿白色制服的服务生？”

谢林先生想了想，然后说：“没错，是四个。”说完之后，他偷偷地瞟了一眼妻子。他原本还想问杰瑞一些问题的，但妻子朝他使了个眼色，于是刚想问的话又咽了回去。

“有没有一个年轻的女子参加了你们的宴会？她不是很高，皮肤有些黑，很瘦，而且头发剪得很短，当时穿了一身银色的衣服，并且自称叫作‘美娜’？”

听完这番话，谢林先生就像弹簧一样从椅子上猛地跳了起来，由于过度兴奋，他的脸因为充血而涨得通红。他激动地说：“我就知道你会问这个！昨晚我不在，另一个警察也向我的妻子问了同一个问题。没错，我们举办的宴会中确实有这个女人，但是她的名字不叫美娜，她就住在我们这栋公寓的九层，她的真名叫卡罗·希福。那天晚上我注意到了她，因为她一直就站在窗户边，也不参加活动。不过等我再一次看她的时候，却发现她不在宴会上了。”

杰瑞突然停了停，随口问道：“另一位警官？”

一旁的谢林太太瞪了杰瑞一眼，随后有些抱怨地问：“你们这些当警察的是怎么回事，彼此之间都不互相联系的吗？这些问题昨天晚上我们都回答过一遍了，对了，昨天晚上的那个警察叫……叫什么来着？”

杰瑞立即从钱包里掏出了罗纳德和麦德隆的照片，然后放在了旁边的桌子上，随后以一种警方的口吻问道：“夫人，很抱歉，我想知道，昨天向你们问话的警官是下面中的哪一个？”

谢林太太看了一下两张照片，随后立即指着一张照片说：“就是这个人！”

此时，杰瑞已经知道谁是真正的凶手了，现在非常不妙，凶手的动作比杰瑞快了十二个小时，而且很有可能在昨天晚上他就潜入卡罗·希福家里并将她杀害了。不过他很快想起了一件事情——她平时都值夜班！

杰瑞连忙转身，对谢林医生说：“你们赶紧报警，让警察立即到这里来。”随后，他立即冲出门去，穿过走廊，沿着楼梯迅速爬到了九层。他找到了卡罗的家，发现门紧紧地锁着。他一边用力地推着房门，一边不断地按着门铃。他将耳朵贴在门板上，清清楚楚地听到，屋里传来一阵慌乱的脚步声，然后突然又安静下来。

杰瑞仔细地查看了一下门锁，然后从口袋里掏出了一大把钥匙。他一把一把地挨个试着，终于，试到第五把钥匙时，门打开了。他屏住呼吸，轻轻地转了转门把手，然后蹑手蹑脚地进到了屋子里面。

此时，他突然发现，一个手持长刀的男人正朝他冲了过来。杰瑞一脚就将他踢翻在地，而且他正好倒在了刀刃上。一股鲜血从这个人的手掌和手腕上流了出来，疼得他在地上直叫唤。杰瑞一把抓住了他的脑袋，然后用力地往地上猛砸，直到他晕了过去。这个人正是谢林太太指认的那个人。矮小而结实的身材，梳成中分的浅色头发，外加那两撇细细的八字胡。没错，这个人正是罗纳德。

此时，房间里传来了一阵微弱的呻吟声。杰瑞顺着声音走了进去，声音是从沙发后面传来的。杰瑞走近一看，那个人正是卡罗·希福。她双手被死死地捆着，嘴上还贴着一层胶布。她的样子正如描述中说的那样，身形瘦小，肤色偏黑，留着一头短发。

杰瑞立即将她的绳索解开，并且撕下了她嘴上的胶布，温柔地对她说：“别怕，现在已经没事了，我们已经将他抓住了。”

她起初是一阵惊恐，随后便大哭起来，整个身子都倒入杰瑞的怀里。

“放心，警察马上就来了。对了，你就是在谢林家宴会上格林所碰到的那个女人吗？”

她擦了擦眼泪，用微弱的呜咽声回答：“是的。”

随后，杰瑞很快地回到了走廊上。此时，电梯的门开了，两个穿着制服的警察朝这边走了过来。

杰瑞迅速地用手一指，大喊：“快，警官先生，九号！”

至于其他的一些消息，杰瑞都是从赫斯那儿获得的。罗纳德想的是，在老人没有去世之前先杀死妹妹，这样一来，他就能继承全部遗产。其实，在他对妹妹下毒手的时候，并没有想到，自己的这番举动会让格林身陷囹圄之中。不过，他后来在报纸上看到了一则消息，发现格林有不在场的人证，所以他必须赶在这名证人向警方报案之前将其灭口。因此，在杰瑞到访谢林家十二个小时之前，罗纳德先行一步，获得了自己想要的信息。

随即，杰瑞拨通了格林的电话，杰瑞笑着对格林说：“格林，别担心了，你的罪名已经被彻底洗清了！”

我喜欢自驾游，经常一个人开着车外出旅行，所以经常能够看到因为损毁而停放在路边的小车。更有几次，我的车恰好从刚刚发生的车祸现场旁边经过，看到那些惨烈的状况，以及别人车毁人亡的场面，我的内心居然没有一丝感觉，为此，我也常常自责，认为自己是一个冷血动物。

但是，之后的一次经历，让我改变了以往对自己的看法。那天傍晚，我开车行驶在宾夕法尼亚州的公路上，我发现道路的前方停着一辆救护车，外加两辆交警的巡逻车。我放慢了车速，然后借着灯光，看到了一幕让我至今难忘的现场。

那个女孩非常年轻，最多十六七岁的样子，不过，她也永远只能这么大了。她当时穿着一件T恤衫，一条牛仔裤，不过脚上却蹬着一双高跟鞋，这跟她的衣着搭配极不相称。一头金色的直发，原本应该非常漂亮，嘴唇上涂着性感的口红，一副很考究的蓝色太阳镜现在歪挂在一侧的耳朵上。和以往的车祸现场不同，她并没有躺在公路上，也不在车里，整个身体歪歪斜斜地悬挂在少说有十尺的半空中，一根柱子直接从她的背部刺入，然后从她的胸膛穿出。那种场面，简直太惨烈了。两名身穿白大褂的医护人员借着器械，小心翼翼地将她从半空中卸了下来，然后放在了公路上。交警们也不敢直接看那个女孩，他们的眼睛时而看看自己的鞋子，时而看看往来的汽车。

路边停放着一辆被撞得面目全非的小汽车，其中一只轮胎爆裂了。汽车的前座上坐着一个男孩，此时，他面白如纸，泪流满面。如果你也在现场，就知道这起车祸是怎样发生的了。之前，在没有警方探照灯照射的情况下，这片地区光线很暗。当时，汽车的轮胎坏了，这对年轻男女便将车停在了路边，准备将那个坏了的轮胎换下来。此时，另一辆超速行驶的汽车直接撞飞了那个女孩，由于冲力过大，那个女孩直接被撞到了半空中。当时，附近并没有其他汽车经过，肇事车主见状之后，立即猛踩油门，然后逃离了现场。

距离事发现场大约两百码的地方，几个开车路过的人纷纷将车停了下来，然后跑到车外，弯腰呕吐。此时，我的胃里也不住地翻腾，我将车窗摇了下来，想让新鲜空气涌入车里，并且清了清喉咙，朝窗外吐了一口唾沫，不过，我的心里仍旧觉得极不舒服。

我开车的时候一向谨慎，超速的事情更是从来就没做过。由于肇事者逃逸，我进一步降低了行驶的车速，现在已经只有每小时三十千米了。警方已经几乎全面出动了，我可不希望被他们四处撒网的搜索给拦下来。其实，我身上有个小秘密，最好不要在这个时候招惹上警察。如果警方没有拦下我，或者查得不严，我应该能够蒙混过关。

我就以这样的低速开了五六十千米，见到前方有一个加油站，我打算将车停下来，顺便加个油，吃点饭，休息休息。那时已经是半夜两点钟了。我原本是要去费城的，由于之前开得很慢，现在距离费城还有相当长的一段距离。所以，我转身告诉加油的工作人员，让他将油箱加满。之后，我把车停到了加油站附近的餐厅，锁好车之后，走了进去。

我来到吧台边，然后向服务生点了一杯咖啡。我一边喝着，一边琢磨着在费城的计划。无意间，我觉得似乎有人一直在盯着我。我扭过头朝身后看了看，身后的卡座里坐着一个两鬓斑白的人，他的身后有一扇窗子，透过玻璃，我可以看见我那辆挂着犹他州车牌的小车。

我又打量了他一下，他的兴趣应该不在我的身上。不过，话说回来，他的着装还真是讲究。单看身上的那套西装，以及搭配的袖口、手表、钻石，这些就至少要五千多了。能穿这么昂贵衣服的人，肯定不会是警察。此外，我整过容，所以我相信他不知道我是谁。于是，我也没有再管他，而是把头转回来，继续喝咖啡。

可当我转身从餐厅走出来的时候，他也起身了。不同的是，出门之后，我向右转，他则往左边走了过去。我故意停了下来，假装在欣赏橱窗中陈列的精美礼品，顺便瞄了一眼他的行踪。他走向了一辆全红的跑车，那车看起来价值不菲，并且就停在我车子的后面。

我随后也上了汽车。我开车驶离了停车场，并且走上了通往干线的匝道。他并没有跟过来，但为了谨慎起见，我一直关注着汽车的后视镜，后面似乎并没有车子跟上来的迹象。

之后，我一直将车速控制在时速六十五千米，这个速度开车还是挺惬意的。当然，我会时不时地看一看后视镜，看看有没有什么情况。我总觉得餐厅里面的那个男人肯定有问题。

就这样，我又平静地将车往前开了三四千米，此时，后视镜里出现了一个黑影，那个黑影很快朝我追了过来。渐渐地，那个黑影变得明显了，从那种接近的速度，我觉得车速至少有一百三十千米。那辆车并没有开车前灯，而且不像是要超车的样子，那种感觉像是准备直接朝我的车尾灯撞过来。就在那辆车的车头将要撞上我的车尾时，我一脚将油门踩到底，然后尽量让身体靠在车子的座椅上，这样一来，即使真的发生了追尾，我受到的震动也会降低到最小。

实际上，那样做也没什么大用，我只能尽量保证自己的脖子不至于因为突如其来的巨大冲力而被扭断。

由于后车的追尾撞击，我的车子直接失去了控制，歪歪斜斜地冲出了路面，并且开到了护坡的下面，左侧的车轮还在地上，而右前方的车轮直接陷进了排水沟里。后面那辆汽车则继续往前滑行了大约两百码的距离，并且在滑行的过程中洒下了一些水和汽油，被撞毁的引擎碎片更是满地都是，等惯性消失之后，车子便停了下来。

后面那辆车的司机从车里下来，手里还拿着一支手电，慢慢地朝我的车走了过来。那种样子，就像一个老年人。我的直觉告诉我，朝我走来的，就是我在餐厅里遇见的那个人。

我松开了系在身上的安全带，打开车门，然后看了看被撞坏的车。车屁股因为受到猛烈的撞击，至少凹进去了三十厘米，油箱也被撞坏了，刚刚加满的油此时汩汩地都流了出来，整个周边弥漫着一股浓重的汽油味。

那个人走近之后说了一句：“你还好吧？”

我当时就气不打一处来，根本就没搭理他。当时，我就暗暗发誓，如果在我把车里的东西搬出来之前车子要是着火了，我要用一根生锈的铁棍直接将他打死。

不久之后，警车到了。我将车厢里的衣服、样品箱外加布袋子都搬了出来。我悠闲地坐在样品箱上，那种表情，外人看了之后绝对想不到，我的内心居然潜伏着强烈的杀人冲动。

警车刚刚停稳，那个人就直接跑了过去，并且大声喊道：“警官先生！警官先生！幸亏你们及时赶到了，请你们赶紧将那个人抓起来，他不仅违法超车，还故意将我的车撞坏了！”

听到这句话，我立即抬起头，朝那个人站的方向望了望。此时，他正用一只手指着我，那种眼神似乎在向我挑衅，好像要挑起我心中的怒火，然后让我以一种不理智的状态和他进行争辩。

“安伦先生，你先冷静一下，我们会处理好的。”其中的一位警察安慰道。

我原本的确是打算去跟他争辩一下的，不过，看样子，我要改变策略了。警察刚刚称他为“安伦先生”，也就是说，他们也许认识，一般来说，人们更愿意相信自己认识的人所说的话。所以，我必须得识相一点。

“你们千万别听他胡说八道，他肯定喝了酒，或者，他本来就是个疯子。”那个叫安伦的男人又补充道。

我仍旧平静地坐在那儿，直到警察走到了我的身边，我才慢慢地站起身来。我将犹他州的驾照、汽车登记证统统拿出来给他看，这两本证件看起来都是属于非常可信的那种。虽然我不知道真正的犹他州驾照和汽车登记证长什么样，不过，我觉得这种出自专业印刷人员之手的作品一定不会比那些真正的证件逊色。至于为什么不仿照，这是有原因的，因为整个东部地区，基本上没几个人见过真正的犹他州驾照，所以，根本就没有那个必要。

驾照是用金色的硬纸做成的，上面印着蓝色的字，外加拇指的指纹记录，证件上还附上了我的照片。而汽车登记证则是蓝色的，用的纸张比驾照的要薄一些，上面还印上了一串号码，那串号码就是我的车牌号，跟被撞坏的那辆车上的牌号一致。

其实，汽车上的那块金属牌是后面喷漆改造过的，要验证真伪是件麻烦事，必须取下来经过仔细检查才能辨别，所以一般人根本看不出来。

警察看了看我的证件，然后将它们放进了口袋里，接着说：“刚才安伦先生的话你应该都听到了，你对此有没有什么要解释的？”

我双手一摊，耸了耸肩，然后有些无助地说："警官先生，我没什么要解释的，差不多就像安伦先生说的那样。我在经过的时候，车子的确挡了他的路，但是，我不认为那样做就会引发车祸。其实当时的情况是，我没有注意到实际的情况，然后就突然刹车了。本想避免事故的，没想到弄巧成拙了。整件事情差不多就是这个样子。"

安伦先生显然没想到我会这么说。透过昏暗的车前灯，我注意到，安伦先生歪着头，眯着一双眼睛打量着我，脸上的表情显得非常惊愕。

"安伦先生，他说的是真的吗？"警察问。

"嗯……是……应该差不多……是这样的。"安伦的答话显得吞吞吐吐的。

我看着安伦，不知道他的脑子里现在在想些什么，我现在只希望警察不要跑到公路上去调查轮胎印就行。

此时，一辆道路救援车缓缓地开了过来，估计是警方打的电话。我想让他们将我的车从水沟里拖出来，但只需要拖出来就可以了，并不希望他们将我的车拖去修理厂，这样一来，我就能让保险公司的人来查看一下现场。可是，他们却威胁我说多跑几趟的话，就要对我们征收高额的运费了。对此，我并没有妥协，如果我的车被他们弄走，说不定会被扣在某个我完全不熟悉的停车场里，而且他们也许还会发现一些秘密。好在这个时候，安伦要他们先将他的车拖走。这一下拖车司机立即答应了，毕竟现在只有一辆拖车，而且他们一次也只能拖走一辆。

等拖车将他那辆红色跑车拖走之后，我和安伦也上了警车。现在，我们要去一趟警察局填写车祸情况登记表。我找之前的那个警察要回了我的证件，理由就是需要填表。他想都没想，直接还给了我，当时，我的内心一下子就轻松了起来。

之后，我和安伦都坐在一张长长的桌子上填表。期间，安伦不停地用眼睛打量我。他现在一定非常困惑我为什么要对警察撒谎，这令他感到不安。我也瞄了他一眼，但并不是他本人，而是他手里的表格，我只是想知道，他住在哪里。整个过程中，我没跟他说一句话，我觉得，以后有的是机会，而且想聊多久都行，那个时候也更加自由。

警察局的那些例行手续办完之后，我来到了附近的镇中心。我在车行租了一辆车，然后开到了当时的事发地。好在，我的车还停在那儿。

我将牌照取了下来，然后拆下了装在副驾一侧车门上的钢板，里面的暗格藏了一把半自动手枪、一只消音器、一套身份证明，这是我留作备用的，当然，最重要的是，里面还有一叠百元大钞，这些钱足够让我聘请一名优秀的律师，外加买通一个无良的法官。

我往前开了差不多一里地，然后将车停了下来，把那块伪造的牌照埋进了土里。与此同时，还有那两个伪造得非常逼真的证件，此时，它们早就被我撕成了碎片。电脑时代的好处就是，只要你没有了牌照、文件等这些关键的东西，你就查不到任何相关的信息。

接下来，我要去一趟安伦家。

我找到了记忆中的那个地址，那并不是 处普通的住所，而是带有大片草场，看起来跟牧场差不多的农庄。我粗略地估计了一下，整个牧场占地至少有三十英亩，而且附近的景色也很耐看。一条弯弯曲曲的小路通往牧场的深处，我开着车慢慢地往里面驶去。不一会儿，车子便停在了他家的大门口，此时，天微微有些亮了。

我刚走下车，准备按门铃的时候，门自己打开了。安伦先生站在门口，然后非常平静地对我说："我就知道你会来，所以我一直在等你。"

"那是当然。"我随口回答。他似乎对我的这番回答非常满意，嘴角微微一扬，像是在微笑的样子。

我们在门口停了一会儿，然后他退后几步，小声地说："这样吧，我们去书房谈，现在我的家人都还在睡梦中，我不想吵醒他们。"

等走到书房，他打开门的那一瞬间，我就将早已装好消音器的手枪拔了出来，并且用枪口对准了他，然后说："你知道吗，你昨天的那件事害我赔了不少钱，我需要你赔偿我，所以你最好告诉我，你现在家里有多少钱。我可不希望因为钱这种事而要你的命。"

"看来，你知道整件事情的经过了？"

"那是当然，不过，我觉得你考虑得太不仔细了，要真不想让别人发现，你至少应该撞一辆跟你对向行驶的车。"

他眉头微微一皱，然后说："嗯，确实是这样，我疏忽了。"

"而且你还应该想到，你那样撞车，很难给出一个合理的理由。不过，我知道你为什么要那么做。事实上，你就是撞死那个女孩的肇事逃逸司机，当时你也许的确是喝醉了，但事故发生之后，你立即就清醒了过来。此外，你一定也意识到这件事情的严重性，说不定每个路口都在进行车辆的盘查，所以，你打算再撞一次车，这样一来，前面一起事故的痕迹就能被掩盖掉了。"

"既然你知道这些，为什么不直接向警察举报我呢？"安伦有些不解地问。

我根本没有理会他的问题，而是直接问："你希望我因为钱的问题而杀掉你吗？"

此时，他似乎才注意到我手里的枪是真的。他朝桌子上摆着的两个盒子指了指，然后说："我之前就猜到了，所以已经提前为你准备好了。当然，如果你觉得数目不够的话，我还可以卖掉一些债券，然后在一两个星期之内寄给你。"

那两个箱子我看都没看，我的眼睛一直盯着他，然后冷冷地说："你太客气了，有那些东西就足够了。"说完，我就朝他开了两枪。

其实，我杀他根本就不是因为钱，此时，我满脑子都是那个被他撞死的女孩子。如果他开车能够小心一些，那个女孩也不至于死得那么惨。

当然，这都不是重点。重点在于，他居然想通过撞我的方式来掩盖他的肇事罪证。

罪有应得

就在轮船出事的当晚，马丁杀死了自己的妻子。

那天，轮船开进港口加油，打算在晚上的时候驶往波多黎各。船上满载着汽油桶和其他的货物，按照计划，轮船抵达目的地后，还要装载一些咖啡，最后返回到美国。不过，根据当天的天气预报，夜里也许会出现暴风雨。

晚上九点左右，海面上突然狂风呼啸，大雨倾盆。暴风雨果然来了，这种状况大约持续了将近半个小时。出于安全考虑，轮船每隔两分钟就会鸣响一次汽笛。当风雨力量稍微减弱之后，雷蒙德船长也从驾驶舱走了出来，打算回到自己的船舱中去。这个时候，报务员带着严肃的表情走了进来，他的手上拿着一份刚刚接收到的电报。

“副轮机长马丁被控杀妻，立即采取措施，以防逃跑，并等待指示。鲍尔斯。”

读完电报后，船长的脸色也变得非常严肃。报务员离开后，船长就开始考虑接下来该采取怎样的行动。他的个子并不高，长着一张方脸，有一双灰色的眼睛。水手们知道他是一个非常严厉的船长。

随后，他走到办公桌边，拨通了轮机长的电话，听到消息后，轮机长立即从他的船舱赶了过来。轮机长名叫约克，身材高大，而且比船长年长。他读完报纸后，非常关切地摇了摇头，然后推了推鼻梁上那副厚厚的牛角边框眼镜，说：“在我看来，发生这件事情并不意外。”

“你的意思是，你早就预料到了？”

“也不完全是吧，至少我在船上的这六个月时间里，他偶尔和我说起过这方面的事情。有时是在值夜班的时候，有时则是在机房里，反正或多或少地说了一些。他心里非常清楚，由于他娶的是老板的女儿，因此有很多人嫉妒他，不过，他却告诉我，他宁可与别人换个老婆，不论是谁。他为这件事情痛苦不已。”

“他有没有说原因？”

“他说，他的妻子完全就是一个被宠坏了的人，一点儿也不适合当家庭主妇。她除了会享受生活之外，什么都不会，不会洗衣，不懂做饭。她非常热衷于参加宴会、逛夜总会这一类的事情。曾经，他单纯地以为，只要结婚了，她就会安安心心地和他过日子，不过他想错了。”说到这里，约克突然犹豫了一下，继续补充说，“上次的航行中，他曾经告诉我，他怀疑他的妻子有外遇了，不过当时他正在调查这件事情。你别看他平时非常冲动，但到关键时刻，他总能表现得非常冷静。”

“看来他这次没能冷静地控制住自己。”雷蒙德说，“走，我们去叫醒他，顺便听听他怎么说。”

“他并没有睡呢，我刚刚从他房间经过的时候，发现灯还亮着。我去叫他过来吧，就说你有事情找他。”

随后，马丁跟在轮机长约克的后面走了进来。这件事非同小可，不过马丁却表现出一副满不在乎的样子。马丁年龄并不大，二十来岁，个子不高，人偏瘦，不过却非常帅气，长着一双自信而俊美的棕色眼睛。不过，他的右眼角上面有一道白色伤痕，伤口虽已愈合，但看得出当时伤得很深。那是在一次蒸汽表爆炸的事故中，被玻璃片划伤的。

船长默默地将电报递给他看。

马丁瞟了一眼，随后神态自若地将电报还给了船长，非常坦然地说：“我早就猜到了。”

“你真的谋杀了你的妻子？”

“你要这么说，也行。”

“那我还能怎么说？”

“不过，我并不是预谋好了的。怎么说呢，这只是一次巧合罢了。我想你一定还记得，就是因为蒸汽设备爆炸了，导致我们的出发时间晚了十二个小时。我之所以会在出发前一天的十一点离开家，为的就是不影响中午接班。之前我们都是晚上六点出海航行的，我习惯性地会在码头给莎拉打个电话道别。最后一次的时候，我也是这么做的，不过我并没有将出海时间推迟的消息告诉她，因为我怀疑她有外遇，所以，我正好可以借着这个机会，把事情彻头彻尾地弄清楚。”

说完，马丁偷偷看了一眼轮机长，似乎在提醒他，自己曾经和他交过心。

随后，马丁的表情显得很痛苦，他接着说：“她的男朋友就在我家里，并且正准备过夜，不过，恰巧被我撞到了。他见到我之后，就急急忙忙地跑出去了。我并没有拦着他，因为当时我只想看看莎拉打算怎么解释。最开始，她显得非常惊恐，随后立即表现得非常镇定。她当时居然还质问我，问我为什么没有出海，为什么在不打电话的情况下就擅自回来，甚至说我的行为太卑鄙！”

说到这里，马丁突然冷笑了一声，“居然说我卑鄙！我顿时就火冒三丈，一把掐住了她的脖子。我当时就觉得，那一下可能就将她的脖子扭断了。反正，我离开的时候，她就躺在客厅的地板上。”

“后来怎么样？”

“后来？”马丁停了停，说，“后来我就直接回到船上了。我很清楚，一两天之后，要是邻居们发现了她的尸体，或者她的男朋友联系不上她时，一定会报警的。”

船长将电报扔在桌子上，非常严肃地说：“我必须把你关起来，关在货物管理员的房间里，然后等待公司对你的进一步处置。不过，你可能会被转交给波多黎各的警方，他们会将你引渡。也有另外一种可能，我们会把你留在船上，跟着我们一块儿返回美国。”

“船长！我为什么不能继续留在工作岗位上呢？反正我是逃不了了，又何必因为我的私人问题而影响到大家的工作呢？”他的话语中透出一丝恳求的意味，并且在说完之后，还偷偷地瞄了约克一眼。

约克担心马丁被关起来之后，人手可能不够，于是对他的请求表示同意。

此时，船长说：“明天天亮的时候，我们就会抵达波多黎各，到时候，船会靠岸。”

马丁非常认真地对船长说：“我可以向你保证！”

船长看了看马丁，说：“你在谋杀你妻子的当晚就已经逃过一次了，我可不想再给你一次机会。”

马丁连忙解释道：“那个时候，我的状态确实有点失常，不过我当时只想着赶回船上值班。要是我真的打算逃跑，我为什么还要跑回船上来呢？”

船长皱了皱眉头，“我接到了上级的指示，务必防止你再一次逃跑，所以，还是请你去货物管理员的房间里待着吧。我可不希望船上的水手们不停地抱怨，他们可不希望一同工作生活的人中间混着一个杀人犯。你赶紧去收拾东西，我在下面的货舱等你。”

马丁当时似乎想说些什么难听的话，不过他忍住了，随后，他猛地转身，头也不回地走了出去。船长看了看轮机长，他一直没有说话。

“要是我听从了他的意见，也显得我太无能了。”船长说。

轮机长则显得很温和，“我倒认为，他的态度非常诚恳，他原本就没打算逃跑，我想，即使你让他继续留下来工作，其他人也不会有什么意见的。毕竟他的人缘很好。何况，你也没有必要将电报里的事情告诉其他每一个人。”

“你会这么说，还不是因为人手不够，而且老板肯定也不会认同你的做法。”船长的话语里透出非常明显的讽刺意味。

随后，船长从办公桌旁边的木板上取下一把钥匙，对轮机长点了点头，然后直接走向了货物管理员的房间，约克则跟在他的后面。

这间房子位于右侧船舷甲班的下面，平时只有在靠岸卸货的时候里面才会住人。房间里面只有一扇门，外加一个通风用的窗户，而且它们都通向装有抽水机的船舱。这里面存放着的大量物品都是甲板上的东西，其中体积最庞大的就数汽油桶了。

船长打开了房间的门窗，打开了里面的灯和电扇。随后，马丁提着一个小小的行李袋走了过来。

船长看着马丁，说：“我会让厨师明早给你送吃的东西过来，不过，在靠岸的时候，我会让大副过来给你戴上手铐，这样做，是为了防止你逃跑。”

马丁站在那里一言不发，他似乎不屑于和他交谈。

之后，他们俩走了出去，只留下马丁一个人。在给房间上锁的时候，雷蒙德还在自我暗喜，认为自己的处理方式一定能获得老板的认同。

凌晨三点，暴风雨再次出现了，船速明显慢了下来。和之前一样，仍旧是两分钟鸣一次汽笛，以此来警告附近的船只保持距离。不过，最终这艘船还是和其他的船只相撞了。

十五分钟之后，驾驶室里接到了一通电话，是轮机长打来的。因为事故，机房已经进水了。大副赶紧将油布雨衣披在身上，然后赶到机房中查探情况。不久，他回来报告称，船身被撞出了一个大洞，破裂的地方刚好位于机房和货舱尾部的连接处，并且船正在下沉。

船长以最快的速度将所有的船员都召集到甲板上，命令所有人弃船逃生，随后通知三副，带着货物管理员房间的钥匙，赶紧将马丁放出来，并且让他坐救生艇逃走。

正当船长在收拾文件时，三副面带沮丧地跑回来求救："船长，马丁出不来了！因为刚刚的事故，巨大的汽油桶堵在了房间的门口。他试着从里面推开那些汽油桶，不过也没有效果。船长，赶紧想想办法吧！"

"窗户呢？"

"窗户也被挡住了一大部分，剩余的空间只允许我伸手把钥匙递给他。"

此时，船已经沉下去一部分了，整条船上一片漆黑，唯有甲板上的几盏照明灯还能借着紧急发电机发出一点微弱的亮光。船长立即抓起一只手电跑上了甲板。左右船舱里都挤满了人，大家都在摸黑解开缆绳，以便将救生艇放到水面，大家都很着急，唯恐船在一瞬间就沉到了海底。船长顺着里面的梯子下到了货舱。他用手电照了照，眼前全是凌乱的巨型油桶，管理员房间的门确实被堵得死死的。这些油桶原本是要运送到一个新开设的加油站的，当时为了防止这些桶在船舱里肆意滚动，都用木板固定得死死的。估计刚刚的撞船事故，导致固定的木头松开了，所以这些油桶就统统顺着惯性滚到了门口。

看着这种情形，马丁不可能活着出来。当初为了将这些油桶运上船，动用了五吨的起重机，现在，船上既没有起重机，也没有其他的动力设备，更不可能将那非常厚实的船舱钢板切割开。

里面的马丁也放弃了，他安静地坐在里面。船长用手电照了照窗户，发现有很大一部分空间确实也被油桶挡住了。

船长有些沮丧地说："马丁，我没有办法将你救出来。"

"要不是你把我锁在这里，这种事情根本就不会发生！"马丁的声音从里面传了出来，他显得很冷静，但同时也非常痛苦。

"没有办法，我只是奉命行事。"

"昨天晚上，你完全可以不解除我的工作，更没有必要把我关在这个鬼地方。你可以将我反锁在我自己的房间里，并且在靠岸的时候再将我铐起来，你即使这样做了，也根本不会有人发出一句抱怨。"

"我只是采取了最为保险的方案，但我完全没有想到会有这种意外发生。"

“哼！你这么做，只不过是为了讨好你的老板罢了，你只想着通过这件事情让自己往上爬！”

这话一下刺中了船长的要害，他有些恼羞成怒地说：“马丁，这可怪不了我，要知道，这完全是你自作自受，你遭遇这种下场是罪有应得！”

“你以为这么说，就可以掩盖掉你良心的不安吗？”

船长没有说话。此时，上层的甲板上已经听不到什么喊叫声了。船长身上并没有披着油布雨衣，所以他早已被雨水淋得透湿了。最后一艘救生艇应该正停在船边焦急地等他。此时，船长用一种绝望的语气告诉马丁：“我得走了，马丁，你有什么话需要我转达吗？”

“告诉我的岳父，我非常抱歉。”

“我对这件事情也非常抱歉。”船长如是说，不过他的话语中明显缺乏一种真诚，“再见！”

此时，另一艘船正停在附近来解救沉船的船员。船长在获救之后，向自己刚刚过来的方向望去，风雨交加的夜晚，眼前一片茫茫，那艘船看来已经沉入了海底。

当救援的船只刚刚到达亚瑟港的时候，一大批联邦调查局的警察就前来了解船只失事的相关情况，同时还包括马丁被困在货舱里的事情。随后，公司的总经理在一间豪华的会议室里举行了调查会。

船长雷蒙德首先做了一个简单的报告。老板鲍尔斯听完之后，愤怒地说：“马丁简直就是在胡说八道！那个所谓的男朋友是她的老朋友了，他也有自己的家室。他这次过来是有事情要办。当晚他给莎拉打了电话，莎拉就把他请到了家里来。没想到这个时候，那个鲁莽的家伙居然就冲了进去，简直太无耻了！”

此时，雷蒙德船长倒觉得，马丁的话更有说服力，不过，他可不敢得罪这个牢牢掌握着他命运的人，奉承地说道：“当然，马丁必然要为自己寻找理由开脱。”

鲍尔斯随后探过身子，两只手紧紧地握着，放在冰冷而光滑的桌面上。他已经五十多岁了，头上的灰白头发证明了他的年纪，不过魁梧的身躯表明他依然非常强壮。

“其实，从最开始的时候，我就极力反对这桩婚事。他们是在一次鸡尾酒会上认识的，当时单纯的莎拉就因为他英俊的相貌对他一见钟情了。而且，她还瞒着我，和这个小子偷偷地结了婚。我本身就管不到她，等她母亲过世之后，就更难管了。马丁这人就是个势利眼，他挖空心思，就为着能当上公司的总工程师。”

雷蒙德船长接话说：“对于马丁的死，我感到非常难过，他毕竟是你的女婿。”

“雷蒙德，你有什么好难过的？你只不过是在执行我的命令而已！在我发出那份电报的时候，警方已经打算逮捕他了。我只是不希望他逃跑。你并没有做错什么，所以，你也别放在心上，毕竟他迟早也会被处死。”

随后，公司重新为雷蒙德船长安排了一艘新的轮船，不过，轮机手约克则被调去了别的船上。

时光平静地流逝了三年。三年之后，他们又被卷入马丁的杀妻案件之中。

一天凌晨，天还没亮，雷蒙德驾驶着自己的轮船刚刚靠岸，立马就接到鲍尔斯的紧急通知，于是他连忙赶往总经理办公室。

两人刚见面，鲍尔斯就非常着急地说："雷蒙德船长，我那个杀人犯女婿还活着，至今还逍遥法外呢！"

听到这句话，船长瞪大了眼睛，他用一种难以置信的眼神盯着老板，过了好一会儿，才缓缓地说："不……这绝不可能！"

"约克说，他曾经在伊特岛看见过马丁，当时他们都在一间酒吧里。而且马丁一看到约克，就扔下自己手里的酒，马上从后门溜走了。"

"不，那个人一定只是和马丁长得很像罢了。"

"只是长得像吗？像到右眼眼角刚好也有一道伤疤？虽然约克没有看得非常清楚，不过他能肯定那个人就是马丁。他现在还蓄胡子了呢，八字胡。"

雷蒙德船长并没有着急说话，想了想，问："约克有没有进一步去打听？"

鲍尔斯显得有些暴躁，"当然打听了啊！他当时就问了那个服务员，不过那个服务员不懂英语，而约克恰巧又不懂西班牙语。比画了半天，好在最后还是让那个服务员明白了他的意思。他向服务员确定了，溜走的那个人就叫马丁。"

"不，我相信这只是一个巧合！"此时，雷蒙德的脑海中浮现的都是那些凌乱的油桶的画面，马丁不可能从那里面逃出来。他心中坚信约克一定认错了人。不过，他转念一想，千万不能让鲍尔斯被愚弄了，所以，他随即转移了话题："约克去伊特岛干什么？"

"他当时是去送货的，那天下午，他只是想下船透透气，就去了那间酒吧，结果居然碰见了马丁。"

雷蒙德船长稍稍退让了一步，说："如果那个人真的是马丁，这简直就是一个奇迹啊！那么，你们有没有报警呢？"

听到这里，鲍尔斯更加烦躁了，他摆了摆手，说："我给检察官打过电话了，不过他们要我出示更为有力的证据。他说现在我们手里的这点信息起不到任何作用。不过，他有可能已经离开那个地方了。我现在只要一想到杀害我女儿的凶手现在居然还逍遥法外，我就十分恼火。雷蒙德，你当时怎么不给他戴上手铐呢？这样一来，现在的事情根本就不可能发生！"雷蒙德一句话都没有说，因为刚刚鲍尔斯说话的时候，一直死死地盯着他的眼睛。

雷蒙德在回去的路上一直在琢磨老板的话，他尤其对最后一句耿耿于怀。这句话表明，老板在质疑他的能力，他担心自己的升迁可能会因此而受到影响。

回到船上之后，雷蒙德突然想到了一个好方法，他打算下次出航的时候，在波多黎各停留三天，这样一来，他就有足够的时间亲自去伊特岛把这件事情弄清楚。要是马丁真的没死，并且还在那儿的话，他就会向美国驻波多黎各的领事求助，然后让他与当地的警方协商，将马丁引渡带回美国。他认为，这是眼下为他在老板面前挽回形象的最好方案。

转眼到了下一次的航行。雷蒙德的船只在一天黄昏抵达了波多黎各，雷蒙德在第二天上午十点，乘船去了伊特岛。帆船上还有几名身穿花衣裳的印度人。帆船的船长是一个大约三十多岁的男子，他头戴一顶白色的帽子，一双眼睛不停地打量着前方的航线，从背后看，一身晒得黝黑的肤色显得他非常健康。转头之际，雷蒙德发现，他还留着八字胡。

雷蒙德走到了驾驶室里，向船长做了一番自我介绍。“你好，我是雷蒙德船长，我的船就停在波多黎各的港口。”

帆船船长有点好奇地打量着眼前的这个人，随后微笑着说：“很高兴认识你，我叫高蒂。你是抽空出来旅游的吗？”

雷蒙德笑了笑，然后说：“不，我是因为没有去过伊特岛，而且我们公司最近刚好有船路过这边，所以我打算顺便熟悉一下周围的环境，说不定以后，我的船也有可能停在那儿呢。”

“原来是这样，我想你很快就会喜欢上这个地方的。”

“是的，我也这样认为。之前的时候，我的船曾经路过伊特岛，当时我就喜欢这里了，”说到这，雷蒙德船长停了一下，然后问，“据说，过去我们船上一名叫马丁的船员现在就住在那个岛上，我希望这次去能碰见他。”

“马丁？岛上有好几个叫马丁的人，不知道你说的是谁？”

“我说的马丁是个美国人，而且他的右眼上面留着一道疤痕。”

高蒂船长盯着他看了很久，然后说：“伊特岛上都是本地人，根本没有外国人，更别说是美国人了。毕竟这个岛也没有什么特别引人注目的东西。”

“看来我的消息有误，也许有人在胡说八道吧。”

此刻，雷蒙德船长心里在琢磨，约克可能搞错了。不过，他相信通过自己的努力，真相一定会很快浮出水面。帆船抵达伊特岛的时候，雷蒙德向高蒂询问，如何去岛上的旅馆，高蒂告诉他可以搭乘出租车，不过，这个时候车子刚好不在。

于是，雷蒙德决定步行走过去。他沿着一条宽阔的泥巴路向前走着，之前在船上的时候，还有清凉的海风吹来，现在正值中午，一点儿风都没有，道路两旁的棕榈树纹丝不动地立在那儿，周边的房屋也没有一丝动静，让人感觉不到里面此刻还居住着当地的居民。

走了一会儿，他终于看见那栋旅馆了，那是一栋两层楼的房子。此时，他的嗓子已经要干得冒烟了，要是此时能喝上一杯冰镇啤酒，那该是多么惬意的事情。这个时候，他身边走过一名皮肤黝黑的小男孩。雷蒙德船长看了看，觉得有些眼熟，随即想到，这个男孩不就是帆船上的服务员吗？

此时，那个男孩也看见了雷蒙德，气喘吁吁地说：“雷蒙德先生，高蒂船长让我赶紧过来告诉你，那个叫马丁的美国人要上船了。”

听到这句话，雷蒙德立即掉头往回走，他此刻瞬间觉得干渴可以忍受了，冰镇啤酒也可以暂时不喝了。他连忙问：“你们的船长有没有说，那个叫马丁的人为什么要上船？”

“船长别的什么都没说，就让我告诉你这个。”

雷蒙德有些疑惑，他有些不太理解，高蒂船长刚刚还说他不认识那个叫马丁的美国人，现在居然就有了消息，还派人告诉他这个马丁要登船离岛。不过不管怎样，他认为高蒂确实帮了他一个大忙，这样一来，他也不必再到处打听马丁的消息了。

帆船开始卸货，雷蒙德和那个男孩不得不从搬运工的队伍中挤过去。此时，他们发现，高蒂船长正站在登船的地方等着他们。

“马丁先生就坐在下面的船舱里。”

随后，高蒂船长将雷蒙德带到了船舱的楼梯旁，自己则留在了甲板上。雷蒙德走了下去，看到眼前的人，他当时就惊呆了。那人正是马丁，他此时戴着一顶草帽，坐在床边。和三年前一样，他还是那么瘦，不过却被太阳晒得很黑，他现在留着非常浓密的八字胡，右眼角上的伤疤仍然看得非常清楚。

“马丁，你居然还活着！”

马丁的语气显得有些冷淡，“你刚到这里的时候，好像对此非常确定啊。”

他一直坐在床上，并没打算和雷蒙德握手。而雷蒙德则非常疲惫地躺在边上的一张藤椅上。虽然船舱里的电扇此时正开着，但是依旧让人感到闷热。

“什么风，居然把你吹到了这儿？”

“约克曾经对鲍尔斯说在这里发现了你的踪影，我当时根本不信。不过你的岳父说，你仍然逍遥法外，这让他非常懊恼，所以让我来查个水落石出。”

“噢，那你查出什么了吗？”

雷蒙德耸了耸肩，说：“我打算告诉你岳父，你的确还活在这个世界上。”

马丁两眼瞪着他，说：“雷蒙德船长，三年前，你将我抛弃在沉船的货舱里时，当时你就说，你为此感到抱歉。不过在我看来，根本就不是那么回事。你如果真的感到抱歉，现在怎么又会急着将我送上断头台呢？”

雷蒙德船长的心里突然涌起一阵不安，他故作镇定地说：“我内心的确感到非常抱歉。但作为一个有责任心的人，那些该做的事总是要完成的。”

马丁嘲讽地说：“比如拍老板的马屁？”

雷蒙德的眉头很快就皱了起来，一脸不悦地说：“既然你是这样想的，那你为什么还要露面？很显然，高蒂船长是你的好朋友，他还特地派人把这件事告诉了你。不过，应该是你让他要我来船上找你的吧？你完全可以悄悄地逃走啊！还是说，你打算帮我，让我在老板的面前留下一个好印象？”

马丁顿时犹豫了一下，说不上话来。随后，他以一种非常严肃的语气说：“既然你这么说，我就要让你知道，你来伊特岛就是一个错误的选择！我想你现在一定非常好奇我到底是怎样逃出来的。这就得说到沉船的那天晚上了。当时，船沉入了海面之下，海水很快就涌进了货仓，里面的东西都浮了起来。我看到一个空的饼干筒一直漂着，突然，我想到了一个逃生的方法。我注意到，水面不断在上升，房间里的空气则从上面的通风管中被挤了出去。所以，我尽量让自己的身子处于通风管的下面，当水快要将整个船舱全部淹没时，我深吸了一口气，然后潜游到窗户的前面。这个时候，笨重的汽油桶就和饼干筒一样，在水里漂浮着，于是，窗口的空间就被重新打开了。此时，房间内外的水压已经一样了，我就从窗口游了出去。途中，我发现了一条长木板，我死死地抱着它，就这样，我在海上一直漂着。第二天早上，我被一群印第安人救了起来。其实，引起他们注意的并不是我，而是那些漂浮在海面的数量庞大的空油桶。”

雷蒙德有些悻悻地说：“看来约克说得没错，在关键时刻你总能保持冷静。你是不是该感谢一下我，好在我当时没给你戴手铐。”

此时，一丝轻蔑的微笑浮现在马丁的脸上，他继续说：“我随后被这些印第安人转交给了他们的族长，他们都不懂英语，好在族长的一个儿子会说。我随即告诉他，昨晚附近海域发生了一起海难，在黑暗中逃生的时候，我没有被救生艇救走。当时，族长立即打算和美国的领事馆取得联系，不过我告诉他，我暂时不想回去，因为我很喜欢伊特岛。随后他就问了一下我的情况，比如我在船上担任的职务。我觉得，我的运气还是很不错的。这个族长是个有抱负的人，他打算把这座岛屿发展成为一个港口，并邀请我进行策划。于是，我在这里学习了西班牙语，并且和他的小女儿结了婚。”

听到这儿，雷蒙德不禁擦了擦额头的汗，说：“那你没有有把你和莎拉的事情告诉她？”

“当然，一切事情我都如实地告诉了她。因为当时族长一直不理解我为什么不与他的女儿结婚，所以我后来将事实告诉了他们，”马丁冷冷地回答，然后继续说，“不过，他们非常同情我的遭遇，包括芭拉。我在这里过得非常好，并且我已经有了一个孩子，另外一个也即将出生了。”

马丁向对面的一个小窗户望了望，说：“我在这里的生活一直都过得顺利而平静，一直到几个星期之前，我碰见约克的那天。我当时并不知道外面停着一艘船，虽然我在第一时间溜了出去，不过，从他与服务员当时的简短对话中，我知道他已经发现我了。我随后将这个消息告诉了族长。我知道，之后一定会有人过来打听我的消息。果不其然，今天早上你就向我的连襟……”

雷蒙德有些惊讶，打断了他的话：“你的连襟？”

马丁点了点头，继续说：“高蒂船长，以及那个前去通知你的男孩，都是我的亲戚。当你离开码头，向旅馆走去的时候，高蒂立即将这件事情通知了族长，也就是我的岳父，他当时害怕你到处去打听我的消息，所以连忙要高蒂船长把你叫回到船上。毕竟，整个岛上只有族长和高蒂两个人知道我的身世。其实，我到船上来，只想知道一件事情，约克到底掌握了多少情况。此时，族长正打算向美国领事馆报告，你曾经专程来到这里向他打听了一个叫马丁的人。并且，他将这个马丁带到了你的面前，不过，你表示你并不认识这个人马丁。”

一开始的时候，雷蒙德还在嘲笑着马丁，不过听到最后一句话，他的心里突然感到非常恐惧。他瞬间感到喉咙有些发干，全身也开始颤抖。

马丁看了看眼前的雷蒙德，说：“一会儿，我走上甲板之后，高蒂还有那个男孩会下来，他们会用枪指着你，然后把你捆起来，并且将你的嘴堵住。在今天晚上去往波多黎各的途中，他们会把你丢到海里，然后高蒂会向当局报告，在航行的过程中，你不慎掉入了水里。”

雷蒙德船长立即从靠椅上站了起来。由于过度恐惧，他的声音瞬间变得沙哑，随即向马丁央求说：“马丁，我发誓，我一定不会告发你，你可千万别让他们那么干，求求你了……”

马丁也从床上站起来，严肃地说：“雷蒙德船长，此时，我也帮不了你，就像上次你无法帮我一样。族长是个非常固执的人，他可不想让他的女儿失去丈夫，孙子失去父亲。”

马丁走到楼梯口时，回过头来补充道：“雷蒙德船长，其实，你就不应该来这儿。这只能怪你自己了，你这就是自作自受，完全是罪有应得。”

匿名信

布朗先生不是这栋公寓的住户，因此他不可能像这里的住户一样，每天都会到楼下的酒吧去坐一坐，但他会有规律地去那家酒吧消费。一个周二的雨夜，他去了那家酒吧。酒吧里面没有人，于是他在吧台最末端的一个位子上坐了下来。

我随即对他说：“晚上好，布朗先生。”然后就忙着调制他最喜欢喝的那一款酒。

他看了看我，然后礼貌地回了一句：“乔治，你好！”

布朗有四十来岁了，看上去高大而英俊，穿衣非常讲究。他现在担任一家公司的经理。以往他在这里时，都会兴高采烈地和我们开一些玩笑，不过今天晚上，他的情绪似乎有些低落。我将调好的酒送到他的面前，随后就退到一旁，专心地擦拭着玻璃杯。

他像例行公事一般地喝着杯中的酒，并没有流露出享受的表情。他那乌黑的眼睛中透露出一丝迷茫，略带沉思地打量着昏暗的酒吧。他喝完了酒，示意我往里面加一点。喝完之后，又再要了一杯。

一直到给他第三杯酒的时候，我终于忍不住了，面带微笑地问了问：“布朗先生，你今天看起来不太高兴，有什么心事吗？”

“差不多吧。”他的声音很低沉，显得无精打采。

“我能帮你点什么吗？”

“不用了。”他摆了摆手，随后补充说，“不过，乔治，谢谢你。要知道，那已经超出了你的工作范围。”

“我想也是。”说完，我就转过头去，继续专心擦酒杯。布朗先生仍旧坐在吧台后，默默地喝着酒。喝完之后，他突然向我招了招手。我以为他又要添酒，所以拿着一瓶杜松子酒就走了过去。不过，布朗先生摇了摇头。我将酒瓶放了下来，然后走过去问：“布朗先生，有什么事情吗？”

布朗先生看着我，然后说：“我刚刚有点心不在焉。乔治，介意我问你一个问题吗？

我想知道，你有没有结婚？”

“嗯，已经结了。”

“你和你的太太相处得怎样？”

“尽管我们各自都有自己的事业，但我觉得，我们相处得非常融洽。”

布朗先生扬了扬眉毛，然后有些疑惑地问：“事业？”

我咧开嘴，淡淡地笑了笑，然后说：“其实也算不上，安琪在一家律师事务所里当接待人员，不过做演员才是她的最爱，所以她加入了城里的一个小剧团。而我呢，虽然在酒吧当服务生，但写作一直是我的梦想，我希望我写的小说有朝一日能够被发表出来。”

布朗先生若有所思地点了点头，然后说：“那么，你们彼此之间是否了解呢？”

“我觉得，我和她都算是了解对方的人吧。”

“哎……乔治，你真幸福……”布朗长叹了一口气，然后说，“我就没你那么幸运了，我的太太压根就不了解我。虽然这话听起来有些俗套，但我说的的确是事实。她整天要么忙着参加俱乐部的仪式，要么忙着参加那些救济活动。在我看来，她似乎已经忘记她的丈夫还活在这个世界上了。”说完，他看了看眼前空着的酒杯，精神似乎失落到了极点。

看着眼前的布朗先生，我觉得我似乎该说些什么，于是，我礼貌地回了一句：“的确，这简直太糟糕了。”随后，我出于同情，安慰了他几句。

他抬起双眼，仔细地盯着我，然后非常严肃地说：“这也就是为什么我会每周二和周四准时到这里来。”说完，他停了一会儿，一丝狡黠的光芒从他的眼里闪过，随后接着对我说，“乔治，我和你说这些，并不是要把心中的秘密告诉你，在我看来，你是一个非常聪明的侍者，我觉得你对于公寓里的住户一定非常了解。所以，我觉得，你应该知道我和玛利亚小姐之间的事情吧？”

我眨了眨眼睛，疑惑地看着他。

“那个玛利亚是一个金发美女，她就住在四楼的C房。”

我双手一摊，然后说：“嘿，布朗先生，你似乎有点……”

他随后又摇了摇头，说：“放心，我没有醉，现在还很清醒。只是我并不确定，我这样说好不好。不过，我觉得，你也许可以给我一点好的建议。”

“你是说，关于玛利亚小姐吗？布朗先生，或许我真不知道该说些什么……”

布朗满怀希望地看着我，说：“这样吧，我再告诉你一件事。最近的五个月里，玛利亚小姐的房租都是我付的，我觉得，她是个不错的姑娘。我其实想和我的太太在一起，但是，我们现在已经互相都不再关心对方了。就在我万分痛苦的时候，玛利亚小姐出现了，她减缓了我心中的苦痛。我这样说，你能理解吗？”说完，他一双眼睛直勾勾地盯着我看。

我有些犹豫，然后吞吞吐吐地说：“我……也许能吧……只不过……”

他立即从口袋里掏出一张叠好的纸来，随后在吧台上摊开，连忙说：“你帮我看看，这件事，我该怎么处理比较好。”

我看了看那张纸。上面没有日期和落款，只有一行铅字：这是最后的警告，要么你立即和那个无耻的女人断绝关系，要么我将这封信直接寄给你的太太。

布朗先生看了看我，说：“怎么样，你有办法吗？”

“这样的信件一共有多少？”

“一共三封，每周我都会收到一封，一共三个星期了。这些信都是寄到我办公室的。这其实非常明显，一定有某个守旧而古板的女人清楚我和玛利亚之间的关系。我并不清楚这个人到底是谁，住在哪儿。不过，我的直觉告诉我，她一定住在这栋楼里。所以我才会问你刚才的问题，你觉得这栋楼里谁最可能做这件事情？”

“布朗先生，我可不喜欢在背后对别人说三道四的。”我咬了咬牙，想了想，随后说，“没准，这封信不是女人寄的。”

“一定是的，一定是那些信奉宗教的传统女人。”他以一种狡黠的眼光打量着我，然后说，“乔治，我相信，你一定知道那人是谁。”

我故意地回避了他的问题，然后说：“那又能怎么样呢？你能想出什么好办法吗？我觉得，从目前来看，最好的方式就是你和玛利亚小姐不再来往……”

“哎……”布朗先生又长长地叹了一口气，说，“这一点我压根儿就做不到，而且我不知道该怎么处理这些信件。不过我对于这封信是谁写的这件事情很感兴趣，所以我希望你能告诉我。”

听完之后，我犹豫了一下，随后对他说：“我先说好，这也许只是猜测，有可能是路易斯小姐。”

“路易斯小姐？”布朗先生的眼神中透出些许喜悦。

“嗯，她差不多有七十岁了，而且刚好也住这栋楼里。”

布朗先生点了点头，带着些许满意地说：“嗯……一位老小姐，你猜的是她？”

“嗯，也许吧。她平时非常拘谨，而且曾经对这栋楼的报童说过，由于报纸上的电影广告太过于色情，所以她拒绝订阅报纸，而且还曾经打电话到剧院里投诉过我的太太，说我的太太所演戏的主题太过于下流。”

布朗先生此时有些激动，连声说：“那一定就是她了！没错，一定是的！”

“可那又怎么样呢？”我看着他，然后继续说，“就算你直接当面跟她……”我说到一半的时候，突然停了下来，没再说话。

随后，布朗先生有些严厉地看着我，说：“乔治，你到底想说什么？”

我慢慢地说：“嗯，我突然想到了她养的那些猫。”

“猫？”

“没错，她非常喜欢养猫，光是公寓里就养了三只。她还给动物保护协会捐过款，并且会主动照顾那些可怜的流浪猫。她甚至把这些内容写进了遗嘱里。”

布朗先生似乎明白了我的话，然后说：“你的意思，是让我也投其所好？”

“嗯，说不定你可以试试。你可以尝试性地捐一百美元到她的基金下或者捐到她喜欢的动物保护协会名下，如果信真的是她写的，而且她知道你为那些动物捐了款，说不定她会觉得你是一个善良的人，对于你的那些行为也就容忍了。”

此时，布朗先生显得有些不太高兴，冷冷地说：“看来这个老女人不仅守旧，而且还非常地伪善！”

我摇了摇头，说：“也不一定吧，说不定，她只是非常看重她养的猫而已。”

听到这里，布朗先生的脸上又重新有了笑容。他高兴地说：“乔治，好样的，我就知道你会有好办法的。”说完，他将钱包拿了出来，说，“我甚至可以多捐一点，这都不是什么大问题。你现在就带我上楼吧，我想见见那个路易斯小姐。”

“很抱歉，布朗先生，我现在还不能离开酒吧。”我看了看自己的手表，然后说，“现在，那个路易斯小姐也不在公寓里。一般来说，她这个点都会在对面的餐厅里吃晚餐。”

布朗先生犹豫了一会儿，然后低声说：“我觉得，虽然她不可能怀疑到我，但如果有个人介绍我们认识，看起来会更加自然一些。”

“嗯，布朗先生，其实我也是这样想的。明天我刚好休假，要是你明天刚好有空，我们明天这个时候就去对面的餐厅，这样一来，我就可以非常自然地将你介绍给她认识。”

布朗先生的忧郁似乎已经彻底消散了，他略带兴奋地说：“乔治，真的不知道该怎样感谢你了。”说完之后，他立即从钱包里掏了十美元放在了桌子上，说：“酒钱，剩下的就当小费了。”

我看着布朗先生，然后说：“先生，非常感谢！”

第二天晚上，我们来到了那家餐厅。我朝里面看了看，然后说：“布朗，快看，她就坐在那儿。”我向他指了指那个坐在角落的女人。

布朗先生看着那个女人，生气地“哼”了一声，不过，他很快就抑制住了自己的情绪，随后佯装一副高兴的样子。我们俩穿过餐厅，然后朝角落的桌子走了过去。

我对那个女人说：“路易斯小姐，晚上好！”

路易斯小姐看了看我，推了推鼻子上那副厚厚的老花镜，镜片下那双蓝色的眼睛闪现着动人的光芒，然后用一种很细的声音对我说：“啊，原来是乔治，很高兴在这里能见到你！”

“也很高兴遇见你，路易斯小姐。对了，我要向你介绍我的一位顾客，他是布朗先生。布朗先生，这位就是我曾经向你提过的路易斯小姐。”

她看了看布朗先生，礼貌地点了点头，然后说：“布朗先生，很高兴认识你。”

布朗先生则朝她深深地鞠了一躬，说：“路易斯小姐，认识你是我的荣幸。”

随后，我说：“路易斯小姐，是这样的。直到刚刚下班我才知道，原来你和布朗先生有着共同的爱好。所以我想介绍你们认识一下。”

路易斯小姐面带微笑地说：“噢，真是太好了，布朗先生，没想到你也对猫有着浓厚的兴趣。你们随便坐吧。”

布朗先生说：“是的，我很喜欢猫，而且也经常为动物保护协会捐款。如果可以的话，我还希望能给你的私人基金里捐一部分。”

听到这里，路易斯小姐显得非常高兴，不过，当布朗先生从钱包里掏出钱时，她却惊叫了起来：“噢，布朗先生，这钱我不能收！五百美元，这有点太多了。”

“不，你可以收下，这没什么问题的。”布朗先生以一种保证的语气对她说。

“真的，我不能收。”

“亲爱的路易斯小姐，这些钱都是以我个人名义捐助的，你就收下吧。”

就这样，双方争执了很长时间，最后，路易斯小姐还是让步了，她收下了布朗的五百美元。随后，我们便告辞离开了。我们走到了一个地方，在确定路易斯小姐不可能听到我们说话之后，布朗先生立即板起了脸，有些气愤地说：“我现在倒要看看，她的节操值不值五百美元！”

我提醒了他一句：“如果那封信是她写的，你就一定能试出来。”

布朗先生则以一种非常肯定的语气说：“我敢保证，一定是她，不会有错的！”

之后的三个星期，布朗先生都没有像往常一样来到酒吧里。一个星期四的傍晚，他又重新出现了。这一次，他刚一进酒吧的门就咧着嘴，高兴地朝我打招呼说：“乔治，你好啊！”

“好久不见，布朗先生。对了，我想打听一件事情，那些信……”

“噢，我正是来告诉你这件事的呢。自从捐了那笔钱之后，我确实没再收到那些信了。”

“那么，你的太太那边也没有收到吧？”

“当然，否则，我怎么和玛利亚小姐继续来往呢？”说完，他哈哈大笑起来。

我看了看布朗，然后说：“看来你的直觉是对的，果然是那个路易斯小姐干的。”

此时，布朗先生的脸突然变得非常严肃，他非常认真地说：“那是当然！那个伪善的家伙，五百美元就被买通了！”说完，他往我的手里递了一个信封，接着说，“乔治，这是我的一点心意，请你收下。多亏了你的帮忙，否则我真的不知道该怎么办。”

我打开信封一看，里面装着两张崭新的百元大钞。随后，我看着布朗，说：“先生，你太客气了……”

布朗先生拍了拍我的肩膀，说：“只是一点小意思罢了。对了，我得走了，再见！非常感谢你！”

我目送他朝电梯走了过去。看样子，他一定是找玛利亚小姐去了。

回到家，我将布朗先生送的两百元给安琪看了看，然后我们俩都大笑起来。“这一笔，我们可是净赚了七百。我曾经就说过，我们一定能从中捞一笔的。”我看着安琪，得意地说。

“要是你没有一个会演戏而且懂乔装打扮的太太，你的戏又怎么能演成功呢？”安琪说完，面带微笑地看着我。

我连忙点了点头，然后说：“嗯，亲爱的，你说得太对了。对了，眼镜和假发可别扔了。我注意到，最近有一个在广告公司工作的人经常来酒吧，他我的小情人就住在我们这栋楼的六层，现在两个人的关系可亲密了。”

安琪摸了摸我的头发，然后说：“嗯，那赶紧把第一封信寄出去吧。”

我朝她咧嘴笑了笑，然后说：“嗯，就知道你会这么想。我已经把信寄出去啦！”

我并没有对布朗先生撒谎，安琪和我真的是非常好的一对夫妻。

早上八点，汽笛声和教堂报时的钟声响了起来，可怕而漫长的一天开始了。

和往常上班前一样，埃尔尼将椅子推开，站起身来。“我得走了。”他清了清嗓子说。

我手里端着一杯咖啡，静静地坐在桌子边。尽管报纸就摆在我的面前，但我一直在注视着我的丈夫，因为报纸上刊登的一张照片和他简直太像了，只不过照片上的人没有小胡子、留着卷发、体型要瘦一些，但剩余所有的面容细节都能对应上。

他探过身子，用手轻轻地拍了拍史蒂夫的头，微笑着说：“乖，要听妈妈的话。”

史蒂夫看着他，满嘴都是食物，根本说不出话来，只能不住地点头。

随后，他又迈着沉重而自信的步伐绕到了桌子的另一侧，非常亲热地对丽兹说：“女儿今天表现得真乖！”

听到爸爸的表扬，丽兹开心地笑了起来，用手里的勺子舀了满满一勺麦片给他看，麦片则不停地从勺子上滴滴答答地流下来。

看着女儿的表现，埃尔尼有些幸灾乐祸地说：“真是一个好孩子！”说完之后，他面带自信而温暖的笑容，转身来到我的椅子后面，一双有力的手搭在了我的肩膀上。他低头看着我，说：“咖啡都快洒出来了。”

我抬起头，面带微笑地看着他。他有着高大的身材，宽阔的双肩，看起来孔武有力的样子。一双琥珀色的眼睛上带有些许蓝点，右侧眉毛的正中央有一道浅浅的伤疤。

我将头低了下来，轻轻地把杯子放了回去，随后拿起报纸，对埃尔尼说：“亲爱的，有件事情我不太理解……”

不过，他压根就没注意看我拿着的报纸，只是低下头，温柔地吻了我一下。红色的小胡子扎到了我的嘴巴。我看了看那修剪得非常整齐的胡子，那还是我们结婚第一年的时候，他特地蓄上的。

“亲爱的，今天事情比较多，时间不多了，我得赶紧走了。”

“不过，这耽误不了你多少时间的……”

他只是用手摸了摸我的头发，然后就匆匆地出门去了。整间屋子里只剩下我和两个孩子。这一天已经过去十五分钟，但我事先并不知道，这一天到底会有多么可怕。

我猛地从屋里站起身来，一个念头突然从我脑海中闪过：也许他还在因为昨天晚上的事情而闷闷不乐，所以他才会急着离家去上班。话说回来，他上班的时候总是显得匆匆忙忙的，而且不需要为此找很多理由。其实埃尔尼心情好的时候还是很好相处的，他是一个极具幽默感的人，哪怕寻他开心他也不介意。

我故意不让自己去看那张报纸，尽管它就放在我的手边。我开始试图让自己专心收拾桌子和盘子。我一把将丽兹抱了起来，用毛巾擦了擦她的嘴巴，将她放到客厅的儿童床上，并且拿了一些玩具给她。之后，我就一动不动地站在那儿了，似乎在等待着什么事情发生。我的内心有一种非常不安的感觉，心跳也变得越来越快，扑通扑通的，此时，我感觉自己的耳朵里甚至是整个小房间里都回荡着我的心跳声，我控制不住内心的恐惧感，随后发出一声惊叫。

喊出来之后，我似乎觉得紧张的情绪消散了一些，激烈跳动的心脏也渐渐慢了下来。我尽量安慰自己，当下最要紧的事情就是回到厨房，重新认真、仔细地再看一看那张报纸。此时，一阵羞愧的感觉从我的心底浮现起来。我曾经是多么鄙视那些对丈夫充满疑心的妻子，对她们四处寻找口红、便条、电话号码等这些丈夫出轨证据的行为感到不齿。

突然，我想通了，径直地朝厨房走了过去。但是，我没有拿起报纸，而是说服自己专心地刷盘子。此时，我感觉厨房里特别安静，外面什么声音都能穿透进来，包括丽兹嘴里含糊的嘟哝声，史蒂夫咿呀学语的说话声，窗外高速公路上汽车飞驰的声音……

终于，我按捺不住了，大声地喊了一句：“我一定要看！”报纸上显赫的题目也像一声呐喊一样，重重地印在了我的脑海里：高尔夫球场惊险女尸，疑为受击打重创致死。

今天早上，有人发现，阿诺顿高尔夫球场的第十六号洞口附近躺着一具女尸，经过鉴定，死者死于头部受到重创。警方暂没有找到凶器。

据警方掌握的资料获悉，死者名叫玛丽·亚当斯，现年十八岁，平日和母亲一块儿居住，家庭住址位于中央大街 1617 号，生前，有多名男子曾上门求婚。

警察局长汉普顿·琼斯在仔细勘察完现场之后，认为这宗案件与发生在五年前的一起凶杀案非常类似，那起案件的受害者希姆斯当年也只有十八岁，而且遇害现场也是在一家高尔夫球场。不过，警方当时在现场查获了犯罪凶器——一只车用千斤顶。

右边的人像是根据目击者对犯人的描述所绘制出来的，据目击者称，该名男子曾与希姆斯小姐一同从堪萨斯城的酒吧走出来。

我仔细打量了这份报道旁边的画像，稍微平静的内心此刻又激烈跳动起来。画像上的那个人留着一头卷发，鼻头很圆，嘴唇不厚，下巴很方，双侧的脸颊深深地陷了下去。这不就是埃尔尼的脸吗？我当时完全被惊呆了，目瞪口呆地看着那幅画像，那种感觉好像埃尔尼也正从报纸上瞪着我一般。虽然和现在的埃尔尼相比，画像上的人没有两撇小胡子，是卷发，而且要瘦一些。如果胖出大约八千克，那简直……我似乎能够确定，报纸上的画像正是我刚认识的埃尔尼的样子！

窗外此时传来了一阵钟声，那是教堂的报时声，现在已经九点了。我朝窗外望了望，外面院子里的两株橘子树长势喜人，这得益于埃尔尼平日的悉心照料。

虽然我的脑海里不停地浮现着刚才的画面，但有这幅画像又如何呢？不过是五年之前，某个画家凭借想象力画出来的东西罢了。哪怕是埃尔尼本人亲自看见了，他也会不以为意的。而且，根本就不会有人注意到这些，毕竟我们搬到这里之后，埃尔尼胖了差不多八千克，而且剃掉了卷发，留起了平头，嘴唇上面还蓄着两撇小胡子。现在完全不用担心。加上在这个地方，不论是男人、老妇、小孩、邻居，甚至包括狗，对于埃尔尼都充满好感，他们根本不会将杀人这种事情和埃尔尼联系在一起。

何况，我深深地爱着他，我也更不会相信，他会做出杀人这种事情来。我怎么可能会去喜欢一个杀女人的男人？而且，埃尔尼是如此温柔、如此安静的一个男人，他又怎么可能做出杀人这种事情来？

我尽量让自己平静下来。我把眼睛闭了起来，身子放松地向后靠了靠。这时，椅子发出了一阵吱吱声，这种声音我昨天晚上好像也听到过，但当时并没有引起我的注意。我开始回想，我昨天晚上到底是什么时候听到的这种声音呢？

我的思维突然转到了那个被害人身上。玛丽·亚当斯会不会是个金发女郎呢？她的头发是不是也是卷卷的呢？她难道也戴着围巾？她的头上有没有戴发卡呢？如果真是这样，那些发卡的钢丝扎到头骨里面的那一刻，应该非常非常痛吧……哎，十八岁，多可惜，生活才刚刚开始啊！

想当初，我刚和埃尔尼见面的时候，也是十八岁。那是五年前的事情了，那个时候，他还不在修车厂里做工，是一个干净整洁的单身汉，我记得，他当时正好去我母亲那里推销家电，我对他那双强有力的手有着很深的印象。

在我母亲打开门的一刹那，她就对埃尔尼有一种莫名的好感。特别是等我的父亲从外面出差回来的那天，他们俩居然聊到了半夜，而且还将我亲手制作的一整个蛋糕吃得干干净净。没错，也许就是从那个时候开始，我就已经喜欢上他了。这距离我们相识还不到一个星期。

接下来，一连两个月，我们每个周末都会见面，就在小镇的白色房子里。那时，我们相处得非常愉快。而且，他总会对我说："每次想到要和你说再见，我的内心就感到十分难过，因为我根本就不打算回到城里去。"

之后的一个星期六，他非常兴奋地找到了我，激动地对我说："你知道吗，我在报纸上看到了，有个加利福尼亚的人正在找汽车修理工，开出的待遇非常不错，而且有保障。我当时就将我的资料给他寄了过去。现在，他告诉我，我被聘用了！"

也正是在那个星期，我们举办了婚礼，在去往加利福尼亚的火车上，我打量着埃尔尼的脸，他那薄薄嘴唇的上方已经冒出星星点点的胡茬了。就这样，在五年之前，我离开了那座城市。那一年，我十八岁。可那是一座什么样的城市呢？

我神情恍惚地从房子里走了出来，坐在一辆旧车的驾驶室里，丽兹坐在旁边的副驾上，史蒂夫则一个人坐在后座，嘴里不知道在嘀嘀咕咕说些什么，只觉得说了很久。看着眼前的旧车，心里忍不住地想夸夸埃尔尼，要不是他，这辆旧车哪能这么好开？

我在琢磨着，到底要去超市买些什么回来。我在心里默念道：面包、人造奶油、鸡蛋、油酥、堪萨斯糖……没错，那个城市正是堪萨斯城，那个地方距离白色的房子，距离我爸妈的住所大概有四十千米远。

此时，车后的史蒂夫在默默地数着教堂的钟声。"八……九……十！"现在，已经十点了，已经不知不觉过去两个小时了。

我们抵达超市门口的时候，门自动地打开了。看到这一幕，史蒂夫显得非常高兴。我牵着丽兹的手，朝超市里走了进去。整个超市内部显得十分亮堂，明亮的灯光让我突然觉得有些不大适应，仿佛我刚刚待的地方是一个充满黑暗的世界，而眼前来来往往的顾客、结账台收款机的噼啪声、货物装袋时发出的沙沙声，让我瞬间又回到了真实的世界里。我一边专心地挑选着东西，一边在心里默算着价格，这一刻，我似乎忘掉了那张报纸的事情。

可是当我来到卖肉的柜台时，情况又发生了变化。

我对着里面的屠夫说："给我称一点排骨。"

"好的，考克兰太太，和平时一样砍成小块吗？"屠夫问道。

"是的。"

我朝屠夫身后的那一面大镜子望了望，镜子里的我和平时没什么太大的区别：一头棕色的短发，眼睛里流露出一种无忧无虑的眼神，就是一个在超市购物的年轻母亲的形象，看起来并没有什么特别的。但就在这时，镜子里，就在我的身边，一只握着砍刀的手举了起来，并且"砰"的一声重重地落了下来，随后就是不停地举起、落下，偶尔还伴随着沉闷的击打声。

我立即尖叫道："停下，停下，可以了……"

"太太，还没砍好呢……"屠夫有些惊讶地看着我，手臂停了下来。不过，最终还是将血淋淋的肉用白纸包好，在上面写了一串数字，然后递到了我的手里。我看着那包肉，鼓起很大的勇气之后，才将它拿在手里。

而当我经过奶酪柜台时，吉姆的妻子叫住了我，"嘿，考克兰太太，咱们晚上见啦！"

"有事吗，艾洛斯？"

"你忘了吗？今天晚上要一起吃便饭啊。"

这是一个约定，每隔一个星期的周五，我们和另外七对夫妇都要聚餐一次，这一次轮到去艾洛斯家了。

"今天我不一定能去，因为孩子没人照看……"

"那就把孩子也带上。"

"埃尔尼也许会生气的……"我一边说着一边朝收银台走了过去。

艾洛斯笑着说："不管你做什么，埃尔尼都不会生气的。"

听到这句话，我瞬间不知道该说什么了。他平时一向很疼我，但凡星期天，只要他在家，他就会为我分担家务，比如照顾孩子、清理厨房、倒垃圾等。而且，他在做这些事情的时候，也都会穿着工作服。一切的一切，他都是为了我。可我立马转念一想，他这样做的目的，是不是为了掩人耳目呢？

史蒂夫正坐在一堆杂志上低头看漫画，我的目光也从史蒂夫的身上转移到放报纸的架子上。突然，我只觉得，沉闷的击打声在我的脑海里不停地回响，埃尔尼五年之前的那副面孔也在不停地朝我大喊大叫，我的身体似乎失去了平衡，双手紧紧地扶着收银台的边缘。

艾洛斯的手紧紧地抓着我，然后大声对我喊道："你怎么了？感觉你脸色很差，是因为埃尔尼不在身边，害怕了吗？哈哈，他现在可离你至少八百千米远呢。"

我努力让自己保持平静，然后说："放心，我很好。"

结完账后，超市里的一名小伙子帮我提东西，我跟着他，带着两个孩子走出了超市。阳光很耀眼，但照在身上并没让我感受到温暖。说来也奇怪，我开始觉得超市里面特别明亮，可现在回过头看看，里面暗得和隧道一样，反倒是外面的光线强得有些刺眼。

"夫人，这些东西都要放进车后备箱里面吗？"那个小伙子问。

我点了点头。

"好的，麻烦你把车钥匙给我。"

我走到汽车的后面，将钥匙插入了钥匙孔里，我的手居然还在发抖。锁打开之后，小伙子将车后盖抬了起来，并且将刚刚买的大包小包的东西都放了进去，然后准备将后盖盖上。

看到车尾箱里的状况，我突然愣住了，连心跳都停止了一般。虽然里面装了很多新东西，但是我能一眼看出，这里面不对劲。我仔细地看了看，里面有工具盒、备胎……我在想，里面到底少了什么东西。

突然，我猛地想起了什么，神色慌张地在箱子里翻找着，大半个身子都伸到了箱子里。原本码放得整整齐齐的购物袋被我翻乱了，我在里面不停地翻找着，希望能找到那个东西。

但结果是——千斤顶不见了！平时它都是放在这里的，而且埃尔尼一直坚持这么做。可是，那个结实的千斤顶现在确确实实是不在了！

我都不知道，这一路上我是怎么把车开回去的。但当我开车回到庭院的时候，我听到了教堂的钟声，那时已经十一点了。上午终于要过去了。我想了想，已经洗完了盘子，买完了东西，现在得处理家里的垃圾了，我决定把它们烧掉，连同那张报纸。

我拿了一把剪刀，然后坐在厨房的桌子边，小心翼翼地将报纸上第一版的内容剪了下来，并且整整齐齐地折好，放进了我的钱包里。剩下的报纸，我就直接揉成一团，扔进了垃圾桶里。随后，我来到了后院，将垃圾桶里的东西统统倒了出来。我点燃了火柴，好在报纸很快就烧起来了，顺带也将其他的垃圾烧得干干净净。不过，我脑子里的那股邪恶的念头并没有因此而被清除得干干净净。

处理完垃圾后，我回到家里，来到了厨房。这时，电话响了。

我拿起听筒，电话那头传来一个亲切的声音："莎拉，是你吗？"

"埃尔尼？"我激动得差点没让电话掉到地上。

他在电话那头用一种焦急的声音说："我打了一个上午的电话，你都没接。"

"噢，我去超市了。"

"亲爱的，你是不是还在为昨天晚上的事情生气？"

我并没有急着回答，而是冷静地告诉自己，这得看昨天晚上到底发生了什么。随后，我淡淡地回答："没有啊，我没生气。有什么事吗？"

"我觉得，你今天早上……有点……"他的话显得非常犹豫，"我觉得你有些奇怪。"

"奇怪？"

"嗯……包括你现在，都还有一种很奇怪的感觉。"其实，这个时候，埃尔尼的声音听起来倒是显得有些奇怪，他似乎心存戒备，而且又想试探出什么。

"我很好啊，什么事都没有。"

"莎拉，我只是到外面散散步而已，知道吗？我承认我不高兴，所以我想出来散散步。"埃尔尼非常直白地说。

我将自己的一只手抬了起来，并且仔细地打量了一番，漫不经心地说："你散步散了很久？"

"是的，很长时间，因为你最开始睡着了……"我能听到他在说这句话之前，深深地吸了一口气。

"我知道。"

"你当时没有睡着？"

"不清楚，也许有些迷糊吧。"我想了想之后回答道。

"噢，亲爱的，我希望……"

"为什么？"

"你就不要再问了，我觉得你现在还是很奇怪。我忘记带午饭了，但是我现在必须先把活干完，我现在……正在给一辆旧的汽车上漆……"

"噢，真的很抱歉，我确实忘记给你做午饭了，当时我看报纸去了。"我的确是忘记了，其实在八点之前，我有足足一个小时的时间。所以说完这句话之后，我紧紧地咬住了自己的嘴唇。

"报纸？报纸说什么了吗？"电话那头的他的声音非常大，而且语气听起来有些严厉。

"什么都没有。"我连忙回答。

"刚刚吉姆借了一辆车过来……"

"很抱歉……"

"亲爱的，你今天中午能给我送午饭吗？我说……"

"我在听你说呢。"说完之后，我内心陷入了纠结：到底该不该送呢？我心里现在想着的全是放在钱包里的那张剪下来的报纸，我现在居然不知道该怎样坦然地面对他了。

“亲爱的，我这边有点事，所以我希望你最好能过来。”他慢慢地说。

“孩子们……”

“莎拉，我要见你！”他几乎是在用一种命令的口气和我说话，这是以前从来没有过的事情。

我不知所措地将电话挂断了。可就在这时，电话又响了起来。

“你刚刚为什么挂断电话？”

“我打算现在去给你做午饭。”我深深地吸了一口气，然后慢慢地回答。

电话那头的他哼了一声，然后说：“行吧。对了，还有一件事情。我昨晚散步的时候，顺路去了一趟厂里。我当时就打算把要涂在旧车上面的油漆先调好。”

“哦……”

“但是，当时没怎么太注意，把油漆弄在了我的那条灰色裤子上。不过我们今天晚上得去吉姆家里聚餐。你知道的，我可以换洗的裤子不多，所以，你能不能帮我把裤子上的油漆洗掉呢？”

“好吧。”

“对了，莎拉……”

“你还有什么事情？”

“要是太麻烦，你就别做饭了，我可以让别人给我带个汉堡。”

“埃尔尼，你觉得这样好吗？”

“挺好的，而且合情合理。”

我现在似乎冷静下来了，并且准备向他提问。“对了，我现在正在洗衣服……”

“太好了，不过，你……”

“我知道，你想说我很奇怪，不过我现在很好。”

“随便你吧，晚上见。可别忘了那条灰色的裤子。”

“放心，我肯定不会忘的。”说完之后，我告诉自己，现在必须得问了。

“什么事？”埃尔尼有些疑惑。

“我想知道，那个车主想让你帮他把旧车换成什么颜色的漆？”

电话那头的埃尔尼短促地笑了笑，随后说：“粉红色，听起来是不是觉得很滑稽？”说完之后，他便挂断了电话。

我立即走向卧室，将壁橱的门打开，那条裤子正挂在衣架上。我将它取了下来，带到厨房光线最好的窗户边，我想看看，那条裤子上究竟有些什么。

我很快就发现了那些污点，虽然都很小，但是密密麻麻的。或许那辆车的确是要漆成粉红色，但裤子的绒布上完全没有沾上那些漆，相反，上面的污点都是褐色的。看到这里，我只觉得一阵天旋地转。

汽笛响了起来，已经到中午了。屋子里还回响着丽兹的哭声、史蒂夫摔门进来后的吵闹声，整个屋子里乱糟糟的。但是，最令我心烦意乱的声音来自我的内心，它拥有一种强大的力量，我甚至可能被它彻底撕裂。

这简直难以令我置信，我深爱的丈夫，埃尔尼·考克兰，他居然是个杀人犯！如果你对某件事的真实性心存怀疑，那么你就会极力对它进行否定，可一旦有确凿的证据出现在你的面前时，你虽然会震惊得难以接受，但过不了多久，你就会陷入一种非常冷静的状态。我就是这样。我哄着孩子们，让他们安静地午睡，并且弯下腰来，轻轻地吻着他们。我现在看起来的确非常冷静。

可是，我渐渐从震惊中清醒了过来：一定是哪里搞错了，这两个孩子如此可爱，他们的父亲怎么可能会干出杀人这种事情？不过，与此同时，我的内心还有另一个声音在呼喊：如果他真的是呢？如果……如果……

我像疯了一样地把卧室的门关了起来。上午发生的这一切，就像在演电视连续剧一样。现在已经到下午，又会发生什么事情呢？我到底该怎么办？

我将那张剪下来的报纸从钱包里拿了出来。我何必去怀疑呢？我手里拿着的不就是证据吗？我很清楚，我现在只是迟迟不愿意做决定罢了。如果你认定你的丈夫是个杀人犯，但是其他人对此完全没有察觉，这种情况下你会怎么处理呢？

我的心又开始紧张地跳动起来。但当我一想到，别人也许从来没有对他产生怀疑时，我的心里突然涌起一阵轻松感，这种感觉非常奇怪。他也许还和以往一样，早上匆匆忙忙去上班，到晚上的时候才回家。大家一如既往地喜欢他，谁也不会将他与残忍的杀人犯联系在一起。

刚刚的那一丝轻松感突然又消退了，我的脑海里又浮现出另外一个可怕的念头：如果他又杀人了呢？

我无法抑制内心的冲动，直奔电话，拿起听筒后，以最快的速度拨通了号码。短暂的等待声让我觉得似乎过了几个小时。终于，电话那头传来了一声沉重而遥远的声音：“警察局。”

“请帮我转接刑侦科。”我清楚地听到自己在说什么。

“刑侦科？女士，你那里发生凶杀案了吗？”电话那头的声音立即警觉起来。

“没错。”我自己都不敢相信，我居然能够这么冷静地回答。

“好的，你稍等一会儿。”

等待的过程中，我一直盯着那条灰色的裤子看，它就搭在厨房一张椅子的靠背上。这个时候，城里的某间办公室里，人们或许在为找寻线索而忙作一团。我心里不停地说着：赶紧接电话吧，你们马上就能获得一条重要线索。

就在我等得不耐烦的时候，一个新的声音传入我的耳朵里，“你好，我是刑侦科的安德森警官。”

我顿时感到一阵莫名的紧张，“我……我……”我咽了几口唾沫，抬起头，尽量不让自己的眼睛注意到电话机上的数字键盘，我觉得那些数字看起来有些犯晕。“我想……”就在这时，门突然开了，我猛地回过头，发现埃尔尼居然站在门口！他就像一个巨人，宽阔的肩膀似乎将整扇门都堵住了，一双透亮的蓝色眼睛，八字胡下面的嘴巴正紧紧地抿着。

电话那头的声音又传了过来，“女士，女士，喂……”

我当时只觉得一阵无力，听筒从我的手里滑了出去，而我自己也随之瘫坐在地上。在我倒下的时候，我还一直在注视着埃尔尼的眼睛，最后只觉得眼前一黑，其他的什么都不知道了。

后来，我觉得自己渴望爬上一个黑色的楼梯，但我压根就做不到。我打算试试，而且就在楼梯的那一头，也有一个声音，在鼓励我往上爬。渐渐地，我觉得眼前越来越光明，这个声音也越来越响。

此时，我发现埃尔尼的脸正贴着我的脸，我甚至能将他皮肤上的毛孔看得一清二楚，我被他紧紧地抱着。我居然躺在床上。我突然觉得心里轻松了许多，两行热泪沿着脸颊淌了下来。一些话从我的嘴里跑了出来，含混不清，“亲爱的，噩梦……我……埃尔尼……我梦见你……你……”我一直盯着他的眼睛在看。事实上，这件事情并不是一场噩梦。

他双手紧紧地抓着我的肩膀，若有所思地对我说：“我完全没想到，你居然会就这样晕过去。”

可是，这个时候，我的身体开始发抖，从他抓住我的地方开始，一直到我的脚趾。

“天哪，天气这么热，你居然在发抖！”埃尔尼连忙从床上起身，说，“你先躺着别动，我把医生叫过来。”

我心里在想，也好，来个医生，屋子里总算多了一个人。我听见埃尔尼朝厨房走去的脚步声，快速而沉重，可停了一会儿之后，他又走了回来。到床边时，他对我说：“医生不在，但我给他留了言。”

他慢慢地靠近我，并且伸开了他那双巨大的手。我突然想起了一件事情，随后一阵新的恐惧朝我袭来：那张剪下来的报纸，就放在厨房的桌子上！要是他看到了的话……要是他拿起电话的听筒，听见刑侦科安德森警官的声音……天哪，他说不定会连我一块儿杀掉！不，可能不是说不定，而是一定！

我连忙问：“你怎么这个时候回来了？真是太巧了。”

“因为喷枪堵住了，然后吉姆说，干脆买一个新的，所以我们就跳进了卡车……”

我似乎看到了一丝希望，连忙问：“吉姆也来了？”

“不，他让我下车进来吃午饭。”埃尔尼说完之后，又俯身靠向我。我内心的恐惧感越来越强，他刚刚还给医生打了电话，如果我这个时候刚好死了，一切都会显得非常自然。我随即大喊：“不要！”

他将双手从我的身上拿开了。

“我……我的头很疼。”我说。

史蒂夫听到了我的喊声，连忙叫道：“妈妈！”

我试图从床上挣扎着坐起来，埃尔尼扶着我，说：“我来给孩子们穿衣服吧，随后我会把他们带到艾洛斯家里。”听到这句话，我突然松了一口气，至少，孩子们会平平安安。

我看他走出卧室之后，我也悄悄地跑到了厨房里，还好他没把我的鞋脱掉。话筒放回原位了，可是那张剪报还在桌子上，而且就放在我的钱包边。埃尔尼刚刚有没有动过它呢？

我管不了那么多，一把将剪报塞进了钱包，然后拿回了卧室里。趁着埃尔尼没回来，我把钱包藏到了枕头的下面，然后气喘吁吁地躺了下来。

屋外传来了一阵喇叭声，埃尔尼连忙跑进了卧室。看到他进来，我连忙坐起身来，对他说："你快去吧，我好多了，孩子交给我来照顾就行。"

他看着我，慢慢地说："你今天真的很奇怪，不仅是样子上，而且还包括行为上，你是不是有什么事情瞒着我？"

从他的问话中我可以确定，他没有看到那张剪报。我随后说："埃尔尼，不用担心我，你先去吧，我会等你回来的。"这个普通的承诺其实意味深长，因为我一定要弄清楚，他到底做了什么事情，哪怕这样做，可能会让我丢掉性命。

"亲爱的，我身上没有带钱，连汉堡都买不了。"

我把手伸到了枕头下，将钱包拿了出来。

"咦，我记得把你抱进来的时候，钱包并没有放在那里啊。"

"不，它一直在那儿，也许你当时太紧张了，记错了。"我艰难地回答道。随后，我探过身子，将钱放进了他工作服的口袋中，随后强迫自己对他笑了笑。

此时，窗外又传来了两声喇叭声，估计吉姆等不及了。就在埃尔尼关上厨房门离开家之后，电话响了。此时，窗外刚好传来了教堂的报时钟声。

我拿起听筒问："哪位？"我显得非常紧张，声音都有些颤抖。

"我是安德森警官，女士，你还好吧？"

"我很好啊。"

"我们刚刚接到了你的电话，但说到谋杀之后，你就把电话挂了。"

"噢，警察先生，你可能搞错了。"

"我们是通过追踪找到你们家的电话的。"

"可是我刚刚并没有打电话报警。"

"那也许是我们弄错了吧，请问你们家里现在还有别人吗？"

"有，两个小孩子。"说完，我用一种古怪的声音笑了起来。

电话那头，那名警官似乎在和旁边的人说着什么，随后说："女士，很抱歉，我们也不知道到底出什么事情，总之，打扰了。说不定是哪个精神有问题的人在恶作剧……"

"嗯，也许吧。"我想了想，精神不正常，我现在不就是吗？

"好的，那就先这样吧。"说完，警官挂断了电话。可我仍旧握着听筒在那发呆，听着电话里的嘟嘟声，然后做出了一个重要的决定。

我不会把剪报、裤子和埃尔尼交给警方，毕竟我们在一起生活了五年，而且我们还有两个孩子，不论怎样，我不能出卖他，至少在事情水落石出之前。

我给医生的诊所里打了电话。可是电话里的姑娘告诉我，她并没有接到埃尔尼的电话。

他为什么没有打电话呢？要是我以为医生已经在赶来的路上，我就必然会留在家里等医生，这样一来，他就随时能从修理厂赶回家里，然后把我杀掉。但这都只是猜测而已，我必须仔细考虑考虑。

我立即给艾洛斯打了个电话，让她过来帮我照看一下孩子，并且告诉她我得在银行下班之前去银行办点事。艾洛斯很爽快地答应了，我告诉她，我一会儿就过来。

艾洛斯的家里还是很安全的，我可以在她家先躲一躲。我朝附近的银行开了过去，将我们所有的存款都取了出来，并且转换成旅行支票。虽然钱不多，但这足以让我和孩子回到老家堪萨斯城了。在父母的庇佑之下，我就能安全地将他供出来了。

我想象着自己是一名侦探，琢磨着该从哪里调查，埃尔尼昨天晚上到底在哪。

我先把车开到了住的那个街区的尽头，那儿有一家电影院，我在影院的门口把车停了下来。那个售票员叫珊迪。

“珊迪，你认识考克兰先生吗？”

她笑着回答：“噢，当然，不仅我认识，周围的人都认识他呢。”

“你昨天晚上上班没？”

“当然，你知道的，基本上我每天都在。”

“埃尔尼·考克兰先生他昨天来了吗？”说到这里，我的胃突然一阵抽搐，感觉很疼。而这时，我脑海里多么希望，埃尔尼昨天走到这里的时候，已经非常累了，所以顺便进来看了一场电影，然后在完全静下来之后，才回到了家里。

“不，他没有进来。”

“没进来？你是说你看到了他，但他没有进来看电影？”我大声地重复着。

“是的，差不多是九点半的时候吧，可能还要早一点。我当时还朝他打招呼了，不过他有可能没有注意到我吧。”

“好的，谢谢。”说完，我就朝自己的汽车走了过去。

珊迪在我的后面喊道：“他昨天朝那边走了。”说完，她还用手朝左边指了指。我开着车，顺着她指的方向慢慢地开了过去。

中途我将车停在了乔的酒吧门口。这里的价格很公道，所以埃尔尼带我来这儿吃过几次三明治，喝过啤酒。

酒吧里光线很暗，尽管我没看到乔，但我听到了他的声音。等他看到站在门口的人是我的时候，他用一种惊讶的声音说：“考克兰太太，怎么是你呢？”说完，他又开心地笑了笑，接着说：“你也会在白天喝酒吗？”

“乔，我今天来其实……我想知道……嗯，我想说，我不是一个爱打听的妻子，不过，埃尔尼他……”

“你在调查你的丈夫？”

听到这句话，我想立刻找个地缝钻进去。这可比直接出卖埃尔尼还要糟糕，这样一来，别人也许就会对埃尔尼开始进行各种猜测。刚刚我才向珊迪打听过，珊迪会不会记在心里呢？如果人们有一天谈起这桩杀人案，乔会不会起疑心呢？不，我试图安慰自己，埃尔尼现在和过去相比已经变了太多，只有我记得埃尔尼五年前的样子，当然，也包括他自己。

我很快调整了状态，然后说：“乔，你真会开玩笑。只不过他昨天晚上……”

我的话音还没落，他就点头说：“他昨晚在这儿。”

我瞬间舒坦了下来，他只要在这里，就有足够的不在场证明。所以我为了进一步确认，继续问：“他待了多久？”

“没多久，喝完一杯就走了。”乔笑着回答。

这简直是在折磨人。

说完之后，乔从吧台后面的墙壁上取下一只挂钟，然后给钟上发条，他想了一会儿，然后说：“如果没记错的话，他是十点来的。”

我离开了乔的酒吧，往街的拐角走了过去。我整理了一下刚刚获得的信息，埃尔尼九点半离开家之后，经过了电影院，然后十点左右，去乔的酒吧喝了杯酒。接下来我该怎么办呢？他又是什么时候回来的呢？

我盯着自己的两只鞋子看了半天。此时，我多么希望它们都能长着鼻子，像狗一样分辨出埃尔尼的气味，这样，我就能沿着他走过的地方逐个考察了，而且它们会带我远离阿诺顿高尔夫球场。很显然，这是不可能的事情。大约走过了十条街，这附近已经看不到什么商店了，只有一块写着金字的棕色木板，上面的字是：阿诺顿高尔夫球场。昨天晚上，玛丽·亚当斯就丧命在这个球场十六号球洞的小树丛边。

我做不到，我根本不可能像个侦探一样，跑到那个球洞边去勘察案发地点。我只是他的妻子而已，而且在此之前，我无比地信任他，我从心底里希望他和这件案子一点关系都没有。我从球场开始狂奔，一直跑到我的车子边，跑得我上气不接下气，眼冒金星，两肋都开始发疼。我呆呆地坐在车子里面，看着雨慢慢地下起来。

当我歇够了之后，我发动了汽车，然后非常谨慎地将车开回了家里。我把孩子们所有的干净衣裳都装进一个大行李箱里，然后将行李箱放到了车内，而且故意避开了曾经放千斤顶的地方。我站在那儿，突然想起忘带了一样东西。

我快速地跑到厨房，我要洗的那条灰色裤子还搭在椅子的靠背上。我把它卷好后，放到了一个棕色的纸袋里。正当我要关门的时候，门铃响了。

我一手拿着纸袋，一手将门打开。门外站着一个高个子男人，肩膀和帽檐上都是雨水。

我抓着纸袋，问：“先生，你找谁？”

“请问你是考克兰太太吗？”

“没错。”

他伸开手掌，然后向我出示了一枚警徽。“我是安德森警官，想和你聊一聊。”

“我？”我呻吟似的问道，但很快就将门口的位置让了出来，说，“你先进来吧。”

这时，壁炉上面的钟敲了四下。

警官在屋子里看了看，随后说：“房子挺漂亮的。”

我立即敏锐地意识到，他这是在分散我的注意力，让我失去戒备，让我觉得很正常。但我仍旧保持着冷静，对他说："你随便坐吧。"

"夫人，我不会打扰你很久的。"

这时，我猛然觉得，腋下夹着的那个纸袋好像特别重，我把它放到了桌子上，但内心感到非常不安，总觉得那条裤子的每一个污点都大得非常醒目。

安德森警官一直盯着我看，突然说："你看起来很像那种办事理智的女人。"

"真的吗？"

"嗯，这种女人一般会及时将重要的情报告诉警察的。"

我早应该预料到警察会有这一手，说不定，他们已经追查到有关埃尔尼的一些踪迹了。

警官冷静地对我说："考克兰太太，就在昨天晚上，有一个女孩意外被打死。这件事情，大家现在都知道了。虽说她不是什么了不起的人物，但不管怎么样，好人也好，坏人也罢，都不应该这么不明不白地死了。"

我有些严厉地问："这是什么话，难不成你们怀疑我是杀死她的凶手吗？"

"不，我是因为那个电话才过来的。就像我刚刚说的那样，因为电话里提到了谋杀，这引起了我们的高度注意。然后通过电话追踪，我们找到了这里。"

我突然回想起之前晕倒的时候，那个时候听筒到底有没有从我的手里滑出去呢？难道是我自己挂断电话的？

"在我第一次给你打电话的时候，我也以为是搞错了。从电话里的声音判断，你显得非常镇静。不过接线员告诉我，他记得很清楚，他没有弄错。"警官说。

"不，我觉得只要是人，就都会有搞错的时候。"

他点了点头，然后继续说："是的，我也以为是我搞错了，当时和你聊过电话之后，我又开始忙手里的事情。不过我在犯罪现场进行勘察的时候，和你打电话的情形又浮现在了我的脑海里。"

"我没有打电话报警。"

"好的，就算这个电话是别人打的吧。我没记错的话，那个女人在电话里说要转接刑侦科。你有没有印象她到底说了什么？"

我有些费力地咽了咽口水，然后说："我没有打电话，你也别再套我的话了。"

警官耸了耸肩，说："那个女人当时说发生了凶杀案。"

"然后呢？"

"等我接电话的时候，你，或者她，又支支吾吾地说了半天，然后就不再说话了，并且电话搁在一旁有三四分钟的时间。"

"你到底想说什么？"我有些生气。

"我只是有些担心，担心你，或者她已经遇害了。不过，当我在勘察高尔夫球场的案发现场时，我突然意识到，你或者她，并没有挂电话，更像从电话旁边慢慢地离开了。过了好一会儿，我听到了一阵呼吸声，然后把电话挂断了。"

“呼吸声？”

“没错，那声音非常低沉，听起来不像是一个女人的声音，很像是一个男人的。”

听到这里，我内心突然一阵恐慌，连忙问：“那，他……有没有说什么？”

“那个人什么也没说，”警官摇了摇头，然后问，“不过，我觉得你看起来非常正常，可是你明显在向我撒谎，你能告诉我原因吗？”

我能够理解安德森警官的担心，我也想在他的这种担心变成现实之前，将一切情况都告诉他，这样一来，我也用不着坐上那辆旧车，从这里逃走了。而且，我甚至都不用跟他说太多的话，只需要将桌子上的那个棕色纸袋子打开给他看，告诉他，我的丈夫昨天曾经穿过这条裤子。他只要稍做检查，一切就都会明白的。不过，我此时非常犹豫，我又希望他赶紧从我的家里离开，这样一来，我就能带着两个孩子回到父母身边，然后商量下一步的对策。

所以，我对那个警官说：“实在是抱歉……我……我……平时就是一个胆小鬼，因为我们家附近的房子都没有人住……而且后院还直接与那片橘树林相连着……”说到这里，我自己突然害怕起来，这次是真的恐慌起来。如果埃尔尼打算在这里把我杀掉的话，哪怕把嗓子喊破了，也不会有人听见。

我深深地吸了口气，然后尽量用平静的语气说：“其实……我早上看到了那篇报道，就在我倒垃圾的时候，我……我好像听到了什么奇怪的动静。我当时就吓得跑回了家，将所有的门都反锁了，并且报了警。可是，当我听到你严肃的声音时，我当时很害怕……所以就……就晕了过去……如果后面有男人来了的话，也许是房东吧。”

听完我的话之后，我注意到安德森警官脸上的表情，那分明就是一种极度厌倦的表情。“这样吧，我去外面看看。”说完，他从我的身边经过，然后朝门外走去。

我拎着那只纸袋子，然后飞快地跑到了卧室里，随后把它塞到了壁橱的顶层。就在这时，电话响了。我跑出去接电话，发现是艾洛斯打来的。

“亲爱的，吉姆他们正在往家里赶，他们打算运一箱啤酒回来，埃尔尼也会顺路把孩子带回去。”

“他们从你们家离开了？”

“是的。”

挂断电话后，我又开始琢磨：他们已经离开了，离开多久了？

这时，有人在敲后门。

我打开门，安德森警官就对我说：“这边看起来一切都很正常啊。”

我在心里祈祷着：警官先生，你赶紧走吧，埃尔尼一会儿就回来了。你要是看到他，就会发现他正是报纸上画的那个人。虽然他比之前胖了，而且换了发型，留了胡子，但你的火眼金睛一定会看穿这些的。

“那么，很抱歉，打扰你了。”

“没事的。”说完，我就准备把门关上。

可他又回过身来，对我说：“考克兰太太，这件事太奇妙了，你害怕的时候可能会吓得说不出话，还可能发出男人一样的呼吸声。”说完之后，就朝外面停着的警车走了过去。

我清楚地听见，警车的马达声和另外两种声音交织在一起，一个是教堂报时的钟声，另一个则是吉姆那辆旧车的马达声。我告诉自己，现在要尽量保持放松的状态，于是我的双手放在胸前，紧紧地握着，从表面上看，既像是在畏惧着什么，又像是在祈祷着什么。

这时，我透过窗户看到了回来的埃尔尼，他将两个孩子从卡车上抱了下来，这种场面看上去让人觉得温馨无比。加上大雨过后，阳光初露，人间的烦恼似乎跟着浓密的乌云一块儿消散了。当埃尔尼和两个孩子一块儿出现的时候，我瞬间有种冲动，将今天白天脑袋里回想的种种情形统统推翻。

埃尔尼让丽兹坐到他的肩膀上，然后朝后门走了过来。在门口，我们两双眼凝视着，互相望着对方。

我看着他的眼睛，心中觉得有些疑惑：他的眼神中透露出一种严厉，就像隐藏在温柔碧水之下那块坚硬的岩石。平时，他连说话的语气都是温柔的，但现在，他也一改常态，用一种略带严厉的话语问：“刚刚有辆车从这里开走了，那个人是谁？”

“一个……一个卖小人书的。”我有些结巴地回答。

“看来他推销了很久啊。从古姆路拐弯过来的时候，我就发现那辆车了。”

“没错，他确实挺健谈的。”

“已经五点五十了，再过一会儿，我们就得打扮打扮出门了。”埃尔尼看完钟之后说。

听到“打扮”这个词，我的心顿时紧绷起来——我还没洗裤子呢！“埃尔尼，”我非常谨慎地说，“昨天晚上你穿的那条灰裤子，你还有印象吗？”

说完后，我有些心虚地看着他。他的嘴巴又抿着了，是不是比之前抿得更紧了？我连忙解释道：“我想了很多办法，但还是没把那些油漆去掉。我打算直接洗掉它。”

埃尔尼仍旧没有说话。

“要不，你穿那条棕色的吧，我去给你熨一熨？”

这时，他终于开口说话了，“现在你有没有觉得好一些？”

“嗯，好些了。”

“我听艾洛斯说，你下午去了趟银行。你去干吗了？”

这下，轮到我不知道该说什么了。

“你打算取钱去买衣服？就是我们上次看到过、也谈论过的那件？”

我摇了摇头。

“这没什么，那些钱毕竟是我们俩的。”

我连忙说：“不要再提那件衣服的事情了，它已经惹出很多麻烦了。将昨天晚上发生的事情统统忘记吧。”

埃尔尼轻轻地说：“其实，我也是这么想的。”

“我现在想帮你熨一熨那条棕色的裤子，不过我……我的头……头仍然很疼，而且，我暂时找不到帮我们照看孩子的人……”

“如果你去不了，我也不会去的。”埃尔尼回答得很果断。

我最终还是决定跟他一块儿去参加晚上的聚会，毕竟这是一种拖延计，能够很好地避免和他单独相处。而且，我想好了，让加拉赫太太来帮我们照看孩子。

安排妥当之后，我就会和埃尔尼去吉姆家，我们也会和平时一样有说有笑的。等男人们提议去客厅玩扑克的时候，我就会找个借口脱身，说孩子在家，不是很放心，想回家看看。

我的计划是：溜回家之后，就带着孩子，开车回老家，然后把整个事情跟我的父亲交代清楚，随后将裤子给安德森警官寄过去，而且我还会在裤子里放一张纸条，告诉他这条裤子的主人是埃尔尼·考克兰。这样一来，所有的问题就都解决了。

我给加拉赫太太打了电话，她说很快就会到。我决定去车库发动汽车，然后直接去接她。可正当我走到车库门口时，我听到了一点轻微的响动。埃尔尼在那儿！他此时正背对着我，一边吹着口哨，一边用油腻腻的布在擦拭着什么。

我当时就愣在那儿了。不过，他好像早就发现了我一样，慢慢地转过身，但手里的活儿并没有停下来。我随即强迫自己不看他的眼睛，让自己的视线慢慢地转移下来，先是到他的肩膀，再到他粗壮有力的手臂。等我看到他手上的时候，我不由得一惊——他油腻腻的手里握着的，正是那个失踪了的千斤顶，现在已经被擦得锃亮了。

这时，教堂的钟声又响了。此时，已经是下午六点了。

埃尔尼认真地看着我，也不再吹口哨了，“你看起来脸色真的很差，医生有没有过来给你看病？”

“你给医生打过电话吗？”

他的眼睛闪了一下，然后说：“亲爱的，你看到我打的。对了，”说到这里，他摆了摆手，说，“在家里打的时候，电话是占线的，后来在修理厂，我又打了一个。”

“可当时，你告诉我，你打了电话！”

“我只是不想让你着急而已。告诉我，医生来过了没？”

“我给医生打了电话，告诉他可以不用过来了。对了，我得去接加拉赫太太了。我可不希望因为我的问题让你也被迫留在家里。”我淡然地回答。

“我觉得……我们还是留在家里比较好，因为，你看上去……感觉……太奇怪了……”

听到这话，我不自主地笑了起来，“这话你说了一天了。这个千斤顶哪里来的？”我尽量调整自己的语气，让我自己看起来像个正常人。

他没有说话，只是慢慢地朝我走了过来，然后抓住我的肩膀，一把将我抱到了他的怀里。他手里那块油腻腻的抹布碰到了我的一只手，而那只擦得锃亮的千斤顶则碰到了我的另一只手，一阵冰冰凉凉的感觉传到了我的心里。此时，他开始激烈地吻我，我也只能顺着他的意思，让自己的表现看起来更加自然。

“看起来挺好的啊，”说完之后，他将我放开，然后继续开始擦千斤顶，“其实，每次吵架都会让我感到很不舒服。”

我那麻木的内心突然浮现出一丝怜悯：埃尔尼，你心里是怎样不舒服的？这个世界上有很多人，他们其实跟埃尔尼一样，内心深处都被极度地扭曲了，以至于自己都无法直面。一旦他们内心觉得不舒服，他们就会做出非常残暴的行为。他们就是精神变态的人。

我看见他正往汽车的尾箱走去，“埃尔尼，你要干什么？”

“把千斤顶放回去啊。”

此时，我的脑袋里飞快地想着：后备箱有没有锁？应该锁了吧，不然当时警官在巡查的时候应该会发现的。想到这里，我突然喊了一句：“不要！”然后朝他跑了过去。

“真该死，”埃尔尼拉了一下车后盖，发现是上锁的，然后又轻声地问，“车尾箱的钥匙哪去了？”

我一把拉着他的手，微笑地说：“到时候再放吧，现在还得参加聚会呢。”

他耸了耸肩，然后拿着千斤顶回到了车库，随手将它放在了工作台上，然后说：“我真是搞不懂你。”我能感觉到，他好像对此有些厌烦了。进屋之后，他直接去了卧室。等浴室里传来了淋浴的声音之后，我跑到厨房，把钱包从架子上拿了下来，取出了里面的旅行支票，并且和剪报放在了一块儿。随后，我把钱包放进了最底下的烤箱里，并且盖上了盖子。

过了一会儿，埃尔尼洗完澡了，而且加拉赫太太也来了，她正坐在电视机前看电视。“走吧，我们一会儿开吉姆的车，这样刚好能顺路把车送回去。”埃尔尼说。

我完全没想到埃尔尼会做出这样的决定，但我内心还是非常高兴的。如果开的是自己那辆旧汽车，不论埃尔尼当时打牌打得多么投入，他也能够清楚地分辨出那辆汽车的马达声。

一路上，他的车子都开得很慢，但噪音并没有随之减弱太多。我大声地说：“早上我买完东西，想把东西放进后备箱的时候，发现了一件奇怪的事情，千斤顶居然没有放在后备箱里。”

说完之后，我偷偷地看了一眼埃尔尼，我想看看他听到这句话会有什么反应。

“当然不会在。”

“那是为什么？”尽管我心里非常害怕，但我仍旧得问。

他两眼直直地盯着前面的路，说：“脏了啊，拿出来擦一擦。”

“放在那里没怎么用的千斤顶也会脏？”

“只要是个东西，它就可能变脏。”

“不过，我到处都没找到它。”

“你到处找了？”他转头看了看我。

“嗯，如果汽车轮胎坏了，我也许能用得上。”

听到我这句话，他笑了笑，说：“这一辈子，你都还没换过轮胎呢。”

“那又怎样？说说而已嘛。”说完，我也勉强让自己笑了笑。

他没有多说什么，只是简单地回了一句：“嗯，我知道。”

到了吉姆家之后，我们把车直接停在外面的马路上。当埃尔尼将发动机熄火之后，一阵聚会的欢闹声从院子里传了出来。

要是埃尔尼真的是我假想的那种人，那他现在肯定已经猜到，他可能在我面前暴露了。也许他现在在琢磨下一步计划了，只要我们再次单独相处，只要时机成熟，他可能就会对我动手了。

埃尔尼打开了卡车的门，然后说："看来你对那个东西好像很感兴趣，告诉你吧，这三天，千斤顶都放在修理厂，就在工作台最顶层的架子上。"

我没有作声，只是跟着他一起走进了吉姆家的大门。在所有人看来，埃尔尼和莎拉，我们俩绝对是一对模范夫妻。

就在刚刚走进院子的这一刹那，教堂的钟又开始报时了。现在是晚上七点。

院子里有很多人。当我觉得自己正被一群好朋友围绕着的时候，内心突然感觉到踏实多了。这样一来，埃尔尼就无法伤害我了，而且我再也不用为那些奇怪的念头担心害怕了。

这就好像牙疼一样，一旦不疼了，就会让人感到非常舒心。尽管牙疼可能会在将来再次袭来，甚至你可能面临做出拔牙的选择，不过，至少现在这一刻，它不会让你难受了。这种感觉真好!

可是，晚饭的饭桌上，吉姆的一句话又让我感到浑身不舒服了。"……居然还没有任何线索。这种事情究竟是什么样的怪物做出来的？而且做得滴水不漏。"

"啊，别说了，吉姆……"艾洛斯大声地喊道。

埃尔尼看了看我，然后问："莎拉，你怎么了？"

我故意低着头，装作没有听见一样。

之后，我们一起吃饭，一起收拾桌子、放唱片、喝啤酒，最后我们还在不太平整的地面上一起跳舞。车库旁的聚光灯投下了一支光束，照亮了院子里的所有人，显得人影幢幢的。可是，埃尔尼并没有走到我的身边，他甚至连跳舞都没有邀请我一块儿。

没过多久，男人们就像约好了一样，齐刷刷地走进了客厅，他们要开始打牌了。而女人们则都齐刷刷地仰面躺着，我也跟着躺了下来，眼睛目不转睛地盯着天空发呆，好像这是第一次看到天空一样。

我是穿着一身黄色的晚礼服，戴着一条白色的围巾来参加聚会的，难道我得穿着这身行头，带着我的两个孩子逃回老家去吗？而且，我难道必须离开我的这些好朋友，翻过我曾经想都不敢想的座座高山，穿过一望无际的大沙漠，逃到相对安全的中西部地区？

此时，我突然意识到，我根本用不着这样做。艾洛斯的房间里就有电话，我完全可以打电话报警，而且我身边的朋友都在，他们一定会保护我的。我甚至可以将这些事情统统都告诉吉姆，我相信他能把事情处理好的。但我仍旧只能躺在椅子上，一只脚搭在另一只脚上，双手合抱在胸前，望着天空默默地发呆。不过，我最终还是说服了自己，不能那样做。

我可以选择在不惊动埃尔尼的情况下，悄悄地逃走，因为我不打算告诉朋友们，我的老公，埃尔尼，居然是个凶残的杀人犯。

"喝杯柠檬汁怎么样？"一只手搭在了我的肩上。原来是艾洛斯。

我点了点头，然后站起身来。屋外一片漆黑，我们就在这里静静地喝了一杯柠檬汁。

我意识到这是个好机会，于是低声对艾洛斯说：“我可能得回一趟家。你也不用为我担心，因为加拉赫太太……”

她没有多说什么，只是轻轻地拍了拍我的肩膀，然后对我说：“没问题，回来的时候，带点冰块过来吧。”

我点了点头，然后直接朝门口走了过去。这时，钟声又响了，而且听得特别清楚。我加快了步子，从房子边上绕了过去，随后，我看到了漆黑的街道，一盏灯都没有亮的街道。

昨天，埃尔尼感到不舒服，所以才跑到这样一个漆黑的地方，发泄自己的不满。他昨天晚上就是趁着夜黑干下了那件事情。而且他相信，当时不会有人看见他，而人们发现现场，至少也是天亮以后的事情了。

这时，我感觉身后传来了一阵脚步声，虽然听起来并不急促，但步伐明显比我的要大，而且这个声音离我越来越近。

我意识到，有人在跟踪我。我决定加快步伐，然后变成小跑，直到最后，我开始向前狂奔。可是，我也清楚地听到，我后面的脚步声也变成了跑步声。当跑到家门口时，我只感觉眼冒金星，上气不接下气。正当我一手握住门把打算开门的时候，一只手紧紧地抓住了我的肩膀。我回头一看，果然是埃尔尼站在我的后面。

我随即惊声尖叫起来，埃尔尼伸出了另一只手，将我的嘴捂了起来。

加拉赫太太随即打开了门，喊道：“你们俩在搞什么，都快把我给吓死了。”

埃尔尼也跑得气喘吁吁的，但他很快就调整了呼吸，平静地说：“真是抱歉，我刚刚跟妻子在进行跑步比赛呢。”

我尽量抑制住自己激动的情绪，然后冷静地说：“一会儿，埃尔尼会送你回去，之后，他会过去参加晚会，我实在太累了，我要睡觉……”

“我也想睡了。”埃尔尼将围巾裹在了加拉赫太太身上，说，“加拉赫太太，我先送你走吧。”

我随后将门关了起来，靠在门板上发呆。我的东西此时正放在门外的那辆旧汽车里。“天哪！我该怎么办！”我大声地问自己。

过了一会儿，前门发出一阵轻轻的开门声，随后又关上了。屋里很安静，我能够清楚地听见埃尔尼的呼吸声，外加门插销的叮当声。一阵沉重的脚步声慢慢地靠近我，和当时我在街道上听到的声音很相似。只是，他慢了一步，所以最后在家门口追上了我。如果他在漆黑的街道上就追上我了，那又会怎样呢?

我低下了头，看着自己身上这身黄色的晚礼服，一种无奈的情绪涌现出来：我根本不可能穿着这身衣服逃跑，我只会穿着它，然后静静地死去，鲜艳的黄色会变得暗淡，而白色的围巾也会变成红色，至于我的头发……我都不敢想下去了。

“你在做傻事吗？”埃尔尼站在门口看着我说。

我点了点头，显得非常木讷。

“你到底要去哪里？”埃尔尼不解地问。

“你是怎么知道的？”

“我当时经过厨房，艾洛斯告诉我的。”

我呆在那儿，沉默了很久。

此时，埃尔尼冷静地对我说：“在昨天晚上发生了那件事情之后，我觉得你应该想明白了。”

“你说的是昨晚的什么事？”

“高尔夫球场里，一个女孩被杀。”

“嗯，我知道。”

“如果一个人开了杀戒，他就很难克制自己不杀人。”

“我明白。”

埃尔尼在屋子里走动着，但始终没有走近我。我则静静地留在原地，一双手死死地抓着水池的边缘。

“这件事情，我们是不是得解决了？”

“什么事情？”

“我就想知道，这一整天你到底在想什么？”埃尔尼有些急躁地问。

我差点没冲他吼出来。我真想痛快地告诉他：你赶紧去拿刀子吧，赶紧去拿千斤顶吧！你倒是动手杀了我啊！反正千斤顶你都擦干净了！快啊！

但我并没有这样做。我仍旧待在原地，一言不发。

“我上床了，我在床上等你。”埃尔尼说完之后，转身去了卧室。这让我非常吃惊。不过，我转念一想，他应该是想在黑暗中动手吧。

我无力地走进了客厅里，然后随便摸到边上的一张椅子，一屁股坐了下来。不管怎样，现在算是解脱了。我对一会儿可能发生的事情做了各种猜测：他可能一会儿就睡着了，可能他今天不打算下手了，也可能想等我睡着之后再下手。

我心中是多么希望，他很快就睡着了。这样一来，我就有足够的时间报警，甚至能够带着孩子从他的身边逃走。想到这里，我立即将双眼紧闭了起来，然后不停地在心中祈祷着奇迹的发生。

我在客厅里呆坐了一会儿，然后打开电视，并且将声音调得很小。此时，电视正在播报晚间十一点的正点新闻。我开始都没在意播音员到底在说些什么。可是，一段对话直接将我从游离的状态给拉了回来：

“……警方成功地破获了这起案件。犯罪嫌疑人是一名年仅十六岁的男子，他才从精神病院中逃了出来。他承认跟踪玛丽·亚当斯长达一个星期的时间。而且就在昨天案发之前，他还盗窃了一辆汽车，并且将亚当斯哄上了车。而且对于他驾车去往阿诺顿高尔夫球场的行为，亚当斯并没有表示反对。对于具体实施犯罪行为的经过，他的表述非常混乱。不过，他最后带警察去了丢弃作案工具的现场。凶器是一根高尔夫球棍，在案发过后，他将凶器藏在了汽车的行李箱中。至于他谋杀的理由确实让警方大跌眼镜，因为他不喜欢长得漂亮的姑娘。其他细节，警方还在侦查中。下面播报天气预报……”

我立即关掉了电视。此时，我觉得全身一阵滚烫，仿佛血管里流着的是煮开的牛奶一样。我仰靠在椅子上，突然觉得一阵头晕。直到在椅子上呆坐了很久，我才渐渐地站起身来，并且觉得浑身疼痛。

此时，埃尔尼正静静地躺在床上，他在耐心地等着他的妻子。他不理解自己的妻子为什么会有这样的举动，这让他很是受伤。

而我也觉得，这种疼痛的感觉变得越来越强烈，我甚至觉得善良的埃尔尼非常可怜。我第一次觉得自己仿佛杀了人一样，而且是进行了一场谋杀。出于一种猜疑和不信任，我谋杀了我的丈夫，将他由一个正常人活活地变成了一个怪物。

在我的心底，我仍旧相信，埃尔尼是一个好人，所以，自始至终，我都没有出卖他。我没有将我的怀疑告诉安德森警官，也没有跟吉姆或者是其他的朋友透露过一丝一毫。

憋了一天，我的眼泪终于奔涌而出，完全止不住。我踉踉跄跄地来到卧室里，慢慢地摸索到了埃尔尼的床边，然后直接扑倒在床上。

我一遍遍地重复着说：“原谅我……原谅我……”

埃尔尼一把将我搂到怀里，问：“亲爱的，你要我原谅你什么？”

顿时，我觉得这是最为恐怖的事情，因为我不可能将这件事的实情告诉他，永远都不能。我只能独自承担这种羞耻和内疚，而且以后都是如此。如果他知道我怀疑他，哪怕这种怀疑只有短短的一天，也会给我们的生活带来不可挽回的伤害。

我哭了一会儿之后，慢慢地停了下来。

埃尔尼看着我，说：“你知道吗？我觉得今天特别可怕，你整天都以一种极为奇怪的眼神看着我，打电话的时候，你的语气也非常冷淡。今天中午的时候……噢，亲爱的，你都快把我吓死了。”说完之后，他就开始不停地吻我，吻了很长时间。

“下午的时候，我曾经打了一个电话回来，但是你不在。不过，我意外地看到了那个男人，他长得非常英俊，而且看起来极为自信。之前放在架子上的那个箱子不见了，但你又不让我打开车尾箱……”一连串的话语可以看出，埃尔尼其实也感到非常困惑。他认为，我言行举止变得异常，可能是我不再爱他，想要离开他的迹象。

我觉得心里有一种温柔将要喷薄而出，这种温柔甚至让我心痛。我想告诉他，不用瞎想，放心就行。但我绝不能将实情告诉他，否则还不如杀了他。所以，我什么也不能说，除了默默地吻着他。

我依偎在他的怀中，闭着眼睛，静静听他那满足的呼吸声。我也试图让自己的呼吸变得轻松，因为我现在再也不用提心吊胆了。

一阵甜蜜而温柔的钟声传了过来，现在已经是晚上十二点了。我的睡意也渐渐起来了。我决定了，明天我要去做炖菜，做埃尔尼最喜欢吃的炖菜……

旅行支票暂时还放在烤箱里，等明天早上，我再把它们拿出来。漫长而可怕的一天终于结束了……

可是，就在我要睡着了的时候，我猛地从床上坐了起来，一双眼睛在黑暗中瞪得大大的，我惊慌地想到，烤箱里有……

“警察局长汉普顿·琼斯在仔细勘察完现场之后，认为这宗案件与发生在五年前的一起凶杀案非常类似，那起案件的受害者希姆斯当年也只有十八岁，而且遇害现场也是在一家高尔夫球场。不过，警方当时在现场查获了犯罪凶器——一只车用千斤顶。

“右边的人像是根据目击者对犯人的描述所绘制出来的，据目击者称，该名男子曾与希姆斯小姐一同从堪萨斯城的酒吧走出来。”

十一月，西海岸的洛杉矶仍旧阳光灿烂。

我正站在法院的台阶上，我的继母诺玛·克鲁格还有她的情夫鲁斯·泰森携手从楼里走了出来。法庭内挤满了旁听者和媒体记者，尽管如此，陪审团仍旧做出了一项令众人惊讶的“无罪”判决。对于这个结果，我感到愤怒无比，气愤地冲出了法庭，因为我很清楚，我的父亲就是被他们谋害致死的！洛杉矶的空气已经被污染得糟糕透顶了，如果要说比这更让人难受的，莫过于这极不公正的糊涂判决了。

诺玛身穿一件非常朴素的白领蓝色上衣，她故意在台阶上停了下来，这样显得她端庄无比。她的身边围了很多记者，还有那些正在不停寻找拍摄角度的摄影师。她站在嘈杂的人群中间，深深地吸了一口气，然后用一种胜利的眼光看向城市的远方。

我的父亲叫道夫·克鲁格，当他被谋杀的时候，已经六十五岁。诺玛今年三十六岁，拥有迷人的身材，浑身上下都透露着非常性感的气息。正是这样一个女人，在法院庭审的过程中，装出一副端庄淑女的样子，并且用轻言细语的说话方式赢得了男性陪审团的一致好感。

当然，不得不承认，她确实有这种“姿”本：一头亮闪闪的褐色秀发，面部五官精致细腻。那双性感的嘴唇能够完美地配合她的表情，做出各种迷人的微笑。这也是她那张脸上唯一能够笑的部位。一双蓝色的眼睛永远发出冰冷的目光，而突出的尖下巴更像是一把冷酷无情的手枪。

诺玛转过脸，面带甜蜜微笑地看了看人群，那种笑容极富内涵，简直深不可测。随后，她快步地从台阶上走了下来。而那个泰森更像是她的一只宠物，服服帖帖地跟在她的身后。同样是那个陪审团，也判定他是无罪的。他跟那个女人一样，都被无罪释放了。

诺玛走到了我的身边，她有些犹豫，脚步也随之停了下来。自从她和那个男人被捕之后，我们之间就没再说过任何一句话。她心里非常清楚，我是多么痛恨她。事实上，我也不止一次地用沉默和极度厌恶的眼神向她表明了我的态度。

我冷冷地对她说："真得恭喜你了，诺玛。"

她很快地扫了一眼身后记者们那充满怀疑的脸，随后面带微笑，非常甜蜜又不失谨慎地跟我说了一句话，那些话像是经过了反复斟酌之后才说出来的。"卡尔，真是太谢谢你了。我对于这个结果非常满意。你知道的，我们的司法系统非常公平，所以对于审判的结果，我是发自内心地接受。"

"诺玛，我恭喜你，并不是因为这次的审判结果，而是为你的聪明，以及到目前为止，笼罩在你身上的这一份幸运。"

她微微地侧过头，这样一来，她就可以用侧面对着记者，然后悄悄地咧开嘴，压低声音，笑着对我说："只是到目前为止吗？要知道，任何一场比赛结束的时候，都是赢的人笑，输的人哭。"

此时，我看着她那伸出来的傲慢的下巴，真想猛地伸出一拳，重重地打过去。

旁边的一位摄影师此时朝我喊道："克鲁格先生，你要不要和你的继母一起来一个合影？"

"行啊，我觉得有一个道具会比较好，你手里有刀吗？越长越锋利的越好！"我回答道。

此时，整个人群都被一阵紧张的气氛笼罩，大家都沉默着，但诺玛就像一个演员一样，开始在众人之前表演着。"卡尔，我亲爱的孩子，看来你刚刚受到了太大的刺激，你现在看起来太过于偏执了。不过，在这种情况下，我觉得你有这种反应是再正常不过的了，所以我根本不会责怪你的。"说到这里，她停了停，然后接着说，"亲爱的孩子，我觉得，我们还会再见面的，对吗？"

我冷冷地回答："我想，除非你从我的房子里搬出去，否则我们永远都会生活在一起的，这样一来，你永远都无法避开我。"

这时，诺玛突然闭上了嘴，并且将脸扭了过去，我此时只能看到她的后脑勺，而且我似乎能清楚地看见，她脑子里的零件似乎突然停止工作了。

人群中，一个身材魁梧的女记者向诺玛提了一个问题，她看上去真的和男人一样结实，"克鲁格太太，我们想知道，你是否打算在不久的将来和鲁斯·泰森结婚？"

诺玛转过头，打量着站在一旁的泰森，那种眼神，仿佛将他视为一个还没把玩就被丢弃的玩具一样。更讽刺的是，他和我年纪差不多，比诺玛还小三岁。他的头发也是褐色的，有着一张圆圆胖胖的脸，棕色的眼睛，大大的嘴巴，看起来就像一只温顺的哈巴狗，特别是现在，还咧着嘴在一旁傻笑呢。

随后，诺玛很谨慎地对那名魁梧的女记者说："这个问题恕我无可奉告，我只能说，就目前的情况来看，谈婚论嫁可能有些不合时宜。"之后，她便转身离开了，脸上还洋溢着十分得意的表情。泰森和刚才一样，紧紧地跟在她后面，而记者则一直围绕在她的两侧，紧紧地跟着她的脚步，试图问更多的问题。

我在亲眼看着他们两个人打车离开之后，跑到了附近的一家酒吧里，打算排解内心无法抑制的愤怒。在那家酒吧，我一共喝了四杯马提尼酒，然后我开始回顾那还在冒烟的记忆，试图在杂乱不堪的废墟中找到一丝线索，从而开展我的报复计划。

整个审判的时间长达六个多星期。法院对泰森是否有罪的判定直接影响到诺玛的自由，因此，她邀请了非常著名的麦克斯维尔·戴维斯律师，让他来为泰森做无罪辩护。这是一个正儿八经的黑律师，曾经通过自己出色的辩护才能将无数杀人犯安全地送回了社会，在这个方面，没有人能够超过他。他自己也曾经自夸道："哪怕有人在刑侦科的办公室里用枪杀死了他自己的亲生母亲，我也能让这个人无罪释放。"

但为诺玛辩护的律师则没有那么大的名气，不过所有的费用都是诺玛一个人支付的。

其实，按理来说，这桩案件的脉络非常清楚，哪怕是在法学院就读的学生都能轻易地列举一系列法律条文，将诺玛和她的情夫钉死在法律的十字架上。

我的父亲是老一辈电影界里的名人，他是一名出色的制片人兼导演。我的父亲死于自己家的客厅里，死因是枪杀。从案发现场的状况来看，这起枪杀案像是在偷窃的过程中发生的。不过，警方在勘察过现场之后，立即认定，诺玛和泰森故意伪造了偷窃的现场，他们这样做，只不过是为了掩盖谋杀的真相。

原告认为，诺玛之所以会去位于箭湖的别墅，就是为了制造不在场的证明。当泰森残忍地枪杀我父亲的时候，她正好在箭湖招待她的几个不在场证人。之后，泰森还顺带抢走了我父亲的钱包、钻戒以及家里一切值钱的物件，并且将他的桌子强行推倒，打坏了家里的电灯，把抽屉拉开，并且翻得一片狼藉之后才逃离了现场。

起初的时候，警方觉得很不理解，进而开始怀疑这件事情。因为按照常理推论，我的父亲当时应该坐在椅子上阅读。因为第一粒子弹是由后脑勺打入的，所以他会向前倒下，这样一来，第二粒子弹才打断了他的背脊骨。

那么嫌犯为什么还要推翻桌子、打坏电灯，将这样一个出其不意的谋杀现场伪装成打斗现场呢？如果真的是小偷的话，不到万不得已、没有退路的情况下，是不会起杀心的。这简直不合常理。

小偷不同于劫匪，他们一般是不会携带枪支的，哪怕是带枪，也不会带那种非常笨重的长管德国造手枪。可是事实上，我的父亲就是被这种枪的子弹杀害的。不过，我的父亲刚好拥有一支这样的手枪，这会不会是巧合呢？恰巧，我父亲的这只手枪失踪了，这会不会也是巧合呢？

警方并不这么看，所以他们之后又进行了一系列的周密调查。后来，他们根据线索，找到了泰森，继而牵出了诺玛。而且经过仔细搜索，泰森的公寓里还藏有一张破旧的便条。虽然没有提及什么具体的事情，但便条上写着"……在那个重要时刻，诺玛想让自己待在箭湖的别墅里"。

而且，警方在案发现场被推倒的一张桌子上提取到一枚完整的指纹，经过鉴定，那正是泰森的。而且有人指正，案发之前的一个小时，有人曾在案发现场附近看到过泰森的身影。

对于警方列举的这一系列证据，麦克斯维尔·戴维斯以一种非常轻蔑的态度一一进行了分析，并指出了证据中存在的漏洞。

首先，泰森的指纹存在于案发现场的桌子上，这并不奇怪。他毕竟是家庭证券的经纪人，会经常出入于死者的家中。哪怕他来的目的不是因公，而是来看诺玛的，这也不能说明他与这起案件有直接的关系。陪审团需要明确一点，被告现在被指控的是谋杀而不是通奸。

第二，德国手枪根本不能说明问题。小偷很有可能在书房的抽屉中找到了那支手枪，并且在用它杀人之后，将枪带出了现场。没有人知道枪到底去哪儿了，警方也无法给出一个具体的说法。而且，警方也不能证明，死者就是被他自己收藏的那把枪所杀害的。

第三，那张便条由于内容过于含糊，根本就不能充当策划犯罪的最有利证据。而且便条上的内容根本就没有暗示任何有不良企图的内容。相反，死者本身倒是有重大嫌疑。据了解，死者生前前往欧洲的时候，曾经雇用了一名私家侦探，主要负责监视诺玛的行踪。这件事情后来被诺玛知道了，所以她希望能赶在丈夫返回之前就顺利地回到箭湖别墅，因为她很清楚，那个私家侦探很有可能将她有婚外情的事情告诉她的丈夫。她因此而感到担惊受怕，这便是便条中提到的那个"重要时刻"。

在听完戴维斯的辩护词后，陪审团立即宣布："诺玛和泰森是无罪的，应该立即释放。"

判决结果会影响到一件重要的事情。因为诺玛一旦被陪审团认定为有罪，那么她将无法继承我父亲的财产，而那笔财产也将统统归我所有。

事实上，我的父亲在生前就已经将他的一部分股票、比福利山大厦一半的产权和其他形式的一部分财产给了我，剩下的大部分财产只是暂时交付给我代为保管，而诺玛则享有这笔财产所产生的利息。如果诺玛不幸死亡或者被判定为有罪，这部分财产才会归我所有。

生前，我的父亲是一个精明的投资者，他顺利地赚了一大笔钱。由于父亲平日并不挥霍钱财，所以他攒下了七百万的财产，并且留了一百万的现金给了诺玛。其实，每年可以拿走六百万的年利息已经是非常可观的一笔收入，但贪婪的诺玛根本不知足，对于"区区"一百万颇有微词。

我的父亲没有将这笔钱留给我，我并不感到意外。之前他资助了我几次商业活动，但最终都亏得一塌糊涂。不过，作为他的骨肉，我理应能够获得那笔钱！不过，有一点我确实很难以接受，那就是在自己的儿子和狡诈残忍的诺玛面前他居然选择了后者。

他们俩结婚的时候，我的母亲已经去世很长一段时间了。我父亲曾经投资过一部低成本电影，诺玛在那部影片中担任了一个小角色，演技烂到真的无法评价。不过，在审判席上，她的表演是非常出色的，超过了她出演的任何一部影片。

诺玛最擅长的就是讨好别人，而且懂得抓住机会，因此在很多男人眼中，她魅力十足。由于我的父亲非常固执，对于新时代的电影界非常排斥，所以他在事业上自然受到了重大的打击。之前很多曾经对他赞不绝口的电影巨头此时也纷纷和他疏远了关系。就在这个时候，诺玛公开声称她对于我的父亲颇有好感，并且在私下的生活中装出一副崇拜的样子，说我的父亲是一个被世人抛弃的天才，以此来博取我父亲的好感，而且愿意一连花上好几个小时，在那栋古老的大厦中，和我父亲一同观看曾经由他亲自导演拍摄的影片，好让我的父亲错误地认为，他们之间是有共同语言的。

事实上，诺玛和我的父亲结婚，纯粹就是为了钱，但我的父亲愿意和诺玛结婚，则是因为诺玛让他重拾了事业的信心。

我父亲天生就是一个古板的性格，说话非常生硬，不注重讨好他人，因而很难讨人喜欢。他的身材虽然魁梧，但长相实在难以称得上是好看。秃顶暂且不说，一对硕大的招风耳让人总觉得有些奇怪，一副面无表情的面孔更是让人难以接近。

他其实也有轻松快乐的一面的，但这种状态就跟他昔日的名声一样，消失得无影无踪了。他的报复心很重，对于每一个敌人他都会铭记在心。此外，他还有些刚愎自用，为了恢复曾经在业界的声誉，他甚至不惜任何代价。尽管他后来重新拍摄了一部新的影片，但惨淡的票房收入很快又让他淡出了人们的记忆。

尽管诺玛不停地试图讨好我的父亲，但他们的婚姻生活过得并不算幸福。我父亲其实非常清楚，他并不是一个能讨女人喜欢的人，加上诺玛年纪差不多只有他的一半大，他对此也是嫉妒不已。此外，他还很多疑，认为诺玛平时并不忠心于他，所以也花费了大量的时间和财力来证实这种猜疑。

他最常做的事情，就是假装要出远门，然后不打招呼地突然回来。有的时候，他只要外出不在家，就会派私人侦探对诺玛进行监视。他也在电话上装过窃听器，甚至还用钱买通了一个英俊的过气男演员，想让他去勾引诺玛，以此来检验她是否真心。

但诺玛也是一个非常机警的人，她很早就觉察到了这一切，所以父亲之前想的那些招数统统没有起作用。最后，确实有一个私家侦探发现了诺玛和泰森的事情，不过，那个侦探还没来得及将这件事情告诉我的父亲，我父亲就被残忍地杀害了。

父亲住的那栋比福利山大厦整天都是阴森森的，感觉很有历史感。一直以来，我都不喜欢住在那儿，所以我在一个叫布兰特伍德的地方另外租了一间公寓，我平时更多的时候都是住在那儿。不过，在我的父亲被杀，诺玛和泰森被抓之后，我决定搬回到那栋阴森的大厦里，我希望对整栋大厦进行一次彻底的搜查，然后找出潜在的证据。

好在我的父亲生前没有雇佣仆人的习惯——在他看来，仆人的话语太多，很容易将家里的信息透露出去——这对我的搜查非常有利。虽然我雇了几个仆人，但他们并不会留下来过夜，白天干完活之后，晚上就回家了，整栋大厦里晚上就只有我一个人，我可以利用这个有利的条件来进行仔细的搜查，希望找出一些被警察忽视掉的证据。

负责这个案子的警官叫温斯特洛姆，我将我的想法告诉了他，但他觉得这是一件非常滑稽的事情，告诉我不要在这上面浪费时间了。犯人是不可能将凶器留在现场附近的，很可能，那把手枪已经永远失踪了。

但我也说不清楚为什么，我的直觉告诉我手枪还藏在屋里，而且这种感觉很强烈。甚至，我一闭上眼睛，眼前就会出现那把枪的影子，那种感觉就像在告诉我，手枪正躺在这栋大厦里，就在某个黑暗而隐秘的角落里，赶紧去找吧！

我对大厦的每一个角落都进行了仔细搜查，就差没推倒每个房间的墙壁了，可并没有发现一条有价值的新线索，我渐渐地开始认同温斯特洛姆警官的话了，那只手枪可能真的永远消失了。而且整栋大厦里也没有丝毫的线索能证明诺玛和泰森是有罪的，哪怕连一张纸屑、一块破布、一丝血迹、一根毛发都没有。

审判的最终期限就要到了，我躺在床上，精神状态已经到了一种临近狂躁的边缘，我做梦都在想着能够找到一条让他们伏法的证据，哪怕是自己制造一条。最终，审判结束了，他们被判了无罪。法律不再会惩罚他们的罪恶，而他们逍遥法外的笑声却仿佛整天在我的耳际回响。

等我从酒吧出来的时候，已经是黄昏了。此时，一个冒险，甚至可以说是孤注一掷的计划浮现在我的脑海里。只要我的这个计划成功，我就能达到一箭双雕的目的，既能报仇，又能拿钱。

比福利山大厦就坐落在山坡上，挨着日落大道，看起来死板而丑陋，活脱脱像一个博物馆。我沿着山坡向上走着，突然发现，里面有一盏灯是亮着的。我朝大厦走了进去，里面居然只有诺玛一个人，这让我感到非常惊讶。她一个人坐在我父亲的书房里，在书桌边核对账单，签支票。今天，她身穿一件蓝色的紧身衣，这件衣服将她身体的轮廓展现得清清楚楚，她的发型很明显像是精心梳理过一般，并且仔细地化了妆。此时的她跟法庭上的她简直是判若两人，要知道，那天在法庭上，她看上去就像一个古板而羞涩的修女。

"诺玛，欢迎你回来。"我悄悄地走进房间，然后说。

她显得有些吃惊。不过，在她抬头看我的那一刹那，我发现，她的眼神中没有一丝恐惧感。这的确是我认识的诺玛，她果然胆识过人。

"怎么样，战利品多得数不过来了，要亲自点一点吗？"我嘲笑地说。

她只是微微一笑，然后冷冷地说："卡尔，随便坐，我就知道你肯定会来。"

"就知道？"我边说边坐到了旁边的一张椅子上。

"当然，这里可是你的家啊。难道不是吗？"她的话语中有很重的讽刺意味。

"没错，所以我希望你别在这里干扰我的生活。"我回答。

"卡尔，我知道，在很长的一段时间里，你都会非常恨我，会把我当一个坏人来看待。你知道吗？有的时候，你真的和那些自作聪明的记者很像，都爱捕风捉影。你怎么不想想，法庭上十二个聪明的男人都认定我是无罪的，你干吗不仔细检讨检讨你的判断呢？"

"很简单，这件事情你我都心知肚明，因为……"我伸出一根手指，指着她说，"我的父亲是被你谋杀的！"

"别在这胡说八道了！"她铁青着脸回答。

"枪虽然是泰森举着的，但扳机是由你指挥扣动的。"我继续补充道。

"卡尔，我是爱你父亲的……可能你都想不到……"她无力地辩解着。

"诺玛，少跟我来这一套，你跟我其实是一样的人，根本就不爱他！"我撒谎地对她说，"在我看来，他就是一个老古董，是一个老顽固，是一个愚蠢的暴君，他从来不会替别人考虑，整个眼里只装着自己的事情，就跟一个小王国中的希特勒那样。所以，诺玛，别装了，我们两个其实都一样，都痛恨他！”其实，我觉得，这堆谎言中还是有几句真话的，至少诺玛打算谋杀我父亲的时候，她差不多也是这样想的。

听到这句话，她果然非常惊讶，连忙喊道：“卡尔！你……你太让我意外了！我……我觉得你简直有点忘恩负义。你想过吗？你的父亲帮过你那么多忙，你居然……”

“别再装了，诺玛。”说完，我还朝他眨了眨眼，好像我是她的同谋一样。

听我这样说之后，她的嘴角突然挂起了一丝微笑，“也许吧，我可能是有一些虚伪。”她承认了这一点，然后继续说，“不过，你还真让我意外啊，你掩饰得太好了，我从来都不知道，你是如此痛恨你的父亲。我们在一起生活了这么多年，你可是连他半句坏话都没说过啊。”

“诺玛，这一次，我们不妨开门见山地说话吧。我们两个现在是敌人，噢，不对，应该说是竞争者。只要我当时将我的想法告诉你，你一定会如实地，甚至会加一些料地转告他。你会借着这个机会一把毁掉我，我没说错吧。”

她点了一根烟，舒服地往椅背上一靠，然后面带一丝微笑地说：“无可奉告。”当然，这一丝微笑出卖了她的内心，我看出来了。

她有些不解地看着我，问：“我有点不理解，既然你跟我一样，都这么痛恨他，为什么你还会如此仇视我？”

“诺玛，这个问题你居然都没想明白？我对你本人完全没有偏见，我只关注一点，那就是我的钱，那些原本就应该属于我的钱！实话告诉你，我是真心希望陪审团能判你们有罪！”

“你看看，你这人还真是心狠啊。”

“少来了，可惜啊，我没你们运气好，我失败了。”

“这么说，对于你父亲被杀这件事情，你根本就不在乎？”

我冷冷地笑了笑，然后说：“整个过程中，你看见我哭了吗？我告诉你了，我只在乎钱，只有钱才能保证我的幸福！不过，诺玛，我想告诉你的是：正因为泰森的干预，整个事情被弄得一团糟。如果这件事情是我们俩合作，最后根本就不会闹到法庭上，更不会有陪审团什么事。”

她坐在那儿一声不吭，两只眼睛死死地盯着我看。

“诺玛，你邀请麦克斯维尔·戴维斯来做辩护，是你做的唯一一件正确的事情，否则泰森必死无疑，而且会顺带牵连上你。他简直是太伟大了。”我继续补充说。

听我这么说，她似乎也非常认同，并且咯咯地笑了起来。

我也跟着附和了几声，然后说：“那个老家伙简直堪称艺术家了，他真是一个天才啊。在那么多铁证面前，他居然都能一一转到对你们有利的那些方面。就拿桌子上的指纹来说吧，泰森那个笨家伙居然把爪子印留在了桌子上。就当我们都以为泰森死定了的时候，戴维斯却机灵地说，指纹留在桌子上是理所当然的事情，因为他平时也会经常出入书房。只要坐在桌子边，就会留下指纹。”说完之后，我自己都不自觉地摇了摇头，表示出一副无比敬佩的样子。不过我随后又叹了口气，说：“这也是泰森愚蠢的地方，做这种事情居然都不知道戴手套。”

“不会啊，他应该戴了手套的，不过他不得不临时脱一下手套，因为……”诺玛试图为泰森辩解什么，她瞪大眼睛，张开嘴巴看着我，希望我在这时可能会淡淡地笑一笑，最好还能满不在乎地耸耸肩。但我没有这么做。

“诺玛，多谢了，”我随即怒吼道，“我想知道的就是这个！”说完，我直接走到了她的身边，怒火瞬间从心中燃起，恨不得直接一把掐死她。

她很警觉，立即将手伸进了半开着的抽屉里。我随即瞪大了眼睛，看着眼前的枪口发呆，没错，她手里拿着的，正是那把德国手枪。

她看起来很平静。“卡尔，我刚刚就跟你说过了，我知道你一定会过来。”

“这是我父亲的那把手枪！”

“你说对了，因为泰森根本不敢把它带出现场。可是，如果他被抓住了，并且从他身上搜出了这把枪，就算是有戴维斯，我们的罪也无法开脱。所以，最好的方法就是把它藏起来，而且就藏在这间屋子里。”

“不可能！你们藏在什么地方？我对这里如此熟悉，居然都没有找到。”

我注意到，有那么一瞬间，她似乎就快笑出来了，“冰箱你找过了吗？”

我点头说道：“这果然是个聪明的好方法，尤其是对两个业余凶手来说。真不知道，如果我把这些事情告诉温斯特洛姆警官，他该会有多吃惊。”

她重新坐了下来，但手枪依旧指着我，然后以一种嘲讽的口气对我说：“我想，你现在很想温斯特洛姆警官立马出现，然后一举将我逮捕，对吧？不过，你肯定得失望了，因为他根本就不可能过来。”

我点了点头，然后说:“你说得很对，他根本就不可能过来，而且我也很清楚，同一个案子，无法起诉第二次。所以呢？你现在打算一枪打死我吗？”

“卡尔，我可没有那么蠢，何必给自己找麻烦呢？你赶紧走吧，不要惹我。对了，我建议你出售手中持有的大厦股份，而我呢，愿意当个买家，用高价将你的股份收购进来。”

“我考虑一下吧，然后再告诉你。不过我建议，你现在最好把手枪给我，免得一会儿我硬抢的时候，不小心弄坏了你的脸。”

她起初还有些犹豫，不过最后很爽快地把枪给我了。我接过枪，直接别在腰间，随后走了出去。我心中一阵暗喜，计划的第一步进行得非常顺利，这甚至让我感到有些意外。

第二天早上，我告诉诺玛，见到她真是一件令我恶心的事情。随后，我以最快的速度收拾好自己的行李，搬回了在布兰特伍德租的那间公寓。我在那里仔细地考虑了两天，连计划最为细枝末节的地方都没有放过。等确定一些就绪之后，我给她打了一个电话。

“诺玛，我想好了，我愿意将手中持有的大厦股份全部卖掉，不过你得按你所说的那样，高价收购我的股份，而且我相信，你有足够的钱。”

“嗯，不过这栋大厦用处不大，而且这种古老的房子基本上不会有什么人愿意买。我曾经听他们说过，我最多能从中获得七万五，所以我愿意出五万买下你的股份，这可是大手笔，成交吗？”她狡猾地对我说。

我承认她所说的，于是回答道：“没错，那栋房子不值什么钱，但你看到的不应该只有这些。那儿还有差不多一英亩的地皮，如果连同大厦一块儿卖，你的收成应该不错。我也出个公道价，十万，你觉得能接受吗？”

“应该不错？”

“你没听错，我是这么说的。另外，我告诉你，我只要现金。”其实我并不需要现金，不过我这样要求，另有目的。

“你要现金做什么？这种要求你不觉得很荒唐吗？”她的语气显得有些不安。

我没有理会她的问题，认真地对她说：“我明天晚上八点要见到现钱，所以你最好赶紧去银行取。对了，记得让泰森把出让证书带上，我得在证书上签字。而且他还可以扮演一个重要的角色，那就是见证人……”

“卡尔，你听好了，你怎么能指挥……”

“别打岔，我还没说完呢，让泰森把我父亲所有证券的清单也带上，并且附上对它们的估价，就以明天下午的收盘价作为价格参考吧。对了，你也要将大厦其他物品的税后清单一并给我。”

“这些事情跟你有关吗？你以为我们就这么好被讹诈吗？我告诉你，你休想！你现在就算把事情的真相抖出来又怎么样，我告诉你，我不怕你，现在没有谁能再动我们了！”

“你真是太天真了，的确，他们不可能再起诉你谋杀了，不过，要用另外一个罪名起诉你简直就是再轻松不过的事情了。你难道不知道吗？做伪证可是违法的行为，这个罪名，再怎么样，判你或者判泰森都是绰绰有余的吧？而且我敢保证，只要我起诉，他们就会愿意这么做。要不咱们试试？”

她沉默了一会儿，随后平静地说：“行，我答应你的条件，但你可别以为我是怕你才答应你的，我可告诉你，我不怕进监狱。”

“诺玛，你别激动，我可不想那么做，毕竟我只想要那十万现金。”

她的脑袋似乎开始活跃了，因为她对我说了这样一句话：“我相信，如果有戴维斯律师的帮助，做伪证的指控根本就难以成立。”

我承认这一点。而且就在两天之前，当我拖着行李离开比福利山大厦，准备去布兰特伍德公寓的时候，我和戴维斯律师迎面遇上了。他当时刚好有事情要来找诺玛，在看到我之后，他主动和我握了握手，并且对我说：“小伙子，你可别记恨我啊，毕竟我也是混口饭吃。”

他看起来身材高大，而且给人一种热情洋溢的感觉。他的口音带些南方的味道，行为举止也和南方的贵族差不多，不过他也有些年纪了，眼角上布满了亲切的皱纹。我很理解他，所以并没有迁怒于他，而且说实话，他本身的工作确实干得非常出色。所以，我也主动地和他握了握手。我非常明确地告诉他，撇开个人的感情因素，我承认，他是这个世界上最优秀的辩护律师。

此时，诺玛还在电话里不停地说：“……另外，我不打算让泰森过来，我也不希望他过多地曝光在众人的眼皮之下，而且我们已经决定好了，这一段时间最好都不要再见面。”

我非常干脆地告诉她：“这真令人感动，不管怎样，泰森必须来，就这么说定了。要是怕被发现，你就让他趁着天黑的时候悄悄地过来，另外管住他的大嘴巴就可以了。”

电话那头传来了一个无奈的声音：“行吧……”

“务必告诉泰森，准点到，一分钟也不要晚！当然，如果他存心找麻烦的话……哼！”

说到这，我挂掉了电话。

第二天下午的六点四十五分，我一个人站在一家小电影院的售票处。售票员叫多丽娜，和我聊了一会儿天。之所以选择这里，是因为我父亲生前曾经买下了这里的股票，我和这里的工作人员也混得比较熟，他们都认识我。这是很重要的一点。

七点的时候，第一个双连场电影开始放映了，两场加起来的总时长有三小时五十六分。其实这两部电影我都看过。我走进了电影院，走廊里，电影院的经理比尔·斯坦莫茨和一个姑娘正处得火热。我和他简单地打了个招呼后，便进入了放映厅里，选了一个离紧急出口最近的座位坐了下来。虽然售票员有时也会充当领座员的工作，但大多数时候，他们都不会进入内场。

七点四十五的时候，我仔细地看了看放映室内的情况，只有一小部分观众围坐在放映厅中央，而且他们都在认真地看着电影，似乎没有工作人员在场。我随即悄悄地从紧急出口溜了出去。为了方便我一会儿能再次进来，我在门缝里插了一张卡片。

诺玛还有泰森两个人已经在客厅里等着了。我感觉泰森似乎很紧张，他总在时不时地偷瞄我的脸，就好像我的脸是一只温度计一样。相反，诺玛的表现则显得非常平静。

我率先在出让证书上签了字，泰森作为见证人，也在上面签了字。最后，诺玛将一个沉甸甸的手提包递给了我，里面装满了钱。我相信她不会在钱数上作假，所以我也没有细数。

过了一会儿，泰森拿出了证券清单，诺玛也按照我提的要求，将我需要的统计单据整理好，一并交给了我。我大致地翻看了一下，然后便将它们折了起来，放到了上衣的口袋里。其实这些东西，我只要稍微花点时间也能弄到，我这样做，只是为了给他们找点事情做罢了，这样一来，他们也就难以猜到我到底要做什么。

“对了，有样东西要交给你们，算是我对你们辛勤工作的一点回报吧。”说完，我打开了腿上放着的那个盒子，盒子里装着的，正是那把德国手枪。我之前把这个盒子放在汽车的行李箱中，回来的时候特地过去拿的。我将枪拿了出来，并且对诺玛说：“怎么样，你现在是不是很想重新拿到它？”

“那是当然。”她面带微笑地回答，而且立即从座位上站起身来。这么长的时间里，她第一次朝我面露微笑。

“诺玛，其实我一直都觉得，你微笑的样子非常迷人，尽管有些时候，确实非常邪恶。”我笑着对她说。

她只是朝我微笑，然后向我走来。我立即掉转枪头，朝她连开了三枪，她似乎都没反应过来是怎么回事，就踉踉跄跄地往后倒了下去。我看见她刚一倒地，立马将枪口对准了泰森。他早已被刚才的景象吓呆了，一双眼睛瞪得圆圆的，如果说他之前跟在诺玛的身后看起来像个老实的哈巴狗，现在他看起来简直就像一只受惊发抖的落水狗。

“泰森，你最好放聪明点，否则你也会跟他一样。”我厉声对他说。

他瞬间将视线朝地上看了看，望着地上躺着的诺玛，吓得一个字都说不出来，只能一个劲儿地摇头，以此来表示他不想死的态度。

“泰森，按照我说的做，否则，你会死得更惨。”

“我答应你做任何事情，求求你不要杀我……”他呜咽地乞求着我。

“我知道，诺玛才是杀害我父亲的真凶，而你只不过是被他利用的工具而已。”我安慰性地对他说。

他用一种颤抖的声音对我说：“没……没错……我被她利用了……我根本不知道……不知道她的目的，我也没办法拒绝她……”

“很好，所以我打算给你一次将功赎罪的机会。你现在就给我写一张便条，说我的父亲是你杀死的，不，应该说是你和诺玛一起杀死的。之后，我会把这十万元给你，你给我尽快地消失。要是你不幸被抓住了，那么很抱歉，没人能救你。而我呢，则会否认你的指责，而且会用便条证明，你是真正的凶手。不过，这也算一笔交易，用十万块交换一次让你生存下来的机会，你觉得这个条件公平吗？”

“公平！公平！”他连连点头。

随后，我带他往客厅走去，走到桌子边，我让他打开抽屉，将父亲平日用的文具拿了出来。我随后走到桌子的对面，用枪口对着他，然后说：“你把笔拿起来，接下来，我说什么，你就写什么。”我用一种命令的语气对他说，枪口紧紧地贴着他的太阳穴。

看他拿起笔后，我慢慢地说：

“我迫不得已才惩罚了诺玛，我之所以杀掉了鲁道夫·克鲁格，完全是被她逼的。她似乎用一种奇怪的力量控制了我，我根本无法摆脱这种控制。我的脑袋里每天都回响着她的声音，她每天都要我去杀人，我实在受不了了……希望上帝能够保佑我！”

他写完之后，我看了看，然后说：“这个便条感觉有些怪怪的，不过跟目前的这种情况很吻合。如果你真的不幸被抓住了，你大可以告诉他们，你的精神有问题。对了，把你的名字签上！”

就在他签完名的那一刻，我随即用枪抵住了他的太阳穴，果断地开了一枪。接着，我仔细地擦了擦手枪，将他的指纹按在了枪把上，并且拿起桌上的铅笔插进了枪口，将手枪挑了起来，扔到了他那还有些抽动的右手下面。

我把出让证书和装着手枪的盒子一块儿放到了那个手提包中，连着现金一块儿拎出了大门。我钻进了自己的汽车，连车灯都没有开，摸着黑开走了。然后，我便以最快的速度回到了电影院里。

一切都很顺利，没有人注意到我。在散场的时候，我又和斯坦莫茨聊了一会儿，我跟他聊了聊刚才播放过的电影情节，他则安慰我，让我尽快走出失去父亲的悲痛之中。走出电影院之前，我还拍了拍多丽娜的背。

我根本没有受到任何怀疑，枉我设计了那么多证明我不在场的环节。

我沉浸在胜利的喜悦之中，一连好几天都是如此。

之后的一天，温斯特洛姆警官给我打了一通电话，电话的开头，他简单地对我说了一句："你搞错了。"

我完全不理解，他为什么要这样对我说，而且，一阵凉意瞬间从我的后背升起。"警官先生，这是什么意思？"

"克鲁格先生，你之前搜索了整栋大楼，但是没有发现任何有力的证据。如果你找到了的话，陪审团根本就插不上话，判他们有罪也是板上钉钉的事情。当然，事情已经过去了，就不提了。不过，我们发现了一件非常有趣的东西。你最好过来看看。"

"你们发现什么东西，警官先生？"我连忙问道。

"克鲁格先生，电话里面是说不清楚的，所以你最好自己过来亲眼看一看。你现在方便吗？"

"当然。"我回答得很爽快，尽管我很讨厌那个地方。

温斯特洛姆乐呵呵地坐在一旁，那种表情似乎只要一句笑话就能狂笑不止。我跟着他来到了一间阴暗的审讯室里，整个房间里面只摆了一张桌子和几张椅子，仅有的一扇窗户也被挂上了厚厚的窗帘，不过头顶上有一束灯光，相比之下显得非常刺眼。

桌子上摆着一个类似盒子的东西，也可以说是一个箱子，边上站着一个身穿制服的警察，他看起来非常耐心。屋子里的另外一名警官我有印象，他是刑侦科的，叫斯坦博利，我们以前见过。

很奇怪，他们三个人都是一副乐呵呵的表情。过了很久，温斯特洛姆才变得严肃起来，然后开始向我打听一些有关我父亲的情况，主要是关于他的职业。我回忆了一下，然后告诉他，我的父亲最开始做影片剪辑，然后从事过摄影、导演，最后通过努力成为一名制片人。

这时，他突然转过脸，大声地问道："你知道吗，你的父亲非常嫉妒你的继母！"

我点了点头，说："这是千真万确的事情。"

"那么，你知不知道，你父亲生前为了调查你继母的行踪，花费了大量的金钱和时间？"

"没错，这个我也知道。"

此时，他咧开嘴笑了，"那就行。实话告诉你吧，其实你的父亲将他被杀害的过程拍了下来，凶手正是你的继母和她的情夫。"

我简直不敢相信自己的耳朵，大声地喊道："什么！？"

他只是不住地点头，然后面带微笑地说："昨天，我们在你父亲的房间意外地发现了一台藏得非常隐秘的摄像机。其实我们当时是去提取子弹碎片的，因为那个弹孔距离摄像机的镜头非常近。有意思的是，我们后来在房间里找到了很多个这样的镜头。看来，为了在家里安装一套这样的设备，你的父亲可没少花钱。”

他看着我，继续向我介绍，“系统非常先进，还是声控的设备。如果房间里的声音、响动达到设定的数值，整个系统就会自动开启。根据我们的测算，只要沉默三分钟，运作中的系统就会自动关闭。而且，整个系统都处于连续工作的状态，一旦其中一个摄像机的胶卷用完了，另外一个摄像机就会接着开始工作。通过我们的调查，整间屋子里可以说装满了这种摄像机。”

此时，桌子边的那名警察似乎在准备着什么，温斯特洛姆警官继续说道：“你的父亲是刚刚从欧洲回来不久后被害的，摄像机可能还没有关，所以就碰巧拍下了泰森杀害他的现场。对了，我就是想让你亲眼看看这段录像的。奈特，把那卷胶卷放一下。”

此时，桌上的那个盒子被拿开了，里面摆着的是一台已经上好胶卷的放映机，墙上的银幕也随之被拉开，最后，屋里仅有的一盏灯也被关掉了。桌上的那台机器开始工作了，荧幕上渐渐地出现了影像。

起初的时候，我有些不解，画面上出现的居然是诺玛和泰森，而且这应该是客厅的景象。他们看起来在等什么人。突然，我听到诺玛说话了，她提到了我的名字。没过多久，我就看到了我自己的影像，当时我正走进房间。

此时，温斯特洛姆警官冲一旁的警察喊道：“奈特，你放错了胶卷……算了，先看这一卷也行。克鲁格先生，你觉得呢？”

我并没有回答他的问题，只觉得耳边传来的声音非常遥远，好像隔着一条长长的隧道。我呆呆地看着荧幕上的影像，我看到自己打开了放在腿上的盒子，我看到自己托起了那把德国手枪。我还听到了我说的话：“……怎么样，你现在是不是很想重新拿到它？……你微笑的样子非常迷人，尽管……非常邪恶……”我还看到诺玛中枪之后，踉踉跄跄向后倒地的场面……

此时，审讯室的灯重新亮了起来，随后便是一阵沉默，我瞬间觉得，整个房间里的气氛异常紧张。

“克鲁格先生，我想知道，你现在在想什么？”温斯特洛姆警官问。

我考虑了很久，然后说：“你想说什么？我觉得，我现在需要找一名律师，否则我觉得我没有必要去说什么。”

听到这里，温斯特洛姆笑了起来，然后用一种嘲笑的口吻说：“律师！？你们听到了吗？一位律师！克鲁格先生，你还是省点钱吧，在这样的证据下，律师根本就是多余的。你还不如老老实实认罪，请求法官大人能够从轻发落。这样的案子，法官得怎么判？你好好想想吧，对了，记得向上帝多祈祷祈祷……”

“警官先生，我并不打算冒犯你，但我也实话告诉你，我根本就没有打算向上帝祷告，因为我知道这没有用。如果你允许我打电话的话，我愿意最后再试试运气，让麦克斯维尔·戴维斯律师为我做无罪辩护。”

绝地反击

最后离开墓园的时候，他朝墓碑回头望了望，灰色的石碑旁生长着淡黄色的小菊花，那是乔伊娜生前最喜欢的花朵了。他轻轻地叹了口气，然后强行将自己疲惫的身躯拖进了破旧的小型货车里。他定了定神，朝家的方向驶去。那里有他和乔伊娜的回忆，掐指一算，前后一共八年。

四月的一个下午，时间已近黄昏，在风的吹拂下，竟还有些凉意。他的汽车从空旷的田野中飞快地穿行而过，期间偶尔也会经过稀稀落落的小树林。这一带的风景原本美丽迷人，也是乔伊娜生前最喜欢的地方，可是如今，这里已经被蜂拥而至的采石者破坏殆尽了，四处堆放着的都是采石过后留下来的石渣，大风一起，尘土满天。

离开了特定的环境，他的心境现在好了很多。每当他准备进城的时候，他的内心就会不自觉地产生一种压抑的感觉，出城之后，他的心情又会重新平静下来。

老汤姆在小镇的边缘处开了一家加油站，他现在把车子开到了那儿，准备加些油。老汤姆远远地就看到了他，并且向他招手示意。他随后将车停在了加油站的一根油管前，正当他将车挺稳，从车上下来时，一辆黑色的轿车稳稳地停在了他的车后。一路上，他注意到，这辆车一直跟在他的车后面跑。

他一见到后面车里的三个人，心情瞬间又变回那种糟糕透顶的状态。这三个人，个个都算是城里的那种典型的地痞流氓，带着一种浓重的匪气。

三个人中，有两个人年龄较小，大约二十来岁的样子，头发很长，服装打扮看上去也有些稀奇古怪。后座上坐着第三个人，年纪稍大，差不多有四十来岁，相比之下，他的穿衣风格明显就要守旧得多。他们三个人的脸上丝毫看不出任何善意的表情，每个人的脸上都写满了傲慢与冷酷。那两个年纪小一点的人也从车上下来了，一个站在左边，一个站在右边，用一种极度轻蔑的眼神打量着他和加油站的老汤姆。

其中一个年轻人嘴角一歪，用一种极度不屑的口气对老汤姆说：“给我们加油，要最好的那种，而且要加满。”

老汤姆一边点头，一边仍旧朝着先来的小货车走去，然后对他们说：“麻烦你们稍等一下，你们前面还有一位顾客，他比你们先到一会儿。”

他注意到，老汤姆的话音刚落，说话的那个年轻人的脸色瞬间变得非常难看，为了不招惹这帮混蛋，他对老汤姆说：“没事，汤姆，你先给他们加油吧，我反正不急。”

汤姆起初犹豫了一下，抬起头看了看他，随后转身向后走去，开始为那辆黑色的轿车加油。

之前说话的那个年轻人冷冰冰地看了看他，随后对汤姆说：“麻烦你了，老——先生。”

“老”这个音故意被拖得很长，似乎是在强调，由于年龄和体能的差距悬殊，所以才对老人表现出这样一种迁就态度。老汤姆听到这句话，内心感到一阵强烈的不悦，但他强忍住心中的怒火，帮那三个人的车加满了油。不过，老人的手因为生气的原因在不住地颤抖着。

看到这一幕，车上的那三个家伙露出一种得意的表情，在他们看来，老人之所以发抖，完全是因为内心的惧怕感。此时，他们的态度变得更加傲慢了。

看到这一幕之后，他立即将头转了过去，不希望这三个败类再影响他的心情。

油箱加满了，老汤姆将油管关了起来。之前说话的那个年轻人看了看油箱的度量表，确认油箱加满了之后，从身上摸出一把钞票，然后抽了两张出来，塞到了汤姆的手里。正当汤姆准备转身去给他们找零钱的时候，那三个家伙已发动了汽车，然后以最快的速度离开了加油站。

之后，老汤姆给他的车也加满了油，付过钱之后，他也跟老汤姆道别离开了。他的车在山路上行驶，路上拐了几个弯，在穿过一个山谷之后，他回到了自己的农场。

乔伊娜生前一直跟他生活在这里，留下了许多美好的回忆。可是，有一天，乔伊娜去城里买东西的时候，不巧遭遇了强盗打劫，混乱中，她的胸部中了流弹，当场毙命。不过，警方很快便控制了那起事件，但是在事后的了解过程中他才知道，这起劫案之所以会发生，居然只是因为三美元。为了区区三美元的现金，那个劫犯进行了抢劫，也正是这三美元，夺走了他妻子无辜的生命。

他将车子停在了小棚屋的前面，将车上装着的杂物卸了下来，然后开始给草坪上的猪和牛喂食，并且忙着将今天的牛奶挤出来。再过一小时就要天黑了，他必须得快些忙完。

等忙完之后，他突然产生了钓鱼的念头，打算通过钓鱼的方式来散散心，于是便将钓具装进了车里，开着车，朝矿坑的方向开了过去。

他的农场后面原本有一片非常富饶的土地，如今，那片土地的开采权已经出让，众多的采矿者像淘金一样，对那里的资源进行着掠夺式的开采，在那些人的眼里，秀美的风光一文不值，远不如开采出来的矿石来得实在，那些天然形成的美景也在这样的开采破坏中毁于一旦。由于乱挖乱堆，原本用来行走的坑道里如今积满了水，也不知道最后经历了怎样奇妙的事情，水里居然还出现了大量鲜活的鲈鱼。

他将车子停在了矿坑的坑口，拿起钓具，沿着台阶，小心翼翼地下到坑的底部。这里清冷而寂静，不容易被人打搅，很适合钓鱼。正当他准备甩开钩子开始垂钓的时候，外面似乎有什么响动，像是有人朝这边走了过来。他随即将钓具放在停在一旁的小船上，然后沿着台阶爬了上去，想看看到底是什么人。

附近的小孩总喜欢来这里玩耍，而每当他在这里看见小孩的时候，他就会习惯性地将他们赶走。这倒不是因为他天生不喜欢孩子，而是因为这里原本是开采矿石的地方，少有保护措施，处处充满危险，实在不适合给孩子们来游玩。他本以为这次又是孩子们偷偷溜过来玩了，正当他准备开口时，眼前出现的那几个人让他大吃一惊。他们不是别人，就是在加油站碰见的那三个人。

他们那辆黑色的轿车此时正停放在水坑边，其中那个年纪大一些的人似乎在指挥着什么，只见那两个年轻一些的小伙子打开了车后盖，将一个巨大的帆布包从车尾箱里抬了出来，显得非常吃力的样子。从外形上看，那个帆布包里应该装着某个人的尸体。之后，他们拖着那个巨大的帆布包，慢慢地挪到了水坑的旁边，然后喊着“一！二！三！”那个巨大的包裹被他们合力扔进了坑里，落入水里的时候，激起了巨大的水花。那个包裹冒了几个气泡之后，很快便沉了下去。

他一直躲在台阶旁边，亲眼看着他们将尸体销毁。他原本想跑开，可双脚就如同灌了铅一般，无法挪动。过了一会儿，那三个人在确认尸体已经沉入水底之后，转身便朝那辆黑色的轿车走了过去。然而，就在转头之际，那三个人中间有一个人突然发现了他的身影，然后立即尖叫起来。也正是这样的一声尖叫，使他也如梦初醒一般，拔腿就跑。

船上并没有任何供他藏身的地方，所以肯定不能跑回那里。就在他跑动之际，一声枪响从背后传来，子弹贴着他的头边擦过，尖锐的声音让他顿时感到头皮一阵发麻。

他已经不算是个年轻人了，在棱角分明的岩石堆上奔跑确实不是件容易的事情。没跑多久，他只觉得脚底接连传来一阵阵火辣辣的痛感，似乎那锐利的岩石早已撕裂了他那脚底的皮肉。但他此时早已顾不了那么多，他心里只有一个念头，以最快的速度逃跑，赶在他们的前面跑到棚屋里。他快速地穿过了一个又一个的乱石堆，凭借着对地形的熟悉，他知道前面有一条近路，于是跑得更快了。他好不容易爬到了一个小土丘的上面，正当他回过头时，其中的一个家伙敏捷地从坑里跑了出来，一边在跟他的同伴联络，一边忙着朝他开枪。

突然，他觉得脚使不上劲了，像是被什么东西重重地打了一下。但紧接着，他听到了身后传来的一声枪响。一颗子弹正好打在他的膝盖上，无法维持平衡的他在地上摔了好几次。他顺势低下头看了看膝盖的伤势，不断有血从裤子破了的地方流出来。血虽然流了不少，但他此时并没有觉得有剧烈的痛感。

他在原地歇息了一会儿，随后用手扶着石壁，颤颤巍巍地站了起来，稍稍找到了一点平衡感之后，他又咬紧牙关，迈开步子跑了起来。最后，他终于克服了重重困难，跑到了棚屋里。可就在他刚刚停稳脚步的时候，他突然意识到，他的选择是多么不明智。小卡车还留在坑口，以他现在这种狼狈的样子，他又能跑多远呢？棚屋现在是不能待了，他必须要找到一个合适的藏身点。

他随即离开了小棚屋。仅仅在他逃走两分钟之后，那三个人便追到了棚屋里。出于一种逃生的本能，他一瘸一拐地来到了院子里，绕到了谷仓的背后，向远处一个极不起眼的角落跑了过去。由于连日春雨的浸泡，泥地变得十分松软，这对他来说无疑是个坏消息。他再次克服了重重困难，爬到了一块小高地上面，这个时候，他再次回头望了望，那三个人暂时没有跟过来，这也就意味着，他现在只要下到这个小高地的背面，他就算脱离了那三个人的视线范围了。暂时确认安全之后，他瞬间就瘫坐了下来。

天色渐渐暗了起来，再过一会儿，只要天色全黑，他就有把握从这里逃出去。要是那三个家伙提前找到了他，那么他就必死无疑。

他把衬衫脱了下来，然后从上面扯下一块布，将伤口包扎了一下。此时，他几乎感觉不到痛感，腿早就已经麻木了。包扎之后，出血的状况只是稍微得到了一些遏制，并不能完全止住。

他静静地在地上待了一会儿。现在太阳已经完全沉下去了，气温也渐渐低了下来。现在差不多可以行动了，他将撕破的那件衬衫重新披在了身上，并朝四周打量了一下。不远处码放了一堆干草料，那些草料早在去年秋天的时候就堆在那儿了，最上面还盖着一块很大的帆布，那是他亲自盖上的。

他静下心来，仔细辨别着周围的风吹草动。在确定周围没有敌人之后，他拖着不太利索的腿，摸到了干草堆的旁边。他解开了捆住草堆的绳子，将最上面的那块帆布取了下来，然后紧紧地裹在了身上。由于连日来雨水的浸泡，加上长时间的落灰，整块帆布散发出一股难闻的霉味，不过，这也是没有办法的事情，至少可以御寒，一旦处于饥寒交迫的状态下，体能会消耗得更快。

此时，一阵细碎的脚步声传了过来，他趴在草堆后面偷偷地朝前面望了望，那三个人中，有一个年轻的家伙悄悄地摸到了谷仓的旁边，然后直接躲到他藏身的正对面。那里有水源，有饲料，饲养的那些奶牛平时就在那里过夜。原本睡得好好的奶牛，现在因为陌生人的闯入而纷纷惊醒，并且在谷仓拐角处不停地转来转去，而且看那样子，像是要朝他藏身的干草堆这边涌来。那个年轻人手里还拿着电筒，看来是准备躲在奶牛群的后面探路。

他躲在干草堆的后面，小心地调整着他的方向，以确保牛群的主体刚好位于两个人的正中间。那个青年男子的警惕性很高，尽管有奶牛群做掩护，但他走路的时候头时不时地还会朝两边看一看。不过，与其说是警惕，倒不如说那个年轻人的内心确实有些紧张。看到这一幕，他顿时信心倍增，于是悄悄地将裹在身上的那张帆布给解了下来，然后用两手抓住帆布的两只角，耐心地等待着时机。

他注意到，那个年轻男人的视线突然转向了旁边，这个时候，他猛地从地上窜了出来，朝牛群大喊了一声，并且握住帆布的一角，用力地往牛群行进的方向一挥，发出了巨大的响声。面对这样突如其来的声响，牛群显得十分惊慌，连忙掉转了前进的方向，开始向后奔去。那个年轻人也始料未及，被掉头奔跑的牛群撞倒在地。开始还能听到两声惨烈的惊叫声，但很快便被奔涌的牛群给盖过了。

牛群从那个人的身上踩了过去，然后跑向了远方，之前握在手里的那个手电筒掉在了地上，依旧亮着。

这一阵骚乱将在旁边巡逻的另外一个人也引了过来，并且一遍遍地呼喊着那个家伙的名字，很显然，根本不可能有人做出回答。另外那个人不停地用手电筒打探着黑夜下的农庄，不过好像并没有什么收获。

面对新出现的这个敌人，他一点儿也不慌张，抓起之前的那张帆布就往身上一盖，再没发出任何声响。由于没有收到任何答复，后面出来的那个年轻人只觉得一阵恐惧，便畏畏缩缩地离开了。

他松了一口气，相对于最开始的情况，他的胜算增大了一些，不过以一对二的局面仍旧不利于他，更重要的是，他受伤了，但是那两个人并没有。他看了看膝盖，痛感似乎减轻了许多，不过膝盖上的那个伤口像一个漏斗一样，不停地在向外流血。情况依旧紧急，他的伤势不容许他再跟那两个人玩捉迷藏的游戏，不尽快解决的话，光是流血不止这个问题就足以让他不知不觉地丧命。

在确定安全之后，他一瘸一拐地走进了谷仓。到底是有墙壁的遮挡，没有风的室内比室外要温暖不少，而且也没有室外那么潮湿。终于不用趴在湿漉漉的泥地上了，这样一来，也有利于恢复体温。他在黑暗中不停地摸索着，终于摸到谷仓另一侧的大门。他轻轻地将门打开来一条缝，这样一来，他便能从门缝里窥探到院子里的情况。原来，刚才那个年轻人跑到了汽车边，似乎正在跟他的老板商量什么问题。不管如何，他身处在黑暗中，那两个人发现不了他，他至少现在占据着有利的时机。

那两个人不知道在交头接耳聊些什么，只知道不断地有人在摇头。也许是在商量什么，不过不管怎样，反正他们没有在任何一个意见上达成共识。

他在地上摸了摸，似乎摸到一块砖头样的东西，这让他心中一阵窃喜。于是，他小心翼翼地挪到了门外，往前悄悄地迈了几步，等身子平衡之后，他强忍住膝盖的疼痛，一个侧身，将左膝高高抬起，利用右脚掌握着独立的平衡。这是棒球投手的姿势，虽说有伤在身，但他尽量让动作变得标准。年轻的时候，他可是一名非常杰出的棒球运动员，所以这对他来说，并不算什么困难的事情。之后，他几乎使出了全身的力气，将握在手里的那个砖头块扔了出去。好在宝刀未老，砖块直接打在了那个老板的耳边偏上的位置，并且他当即应声倒地。

站在老板旁边的那个人见状立即转身，对着谷仓就是一枪。这一点，他在投出砖块之前就预料到了，所以砖块脱手之后，他就立即闪进了谷仓里，然后以最快的速度趴在地上。这一连串的动作对于敏捷性的要求非常高，他的伤口也因为用力过猛而裂开，血流得更快了。

此时，一阵急促的脚步声朝谷仓这边传来，看样子，那个人打算直接冲进来。

他连忙从地上爬了起来，打算用门板当掩护。他屏住呼吸，瞅准时机，正当那个人要破门而入的时候，他猛地一记勾拳，重重地打在了那个人的肚子上。那个人一声惨叫，整个人瞬间失去平衡，摔倒在地，双手捂着肚子，由于疼痛过度，整个身子不自觉地蜷缩了起来。

他没给那个人留出喘息的时间，趁其没有任何反抗能力的时候，他又补了一记重拳，连同这段时间的怒火一齐发泄了出来，用力地打在了他的下巴上。那个人半天没有动弹。

他从谷仓里搜摸到一条结实的麻绳，将昏倒在地的那个人捆了个严严实实，接着，他又从谷仓里找到了另外一条绳子，愤然走出谷仓，打算将那个老板一并捆起来。正当他打开谷仓门板的时候，那个老板颤颤巍巍地打算扶着车子起来，他以最快的速度赶了过去，对着他的肚子猛踹了一脚，然后麻利地将他给捆了起来。

此时，他的体力也消耗得差不多了，再也没有多余的力气供他消耗，只觉得一阵眩晕，倒在了地上。但只过了几分钟，他猛地从地上惊醒，费尽最后一点力气，将那两个人拖到了那辆黑色轿车的后座上，并且将他们的绳子相互打了个结，这样一来，脚也捆住了。他摸着黑，将之前被牛踩死的那个家伙也扔进了车尾箱里。

他以一种惊人的毅力完成了这一切的事情，但他并没有停下来，而是重新检查了一下捆绑那两个人的绳索，以确保待会儿在开车的过程中绳子不会自动松开或者被他们解开，从而带来新的麻烦。确保万无一失之后，他坐进了那辆黑色的轿车，发动引擎，将车子倒出了农场，然后朝小镇的方向开了过去。

大约过了几分钟，那个老板晕晕乎乎地醒了过来，之后，另外一个人也恢复了意识。当意识到被绳子牢牢地捆死了之后，他们开始在车上发出各种各样的叫喊声，并且倾尽全身的力气试图挣脱掉绳索的束缚。很显然，这种挣扎没有任何意义，所以他只管开车，任凭那两个人在后座上喊叫。

那两个人随即转变了战术，开始跟他谈条件：要是把他们放了的话，他们愿意支付一大笔钱。这个条件显然没有任何诱惑力，他连话都懒得跟他们说。之后，他们又试了其他的方式，可以说是软硬兼施，但他仍旧无动于衷。

直到那个老板冷冷地跟他说了这样一句话的时候，他才有了一点反应。

“乡巴佬，你最好考虑一下这样做的后果，你要是把我们交给警方处理的话，我们的人就会想办法弄死你们全家。我说到做到，而且这个人一定存在，另外，我还要告诉你，你的老婆一定是第一个被弄死的！”

听到这句话，他心中暗自琢磨着：要是他们知道乔伊娜早就不在人世的话，他们还会不会用这种方式来进行威胁呢？嗯，应该会，哪怕他们自己不动手，他们在牢里也可以安排其他人动手。想到这里，他猛地踩了一脚刹车，然后在并不宽敞的路面上掉了个头。

没过多久，车子便开回了山路上。他们白天的时候还走过这条路。当看到熟悉的景象时，那两个人脸上微微露出了一丝喜悦的表情，不过，他很快将车子驶离了公路，转上了一条坑坑洼洼的岩石路。此时，他们脸上喜悦的表情瞬间凝固了。

他将车前的大灯关掉了，整辆车在漆黑的夜路上前行。最后，他把车子开到了矿坑，并且将车子停在了斜坡上。矿坑的最深处就在这个坡的下面，这种情景是车后座那两个人始料未及的，他们开始在车里疯狂地喊叫，并且在做着最后的挣扎。

他没有理会那两个人，而是径直走下了车。将门关好之后，他松开了汽车的刹车，然后碰了碰操纵器，此时，那辆黑色的轿车开始慢慢地从斜坡上往下滑。受到重力的影响，汽车往下滑的速度越来越快。最后咣的一声，应该是汽车的底盘挂到了岩壁的边缘，这也就意味着，汽车直接翻下了斜坡。经过一两秒钟的沉寂之后，斜坡的下面传来了一阵沉闷的浪花声。

他正站在斜坡上，这一阵浪花声传到了他的耳朵里，心中顿时产生了一种满足感。

那两个人首先就打错了算盘。他们自以为考虑了所有的情况，认为他只有两个选择，要么放过他们，要么将他们送到警察局。

当然，最大的错误在于，他们自以为使出了撒手锏，以他的家人做威胁，可没想到，他是一个感情深厚的人，哪怕他的妻子已经死了，他也不容许其他人对她进行观念上的侵犯。

一个星期六的上午，迪克抵达了棕榈温泉。

“我在星期三的时候就打过电话了，是从洛杉矶打来的，我预定的房间还在吧？”迪克问道。就像大多数的胖子一样，匆匆忙忙之后，他说话都会有些喘气。

“迪克先生，你放心，房间肯定给你预留好了。我叫安娜，是这里的经理，你先坐下等我一会儿，我去给你拿登记表。”说话的是温泉办公室的一个女人，她热情地接待了迪克先生。

迪克快速地打量了一下眼前的这个女人，她看起来大约三十岁，个子很高，也很瘦，头发是红色的，身上穿着一套剪裁非常贴身的白色连体衫。她打开了一个档案夹，从里面拿出了一份印制好的表格，然后走回了办公桌前。

“迪克先生，我们可能需要你提供一些个人资料。你在预订电话中已经将住址提供给我们了，其他的信息可能还要麻烦你告知我们一下。请问你的年龄有多大了？”

“四十四岁。”

“请问你从事什么职业？”

听到这个问题，他显得很不高兴。“这个也要问？我只在这里住一个星期，减点肉罢了，怎么搞得跟银行贷款一样麻烦？”

“迪克先生，希望你能够理解，我们了解这些信息，并不是想从中探听你的个人信息。作为一家申领了执照的合法健身场所，我们必须遵守政府的法令。这张表格里面的内容也包含在内。”她连忙解释道。

“好吧好吧，我是一名设计师。”他不耐烦地说。

“这真是太有趣了！你是服装设计师吗？”

“不是。”迪克的回答显得非常简单。

安娜在一旁微笑地看着他，希望他能进一步补充些什么。当她意识到他不想多说什么的时候，她又勉强自己笑了笑，继续问："迪克先生，请问你在什么地方工作？"

"这也要问？"说完，他探过头，看了看表格上的内容。

安娜点了点头，"是的。"

迪克叹了叹气，说："泰菲公司。"

"噢，是那家鼎鼎有名的珠宝商吗？"安娜有些惊讶，扬起两道眉毛问。

迪克点点头说："嗯，就是那家有名的珠宝商。"

"看来你是珠宝设计师了？这真是太有趣了！"安娜兴奋地说。

"你还有别的什么问题要我回答的吗？"

"有的有的。"随后，安娜又问了几个问题。

等所有的问题都问完了后，安娜让迪克在表格的最下方签了名，然后站起身说："迪克先生，请你跟我过来一下，我现在带你去见见你的健身教练，他是马尔克先生。对了，你的行李可以暂时先放在这里，我一会儿会通知这里的服务生，他们会将你的行李送到你的房间去的。"

"要是可以的话，我想随身带着这个小箱子，箱子里装着我今天晚上的工作内容。"

"没问题。"安娜回答。

随后，迪克将那只小箱子拎了起来，安娜带他走到了门外，沿着一个游泳池的旁边向前走去。此时，泳池里一个人都没有。

"看来你们这里客人不多啊。"迪克一边说着一边尽力追上身材苗条的安娜。就这么短短一段路，他已经走得气喘吁吁了。

"请你不要误会，我们的顾客现在一般都在进行其他项目。早上有很多健身课程，还可以进行徒步运动、晒日光浴等。等吃过中饭之后你再来看看，就会发现泳池里全是人了。"安娜解释道。

"午饭？"听安娜说了这么多，这是目前为止他唯一感兴趣的内容，于是他的手指不自觉地弹了弹那圆滚滚的大肚子，说："午饭什么时候开始呢？"

"大约十二点三十分。中午之前，你的健身教练会把你交给我们的营养专家米尔太太，然后由她来为你进行营养配餐。"

不一会儿，他们走到了泳池的尾端，前面有一堵石墙，他们沿着墙继续往前走。

迪克看着前方，显得非常好奇。"那里面是什么地方？"

"那是我们的女宾部，白天的健身锻炼是男女分开进行的，这样一来，在健身的过程中，大家的感觉也会更加自在一些。等用过晚饭之后，大家就可以随便交往了。"说完，安娜对迪克笑了笑，转而试探性地问："对了，迪克先生，我想，你从事的工作应该非常有意思吧？"

"工作还不就是那样。"他的回答显得非常含糊。

"我非常喜欢珠宝。对了，你刚刚好像说，晚上还要工作？"说完，安娜瞥了瞥迪克手里提着的那个小箱子。

"没错，这件事情非常重要，我必须得在计划的时间内完成。假期里我也不可能什么都不做。但是，我又得为我的身体健康着想，所以还得来你们这里减点儿肉。”

“迪克先生，我敢保证，你的选择一定是非常正确的。对了，请从这边走。”安娜的语气显得非常肯定。此时，他们走到一栋长方形的建筑旁边，安娜为他推开了眼前的那扇门。

进门之后，一个极富现代感的体育馆映入眼帘。里面有许许多多的胖子，他们都身穿一样的灰色汗衫，在里面做着各式各样的健身运动。安娜带着迪克穿过了那被擦得很光亮的地板，来到体育馆内的一个小角落。这里有一个被玻璃隔出来的小房间，透过玻璃可以看到房间内的所有情况。一个肌肉发达的年轻男人正面带微笑地坐在办公桌前，身上的那件白色运动衫显得非常合身。迪克注意到，那张办公桌前还摆放着一支话筒。

“马尔克，这位就是迪克先生了。他计划在我们这里入住一个星期，所以还麻烦你多多关照一下。”

“没问题，安娜小姐，我很愿意……噢，抱歉，稍等一下，”说到这里，他拿起了桌上的话筒，说，“沃伦先生，在做划船练习的时候，你一定要记得收腹，不要忘记动作的要领。”说完，他将话筒放了下来，继续说：“我非常愿意为迪克先生效劳。”

“好的，马尔克，记得在午饭之前告诉米尔太太，让她为迪克先生制定饮食计划。”然后，她拍了拍迪克的肩膀，说：“迪克先生，再见，希望你在我们这儿度过健康愉快的一周。”

安娜刚刚转身离开，马尔克就注意到迪克提着的小箱子。“迪克先生，我一会儿派人把你的小箱子送回房间吧。”说完，他伸手就准备去接箱子。

“谢谢，不过我觉得它留在我身边比较好，因为里面装着我负责的一个重要工作项目。”迪克说。

马尔克面带微笑地看着他，说：“没问题，这种事情你可以自己做主。”

此时，马尔克从办公桌的抽屉里拿了一条软尺出来，量了量迪克的腰围，记录完数据的时候，他吹了一声口哨，然后说：“迪克先生，我觉得你多住几天会比较好。”

“不行。”迪克回答得很干脆，“我看了你们在《体重》杂志上的广告，对于你们‘一天减一寸’的承诺非常感兴趣，所以我打算来试试，我的期望值也只是在这里能够减掉七寸，刚好也是一天一寸。”

“这绝对没有问题，相信我们……噢，抱歉。”马尔克又一次拿起了话筒，“格尔先生，练手臂的时候一定要直背，这是做这个动作最关键的地方。”随后，他放下了话筒，脸上重新挂起了微笑，说：“请跟我来，我带你去取一些适合你用的运动装备。”

他们从玻璃办公室离开之后，直接去了附近的一间房子里。这间房子是体育馆的存衣间，被打扫得一尘不染。马尔克打开了其中的一个储藏柜，从里面取出了两件大号的运动汗衫，然后放在了旁边的桌子上，并且非常熟练地将迪克的名字钉在了衣服的背面。

“迪克先生，这是你的衣服。现在我要为你试试运动用的鞋子和袜子，请坐。”

迪克坐了下来，并且把那个小箱子放在了大腿上。

马尔克打量了一下那个箱子，然后若有所思地点点头说：“看来箱子里面的东西很值钱，否则你不会这么小心翼翼的。”

迪克没有说话，只是非常和气地看着他。马尔克耸了耸肩，然后蹲了下来，给他量了量脚的尺码。随后，马尔克将一双高筒的运动鞋和七双运动白袜递给了迪克，并且为他指定了一个小衣柜。

一切弄好之后，马尔克说："迪克先生，等你吃过午饭之后，请立即回到我这里来，然后我会指导你开始进行你的运动课程。现在我们得去米尔太太那了，否则餐厅可能不会为你准备午餐。"

他们走出了体育馆，马尔克走在前面。他们穿过了一块很大的绿色草坪，眼前便是餐厅了。马尔克直接带他走进了厨房旁边的一间小办公室里，里面正坐着一个身穿白色制服的女人，她看起来又矮又胖，她就是米尔太太。

"你们的工作人员都要穿白色的衣服吗？看起来感觉像个医院。"迪克的语气显得有些尖刻。

"卫生也是健康的一部分，而且卫生跟健康是同等重要的。而白色，则是卫生的最好体现。"马尔克微笑地解释道。

"噢，这听起来真让人感动。"迪克压低了声音说。

"向你介绍一下，眼前这位就是米尔太太了，她是我们这里的营养专家，我现在就把你交给她了，记得我之前跟你说过的，下午来找我。"马尔克说完，然后就转身离开了厨房。不过迪克注意到，他在离开的时候还回头看了一眼那个小箱子。迪克当即意识到：他一会儿一定会向安娜打听，估计就是五分钟后的事情，他肯定会问，那个叫迪克的人，手里到底提着什么东西。而且根本不用想，安娜肯定会全部告诉他。

"迪克先生。"米尔太太的声音打断了他的思绪，"你先坐下，我们坦率地谈一谈吧。"

迪克面带微笑地坐了下来，对于她开出的食谱满怀期待。

"要不，我先叫人帮你把箱子送回你的房间？"米尔太太问。

迪克干巴巴地回答说："你的确可以这么做，但我觉得把它留在身边比较好。我们谈谈午餐的问题吧……"

"噢，不要那么紧张，"她举起一只胖胖的手，似乎在比画着什么，然后说，"光从你的外表我就能判断出，你体内的胆固醇含量超标了，而且超标很多。"

"真的吗？"

"是的，因为你的脸上似乎写满了你平时最爱吃的东西，比如煎鸡蛋、烤香肠等。对了，我觉得放在腿上的那个箱子似乎让你很难受……"

"没有，我很好，"迪克坚决地打断了她的话，接着问，"所以你觉得，我应该吃点什么？"

"我的特别午餐！"说到这里，米尔太太似乎显得非常骄傲，而且她差不多是以一种宣布的语气说出来的。

"特别午餐？"

"没错，就是西兰花配肉汤。每样食品各一杯，这样，你一顿午餐的热量摄入就只有四十七卡路里。"米尔太太解释道。

“没了？你就给我吃这些？”

她有些嘲弄地说：“不不不，当然不是，如果只吃这些东西，是个人都活不下去。所以我还为你准备了芹菜，而且你想吃多少，我就给你吃多少。你最好能每天都带几根芹菜在身上，没事的时候就嚼一嚼。”

“每天带几根芹菜？你这是搞什么名堂？”迪克的这句话差不多是脱口而出的。

“在我看来，再没有比芹菜更能减肥的食品了。你每吃一根，就可以减少五卡路里的热量。”

“五卡路里？”

“没错，这是我的一项伟大发明，”米尔太太又开始自豪地说了起来，“一般来说，每根芹菜的热量大约是十五卡路里，不过，根据最权威的科学研究，人们每被迫吃一次他极度厌恶的食物，就会因为太过生气，而消耗二十卡路里。这样一来，每嚼一根芹菜，就能带走你五卡路里的热量。”

“噢，真是一项伟大的发明啊……”迪克喃喃地说。

“对了，我能问你一个问题吗？”

“当然。”

米尔太太转过身子，一脸神秘地问道：“你的箱子里究竟装着什么？”

迪克有些怀疑地打量了一下四周，在确认没有其他人之后，探过身子，用一种神秘的语气低声回答道：“现在什么都没有，不过我希望，它在不久以后就能装满可以带走热量的伟大芹菜。”

听到这句话，米尔太太仰头哈哈大笑起来。

迪克站起身说：“米尔太太，我想，我现在可能要去见见安娜小姐。”

他离开厨房办公室的时候，米尔太太还在那里笑着，而且似乎没有要停下来的意思。

等他再一次回到温泉办公室时，安娜小姐恰好也在。“安娜小姐，我发现了，如果我继续带着这个箱子乱走的话，可能会给我自己惹麻烦的。”

安娜连忙点头说：“我之前就想跟你说了。”

“不过，如果我把箱子整天都放在没人看管的屋子里，我也不会放心的，这样一来，我不仅不能好好地休息，而且也没有办法专心投入运动之中，这样一来，我可能就达不到我预期的目的了。我或许可以将它暂存在当地银行的保险柜里，但这个问题在于，我晚上就没办法进行我的工作了。我现在在重新打造一条项链，这条项链是一位公爵夫人的传家之宝，请理解我不能将她的名字透露给你，因为说出来的话，你们就都知道了。那条项链原本做工就非常精致，不过我的顾客觉得这条项链与她的气质不是特别契合，所以要我为她重新设计一条。在来的时候我就告诉过你了，我必须在计划的时间内完成这项工作。所以，如果我存到银行的保险柜里，我就没有办法在晚上将它取出来。”

安娜随即建议道：“迪克先生，你可以放在我们的保险箱里啊。”

听到这里，迪克扬了扬眉毛，说：“噢，我事先并不知道你们也有这种设备。”

“我们的保险箱很先进的，迪克先生，要不你先看看？”说完，安娜小姐带着他走进了屋子后面的一间私人办公室里，那个保险箱就放在其中的一个角落，看起来虽然不大，但感觉非常坚固。

“政府曾经对我们提出过一条要求，账本一类的数据必须存放在有防火功能的设备中。另外，里面还放了一个装了五六十元的零钱盒，和其他客人随身携带的几样值钱货。一会儿打开保险柜，你也能看到这些东西。当然，要是你愿意的话，我们也能把你的箱子放进去。”

迪克抿了抿嘴，用一种挑剔的眼光打量着眼前的这个保险箱，然后问：“有多少人知道它的密码？”

“除我之外，就只有镇里银行的行长了，他是温泉公司众多股东们的信托人，所以你可以放心。”

“再没有其他人知道了？”

“嗯，没有了。”

迪克站在那儿，考虑了好一会儿，终于做出了决定：“安娜小姐，我想，还是把箱子放进去比较好。等下午锻炼结束后，我会来取箱子，并且会在你晚上九点锁门之前把它送回来。这样，我每天就有差不多两个小时的工作时间。你觉得可以吗？”

安娜面带微笑地回答说：“当然，迪克先生，你是我们的顾客，为顾客服务就是我们的职责。”

“保险箱平时应该是交给你负责的吧？”

“那是当然。”

迪克用手指的指尖碰了碰箱子的外壳，然后说：“这样吧，你现在就把箱子打开，我好把它放进去。”

安娜非常熟练地转了三次密码盘，接下来，她得开始对密码了。这个时候，她回过头，看了看迪克，然后彬彬有礼地说：“为了对你的箱子负责，我得保证，这个箱子只有我一个人能开，所以还请你将头转过去，回避一下。”

迪克随即清了清嗓子，将身子转了过去。安娜娴熟地转动着密码盘，一共转了四次，随后握住门把手，用力一拉，厚厚的保险柜门被打开了。随后，她伸过手，要去接迪克的箱子。虽然迪克显得极不情愿，但最终还是将箱子递给了安娜。他亲眼看着安娜将箱子放在了保险柜最下面的那层架子上，并且关上了保险柜的门，重新上了密码锁。

“搞定了。”安娜微笑着说。

“我能检查一下吗？”迪克走近了保险箱，然后有些吃力地弯了弯腰，用手用力地拉了拉把手，它确实关得紧紧的，然后他回头看了看安娜，说：“你知道的，我这样检查一下，并不是针对你。”

“当然。”安娜依旧微笑着。

迪克抬头看了看挂在墙上的钟，现在差不多十二点半了。“我现在得去餐厅吃午饭了，下午还得去马尔克先生那儿，我真心希望我的腰围能够瘦下来。那么，晚上见了，安娜小姐。”

说完，他便离开了办公室。他走起路来那摇摇摆摆的背影，活像一只硕大的企鹅。

接下来的几天，迪克都在非常努力地锻炼。每天天一亮，他就得享用米尔太太温馨提供的“饿死人的早餐”，之后，他就开始一天无休止的运动了。在马尔克和体育馆其他教练的指导与监督下，他一直在做着不同的运动，几乎没有停过。这种神经病一般的运动方式，估计只有虐待狂才能想出来。

每天的运动课程差不多是这样安排的：早上首先进行热身按摩，接着开始蒸气浴、淋浴，做一个小时的放松操，围绕附近的山麓进行徒步有氧运动，回来之后再次淋浴，到中午的时候吃午餐。

下午的时候，最开始是进行矿泉浴，接着就是针对各自需要强化的部位上个性化的减肥课了。完成之后，晒日光浴，接受紫外线；器械运动，淋浴；游泳，教练会鼓励多游几圈，但时长控制在四十分钟左右，他最多能游两圈。每天的最后一项运动是跑步，而且要边跑边喊：“减！脂肪！减！脂肪！”一般在完成这些之后，他早已没有多余的力气了，几乎是拖着疲惫的身躯挪回房间，然后直接瘫倒在床上，倒头就睡。

吃晚餐之前，一般会给客人预留大约两个小时的休息时间，而且在每天晚餐之后，院方会为每一个参加锻炼的客人提供营养餐，那都是由米尔太太精心调配的，用来补充必需的营养物质。至于晚上，各位顾客就能摆脱一天的男女隔离状态，在游泳池或者娱乐室放松交流了。

每天晚上的交流时间，迪克都故意避开了，他在吃过晚饭之后，直接就去了安娜的办公室，将箱子取回来，回到房间，开始工作。每天，他都会在九点差五分的时候从房间出来，将箱子放回保险箱里。每天都是这样。

星期五的那天，发生了一些细微的改变。通过安娜的介绍，他认识了亨利太太。那天，他刚好要去安娜的办公室，将箱子放回保险柜里，恰巧亨利太太也在里面。

看到迪克进来之后，安娜连忙当起了介绍人：“亨利太太，他就是迪克先生。迪克先生，我向你介绍一下，这位是亨利太太，对了，刚刚我们还提到了你呢。”

迪克似乎对此完全没有兴趣，只是不经意地“噢”了一下。他瞟了一眼那个亨利太太，心想：这么苗条的身材，还需要来这里减肥吗？

亨利太太用一种非常甜美的声音说：“迪克先生，非常荣幸能够见到你。安娜小姐跟我说了，你是一位非常了不起的珠宝专家。”

“安妮小姐真是太会夸人了……”迪克回答道。

“不，是你太谦虚了，能为女公爵重新镶嵌传家宝的一定是顶级专家。”就在说这句话的时候，亨利太太突然注意到，迪克瞥了安娜一眼，脸上的表情显得极不高兴，然后立马补充说道：“迪克先生，请你不要怪安娜小姐，她是了解了我的情况之后，出于一片好心，想帮我解决同样的困难，所以才告诉我这些的。”

迪克有些意外。“同样的困难？”

“嗯，因为我也有一条祖传的项链，那是我的姨妈留下来的。我其实很喜欢那条项链，但它对我来说真的太重了，而且我觉得看起来有些俗气。每次戴上它的时候，我就觉得，它散发出来的那种光芒我根本就驾驭不了。所以，我听安娜小姐提到了你的高超技艺之后，瞬间就产生了一个想法，我打算把宝石重新镶嵌一下，这样我戴起来可能会觉得舒服一些。”

“夫人，不管是什么样的珠宝，它都是可以重新镶嵌的，你只需要跟改造项链的珠宝匠说一下就可以……”

“不，你听我说，我现在不在乎它能不能改，我主要是想知道，我该不该这样做，我想听听专家的意见。”她看着安娜小姐，然后说，“麻烦你帮我把项链盒取出来，我想让迪克先生帮我参考参考。”

他看了看手表，然后说：“亨利太太，我觉得……”

她用一种近乎祈求的语气说：“迪克先生，你就帮我看看吧，这不会耽误你太多时间的。”此时，安娜小姐从保险柜里取出了一个天鹅绒面料做成的盒子，亨利太太连忙接了过来，迫不及待地打开，然后递给了迪克。

“迪克先生，请你看一看，我觉得这条项链真的很不错，但真的太重了。我想你知道我在说什么。”

迪克起初一直很不耐烦，但当他低头看到项链的那一刹那，那种不耐烦不仅在一瞬间就消失得无影无踪，而且脸上立马洋溢出一种饶有兴致的表情。“噢，太漂亮了！”

“是吧，看来你也能体会到我的难处了。”亨利太太说。

“没错，看到它的第一眼我就能体会到，但是，亨利太太，我觉得我无法向你提出建议，因为一项具体的修改建议必须要花费好几个小时的时间来研究分析。实在很可惜，因为今天是我待在这里的最后一天，毕竟我是专程过来减肥的，而且明天早上我就得离开了，所以……很抱歉。”

“你不能今天晚上做吗？”这时，亨利太太突然意识到什么，“请原谅，这句话也许有些过分，但是我会为你支付工资的，而且价格肯定公道。我只想知道专家会怎么处理。”

其实，迪克对于这条项链很感兴趣，他用一种玩味的目光在审视着。“嗯，工艺非常到位，应该是一百二十年前制造的。”

“真神了！迪克先生，你果然是内行！”亨利太太赞不绝口地说，“我是整个家族的第六代传人，到今年整整一百二十年！”

“你看，上面有个小小的旋涡形装饰，这种设计带有很重的法国风味。”

“应该是这样的，因为这条项链是在新奥尔良做的，那一带当时就是被法国统治的。”她看了看迪克，然后问，“迪克先生，怎么样，你愿意帮我这个忙，对它进行一番研究吗？”

“不得不承认，我彻底被它迷住了。成色这么好，而且这么有历史的好东西，确实是难得一见！”

亨利太太双手合十，像演戏一般地说：“我就知道你一定会答应我的。迪克先生，自从你进门的那一刻我就看出来了，你就是一名真正的绅士，所以，你不会拒绝女士的真诚请求的，何况女士还深陷困境之中。”

“这样吧，你只要答应我下面的两个条件，我就帮你做这件事情。”

亨利太太点了点头。

“第一，我今天真的太累了，完全没有精力对你的项链进行研究分析，否则分析出来的结果肯定不太理想。我在明天早上告诉你的那些意见，也都不是正式的意见，这与我所在的公司没有任何关联。第二，我给出的意见只是个人的，所以你不要当专家的意见来看，我也不向你收费，你觉得能接受吗？”迪克非常认真地说道。

“噢，为什么不呢？迪克先生，你的品行简直太高尚了！我非常乐意！”

“那就好。”他转过头，看了看安娜，然后说，“安娜小姐，这件事情你可以作证。对了，请你把箱子还给我吧。”

安娜有些好奇，“怎么，今天晚上你不寄存箱子了？”

“不，如果我要对亨利太太的项链进行检测，就必须用到专业工具，像测量仪、珠宝专用辨视镜、专用抹布等这些东西都放在里面……”说到这，他有些意外地看了看眼前的这两个女人，然后问，“你们俩干吗用一种十分古怪的眼光盯着我看？”

安娜和亨利太太互相对望了一下，然后都转过头来看着迪克。

安娜说：“这么说吧，迪克先生，原则上，亨利太太非常愿意将她的项链交给你处理，不过，你最好能把你的箱子留在保险柜里当作……嗯，我想你明白我的意思。”

“用作担保对吗？”迪克回答。

两个女人看着迪克，似乎正准备说什么。迪克摆了摆手，接着说：“我能够理解，毕竟我们都不认识，这样做当然是对的。安娜小姐，你把我的箱子拿出来，放在桌上，我就在这里当着你们的面打开。”

安娜随即取出了小箱子，按照迪克所说的，放在了桌子上。迪克从身上掏出一片钥匙，他打开箱子的锁，然后掀开顶端的盖子，一块可以移动的天鹅绒挡板出现在他们的眼前，挡板上挂着一条非常精致的项链，上面镶嵌着一颗巨大的绿宝石。

“这就是我目前在做的工作，这条项链是英国的，很值钱。我把它留在保险柜里，这样你们可以放心了吧？”

安娜看了看一旁的亨利太太，然后说：“我想，这个担保很有分量，你觉得呢？”

“嗯，”亨利太太点了点头，然后马上说，“啊，顿时觉得好尴尬，就在几分钟之前，我还在求别人帮我办事，结果，我现在居然……不过希望迪克先生你能够理解，毕竟这条项链是我的传家宝。”

“我当然理解，而且我觉得，我刚刚应该主动提议这样做。我想，我可能是饿晕了，这多亏了米尔太太精心设计的菜单啊。”说完，他将那条绿宝石项链小心翼翼地取了下来，然后用一块布包裹着，递到了安娜的手里。随后，他立即合上了盖子，“啪”的一声，为小箱子落了锁。“两位女士，要是没有别的什么事情，我就先回房间了。明天见。”

迪克转身走出了办公室，两个女人仍旧留在原地，默默地看着迪克离去的背影。他一手提着那只小箱子，另一只手握着亨利太太的那条祖传项链。

第二天一早，迪克就来到了温泉办公室进行结账。此时，安娜和亨利太太早早就来到了那里等他。

迪克热情地朝她们打招呼："嘿，两位女士，早上好！"

"迪克先生，早安！我先去给你拿账单，你跟亨利太太先聊着。"说完，安娜就准备离开办公室。

"迪克先生，我想听听你有什么高见？"亨利太太面带微笑地问。

此时，办公室里就只有他们两个人了，于是，他们都在桌子边坐了下来。迪克将项链盒放到了桌子上，然后面向亨利太太打开。"太太，我不得不承认，这是我见过的所有珠宝项链中，最具有创意的一条。上面镶嵌着的都是顶级宝石，而且手艺非常精妙，可谓是巧夺天工！而且我个人也很乐意来对它进行重新设计、重新改造。不过，我觉得，我应该老实地告诉你，这条项链不该被改造。"

亨利太太显然不太理解，连忙问："为什么……我……我没明白。你既然非常愿意来改造它，为什么又说不该改造呢？"

"别急，我解释给你听。首先，我对于重新设计、重新改造表示出浓厚的兴趣，这是因为对我来说，完成这样的工作是一种自我的挑战，我内心感到非常愉悦。但不得不说，我这样做的动机非常自私。另外，我是从我个人的角度来做出决定的，如果我是一名女性，我拥有一条这样的项链，我会选择将它擦得透亮，然后非常自信地将它戴在身上。我不会为它做任何改动。"

"嗯，不过……不过我觉得把它戴在身上，太……太抢眼了，我觉得我驾驭不了……"她反驳道。

迪克摇了摇头，"别那么说，你就应该非常骄傲、非常自信地把它戴在身上，然后搭配上最适合你的长礼服，不要太复杂的那种。最好也不要戴其他的首饰了，那样会显得非常多余，耳环都可以不要。恕我直言，你甚至可以梳一个高高的发髻，把头发盘在后面，将你优美的脖子，甚至是双肩，统统大胆地展现出来。总而言之，这就是一条炫耀你自己的绝妙尤物，不过切记，别的什么配饰都不要戴。"

亨利太太露出了满意的微笑，"迪克先生，我觉得你说得很对，而且非常有道理！"

"很高兴你能这么想，"迪克将项链盒盖了起来，然后还给了亨利太太。

这时，安娜恰好走了进来。

"我的账单吗？谢谢。"他扫了一眼账单上的费用，然后很快地从口袋里取了一沓旅行支票出来。他实际签的额度比账单上的费用要多。然后，面带微笑地说："多出来的钱，请分给马尔克和他的助手们吧。"

"迪克先生，你真是太慷慨了。"

"这没什么。"说完，他看了看窗外，一辆出租车朝这边开了过来，并且停在了门口。"我想，我得告辞了，我预约的出租车已经到门口了。我可以取回我用来担保的项链了吗？"

"当然。"安娜很熟练地打开了保险箱，将那条用布包着的项链递给了他。他接过项链之后，很快地放回了箱子里，并且上了锁。

“希望你能再来啊！”安娜显得非常热情。

迪克则哈哈大笑地回答：“也许不会再来了吧。当然，我得承认，你们的治疗正如广告里说的那样，效果很好。今天早上，马尔克给我测量了体重，减肥效果居然超过了我的预期，根本就不止一天一寸。我注意看了看，腰围一共减了三寸，胸围减了两寸，两条大腿一共三寸，整整减了八寸啊！如果我以后还有减肥需要的话，你们这里肯定是我的首选！好了，我的时间不多了，就先到这里吧，两位，再见了！”

他一手拎着衣服，一手拎着珠宝箱，步履蹒跚地向出租车走了过去，而安娜和亨利太太则站在他的身后，面带微笑地目送他离开。

当晚，迪克打开行李之后，便离开了在墨西哥城永久居住的旅馆。他走到了林荫大道上，随后转入一家酒吧。他在杂志架的前面停了下来，拿下了最新一期的《体重》周刊。柜台末端的位置刚好空着，那是他最喜欢的座位，他直接朝那儿走了过去并坐了下来。

吧台侍者立即迎了过来：“好久不见，迪克先生，你有一整个星期没来了，我们非常想念你。”

“嗨！杰克，确实，我出了一个星期的差。”

杰克打量了一下，然后说：“你好像瘦了。”

“嗯，的确是瘦了一点。”

杰克将一张菜单递给了他，然后就去了柜台的另一头，那里还坐着一位客人。迪克一边打着哈欠，一边疲惫地看着菜单，一副困到不行的样子。

昨天晚上他在房间里，花费了大半夜的时间，将亨利太太那条项链上的宝石取了下来，然后装上了一颗仿真度极高的假宝石。他现在也还没来得及去找回收赃物的人，那块真宝石连同他的假项链统统都还锁在小箱子里。据初步估计，取下来的那块真宝石至少能卖三万元，运气好甚至能卖到三万五。这样一来，他就能净赚八九千，足够他在这个地方潇洒地过一年了。而且，在这笔钱用完之后，他总能在美国找到新的温泉馆去探索一番。

杰克朝他走了过来。“先生，你点好菜了吗？”

“嗯，我今天还不是很饿，因为外出的原因，这几天胃口也不好，就来些点心吧。两个干乳酪面包，所有配料都加，一份红柿子椒，一杯双料巧克力麦芽酒。另外，一小块草莓蛋糕配咖啡作为餐后的甜点。”然后，他微笑着对杰克说，“等明天胃口好了，我再认真地吃，把掉了的肉给吃回来。”

杰克转过身，准备点心去了，迪克则坐在座位上，悠闲地翻着《体重》周刊。

心罚

初夏的夜晚有些热，烟味和金银花香在空气之中氤氲，小屋附近的那片柳木花园与草坪上，萦绕着蛐蛐的高歌声与树蛙的嘶鸣声。

琳达和乔治在昏暗的门廊边坐了好久，但他们并没有相互拥抱，甚至连相互注视的眼神都没有，他们只是一言不发地坐在那里，静静地倾听着夜的声音。

最终，乔治打破了沉默，他用耳语一般的音调问：“你想什么呢，琳达？”

她看着乔治，然后问：“你想知道吗？”

“对啊，所以我才问你的嘛。”

她轻轻地说：“我正在想汤姆呢，在想那个我们配合得天衣无缝的案子。”

他沉默了很长一段时间，后来问：“为什么？”

“我觉得，杀掉他的那个晚上，和今晚的情形简直太相似了。”

“你别那么说！”

“放心，这里没有外人。”

“琳达，我们都说好了，以后都不再提那件事情的。”

琳达停了停，然后接着说：“乔治，你难道不记得了吗？那天晚上的情形简直就跟今晚一模一样。”

“我当然记得。”

“其实，如果我们那个时候注意节制一下见面的频率，或许我们就不会被他当场抓住，不过，话说回来，那天晚上的景色真的很美。”

“听着，就算我们那天晚上没被逮到，总有一天，大家也会知道我们之间的事情，毕竟纸包不住火。”乔治显得非常认真。

“那倒也是。”

“不过，好在并没有人发现那天晚上的事情，计划进行得非常成功，一切都很顺利。”

“但是，乔治，我不太明白，我们为什么不在那天晚上之前私奔呢？我们完全可以躲到一个没人认识我们的地方。”

“你别犯傻了，明明知道我那个时候没钱，我们能去哪？”

“我不知道。”

“是啊，那我又怎么会知道呢？”

“其实，如果汤姆的嫉妒心没有那么强的话，事情可能就没那么复杂了，我能求他离婚，这样一来，我们也不必做那件事了。”

“就是因为他的嫉妒心太强了，所以我才会那么做。说穿了，他就是一个十足的笨蛋，所以，我对于做出那件事情一点儿也不后悔。”

琳达此时似乎显得有些犹豫。“当时我也没有反悔来着，可如今……”

“琳达，你今晚到底怎么了？”乔治有些不大理解。

她又说：“烟、金银花、蟋蟀和树蛙，乔治，今天的景象简直就和那天一模一样。”这是她今天第三次这样说了。

“够了！”乔治有些不耐烦地说，“别发神经了！”

黑暗中，琳达轻轻地叹气道：“乔治，我们为什么把他杀了？到底是为什么？”

“很简单，就因为他发现了我们。你今天晚上为什么老是在这个问题上纠结呢？”

“当时你告诉我，我们这样做，是为了我们的爱。”

“对啊，这也是其中的一个理由。”

“其中一个理由？”她重复了一遍之后，冷冷地笑了，而且笑声显得有些急促，“可当时你说过，这是全部的理由，而且只要是出于这个理由，我们什么事情都能做！”

“琳达，你怎么能这么说呢？那桩杀人案，我们做得是多么完美！你当时不也是这么认为的吗？事到如今，人们都把那件事当成一个偶然事件来看，我们从来就没有被怀疑过！”

“我知道，你说的这些我都知道！我都懂！”

“那你到底想怎么样？”

“乔治，”琳达小声地问，“你觉得，做那件事到底值不值得啊？”

“怎么不值得啊？我们不是结婚了吗，我们可以永远在一起。”

“也是。”琳达点了点头。

“一直以来，我们都生活得特别幸福。”

“我也这么认为。”

“你一直把幸福挂在嘴边。”

“乔治，”琳达抬起头，看了看他，然后非常认真地问，“你幸福吗？”

“那是当然啦！”乔治非常自信地说。

听完乔治的回答，琳达陷入一阵沉默，两个人顿时安静了下来。一阵狗吠声伴着蛐蛐的鸣叫声远远地传了过来。沉默了很久之后，她叹了一口气，说：“我还是觉得，要是咱们没做那件事该多好啊！”

“琳达，你听我说，那件事情真的一点破绽都没有！”

“乔治，你觉得那可能吗？”

“为什么不可能？”

“起初我也是这样想的，可如今不会了。”

“不，你不要这样。”

“哎……”她长长地叹了一声，然后说，“都过去这么久了，可我还是不自觉地感到后怕。”

“我们俩不论是谁，都不会被抓，在这种情况下，你还有什么好怕的？”乔治安慰道。

“咱们都不会……”

“而且，我们也不会遭受任何惩罚，对不对？”

“真的不会吗？”她说的声音很轻，但却无法掩盖她内心的疑虑。

“琳达……”

“乔治，其实你说的那些道理我都懂，但是，你现在也该明白，只要是凶杀案，就总会留下破绽！”

“不，我不明白！”

“我相信你明白的，就像我明白一样。乔治，不要自欺欺人了，这个道理，我们从一开始就明白的。并非没有人惩罚我们，而且直到现在，我们的惩罚也没有结束，不过，我想，了结的日子应该也快到了。”

随后，他们再也没有说别的，只是默默地坐着。浓烈金银花香将他们紧紧地裹着，四周回响着的都是蛐蛐的声音，那种强度，似乎能够震破人的耳膜。他们既不看对方，也不碰对方，只是在昏暗的门廊尽头静静地坐着……然后，回忆……等待……

他们两个人就这么坐着。琳达今年七十九岁，乔治八十一岁。而那桩完美的谋杀案，发生在五十年前。

意外出现的扒手

一天，我正坐在假日酒店的豪华休息室里，悠闲地翻着一本杂志。我注意到，一个身穿暗色粗格子衣的女人正在扒一个白发苍苍的老人的口袋。

那个人叫斯通，手持拐杖，俨然一副老绅士的打扮。他是一位富豪，在加州拥有价值一亿五千万的资产。那个女人的扒窃技术非常漂亮。当时，斯通正从我对面的一部豪华电梯里走出来，那个女人则从大理石的楼梯那边朝斯通走了过去。她故意走得很快，装出一副心不在焉的样子，并且好像是设计好了的一样，和斯通迎面撞了个满怀。事后，那个女人对斯通露出美丽的笑容，和气地道了个歉。斯通显得很有礼貌，鞠躬回了个礼，并表示没有关系。趁着这个间隙，她敏捷地将他的皮夹和镶钻的领带夹给扒了下来，整个过程，斯通完全没有注意到，并且没有对这个女人的行为产生丝毫的怀疑。随后，她快步地走向了休息室对面的出口，并且将刚刚收获的东西顺手塞进了手提包中。

我立即从座位上站了起来，谨慎而迅速地朝那个女人跟了过去。她已经快走到玻璃门边了，此时，我离她只有一步之遥，而她的身边，则摆满了一盆盆的植物。

我伸过手，一把抓住了她的肩膀，然后微笑地对她说：“小姐，很抱歉，请留步。”

她转过身，一脸惊讶地看着我，对于我的突然出现感到意外，就好像我是从边上的盆景里突然冒出来的一样。随后，她冷冷地问我：“你说什么？”

“我觉得，我们有必要谈谈。”

“抱歉，我没有和陌生男人谈话的习惯。”

“我想你的这个习惯要为我破例了。”

她脸上的那双棕色的眼睛里闪过一丝愤怒的神情，然后说：“我警告你，放开我的手，不然我就喊人了！”

我不紧不慢地告诉她：“有件事，我觉得有必要告诉你，我是这家酒店的保安主任。”

听到我的这句话，她的脸色瞬间白得就像一张纸。

随后，我带着她，穿过酒店的拱形大门。我准备带她先到餐厅，事实上，餐厅就在我们左侧不远的地方。她显得很配合，全程没有表现出抗拒的意思。我让她坐在附近一张皮椅上，我则坐在她的正对面。餐厅里，一名身穿蓝色制服的服务生朝我们走了过来，我随即摆了摆手，他便走开了。

隔着桌子，我细细地打量着对面的这个女人。她的头发是褐色的，而且带点儿卷，一张有些古典气质的脸很容易让人将她与纯洁、无辜相联系。从表面上看，她不过二十五岁。

“我敢说，你是我见过的长得最漂亮的三只手。”

“我根本就不知道你在说什么。”

“我说你是最漂亮的扒手。”

她看起来非常愤怒的样子，“你说我是扒手？”

“够了，别装了。装什么傻啊，我都看见了。你扒了那个人的皮夹和镶钻领带夹，当时我就坐在电梯口的对面，跟你只隔着不到五米的距离。”

她痛苦地叹了口气，坐在那儿一言不发，手指有些尴尬地拨弄着手提包的带子。过了一会儿，她才说话：“我承认，我刚刚确实偷了那些东西。”

我伸过手，一把将她的提包拿了过来，并且打开检查了一下。里面除了刚刚偷得的那个皮夹和领带夹之外，还有各种女性日用品。我从包里还找到了她的身份证，并且将名字和地址偷偷地记了下来。我把她刚刚偷走的两样东西拿了出来，把包还给了她。

“我……我其实不是小偷，真的……”她很小声地说，并且有些颤抖地咬着下嘴唇，说，“我控制不住我的偷窃癖，而且有的时候，这种欲望很强烈。”

“你有偷窃癖？”

“是的，为此，我前前后后看过三个精神病医生了，但是他们都说，不知道要怎么治疗。”

我表现出一副非常同情的样子，摇摇头说：“这简直太糟糕了。”

“嗯，真的……”她连忙点头，然后用一种颤抖的声音说，“如果……这件事情被我爸爸知道了，他……他一定会把我送到精神病医院的！因为……因为他已经警告过我一次了，如果我还有小偷小摸的习惯，就一定会兑现他的话……”

“我觉得，你的父亲应该不会知道今天发生的这一切。”我的语气显得很轻松。

“你没骗我？他不会知道？”

我不紧不慢地说：“那是当然，只要斯通先生拿回了他自己的东西。而且，我也没必要将这件事情大肆宣扬，这毕竟对于酒店的名声不好。”

她的脸色瞬间变得好看了不少，“你的意思是……放了我？”

“也许我真的是心太软吧。我可以放你走，不过你得答应我，以后不许来这里偷东西了。”说完，我叹了口气。

“行，没问题！”

“要是我以后还在这里看见你，到时候我就一定会把你交给警察！”

“不不不！不会的！”她连忙向我保证，显得非常急切，“明天一早，我就会去看另外一个精神病医生。或许，从明天开始，我就不会有这个困扰了。”

“很好，那么……”我回过头，想看看拱形餐厅门外站着的客人，等我再次回头时，餐厅通向街道的大门正好关上了。坐在我对面的那个女人不见了。

但我并没有急着追上去，而是静静地坐在那儿，仔细回想着和她有关的事情。在我看来，她算是一个手法相当老练的职业扒手了，而且，还非常擅长撒谎。

我只是笑了笑，然后走回了休息室里。不过，我没有回到最开始我坐着的那个地方，而是穿过酒店的玻璃门，走到了街上。我看起来非常漫不经心，就像是一个在逛街的人。

我混入了人群之中，将右手伸进了外套的内侧口袋里。我轻轻地碰了碰那只厚厚的皮夹和领带夹，脑海中突然产生了一种奇怪的感觉——我有点为那个女人感到难过。

其实，早在斯通入住假日酒店的那一天，我就盯上了他。今天，我足足在休息区里守候了三个小时。其实，我当时已经准备下手了，可就在我将要行动的十五秒前，她却意外地出现了。

时间的报复

我决定在今天晚上开始实施我的报复计划，为了这一天，我已经足足等了二十五年。这二十五年来，我的心里每天都充满了怨恨。现在，是时候进行报复了。

说实话，我并不知道莱莉究竟看上了我哪一点。我长得并不好看，也没什么钱。虽说有点聪明，但还远没到可以拿出来炫耀的程度。由于之前当兵的缘故，我曾经去过欧洲，到过太平洋，但这也并不是什么非常了不起的事情。想来想去，也许就是因为，我有一点儿幽默感吧。可能是因为这一点，能让我在每个周末的时候和美女约会。平时我闲下来的时候，身边总有伴侣作陪。她们总说，我是一个非常有趣的人。

我是一个爱笑的人，一直以来都是如此。笑这种语言能够通行于整个世界，没有种族的隔阂，没有阶级的界限，是不同宗教之间的纽带，是最健康的一味药剂。

莱莉会被我吸引，可能也与我的笑有关，要知道，凭她的条件，完全可以随心所欲地挑选男人。莱莉一头柔软的秀发整齐地披在雪白的双肩上，刘海下面是一张大理石一般的脸，手指纤细修长，指甲就像是点缀在指尖的粒粒珍珠，整个人更是透露出一股女神的气质。

我在一个舞会上结识了莱莉。虽然我当时是带着女伴去参加舞会的，莱莉也带了她的男伴，但是最后离开的时候，我是和莱莉一起走的。

大约在我和莱莉订婚三个月之后，一个叫作戴维森的男人闯入了我们的生活。更确切地说，他是“跛”进我们的二人世界的，因为他的脚在战争中中了纳粹的霰弹。他长得非常英俊，留着八字胡，在战斗中拿到过紫星勋章，而且，他是一个聪明甚至有些狡黠的人。

他第一次接近我们是在教堂里。那是一个星期天的早上，当时牧师布道已经结束，而且赞美诗也唱完了。他向我们进行了一个简短的自我介绍，并且向我们解释道，他刚刚来这里，一切都不太熟悉，希望我们能多多关照，并且邀请我们在第二天的时候去他家吃饭。

尽管我当时就有一种不妙的感觉，不过，在教堂里，当着那么多人的面，我还能说别的什么吗？何况莱莉更是表现出一副非常热情的样子，我就更没有什么发言权了。

我们在第二天的晚上如期赴约了。当时总共就只有我们三个人，他的家里也没有其他的女孩。我能够很明显地察觉出来戴维森邀请我们吃饭到底有什么意图。英俊的外表，加上充满活力的状态，他对莱莉一见钟情了。我想装出一副非常大度的样子，不过，我这一切的做法都是徒劳的，整个事情的发展根本就不受我的控制，就好像整个过程我都不在场一样。

整个过程中，莱莉看起来都非常高兴。我很清楚，戴维森的经济状况其实是不如我的，但是他偏能在桌上摆出一大堆我吃都没吃过的食物，还能拿出很多我连名字都叫不出来的酒。我的心中顿时堆满了憎恨和恐惧，而且这种感觉一度让我窒息。我当时根本就没有一点胃口，桌上哪怕摆的是山珍海味，我也一口都吃不下去。不过莱莉吃得非常满足，而且她也似乎完全没有注意到我这个被晾在一旁的未婚夫。

吃过饭没多久，我们就向戴维森告辞了，我托词说第二天早上要上班，所以要早点回家休息。戴维森却说，如果莱莉打算在他这里多待一会儿的话，我可以先回家，他晚一些会将莱莉送回来。我显得很不高兴，但从莱莉的眼神中可以看出，她觉得这个提议不错，而且她似乎已经答应了。“这不太好吧。”说完之后，我便强行把莱莉拉走了。

大约过了两天，莱莉又和戴维森吃饭去了，和上一次不同，这次他们根本就没有叫我。如果说上次还只是感到嫉妒的话，这次就已经变成非常憎恨了。

那个周末，我原本计划与莱莉约会，不料她却以头疼的借口推掉了。过了一会儿，我又给她打了个电话，我想问问她的头疼是否好些了，没想到她家里的电话一直没人接。

我前面说了，我是一个很有幽默感的人，而且喜欢不羁地大笑。几个星期之后，莱莉和戴维森两个人一块儿来看我了。这一次，莱莉还带来了我给她的订婚戒指，她把戒指还给了我，并且对我说，她将要和戴维森结婚了。我大笑了一声，不过笑得非常勉强。我主动和戴维森握了握手，告诉他们我对此并不介意，并且问他们，我可以为他们做些什么。

戴维森对我说，他刚刚来这里，一切对他来说都非常陌生，而我则是他唯一的朋友，所以问我能不能……我当时选择暂时咽下了心中的怒火，接受了戴维森赠予我的“荣誉”。

又过了一个星期，他们俩要举行婚礼了。我是婚礼的伴郎，整个过程中我都显露出了憨厚的微笑。我还负责为他们递戒指，同时还得轻吻新娘，祝福他们。表面上，我这个伴郎当得非常称职，但实际上，我的内心已经处于一点就着的状态。

婚礼的宴席非常丰盛，所有的菜肴都是戴维森一个人挑选的。当时，戴维森正在给莱莉喂蛋糕，我看到莱莉笑呵呵的表情时，一个念头瞬间浮现在我的脑海中。我自认为，这个念头简直妙极了。

戴维森偷走了莱莉，偷走了原本属于我的莱莉，所以我要报复，我一定要报复！

在向这对新婚夫妇扔米粒的时候，我表露出来的笑声的的确确是非常真诚的。我面带微笑地看着他们，看着他们步履稳健地从相逢的教堂台阶上走下，幸福地走进了婚车，然后离开了我的视野。

我的报复计划也由此开始了，只不过……

之后的很多年，我一直和他们保持着交往的关系，渐渐地，我真的成了他们的朋友，而且经常到他们家做客。只要他们邀请我去他们家一块儿吃饭，我就一定会带着蛋糕和巧克力，当作朋友间见面的礼物。对于莱莉，我也表现出一副非常关心的样子。我鼓励她吃，然后眼见着我的复仇计划在她的体内生根发芽，开花结果。

终于，到了今晚。我觉得报复的果实已经成熟，可以去采摘了。

我轻轻地拍了拍戴维森的肩膀。此时，他早已一头白发，脸上也添了很多皱纹。他抬起脸，看了看我。我用手指了指坐在对面房间的莱莉，然后说："你看看你家的莱莉，她现在的身体圆乎乎的，差不多得有两百磅了吧？而且皮肤软塌塌的，一点光泽都没有，整张脸泛着红光，而且毛孔粗大，一双粗糙不堪的手上面还布满了裂缝……"说完之后，我突然放声大笑起来。

我看着苍老的戴维森，然后轻声地问："你有没有想过，你的莱莉，居然会在未来变成一只滚圆的汽油桶？"

戴维森一直死死地盯着我在看，透过他的眼神，我能够明显地看出里面夹杂着嫉妒、悔恨和懊恼。有一件事情他无法改变，因为我的太太娇小玲珑，而且年轻漂亮。

死亡预言

杰里是一家食品店的老板，大约三十来岁，头发乌黑，整个人看起来非常帅气。他的小办公室里有一张看起来显得粗糙的松木桌子，他此时正坐在桌子的后面。他的太太叫路易斯，头发是红色的，体态非常臃肿，此时，她正拖着胖胖的身躯在办公室外面接待客人。

然而，杰里的脑袋中想到的是另一个女人的身影，那个女人就是约翰太太，她来店里购物的情景，就像放电影一样在他的脑海中快速地掠过。他仿佛觉得，那个气质高雅、身材娇小、说话轻言细语的富有魅力的女人就站在他的面前。她的丈夫是一位非常有名的律师。

一次偶然的机会，杰里看到了约翰。当时，他走到店外去透气，约翰正好从他的店门口走过，要赶往火车站。约翰每天上班都要搭乘火车。他仪表堂堂，从身上穿着的昂贵套装和手里提着的真皮公文包就能看出，他应该是一个有些本事的人，或者可以说，他的收入非常可观。

杰克在心中暗自琢磨，如果他能和约翰享有同等的教育，他也一定能成为一个像约翰一样的优秀律师，能在律师界出人头地。他甚至还幻想过，他的地位无人能及，能够在法庭中，通过自己过人的口才、独到的经验、缜密的逻辑，将重重谜案一一揭晓。他还幻想过，如果运气够好，他还能成为一名非常有名的外科大夫……

想到这里，他的思绪又绕了回来，回到了那个金发碧眼、惹人怜爱的约翰太太身上。杰克心里很清楚，他暗恋着那个女人。

尽管约翰太太最后一次来他的店里购物时，杰里曾经向她示爱，不过，约翰太太本人根本就没有这样想过。当时的场面瞬间又浮现在了杰里的脑海里。

那天傍晚，杰里提前让路易斯回家准备晚饭了。就在她走后不久，约翰太太来到了他的店里，不过看起来有些气喘吁吁的。“杰里先生，你好！今天天气真不错，真是让人心情愉悦的一天。”

“没错，”杰里回答，“约翰太太，我觉得现在这一刻，你更是让人赏心悦目。”说完，他故意挤出了一个和和气气的笑脸。

杰里仔细地打量着约翰太太的表情。她那双淡绿色的眼睛起初显得惊讶不已，随后就露出一种非常愉悦的眼神。他坚信自己的判断不会有错，他相信，自己是众多女人心目中的偶像，哪怕是那些常来的女顾客也对他颇有好感。这自然也包括约翰太太。她现在沿着货架来回地走动，假装在挑选食品，其实是为了掩盖内心的那一丝愉悦的心情。

过了一会儿，他觉得时机差不多快到了，便漫不经心地对她说："约翰太太，我觉得有些奇怪。你来我这里，只是买肉、买沙拉或者是乳酪，我们之间也只是生意往来上的这种关系，我们的情谊好像还没有扩展到其他的方面……所以，我觉得，我们有必要好好交往交往。当然，我所指的是私人的交往。"

她停了停，说："如果到了某个程度之后，我觉得我们的关系是可以进一步深入，但是，我有点不太明白，你具体说的是什么？"她看起来显得有些惊讶。

"不，我只是想说，能够认识你，并且能够经常在店里看见你，我感到非常高兴。"杰里笑着说。

听完杰里的话，她点了点头，随后非常冷静地问："还有别的原因吗？"

此时，他感到心里激起了一阵冲动。他似乎有些后悔，自己之前为什么没有这么问。"嗯，我就是觉得，我们该好好认识认识。"

"我们该怎么认识？"

"嗯……比如……比如我们可以去喝一杯，而且最好是现在就去。让我找个合适的地方先。"

约翰太太在一旁沉默不语。

杰里继续说："我的妻子已经回家了，她做饭去了，你知道的，我经常很晚才能回去。"

"这我知道。"

"另外，我知道你的先生在城里工作，因为我有时候在这里待到很晚，还能够看见他从火车站走出来。"

"没错，因为他平时每天要工作很久，所以选择走到车站，下班的时候也选择走回来。这是他的运动方式。"她的回答显得非常干脆，"对了，你刚刚说要和我喝一杯，你是说现在吗？"

"我知道，半岛那儿有个不错的地方，之前我去过一次。那里的人既不认识我，也不认识你。不过没有关系，我们可以只当作在讨论你要宴请客人，该准备什么样的食物，对吧？既然如此，我们在一起喝喝小酒又有什么关系呢？我觉得这种事情，在现在这个年代，根本就不值一提。"

约翰太太立即问："你就这么相信，我会跟你去？"

"我还是希望你去的。不过，我的汽车被我的妻子开走了，但没关系，我们可以……"

"你是想说，我有车，对吗？"

"不，我可以先走回家，然后你开车过来，在半路接我上车。这样一来，别人就会以为，我只不过搭了个便车而已。你觉得这个主意怎么样？”

她摇了摇头，然后认真地看着杰里，“杰里先生，我已经结婚了，我和我的丈夫过得很幸福。他很优秀，我们之间也相互关爱。要是我给你留下了什么不好的印象，还希望你能多多原谅，但是，如果我的某些行为真让你觉得有些什么的话，很抱歉，我是无心的。对了，麻烦你点一下，这堆东西一共多少钱？”

在清点物品的时候，他突然间觉得，他和约翰太太之间是没戏了，不过，他的内心仍旧坚定地认为，约翰太太对他是怀有好感的，只是出于某些原因不便说出来而已。他坚信约翰太太嘴里说的婚姻与幸福都不过是约翰的金钱和利益在作怪，她之所以拒绝，只是担心这一切都变成泡影而已。

要是约翰这层障碍不存在的话，情况会变得怎样呢？要是这种情况真的发生了的话，她又会有怎样的表现呢？杰里心中自言自语道：“如果真是这样，约翰太太一定会爱上我的！”

一个冰冷的声音传入了杰里的耳朵，“再见，杰里先生。”此时，约翰太太已经将零钱装进了钱包，并且拎着买好的东西，走出了门外。

这件事发生在三个星期之前，自那之后，约翰太太再也没有来过。他似乎知道这其中的原因：她担心可能把持不住自己，担心信念会发生动摇，这样一来，可能会危及她和约翰之间原本稳定的婚姻关系。所以，只要约翰不在的话……

“杰里！杰里！”办公室门外传来一阵急促的叫声。他一下就分辨出，那是路易斯的声音。路易斯也很清楚，杰里一定把办公室的门给反锁了。这主要是因为，每当他不希望受到其他人的打扰时，路易斯总会不合时宜地出现在他的面前。

“有什么事？”他的声音显得很不耐烦。

“你在干吗呢？”

“有事在忙呢！”

“忙什么啊？”

“在忙需要一个人静下心来做的事情，不希望被别人打扰！”

“那你和我说说看呗。”

“你就没有别的事情要做了吗？就想跟我问这个吗？”

“其实，店里的乳酪卖完了。”

“你打个电话再进点货不就行了吗？”

“你什么时候出来啊？”

杰里已经极不耐烦了。之前，他曾经认为，这个女人极富魅力，但如今……“等我出来的时候，我会跟你说的，你先走吧。”

“你什么时候出来？”

“也许我永远都不会出来了！”

门外似乎安静了，当确认她不再会啰啰唆唆地问一大堆之后，杰里便开始继续憧憬和约翰太太在一起的日子。突然，他用钥匙打开了办公桌上的唯一一个抽屉。他的心里现在只想着约翰，想着这个唯一阻碍他成功地得到约翰太太的人。他在做着各种设想，只要约翰不在了，约翰太太就会对他投怀送抱，所以，只要……

想到这里，他立即从抽屉里面拿了一张纸出来，将桌上的一支笔握在手里，然后开始满脑子无边无际地幻想。他是一个擅长写信的人，之前有很多人曾经问他，为什么不把这种才能用于小说的创作之中，这样一来，不仅能够获得一笔不菲的收入，同时还能收获大量的名望。但这一切放在目前来看，都是以后再说的事情，眼下要做的，是另一件更为要紧的事情。他随即提笔写道：

亲爱的约翰太太：

尽管你只是我店里的一名顾客，但我一直以来都对你敬仰不已。听到你先生约翰过世的消息，我感到万分难过，谨以一封短信表示慰问，还希望你能多多保重。

杰里夫妇敬上

看着已经写好的信，杰里读了一遍又一遍。然而，他的心中丝毫没有感觉到舒畅，而且一种莫名的沮丧感堆积在了心头。如果这封信里说的事情成为事实的话，该是一件多么让人高兴的事情啊。不过，他相信，总有一天，这封信能够发挥它的作用。他将信小心翼翼地折好，并且放回了抽屉里。随后，他锁好了抽屉，关好店门，然后回家向他的太太路易斯发泄情绪去了。

那天晚上，他在床上翻来覆去睡不着，满脑子想着的都是约翰太太。他最后不得不从床上爬了起来，坐在客厅的沙发上发呆。他此时只在琢磨一件事情，如何让自己梦想的那件事情转变为事实……

第二天，他像往常一样来到了店里。不过，他的脸整天都是阴沉沉的，坐在店里一言不发。看着杰里的样子，路易斯有些焦急地问：“你到底怎么了？坐在那里就知道发呆，连骂都不骂我了。快跟我说说看，到底发生什么事情了？”

他仍旧只是呆呆地坐在那儿，一声不吭。

“你有什么心事，说来让我听听。”

杰里终于说话了：“路易斯，这跟你有关吗？”

“我就是想知道，你到底出什么事情了。”路易斯回答。

“你回去做饭吧，我想吃通心粉沙拉。”

等到家之后，杰里匆匆忙忙地吃完晚饭，然后起身对路易斯说：“晚上我会很晚才回来，今天得把账目清了。”

“哦，那你去吧……”

“对了，别有事没事打电话，我需要工作，不要跟我用电话聊天，我不喜欢，你明白吗？”

“好吧……我真是搞不懂你。”

等他开车离开家里的时候，最后一次在店里见到约翰太太时的情景又浮现在他的眼前。他坚信，约翰太太眼里流露出来的，是对他的款款深情。不过，要是她对失去丈夫以及财产都表现得非常淡然，那又该怎么办呢？

杰里转而想到，一旦把约翰除掉，约翰太太仍旧能够将约翰名下的财产和保险统统继承下来，而且这样一来，横亘在他们之间的障壁就消除了，他和约翰太太就能在感情上自由往来了，而且这是不言而喻的事情。只要开头做好了，他就能和约翰太太长相厮守地过一辈子。接下来，他只需要跟路易斯离婚，然后便能和约翰太太永远在一起了。

他开着车来到了图书馆，在索引上寻找书目，最后来到指定的书架旁，将有关汽车修理的书借了出来。他仔细地在书中寻找有关弯铁钩、挫钥匙以及热金属线的知识，然后将找到的一切资料都仔仔细细地记录在了自己带来的笔记本上。离开图书馆之后，他又去了火车站，拿了一份详细的列车时刻表。回到店里之后，他仔细阅读了从火车站和图书馆里弄来的两份资料。

天黑之后，他从办公室里面走了出来，来到了店门口附近的窗前，他熄了灯，静静地坐在那儿。过了一会儿，一个身材瘦高、手拿公文包的人影出现在了窗外的街道上。随即，杰里很快就判断出了约翰搭乘的火车车次——八点零六分的那趟。

第二天一早，杰里让路易斯看店，他开车去半岛那边的一个小镇上购买了一些工具，随后开车回到了家里，并将新买的工具存放在车库中。他在车库里设置了一个小小的工作台。他把钥匙放进口袋里，然后开始了他的实验过程。对于机械方面的内容，他似乎很有天分，一点就透。大约到中午时分，他就已经能够熟练地掌握一门新技术了。他现在即使不用自己的车钥匙，也能打开车门并且发动引擎了。看到这一切，他露出了一种满意的微笑。随后，他在车库里找了一个旧箱子，将这些工具放到了箱子的底部，接着装出一副若无其事的样子回到了店里。

“整整一个上午，你又去哪了？”看见杰里的身影，路易斯连忙问。

他没有回答，只是随意浏览了一下货架，然后说：“凉拌生菜丝快没有了，该添一点了。”

之后整整一个星期的晚上，他都蹲守在店里。正如他所掌握的情况那样，约翰会在每天晚上的同一时间经过他的店门口。这时，杰里就会悄悄地跟在他的身后，探清他的路线。约翰的生活非常有规律，他每天都坐同一趟车回家，每天走同一条路，甚至是马路的同一侧；他会在同一个街角拐弯，然后回到他宽敞而明亮的家里。约翰太太也清楚地知道这一点，所以每天都会准时地打开家门，迎接他回家。

星期五的晚上，他和平时一样跟踪到了约翰家附近，他又一次目睹了约翰太太的热烈欢迎仪式。不过，和以往不同的是，杰里的心早已飞了出去，他假想自己已经代替了约翰，在接受约翰太太的拥抱。

等他回到家里的时候，路易斯又开始了往日的抱怨。他现在每天晚上都要出门，这让路易斯非常不高兴。不过，对于路易斯的抱怨，杰里根本没有放在心上，相反，他现在的内心非常激动，因为他开始精心安排星期一的伟大计划了。

星期一的晚上，距离约翰平时搭乘的火车到站还有半个小时，杰里带着从镇上购买的工具、一副薄皮手套外加一只小手电，然后开车出门了。临走前，他告诉路易斯，他去店里，要将这段时间的账目清理一下。

通过连日来的跟踪，他发现，路上的两棵大橡树下面总是停放着一辆蓝色的轿车。他决定将这辆车拿下。一方面，这辆车停放的地方刚好属于他所居住的小区，另一方面，这里距离约翰夫妇居住的高级公寓不是太远，只有三公里。

在距离那辆蓝色小车两条街之外的地方，他挑了一个位置停车，然后带着必要的工具，非常镇定地走下车来。在打探过周围的情况之后，他很高兴上天为他设立了这样一个绝妙的环境。此时，周围一个人都没有，而且正对着的院子里也根本没有灯光，人们应该都在后院活动。

他熟练地戴上了手套，借着手电的光亮，轻松地发动了这辆蓝色的小车。他开着车飞速地跑了三公里，停在了事先计划好的位置上，但并没有关掉引擎。这里是约翰下班的必经之路，而且再过五分钟，他就会从这里经过了。杰里屏住呼吸，静待约翰的出现。时间就像停滞了一样，他能够清楚地听见自己的呼吸声，而且握着方向盘的手在微微颤抖。

突然，透过小车的后视镜，杰里看见了一个熟悉的身影。那个人正是约翰，他出现在了小轿车的后面，然后缓缓地从车旁经过，朝着前面的十字路口走了过去。

杰里仍旧在车里耐心地等着，当他发现约翰走下了人行道，准备横跨马路的时候，他一脚踩下了油门，整个车轮瞬间开始高速旋转，橡胶与地面发生激烈的摩擦，不住地传来打滑的“吱吱”声，随后，车子立马全速驶向路口。约翰正走在马路中间，面对突然朝他驶来的汽车，他先是有些犹豫，随后露出惊慌的表情，本能地朝路边一闪。接下来，就像梦一般，整件事情就这样过去了……

杰里并没有停下来，他仍旧开着这辆蓝色的小车在飞驰着，直到开出距离事发地三条街远的地方，他才从车里跳了下来，然后用跑步的方式远离那台肇事车辆。他一口气跑回了家，并且将作案用的工具放回了车库的那个箱子里。等他走到屋里的时候，路易斯仍旧和往常一样在不停地抱怨他。

杰里似乎已经对此产生免疫了，就像什么都没有发生一样，径直地回到卧室休息。他似乎在等待着什么，或许是电话铃响，或许是门铃响。但等了一个通宵，什么也没有发生。

尽管一个晚上都没有合眼，但杰里第二天一早就像什么都没有发生一样，开着车，带着路易斯往店里驶去。他装出一副精神抖擞的样子，并且在路上买了一份当地的早报。他注意到，报纸的头版就是约翰遭遇的意外事件。对于其他的新闻，他看都没有多看一眼。到店之后，他立即去了办公室，然后开始仔细阅读头版上刊登的这条新闻：

（本报讯）著名律师约翰遭遇横祸，命悬一线。本镇著名律师约翰昨天晚上下班回家的路上意外遭遇车祸，伤势严重，肇事者从现场逃逸，至本报发稿时止，仍没有肇事者的任何讯息。另据警方透露，在案发前的数分钟，警方曾接到肇事汽车的车主报案，车主声称停在家门口的汽车被盗……

杰里看到这里时，脸上露出了会心的微笑。他将眼前的报纸揉作一团，然后扔进了垃圾桶里。现在，最大的问题已经解决了，他相信自己做得非常完美，一点痕迹都没有留下，他觉得，是时候考虑一下未来的计划了。

他从口袋里摸出一片钥匙，打开了办公桌的抽屉。他想起了那封之前就已经写好，但一直没有寄出去的信。

可是，他惊讶地发现，那封信居然不见了。他坐在椅子上，心中一阵不安。然后，他突然像是想到了什么一样，勉强地从座位上站了起来，然后挪到了办公室外面，冲着正在忙碌的路易斯大喊："你是不是翻过我的抽屉？"杰里显得非常生气。

路易斯起初只是眨了眨眼，然后瞬间就脸红了，结结巴巴地说："我……我……"

"快说！"杰里咆哮道。

"因为……我觉得你最近的行为都太不正常了，我觉得你对我异常冷淡，所以有些担心你。而且，我有些嫉妒，我觉得你的抽屉里可能藏着什么秘密。我觉得你可能在外面有什么人，所以将一些东西藏在了抽屉里，也许只是她的名字，也许只是她的电话号码。我知道抽屉有一片备份钥匙，而且就放在家里的五斗柜中。所以，三天之前，我就悄悄地拿着钥匙，将抽屉打开了。我当时在里面发现了一封信，由于你正好进来，我就没有细看。

"那天晚上，你吃了饭出门之后，我就悄悄地看了那封信。当时，我就觉得心中一阵愧疚。杰里，真的非常抱歉，我根本就不知道约翰先生去世的消息。你知道的，约翰太太是个好人，她跟我买过几次东西，我当时就觉得这个人非常有礼貌，所以我对她印象非常深刻。

"你的体贴与温馨也让我感到意外，居然想到给她写一封慰问信。我当时以为，你可能写好之后忘记把信寄出去了，所以我还特地从电话簿上找到了他们的地址，然后套上信封，贴好邮票，帮你把信寄了出去。我原本想把这件事情告诉你的，但我又怕你生气，怕你怪我偷偷翻你的抽屉……"

此时，摆在墙边的电话铃声突然响了。杰里两只眼睛死死地盯着路易斯，嘴里喘着粗气，退到了电话机旁，然后摘下听筒。过了好久，他才觉得自己能开口说话了。"喂！"

电话那头传来了一个熟悉的声音："请问你是杰里先生吗？"

"是我。"瞬间，他的声音就软了下来，好像在耳际窃窃私语一样。

"我今天早上收到了一封信，是你两天之前寄来的……"瞬间，那冰冷的声音似乎就冻结了，过了好一会儿，电话那头突然传来了一阵尖叫声，"你怎么会在两天前知道，我会变成寡妇的！"

杰里只是握着听筒，站在墙边发愣。他似乎能够预想到，接下来会发生什么事情了。一旁的路易斯以一种近乎恳求的眼神在凝视着他，不过，杰里此时眼中只剩下了绝望的愤怒，在他的眼里，路易斯的影像渐渐地变得模糊了。

贵族拳击手

正当我准备将体育馆的门关上时，一个身材魁梧的人迎面朝我走了过来。他全身都是黑色的：黑帽子、黑西装、黑皮鞋、黑外套、黑色的手提袋，甚至连眼睛都是黑的。

他走近我，问："我听说，你负责为他人安排拳击比赛？"

我耸了耸肩，说："嗯，之前曾经当过几名拳击手的经纪人而已。"

我没有撒谎，我确实当过好几个拳击手的经纪人，但他们都不算是一流的拳击手。要在他们中做个排名，水平最好的可能要数斯通了。他曾经因为跻身轻量级的第十名，在专业的拳击杂志上露过面。但自那之后，他就再也没有进过前十了，并且在遭遇纳诺之后，一连惨败了四场。我随即决定，让他从拳坛退休。

那个陌生人随即开口对我说："你当我的经纪人吧，我打算进入拳击界。"

听到这番话，我不免开始对他进行一番打量。他的身材的确非常魁梧，体重应该超过一百九十磅了，身高至少有六尺一寸。不过，他苍白的脸色让我有些顾虑，给人一种很久没有晒过太阳的感觉。另外，他的年龄我也难以把握，我唯一能确认的一点就是，他绝对不是一个年轻小伙子。

"你多大了？"我随口问道。

他动了一下，并没有直接回答我的问题，转而问道："对于一个拳击手来说，黄金年龄段是什么时候？"

"至少，根据本州的法律，但凡超过四十岁的男人参加拳击比赛，都是违法的。"

"噢，那还行，我只有三十岁。你放心，我会将出生证明拿给你看的。"他连忙说。

我只是淡淡地笑了笑，然后对他说："朋友，三十岁其实已经过了拳击的巅峰期了，是水平的下坡阶段，而不是起步阶段。"

"我是一个强壮的人，可能强壮得让人难以置信，相信我。"他的答话显得很真诚。我注意到，他的眼光在闪动着。

不过，我仍旧只是淡然一笑，说：“你打算告诉我，是因为诗人说的那样，你之所以能在十岁时获得神力，是因为内心的纯洁？”

他点了点头，非常认真地对我说：“这是真的，我在十岁的时候就获得了这份神力，但我并不是因为心地纯洁。事实上，我后来想通了一件事，既然我拥有这样的能力，我就应该好好利用它。”说完，他将手上提着的那个手提袋放到一旁，然后走到杠铃区，轻松地玩起了杠铃，那种感觉，好像杠铃并不是用来健身的器械，而是给他用来娱乐的玩具。

尽管我并不知道那个杠铃具体有多重，因为我完全就是个举重的外行，但我清楚地记得，就在两个小时之前，文尼曾经试举过那个杠铃。当时，为了举起那个杠铃，他累得汗流浃背，而且嘴里还在不停地骂脏话。要知道，文尼可是一个重量级的拳击手，他之前还拿过举重方面的奖，如果我没记错，应该是州举重比赛的冠军。

这个陌生人的确给我留下了很深的印象，但我对他仍旧没有什么太多的兴趣。我依旧淡淡地对他说：“嗯，从你刚才的表现来看，我觉得你的力气的确很大。或许，我可以考虑介绍你认识一下本地的举重名人，他们基本上都有自己的俱乐部，你说不定能进举重圈发展发展。”

这句话似乎激怒了他，他两眼冒火光地对我说：“我需要的是钱！举重能给我这些吗？”但在激怒过后，他又无奈地叹了口气，“我之前从来不用为钱的事情操心，可是现在，在我最需要钱的时候，我却什么都拿不出来。那天晚上醒来之后，我就发现，我身上连一分钱都没有了……”

我再一次打量了一下眼前这个男人，这是我第三次打量他了。他身上穿着的那套衣服看起来应该非常昂贵，不过现在似乎有些脏兮兮的，而且显得皱巴巴的，他应该穿了很长时间了，甚至在他睡觉的时候这件衣服都没有脱下来。

他对我说：“我之前看了很多报道，包括体育新闻在内，我做了一番比较，相对于其他运动，拳击是最好赚钱的。只要稍微付出一些努力，就能获得不菲的收入。”说完，他用手指了指之前提着的那个手提袋，然后说，“我用身上剩下的全部积蓄，买了一条拳击用的短裤和一双拳击鞋。我再没有多余的钱了，所以手套必须靠借。”

我扬了扬眉毛，似乎对他有了一丝兴趣，“看样子，你打算现在就上场，并且想找个人来比试比试？”

“嗯。”

我环视了一下整个体育场，发现场馆内基本上没有人，只有一个小伙子在进行沙袋练习，那个人叫鲍比。

鲍比是个非常上进的乖孩子，他的拳打得非常漂亮，前途可以说是无限光明。截止到目前，他一共打赢了六场比赛，其中有三场直接将对手打晕，剩下的三场，裁判判定他获胜。尽管如此，我对他并不是非常看好，我认为他不可能成为那种顶尖的拳击手。

当时，我就决定，让这个黑衣男子和他比一比，以了结今天的事情，这样一来，我也能够安心上床睡觉。不过，供我休息的床铺可不是什么豪华大床，只不过是放在办公室里的一张简易床罢了。

随后，我就将鲍比叫了过来，并且告诉他，这位先生有意和他切磋两招。鲍比随即点头同意了。他跟着这名陌生的男子一同进了更衣室，等换好衣服之后，我递给那人一副手套。试戴觉得合适之后，他就和鲍比每个人站一个角，然后准备开始切磋。

我拿出一支雪茄，敲响铜锣，然后划燃了一根火柴，站在一旁静静地观看他们。

和平常一样，鲍比一上场，就采取了主动进攻。他与对手在场中央约四分之三的地方相遇，随后，鲍比用一记右勾拳拉开了他的进攻序幕，对手很快就闪开了，他紧接着补了一记左勾拳，但又被对手闪开了。此时，那个陌生人猛地挥出一记左勾拳，拳速快到根本无法让人看清。鲍比的下巴上重重地挨了一下，随后翻身仰头横躺在了地上，直接晕了过去。

我直接看呆了，都没注意到火柴已经烧到了我的手指。我赶忙翻进场内，想看看鲍比怎么样了。好在他还能呼吸，但刚才那一拳的力量，估计够他躺一会儿了。如果你跟我一样，在拳击界混了这么多年，你也一定会被那一记左勾拳惊呆的。

我朝体育馆里望了望，打算再找个人来和那个陌生人较量一番。但就像我刚刚说的，体育馆里已经没有其他人了。于是，我舔了舔嘴唇，问道："真漂亮，你的右拳打得如何？和你的左勾拳一样有爆发力吗？"

"其实，我的右拳比左拳要打得好。"

听到这句话，我顿时开始冒冷汗，但没过多久，我就镇定下来了，说："嗯，你的拳的确打得不错，不过，光能打拳还不够，你还要能接对手的拳，这一点你能做到吗？"

"当然。"他只是微微一笑，并且让我打他试试。

我很高兴，毕竟能不能挨打，试一次就知道了。于是，我摘下了他的手套，然后戴在了自己的手上。要知道，三十年前，当我正处在拳击生涯的巅峰状态时，我的右拳也是非常有杀伤力的。虽然现在年纪大了，但要打一拳还是没多大问题的。于是，我将全身力量都集聚在我的右拳上，然后对准他的下颚，猛地一下挥了过去。

接着，我满眼噙着泪水，忍着剧痛跳到了一旁。那种疼痛，就好像我手上的骨头已经裂开了一般。但眼前的这个陌生人，仍旧面不改色地站在那儿，脸上似乎还挂着一丝微笑。正当我检查右手伤势的时候，躺在地上的鲍比突然醒了。我庆幸着自己手指的骨头没有断，鲍比则一边呻吟着，一边踉踉跄跄地从地上站了起来，看他的样子，是准备再打一次。

"再来，他刚刚只不过是运气好罢了……"鲍比有些不服气地说。

鲍比就是这样，空有一副大无畏的勇气，但做起事情来就是没脑子。所以，我安慰他说："好了，鲍比，今天先到这，改天你们准备好之后，再来比试比试。"说完，我便让他去淋浴了。同时，我将这个陌生男子带到了我的办公室。

"你叫什么名字？"

"加利。"

我听着他的回答，似乎带着一些外国口音。"行，那我以后就叫你加利了，我叫华伦。"我终于将开始的那支雪茄点燃了，一边抽一边说，"或许我能帮你实现你的愿望，但在这之前，我必须先得让我们之间的关系看起来合法。所以，明天早上，我们一起去律师那里，让律师为我们先拟一份合同的草案，这样，我们之间才能建立起合法的合作关系。”

加利的神色看起来有些慌张，“很抱歉，无论是明天上午，或者是明天下午，我可能都没有空。其实，不论是哪天，我上午下午都没有空。”

“为什么？”我皱着眉头看着他，不明白他这样说到底是什么意思。

“我有畏光症……”

“畏光症？”我对这个新鲜词表示很好奇。

“因为……我受不了阳光。”

“那样会让你中暑？”

“不，还不止这一点。”

我嚼了嚼雪茄，然后似乎明白了什么，“它会对你的拳击水平造成不利影响？”

“那倒也不是。怎么说呢，它会影响到我的体能。所以，不管怎样，我都只能在晚上打比赛。”

“这倒不是什么大问题，因为现在的拳击比赛基本上都在晚上比。”说完，我沉思了一会儿，然后继续说，“加利，你记住一点，无论如何，不要将你有畏光症这件事情跟卫生局的人说，我不太了解这种症状，我也不确定他们会怎么看这个问题，所以，为防万一，我们别去冒这个险。对了，你这种病会传染吗？”

“一般来说，不会。”他在说这句话的时候，嘴巴整个都咧开了。这一下，我知道他为什么会在一开始的时候习惯性地抿嘴了，因为他的嘴里长着两颗硕大的虎牙，那简直是太丑了，换作是我，我宁可忍痛拔掉它们!

此时，他清了清嗓子，然后非常认真地对我说：“华伦先生，我想问一下，我现在能跟你借一点钱吗？”

要是换作平时，别人开口跟我借钱，我会直接让他滚一边去。但我看着眼前的加利，总觉得他是一个前途不可限量的人，我觉得，可以为他破个例。所以，我对他说：“这不是什么问题。我估计你现在已经快没钱吃饭了吧。”

“倒不是因为这个原因，我的房东已经警告我了，如果再交不出房租，就让我卷铺盖走人。”

第二天上午，差不多已经十一点了，纳什给我打了一个电话，电话里面提到了星期六晚上将要举行的一场比赛，对战的两个人，一个是麦加罗，一个是波克。

麦加罗可以算是纳什的骄傲了，似乎因为有麦加罗的存在，纳什才会感觉到快乐。麦加罗是一名重量级的拳击手，出拳的速度非常快，年纪也不大，纳什将他作为重点培养对象悉心栽培。虽说麦加罗还够不上顶级选手的水平，但以他的能力，在退休之前赚一大笔还是没什么大问题的。

“华伦，星期六的比赛出了点问题，波克在进行赛前检查的时候，发现身体状况异样，不能参加比赛。现在，我这边找不到合适的人来代替他了，不知道你那边有没有合适的人选呢？”纳什问。

波克算是一名经验丰富的拳击手了，他一共赢了十八场比赛，输了十场。尽管是这样的成绩，但报纸等媒体对他依旧持有较高的评价。不过我知道，他们隐瞒了另外一点，那就是波克输的十场比赛中，一共有六场是直接被对手打晕的，并且他是在获得了十八场的胜利之后，接连溃败下来的。我以，我很清楚纳什打电话来的目的，我很清楚他希望我找一个什么样的选手来与麦加罗较量。

我大概想了想，现在我的体育馆里还有大概三四个退休了的拳击手，他们留下来的目的只是为了赚钱，所以他们偶尔仍旧会打一两场比赛。但这时，我想到了另一个人，那就是加利。一般来说，一个新人加入之后，需要对他进行循序渐进的培养，不过，我觉得加利可以走一走捷径。于是我对纳什说：“我这边一下想不到什么合适的人选，不过昨天晚上，我这里刚进来一个新人，他叫加利。”

“这个人我好像从来没听过，他的输赢记录怎么样？”

“这我就不清楚了，他好像是从国外来的，我现在手里也没有他的资料。”

纳什显得非常谨慎，“你有没有亲眼见过他打拳的样子？”

“我只知道他的左手很快，但不知道右手的情况。”

“还有吗？”纳什显得很有兴趣。

“他来的时候就穿了一身破烂的西装，并且告诉我他身上一分钱都没有了。他希望通过自己的努力，在三十五岁的时候成为顶尖高手。我希望他能实现他的梦想。”

听我说完之后，电话那头的纳什笑个不停。“行吧，但我先说好，不堪一击的人我可不要。对了，他能不能撑到第二个回合啊？”

“不知道，我没看过他比赛。但我想，他应该会尽全力的吧。”

终于到了那个星期六，黄昏的时候，我在体育馆里看见了加利，急急忙忙将他带去了律师那儿，紧接着，照往常一样做了身体检查。按照以往的规定，我们会从门票收入中提成百分之十。

我将一件长袍递给了他，那件衣服的背面什么都没有写，但因为是黑色的，我相信他会喜欢。紧接着，我们直接走进了场内。

对手麦加罗就是本地人，所以观众席上来了很多本地的观众，甚至连住在他家附近的邻居都过来看比赛了。

我们在比赛场边做赛前的准备，比赛铃声响起来之后，麦加罗就在胸口画了一个十字，然后从他所在的一个角落里跳到了场中央。

加利看着他的对手，站在场上一动也不动，然后回过头，面带惊恐地问：“麦加罗一定要那么做吗？”

“做什么啊？你赶紧去比赛吧，没时间了！”我赶忙催加利上场了。

加利看了看站在场中央的裁判和对手，深吸了一口气，然后直接冲了上去。他猛地挥出一记左拳，重重地打在了麦加罗的下巴上，然后……比赛结束。是的，总共只用了一拳，非常干净利索地结束了比赛。和那天的鲍比一样，麦加罗直接倒在了地上。

就连比赛的裁判也看得目瞪口呆，几秒钟之后才反应过来发生了什么事情，然后忙着开始倒数。其实，数不数都没什么差别，连同裁判倒数的时间算在一起，总共十九秒。

现场观众大多发出了不满的嘘声，麦加罗输了是一个方面，更重要的是，整个比赛眨了一下眼睛就结束了，加上陌生人爆冷，绝大多数拳迷都认为这场比赛的门票花得一点儿也不值。

回到更衣室之后，纳什直接气喘吁吁地朝我冲了过来，我能看出，他的脸通红，应该是被气的。他起初瞪了加利一眼，然后直接将我拉到一旁，怒不可遏地说："华伦，你他妈的是在玩我吗？"

"纳什，我对天发誓，这只是一次偶然事件！"我无辜地对他说。

"不行，我们必须重新比一场！"

"重新比？可以，不过我觉得，在这种情况下，我必须维护我们这边新人的利益，所以，我们要从门票中抽取百分之六十。"

听到我的这个要求，纳什直接气得从座位上跳了起来，但转而想到，这是他的拳击手有史以来所遭受的最大耻辱，这种污点必须尽快洗刷掉。于是，尽管我们吵了半天，但最后他还是向我妥协了，当然，我也做了适当的让步，同意将门票的收入对半分。

在两天之后的一个晚上，我将体育馆的门关好，然后直接回到了办公室。加利当时正在电视机旁看电视，他似乎在看吸血鬼的电影。当他发现我进来之后，就立刻换了台。

"对于这一类的吸血鬼电影，我确实接受不了，哪怕只是电影，我也希望情节发展更符合逻辑规律。这种片子太没有逻辑性了。"

"太没逻辑？"

"当然啊。打个比方说，假设世界上最开始只有一个吸血鬼，并且溜到了普通社会中。结果有一天，他饿了，于是就吸了另一个人的血，结果那个人也变成吸血鬼了。好，现在是两个吸血鬼，大约过了一个星期之后，他们又饿了，于是各自都吸了一个人的血，现在一共就有四个吸血鬼了。照这样下去，很快就是八个。"

"你说得对。"加利点了点头，"这样下去，大约过二十一个星期，整个世界上的吸血鬼的个数就会达到一百零四万八千五百七十六个。"

"差不多是这个数吧。而且三十个星期之后，整个地球上的所有人都变成了吸血鬼。再过两个星期，他们就会因为找不到食物，而统统饿死。"

加利咧开嘴笑了笑，又露出了他那两颗丑陋的大虎牙，"华伦，你的计算能力真是太棒了。要是我们刚刚假设的这些吸血鬼也能想到，假如他们将人的血吸干之后，会增加一个吸血鬼来与他们竞争，他们有没有可能想出一些应对的方案呢？比如说，他们可能不会一次就将一个人的血吸干，只是在一个人的身上吸一点，然后在另一个人身上再吸一点，这样一来，那些正常的人类最多就只会有轻微的贫血症，或者感到暂时的体力不支，这样一来，我们刚刚设想的那种问题不就可以解决了吗？"

对于这种无聊的问题，我只是点了点头。我将电视的声音关小了一些，然后转变了话题，开始和他聊比赛的事情。“加利，我知道，你的实力远远超过麦加罗，以至于只需要几秒钟的时间就能打倒他。不过，有一点你必须记住，你虽然是在进行比赛，但它更像是一种表演。观众并不希望花钱购买的门票只能看二十秒的比赛，所以，你必须加一些表演的成分进去，这样一来，观众就会觉得这场比赛打得真精彩，看得真过瘾。下一场比赛，你再次和麦加罗较量的时候，你在前面稍微让让他，出手不要太重，最好能让比赛看上去是打得难解难分的状态。等比赛进行到第五回合的时候，你再一拳将他打趴下。”

说完之后，我点燃了一根烟，然后静静地看着他，以一种非常认真的态度继续对他说“加利，打晕对手是可以的，但是不要轻而易举地就将对手打晕。如果你的水平超过别人太多，以后你就很难接到比赛的邀请了。我们得为将来做打算。”

在等待与麦加罗重赛的那段时间里，加利根本就不想参加任何形式的训练。对此，我也不加以干涉，因为我相信他的实力。期间，他始终没将住址告诉我，我大概能够明白，他这样做，也许是为了保全自己的自尊，不希望让我看到他那狗窝一般的生存环境。他也没有将电话告诉我。不过，他的生活非常规律，每隔一天就会来体育馆一趟，看看有没有什么事情。这样一来，我基本上能够见得到他，这也就够了，有没有电话其实不是什么大问题。

很快，重赛的日子到了。这场比赛中，加利严格按照我跟他说的在打，之前的四个回合，打得难解难分，观众看得连连叫好。可第五局刚一开始，加利果断地一拳就将麦加罗打趴下了。

之后，我们接到了越来越多的比赛邀请，不管是谁来挑战，我们都来者不拒。我跟加利商议出了一个底限，每场比赛都要装出被对手打倒的样子，差不多两三次。之后的比赛中，加利也谨记这一点。观众对于加利也形成了一个印象：特别能打，但是特别不能挨打。大约过了一段时间，所有的拳击经纪人都有信心来挑战加利，认为他们手里的运动员都有实力将加利打倒。

之后的一年时间里，我们一共参加了七场正式的拳击比赛，在这七场比赛中，加利每场都将对手打倒在地。后来，加利的名声打出了州界，其他州的拳击运动员也渐渐知道了，拳击界中有一名叫作加利的“黑马”，有望成为拳坛的后起新秀。

因为加利的出色表现，我们可以说是财源滚滚，为此，加利高兴了大半年。但随着时间的推移，我也渐渐发现，加利似乎有很重的心事，我问过他多次，但他就是不愿意跟我多说。

同时，也有很多女孩子开始关注加利。他似乎成了女孩子们心目中的偶像，女孩们对他格外崇拜。但对于这些热情洋溢的女生，他表现得格外淡定，只是以礼相待，而且对于她们的住址和联系方式，也都不予过问。至少从我了解到的情况来看，他从没有主动去看望过其中任何一名女孩。

等我们打赢了第十场比赛之后，一天早上，我正在办公室里沉浸在对未来的美好憧憬之中，一阵敲门声将我拉回了现实的生活。

门口站着一个女人，她的着装看上去非常讲究，个子不是很高，相貌也比较普通。头发很黑，鼻头稍微有些偏大，但看起来也没有什么非常特别的地方。她就是静静地站在那儿，不过整个人看起来显得比较紧张。

她咽了口唾沫，然后问：“请问加利先生是不是在这儿？”

“他偶尔会来这里，但具体的时间我就不能保证了。”我回答。

“你不知道他的住址吗？”

“不知道，对于这件事情，他保密。”

她起初愣了一下，然后告诉了我，她为什么要来这儿。

“就在两个星期之前，我当时自己开车去别的州，我想去探望一下我的姑妈。可是等我返程回来的时候，早就已经天黑了。加上那天下大雨，我根本就摸不清方向。我只能在路上开着车瞎转，但就是找不到一条我熟悉的路。随后，我误打误撞地把车开进了一条非常泥泞的小路，并且车子还滑进了路边的一条排水沟。单靠我一个人的力量，根本不可能把车子弄出来，所以我不得不放弃努力，只能坐在路边，看看能不能碰上一辆路过的车，到时候再看有没有人能帮上忙。可是，我一直等了很久，那条路根本就没有车经过。由于太累了，我直接坐在路边就睡着了。我当时好像还做了一个梦，不过现在想起来，又觉得那不像是个梦。总之，我睁开眼的时候，发现一个身材高大的陌生男人正站在我的车门旁边。起初，他的样子确实吓到了我，但我很快就恢复了镇定，并且我发现，他的车就停在路边。我当时就问他，是否方便送我一程，路上如果路过有电话的地方时，我就可以给我的父亲打电话，让我父亲过来接我。他点头答应了，并且把我送到了位于十字路口的一处加油站。”

我一边听她说着，一边仔细地打量着她。我发现，她的脖子上有两个红点，和被蚊子叮过一样。

随后，她有些脸红地说：“当时，他匆匆地从加油站离开了，连名字都没有留下，我甚至都不知道他叫什么名字，但我一直都很想他……直到昨天晚上，我打开电视，在新闻里看到了加利先生的照片，这才知道他的名字。之后，我到处打听他的消息，有人告诉我，你是他的经纪人，所以我就按照他们提供的地址找到体育馆来了。其实，我没有别的意思，我只是想亲自登门拜访一下他，对他说一声谢谢。”

我点了点头，然后微笑着说：“这没有问题，等他下次过来的时候，我会把这件事情转达给他的。”

她仍旧站在门口，似乎在想些什么。突然，她变得开朗起来，微笑着对我说：“对了，他还有个钱包落在我这里了，里面还装着一千元呢。当时就掉在了我的汽车旁边，是后来拖车的师傅发现的。”

我顿时觉得，那个拖车司机真是太伟大了，面对这一千元居然都没有心动。尽管我是这么想的，但我仍旧不住地点头，说：“你把钱给我吧，我会替你保管，等他来了之后，我一起交给他。”

此时，她又干笑了一声，然后有些狡猾地说："真是不巧，我出门忘记把那个钱包带出来了，钱也装在里面。这样吧，我留个纸条给你，你把这个交给加利先生吧。钱包和钱只能他亲自来认领。"说完，她便打开了随身携带的皮包，从里面拿出一支笔，并从本子上撕下一张纸，然后在上面写下了她的名字和住址。她叫黛芬。

第二天，加利来到了体育馆。我将昨天的事情告诉了他，并且将黛芬留下来的纸条递给他。

加利看完纸条后，皱了皱眉头，然后说："我从来就没有掉过钱，而且，你知道的，我根本就没有用钱包的习惯。"

听完加利的话，我只是咧嘴笑了笑，然后说："我知道，但你想想看，人家为了认识你，可是甘愿花一千元啊！对了，她说的整个事情都是假的吗？"

"嗯……那也不是……我……我当时的确发现她睡着了，所以就把她送到了加油站。"

"噢，你有车子，我居然都不知道。"

"车子是上个星期才买的，你知道的，有些交通不方便的地方，没有车子不行。"

"你买的什么牌子的车？"

"大众，1974年的车。我看了一下，马达的性能还不错，但整个车子还是需要修整一下。"他坐在我的办公桌边，两只眼睛显露出一副沉思的样子，"可是，她开的是豪华林肯。"

"加利，你不用为这种事情发愁。那种车，你过一段时间也能开了。"我说的是事实，凭我们现在的状况，任何事情都不用看别人的眼色，也不用再为一点小事去求别人。

之后，我们又连着赢了两场，这两场比赛，连电视台都进行了转播。我原本以为，加利会因此而感到高兴，但没想到，他还是和平时那样，表现出一副闷闷不乐的样子。

一天晚上，他突然来到我的办公室，对我说："华伦，我暂时打不了比赛了，我……我要结婚了……"

听到这个消息，我感到非常吃惊，虽然说其他很多拳击手都结了婚，但我仍旧非常好奇地问："你要和谁结婚啊？"

"嗯……黛芬。"

我想了好一会儿，才想起来他所指的人究竟是谁，"噢，上次来的那个女人？"

他点了点头。

我认真地看着他，然后对他说："希望你不是冲动地做出这个决定的，但我还是想说，我觉得她长得并不好看。"

他脖子一扬，说："她是个很有个性的女人。"

我仍旧表示出一副非常怀疑的样子，然后对他说："加利，你骗不了我的，要知道，她根本就配不上你。"

"我相信很快就会般配的。"

我突然明白了什么，然后有些吃惊地问："加利，你不会是因为看中了她们家的钱吧？"

他的脸瞬间就红了，然后说："这没什么啊，以前又不是没做过这种事情。"

“加利，你要明白一点，你根本不用因为钱而跟她结婚。你很快就会变得非常有钱的，而且那钱会源源不断地涌到你名下。你想想看，数以百万的钱。”

他只是将头扭向了一边，然后说：“华伦，这段时间，我接到了很多信，都是我之前的亲戚朋友写来的。当然，主要是我的亲戚，他们对于我在拳击界抛头露面的事情非常不理解，非常不赞同我用这种方式赚钱，并且对此表示激烈的反对。这件事情，其实我考虑了很久，或许他们说得对，职业拳击手并不是我的理想选择。华伦，我想一个人要想在这个世界上快快乐乐地活着，就必须保持他的自尊，而且要获得同辈贵族的认同。你觉得对吗？”

我有些惊讶地说：“贵族？你是说皇室？难道你是公爵？你的身体里流淌着的是贵族的血液？”

“差不多就是这个意思吧。”他叹着气对我说，“现在，我的所有亲戚已经开始对我进行捐款了，想用这种方式让我摆脱贫困，但你知道的，我断然不可能接受这种救济方式。”

“但是，你觉得和那个女人结婚，这样做就很有面子了？”

“华伦，这件事我考虑了很久，我并不认为因为钱而结婚是件多么可耻的事情。何况，结婚之后，我就有正当的理由退出拳击界了。”

我们为这件事情争论了半天，我只有一个目的，让他重新考虑，选择留下，毕竟凭他的能力，在拳击界能够收获无法估量的财富。虽然一直到走的时候，他也没有直接答应我，但至少他做了让步，答应我再考虑考虑。

之后的一个星期，我都没有他的任何消息，我急得就像热锅上的蚂蚁，感觉精神处于崩溃的边缘。

后来的一个晚上，鲍比拿着一封信来到了我的办公室，那时已经差不多十点半了。看到那封信的第一眼，我就觉得不是什么好消息，我急急忙忙地拆掉信封，那封信果然是加利寄来的。我拿着那封信，双手一直不停地在抖。

亲爱的华伦：

很抱歉，最后事情变成了这个样子。我考虑好了，我决定从拳击界退出。我知道，你之前对我寄予厚望，而且我也相信自己通过努力，的确能够赚到你跟我承诺的那个数目。不过，我还是决定放弃。再见了，谢谢你，祝你好运！对了，为了不让你承受太大的损失，我决定做一点小小的弥补。

加利

给我一点小小的弥补？难不成他在信封里给我留了一张支票？或者是其他的东西？我将信封倒过来，用力地抖了抖，但是什么也没有。他说的“为了不让你承受太大的损失，我决定做一点小小的弥补”，这句话究竟有什么样的含义呢？

看着仍旧站在门口的鲍比，我突然感到一阵莫名的上火。

但他只是咧嘴笑了笑，说："打我啊。"

我仔细地盯着他看，我发现他的脖子上有两个像被蚊子咬过一般的红点，而嘴里似乎还长出了两颗虎牙，这一点，我之前确实从来没有注意过。

"打我啊！"他又一次对我说。

其实，我本来没必要打他的，但我等了整整一个星期，最后他还是给我这样一个消息，我的怒火瞬间就蹿上来了，我需要找一个发泄口。所以，我倾尽了全身的力气，用力朝鲍比打了过去。

我的手腕因为那一拳而骨折了，随后，我去了医院。可是，就在医生为我的手臂打石膏时，我突然会心地笑了。

现在，我有了一个可以替代加利的人。

玛丽收到了一封信，信封上面并没有附注寄信人的信息，说不定是一封广告信。她无精打采地将信封拆开，快速地扫了一眼信件的正文，顿时就惊呆了。

“天哪，这……这不可能是真的！”她惊呼道。

她的丈夫吉米抬了抬头，将早报放了下来，皱着眉问：“什么事情大惊小怪的？”

“这封信……刚刚这封信，说的居然是我们的邻居赫文，怎么说呢，或者说跟他有关，反正……哎呀，我也说不清楚，你自己看好了……”说着，她就把信递给了吉米。

玛丽在年轻的时候，曼妙的身材着实迷倒过不少人，但因为管不住自己的嘴，硬是将自己吃成了一个大胖子。尽管她现在只有四十来岁，但看起来远远不止这个岁数。至于吉米，差不多五十岁的样子，整个人保养得很不错，身体很健康，给人感觉像一个体育明星。由于昨天晚上在乡村俱乐部里喝多了，他的脑子直到现在都是晕晕乎乎的。他把报纸放到一旁，然后接过了玛丽手里的信，尽量让自己集中精神，想看看到底发生了什么。

信纸最上面是一排手写的大字，格外引人注目：“你还想让这个畜生跟你们生活在一块儿吗？”

紧接着，下面粘贴着一张影印的剪报，根据日期来判断，这是三年前出版于芝加哥的一份报纸。

（本报讯）警方今日逮捕了一名叫作哈利的男子，现年四十九岁，主要从事涉黑生意。现被人指控为职业杀手做介绍人。据记者了解，如果有人试图谋害同行，只要能够支付相应额度的现金，哈利就能以中介的身份介绍杀手，让雇佣方达到目的。

据悉，哈利被捕前，曾与一名年轻女子在湖滨公寓同居，警方遂将两人带回警局审问。过去的四年中，哈利与九桩凶案有直接联系，其中一部分受害人死于黑社会的凶杀，还有一部分人的死亡则被故意伪装成了意外事件。与他同居的这名年轻女子名叫珍妮，警方经过审讯，认为她与凶案没有直接关系，被警局释放。

警方没有就案件的细节做过多披露，但据记者从警方高层所了解到的信息来看，哈利在每一起凶案中都起到了中介人的作用。多年以来，哈利一直是警方严密监控的对象，这一次，是哈利首次因为相关罪名被捕。

这篇报道的旁边还附了一张照片，上面那个白发男人穿戴整齐，另一只手还挽着一个身穿超短裙的黑发女郎。从照片上看，这两个人刚刚走出电梯，而警方则围在两旁，像是要冲上去。虽说影印的照片有些模糊，不过，能够确定的是，那个男人正是赫文，而那个女人，必然就是赫文的太太了。

下面还夹着另一张剪报，也是影印出来的，和上一张剪报相比，这已经是几个星期之后的事情了。

剪报上的硕大标题非常引人注目：

谋杀案因证据不足作罢

（本报讯）数星期前，哈利因为涉嫌为一连串的商人谋杀案充当中介被捕，但今日却被意外释放。首席检察官不愿就个中详情做过多披露，据悉，本案的关键证人突然失踪，使得本案的侦破陷入泥潭……

吉米顿时感到一阵惊恐，他似乎觉得整个胃都沉了下来。他万万没有想到，赫文这个平日看起来斯斯文文的老好人，居然会是黑社会！如果报纸上说的都是真的，那么……

玛丽在一旁显得很高兴，甚至有些幸灾乐祸，“我早就说了，赫文一家肯定有问题。你看看他的太太，那年纪，都足够当他的女儿了。还有，他们家的生意也做得神神秘秘的，肯定有鬼……”

“不，我不相信。我很欣赏赫文这个人，虽然他有的时候是会表现出一点流氓气，而且我相信，只要你强迫他，多出格的事情他都有可能做出来，但做杀手的中介这种事情，嗯……我觉得可能性非常小。”

“你就自以为是吧，以为自己能够看清别人。”玛丽皱了皱眉，随手点燃了一根烟，然后说，“你知道的，他们搬来的第一天，我就特别讨厌赫文那个人。要知道，你可是赫文的介绍人，大家都是因为你才认识赫文的，他能进乡村俱乐部也是你引荐的，还有……”

这时，电话铃声突然响了。玛丽摇摇摆摆地走到电话机旁，然后拿起了听筒。

“什么？……洛克，你们家也收到了？……亨利家也是？……还有史密斯家？……嗯……嗯……我完全同意你说的……是啊，太可怕了……嗯，我知道……嗯，他在呢，你稍等啊。”她随即转过身，将听筒递给了她的丈夫吉米，“洛克找你呢。”

洛克之前在村子里担任村长，并且是银行的一名高级职员，现在，他成了乡村俱乐部的委员会主席。

“吉米，早上好啊。”洛克慢吞吞地说，但语气中带着几分强硬，吉米也听出了这一点，“我想说的是，那封剪报，貌似我们周边的所有人都收到了，我觉得……我们有必要做些什么。”

“不，我觉得现在就采取行动，未免有些太早了，因为我们并没有太多可靠的证据，而且这些信息很有可能都是捏造的。你知道的，赫文有时候有些想法比较激进，尤其是关于政治这一方面，所以，不排除有人恶作剧……”吉米的回答显得非常谨慎。

不过，洛克似乎并没有耐心听他讲那么多，硬生生地打断了他，“你说的这些我都知道，我们今天晚上要开个会，太太们也都会到场。我们在会前可以先喝一点鸡尾酒，之后，我们就可以去俱乐部聚餐。时间是今天晚上六点，希望你们能准时到达。”

说完之后，洛克立即将电话挂断了。这通电话的针对性很强，如果他和玛丽缺席了今天晚上的会议，至少意味着，吉米今后就不太可能继续参加这个村子的社交活动了。

吉米权衡了一下，未来还是更加重要一些，他作为证券业务部的经理，要是没有村子里这些富豪的支持，他的业务根本就做不起来。

六点，吉米和玛丽准时赴约了。当他们到达洛克家里的时候，已经有十二对夫妇比他们先到了，他们都是整个村子里的社交精英。吉米从桌上端了一杯酒，然后就悄悄地溜到了某个角落里。他要尽量回避这件事情，对于这浑水，他的想法是能不蹚就最好不蹚。因为他始终不相信，赫文会做出那种事情。

从一开始，吉米和赫文夫妇的关系就处得很好。在吉米眼中，赫文对于一切事情都看得很淡。他曾经想成为一名演员，不过由于妻子的坚持，他最终过上了一种非常呆板的生活。

赫文太太就更不用说了，她和一般的女人不同，她年轻貌美，而且很有学识，谈到股票和投资方面的时候，她更是如鱼得水，除此之外，并没有什么特殊的癖好，是一个很好相处的人。赫文夫妇之前也在吉米的证券公司开过一个户头，之前，每当赫文要进行投资，基本上都是由他太太做决定。想到这些，吉米更加坚信，他们都是遵纪守法的优秀公民，绝对不会与杀人扯上任何关系。

洛克示意到场的诸位保持安静。他认真地说：“很明显，现在我们必须建立一个委员会，只有通过这种方式，才能真正地保证我们自己的安全。我希望大家能够达成共识，我们绝对不能和这种败类生活在一起！”

“没错，在这件事情上，我们绝对不能退让！这种消息一旦传出去，我们村的名声也会毁于一旦，对于当地的房地产事业，更是一种毁灭性的打击！”村长非常严厉地说。

旁边的一位太太也插话道：“何止是这些，你们想想看，还有我们的孩子，要是我们与这种人生活在一起，他们甚至可能……”

吉米在一旁喝酒，似乎喝高了一些，已经管不住自己的嘴了，“嗯，大家现在安静，听我说一句……”这个时候，他似乎又有些后悔，可是，在这个场面下，话已经说出口了，不能不继续，于是，他深深地吸了口气，然后说，“要是剪报上对于赫文一家的评价属实，我想，最着急的应该就是我了。但是，我还是认为，我们不要太过于冲动，因为报纸上的那些信息很有可能是恶作剧，是假的。”

“我觉得……”洛克看了吉米一眼，然后接着说，“吉米说的这种情况不太可能出现，如果这些被散布的假消息一眼就被人看穿了，那么寄信的人何必要这般大费周章呢？我觉得，我们还是接受眼前的现实吧。赫文的确是一个非常奇怪的人，因为他从来不提及他的过去，哪怕是提了，也都是急急忙忙地一语带过，生怕我们从中窥探出什么，而且从来没有人知道，他到底依靠什么来维持日常的开销。”

“他根本就不是一个一般人，我曾经听他说过，他觉得我们的村子里需要一家上档次的成人书店，你们不觉得他的这种想法很奇怪吗？”

“他的太太也很奇怪，你看看她在泳池边穿的那身比基尼，你们不觉得有点像……”另外一个女人连忙插话道。

“好了，各位，大家先静一静。”洛克打断了大家的话，然后清了清嗓子，说，“我觉得，至少我们达成了一个共识，我们需要选出一个人来与赫文对质，要是他对此矢口否认，我觉得，我们就有必要把这个情况反映给警察局了，让他们向芝加哥的警察局提出申请，协同调查。”

此时，旁边一个男人的脸色看起来非常沉重，“要是他承认了这件事情，他必须立马从这里滚出去！”

村长则非常公道地说：“不可能的，短时间内搬不走的。你想想啊，他的家装修得那么豪华，要碰上个合适的买主怎么也得好几个月，而如果真有这件事情，估计要想卖出去就更难了。”

“这件事交给我来安排。”洛克想了想，说，“其实很简单，我们将那栋房子买下来就是，今天到会的所有人，都出点钱来买房子。如果我们还能向银行贷款的话，那就更好了，这样一来，我们要从口袋里掏的钱就更少了。甚至，我们还可以将房子抵给律师，让他来处理，等有合适的买主之后，我们再将房子过户，这样一来，我们就能很快地将他们赶走了。据我初步估算，也就差不多一个星期吧。”

村长似乎松口了，“我觉得这个办法也许行得通，可是，谁来跟他谈呢？”

“很明显啊，吉米就是最合适的人选啦。”说着，洛克看了看吉米，“吉米，你觉得这个提议如何？我们所有人里面，应该数你跟他最熟了吧。而且我记得，他之所以能进俱乐部，还是因为你引荐的。不过你也不要担心，哪怕这件事情是真的，我们也不会怪你，哪怕他真的和黑社会势力有瓜葛，我们也会分开来看，不会将这件事情怪罪到你的头上。”

洛克虽然这么说，但是他的话仍旧带着很强的责备语气，似乎在暗示大家，这一切都是由吉米造成的。随后，洛克说：“这样吧，事情紧急，你明天就去他那里，将这一切都挑明了跟他说。你要跟他表明我们的态度，如果他的那些事情都是真的，他最好的处理方式就是将房子卖给我们，然后以最快的速度从这里搬出去，否则……”

第二天一早，吉米就出门了。他穿过马路，往赫文家门口走去。

此时，他的情绪简直糟糕透了。这件事情，足足让他和玛丽吵了大半个晚上。最开始的时候，玛丽的抱怨还只是局限于洛克身上，抱怨洛克逼着他去找赫文，后来，玛丽的重点转移到了吉米的身上，说他太容易受骗了，会有这样的遭遇就是活该。可这个话题还没吵完，他们就开始为其他的事情争吵了，甚至牵涉到他们的爱是否真心一类的话题。到最后，两个人都失去了理智，开始相互咒骂指责。如今，吉米忧心忡忡地站在冰冷的阳光里，不知道该怎么办才好，不知所措的他渐渐地觉得胃开始疼了起来。

他慢慢地挪到了赫文家的大门口，刚站稳脚，门就打开了，赫文太太随即从里面走了出来。尽管吉米现在情绪糟透了，但当他看到年轻貌美的赫文太太时，心中还是泛起了一丝嫉妒。赫文那么大的年纪了，妻子却仍旧这么美丽诱人。

赫文太太差不多三十岁的样子，头发乌黑亮丽，身材曼妙多姿，一件剪裁得当的短套装更是突出了她的婀娜线条，手里拎着的那个皮包也显得很有品位。看到门口的吉米，她面带微笑地问："哟，吉米先生，今天是星期天，你也起得这么早啊？"

"是啊。对了，赫文在家吗？我找他有点事情。"吉米非常和气地说。

"他在里面呢。现在我要开车进城办点事情，刚好我哥哥今天也坐飞机过来了，算起来，我们差不多有半年没有见面了，我顺路也去看看他。对了，今天晚上，你和玛丽一起过来吃个便饭吧，我们也有很长时间没有好好聚一聚了。"

"谢谢你的邀请，但是我们今天晚上刚好有别的活动，所以有些抱歉了。"

一阵寒暄过后，赫文太太走到马路对面，钻进了自己的车里。从背面看来，赫文太太的身姿还真是无比的迷人啊，光是想一想，就已经够刺激的了。

他紧紧地握了握拳头，然后深吸一口气，进入了赫文的家里。他想好了，一定要跟赫文好好地谈一谈。

进门之后，他发现赫文正坐在沙发上，一边喝酒，一边看着电视。

此时，赫文也抬头看了看门外，随后咧嘴一笑，对吉米说："嗨，一块儿喝一杯吧。你的脸色不太好，也许喝一杯就好了。"

"不，你太客气了。"说完，吉米就歪坐在了椅子上，看起来很不舒服，"没错，我心里确实有些烦心事，当然，要澄清这些事情还需要你的帮忙。你看看，就是这些东西，你觉得谁最可能给我寄这些东西？"说完，他就从口袋里将那些影印的剪报拿了出来，递给赫文。

赫文皱了皱眉，并且关掉了电视，然后仔细地盯着那些影印文件看。他看了很长时间，看完之后，又一动不动地在那儿坐了很久，看起来也没有最开始那么开心了。随后，赫文用一种非常疲惫的声音说："真该死，他们居然发现这些事情了……"

"他们？"

"嗯，我说的是芝加哥的那些警察，他们总是盯着我不放。之前，我们住在佛罗里达、加利福尼亚的时候，也发生过类似的事情。因为他们没有足够的证据，没法在法庭上以正当的方式整我，所以就用这种卑鄙的手段干扰我的生活。只要我换了个新的地方，并且在那里安顿下来之后，他们就会……"

"你的意思是，上面说的这些事情都是真的？你其实不叫赫文，你叫哈利？而且，你平时主要为黑帮服务？"

“噢，你先别紧张。的确，从报纸上看，似乎我是一个非常可怕的人物……”

吉米瞬间变得火冒三丈，“你真该死！你简直太可怕了！你应该清楚一点，你欺骗我，所以你连累了我！我居然还把你介绍进了俱乐部。亏我昨天还在为你做辩护，我试图告诉大家，你是被人冤枉的，看来我真是多此一举啊。赫文，我现在告诉你，你和你的太太赶紧把这栋房子卖了，然后从这里搬出去！立刻！”

“你让我搬，我就一定要搬？”

“这可不是我一个人说的。洛克昨天组建了一个委员会，这也是他们的意思。如果剪报上的那些事情都是真的，那么就由我通知你，立刻从这里搬走。这算是最后的通牒，否则，我们会想尽一切办法，让你们没法在这里安安心心地住下去！”

“不，我可没有打算搬走的意思。”赫文慢吞吞地说，“之前，我被人从加利福尼亚赶出来，随后，又被人从佛罗里达赶出来，现在，无论如何我都不会从这里搬走了。”

“你就别傻了，你知道你这样做，会给你带来什么样的麻烦吗？”

“麻烦？这我还真不知道，你帮我分析分析？”赫文突然在椅子上坐正了，非常认真地盯着吉米看，然后接着说，“你们首先肯定会将我从俱乐部除名，其实，说老实话，那个俱乐部我也不想再待下去了，因为我走在街上时，那些人哪怕看到我，也会装作没看见一样。对了，有一种可能，过一段时间之后，我也许会在半夜接到一两个匿名电话……”

“还过一段时间之后……别开玩笑了！”吉米连忙打断了他，“你简直太低估我们了，洛克说得非常清楚，你们的这种事情，对于本地的房地产价格会有很严重的影响，所以，我们会想尽一切办法将你们赶出去，并且会不断有人给你们打骚扰电话，甚至不排除一些恶意破坏的行为。此外，外界的官方也会对你们施加压力，哪怕你们向警方求助，他们也会对此不予理睬，你们甚至会被盯得更紧。要是你们开车出现违规，相关部门就会以最快的速度对你们作出处罚。还不仅仅是这样，政府的相关部门甚至会找出各种理由来刁难你，而且你也可能因此而承受比常人更高的税率。估计有一天，你们家的垃圾连清洁工都不愿意去清理。当然，如果你们连所有这些都能忍受的话，我们也不怕，总有一天，当我们受不了的时候，就会一把火烧了你的房子，并且将它夷为平地。对了，消防局的人肯定会赶到现场，但那一定是在所有东西统统烧光了之后。最后，你要搞清楚一点，并不仅仅只有我一个人支持这种做法，当然，如果……”

赫文考虑了一会儿，然后说：“我只有一个要求，别让我的妻子成为众矢之的，其他的一切好说。但你也知道，要想将我这栋房子卖掉并不是一件很容易的事情，这块地并不小，而且最近的房地产市场也不是很景气……”

“这你不用担心，委员会会以高价购买你这栋房子。”

“噢，这听起来很不错。那么，你能不能帮我们再找个新地方呢？最好是没有人知道的地方。”

“这个嘛……恕我抱歉，你既然决定为黑社会做事，就应该事先有这种觉悟。”说着，吉米从椅子上站起身来，“不过……”

"请等一下！"赫文似乎用一种命令的语气在对吉米说话，"等你回到那个自以为是的委员会的时候，麻烦你将我的话传达给那些委员们。首先，当我第一次做这件事情的时候，我的第一位太太并没有死，但是她残疾了，需要不断地接受治疗。渐渐地，高昂的医药费压得我喘不过气来，因为这件事情，我花光了所有的积蓄。随后，银行不愿意给我贷款了，我走投无路，才被迫为黑社会效力，因为他们愿意借钱给我。可是，我最后无法偿还这笔债务，所以他们告诉我，只要我愿意为他们效力，之前欠下的所有债务就能一笔勾销。出于无奈，我接受了他们的要求，毕竟，我不能放任我的太太不管。可是，到最后，我的太太仍旧去世了，而我这个时候也因为陷得太深，脱不了身了。"

吉米说："我能理解你的情况，但是，为杀手做中介这种事情……"

"我是没有办法才这样做的。当我知道他们说的'效力'指的是什么时，我已经没有回头的余地了。如果我在这个时候改变主意，我和我的太太都只有死路一条。何况，那些找杀手的人，也都有自己的苦衷的。"

"赫文，你是在为自己的罪行做辩解吗？"

"没有那个必要，我只不过在向你陈述一个事实罢了。如果一个商人到了要请杀手的地步，他一定是被逼上绝路了。对了，我想告诉你一件事情，剪报上面的那些新闻不全是真的，因为警方知道我的情况，所以就想把所有无法侦破的案子都往我身上推。但有一点，我可以向你保证，我介入的每个案子，那些被害人都是该死的，他们在生意场上，为了赚钱，用尽各种卑劣的手段，所以，必须将他们杀掉，才能保全另一个人的安全。不过，这里面有一个例外。"

赫文稍微停了停，然后接着说："我希望这件事情，你知道就够了，不要传给委员会的其他人。那名被害人是一个人的妻子，但她平时凶得跟个母老虎一样，她的丈夫实在忍受不了了，所以找到了我，然后我把他的情况告诉了我的经纪人。"

"你还有经纪人？"

"嗯，我平时就是这样称呼那个人的，事实上，我从来就没有见过他。我所掌握的信息，只不过是他的一个电话号码而已。如果有需求，我就会给他打电话，将委托人的名字告诉他。我们之间也不会有过多的通话，他会根据我所说的信息着手进行调查。至于后面的事情，他会和委托人单独联系，价格、交易、动手时间等，都是他和委托人敲定的。基本上，出手一次的费用差不多是一万五到两万，如果需要让整个事情看起来像一场意外的话，还得额外多加五千元。不过，现在经济不景气，货币贬值了，可能价格还得高一点。"

赫文的身后摆着一张桌子，上面放着一张照片。里面的赫文太太穿着性感的比基尼站在泳池旁边，那种身姿，简直是诱人极了。

桌子后面的窗户正对着吉米的家，此时，他看见玛丽笨拙地朝门外走了出来，她的身体被裹在一件非常贴身的衣服里，鼓鼓囊囊的，显得丑陋极了。

吉米突然慢悠悠地问："对了，那个号码，你应该还留着吧？"

当天晚上，赫文太太从城里回来了。她将皮包放在了厨房的桌子上，然后坐下来说："看样子，洛克召集了一个委员会？怪不得吉米今天早上看起来非常古怪。哎……这种状况，简直跟我们在加利福尼亚和佛罗里达遇到的情况一模一样。”

“那是当然。”赫文给他的太太也倒了一杯酒，他们愉快地碰了一下杯，然后他说，“我觉得，这些剪报真是太成功了。首先，我们用这些假消息搞得邻居人心惶惶，他们居然愿意出高价将我们这栋房子买下来。其次，还有些很容易上当的傻瓜，居然真的给我们送钱了，原来他们也有雇凶杀人的需求。我估计，他们根本想都不敢想，我这辈子连一个真正的歹徒都没有遇到过，帮黑社会做中介的事情就更不用提了。”

“现在一共有几个人了？”

“现在一共有五个，居然还有洛克和吉米。洛克想把他的上司除掉，这样一来，他就能爬到最顶层的职位了。至于吉米，他想杀掉他的妻子。我觉得，据我的保守估计，等我们从这里搬走的时候，至少可以赚个二三十万。对了，你的哥哥可以扮演经纪人，这样一来，就有人和他们去谈价格了。对了，他会为这种根本不会发生的杀人案而收钱吗？”

赫文太太喝了一口酒，然后略微思考了一下，说：“为什么不呢？我觉得，我们这一招真是做绝了，如果那些蠢货发现自己受骗了，他们连警都不能报。如果他们要告发我们，他们自己也要背着教唆杀人的罪名，得不偿失。不过也没关系，真到了那个时候，我们早就不知道跑到世界的哪个角落了。话说回来，洛克会这样做，我并不觉得意外，不过，吉米这个老好人居然也……”

“其实，我只是用了一个小诱饵。我告诉他，我之前接过一个委托，委托人让我干掉他的泼妇妻子。没想到这句话刚说完，他就上钩了。因为我相信，他肯定会上钩的。我不是和你说过吗，对于每个人的人性，我其实看得很准的。”赫文得意地回答。

“下面请被告以及律师进行最后的答辩。现在传被告华伦。”法警喊道。

“传被告到前台宣誓。”

“被告华伦，你是否愿意郑重地发誓，证明你说的一切证词都是事实，并且没有任何捏造的信息？”

“我愿意。”华伦发誓说。

“请交代你的姓名和职业。”

“我叫华伦，在小镇上开了一家电器商店。”

“你可以坐下说话。请问，你今年多大了？”

“四十六岁。”

“是否结过婚？”

“已经结婚二十多年了。”

“平时住什么地方？”

“新泽西，不过是在靠近边界的地方。”

“也就是说，差不多是五十公里之外的地方了，那么，你每天往返都是自己驾车吗？”

“是的，星期六也是，像这样的往返，我一周差不多要进行六次。”

“你在维克翰镇开的那家商店开了几年了？”

“差不多四年吧。”

“你为什么会把商店开在那个地方？”

“由于父亲的去世，我继承了一笔遗产。之前，我一直都有做生意的念头，所以我决定用这笔钱来投资。选了很久之后，最终决定将商店开在那儿。直到目前，那都是维克翰唯一一家卖电器的商店。”

“生意如何？”

“还可以，但是和我的预期还是有很大差距的，而且，镇子上的居民似乎有些排外，加上现在……”

“嗯……华伦，检察官现在想确认一件事情。你曾经给玛丽送过一台电视机，那么我想确认一下，这台标注了‘第十六号物证’的电视机，是否正是你送给玛丽的那台？”

“没错，就是我送的。”

“电视机是什么品牌的？”

“没有品牌，因为那台电视机是我自己组装的。”

“组装的？”

“没错，我只是想试验一下新的电路而已……而且，你知道的，对于一切新东西，我都非常好奇，想试验一下。”

“不过，我们发现，电视机的外面贴着一个品牌的标签，上面明确地写着，这台电视是‘麦克牌’的。”

“因为组装的时候，我利用了一个旧电视机的外壳，主要是因为尺寸刚好合适，所以我就废物利用了一下，并且对它进行了一些处理，让它看起来像个新的。”

“你组装这台电视大概花了多少钱？”

“如果不算时间成本的话，其他的零件加起来差不多两百元吧。”

“我可以这么理解吗，你只不过是送给了玛丽一堆价值两百元的零件，而不是一台电视机？”

“当然，你要这么想也没什么问题。不过，先生，我想说，整个事情中我都没有考虑钱这个问题，因为她喜欢，我就送了，就是这么简单。”

“她是亲眼看见你组装的吗？”

“嗯，没错，她是我们店里的常客，所以，只要没有顾客上门，我就会去店里的办公室帮她装这台电视机。”

“看来，她也经常出入你店里的办公室了？”

“经常……我不知道什么样的频率能够算是经常。”

“比如说，每天都去，或者一个星期去两次，都可以算吧。”

“每天倒算不上，差不多隔两三天去一次吧。”

“如果可以的话，请你告诉我们，你第一次认识玛丽是什么时候？”

“那差不多是她中学刚刚毕业的事情了。那个时候她会经常到我店里买一些唱片，就像大多数的孩子一样，会在放学的途中到我的店里来逛一逛，顺便买点唱片。”

“之后呢？”

“其实我也说不太清楚，总之，聊着聊着，渐渐地就开始互相信任了。她虽然是个学生，但感觉思想上、心智上都比一般的学生要成熟稳重得多。”

“看来，她一定长得很漂亮。”

“嗯，长得的确是不错，不过她貌似在学校并没有谈男朋友，感觉很孤单的样子。但之后没过多久，我就知道她为什么喜欢跟我聊天了。”

“华伦，如果方便的话，还希望你将她的性格告诉我们，或许会对我们的庭审工作有帮助。你现在可以陈述一下你所分析的原因。”

“或许，她在心目中把我当父亲或者伯父一样看待吧，毕竟她之前从来没有过，而且一直希望有。”

“什么叫‘从来没有过，一直希望有’？这个我不太明白。”

“不好意思，我刚刚没有说清楚。她从小就不知道自己的亲生父亲是谁，一直是被继父抚养长大的。但是，她的继父有酗酒的习惯，而且是个为老不尊的老色鬼，性格也很乖戾，对于她也一直心存非分之想。此外，她的继父还得照顾一堆孩子，那些孩子都是那老色鬼和他的前妻所生的。据我所知，他的前妻是主动与他分手的。玛丽成长期间基本上得不到继父的照顾，并且每天还要干很多沉重的粗活，缺少应得的关爱。等她能够自己照顾自己的时候，她就选择了脱离家庭。”

“噢，那时候她大概多大年纪？”

“也就十三四岁的样子吧。”

“她那个时候住哪里？”

“她好像和她的一个姐姐住了一段时间，之后又换了好几个地方，但都是她朋友的住所。反正就是这个家里一个月、那个家里几个星期之类的。”

“那她有没有跟你说过和其他男人同居的事情？”

“不，她从来没有说过这一类的话题。”

“那你觉得她像是一个在外面鬼混的人吗？”

“不像，至少她在读书的时候，给我留下的印象不是这样的。我刚刚说了，她留给我最深的印象，就是她那份与年龄不相称的成熟，不过，她似乎的确很容易轻信他人。”

“她信任你吗？”

“嗯，给我的感觉，她好像很想让别人同情她，所以总是表现出一副小鸟依人的样子。但我的直觉告诉我，她对我怀有发自内心的信任，不然她不会每天都跟我聊天。不过，我们的对话内容从来都不涉及她是否有男朋友，她提到的内容大多是糟糕的家庭环境、继父的恶劣行径，然后就是她多么希望能够早日毕业，然后开始工作，这样就能经济独立了。不过，好像她一直没能如愿。”

“你为什么会这么说？”

“她的功课并不好，有很多不及格的科目，所以，她连中学都没有读完，最后，她和其他一些类似的女孩被送到了一所救济学校，在那里学会了打字，外加一些秘书相关的工作，也正是在那儿，她学会了一些基本的生存能力。不过，她后来也给我打过很多次电话，她跟我诉苦，说那里的条件太差，而且和她一块儿生活的女孩很粗野，甚至有些还吸毒。她只在那里待了两个月，之后就离开了。后来，她就回来住了，自己租了一间房子，并且找了一份工作，一直到她遇害。”

“华伦，你觉得，玛丽有没有可能爱上你了？你要实话实说。”

“这个……我……我觉得有可能吧，不过，也许她的爱很特别。之前她也跟我说过，她希望能够找到一个爱她的人。”

“对此，你有没有鼓励过她？”

“鼓励她什么？爱我吗？不不不，先生，我不能这么做。”

“为什么呢？”

“这……我也不知道该怎么回答了，或许是因为，我对她怀有一份同情，也可能因为我和她的年龄差距太大了，也可能因为我已经结了婚，我不能背弃我的妻子。不过，说实话，我的确对玛丽心存好感，但并不是大家想象的那种感情。那种感觉很特别，跟对女儿的那种关爱不太一样。不过，从本质上来说，是差不多的，都是一种爱的保护，因为她的童年本来就很凄惨了，我不希望她在长大之后还受到别人的伤害。”

“那么，你有没有跟她说过这个？”

“我觉得这种事情不用说吧，她应该能够感受得到。所以，当她后来发现自己怀孕的时候，就把所有的事情都告诉我了。”

“她和你交代了，她跟另外一个男人之间有恋情？”

“嗯，她很快就告诉我了，差不多是几个星期之后吧。而当她发现怀孕的时候，就以最快的速度告诉我了，因为她当时非常紧张，根本就不知道该怎么办。我觉得她心里可能有些顾虑，她怕跟我说了这件事情之后，就无法跟我继续做朋友了。”

“你听到这件事情的时候，脑子里是什么反应呢？”

“我还能有什么反应呢？其实，当我知道她跟那个男人在一起之后，我就觉得，那个男人肯定会给她惹麻烦。他们是在之前的一次晚宴上认识的，两个人似乎一见钟情，很快就在一起了。我觉得，那应该是她的第一次恋爱经历吧。我不是很喜欢那个男的，不过对于他们的恋情，我也不加以干涉，不想让她扫兴。她在恋爱的初期，简直怀有一种近乎疯狂的高兴，根本就不在乎那个男的是有家室的人。她当时就认准了一点，他会跟他的太太离婚。其实，我当时就认为，这种事情根本不可能发生，不过，我并没有对她说什么。整个过程中，她都表现出非常高兴的样子，这种状况一直持续到她怀孕。”

“接下来呢？”

“其实这个麻烦我早就预料到了，我在听到这个消息的时候，可以说是悲痛欲绝。这个时候，她的看法发生了改变，她认为那个人并不是什么好东西，虽说平日里算是个有头有脸的人物，不过跟她在一起的时候，他什么都不是。平时，那个人一般会带她去很远的地方，这样一来，就不会有人发现他们在干什么了。不过，当知道玛丽怀孕之后，那个人可谓气愤到了极点，一个劲儿地指责，说玛丽不小心，并且威胁说，如果不接受他的钱把孩子打掉，以后就不要再跟他见面了。”

“他打算给钱，让玛丽去做流产？”

“是的，据说是给了五百，玛丽把怀孕的事情告诉他的时候就给了。”

“这一切，玛丽都告诉你了？”

“嗯，都告诉我了。”

“你接着说下去。”

“当时，她并不知道该怎么办，一方面，她想继续和那个人保持关系，但与此同时，这种做法确实伤透了她的心，她恨那个人。我给她提了一个建议，让她去看望一个神父，不过，她并没有同意，并且把我的建议只当作一种精神上的慰藉。她还向我征求了意见，问我该如何处理肚子里的孩子。”

“你怎么跟她说的？”

“我当时就跟她说了，一旦她选择了流产，那么她以后可能都怀不上孩子了，那个时候，她或许会更加痛苦。我费了很大的劲，我想让她知道，如果她把孩子生下来，那么她也算是找到了生命的托付。如果觉得抚养孩子有困难的话，完全可以将孩子交给别人来寄养，而且现在有很多这样的机构，至少这样，不会让她因为剥夺了一个鲜活的生命而在心中留下愧疚。而且我认为，从当时的现实情况来看，交给别人抚养，比她自己抚养更加可靠。”

“她对于你的建议有什么样的看法？”

“具体的我不太清楚，我只知道，她离开的那一刻感到非常开心。”

“也就是说，你并不知道她具体做了什么样的决定？”

“没错。不过我估计，那个男人肯定会威胁她，逼她把孩子打掉。”

“你恨那个人吗？”

“或许是这样的吧，反正对他没有好感。”

“你之前见过他吗？”

“不，从来没见过。”

“她也没有跟你提过那个人？比如说，名字、身份之类的？”

“从来没有，这似乎是他们之间的一个承诺，她答应过，不将他的信息告诉任何人。”

“那么，对于那个人，你有没有一点头绪？能不能大概猜一猜？”

“法官大人，我要提出抗议。被告律师应该很清楚，他不应该让证人以任何的言辞影射他人。”

法官点点头说：“伯斯先生，你的问题确实有些离谱了。”

“很抱歉，法官大人，我只是想，或许能够从证人那里获取到什么线索。”

“那么请注意你的提问方式。现在开始吧。”

“华伦，玛丽有没有告诉过你，那个男人到底是谁？”

“没有。”

“那么，她把怀孕的事情，以及那个男人给她五百元的事情告诉你，是什么时候？”

“差不多在她遇害之前一个月吧。”

“华伦，我想你应该非常清楚，玛丽遇害当天的详细情形是整个案件的关键点，所以，我希望你能将当时的情况一五一十地向法官陈述清楚。”

“好的。那天下午五点一刻，她给我打了一通电话，那应该是她刚刚下班的时候。”

“是她主动给你打电话的？”

“嗯，那个时候好像是因为，她打开电视，然后发现电视播不出图像，然后问我能不能等商店关门后去她那儿看看。然后我就告诉她，我会过去看看，有可能是焊接的地方出了点小问题罢了。我知道，她对于那台电视机怀有一种特殊的感情，只要她在家，就会把电视打开，不管有没有好看的节目，都会开着，从早开到晚。你也知道，因为她小时候的遭遇，她什么都没有，更不会有人送礼物给她。那天，我在店里打烊之后，就带着工具箱直接去她家了。其实我的店面离她家并不近，要走过二十多条街。”

“你之前有没有去过她住的地方？”

“去过几次，但都是在我的店关门之后，顺便把她送回家。如果要说进到她的家里，我只去过一次，就是送电视机的时候。那是唯一的一次，而且我也没有在她的家里待很久，也就几分钟吧。”

“那是什么时候的事情了？”

“一个星期之前。”

“你再没进去过？”

“没有。那儿其实连公寓都不算，她只租了一个小隔间。那栋房子很旧了，她的房间一面对着马路，一面对着过道和楼梯。”

“你有没有见过房东？”

“从来没有。”

“案发那天，你是在打烊之后，就直接开车去了她住的地方？”

“是的，那天其实天已经黑了。我到她楼下的时候，看见窗口的灯是亮着的，甚至还能听见电视机的声音。我走到楼上敲门，敲了很久，但是一直都没有人来开门。然后我就拧了拧门的把手，发现没有上锁。由于沙发挡着的，我开始没有看见她。我注意到，电视里应该是在播卡通片，不过我不确定，因为电视机那时只有声音，屏幕上并没有图像。”

“然后呢？”

“我在屋里喊她的名字，但是没有人回答我。我开始还以为她去房东那儿了，也可能去洗澡了。我就绕到了房子中间，这时，我才发现，她一动不动地倒在沙发前面的地上，脸都已经发乌了。我用手摸了摸她的脉搏，那时她已经什么生命迹象都没有了……”

“你后面隔了多久才报警的？”

“至于具体有多久，我也不确定，反正差不多十分钟吧，也可能十五分钟。”

“然后他们就以杀人的罪名将你逮捕了？”

“没错。”

“那么，华伦，我问你，请你认真地回答我，玛丽是不是你杀的？”

“不，我对天发誓，玛丽绝不是我杀的。”

“华伦，现在法官大人同意我将你转交给检察官先生，接下来的盘问将会由他来进行。

等他问完之后，我还有问题要问你。”

“好的，先生。”

随后，伯斯律师面向检察官说：“哈克先生，现在是你提问的时间了。”

检察官随即说道：“华伦啊，你知道吗，你的律师试图将你塑造成一个集慷慨、仁慈于一身的人，你对于那名女孩心怀着一种父亲般的慈爱。根据你的证词，你的意思是，那个女孩因为那个并不清楚姓名的男子而怀孕，并且被他所杀。而且，在被害之前还遭遇那名男子的威胁，要她拿着他给的钱去做流产，而后因为那名男子的一次暴怒，那女孩被残忍地杀害。如果你说的这一切都是真的，那么他不仅仅杀害了那个女孩，而且还有她腹内的孩子，我想，这大概就是你要表述的内容，我概括的对吗？”

“法官大人，我抗议，检察官居然在陈词中使用这种明显带有中伤性的词语！”

“抗议无效！哈克先生，请继续。”法官说。

“如果我的言辞不慎冒犯了这位学识渊博的律师先生，我提前向你道歉。不过，我一眼就看出了他的当事人的真面目，因为他的当事人是个极度凶残、内心邪恶、善于攻心的杀手。正是他，跟这个年龄还不到他一半的小女孩保持着暧昧的关系，在发生了一些事情之后，为了摆脱自己的责任，处心积虑地编造了这样一则故事。他口口声声地说那个女孩另有情人，然后来表示自己的清白，以这种善良的举动和小女孩的悲惨遭遇来博得陪审团的同情，从而达到颠倒是非黑白的目的。我完全不相信他刚刚说的话，另外，我也请陪审团注意其他证人的证词，他们都提供了一些犯罪事实，而且他们都发过誓，当事人与被害人之间有一种非同寻常的关系，我希望陪审团不要被当事人的花言巧语给蒙蔽了。”

“检察官，你是要做辩论总结了吗？”

“不是，很抱歉，法官大人。”

“请你注意你的言辞，不要长篇大论，并且要注意向被告提问的范围。”

“华伦先生，你的店员们向我们证明，玛丽经常出入你的店中，而且进入你的办公室都不需要敲门，每次进去，一待就是好几个小时，你承认这一点吗？而且，他们有好几次都亲眼目睹打烊之后，你开车送她回家，这一点，你承认吗？”

“我都承认，这些都是事实。不过，他们的理解有误，我们之间没有发生过任何不正当关系。”

“真的没有发生过？你是想说，像你这样的一个成熟健硕的英俊男子，在看到那样一个年轻貌美的姑娘时，心中不会产生其他的想法？你难道会坐怀不乱？不会受宠若惊？不会产生激烈的反应？”

“我承认我受宠若惊了，但并没有表现出你所说的那种激烈反应，更不是你说的那样。”

“我说的哪样？我可什么都还没说啊。”

“我知道你要说什么，你想说，我和她之间存在恋爱关系。”

“没错，我接下来要问的正是这个，现在请你告诉我，你和玛丽之间是否发生过性行为？”

“没有，我发誓，绝对没有！”

“那么，你能证明这一点吗？”

“法官大人，我抗议！”伯斯律师说。

“抗议有效。”法官说。

“抱歉，那么你是否承认，你跟她有发生婚外恋的可能？”

“法官大人，我再次提出抗议！”伯斯律师又说。

“抗议无效，我觉得这个问题提得很好。请被告回答这个问题。”

“我不否认。的确，我有好几次都开车送她回家了，这一点，我没办法找证人来证明。同样，我也无法证明，我直接从商店开车把她送回了家，或者说，我从来没有进过她住的房间，甚至说从来没有跟她在外面幽会过，做一些见不得人的事情。话说回来，有一点我承认，我的确有做这些事情的机会。”

“好的，那么华伦先生，我们现在来聊聊礼物的事情。你平时是不是一个非常慷慨的人？”

“我不理解你的平常是什么意思。”

“那么，你会不会给你的所有店员和顾客送礼物？”

“当然不会。”

“那么，你会不会为一部分顾客准备礼物？”

“偶尔吧。”

“你举个例子证明一下。”

“这没什么好证明的，我也没有那么多典型的例子。总之，如果我觉得一个人不错，我就会送一点小礼物，比如一张唱片。”

“不过，你从来都不送电视机，对吧。”

“当然不送。”

“但是，相比之下，你却送了一台彩色电视机给玛丽。那么，你还有没有给她送过其他的礼物？”

“圣诞节的时候，还有她生日的时候我可能会送。”

“只有那些时候吗？你没有给她送过钱？”

“钱我当然给过，但也只是偶尔给。”

“偶尔，那么，你偶尔给多少呢？”

“也许这次给十块，下次给五块之类的，一般都是在她手头很紧的时候，我只是不想她过得太艰难。”

“你都做到这份上了，你觉得陪审团会相信，你和那个女孩之间只是保持着纯洁的友谊关系吗？”

“的确，就是纯洁的友谊关系。”

“玛丽的这些事情，你的太太知道吗？”

“法官大人，我抗议检察官提出的这类问题。我不觉得，这些问题跟凶案本身有什么关系。而且，这些问题被告的妻子已经进行了证明。检察官现在的言辞，有故意诱导陪审团的判断的嫌疑。”伯斯律师说。

“法官大人，我觉得那位学识渊博的被告律师说得不对，我现在提这个问题，完全是为了展现证人的性格，并非无意义的问题。”

“抗议驳回。”

“我的太太不知道，因为我从来没有向她说过。”

“不过，玛丽知道，你是有家室的男人。”

“没错。”

“那么，你作为一个已婚男人，难道不知道，在已经结婚的情况下，和一个少女保持这样的暧昧关系是不正确的行为吗？你居然还想让旁人听信你的谣言！什么叫作另有一个她认识了四个月的已婚男人？被告根本不能提供任何证据来证明那个人的身份，所以，法官大人，我想说的是，这个案件中，根本就不存在第三者。我也希望陪审团的各位女士们和先生们注意，不要被这个骗子的花言巧语给蒙蔽了，他就是……”

“哈克先生！我要敲多少下法槌才能引起你的注意？作为陪审团，他们能够自行做出判断，不需要你来引导他们做出结论。”

“法官大人，对于刚才的言辞我非常抱歉。那么华伦先生，请你回答我的问题，如果确实存在这个第三者，请注意我说的是‘如果确实存在’，在你的口中，他是一个非常重视名誉的人，那么，你觉得他杀害玛丽的动机是什么？”

“很简单，玛丽告诉他，她不打算堕胎，所以，他听到这个消息之后，勃然大怒，在情绪失控的情况下失手将她打死了。”

“这是你的猜测？”

“没错，我猜的。”

“华伦先生，我总结一下你所说的。你承认了跟这个女孩有关系，然后你让我们相信，你是一个品德高尚的人；你承认你给她送礼物，然后你让我们相信，你是一个非常慷慨、没有其他心眼的人；案发后，警方到达现场时，整个现场只有你在场，然后你让我们相信，你留在那儿，并不是因为没有逃跑，而是出于一份责任；很多人做证，你开车送她回家，但你让我们相信，你平时都在她家外面，只进去过一次，而且只待了几分钟。你说整个案子有第三者存在，但是到目前为止，你却给不出证明这个第三者存在的任何理由。不仅如此，之前的所有内容也都没有证据。请问，你所说的这一切，我们要怎么相信？”

“无所谓，因为我只是在陈述事实而已。”

“那么，我再问你一个问题，你前面不是说那个男人给了她五百元吗？钱呢？警方在现场并没有找到，调查过她的户头之后，发现她也没有存银行，而且也没有买什么大件物品。我想知道，她把那笔你所假定的五百元给放到哪里了？你不会告诉我，她不小心丢了吧？”

“这我不清楚，也有可能她还给那个人了。”

“法官大人，我要问的问题已经问完了。”

法官看了看伯斯律师，问：“请问，伯斯律师是否还有问题要询问证人？”

“法官大人，我决定先仔细研究一下这份证词，其他的问题我想等到后天再问。”

“检察官对此是否有异议？”

“没有。”

“很好，那么现在休庭，下次开庭时间是星期四上午的十点。”

时间转眼到了周四。

“现在开庭，今日由杰姆法官来进行主审。”

“先提醒被告，上一场庭审中，你的誓言依旧有效。现在，请伯斯律师对被告进行提问。”

“法官大人，我有一个请求，在我询问被告之前，不知是否允许我的助手带一个插头上来，我想插在电视机上，也就是案件的第十六号物证上。”

“请问，你这样做是出于什么目的？”法官问。

“被告之前曾经说过，玛丽的电视机出了故障，需要进行修理，我只是想对此做一番证明。”

“请问检察官对此是否有异议？”

“报告法官大人，没有异议。”

“好的，你可以进行试验了。”

“杰克，麻烦你帮我把插头的那一头插上……好的，谢谢！华伦，你说玛丽给你打过电话，请你去她那儿修理电视。不过，等你到那儿之后，你看到的情况是，电视没有图像，但有声音，对吧？”

“没错。”

“很好，现在请你离开被告席，把电视打开。”

“你是让我打开电视机的开关吗？”

“没错，就是这样。现在打开了吗？不过，我现在只能看到黑黑的屏幕，别说图像了，就是线条都没有，好像根本没打开一样。对吗，华伦？”

“是这样的。”

“尽管如此，但我们还是能够听到电视机里发出来的声音……嗯……这像是第七频道的节目，没错吧？”

“是的，的确是第七频道。”

“法官大人，我现在想请维克翰镇的高尔警官来做证，可以让他暂时离席吗？”

“可以，传高尔警官到证人席。”法官说。

“警官先生，现在麻烦你回忆一下案发现场，你们到达的时候，电视机响了吗？”

“没有。”

“那么，这台电视在被送去警察局的这段时间里，你们有没有人碰过它？或者说，有没有人打算修理一下它？”

“也没有，我们只是在上面撒了一些药粉，因为要提取指纹，别的什么都没有碰过。”

“好的，那么你们的检查结果如何？是不是只有两个人的指纹？一个是被害人的，另一个是被告的？”

“的确如此。”

“好的，警官，谢谢你。现在，我想请被告回到证人席上。华伦，有关于这台电视机的详细情况，我还要咨询一下你。你之前说过，它是你亲自组装的，对吗？”

“没错，从里到外都是我组装的，用的零件不是我原来剩下的，就是重新买的。”

“我可不可以这样认为，你对这台电视机非常了解？”

“没错，我非常熟悉。”

“很好，那么，我想让你就在这个地方把它修好，你能做到吗？”

“法官大人，我抗议！被告律师做的这种表演没有任何意义！简直就是在浪费庭审的时间！”检察官说。

“伯斯律师，你能给出合理的理由吗？”

“法官大人，这台电视机很可能关乎被告是否有罪，所以，我希望法庭不要轻易否决他证明自己的每一个机会。”

“很好。抗议无效，你继续。”

“谢谢法官大人。华伦，现在请你将工具袋拿出来，也就是本案的第二十四号物证，你看看，用这里面的东西，能否将电视机修好。”

“那么，我试试看。”

“法官大人，我希望在接下来的部分，你能够仔细地进行记录。现在，被告将整台电视机都翻转了过来，他用起子拧开了铰接的螺丝，然后将组合盘取了出来，现在，他在对电路进行检查。华伦，请问你现在有没有找到问题的所在？”

“我想我找到了。和我最开始估计的情况一样，有一个接头松了，只要稍微焊接一下，问题就能解决了。”华伦熟练地用电焊焊接了一下，然后说，“好了，现在再打开电视的话，就能看到图像了。稍等一下……嗯，现在有了！”

伯斯律师看了看电视机，然后说：“法官大人，我刚刚说得没错，的确是第七频道。色彩非常鲜艳。好的，华伦，谢谢你。现在请你把电视机关掉，然后回到证人席。华伦，请你再回答我几个问题。这台电视机的机壳你是从哪里弄来的？”

“机壳原本是一台旧的‘麦克牌’电视，那台电视坏了，我就把壳子拆了下来，然后在里面重新安装了新的零件。‘麦克牌’电视的外壳都很轻，这是优点，所以我留下来了，新换的零件都是我精心配制的，所以，电视调控起来很方便。”

“你说的调控指的是这个音量大小的控制钮吗？”

“没错。”

“好的，华伦，现在请你告诉我，你的这台电视机上，不管是它的外壳，还是这个音量的控制钮，或者说其他的地方，有什么东西能证明这台电视机是彩色电视呢？”

“没有。”

“噢，那么，你在给出证词的时候，或者说我们在进行问话答话的过程中，我们两个人里面，谁提到过这台电视机是彩色的？”

“我们都没有提过。”

“为什么我们不提呢？”

“因为这件事情，我们俩都知道，如果另外还有人知道的话，就只有玛丽的那个情人了。”

“好的，我们是不是在一开始就知道，玛丽的那个情人究竟是谁？”

“是的，这点我们早就知道，不过，我们证据不足，无法证明。”

“那么，我们是怎么知道的？”

“因为玛丽亲口告诉我的。”

“也就是说，你之前在证词中撒了谎？”

“是的，这一点，我承认。”

“那么，你为什么要撒谎呢？好吧，这个问题我来回答。法官大人，华伦的撒谎是经过我的同意的，首先，我还请你能够原谅我的这种行为。那么为什么华伦或者说我们俩要撒这样一个谎呢？”伯斯律师问。

华伦说：“因为我们知道，真正的凶手是一个有权有势的人，单凭我个人的一面之词，根本不可能指控他，所以……所以我们冒了一个险，我们赌他会在庭审过程中说一些事情，问一些话，然后从这里面发现破绽，再揭露事情的真相。”

“可是，华伦，现在很多电视都是彩色的啊，他完全可以用猜，而且猜中的几率很大。”

“没错，的确有这种可能。不过，除了我们之外，只有他知道第一次遇见玛丽的时间。那是四个月前的事情了。关于这个细节，我格外小心，自始至终都没有提过。”

伯斯律师看着法官，然后说：“哈克先生，我的问题已经问完了，现在，证人交给你了。”

此时，作为检察官的哈克，却在法庭上当着众人的面哭了起来。

恩爱的夫妻

约翰决定将他的妻子杀掉，其实，他这么做也是不得已的事情。他必须为她着想，而眼下能做的事情，也只有这件了。

他实在找不到一个合适的理由来跟他的妻子离婚。玛丽是一个善良、美丽、开朗的女人，平时生活中，她从不多看别的男人一眼，而且打得一手好桥牌，做得一手好菜，在他们的婚姻生活当中，不管遇到什么事情，她也不会唠唠叨叨地说个没完没了，可以说，她是这个小镇上最受人喜爱的女主人。

面对这么优秀的一个女人，如果约翰将她一脚踢开，未免显得太过于卑鄙了。

就在两个月前，他们刚刚过完结婚二十周年纪念日，在他人的眼中，他们算是世界上最幸福的一对夫妻。在结婚纪念日上，他们面对众多羡慕不已的亲戚朋友，举起酒杯，发下重誓：不求同生，但求共死，相爱一生。

可是，他现在不得不做出杀掉她的选择，他无法将离婚的理由告诉他的妻子，在他看来，如果实话实说，对她而言，反而是一种羞辱。

在玛丽眼中，没有他的生活，根本就没有任何意义。当然，她可以继续选择开店，她所经营的那家商店生意很火爆，自从开张以来就是如此。但她开店不过是为了打发时间而已，从根本上来说，她与真正的职业妇女还有很大的差距。

说起开店前的准备，也还有段故事。当时，他们隔壁打算把房子卖掉，得知这个消息之后，他们就决定把它买下来。由于之前有人住，现在连装修的费用都可以省掉了，只需要把两栋房子之间的墙打通，装一扇门，两套房子就能一块儿用了。玛丽决定，利用这栋房子开一家家具店，这样一来，如果她的丈夫出差在外，不能回家的时候，她就可以以此来消磨一下难耐的时间。她开店本身为的就是消遣，所以，即便她有着很精明的商业头脑，对她也没有什么特殊的意义。而且在约翰看来，整个店铺的陈设乱七八糟，显得十分拥挤，而且只要在里面待上一段时间，他的心里就会感到非常不安。所以，一般情况下，他也不会进去。

玛丽看起来是在开店，但整个心思其实是花在他身上的。商店只不过是一个形式，爱上这种东西，并不能为她的生活增添意义。

一旦约翰跟她离婚，就不会有人带她去听音乐会、玩桥牌了，而且约翰的朋友也不会邀请她参加聚会了，她最喜欢的聚餐晚会可能也会变成永远的回忆。这样一来，她跟那些寡妇和老处女的境况就差不多了，都只有孤苦伶仃的一个人，过着凄凉无比的生活。所以，离婚只能带给她羞辱，这是万万不可以的。尽管他知道，如果提出离婚的话，玛丽肯定会同意，因为她对于他的意见一向非常顺从，不过，他不忍心让玛丽过着那样的日子，纵使分开，也不应该让她过着这种悲惨的日子。

如果当初他去莱克星顿出差的时候没有碰上莱蒂斯，或许这一切都不会发生。可是，现在后悔又有什么意义呢？毕竟那次的偶遇经历实在是太奇妙了，他甚至觉得，遇见莱蒂斯所带给他的惊喜，堪比一个盲人重新获得了光明。自从他认识了莱蒂斯之后，他突然觉得，连生活都变得有朝气了。而且更令他感到惊讶的是，莱蒂斯也对他颇有好感，甚至想不顾一切地嫁给他。刚好她还没有结婚，所以对她来说，她没有任何负担。

她所做的，就是等待，然后不停地催促，她迫不及待地想跟约翰生活在一起。

而约翰不希望以离婚的方式跟玛丽分开，所以他决定想办法安排一次意外事件，以这种方式杀掉玛丽。他考虑了一会儿之后发现，商店是一个非常适合下手的地方。店内那些沉重的石头雕像、吊灯和壁炉架都可以成为他的作案工具，这为他带来了极大的方便，加上那里每天都人流如织，恰巧可以利用拥挤的环境为他动手做掩护。

约翰和莱蒂斯上一次幽会的地点是在莱克星顿的一家旅馆里，当时，莱蒂斯一如既往地催促着："亲爱的，你必须把我们之间的事情告诉你的妻子了，让她赶紧跟你离婚，不然我们怎么在一起呢？"莱蒂斯那舒缓悦耳的声音飘进了约翰的耳朵里，仿佛酒后升起的醉意一般，居然让他产生了一种飘飘然的感觉。但是，他很快就想到了玛丽。他不能跟玛丽提离婚的事情，可是，这边莱蒂斯仍旧在不停地催促着，到底该怎么办才好呢？

说实话，直到现在他也没搞懂，他究竟是被莱蒂斯的哪一点所吸引了。

莱蒂斯很优雅，这一点与玛丽的和蔼并不相同，她也没有玛丽那么美丽迷人，但不知怎么的，约翰对她散发出来的魅力毫无招架能力。和她在一起，约翰能感受到生活处处充满激情，体验到一种前所未有的亢奋。在玛丽面前，约翰是一个体贴、温和的丈夫，可当他面对莱蒂斯的时候，他瞬间就变成了一个热情、老练的情人。在约翰的眼里，莱蒂斯可以说是汇集了土、气、火、水这四个元素于一身；相比之下，玛丽就有点……不，潜意识告诉他，他不能将这两个女人做这般的比较。可是，将两个正处于热恋中的恋人拆散，这种事情做起来又有什么意义呢？

正当约翰打算邀请莱蒂斯去酒吧的时候，查特·弗莱明走进旅馆，并且径直走向服务台，似乎在咨询着什么。看到这里，约翰不禁心生疑问：查特·弗莱明到莱克星顿来有什么目的呢？

地下情人面临的最大问题，就是不管他们身在何处，不管何时约会，总有可能与熟人不期而遇。可以说，世界上找不出任何一个绝对安全的地方供他们安心地发展恋情。

事实上，查特·弗莱明也是约翰最不想遇见的人之一。如果约翰和另一个女人在一起约会，并且不巧被他撞见了，那么毫无疑问，他一定会大肆宣扬，这个大嘴巴可能会将他所见到的情况告诉他的妻子、他的朋友、他的医生、他的店主、他的银行，甚至是他的律师，只要是他认识的人，只要碰见了，他都可能会一五一十，甚至添油加醋地告诉他们。

查特还在服务台咨询着什么事情，而约翰在莱蒂斯身旁早已坐立不安。他现在的处境很危险，只要查特稍微朝四周看一看，就能发现约翰和莱蒂斯。约翰想了想，不能就这么暴露目标，于是他找了借口，趁着查特不注意，从大门溜了出去，然后在一旁的报摊停了下来，拿起一本杂志，装出一副要买书的样子。他就这样偷偷地观察着查特，一直到他在服务台完成登记，然后坐上电梯。

很幸运，他们暂时躲过了查特，不过，这样做毕竟还是太过于冒险了。

约翰开始向莱蒂斯解释刚才惊慌失措的原因，莱蒂斯表面上看起来非常冷静，但其实她对此也非常担心。约翰觉得，日子不能再这么过下去了，这简直是对他们高尚感情的玷污。

“亲爱的，你总算开窍了，之前我就跟你说过了，我们这样下去也不是个办法。我们的时间不多了，你最好尽早将我们的事情告诉你的妻子。今天的事情恰好说明，我之前的担心是有根据的。”

“亲爱的，你说得非常对。我会尽早把这个问题解决的。”

“嗯，亲爱的，一定要快。”

是的，事情已经到了非采取行动不可的阶段了，必须想个办法，将这件事情一劳永逸地解决掉，不过有一个问题他一直谨记于心，不管采取什么样的方式，他都不希望玛丽因此而受到伤害。

在美国，每天都有很多人早早地便起床了，但他们当中有很多人再也无法看到当天的日落，这么庞大的一个人群中，为什么就不能有玛丽的一个名额呢？如果她死了，又有什么好奇怪的呢？

奇怪的是，跟约翰一样，玛丽也处在相同的困境中。她也不希望让自己深陷情网之中。一直以来她都认为，她是深深地爱着她的丈夫的。直到那天，她才发现自己的想法是多么天真。

那天早上，肯尼斯来到了她的店里，问她有没有莫扎特的半身雕像。如此著名的半身雕像，她的店里自然有货，而且还有好几个，而且连同巴赫、贝多芬、维克多·雨果、巴尔扎克、莎士比亚、乔治·华盛顿和歌德的半身雕像，统统都有。

一般来说，顾客在购买东西的时候，没有必要说出自己的全名，但是他说了。也正是因为这个原因，她也将自己的名字告诉了他。事后她才知道，肯尼斯是当地一位非常著名的室内设计师。

他说："坦白地讲，我其实并不喜欢把莫扎特的半身雕像摆在室内，它跟房间的格调其实一点儿都不搭，不过我也没有办法，我的老板执意要这样做。对了，你那里还有其他可看的东西吗？"

接下来，她便开始回忆，她努力地在记忆中翻找，究竟是从什么时候开始，他们俩竟然陷入了情网之中。接下来的整个上午，他都待在玛丽的店里，玛丽更是将店里所有的商品都给他看了一遍。临近中午的时候，他无意中发现了里面的一间小屋，而且表现出非常浓厚的兴趣，那间屋子里堆满了许多带抽屉的柜子。正当他准备打开其中的一个抽屉一探究竟的时候，却不想直接拉住了玛丽的手。

玛丽显得有些慌乱："天哪，你……你在干什么？要是给顾客看到了，那多不好啊！"

他说："他们要想看，就随他们看好了。"

她简直不敢相信，眼前所看到的这些事情居然是真的，不过，它确确实实是事实。自那以后，他们就开始在那间堆满柜子的小屋里秘密地幽会，而且为了更加方便，他们还在屋子里加了一张躺椅。以往每当约翰出差的时候，她的内心都非常难过，现在不同了，她不再感到寂寞，反而渴望他出差，而且时间越长越好。

之后的一天，他们一如既往地在小屋里幽会，由于太过于投入，他们根本没有注意到有客人进来了。客人在外面等了很久之后，一直没找到玛丽，于是喊道："约翰逊太太，我要买东西，你在哪里？"

听到顾客的喊声，玛丽急急忙忙地从小屋里跑了出来。她一边跑，一边试图将被弄乱的头发整理好。她知道，刚才那一会儿，她的口红也弄花了，不过已经没有时间去打理那些了。

在外面等候的那个客人是布里安太太，她是镇上有名的八卦婆，只要有一点小事，她就会传得到处都是，人尽皆知。所以说不定，她会将玛丽在她的店里跟人约会的事情说出去，这样一来，约翰也就知道了。

好在，布里安太太那天心事重重，无暇顾及其他的事情，满门心思都在那上等的奶油模子嫁妆箱上，她只想看看，这么高档的东西，究竟是什么样的。

好在，什么意外都没有发生，玛丽事后跟肯尼斯提起了这件事情。但是，他显得很不满意。

他说："我对你的感情是认真的。一直以来，我都深深地爱着你，我相信你也爱着我。这种偷偷摸摸的日子我实在是过不下去了，你赶紧跟你丈夫提离婚的事情，我们两个非结婚不可，你明白吗？"

离婚这么重大的事情，为什么在肯尼斯的口里说出来却这么轻松呢？那种感觉，就好像不过是拔掉口腔中的一颗牙齿那么简单。她跟约翰相爱了二十年，这么深的感情，又岂是说离就能离的呢？强行剥夺他的幸福，这对他来说，未免太过于残忍了，除非约翰死了！想到这里，她突然意识到了什么。的确，每天都有成千上万的人因为心脏病而告别人世，约翰也存在这种可能啊。如果真的能这样的话，或许事情就不会像现在这么麻烦了。

就在这时，电话铃声响了，也许是受到了情绪的影响，连铃声都显得格外有脾气，玛丽拿起电话时，另一头传来了肯尼斯生气的声音。

“玛丽，我再也受不了了，今天下午那算什么？你不觉得可笑吗？我再说一次，我们最好马上结婚，我们本来就是光明正大地恋爱，为什么你在那里带顾客看奶油模子的时候，我就非得在门后躲着藏着？”

“亲爱的，我能明白你的心情，你再给我一点时间，我会把这件事情处理好的。”

“再等下去，我怕我就得失去信心了！”

她知道他说的是实话。对她来说，现在的生活一旦没有了肯尼斯，生活也就随之失去了意义。尽管他跟约翰一起生活了二十年，却从来没有对约翰产生过这种感觉。

她现在心里只在纠结一个问题，如何能够尽快地将约翰摆脱掉？单从年龄的层面考虑，他正值壮年，再活个几十年都不成问题。一旦她从约翰身边离开，约翰的生活将会陷入一片孤独之中。同样，她也是约翰日常生活中的核心，他活着的目的就是为了让她感到快乐。而且，他们夫妻俩有个共同点，除了认识那些已婚夫妇之外，跟其他的朋友一概没有联系。而他们的朋友之所以邀请他去他们家一块儿参加聚会，完全也是出于内心的一种怜悯。他根本就不懂得照顾自己，说不定吃了上顿却顾不上下顿，最后，可能得流落到去某个破烂的单身公寓里面度过余生，到时候，他就会成为别人眼里的可怜虫。与其过这样的日子，还不如直接死掉算了。她暗下决心，一定不能让约翰过那样的生活。

为什么肯尼斯那个愚蠢的老板要把莫扎特的半身雕像摆在家里呢？这种半身雕像到处都有卖，而且比她这里价格便宜的地方有很多，肯尼斯为什么偏偏看中了她这里？她为什么要与肯尼斯开始这场疯狂的恋爱呢？玛丽不禁这样想。

但是，这已是她无法改变的事实。她现在觉得，哪怕只跟肯尼斯在一起待几秒钟，也比跟约翰待一辈子要强。

她现在必须寻找一种快速而有效的方法，尽快地甩掉约翰。

那天晚上，约翰刚刚从外面出差回来，看到玛丽的那一刹那，他瞬间就被她的美丽所吸引住了，而且当时就有了此生无憾的错觉。但就在这个时候，他的脑海中很快浮现出莱蒂斯的样子。他确定，无论干什么，只要能让自己和莱蒂斯生活在一起，都是值得的。他必须照原计划行事，手法要尽可能地温柔，而且立即就得行动。

可是，他现在正享受着玛丽为他精心准备的丰盛晚餐。一方面，这是出于礼貌，另一方面，由于路途的奔波，他确实也饿了。

他刚刚将饭咽下喉咙，脑子里就开始盘算怎么动手。不过，这终归是一件非常残忍的事情，嘴里正吃着心爱女人所烹制的甜点，脑子里却想着如何尽快将她杀掉。其实，他也不想这么做，如此艰难的局面，完全是形势逼出来的。

玛丽面带微笑地走了过来，手里还端着一杯咖啡，那杯咖啡是特意为他现煮的。“亲爱的，路上一定非常辛苦吧？赶紧把咖啡喝了，解疲劳的。”

约翰接过咖啡之后，脸上洋溢着一种幸福的表情，“亲爱的，你真是太了解我了，我正想喝咖啡呢。”

约翰端起桌上的咖啡杯，微微地抿了一口，然后借着杯子的阻挡，他悄悄地瞟了一眼玛丽。突然间，他似乎想到了什么。二十年的共同生活，他们之间早已形成了一种默契，她说不定早就看穿了他心里的想法，只是没有说而已。此时，玛丽似乎察觉到约翰在偷偷地看她，于是朝他微微一笑。约翰当时觉得，这个微笑简直美极了，应该算是蜜月之后，他印象中最灿烂的一个微笑。

此时，她站起身来对约翰说：“亲爱的，我要出去一趟，马上就会回来，店里有些事还没做完呢。”她飞快地从餐厅走出去，穿过大厅，走进了商店。

不过，玛丽并没有马上回来。约翰显得有些焦急，因为再不回来，咖啡就会凉了。他端起杯子喝了两口，然后决定去商店看看，到底是因为什么事情让她去了这么长的时间。

约翰走进商店之后，便发现她在中间的屋子里，独自一人坐在一个大沙发上，而沙发的旁边则摆了一个架子，上面堆满了雕像。由于她是背对着门口的，她既没有看到约翰，也没有听到他的脚步声。

这是上天所馈赠的机会吗？她的肩膀在不停地抽搐着，她猜到了他的想法。然而，从背影上看，约翰又觉得她可能是在笑。一个人的时候，她笑起来也是这个样子的。但是，约翰此时顾不了那么多了，因为时间不允许他思考那么多事情。他只知道，如果错过这次机会，下次就不知道是什么时候了。

此时，她的头刚好是低着的，头顶上有两座雕像，一个是维克多·雨果的，另一个是本杰明·富兰克林的，不管是哪一座掉下来，结果都一样。而约翰需要做的，只不过是轻轻一推而已。

他那样做了。

可怜的玛丽。可怜的女人。

这对于他们俩都是一种解脱，他不会因此而感到自责。不过，事情如此顺利地解决了，还是有些出乎他的意料。早知道的话，他也不必多熬这么长的时间。

约翰看了看倒在沙发上的玛丽，然后非常镇定地回到了餐厅。眼见咖啡快要喝完了，他打算给医生打一通电话。可以肯定的是，医生看完现场之后，会将这件事情认定为意外死亡，并且会将这一点告知警察。约翰也用不着对事实进行撒谎，当然，他需要改变一个小小的细节，碰到架子的不是约翰，而是玛丽本人，这个悲剧的发生，全因为她的不小心。

他细细地品味着留有余温的咖啡，此时，他突然想起了莱蒂斯。现在，没有什么能够阻拦他们永远在一起了。

他本想将这件事情立即告诉她，这样一来，他们很快就能结婚了。但是，他决定还是暂时别给莱蒂斯打电话，不要冒险。

他从来没有像现在这样轻松过，原来生活是这般快乐而清静。毫无疑问，刚才那件事让他心中的石头落了地，长期紧绷的神经终于松弛了下来，以至于他都有点困意了，这种突如其来的困意，他之前从来没有经历过。他当时只有一个想法，立即去客厅的沙发上躺一下，也许睡一觉就好了。

他决定暂时不给医生打电话，这么浓重的睡意，估计等不到医生赶来。此时，将身体挪到沙发上都是一件不可能完成的事情，他的脑袋已经耷拉到桌面上了，双手不停地抽动着。

在玛丽和约翰的朋友眼中，这就是一场典型的双重悲剧。

他们对事情的经过仔细琢磨了一番，当即觉得这个商店的风水不太好，潜伏着重重危机。玛丽因为误撞了旁边的架子，导致雕像坠落下来，头部受到重创而死。事后，约翰由于悲痛过度，认为缺少了玛丽的生活没有任何意义，于是将大量的安眠药掺入咖啡中，悄然地自杀了。

他们依稀记得，玛丽和约翰之前曾在结婚周年纪念的仪式上发过誓，不求同年同月同日生，但求同年同月同日死。在人们的眼中，约翰和玛丽是一对深爱到让人羡慕的夫妻，每当提到他们的事迹，人们就感动到泪流满面。

的确，他们在同一个晚上离开了这个世界，在外人的眼中，他们的爱情真是可圈可点。

厉害的姑妈

卡罗尔身穿衬衣长裤，独自一人坐在咖啡桌旁，透过大厦十九层的大窗，悠然自得地俯瞰窗外明媚的旧金山海湾。经过多年的苦心经营，她与丈夫一同经营的生意终于步入了正轨。就在昨天，她还把那高大而笨拙的丈夫哈利送去了欧洲，让他去出差购物两个星期，好好享受一下一个人的放松旅行，剩下的事情统统都交给留在工厂里的伙计来处理。她自己也刚好能够趁着这个空隙，留在装修一新的公寓里好好享受一下生活的安宁。

这时，一阵门铃声打破了屋内的宁静，这让她感到非常不高兴。按理来说，如果有人要和她见面，必须用楼下的对讲机与她对话，征得同意之后才能进入电梯等候区。现在，居然有人冒冒失失地就闯进来了。她想了想，今天既没有安排与什么人见面，也没有快递送货，更不会有朋友来访。事实上，她根本就没有朋友，有的也不过是一些有生意业务往来的人。哪怕是公寓的管理员要进来，事先也会打个招呼啊。正当她琢磨的时候，门铃又响了，她皱起眉头朝门边走了过去。打开门后发现，门外站着一个个子很矮的老太婆，那满是皱纹的脸上写满了抱歉、忧虑和恳求，带着古怪的微笑看着卡罗尔。尽管已经到了炎热的夏季，但是这个老太婆的身上仍旧穿着一件非常破旧的外套，头上还戴着一顶破帽子，手里则拎着一个用纸板拼接成的衣箱，外加一个破破烂烂的针织袋。老太婆抬着头，用一种非常沙哑的嗓音问："你好，请问你是卡罗尔吗？"

"没错，你是？"

"噢，我是哈利的姑妈。"说完，她又一次露出了非常古怪的微笑，嘴里那口假牙明晃晃的，看起来很打眼。

这个老太婆居然是哈利的姑妈？卡罗尔瞬间觉得心里不舒服了。虽然这个老太婆她根本就没有见过，但是她对哈利的姑妈并不陌生。哈利的母亲很早就去世了，哈利之所以能顺利长大成人，多亏了他姑妈的照顾。尽管长大之后，他们很少联系，但哈利会经常提到曾经抚养他长大的这个姑妈。关于这个姑妈，卡罗尔还知道一些情况：她没有自己的子女，现在住在内布拉斯加州的一个农场。哈利很早以前就告诉过她，姑妈待他非常好，没有姑妈，也就不会有他的今天。没想到，这位姑妈，现在居然就出现在了她的面前。看样子，她期望已久的宁静生活要被打破了。

“我说，哈利的姑妈，你这是刚从内布拉斯加州赶过来吗？”卡罗尔问。

“是啊。”此时，老太婆咯咯咯地笑了起来，那声音，听起来就像母鸡在叫一样。她接着说：“我知道你的名字，是因为哈利和你结婚之后，给我写了信。不过，说到写信，我们确实很久没有通过信了。我通过通讯簿找到了你们家的地址，我现在真希望能够早点见到他啊。”

卡罗尔深深地吸了一口气，极不情愿地说：“姑妈，你不打算进来坐吗？”

“进来，当然要进来！”老太婆拎着东西，然后飞快地走进客厅里，她用一种非常羡慕的目光打量着四周的陈设，然后欣喜地说，“噢，卡罗尔，我喜欢这里！我真的太喜欢这里了！”然后，她转过身，用一双明亮的蓝眼睛盯着卡罗尔，然后问，“卡罗尔，我可以去其他房间参观参观吗？然后你再告诉我，我的行李放在哪儿会比较好。”

“嗯……”看着眼前的这个老太婆，卡罗尔心中只有一个想法，一定要编一个合适的理由出来，不能让这个老太婆住在这儿。但是，好的理由哪会在这么短的时间里就想出来呢？而且，眼前这个人毕竟是哈利的姑妈，之前哈利最为困难的时候，正是因为有姑妈的帮助，他才能走到今天。但是，卡罗尔转念一想，她和哈利之间的感情已经不像最开始那么美好了，甚至可以说有些冷漠。而哈利向来就不是一个有主见的人，他的头脑更是简单得让人惊讶。加上他们现在的生意才刚刚稳定下来，如果这个时候离婚，对生意的影响肯定是毁灭性的。如果离开了她的提点，就凭哈利的那点头脑，最后一定是以破产告终。她看了看眼前的姑妈，此时，她注意到，姑妈正用一种非常急切的眼神看着她，似乎在等她答应，让她领着来参观这个家。“姑妈，行李给我吧，我带你看看，”说着，她一手接过了行李箱，“姑妈，箱子很轻啊。”

“嗯，这是我在这个世界上……”姑妈停了停，然后用一种很愉悦的态度说，“剩下的所有东西。”

“所有的东西？”卡罗尔有些惊讶。

“是的，这几年来，我都在变卖家产，自从哈利的姑父去世之后，我就不知道该干什么了。为了生存，我就开始变卖家产，首先是那些动产，接着，就是土地，一块一块地卖，等所有的大件卖完了之后，我就开始卖房子了。不过，后面的买主愿意把屋子最上面的一间房子留给我，让我先住下，所以，我就在那里住了好几年。最后，能卖的东西都卖完了，我一点办法都没有了，就买了一张汽车票，来到了旧金山。等会儿哈利就下班了吧？看样子，他很快就能见到他的老姑妈了。”

“姑妈，他去欧洲了，昨天才走的，要去两个星期呢。”卡罗尔摇了摇头，继续说，“我现在也不知道他到哪里了，等他到了罗马之后才能跟我联系呢。”

“啊？唉……”老太婆长长地叹了口气，然后，突然面带微笑地说，“看来，我只能在这里等他回来了……不过，没关系，让我们先参观一下这个漂亮的住所吧，然后帮我挑一个暂住的房间，这样我也好先安顿下来。”

卡罗尔知道自己此时的脸色一点儿也不好看，极不高兴地说：“姑妈，我很好奇，你怎么从长途车站找到这里来的？另外，你是怎么坐上电梯的？因为我们这里但凡有人来，都要先用对讲机跟屋里的人说话，然后才能……”

“噢，我来告诉你，”老太婆显得非常得意，急急忙忙地打断了她的话，“因为我有你这里的地址啊。首先，我下了长途汽车之后，有人就告诉我怎么坐公交车来这里，而且司机还特地叮嘱我下车之后怎么走，千万不要走错了。等我来到这栋大厦的时候，我在下面的住户信息资料中找到了你的门牌号。这个时候，刚好有人从电梯里出来，所以我就抓住这个空当进来了。就这么简单。”

“就这么简单！”卡罗尔已经能够很明显地感到自己的不高兴了，但她仍旧表现出一副满不在乎的样子对姑妈说，“好吧，姑妈，我们现在去参观房间吧。”

她们首先经过了卡罗尔家里方便而时尚的厨房，姑妈忍不住连连叫好。接下来，她们去了书房，姑妈又一次发出了赞叹。然后，卡罗尔带姑妈参观了她和哈利的卧室，里面摆放了两张很宽敞的单人床、一面明亮的穿衣镜，浴室非常整洁，拉开厚重的窗帘，宽敞的落地窗显露了出来。窗外则是空间宽敞、视野开阔的阳台，站在上面能俯瞰整个旧金山海湾。

“我的天哪……”哈利的姑妈低声感叹道。

最后要参观的，就是平日很少会用到的客房了。房间里摆着一张大床，还有与房间格调相一致的家具。客房里同样有一间小浴室。客房里还设有一个小酒吧，里面存放着很多不同品牌的酒。

“天哪！天哪！天哪！”姑妈不住地发出惊叹声。她立即将针织袋扔到了床上，一屁股坐在了柔软的床上，并且不停地上下颠动，两眼放光地打量着屋里的一切。

卡罗尔忍着心中的怒气，将箱子摆放在屋里的一个架子上，然后她注意到，老太婆的眼睛一直死死地盯着屋内的酒吧。卡罗尔随口问道：“姑妈，我还有个问题要问你。”

“什么问题？”老太婆稳稳地坐在了床上，也不再上下颠动了，两只眼睛盯着卡罗尔。

“你打算在这里住多久？”

“噢，我……”老太婆摇了摇头，说，“我已经没有落脚的地方了……”说完，她看着卡罗尔，脸上又露出了刚进门时的那种怪异微笑。

那天晚上，卡罗尔躺在床上翻来覆去地睡不着，她当时就决定，最多让这个老太婆住两个星期，等哈利回来之后，这老太婆就必须搬出去。不过，一想到要和这个老太婆单独相处两个星期，卡罗尔瞬间连睡意都没有了。她从床上坐了起来，嘴里不停地低声咒骂着。转而，她深深地吸了一口气，将睡袍披在身上。她决定去厨房热一点牛奶喝，毕竟牛奶能够安神。她从来不吃安神的药，在她看来，那种东西跟毒品没什么两样。

她悄悄地从卧室走了出来，当她从姑妈住着的卧房门口经过时，她听到门里传来了玻璃碰撞的声音。

第二天一早，卡罗尔就来到厨房做早饭了。和往常一样，她准备了一小杯橙汁、一只水煮蛋、一片吐司、一杯香片茶。在煮蛋的时候，她突然想起了哈利，尽管他并不在家，但卡罗尔仍旧觉得生活过得非常不愉快，当然，这是因为那个冒冒失失的老太婆。

她抿起嘴，把鸡蛋煮好、把茶泡好之后，她开始烤面包了。她在心里默念，希望那个老太婆能晚点起来。很不巧，老太婆这个时候从卧室里走了出来，并且直接来到厨房里，伸了个懒腰，然后非常热情地对卡罗尔说："嗯，昨晚睡得真舒服啊！我想说，我真的很喜欢那间房子。对了，我现在快饿死了，有东西吃吗？"

卡罗尔将自己已经煮好的鸡蛋从水里捞了出来，放进杯子里，然后尽量用一种非常平静的声音说："姑妈，你平时喜欢吃什么样的煮鸡蛋？"

"噢，不用那么客气的，随便什么都行。"

"没事，鸡蛋我们家还是有的，冰箱里有很多。"

"噢？"她的眼睛又开始放光了，那是一种极度期待的目光，"好吧，我平时就吃得很少，昨天的晚餐已经很丰盛了，不过，为了保养身体，我觉得我还是可以再吃一些东西的。"

"今天的早餐你想吃点什么呢？"

"我其实挺喜欢吃鸡蛋的，你也不用煮太多了，四个就行。打到锅子里，先煎一下，然后再翻过来，我喜欢吃比较嫩一点的。当然，如果家里有腌肉的话，可以给我多来几片，不过，不要把它弄得太碎了，我喜欢大块的。然后就是，几片吐司，我喜欢抹黄油，噢，果酱也来一点，两种可以搭配着吃。对了，用一些熟肉末和土豆泥一块儿翻炒一下，很美味的。"说完，老太婆就坐在了餐桌边的椅子上。卡罗尔随即将自己正吃着的早餐放了下来，然后板着一副脸开始为那老太婆做"随便"的早餐。

老太婆什么忙都不帮，只是优哉地坐在那儿，滔滔不绝地说着她在乡下经历的故事。

她从内布拉斯加的炎热夏天谈起，然后谈到寒冷的冬天，接着谈到了农田的灌溉，谈了旱涝，然后又谈了各种农场的动物，比如牛、猪、马、鸡。卡罗尔是在城里长大的，对老太婆所讲的这些没有一点儿兴趣。此时，她只有一个想法，她想从屋子里走出去，去商场购物，看到眼前这个老太婆，只会给她的内心添堵。

等她将这一堆东西都做好，并且端上桌子的时候，姑妈看了看，然后说："你没有煮咖啡吗？我们农场啊，平时都会习惯性地热上一壶咖啡，没有咖啡的日子简直太难受了。"

卡罗尔随口回了一句："姑妈，我已经为你煮了一壶香片茶了，难道你不喜欢喝茶吗？"说完，她将刀叉等餐具也摆在了老太婆的面前，外加一条新的餐巾。

"哦，这样啊，反正我也很久没喝过茶了，今天换换口味也不错。"

卡罗尔倒了一杯茶，然后放到了桌子上。老太婆端起就喝了一口，然后尖叫着说："天哪！这么苦，这要怎么喝啊，你还是去煮一壶咖啡吧！"

卡罗尔气得手直发抖，将电咖啡壶从橱柜里翻了出来，然后把咖啡和水倒了进去。她把咖啡壶放在桌子上，然后将插座插上，冷冷地说："咖啡一会儿就好，等会儿你自己慢慢喝，我现在要出去买东西。"

老太婆则坐在桌子边狼吞虎咽地吃着东西，两眼放光地看着卡罗尔，然后用塞满食物的嘴说："嗯……嗯……去吧，真的……嗯……你可以走了……"

卡罗尔走到了客厅，她将钱包从脚垫子上捡了起来。平时，她会习惯性地把钱包扔在那儿，以防出门的时候忘记。她弯下腰捡起了钱包，然后坐着电梯来到楼下的车库，开着跑车，去了附近的超级市场。

清单在前一天晚上就列好了，她对照着购物单一一将物品放进购物车内。由于这个老太婆的原因，现在所有的东西都得买双份的。她推着购物车来到了结账区，可是等她结账的时候，意外出现了：钱包里面居然是空的。

她看着钱包发愣，仔细地回想了一下，她确信自己从卧室五斗柜最底层的盒子里将钱拿了出来。平时，她不喜欢带太多的现金在身上，所以只拿了两张二十元的小额钞票。而且平时家里的钱都是她在保管，所以这一点一定不会错。

她有些抱歉地对收银员说："也许我得用支票付账了，我似乎忘记带钱出来了。"

"可以的，或者你也可以选择记账，哈利太太，我刚刚查了一下，你在我们这儿的信用度非常好。"

"不，我还是开支票吧。"她拒绝了收银员的建议，因为她从不赊账。

正在签支票的时候，她突然想起了什么。昨天，老太婆先从客房走到了客厅，然后经过了脚垫。难道说，她打开了放在垫子上的钱包，并且将她那双青筋遍布的手伸了进去，将那四十元拿走了？

卡罗尔以最快的速度赶回了家里。回到家后，她看见姑妈直挺挺地坐在那儿，吃过的盘子随意地摆在桌上，也没有要洗的意思。看到卡罗尔回来，姑妈便面带微笑，又开始滔滔不绝地说了起来，一双手非常敏捷地织着毛线。不过，卡罗尔完全没有理会她所说的话，将买回来的东西放好之后，就回到了卧室里，并且将门锁了起来。她将柜子下面的那个盒子拿了出来，并且仔细地检查了一番。

盒子完好无损，钥匙平时也都是由她自己保管。她将盒子打开看了看，里面装着一些年代久远并且价值不菲的古钱币和珠宝，并且还有少量的现金。她清点了一下，四百六十元。她很清楚地记得，之前放了五百元进去，也就是说，她的的确确是从这里拿了四十元出来，并且放到了钱包里。看来，那四十元的确是让老太婆给拿走了。

她非常生气地将盒子锁了起来，放到大壁橱最上面一层的角落里，并且将壁橱的门锁了起来。等打开卧室门的时候，她突然有些后悔，早知道，就应该在门上装个锁。

当卡罗尔回到客厅的时候，老太婆又开始尖叫了："正餐吃什么啊？"

"中午还不知道呢。"卡罗尔板着脸回答。

"噢，在我们那边，习惯把中午的那顿饭叫作正餐。因为中午要吃得特别好，所以叫正餐，晚上那顿就直接叫晚餐了。"姑妈一边回答，一边期待地点点头。

卡罗尔什么都没说，直挺挺地端着老太婆早上用过的盘子，然后送到了洗碗机里。

之后的几天，卡罗尔觉得日子过得漫长而痛苦。老太婆整天坐在那儿，无非就是吃饭、坐、织毛衣、扯白话、睡觉。炎炎夏日，一连好几天，老太婆都穿着第一天的那件破衣服，从来没有换过，卡罗尔看在眼里，烦在心里。

之后的一天上午，老太婆吃完早餐，和以往一样悠闲地坐在那儿。卡罗尔此时一手拿着钱包，一手提着洗衣篮朝门口走了过去。老太婆连忙喊住：“卡罗尔，你现在是要去洗衣服吗？”

“是的。”卡罗尔现在一听到这个老太婆的声音，就会不自觉地将自己调整为烦躁模式。

“噢，你等一下，我也有衣服要洗，身上的这件，你也顺便帮我洗了吧。”

“地下室里有洗衣机，自动的，你可以去那里洗。”

“嗯……”姑妈沉默了。

卡罗尔转念想了想，然后忍住了脾气，说：“你把外套脱下来给我吧。”

姑妈转身回到屋里，然后将其他的一堆衣服也递了出来。卡罗尔接过衣服，和自己要洗的那些一起拿到了地下室。

在地下室洗衣服的时候，她开始琢磨一件事情。这几天，家里莫名其妙地少了几样东西：进口的昂贵瓷器娃娃少了半打，少了一块蚀刻板。她清楚地记得，那块板子是当年她跟哈利在法国参加一个艺术节的时候淘到的，它是由一个很有前途的年轻艺术家设计的。除了这两样之外，还少了一只金盘子。这段时间，她的确对钱包加强了防范，不过，其他一些小东西的失踪是她始料未及的。

昨天，她还就家里的东西接二连三失踪的事情特意问了姑妈，老太婆却告诉她：“噢，那我就不知道了，我觉得那些东西一定是自己长脚跑出去了。”

对这个老太婆，卡罗尔现在是一点办法都没有了。那个老太婆整天都待在屋里，不是在房间，就是在客厅。如果卡罗尔没有到外面买东西，或者躲在卧室里的话，那个老太婆就会一直盯着卡罗尔看。

昨天中午的时候，卡罗尔趁着老太婆正在狼吞虎咽的时候，打算到老太婆住的房间去看看，她想确定一下，那些失踪的东西是不是都在里面。可正当她推门的时候，老太婆几乎是跳着冲了过来，挡在她的面前，说：“如果你要房间里的什么东西，我可以拿给你，但请你不要随便翻！虽然我是被迫寄人篱下，但我还是希望拥有我的私密空间。这一点，还希望你能理解！”说完，老太婆又露出了那副古怪的笑脸。

洗衣机的水已经满了，它开始自动运作起来。卡罗尔坐了下来，仔细地回忆了这几天发生的事情。她突然产生了一个设想，这位不速之客也许不是哈利的姑妈，因为这老太婆跟哈利口中描述的那个姑妈根本不像。在哈利的口中，姑妈是一个仁慈、爽朗的人。没错，这个老太婆的确爽朗，都已经爽朗到非常粗暴的级别了，而且，还伴随着一种邪恶与自私。哈利还说过，姑妈非常温和，而且善解人意。不过，从这几天的实际情况来看，卡罗尔丝毫没有感受到姑妈对于这个家里的女主人有一丁点儿的温和。此外，哈利还说过，姑妈是一个非常漂亮的女人。卡罗尔仔细地回想了一下那个老太婆的相貌，觉得连一个漂亮的部位都找不出来。

但是，她转念一想，也许那些东西都是哈利童年时代的记忆了，随着时间的推移，很多童年的记忆都会变得理想化。说不定，哈利的那些回忆，都是他自己凭空想象出来的东西。但是，有一点非常可疑，按道理来说，老年人最喜欢回忆过去了，喜欢将过去那些陈年旧事和美好回忆分享给后人听，但是这个老太婆来了之后，从来没有提及她与哈利的生活。这个老太婆难道真的是个冒牌货？

卡罗尔越想越不对劲，觉得这种可能性极大。卡罗尔觉得老太婆的确有可能是从内布拉斯加州坐汽车过来的，但这不足以证明，她就是哈利的姑妈，说不定，她只是跟姑妈认识，对于姑妈早年的事情非常了解，说不定，她还听说了哈利事业步入正轨的消息，所以冒充姑妈的身份到这里来混吃混喝。

卡罗尔还做了一个最坏的打算——这老太婆压根就是一个职业骗子。说不定哈利之前在办公室、酒吧或者是其他公共场所无意中提到了和姑妈的生活往事，而这一切又恰好被那个老骗子给听到了，所以，就有了这几天的事情。

想到这儿，卡罗尔就恨得牙痒痒，一双手攥得紧紧的。

卡罗尔拿着洗好的衣服上了楼，推开门一看，那个老太婆跟平时一样直挺挺地坐在椅子上，只不过换了一身干净的衣服。卡罗尔看了看，那衣服至少是三十年前的款式了。她摇了摇头，将洗好的衣服扔了过去，说："衣服洗好了，你自己熨一下吧。"

"噢，不用熨，不用熨，卡罗尔，真是谢谢你啦。"

卡罗尔搬了张椅子，坐在老太婆的旁边。她意外地发现，这个老太婆洗完澡之后，居然还在身上喷了香水！而且还是卡罗尔最喜欢的那瓶香水！那瓶香水，她平时都放在自己卧室的浴室里，怪不得她昨天没有找到。她深吸了一口气，然后紧张地说："姑妈，我觉得我们有必要好好谈一谈了。"

"噢，聊天啊，太好了，我这个人就是喜欢谈，一谈可以谈一天。咱们聊点什么好呢？家乡往事还是……"

"我只想确认一件事情，你真的是哈利的姑妈吗？"她直截了当地问道。

"噢，卡罗尔，你刚刚在说什么？"

"我说，你真的是哈利的姑妈吗？"

"天哪，这是我这辈子听过的最好笑的笑话了！"老太婆一边说，一边摇着头，手还不住地在拍打着椅子的扶手。

"我只不过想要确认一下，所以请你正面回答我。"卡罗尔仍旧死死地追问。

"你为什么会这么想呢？"

"首先，我从来没见过你，哈利现在也不在家，单凭你的一面之词，我真的很难相信。这种情况下，我无法确定你的身份，你可能是任何一个陌生人。如果你打算在我的家里继续住下去，你就必须证明，你的确是哈利的姑妈。"

"卡罗尔，你变了，你变成了一个极度让人讨厌的人。"

"这些先不着急评论。我想，你一定有身份证，而且我相信你应该随身带着走的。所以，麻烦你拿出来给我看看。"

“啊，没有，而且我身上也没有什么可以证明身份的东西。”

“驾照有吗？”

“不，我根本就不会开车。”

“那么……”卡罗尔沉思了一下，然后问，“社会福利救济卡总有吧？”

“你的姑父生前根本就没有为我申请过那种东西，我们一辈子都是靠着家里原来那几块地在过日子。”

“你都一把年纪了，身上不会连一个证明你合法存在的证件都没有吧？”

“要是有的话，我可能也不清楚。反正，我从出生到现在，没有拿过政府一分钱，更别说什么救济金了。”

“那么，我就只能打电话去你所在的农场进行查询了。他们总会告诉我，你是不是那个农场的人，还有，你是不是哈利的姑妈。”

“农场里没有电话。”老太婆只是摇头。

“行吧，那么这样，在我的印象里，乡下那种小镇里的居民，基本上互相都认识，我可以给那边的电话局打电话，随便找个人问问就行了，而且……”

“你就不要费这个心思了，你姑父去世时候，我就没有去过镇子里，平时都待在农庄。而且那些认识我的人，现在都死光了，至于把我的土地和房子买下来的那个人，平时也不和镇子里的人来往，并且，他也基本上不在那儿。你可以打电话，但我敢保证，你不会有任何收获。”

卡罗尔努力克制住即将爆发的情绪，非常果断地说：“既然如此，那么，我就只能请你带上你的东西，从我的家里搬出去，现在就搬！”

“搬出去？现在？”老太婆探过身子说。

“没错。”

那个老太婆的眼神瞬间变得冰冷，抿着干瘪的嘴唇说：“你要是敢把我赶出去，我就敢跟你拼命！”这个老太婆朝卡罗尔伸出爪子一般的双手，用一种恶狠狠的声音说：“我要把你的眼珠挖出来，然后抓你，咬死你！你别想欺负我，明白吗？”

卡罗尔吓坏了，立即转身逃到了房间里，并且关上了房门。门外传来了老太婆大笑的声音，笑声停了之后，老太婆又尖叫道：“卡罗尔，快想想晚餐吃什么吧！”

卡罗尔坐在卧室的床上发呆。天气仍旧很热，通向阳台的落地窗敞开着，窗外风景依旧，但卡罗尔一点儿也不想看。她现在只想收拾行李，从屋子里搬出去，找一家旅馆住下来，一直住到哈利回来。但她瞬间就意识到，这个做法行不通，这样一来，不就相当于将整个家拱手让给那个老太婆了吗？她告诉自己要冷静，不能那么做。

她转念想到了报警，并且想将这几天积压在心中的恐惧与疑虑统统告诉给警察，让他们介入这件事情，做一番彻底的调查。不过，她又想到，如果这个老太婆真的是哈利的姑妈，那么哈利必然会跟她翻脸，这样一来，他们的婚姻也就到头了，好不容易做起来的生意也会因此受到牵连。

她从床上起身，看了看那只上锁的钱箱，好在它仍旧完好无损地放在原地。她舒了一口气，然后暗暗地告诫自己，再撑几天，撑到哈利回来，这几天的日子，大不了就跟这个老太婆耗下去。

她先给附近的超市打了电话，在确定超市提供送货上门的服务之后，她叫了一些东西。随后她给药房也打了一个电话，让药剂师按照方子抓了一些镇静剂外加安眠药。平时，她基本上不用这些东西，可是，今天一次就叫了两份，一份现在用，另一份则是为日后乘船出海旅游准备的。这几天她都没有睡一个安稳觉，她决定今天借助药物的帮助好好睡一觉。

药房把药送过来之后，她就直接拿到了浴室里。她站在镜子前面，呆呆地望着那张可怜的脸，她觉得自己的眼神和平时不太一样了，不过，她知道是为什么，因为那个可恶的老太婆，她的内心居然开始产生恐惧感了。

卡罗尔被迫跟那个老太婆住在了同一栋公寓里面，她没有其他人可以哭诉，也没有其他人可以依靠，唯一可以体谅她的哈利，也只能在四天之后才能从罗马打电话回来。她现在开始意识到朋友的重要性，现在要是有一个知己好友，能够听她打个电话，诉一诉衷肠，那该是一件多么幸福的事情。的确，眼前的情况让她束手无策了，她唯一的选择就是打开镇静剂的瓶子，把药吞下去，然后静静地等着药效的发作……

那一天算是勉勉强强打发过去了，老太婆整天就在她的眼前瞎转悠，不过，她基本上能做到熟视无睹了。晚上睡觉之前，她又吃了一粒安眠药，果然睡得很香。

不过，毕竟是依靠药物催眠的，第二天虽然睡到中午，身体却异常疲惫，头晕目眩，也没有什么力气。老太婆就在厨房里干坐着，等着她起床做饭。卡罗尔就这样拖着疲惫的身躯，在厨房里忙碌着，和以往一样，老太婆什么也不做，一张嘴就在那里唠唠叨叨的。听到这种声音，卡罗尔只觉得非常刺耳，根本就无法忍受。她回到房间里，又吃了一点镇静剂，然后再回到厨房做饭。过了一会儿之后，她将做好的一大盘东西端到了那个自称是哈利姑妈的女人面前，而她自己则只端了一小杯茶，然后在没有人的客厅里坐了下来。

接下来的日子，卡罗尔觉得更加难熬了。尽管她很注意看管家里的东西，但那些值钱的小玩意儿仍旧接二连三地不见了。家里就好像进了一只老鼠一样，行踪诡异，防不胜防。卡罗尔也觉得奇怪，用药没有超过医生控制的量，但就是浑身上下不舒服，整个人晕晕乎乎的。

就在哈利要从罗马打电话回来的前一天中午，卡罗尔莫名地觉得一阵不舒服。她决定冲个澡，让自己清醒清醒，此时，老太婆正在厨房里面狼吞虎咽。

淋浴出来之后，头晕的症状似乎并没有减轻。不过，她仍旧忍着不舒服的状态，换了一身衣服，走进了过道。可就在她经过客房的时候，里面又传来了玻璃的碰撞声。听到这声音她心里就来气，不过她也没有办法，直接快步走到厨房里面，然后开始刷碗。

此时，她无意间回了一下头，发现自己卧室的门居然开了一条缝。她瞬间有种不好的预感，于是皱着眉头赶了过去。尽管她仍旧晕晕乎乎的，但这种愤怒显然不是头晕能够遏制的。她透过那条缝朝里面看了看，老太婆此时正背对着她，弯着腰，在拿什么东西。她仔细看了看，那个老太婆居然把那个箱子拿了下来，而且还将里面的东西一一装进了她的那个针织袋里。显然，她撬开了那个箱子。

卡罗尔站在门口大声地喊道：“你在我的房间里干什么！？”

老太婆连忙转过身，用一双冒火光的眼睛恶狠狠地盯着卡罗尔。老太婆的嘴巴塌了下来，很明显，她把假牙取下来了，这副狰狞的面孔看起来确实让人头皮发麻。更没想到的是，老太婆反而朝她吼了起来：“你给我滚开！”

“不，你不能……”

还没等卡罗尔说出来，老太婆连忙尖叫道：“我告诉你，我能！”说着，老太婆将那只能看得见骨节的手伸进了袋子里，然后掏出了一把刀。她把刀在卡罗尔面前晃了晃，然后慢慢地向她逼近。

卡罗尔因为药物的影响，整个人昏昏沉沉的，根本把握不了平衡。她只能左躲右闪，而且好几次险些摔倒在地，她只能无力地喊着：“求求你，不要这样……”

不过，老太婆并没有停下来的意思，她继续朝卡罗尔走了过来，而卡罗尔被逼无奈，只能不断地后退。

老太婆将刀举起，然后朝卡罗尔刺了过来，那张没了牙齿的嘴还在含含糊糊地喊着：“你所有的一切，我都要拿走！统统拿走！”卡罗尔没有别的办法，除了举起双手保护自己并且不断后退之外，她一点反抗能力都没有。

突然间，卡罗尔的小腿肚碰到了阳台的栏杆，她这时才意识到，自己已经穿过了落地窗，从卧室退到阳台了。不过，那个老妖婆还在朝她逼近，尽管外面太阳很大，她却能够感受到背上涌起的一丝凉意。

那个老太婆仍旧不停地挥舞着手里那把刀，而另一只空着的手则向卡罗尔伸了过来。看着眼前的这一切，卡罗尔想张嘴大声呼喊，不过，由于麻醉作用和极度的恐惧，她根本就喊不出声来，全身僵在那儿。老太婆伸出那只空手，然后用力地往卡罗尔的胸口一推，她的身子朝后无力地一仰，整个人翻到了空中，看起来就像一只被吓蒙了的鸟。

几天之后，哈利回来了，他四肢张开地仰躺在一张宽敞的皮椅上，咧开嘴，对着坐在桌子另一边的姑妈傻笑，他们两个人手边都摆着一个杯子，里面倒满了酒。

“姑妈，你真是太了不起了，我是说真的。”哈利说。

老太婆则面带微笑地对他说：“嗯，现在好了。”

“对了，你能来这儿，我简直太开心了，我说的是实话。就好像我在去欧洲之前给你写的那封信一样。要是卡罗尔遇到什么意外，你后半生就可以在这里度过了。”

“我们很多年没有联系了，不过，好在你还记得这个世界上还存在着一个姑妈，而且还寄钱给我，邀请我来旧金山旅游。你看，我一收到信就过来了。”

哈利笑了笑，喝了一口酒，然后说：“是啊，真没想到你在这里卡罗尔还能遭遇这种意外，她真的是太不幸了。”

“其实啊，要我说，这都是命，谁也怪不了。”

哈利点了点头，然后说："就好像你在内布拉斯加州的那个邻居一样，不幸被你家里的公牛给顶死了。"

"是啊，那就是个彻头彻尾的大傻瓜。他当时想把外面的牛群都赶到围栏里面去，不过那头讨厌的公牛似乎不太喜欢他，从谷仓里冲了出来，然后直接把他给顶死了。"说完，她喝了一口酒。

"我觉得啊，他可能没想到谷仓的门没锁，当然，也可能是你没有提醒他。"

"现在说这些还有什么用呢，这只能怪他自己，谁让他事先不做好检查工作的。而且，那个人特别讨厌，总是找我和你姑父的麻烦，总是这里那里挑毛病，成天在我的面前唠唠叨叨的。所以啊，事实证明，最后吃亏的人不是我。"

"对了，我还想到了你雇佣的那个帮工。我怎么都想不明白，他怎么会跑到自己还在开着的拖拉机前面，并且被拖拉机压死呢？"

"鬼才知道他怎么做到的呢。我觉得啊，那个蠢货有可能是在开拖拉机的时候，突然发现前面有什么东西，然后想把它捡起来，所以就被压死了。不过那个家伙也很讨厌，总是找麻烦。我记得有一次，你的姑父要把农场的猪运到外地去，结果他就趁着你姑父不在，然后在农场里捣乱，并且打算在你姑父回来的时候告我的黑状。"

"不过，他是在姑父回来之前死的。"

"是啊，这个日期可是千真万确的，我又没有撒谎。"

"不过，姑父其实也挺可怜的，他是摔死的，而且把脖子都摔断了。"

"是啊，你姑父也是一个可怜人儿……"

"没想到，卡罗尔也是这样……"

老太婆看了看哈利，然后说："其实，的确如你刚才所说，这是一件非常不幸的事情，但没有办法，这一切都是她自找的。对了，你还记得验尸官在检查过后说了什么吗？"

哈利微笑着说："我知道，验尸官当时就说了，卡罗尔体内药物含量超标了。所以，我觉得她一定是站在阳台的扶手边，因为太高了，然后头晕，没站稳，所以直接摔了下去。"

老太婆摇摇头说："是啊，我之前还偷偷去她放药的柜子里看了看。不过，我确实没有想到，她居然买了那么多药。对了，她连煮茶的时候都会放一点，这一点我向你保证，因为我亲眼看到了，她会先把药丸研成粉末，然后煮茶的时候往里面加一点。这简直太恐怖了，就好像吃不够一样。"

"其实吧，我不否认，有时我还是挺想她的。但是，我之前已经写信告诉你了，她平时太过于盛气凌人了。只要我待在她的身边，她就会用一种颐指气使的态度跟我说话，我生活的方方面面她都要进行干涉，而且唠唠叨叨的，非常烦人。对吧，我记得在信里说过，她简直太唠叨了。"

老太婆只是抿着嘴笑，过了一会儿，她不笑了，用手指敲了敲酒杯，然后说："杯子空了，再给我倒一点吧？"

"没问题！"说完，哈利很快就站起身来倒了两杯酒，一杯给他的姑妈，一杯给他自己。

而后，他又重新躺到了宽敞的皮椅上，四肢摊开，并且将两条腿也搭在了两旁的扶手上，然后说："姑妈，卡罗尔已经永久地成为我的回忆了，以后的日子，我就只能和你过了。"

姑妈将放在桌上的杯子举了起来，眯起眼睛，冷冷地看着哈利，喝了一口酒，然后将杯子放回了桌子上，慢慢地说："哈利，从小到大，你一直都是一个乖孩子，这一点很好，不过，你有一个缺点。哈利，你的反应太慢了，你知道吗？你无时无刻不需要一个人来提点你。你就是笨，虽然你很听话，但你从小到大，没有做成一件漂亮事。"

哈利并没有把姑妈的批评放在心上，而是非常愉悦地说："那都是很久之前的事情了，姑妈。"

"我可不这么看。就好比刚才，我没跟你说倒酒，你看见我的杯子空了，也不知道给我倒满。你再看看你现在的这个样子，像什么话，坐没坐相的。赶紧给我坐直了，快点儿！"

"啊？"哈利望着姑妈。

"你没听到我刚才说什么吗？我让你把两只脚放下来，而且不要那样靠在椅子上，这种姿势对身体不好，而且影响你的内脏。"

哈利眨了眨眼睛，"噢，好的，姑妈。"说完，他就把腿放了下来。

"嗯，再坐直一些！"老太婆严厉地说，"快点儿，把背挺直！"

完美合作

赫伯在门边站着，一只瘦弱的手里抓着一顶高帽子，外加一把折叠伞，另一只手则搭在半掩着的门的把手上。他回过头说："妈妈，我走了。"声音打破了清晨的宁静。

"祝你今天过得愉快！"身后的卧室里传来了一阵甜甜的声音，不过，那声音听上去似乎没有多少精神，"孩子，你今天晚上会不会迟到？"

"妈妈，我会准时到的。"

"记得是七点钟！"

"嗯，我记得呢。"他附和道，表现出一副心不在焉的样子。他环视了一下起居室，心中不免一动。家里陈设着优雅的家具，墙边的红木橱柜里摆放着母亲多年以来收集到的精美瓷器。角落里还有个饰品架，上面有很多做工精巧的小玩意儿。可是如今，这些都只能留作怀念了。

在赫伯的眼中，这个房间一度是他的骄傲，在晨光的映照下，里面的每件家具都闪耀着华丽的光辉。现在，所有的东西都已经褪色了，看上去显得陈旧而疲惫，这其中甚至包括他的母亲。这一切，都因为1929年生意场上的意外，之后不久，母亲又成了寡妇。由于赫伯的薪资非常微薄，不足以维持整个家庭的开支，所以，母亲自始至终都在坚持工作，从未放弃。

赫伯最后回头望了望，他的母亲身披一件法兰绒的袍子，然后走进了厨房里。他轻轻地跟她道别，等厨房里传来了一句熟悉的"再见"时，他随手关上了房门。

他走进电梯，按了按钮。这部电梯很有年份了，里面刻满了众多年轻人的名字，他们都是这栋楼的住户。然而，他的名字并不在其中，想到这里，他的内心突然觉得有些伤感。他已经四十岁了，在这栋楼里住了整整三十年，他曾经想过在上面刻下自己名字的缩写，但也只是想想而已，事实是直到现在也没有刻成。他用手摸了摸放在胸前内袋里的那块怀表，它的末端配有一把迷你金刀。当时，他心中涌起一股冲动，准备拿起刀子刻字，不过，由于生性胆怯，加上他的道德约束，他的手又从口袋里抽了出来，什么都没有拿。他只是轻轻地叹了口气，知道自己再也不可能有这样的机会了。

赫伯做事一丝不苟，但是非常拘泥于形式；平时生活很有规律，却枯燥乏味。此时，他已经走出了电梯，沐浴在清晨的阳光里。他今天要完成一个五十万的偷窃计划，而且必须在日落之前完成。他没有过多的想法，只是微微一笑，像是在给自己打气。

和平时一样，他在第三节车厢的后面选了一个位置坐下来，并且将今天新买的《纽约时报》整整齐齐地叠成整张报纸的四分之一大小，然后用他那有些近视的眼睛浏览报纸上的新闻。

过了一会儿，列车到达华尔街车站。此时，车厢里包括赫伯在内的很多人都站起身来。赫伯跟着那些身穿黑色西装，头上戴着圆礼帽，手里还拿着一把雨伞的人下了车，并且沿着马路走了一小段，然后拐进了路边的一栋灰色的大楼。进门之后，他们都朝门口站着的保安点了点头，然后搭乘电梯去了大楼的十六层。走出电梯之后，赫伯在一扇不透明的玻璃门前停了下来。他注意到，玻璃门上刻着：泰波父子公司，成立于 1848 年，现为纽交所公会会员。

他沿着通道朝里面走去，将里面一扇栏杆门推开，一块黑板呈现在他的面前，上面记载着前一天各大公司的股票收盘情况，不过，他看也没看，直接走进了里面一间小办公室里。整个房间里只有一扇窗户，形状看起来像个鸟笼。整个房间里面一共摆放了六张办公桌，每张桌子上都嵌着一个用玻璃做成的档案柜。赫伯的办公桌与其他人的桌子是分开的，以此来表明，他是这家公司的老员工，已经做了整整二十三年了。

大约九点的时候，办公室里的其他员工陆陆续续都到了。比利也算是一个老员工，他在公司干的时间只比赫伯少两年。高高瘦瘦、略显憔悴的他在见到赫伯之后，匆忙地打了声招呼，然后便坐到了自己的工位上。芬迪小姐很有才干，年纪也不大，差不多三十岁的样子，赫伯看到她的时候，她正在补妆，完事之后，便坐在了桌子后面的工位上。她的工位紧挨着通往泰波副经理办公室的橡树门。接下来走进来的是公司的两名低级员工，他们入职的时间都不长。最后进来的人叫劳伦斯，他的妈妈是副经理的妹妹。他前脚刚踏进办公室的门，副经理就从办公室里走了出来，准备检查员工的出勤情况。当看到所有员工都按时到岗时，副经理心中非常高兴，随后，他示意芬迪小姐去一趟他的办公室。

大约过了一个半小时，芬迪小姐从办公室里出来了，接着，副经理也跟了出来，并且走到赫伯身边，假模假样地说：“早上好，赫伯，最近过得好吗？”

“挺好的，泰波先生，谢谢你的关心。”赫伯回答。

“对了，今天已经是星期五了，下午的时候，会有一批特种债券送到公司，你负责清点一下。那些债券都是可以在市场上流通的，不过暂时要先存放到公司的仓库里。”

赫伯点了点头。

这个时候，劳伦斯突然走到了泰波的身边，然后说：“舅舅，要不也让我锻炼锻炼？”

“赫伯，你怎么看？”泰波看了看赫伯，然后问道。

很显然，赫伯早就打好算盘了，他拒绝了劳伦斯的提议，对泰波说："这不是什么麻烦事，我一个人就能搞定了。"

"好的，那就交给你了。"泰波点了点头。

此时，劳伦斯坐回了自己的工位上，泰波也转身回到了他的办公室里。赫伯环视了一下整个办公室的情况，大家都在忙着自己手里的事情，于是他提起电话的听筒，先后打了三通电话：第一通电话打给了他的母亲；第二通电话似乎是约了某个人见面，地点就在附近的一家自助餐厅；最后一通电话则打到了楼下的地产公司。

等打完三通电话之后，他将办公桌中间的抽屉拉开了，在里面翻出了一叠空白的假收据。这些收据，还是他上个月想办法从一家运输公司里面弄出来的。碰巧，今天下午送债券的也是这家公司。

他拿起一支笔，开始填写这些空白的支票。等到差不多中午的时候，这些支票就都填好了，他将这些支票重新放回原地，并且锁好了抽屉，然后戴着帽子、披着外套走出了公司。

他走出电梯之后，直接来到了马路上，沿着人行道快速向前走着，一直走了五个街区，最后来到了一家小的自助餐厅。

他从取餐区拿了几种食物，然后端着盘子，在两名男子身边坐了下来。他们两个人，一个叫布朗，看起来身材魁梧，另一个叫斯通，看上去则显得有些弱不禁风。他们都是黑社会的外围人物，为了找到他们，赫伯在纽约的大小酒吧里面一共转悠了三个星期。

赫伯和他们俩一块儿吃的中饭，并且向他们解释了为什么要叫他们过来。起初，他们都表现得很平静，可当赫伯将具体的金额告诉他们时，他们直接惊呆了。

"有一点你们可以放心，这件事情做起来绝对安全，因为计划做得相当完美。"赫伯跟他们交了个底，然后将详细的行动步骤告诉了他们。

整个计划当中，时间是最重要的因素。赫伯很清楚，星期五那天，所有的同事一般都会提前下班，因此，斯通和布朗最好提前赶到楼下的地产公司，然后假装坐在里面谈业务，事情完成之后，就直接从消防楼梯逃走。至于芬迪小姐，她习惯在下班前的五分钟去厕所的洗手池前面化妆，所以抢劫计划也要避开这个时间段。

整个计划其实没有什么难度。斯通和布朗事先埋伏好，等赫伯带着那批债券打算进入泰波的办公室时，他们俩就要悄悄跟进去，然后拔出手枪，从赫伯的手里抢过债券，然后还要把泰波打晕。为了不让他人怀疑，他们也要打赫伯。不过，赫伯对此特地跟他们强调："不许对我造成人身伤害。"

"要是芬迪提前回来了，那我们岂不是很麻烦？"斯通问。

"嗯，一旦整栋楼被封锁了，所有的人都要接受搜身调查，这样一来，他们肯定就会找到那些债券的。"布朗跟着附和道。

"不，这点你放心，他们找不到的。至少，债券不会在你们身上。"赫伯非常自信地说。

斯通和布朗听赫伯这样说，不自觉地扬起了眉毛。

"接下来，我要说最后一个细节了。"赫伯示意那两个人凑过来一些，然后小声地说，

“你们注意，抢完之后，就把那两卷债券扔进旁边的废纸篓里，另外，我会故意留一些废纸在桌子上，等你们离开的时候，顺手将那些废纸扫到地上，将那些债券挡住就行。然后，你们就按我刚才说的，从消防通道出去。记得把面罩摘掉，然后装作什么都没有发生一样，坐电梯下去。”

“照你这么说，即使有人触发了报警的警铃，我们也不用担心了？”布朗问。

“那是当然。”

斯通想了想，然后问：“等等，我有个问题。扔在垃圾桶里的债券最后怎么弄出去？”

“这很简单。到时候，警方肯定会过来找我谈话，而且，他最后肯定会认为，我是无辜的。当他们完成调查，从办公室离开之后，我就会把那些债券从废纸篓里拿出来，然后装进我的手提箱里，这样，我和债券就都出来了。”

“这个主意不错。我们轻轻松松地就能把五十万弄到手，而且还不用冒着被抓的风险。”

斯通问的问题则更加实际：“如果我们拿到那些债券之后，可以卖多少钱？我记得你之前说过，那些债券很好脱手。”

“我们大约可以换到二十五万，这个你们可以放心。我们现在再合计一下时间的问题。”赫伯说。

他们三个的脑袋凑在一块儿，将整个计划的步骤重新梳理了一遍。之后，赫伯从座位上站起来，将那顶圆礼帽戴在了头上，非常严肃地说：“那么，再见了，下午四点五十八分，我们准时见面！”

大约三点半的时候，那批特别债券被送到公司。布朗和斯通在四点左右也进入了大厦。

四点十五分的时候，劳伦斯已经提前下班了，接着，那两个年轻的低级职员也离开了办公室。赫伯从抽屉里取出一张黄色的收据，他开始在上面登记一些根本不存在的假项目。过了一会儿之后，比利也离开了。

他看了看时间，居然已经四点五十五了。看来，斯通和布朗准备从楼下的办公室离开了，这个时候，芬迪应该要去洗手间化妆才对。

果不其然，芬迪打开她的抽屉，从里面拿出一个大大的手提包，然后转身走进了洗手间。经过赫伯的桌子旁边时，芬迪还朝他笑了笑。

这时，他迅速地将一个纸篓放在了提前计划好的地方，并且在桌子旁边放了十来张废纸，而且有几张纸故意就罩在纸篓上。他站起身，仔细地打量了一下布置的场面，觉得非常满意之后，他用橡皮筋将那些债券给捆了起来，并且压得紧紧的。

一切就绪之后，他就站在那里看着时间。现在已经四点五十八分了，那两个人应该要出现了。

赫伯将眼睛闭了起来，然后又缓缓地张开。此时，他发现，办公室的大门开了一条缝，两个戴着面罩的人闪进了办公室里面。

整个抢劫的过程，完全按照计划设想的那样进行着。赫伯倒在地上，用眼角的余光看见捆好的债券被扔进了废纸篓里，桌上的那些废纸也按照计划落到地上，并且刚好将债券给挡住了。

接着，他看见四条腿快速地离开了办公室。

一个小时之后，警方已经完成了对整个案发现场的勘察。警官首先询问了芬迪小姐和泰波副经理，接着，便开始询问赫伯。

“赫伯先生，你的意思是，你并没有看清歹徒的面孔？”警官坐在赫伯工位的桌子上问，两只脚悬空着，时不时还晃两下。

“没错，他们都戴着面罩。不过，他们两个人中，一个高高瘦瘦的，另一个刚好相反，矮矮胖胖的。”

警官拿起一张号码单，然后问：“这上面列着的，就是这次被抢走的债券号码吗？”

“嗯，没错。”

泰波副经理问：“警官先生，你还有什么问题要问我们吗？”

“你们俩我没有什么要问的了，不过我可能还有几个问题要问赫伯先生。”

“那我们就先走了。”说完，泰波带着芬迪离开了办公室。

这个警官在问话的时候，脚总是来回不停地摆动，他的脚无意中踢到了放在一旁的废纸篓，纸篓当时就晃了一下，好在没有翻倒。不过，赫伯心里还是不免惊了一下，因为他看到，盖在上面的一张废纸落在了地上，有一捆债券已经露出来了。

不过，警官似乎并没有注意到这些。

他站起身来，仔细地打量着泰波副经理的办公室。此时，赫伯则装作不经意的样子，将桌上剩下的废纸给推进了废纸篓里。

他跟着警官来到了副经理的办公室。此时，他注意到，一个满脸皱纹的老女人推着一辆手推车走进了办公室，手推车上还放着一个大麻袋。

警官朝那个老女人看了看，然后说：“是你们大楼的清洁工吧。”说完，便将赫伯拉进了办公室里。

赫伯将当时的情况详细地向警官叙述了一遍。在这个过程中，他感觉到，外面有人在擦桌子，还听到了一阵细微的响动，应该是有人拿起了那个垃圾篓，然后将里面的东西倒了出来。

几分钟之后，他们两个人从办公室里走了出来，赫伯则急急忙忙地回到了自己的办公室，他一低头，那个原本装满废纸的纸篓，现在居然空了！

刚刚那个清洁工推着手推车，走出了办公室的大门。他盯着那个行走在走廊里的背影，心中一阵紧张。

警官之后与赫伯又聊了半个小时，然后，跟他一块儿搭电梯下楼，从大楼走了出去。

警官坐着警车离开了，赫伯此时赶紧跑到街道的拐角处，然后叫了一辆出租车。出租车直奔机场而去。车刚停稳，赫伯连忙打开车门，飞奔出去。

当他跑进候机大厅的时候，喇叭响了起来：“各位旅客请注意，现在是最后一次播报，请乘坐 706 航班，去往里约热内卢的旅客，从 4C 号登机口登机。”

他立即赶到了 4C 登机口前。此时，一位身穿黑色大衣、头戴花边帽的女人正背对着他站在登机口，身边还有两个大行李箱。

赫伯连忙走上前去,然后轻轻地拍了拍那个人的肩膀,然后说:“妈,还好我及时赶到了。”

“真是太好了，一切都顺利吗？”她的声音仍旧那么甜蜜，和早上不同的是，她现在显得有精神多了。

“嗯，挺顺利的。”说完，赫伯接过了两个大行李箱，然后朝登机口走了过去。整个人看起来特别高兴。

他的妈妈之前是泰波父子公司的清洁工，从今往后，她再也不用去了。

埋藏的钻石

在跟玛丽和孩子们说过再见以后，他去车库把车倒出来。

她在车道边站着，惨白的脸色显得满腹心事，“乔治，注意安全。”

只要他出差，她总觉得要发生外遇。

“老婆，注意什么？”

“我的意思是当心有打劫的，路上可能有很多打劫的人。”

“我会小心点的，哪次我不是好好地回来了？”

“今天晚上到了汽车旅馆后给我打个电话。”

他点点头：“没问题，这个提议很合理，保证做到。”

他开车去办公室，在外面停了车，布朗先生递给他一个小袋子。

“乔治，袋子里装的有钻石和别的一些用品，差不多值九万块。”

“就这么小个包？”

“珍宝总要装在精致的包里吗？你带手枪了吗，乔治？”

“汽车抽屉里搁着呢，可到了必须用的时候，我还不会用呢。”

“报纸你读过没有？这两个月都有过三起抢劫珠宝推销员的案子了，还有一个人因此丧命。乔治，你有家有妻儿，我不愿意看到你有什么事。”

“不用担心。”

“带上订货副本这些东西没有？”

乔治说：“放心吧，当然都带了。”

布朗先生两只尽是汗水的手不停地揉搓，“乔治，我一直很害怕这样的旅行，这太冒险，太冒险了。”

辞别布朗先生，他驱车北上。放在他身边的样品箱中，牢牢地锁着那个珠宝袋。

乔治今年四十二岁，将近二十年都在做珠宝推销员。他刚到如今的公司工作时只负责简单琐碎的工作，在曼哈顿区派送小钻石，跟第五街或十四街的拍卖场谈交易以及收款。过了一段时间，布朗先生对他很是信任，他就做上了推销的工作，携带珠宝在各城市之间奔走已经成了家常便饭。

晚上到了旅馆，他往往取出钻石、蓝宝石、红宝石，散放在梳妆台上，看着镜子里珠宝的反光，目光聚焦在那里，体会这其中的力与美。他对珠宝饰品有着狂热的迷恋。在玛丽和孩子们看来，这份推销珠宝的工作特别危险，可在乔治看来，这份工作远远比安身立命更要紧。

他有这种看待珠宝的心态，原因可能要从三十年代初期的一个夏天说起，当时他父亲带着全家人开车一路向北去加拿大，到那欣赏日全食。他当时连学都没上，可对乘着敞篷车、全家一起去北方旅行的经历记得很清楚。即便当时他们就在国界线那里居住，可那次旅行看起来仍然是很远的。记忆中，母亲表现得很不以为然，她觉得为了看太阳的阴影而跑那么远是没有必要的。可日食在他的童年中留下了很深的印象，其深刻程度超过了别的事情。

他们面朝太阳，在小山顶上站着，把熏黑的玻璃挡在眼前盯着太阳，全部过程持续的时间不足一分钟，但它让为期两天的奔波变得有意义。特别是表面不反光的月亮挡住太阳光的一刹那，闪烁着明晃晃的光，乔治记得格外清楚。

他父亲说："它们看起来就跟钻石一样。"

确实，它们真的很像钻石。从此以后，乔治对那在黑暗逐渐逼近中的闪烁着的光芒久久不能忘怀，以至于每到日落时分，他就在自家的后院里站着，希望能再次看到太阳的钻石。只是他不明白，为什么只有在出现日全食的时候，才能看到那样的景象。他性格比较内向，很少在人前提起自己的工作，婚后，对玛丽他也不曾谈到此事，再说谈这些也会增加她的不安。

"瞧，乔治，"她说，晚报上的一则新闻引起了她的注意，"乔治，你看，今年都第四次了！又一个钻石推销员被打劫了！"

"亲爱的，我是不是要辞职？可若每周都拿不到工资，你能这样幸福吗？"

"乔治，可这样太冒险了啊！"

即便公司把各种防范措施做得很到位，可这段时间他仍然觉得有点危险。

此次新英格兰之行，他所携钻石最少值九万元，并且仅仅是批发价，若要零售，价格则要翻倍。再加上他的箱子还装着别的零售货物，这要值二十万。但是，干他们这种生意的，许多人出门带的货物都价值百万，他们并不害怕。就说年近七十的布朗先生吧，他去洛杉矶带的钻石有两千克拉呢。

今年，珠宝界发生的大抢劫案已经有四次了，其中三次都发生在之前的两个月。乔治还认得其中一个，那个人肋骨被打了两枪，头骨被敲裂。出了事故后，乔治去医院探望过他，还送了花。他们的交往也仅限于生意，其实乔治也不明白自己去看他的原因是什么。

将近中午时，乔治开车下了康涅狄格州高速公路，打算在饭菜好些的餐馆用餐。他找到餐馆以后，就把汽车谨慎地锁好，在窗边的一个座位上坐下，以便吃饭的时候能从这里看见他的汽车。要是一路顺利，他下午能一直停在瓦特伯利，明天上午驾车去波士顿也不迟。新英格兰之前他也去过，可由于一路上要停下来谈生意，因此他不能坐飞机，天这么热，开车会特别难受，这使他不太满意这次旅行。

往瓦特伯利去的路上一切都很正常，在他从那离开，往北向着麻省出发之前，他一直都没有发现自己正被一辆绿色汽车跟踪。

当晚，乔治在一家位于波士顿郊外的汽车旅馆下榻，之前他也曾下榻于此。他在房里给玛丽打了个长途电话。

“乔治，一路上安全吗？”

“亲爱的，一路上都很好，天气也很不错。”

“明天晚上你能回来吗？”

“这个还说不准，得看波士顿的情况，如果有事就要到后天。”

“乔治，你一定要小心小心再小心！你在房间里放枪了没有？”

“当然没有！有我也不可能拿它向谁开枪。”

“乔治……”

他伸过手去拿烟，可一只手握着听筒，他点不了火，“放心吧，我一定小心些。孩子们呢？”

“他们都好。吉米和苏珊出去看电影了，勃拉尼在屋里待着，在那看连环画呢。”

“玛丽，明天要是我没有到家，我会给你打电话说一声。”

“没问题，可乔治，你还是小心为上……”

“再见。”他把电话挂了，往窗边走去，观察着窗外的汽车旅馆停车场。透过暗黑的夜色，他还是能清晰地看到那辆绿色汽车，有人在车上抽烟。

乔治双眉紧蹙，目光从床上的箱子上扫过。他把它打开，谨慎地用手掂了掂包钻石的袋子的分量，并观察了一下周围，打算把钻石放在一个隐蔽之处，可没有找到好的地方。他又看了一眼样品箱中别的物品：信封、邮票、订货单、印着公司名的信纸等。

他把箱子合上并锁好，又回到窗边。那人还在绿色汽车上坐着，是要等天全都黑透？乔治仰头看了一眼西边的天空，太阳早已隐藏到树林背后，路上已经亮起了街灯。

他想着报警，可说什么呢？报告他们有个鬼鬼祟祟的人？

他来回踱步，又抽了一支烟，思考着对策。若立刻就走，波士顿跟这里的距离仅半小时车程而已，公路上灯火辉煌，又有很多过路的汽车，赶往城中找一个相对保险的藏身之所，岂不比这里好得多？如果那真是一个跟踪他的人，事情就更明了了，并且在波士顿肯定比在这更容易找警察。

乔治一边穿外套一边叹息，整理好小旅行袋向外面走去。因是公司为他预定的房间，他不用结账，直接坐进汽车，启动，离开停车场，头也不敢回地走了。

他开车大概穿过了一条街，才有胆量向后视镜望了望，绿色汽车就在后面跟着。这会儿不用怀疑了，可以确定他就是在跟踪。有可能在瓦特伯利那人就盯上了他，也可能是从纽约那边一路跟到这里。

乔治提高了车速，他也提速，不过乔治已经不害怕了，前面就是直达波士顿的明亮的高速公路，半个小时以后乔治就能到那了。

忽然，一排红灯在前面闪了起来，随之一起闪光的还有“绕道”的指示牌。乔治发出轻轻的咒骂声，随后向左拐上一条几乎没有任何亮光的次级公路。绿色汽车仍然在后面紧紧地跟着。

乔治冷汗直冒，发觉自己这步棋走错了，逃跑是个错误的决定，却使得那人有机会在公路上对自己下手，可谁能料到会发生绕道这样的情况呀?

汽车在泥路上摇摇晃晃地前进，他忽然发现，那辆绿色汽车在加速前进，应该是准备把他挤到路边。他现在也只能加速，试图找到一个出口，把那个人甩掉。

借着昏黄的灯光，他发现面前有一条小路，就拐上去了。那辆车有片刻的迟疑，也跟上来了。

一块反光路牌在乔治的车灯照耀下看得特别清楚，告示说：“巴德蓄水池”。陷入死胡同了。

这会儿，乔治猛然感到一阵恐惧。他猛地把车刹住，盯着路尽头蓄水池明镜般的水面。

紧随其后的人在距离乔治十五米左右的后面停下了，把车灯关了，他肯定也知道这是一条死路了。乔治两手发抖，一手放在箱子上，一手往抽屉里摸去。

冰凉、坚硬的手枪摸在手中的感觉很奇怪。头上的夜空一片黑暗，仅有的一丝灯光也在黑暗中淹没了，这个场景让他回忆起那天看日食的经历。在这条黑黢黢的小路上，他千里而来，面临生死考验。

乔治把车门打开，从后视镜里看见后面的人下了车，向他走过来，那人一只手在口袋里插着。乔治想着要不要给他钻石，求他留自己一条命，随后就从车上下来，手颤抖着把枪举起来。

“等等！”那人趁着车里的灯光，看到了乔治的手枪。乔治发现那人伸出了手，手中也有枪，便扣下了扳机。

那人倒在乔治汽车的后盖上面，随后向身后的地上滚了下去。

周围陷入了死寂。乔治从不曾想到自己会用这把枪，它从乔治的手中滑下，掉在地上。

可他没有更好的办法。他往尸体那边走去，弯下身查看死者，猛地用脚把那人握着的枪踢到一米开外。随后他向着那个人的车走去，车门开着。

他想出去打电话求助，首先需要把车往旁边挪挪。

当他上车的时候又愣了一下，继续思考着自己的所作所为。继而返回自己汽车上，把样品箱打开，欣赏着钻石的闪光。记忆中，太阳被月亮遮挡前一刻的光芒就是这个样子的。如今，他发觉自己也陷在了日食中。

乔治抓起死者的手枪，往自己的汽车窗打了两枪，又把枪扔回那人手边的地上。他拿起小口袋，把里面的钻石拿出来，谨慎地把它分成三份，拿纸包好，从箱子里取几个信封，分别装起来，填好家里的住址，又贴上邮票，打算给自己寄回去。

他倒回车，艰难地从那辆绿色汽车旁边挤出去，又在漆黑的夜空下，沿着来时的路慢慢地往回走，准备认真计划一下。

过了一会儿，他发现了一个邮筒，就停在那把这三封信投了进去。然后他继续前行，直到在路边找到电话亭。他投了硬币，拨通总机，慌张地说："我被打劫了！我找警察局！"

他一边等待一边听咔嚓咔嚓的拨接电话声，对自己的所作所为产生了疑虑。也许这就是日食，多年来，日光一直被月球的阴影挡住，谁都会有那么瞬间的日食，如今，乔治遭遇了自己的日食。

魁梧干净的杜克警官，有一双敏锐的蓝眼睛。他与乔治相对而坐，对夜晚之事进行第三遍问询。

"乔治先生，你是说他们是俩人？"

乔治搓着手说："没错。"他从不曾想自己会这样做，可他肯定从没想过杀人——即便自卫也没想过。"我觉得应该从瓦特伯利他们就跟着我，我打算提前出旅馆，从小路甩开他们，可他们逼近，对我开了枪。"

"在蓄水池那里你们怎么回事？"

"就是我说的那样，他们把钻石拿走，随后开车把我的车逼到那条泥路，直到尽头。我想着他们会杀我，把我跟车一起推进水池，于是趁他们下车就拉开抽屉，拿出手枪打死了其中一个，另一个很快窜了，拿着钻石往田野跑。天很黑，我找不到他。"

杜克警官说："你真的很幸运能活下来，我们和你在纽约的妻子取得了联系。"

乔治点了点头说："最近连发抢劫案，她一直担心下一个就是我，还是应验了。我只求得上司的谅解，我真的很无奈。"

"确实你尽力了，你把一个人杀了。"

"我从不曾想自己会杀人。"

杜克警官低声自言自语，摞着几份文件。

一位身着制服的警察进了办公室，把一张纸交给他。他看完，向后倚在椅背上，问："乔治先生，你跟你太太有没有分歧呢？"

"分歧？没有，绝对没有！我们生了三个孩子。"

"你出差时她有没有不满？"

"她很担心我，我觉得哪个妻子都会有这种担心的。"

"说得对。"杜克警官把手里的铅笔放开，眼神冰冷地盯着乔治。

乔治手心都已经出汗了，问："你怎么会问这个呢？"

"嗯，乔治先生，据我了解，你开枪打死的人是个私人侦探，并非你说的抢劫犯，他只是受雇于你太太，前来搜集离婚证据的。"

房间突然暗下来了，乔治瞬间感到天旋地转，而且特别压抑。在他意识模糊之际，警官的询问传来："这会儿你是不是可以跟我们说说，那些钻石你到底藏在哪儿了？"

太阳光透过厚厚的窗帘，照亮了杜克警官的房间。此时，我们刚好就在这个房间里。我把手枪拔了出来，用枪口对着他那肥硕的腰际。他显然感到非常意外，用一种惊讶的表情看着我。

“罗伯特，你……你这是要干什么？”

“你可以猜猜看，看看我像是在干什么。”

“你……你在开玩笑？”

“老实点，别乱动！”我的眼睛死死地瞪着他，然后说，“杜克，我可没有跟你开玩笑，你难道一点儿也猜不出来吗？”

“哥们儿，你别拿那玩意儿对着我……”

“噢，我可不是你哥们儿。”

其实，我的心里恨透了他，我恨不得马上就扣动扳机，不过，我也怕因此而失去琼。在我看来，他其实心知肚明，所以，我很乐意看到他现在这副惊慌失措的样子。

他紧张地咽了咽口水，眉头紧皱着，嘴巴微微地张开，一颗歪歪的门牙露了出来，看起来，那颗牙齿就像要掉下来一样。他伸手摸了摸那颗牙齿，随后用手轻松地捋了捋头顶上为数不多的几根金发，一双黑色的眼睛正紧紧地盯着我看。

“罗伯特，我想要你明确地告诉我，这到底是怎么回事？”

“杜克，我要杀了你。不过，我想问问你，你知道我为什么要杀你吗？”

“我想，你是在开玩笑吧，罗伯特。”他显然没想到我会这么说，露出一副深感意外的表情。不过，他似乎渐渐地明白，我是认真的，我的确是来找他麻烦的。他似乎在努力地回想着什么，看看能不能找到一丝头绪。

“我觉得，你应该知道我为什么过来。”

他的眼睛突然亮了一下，随后突然又变得黯淡了。他的嘴角微微地浮起了一丝笑意，那只原本举起来的手很快又放了下来。

“别以为你和琼的事情我不知道，我告诉你，你根本不可能瞒过我的。”我说。

“琼？”他想了很久，然后顿悟道，“噢，原来是这件事……”

“你们的花样耍得可真不少啊。杜克，我明确地告诉你，她是属于我的，你早就应该明白这一点。亏我们一起共事了这么多年，你是知道我的脾气的，不管是谁，只要是把我情人夺走的人，我都无法原谅。”

“罗伯特，你最好想清楚，琼根本就不是你的太太。她不过是一个小姐而已，她根本就不属于任何人。既然这样，我跟她约会又怎么了，和你有关吗？不过，你很快就会明白。当然，这些事情，琼很快就会告诉你的。”

“不，她根本没告诉我。不过，现在也无所谓了，杜克，她很快就会彻底地忘记你。”

“罗伯特，”他举起双手，然后向我靠近了一些，“罗伯特，你听我说……”

“站在那别动！”

他呆呆地站在那里。那种眼神我能读懂，他现在确信了，我真的不是在跟他开玩笑，不过，他并没有放弃，他还在试图努力，想让我回心转意。

其实，我们虽然一块儿在刑侦科干了六年，不过，他根本就不了解我。他只知道，我是一个说到做到的人。

“你这样做的话，他们会把你抓起来的，罗伯特，你知道的，你不能这么做。何况，我们俩是朋友，而琼只不过是一个不相关的女人而已。”他非常认真地说。

“杜克，我现在明确地告诉你，我爱她，她也爱我，我们原本打算结婚的，可是你……你这个破坏者，破坏了我们之间的爱情！”我生气地说道。

“噢，罗伯特，你疯了……”

“我再跟你说一次，我爱她，你听懂了没？”

“罗伯特，对我来说，她只不过是一个小姐而已，你……”

“砰……砰……”两声枪响，杜克的嘴张得很大，然后身体向前慢慢地倒了下去。他落地的时候，发出了“啪”的一声，他的下巴重重地磕在了地上。

我用脚将他那庞大的身躯翻了个个儿，然后低下头，仔细地打量着他，那张大嘴里似乎少了点什么。对了，那颗歪歪的门牙哪去了？一定是刚才倒地的时候，飞入喉管里，然后吞了下去。我注意到，他那一双眼睛起初仍旧非常明亮，然后慢慢变得呆滞起来。那两枪打的都是死穴，他必死无疑。看着他的尸体，我冷冷地说了一句：“杜克，永别了，你这个坏东西！”

我将枪擦干净之后，扔在了他的尸体旁边，然后从现场离开了。

现在，我心里轻松多了，心情也好了很多，不过，胸口倒是觉得很闷，总觉得提不上气。这种感觉之前也出现过，但凡我为某件事情特别担心的时候就会这样。可是，现在什么都已经过去了，问题也都解决了，我还担心什么呢？

我没有理会那么多，然后直接去了琼的住处。

打开门的时候，她满脸都是微笑。在知道她和杜克的那些事情之后，我根本就乐不起来。不过，事情已经过去了，她现在只属于我。

“罗伯特，好久不见。”

“是啊，宝贝，我想死你了。”

我们就这样在门口相互打量着对方。尽管我知道，她的确跟杜克私会了，但我仍旧很难说服自己去接受这个事实。

“你今天怎么过来了？”她问。

“噢，我就是路过，然后顺便想来看看你。因为局里的人都知道，所以我跟他们说了，中午说不定会过来吃饭。”

“可是，罗伯特，现在已经过了午饭时间了。”

“嗯，之前忙一些事情去了，我到现在还没来得及吃饭呢。”

“那我先给你做点东西吃吧，想吃三明治吗？”

“没关系的，我现在不是很饿。”

我觉得她真是太迷人了，一头垂肩的金发，心形的面庞，嘴唇非常丰满，一双眼睛水灵灵的，特别动人。身上那条黄色的小短裙太诱人了，我不自主地打量着她，怎么看都看不够的样子。在我的心目中，她就是最重要的人。

平时，她就住在一间小小的画室里，一方面自己可以作画，另一方面，可以将别人委托出售的画暂时寄存。

“你跟我来厨房吧。”她说。

我跟着走了进去。正当我准备伸手把她抱在怀里的时候，电话响了。我心里突然觉得非常紧张，难道这么快就暴露了？应该不会是找我的吧……我心里没底，站在那儿显得很不自在。不过，找我也是很自然的事情，毕竟我和杜克走得很近。

“没错没错，他就在这儿呢……”琼的声音从屋里传了过来，“罗伯特，有电话找你！”

我走到电话机旁，紧张地拿起听筒，然后用一种镇定的声音接了电话。电话是亨利警官打来的，他将杜克遇害的事情告诉了我。亨利和我的关系非常好，他也知道我和杜克之间的关系，所以让我来彻查这个案子。

“罗伯特，发生这件事情真的很令人难过。”

“你现在在哪里？他的公寓吗？”

“没错。”

“好的，我马上过来。”说完，我就挂断了电话，然后用一种非常悲伤的眼神看着琼。

“发生什么事了吗？”她连忙问。

我站在那儿，顿时觉得自己就是一个魔鬼，我起初脑子里一片混乱，不知道该怎么回答，但我很快就冷静下来，然后平静地告诉他：“杜克……杜克遇害了……”

“杜……”她欲言又止，整个人都愣住了，过了很久才说，“你说，杜克……遇害了？”

“是的。”我点了点头。

她的两只手不知道该往哪里放，不停地拨弄着她身上穿着的那条裙子，两只眼睛陷入了一片茫然之中。“那么……他们让你现在过去办案？”她问。

“是啊……”我懒洋洋地回答。

她原本还想再说些什么，但最终什么都没说，我看到这一幕，反而觉得内心非常难受。过了一会儿，她用一种非常清晰的声音对我说：“罗伯特，你还是赶紧过去吧，毕竟案子更加重要。”

“嗯。”我点了点头，我心里非常清楚，于情于理，我现在都必须离开这儿。一会儿之后，我就可以表现出内心的那份轻松了，不过，现在我必须装作非常难受的样子。

等我赶到杜克的公寓之后，发现大家都在忙碌着。摄影的人员在拍照取证，指纹组的工作人员仔细地提取物品上的完整指纹。我也混入现场的工作人员之中，这里翻翻，那里看看，似乎也在检查着什么。等从杜克的家离开时，天已渐渐暗了下来。

这一天过得可真是漫长。

我转身出门的时候，亨利刚刚走到楼下的走廊里，看到我之后便问：“发现什么了吗？”

我耸了耸肩。

“这样吧，晚上我们好好聊聊，怎么样，有空吗？”

“当然，晚上见。”

他走去了电梯间，而我则走到了屋子的外面。我心里一直浮现着这几年和亨利的交情。他那张苍白的脸，外加他那种真挚的眼神，给我留下的永远都是诚实的印象。我和亨利会在每周二的晚上固定聚一聚，由于我们俩都喜欢喝酒，所以我们会在那天喝点小酒。这种日子一晃就是三年，通过三年的时间我确信了一件事情，亨利的的确确是个好人。

之后，我回到了琼的住所，在那儿，我突然觉得心里非常不舒服。起初，她一个人不停地在说话，在笑，但没过多久，她就开始沉默了，那种沉默非常压抑，我感到很不自在。

她也没有多说什么，只是静静地走到我坐着的椅子旁边，并且在扶手上坐了下来。她柔软的臀部碰到了我的肩膀，用一只手不停地在抚弄着我的头发，然后说：“罗伯特，现在就只有我们两个人了。”

“嗯，你说得太对了。”

她探过身子，在我的额头上轻轻地吻了一下。我一动不动地坐在那儿，和一块木头差不多。正如我想象的那样，所有的事情都会变得顺利起来的。我成功了！

“我一会儿随便去吃点东西，晚上还得和亨利碰面。今天是星期二。”

“要不我给你做一点儿吧。”

“宝贝，不用那么麻烦了，我随便在马路边买点东西吃就行。”

“但是……我想给你做点东西吃。”

“琼，我现在不饿。”

“哦……好吧，罗伯特，我知道了。”

“回头再来找你。”

她没说别的，只是朝我笑了笑，“好吧，我等你。”

我在路边买了一块三明治，是五香牛肉味的。平时我很喜欢吃，但今天怎么也吃不下，顿时觉得非常扫兴，然后就直接去了亨利那儿。

我敲了敲门，是亨利亲自过来开的。

“你好。”我朝亨利打了个招呼。

“海伦正准备出去看电影，所以等会儿屋里就只有我们两个人了。”

海伦从过道里走了出来。活泼开朗的她，今天穿着一件茶色的外套，两只手伸到脖子后面，打算把垂进领子里的头发给拨出来。看到我之后，她热情地说：“罗伯特，你好啊，晚上别跟亨利喝太多啊。”

亨利说：“我觉得今天晚上喝葡萄酒比较合适。”

“随便你们喝什么，总之别喝醉了。”说完，她在亨利的手臂上亲了一下，然后就出门了。

我们俩一块儿走进了客厅，然后在壁炉旁边的桌子旁面对面地坐了下来。

“现在喝吗？”亨利问。

“为什么不呢？”我随即答道。

“今天喝白葡萄酒，怎么样，看起来不错吧？”他一边说，一边举起一个细长的酒瓶。

“嗯，是挺不错的。你从哪里弄来的？”

“这可是进口货，是最上等的酒呢，我早就等不及想打开了。”

“这样吧，下个星期我请客，亨利，我也弄到了一样好东西，你看到之后也一定会大吃一惊的。”

“是吗？那我一定要去。”

他往我的杯子里倒满了酒。我们和平时一样，就坐在那里，慢慢地品酒。酒是好酒，但往日那种轻松欢乐的气氛，在今天消失了。

“杜克的案子，你查得怎么样了？”亨利终于忍不住问了。

我点燃了烟斗，然后背靠在椅子上，吸了一口烟，然后说：“我觉得，杜克的案子像仇杀，说不定，这是一起由歹徒精心策划过的案子。你知道的，杜克的警惕性并不高，说不定有人敲门，杜克一看，是认识的人，就直接让那个歹徒进去了。对了，你们是怎么发现他被害的？”

“是清洁女工最先发现的，在她发现杜克的时候，杜克刚死不久，可能半个小时，也可能一个小时。”亨利说。

“唉……杜克其实挺惨的，他把那颗大门牙给吞下去了，那颗让他烦心不已的大门牙……”

亨利连忙说：“不，亨利其实没有吞下。罗伯特，我特意查了尸检报告，他的嘴里、喉管处都没有。而且更让我觉得奇怪的是，整间屋子里都没有。”

“亨利，你放心，我一定会将凶手抓到的。直到现在我都不敢相信，杜克居然已经死了……”

“罗伯特，你现在心里的感受，我能够体会得到……”

我没有说话，只是坐在椅子上静静地吸烟。

“对了，你现在和琼过得还好吗？”

“还行吧。”

“罗伯特，杜克的事情先放一边吧。我想跟你谈谈前天发生的一桩怪事。”

“噢，发生什么事情了？”

“有人在钟楼杀了人。”

听到这里，我的兴趣突然来了，于是将身子非常舒服地靠在了椅背上，右腿的脚踝搭在了左腿的膝盖上，并且不停地摇着。就在这个时候，有什么东西落在了地上。但我丝毫没有注意到，只是在问：“亨利，那个案子怎么样？”

但是亨利并没有回答，盯着地板看了好久，然后又看了看我，那种眼神非常奇怪。他之后直接蹲了下来，并且用手将地上的那个东西捡了起来，看了很久，然后把它握在了手里，说：“罗伯特，你……”

见到亨利一直没有答我的话，我也停了下来，仔细地盯着他那握紧的手。

他将握紧的拳头伸开了，手掌心上摆着一个小东西，我仔细看了看，那个小东西居然是杜克的门牙！

“罗伯特，它是从你裤脚的褶子里掉出来的，我亲眼看见的，千真万确！”亨利非常认真地说。

接着，我们俩都没有说话，只是静静地看着对方。亨利从座位上站了起来，将那颗该死的门牙托在了手里。我回想了一下当时的情景，一定是杜克倒下的瞬间，门牙磕到了地板上，断了之后，直接弹了出来，而且恰巧落在了我裤脚的褶子上。

亨利随后问：“你告诉我，是因为琼吗？”

“嗯。”我也不想多说，只是点了点头。

“嗯，这件事情我知道。罗伯特，我原本以为，你跟杜克之间能够做到有话好说，毕竟你知道的，他就是个那样的人，见到女人就要勾引一下。”

“没错！”我显得很冷静。

亨利叹了口气，然后说：“罗伯特，杜克哪怕真的罪该万死，你也不能做这种事，毕竟这是犯罪啊。你现在赶紧把手枪给我。”

我立即将枪交给了他，然后说：“亨利，你不介意我把酒喝完吧？”

“你喝吧，把那一瓶都喝掉也没问题，反正我现在没有胃口，喝不下。”亨利摇了摇头说。

老头的期望

莫里说："其实犯罪是一件很有意思的事情。"

巴克并没有反驳，只是低声咕哝了一句，含含糊糊的，没人听清他在说什么。

他们俩分别坐在两张靠墙的折叠椅上，眼前是一片绿茵茵的草坪，草坪的尽头是一道铁栏杆，栏杆外面是繁忙的街道。正是这道栏杆，将街道的喧嚣和退休中心的宁静完全隔开了。

这个退休中心的条件很不错，很多人都住在里面，并且没有要搬出去的意思。

这天早上，太阳还在天际徘徊，草坪上的露水还没有蒸发，退休中心的其他人还在餐厅享用早餐的时候，莫里和巴克两个人就坐在了大树下面。

莫里已经七十五岁了，一头花白的头发乱蓬蓬地顶在头上，脸上布满了皱纹，一双湛蓝的眼睛看上去十分有神。此时，他的肩上正搭着一件大花的运动衫，手里还端着一架望远镜，朝着对面的公寓在打量着什么。他的动作很敏捷，看不出丝毫的迟钝或者呆滞，简直就像个年轻人一样。

"住在五楼的那个女人，现在又到阳台上来了！"他的样子看上去很兴奋，"每天早上，她都会穿着一件比基尼，然后在阳台上晒太阳。"

"穿比基尼的女人多了去了，有什么好稀罕的，海滩上不到处都是吗？"巴克不屑地说。

"噢，在海滩上你可见不到这样的女人。"说完，莫里将望远镜递给了身边的巴克。

巴克接过望远镜，朝那栋公寓的方向仔细看了看，过了一会儿，他说："噢，这种女人我不喜欢。按理来说，身材保养得这么好的女人，就应该是白白嫩嫩的，浑身软乎乎的。这种晒得黝黑的，哪里好看了？"说完，巴克将望远镜还给了莫里，然后身子靠在了椅背上。

和莫里相比，巴克的个子不高，脸上的肉松松垮垮的。他的头发很少，清晨的阳光照在他那光秃秃的脑顶上，点亮了那些渗出来的细密汗珠。巴克是一个怕热的人，哪怕是在凉快的早晨，他也会不停地冒汗。

在他看来，莫里早上的这种行为简直无聊透顶，他宁愿去房间里跟莫里聊一些枯燥无味的话题，也比在外面受热要强。他抬起手，轻轻地摸了摸头顶上为数不多的几根银灰色的头发，似乎那是他的值钱宝贝一样，对它们呵护有加。“无聊死了，找点什么事情去做吧。”他终于开口了。

“去犯罪吧，其实我早就想犯罪了。如果早几年动手，现在也不至于在这里度日。你想想看，我们现在有些什么？仅有的养老金和社会福利金，统统都交给这个退休中心了，我们身上根本就没剩下什么钱，要想买张进城的公共汽车票，还得到处去借。而且，就算你借了，你进城也做不了任何事情。唉……没钱的日子真难受。”

“我有钱啊，我的儿子才给我寄了五块钱的零花钱。”巴克说。

“五块钱……那也叫钱？你倒是说说看，它能干吗？我们辛辛苦苦工作了一辈子，到头来两手空空，什么都没有。要知道，我们一辈子都坐着奉公守法的事情，遵守各种规矩，老了呢，什么都干不了。仅有的那一点积蓄，都因为通货膨胀而败光了。巴克，我告诉你一件事情，退休中心的工作人员昨天跟我谈话了，他们让我每个星期都要多交十块钱，如果交不出，我就只能从这里搬出去了。真是开玩笑，我每个星期去哪里多弄这十块钱？再说了，要是不让我住这里，我还能搬到哪里去？”

“什么？每个星期要多交十块钱？不过，他们为什么没有找我？”巴克问。

“你放心，他们迟早会找你的。”

“唉……”巴克叹了一口气，说，“看来我们俩要想办法从这里搬走了，因为我也拿不出这十块钱。”

“不，你比我好，你至少还有个儿子，我可没有。”

“他也不容易，有他的家要照顾，每个星期多十块钱的开销，对他来说也不是一件容易的事情。”

莫里摇了摇头，然后说：“先别说那些了，把望远镜给我。”

他端起望远镜，朝刚才的方向又看了看，说：“你知道吗，每天早上，只要她的丈夫出门上班去之后，就会有一个年轻人来到她的家中，接着，他们家的窗帘就拉了起来。噢，天哪，你注意到我刚刚说的了吗？是‘每天早上’！他们难道就不会累吗？”

“莫里，你曾经也年轻过，你现在问这个问题，有意思吗？”巴克白了他一眼。

“就算我年轻过，我也没有疯狂到那种程度。”他似乎想到了什么，将望远镜放了下来，然后对巴克说，“我有一个好主意，你帮我参考参考。你说，如果我跑到那个女人的家中，然后要求她每个星期给我十块钱，否则我就会把她的事情告诉她的丈夫。你觉得这种事情的成功率有多大？”

“你这不是敲诈勒索吗？”听到莫里这么说，巴克简直吓了一大跳。

“有什么大惊小怪的？你想想看，你每天在报纸上能看到多少负面新闻？遍布全国的小偷、大财团庇佑下的洗钱交易、偷税漏税的商人、收受贿赂的警察……那么这些人最终结果怎么样呢？即使他们被抓到了，又怎么样呢？更有甚者，还有抢劫银行的、诈骗的、买卖毒品的……巴克，其实我现在很能理解他们的做法。你想想看，若他们到年老的时候，有足够的钱了，就不用像我们一样，要为每个星期多给退休中心交十块钱这种小事犯愁了。其实，我昨天在报纸上看了一条新闻，我觉得挺有意思的。据说有个人抢银行的时候，一点响动都没有，他只是将一张纸条递给了出纳，大概的意思就是，如果那个出纳不老老实实按纸条上的数目取钱的话，他就会开枪。你知道吗？那个出纳居然真的老老实实地照做了，就这么轻松地从银行提走了五千元！整整五千元啊！你想想看啊，这个城市这么大，他混入人群之后，有谁还能找到他？我告诉你，根本就找不到！我就是太笨了，这么好的方法，我居然都没有想到，唉……”

“看来，你打算去抢银行？”巴克随口问道。

“有什么不可以？这是最简单的事情了。做这种事情不需要别的东西，有一丁点儿胆量就足够了，恰好，我就多了这么一丁点儿胆量。”

“可是，你没有枪啊，哪怕是我们俩把钱凑一块儿，估计连一只枪套都买不起吧？再说了，就算你有枪了，你知道怎么用吗？就你那得了关节炎的手，枪都拿不稳，还想开枪？”

“嗯，你说的这些的确是个不小的问题，不过我想了很久，然后想明白了。抢劫不一定要拿枪，我可以找其他的替代品。比如说，我可以动手做一个包裹，然后递到服务台上，对那个工作人员说，这是炸弹。我相信，它能起到跟真枪一样的效果。”

“噢，你想得可真好。”

莫里重新端起了望远镜，然后接着朝那个方向看了看。过了很久之后，他才说：“我刚才没跟你开玩笑，我可是认真的。你就不会为你自己的未来考虑考虑吗？你想想看，我们现在居然要为每个星期十块钱的问题发愁，一旦没有钱，我们连落脚的地方都没有，你不觉得憋屈吗？说不定，我们到时候就只能滚到贫民窟里去了。到那时，我估计平时出门都是个问题。还有，你要考虑无时不在的通货膨胀问题，到那时，手里的钱就更加不值钱了，说不定吃饭都会成为大问题。而这一切，居然都是因为这区区十块钱造成的。虽说这里并不是那么尽善尽美，但是你能找到比这里更好的地方吗？就算你找到了，你能住得起吗？”

“虽说他们平时下棋打牌的时候的确挺烦人的，不过，那也是因为我们对于那些事情不感兴趣而已。要我搬出去住，说实话，我还是觉得不搬比较好。”巴克朝周围看了看，旁边的椅子上已陆陆续续坐了人，并且有人在他们旁边走来走去，然后悄悄地对莫里说，“其实啊，在我看来，这里面住着的人，跟我们差不了太多。我觉得，十块钱对他们来说，也是件困难事。”

“这我就不知道了，反正别人怎么样，我管不着，我只知道，我现在过不下去了。我昨天整整一个晚上都没有睡着啊……不过呢，好在我想明白了一件事情。”说完，他将望远镜递给了一旁的巴克，“你拿起望远镜看看，你注意看看公寓旁边的那块招牌，然后告诉我你都看到了些什么？”

“洗车场？”巴克接过望远镜之后，脱口而出道。

“不是那个方向，换一边！”莫里有些不耐烦。

巴克转了个方向，看了一会儿之后说："银行？"

"嗯，那里很近，我们过去连车费都不用出。"

"我们？"巴克有些疑惑。

"当然，要想做成这件事情，需要你的帮助。"

"但是……我对抢银行一窍不通。"

"你以为抢银行的那些人懂的东西比我们多？他们就是进到银行里，然后就抢，没别的了，干净利落就行，哪需要那么多知识。"

"进去，然后开始抢，你说得倒轻巧，你当银行的警卫和警察是空气啊，他们可都是带了枪的，真枪啊！"

"不,你想多了,真的很容易,不然,为什么会有那么多人选择抢银行？实话跟你说了吧，我昨天晚上连计划都做好了，只要按照计划来，我们就一定能成功的。"

"可是，万一我们被抓了呢？"

"放心，不会的。"莫里耸了耸肩说，"再说了，就算被抓到，他们还能把我们怎么样？你觉得你还能活很久吗？为此坐牢我觉得也值，至少那个时候，你根本就不用为每个星期多交十块钱这种事情发愁了，监狱里管吃管住，多好。我觉得，至少比现在强。"他一把将巴克手里的望远镜抢了过来，又望了望银行的招牌，然后面带微笑地说："我觉得啊，我们根本就不可能被抓。我考虑了很多方面，做了很多比较，比如说储蓄所、零售店、酒吧，还有你刚刚提到的洗车厂，我统统都比较过了，抢银行反而是最容易的，也是最容易拿到钱的。"

"你要真的想抢钱，我倒建议你去绿石南，那儿有个屠夫，平时卖肉的时候总是缺斤少两的，实在是可恶。"

"你个蠢货，卖肉的身上能有多少钱？"

"不，他们可都是收现金的。"

"我刚刚都跟你说了，抢银行是最好的选择，何况我们附近这家是个小银行，只有一个出入口。加上中午的时候边上站满了人，我们可以趁乱混入人群之中。你想想看，警察会朝人群乱开枪吗？"

"我先告诉你啊，我可有大腿静脉曲张的毛病，跑步我可不在行。"

"你放心，你不用跑。"莫里此时显得极不耐烦，"你慢慢地走就行了，这样一来，别人反而不会注意到你。跑步的事情我来做，这总行了吧？"

巴克听完之后，显得非常不屑："跑步？就你？你不怕得心脏病啊？"

此时，一个白发苍苍的老太婆拄着拐棍，步履蹒跚地走到他们的身边，然后如释重负地在椅子上坐了下来。她看着莫里和巴克，礼貌地笑了笑。

莫里看了看那个老太婆，然后将嘴悄悄地挪到巴克的耳边，轻声地说："走，去我的房间，我可不希望这个美国老太婆知道我们的计划。"

莫里的房间在二楼，空间不大，但布置得非常温馨。进入房间后，莫里直接坐在了床上，而巴克则坐在了里面唯一的一把椅子上。

“我还是觉得这件事情不靠谱，总觉得哪里怪怪的。”巴克抗议道。

“你放心，银行方面也不会蒙受很大损失的，首先，他们都是上了保险的，再一个，我们要拿的钱也不多，弄个几千块钱就足够了，你想想看，我们还能活几年？又能用多少钱？”

“我觉得吧，再活个一二十年没什么太大问题，我的身体好得很，你也一样。”巴克说。

莫里连忙摆了摆手，打断了巴克的话，“随你怎么想，那是你的事情。我现在关心的是，每个星期要多交的十块钱要从哪里去弄。”

“莫里，我们都一把年纪了，到最后还要做些犯罪的事情，你就不怕晚节不保？”

莫里并没有直接回答他，而是反过来问：“我问你，你年轻的时候，有没有往银行里存过钱？”

“存了一些，但是不经常去，存得不多。”

“你看，你把钱借给银行用，但银行只付给你少得可怜的一点利息，你现在无非是找他们多拿一些利息罢了。难道你不认为这是合情合理的事情？”

“你说的也有一定的道理，但是，你打算怎么做呢？”巴克一边问，一边用手摸着下巴。

莫里打开了床头柜的抽屉，从里面取出了一个用纸包好的长方形盒子，摆在了巴克的面前，然后得意地说：“看，这就是我准备的炸弹。”

“炸弹？我觉得它就是个装鞋的盒子，只不过在外面包了一层纸而已。”

莫里的脸一黑，然后说：“它的确是个鞋盒子，但我觉得，银行的出纳员不一定会这么认为，特别是在我的威胁下，他们往往很容易相信我的话。”

“里面装了什么东西？”

“里面什么东西也没装，因为我觉得根本没有那个必要。”他将手伸进口袋里，从里面摸出了一张纸条，然后对巴克说，“喏，你看看，这是我写好的纸条。”

巴克接过纸条，眯起眼睛看了一会儿，上面写着两行字：盒子里面装着一枚炸弹，你必须把所有的现金都装进纸袋里。如果你不照做，或者在我离开银行之前大喊大叫的话，我就会引爆炸弹，连同你在内的所有人，都会被炸得粉身碎骨。

巴克看完纸条后，有些鄙视地说：“你干吗写得那么啰唆？像最后那句，这种废话根本就没必要写。换作我，我就不会写。”

“能明白我的意思就行了！”莫里显得非常暴躁。

“好吧，随你的便。对了，纸袋呢？”

“就是这个，我今天早上从厨房里顺手拿了一个出来。”说完，莫里将一个沾满油渍的袋子拿了出来。

看到这个脏兮兮的袋子，巴克的眉毛皱到了一块儿：“你就不能找个干净点儿的吗？偏要找个装鱼的……”

莫里一脸不耐烦地说：“能凑合着用就行了，出纳把钱装好之后，我就会离开那儿。”

“之后再怎么做？”

“我在里面拿钱的时候，你在门外等着。这样，等我出来的时候，我会把装满钱的纸袋子转交到你的手里。这样一来，即使他们抓到了我，也没有任何证据表明钱是我拿的。”

“你就不怕警察向你开枪？”

“只要出纳相信我身上带着的那个包裹是炸弹，警察就绝对不敢轻易开枪。”

“可是，他们会追出来的。”

“那又怎样？等他们追出来的时候，我早就混到人群里了，那个时候，他们根本拿我没办法。”

“噢，太冒险了，你这个疯子。”

“这样做才有成功的可能。你以为那些抢银行的人都有很高超的技巧吗？我特意搜罗了相关的一些报道，并且对那些抢银行的案子进行了仔细分析，他们的做法都大同小异。”

“你有没有想过，当你把纸袋交给我的时候，他们有可能会盯上我。”

“不会的。你拿到纸袋子以后，直接走到马路对面，然后回到这里来。我负责将他们引开，等甩掉警察之后，我再回来跟你会合。”

“我觉得我们会在牢里会合。”

“不会的，他们根本就不会想到，抢银行的人居然是个花甲老人。在他们看来，这种年龄段的老年人充其量只能做些小偷小摸的事情。至于那个出纳小姐，在看到纸条的时候肯定已经吓坏了，慌乱之中肯定记不住我的脸。至于我们，完全可以装作是两个在路边散步的老人。”

巴克坐在一旁，什么也没有说。

“你想想看，每个星期多十块钱，我们要的东西又不多。再说了，你觉得银行会因为这区区几千元而大费周章吗？”

“我还是那句话，你真的疯了，而且我不看好你的这个计划。”巴克说。

“我的确是疯了，但我就是打算做这件事情。我只不过是拿回原本就属于我的东西。当然，你要不愿意帮忙的话，我也没意见，我一个人去就是。”

巴克仍旧没有说话，只是摸了摸脸，将衣服的领子整理了一下，然后小心地摸了摸头顶上的那几根宝贝头发，整个人看起来非常忧郁的样子。过了很久之后，巴克才点头答应：“唉……如果你坚持这样做的话，哪怕是进监狱，我也陪你一块儿吧，这样一来，你也不至于太孤单。你觉得今天会是个好日子吗？”

“当然，和平时一样，是非常不错的一天。我们下楼吧，然后等待时机，就可以行动了。”

十二点刚过，他们穿过草坪，走出了退休中心的大门。莫里走在前面，巴克紧随其后。

莫里一手将鞋盒子抱在胸前，另一只手则捏着那个脏兮兮的纸袋子。他们俩站在路口等红绿灯。可以通行之后，莫里迈着矫健的步伐走到了马路的对面，而巴克则一跛一跛地跟在后面。

不一会儿，他们就来到了银行的旋转门前。莫里回过头，意味深长地看了一眼巴克，然后就直接走进了银行的大厅。

大厅里非常安静，一些人站在窗口前，心不在焉地排着队。银行里一共有三个窗口，每个窗口后面的出纳小姐都以标准的微笑姿态在服务着。莫里排在了最靠近门边的那支队伍，静静地等着。

他能感觉到，掌心在不断地冒汗，并且胃里一阵抽搐，有些疼，好像吃了太多东西没有消化一样。他突然意识到，今天早上起来之后忘记吃胃药了。他回想起之前跟巴克解释的场景，说的时候的确轻松，可真当亲临现场的时候，他觉得这件事情其实并没那么容易。

他心里还在为那每个星期要多付的十元钱纠结。

他看了看，队伍前面还有三个人，他前面的那个人是个高个子，他无法直接看到柜台里面出纳的样子。此时，他心中异常激动，将身子微微侧向一旁，打量了一下柜台里的出纳小姐。她看上去年轻而活泼，从她跟顾客说话的表情可以看出，她是一个非常开朗的女孩。头发不长，但整个人看上去阳光健康。

队伍朝前面移了一步。莫里此时朝门外看了看，巴克就在门边站着，并且不断地朝里面探望，光秃秃的脑袋在大厅灯光的照耀下，格外显眼。莫里心中一阵紧张：这个蠢货，他在想什么？是想引起所有人的关注吗？

队伍又朝前面移了一步，现在，轮到站在他前面的那个高个子办业务了。莫里再一次侧身看了看柜台的出纳。他发现，之前她脸上的那种微笑不见了，而且脸色也差了许多，惨白惨白的，像是突然不舒服一样。而且他还注意到，她正在往一个纸袋里快速地装钞票，似乎数都没数。没错，她的确没数！

莫里觉得很奇怪。这个女孩在给前面一个顾客办业务的时候，总是面带微笑，不慌不忙地将钱数两遍，可是，为什么给这个人办理的时候，她只管往里面塞钱呢？

他继续盯着那个出纳看。他注意到，她只顾低头装钱，头连抬都不敢抬，而且装钱的手在不停地发抖。

这时，前面的高个子将手伸进了柜台，接过出纳递出来的纸袋。这时，她终于抬头了，并且注意到了排在后面的莫里。他们的眼神相遇了，莫里从她的眼神中读出了恐惧和无奈。

随后，前面那个高个子转身离开了柜台。也不知怎么的，莫里跟着那个高个子离开了柜台。他知道，那个高个子应该是给柜台后面的出纳小姐施压了，所以她才不得不把钱装进纸袋里，不过他不知道，那个高个子究竟用了什么方法，让她能乖乖地听话。

不过莫里非常生气，心里想：该死的，那些钱是我的，你有什么权力拿走！

高个子加快步子朝门口走去。这时候，巴克朝门里面走了过来。他的眼睛盯着莫里，然后往前走了一步，伸出一只手，将那个高个子的路给拦住了。高个子嘴里咕哝着骂了一声，然后用力推了巴克一下，巴克就踉踉跄跄地一屁股坐到了地上。

看到这一幕，莫里突然想起了年轻时候常玩的一个小把戏。那个时候，喜欢恶作剧的他经常跟在别人的身后，然后悄悄地伸出脚，然后故意钩住前面那个人的脚踝，然后用力往回一钩，前面的人就可能失去平衡，身体向前倒在地上。虽然这是个技术活，并且需要一定的运气成分，但是莫里因为长期这样做，早就成了这方面的专家，这对他来说不过是小菜一碟。他跟上了前面那个高个子，并且对他使了这一招。高个子根本毫无防备，瞬间就失去了平衡，额头直接撞在了旋转门的金属框上，发出重重的一声闷响，手里的纸袋瞬间掉在了地上，里面装满的钞票凌乱地撒了一地。衣服里别着的一把小手枪瞬间掉了出来，与大理石地板碰撞的时候，发出了一阵非常清脆的响声。

此时，刚刚那个柜台的出纳小姐似乎缓过了神，大喊有人抢劫。此时，银行的警卫连忙赶了过来。

摔倒在地的巴克艰难地从地上爬了起来，看着躺在他边上的那个高个子，然后又看了一眼莫里，耸了耸肩，说："看吧，这就是结局……"说完，他的身子开始不断地发抖，整张脸瞬间白得跟一张纸一样。

第二天早上，天气依旧很好，和以往一样，青草地上的露珠还没有蒸发，在熹微的晨光下显得格外晶莹。莫里和巴克也跟以往一样，在大树下的长椅上坐着。莫里的手中仍旧端着那个望远镜，朝着固定的方向探望着，说："嗯，那个女人又出来了，她仍然穿着比基尼。"

"真没劲……哎……我都快疼死了，全身上下都疼。都一大把年纪了，还瞎折腾。你看，一点好处都没捞到。"

"那个人活该，现在只能在牢房里待着了。再说了，就凭你，你能把他怎么样？"

"你有没有想过，要不是他，今天坐在牢房里的说不定就是你了。"

"那可不一定。你没发现吗？要不是我昨天从他的背后钩了一脚，他就能顺利地从银行逃走。换作我的话，谁能把我的脚钩住？反正，我觉得我的那个计划挺完美的。你想，我昨天在那里排队，最后又没有取钱，也没有人来盘问我。所以，我之前的分析是对的，巴克，你觉得有多少人能相信，一个七十五岁的老头会去抢银行？不过话说回来，你那个时候进银行做什么？你知不知道，你将我的完美计划彻底破坏了！"

"我当时是想进去阻止你的，我们毕竟都这么大年纪了，应该老老实实地活着，就别再想那些犯罪的事情了。再说，我们根本就干不了这个。"

"你错了，相反，我们这个退休中心里，有能力的人多了去了，其实，我们应该好好团结一下，顺便组织一个帮会什么的。"

巴克对莫里的提议毫无兴趣。"是啊，我们可以玩轮椅大逃亡，你能说些有用的吗？"

"看样子，你的境界提升了啊，金钱、精神外加肉体的煎熬对你来说都不是问题了吗？"

"哎，都七十五岁了，什么煎熬没经历过？熬一熬，说不定就挺过去了。"巴克耸耸肩说。

莫里叹了口气，然后说："唉，先不说那么多吧，反正目前，暂时可以缓和一下。昨天银行经理说了，为了感谢我们的见义勇为，他决定从歹徒抢走的钱中拿出百分之十作为奖励。我估计了一下，应该差不多有一千元。此外，报社准备将昨天的事迹写成故事发表出来，在他们看来，一个老态龙钟的人居然能够见义勇为，智斗银行劫犯，这个故事太有看点了。其实，他们哪里知道，我生气完全是因为他把原本属于我的钱给抢走了，而且他还用力地把你推倒在了地上。不过，也算因祸得福吧，我们至少可以无忧无虑地在这里待上一段时间了。”

“我觉得，我们也许还能多住一会儿。”说完，巴克从口袋里摸出了一沓钞票，“当时，我摔倒在地，可是后面那个男人也倒了下来，纸袋里的钱散了一地，刚好有一沓掉在了我的手边，我顺手就放进口袋里了。”

莫里接过钱，仔细看了看，这叠钞票捆得整整齐齐的，捆钞票的纸带上清清楚楚地写着“一千元”。

巴克有些紧张地问：“你觉得，我拿了这些钱，银行的人会不会追查？”

“当然了。不过，当时银行里人来人往的，只要是从旁边经过的人都有可能把钱拿走。所以，你就别担心了。”

“我觉得，我们退给银行比较好。”

“别那么着急，我们可以先把这笔钱留下来。当然，我们现在暂时是用不上，也有可能永远也用不上。真的到了那个时候，我们可以立一个遗嘱，这样，钱自然就到银行里去了。现在，我们姑且就当是银行借给我们的吧，而且是没有利息的贷款。”

“好吧，现在终于可以安安心心地坐下来了。对了，你现在把望远镜借我用用。”巴克说。

“对了，我们还有一件事情要做。”莫里说，“我们的视力不同，每次你看完之后，我都要重新调焦距！”

听完之后，巴克显得非常愤怒，“你说的没错，这个问题非常严重！早就想跟你说这个事情了。这样，今天下午我们就去买！”

“嗯，不错，中午过后，会有很多年轻漂亮的姑娘出来散步。”

“是啊，那些姑娘真的要感谢上帝的保佑，还好昨天抢银行的不是你。”

“为什么？”

“你个笨蛋，如果你被抓了，牢房里面有什么给你看？”

吃过晚饭之后，戴维打开了房间的音响，然后脱掉了鞋子，整个人躺在沙发上，悠闲地看着书。他的公寓位于大厦的十层，现在，里面充满了流行乐的旋律。

据说，人们或许会因为某些特殊的经历，从而让一生的轨迹都发生改变。他正在看一本叫作《从艰难走向胜利》的书，他首先翻到了封底，很快，他就相信，他的人生轨迹或许会因为这本书而改变。

尽管屋里充斥着喧嚣的音乐，但在五分钟后，戴维就全身心地投入到了这本书里。书的扉页上写着一句广告语：“这是一本男人不得不读的书，它能带你走向成功的捷径，成为事业有成的男人。”

在戴维看来，这本书值得他好好读一读。这本书的作者叫詹姆斯，是一个非常优秀的地产经纪人。在戴维看来，詹姆斯是一个勤奋、富有，但稍微有一些自负的人，不过，戴维一直将他当榜样来学习。而这本书所传授的成功之道，正是戴维迫切渴望了解的内容。

戴维全身心地看着书的时候，门口传来了一阵急促而低沉的敲门声。这种枪声一般的敲门声让戴维非常不爽，他看书的思路也完全被打乱了。他把书放在沙发旁边的咖啡桌上，然后极不情愿地走到门口。

开门之后，戴维发现敲门的原来是明克斯，也是这栋楼里的住户，他住在D门。打开门的一瞬间，明克斯原本举着的拳头瞬间张开，就像一朵含苞的玫瑰开放了一样。

从年纪上看，明克斯和戴维都差不多三十六岁，不过明克斯稍微矮一点，一双蓝色的眼睛透露出一股沮丧的神情。虽然年纪并不大，但他已经开始秃顶了，而且整个人看起来像是发福了一样。

他的额头上还带着一些细密的汗珠，他看着戴维，脸上勉强地挤出一丝微笑，说：“很抱歉，你家的音响声音……如果你能关小一点就好了，因为我明天要早起上班，所以……”

戴维不客气地说：“行。”然后便关上了房门。他其实非常不想跟邻居发生什么冲突，不过，明克斯敲门抱怨音响的事情不是第一次发生了，差不多只要他打开音响，明克斯就要过来敲门，这让他非常不爽。

他极度郁闷地来到音响前，正准备关掉音响的时候，他突然停了下来。他心里在想：明克斯算个什么东西？我为什么要听他的摆布？我们都一样付房租，在家里怎么做完全是自己的事情，他管得着吗？何况，是我先搬来的，不听我的，难道还要听他的？

想到这里，戴维直接回到了沙发上，任凭音响在那发出让人烦躁的声音。

他将咖啡桌上的那本书拿了起来，然后翻到了第三章。章标题写着：从遭受胁迫到遇见胜利——慢慢灌输恐惧的艺术。

戴维大声地朗读书中的内容，并且让自己的读书声盖过了音响的声音。之后，门外面再也没有响起敲门声，此时，他觉得詹姆斯的书简直太管用了。

戴维读了一段时间后，感到有些累了，便回到床上躺着。躺下之后，他突然觉得自己的运气简直太好了。《从艰难到胜利》这本书出现得正合时宜，他现在是公司东南大区分公司经理的候选人之一，和他竞争的人名叫韦尔，公司的高层打算在他们中间进行考察，然后挑一个出来坐这个位置。

第二天早上，戴维和韦尔在电梯里相遇了。韦尔非常热情地向戴维打招呼，不过，戴维似乎并没有理他。他心里当时就在想：韦尔，你一定很纳闷吧？我要的就是这种效果，就是要让你对自己的重要性开始产生怀疑。

等从电梯里走出来之后，戴维注意到，韦尔一向和蔼的脸上开始显露出迷惘的表情，看到这一幕，戴维心中暗暗地感到高兴，因为这和詹姆斯的书中第二章所提到的内容极为吻合。在他看来，这就是詹姆斯说的“敌人因挫折而失衡的最初表现”。

中午吃饭的时候，戴维并没有像以往一样急着出去，直到韦尔快回来的时候他才出门。他来到了韦尔平时吃饭的餐厅，并且故意从韦尔吃饭的桌子边经过，向他挥了挥手，算是打招呼，然后径直走向了雅座区。那里的消费比普通区更高，而且他挑的位置刚好韦尔能够看到。接着，他向服务生点了一杯马提尼酒，然后一边悠闲地喝着酒，一边在不停地看手表，看样子是在等某个人。他知道，韦尔一点三十分约了人在这里见面，过不了多久就会从这里离开，但是韦尔肯定猜不到他在等谁。戴维的计划是，等韦尔离开之后，就坐回普通区，然后点一份三明治充饥。

很显然，韦尔没有读过詹姆斯写的那本书，所以他并不清楚戴维到底在干什么。他看到戴维之后，从座位上站了起来，并且走到戴维的身边。戴维也看到了他，故意将脸上的微笑收了起来，并且装作一副很严肃的样子。

韦尔仍旧以一种憨态可掬的笑容朝戴维打招呼：“戴维，你也在等人吗？”

“嗯，等一个朋友。”

“噢，我今天早上在电梯里跟你打招呼，你没理我，希望我们之间没有产生什么误会。”

“没有的事，当时我心里在想别的事情，可能没注意。”

戴维突然意识到，韦尔是站着的，而他是坐着的，这可不行！于是，他端起饮料，站起身来。韦尔突然问："戴维，你现在要走了吗？"

"差不多吧。"说完，戴维注意到，韦尔的领带上沾上了一点油污，但是他自己没有察觉，而且他看起来也不太在乎这种事情。

"可是你的朋友还没来呢。"韦尔说。

"嗯，他有事情，来不了了。"戴维一口喝完了杯子里的饮料，然后对韦尔说，"再见！"

戴维转身就离开了餐厅，韦尔也随即离开了。他们俩都来到了停车场。早上的时候，戴维故意将车停在了韦尔的旁边，他的车刚刚做过保养，打了一层蜡，发出一种绚丽的深蓝色的光辉，远远看去，就像一块硕大的蓝宝石。他没有多说什么，直接坐进车里，然后将车开出了停车场。他此时觉得，多亏当时买了一辆深蓝色的车，刚才这一比较，韦尔彻底被比下去了。

黄昏的时候，戴维拖着疲惫的身躯回到了公寓里，尽管比过了韦尔，但是他的心情并不怎么愉快。而且就在开门的时候，他迎面碰上了刚刚从隔壁房间出来的明克斯，看那匆匆忙忙的样子，似乎在赶时间，身上的那件西装外套显得皱巴巴的。他扣扣子的时候，还瞄了一眼正在开门的戴维，但没有要打招呼的意思，锁好门之后，就急急忙忙地往电梯间走了过去。

"明克斯！"戴维用很小的声音朝他喊了一声。

明克斯停下了脚步，回过头看了看。此时，戴维猛地一推门，然后钻进了公寓里，并且"哐"的一声将门关了起来。此时，戴维心中有一种莫名的兴奋感，他觉得自己现在高人一等了，顿时觉得心情格外舒畅。

晚上的时候，戴维又拿起了詹姆斯的那本《从艰难到胜利》，并且再次翻到了第三章，他仔细地研读了一遍，然后为其中简单而实用的内容连连叫好。书中的第六章还提到，某些类型的人比较难以战胜，所以花费在他们身上的时间可能要更多一些。看完之后，戴维相信，韦尔也会慢慢地被他感染。

此时，他听见门外传来了一阵脚步声。想都不用想，一定是明克斯回来了。他把书放了下来，然后打开了音响，并且故意把声音调大。在他看来，明克斯就是书中说的那种一无是处的人，堪称书中理论的现实典型，几次下来，也印证了书中观点的准确性。

韦尔和明克斯有几分相似，但是他更加敏感，话也更少。戴维此时在潜意识里都把他们当作同一类人来看。睡觉之前，戴维还在琢磨这件事情，他相信，只要愿意花时间，就能实现书中所说的这一切。

第二天，戴维来到了韦尔的办公室。他瞅准了一个好机会，顺便可以实践一下第三章里面提到的那些技巧。

当时，总公司的罗蒂经理也在场，准备让他们俩各交一份关于推广双层货柜的综合报告。戴维认为，从表面上看，这项报告是为了更好地改善公司现有的工作状况，最大限度地减少人工过程中的错误，但罗蒂经理的实际目的，是想通过这份报告来考验两个人的能力，也许这份报告就能决定，谁能最终成为东南区的分公司经理。

到了开会的时候，罗蒂经理迟到了。韦尔示意戴维坐下来慢慢等，不过戴维拒绝了，他在屋子里慢慢地来回踱步，看上去一副心不在焉的样子，偶尔会瞟一眼坐在椅子上的韦尔。

相比之下，韦尔并不是那么在乎这件事情，他非常轻松地说道："经理或许只是想寻找一种更为合理的方案，在不增加生产费用的前提下，能够让货柜的使用率进一步提高。"

"这一类的方案我一下就能说出好几种来。"戴维答话的声音非常小，韦尔几乎要贴在他的嘴边才能听清楚。不过，韦尔还是听到了，他以一种非常和蔼的态度说道："噢，不如说来听听？"

他居然这样说，他是疯了吗？戴维心中瞬间升起一团怒火，他之所以这样说，完全是想刺激韦尔，从而让韦尔憎恨他，畏惧他。

之后，白发苍苍的罗蒂经理走进了办公室。戴维立即想到了书中第九章所提到的"一种和经理平等的态度"，于是，他表现出一副非常恭敬的样子，但那并不等同于卑躬屈膝。不过，罗蒂经理似乎根本就没有看他。

罗蒂经理介绍道，公司此时需要的，正是一份能够提高货柜承重能力的综合报告，并且详细介绍了报告中需要指明的几个要点。然而，在罗蒂经理介绍的时候，戴维的眼睛一直死死地盯着韦尔看。韦尔开朗的脸上的确产生了一些变化，但那种表情是一种迷惘，而不是戴维所期望的畏惧。

罗蒂经理突然停了下来，他看着戴维，然后问："戴维，你有没有在听我说话？"

"经理，我在听呢。"戴维连忙回答道。一方面，要仔细听罗蒂经理的话，另一方面，还要死死地盯着韦尔看，这种一心两用的事情要做起来其实还是很有难度的。他就怕这种局面出现，所以事先对着镜子练习了很长一段时间。此时，韦尔的脸上似乎露出了一丝微笑，至少戴维觉得，他的确是在微笑。

韦尔的这种表现让戴维觉得很有挫败感，当天晚上，在公司待了一会儿，然后他决定把剩下的工作带回家处理。

那天晚上，他忙到了半夜，几个关键的因素一直在他的脑海中回转：纸板的厚度、波浪形纸板的样式、立体尺寸、承压能力……经过差不多大半夜的思考，他想出了一个方案，把旁边纸板口盖的尺寸缩小，将末端口盖的尺寸增大。毕竟从工程学的角度来说，这个方案是可行的。

完工后，他突然觉得非常疲惫，于是打开了音响，想听听音乐来放松一下。此时，他的脑袋里想到的全是韦尔，那个无比冷静、根本点不着的韦尔！

隐隐约约的，门口似乎传来了一阵敲门声，但很快就被音乐盖过去了。看到这一幕，戴维心里非常高兴，并且理都没理，继续躺在沙发上。

这时，电话响了，铃声很大，这回不理怕是不行了。一直到电话铃声响了六次，戴维才骂骂咧咧地从沙发上起身，然后极不情愿地拿起了电话听筒。

电话那头传来的是明克斯那带着些畏惧的声音，这让戴维十分恼火。"戴维先生，我刚刚敲你们家的门，但你没开门，我估计你是没听见。我没别的事情，已经很晚了，我想睡觉，请你把音响的声音调小一些就是。我每天上班很累，我现在严重睡眠不足，另外，我的家人身体都不太好，我的弟弟现在还在医院住院，所以……”

不过，戴维突然意识到明克斯畏怯的声音，恰好就是他取得成功的最好印证，至少，詹姆斯说的那些理论现在都兑现了。他这么过分的举动，非但没有让明克斯动怒，反而换来了明克斯的尊重和敬畏。这让他备受鼓舞。

于是，戴维打断了他的话，说：“你们家的那些问题外加谁身体不好住院了，这跟我无关，我也没兴趣知道这些。”

“我不需要你对这些事情感兴趣，我只希望你能把声音……”

“我知道了，声音关小一点。我一会儿就关。”然后，戴维直接挂断了电话。这一招，也是他在书上学到的。这是书中第七章的内容，这一章说的是“同意与生气”。他只是说说而已，随后，他又躺回了沙发上，音响也没有关。他根本没把明克斯放在眼里，公寓的管理员外出度假去了，他就不信明克斯有这个胆子，会因为这种小事而去报警。

就这样，戴维拖着疲惫的身躯睡着了。凌晨四点的时候，他醒来过一次，他当时发现，音响仍旧在震天地响着。他最后放进音响的那盘录音带，估计已经反反复复播放了十来遍了。戴维不记得明克斯后面有没有再打电话来，或许有，反正他没有听见。

第二天一早，戴维出门了。偏偏就是这么巧，他和明克斯挤在了同一趟电梯里。明克斯的脸色的确很差，正如他说的，身体不大好，一双眼睛深深地凹陷进去，外面还有两个大大的黑眼圈，整张脸上看不到什么血色。明克斯从头到尾都没有正眼看过戴维一眼，不过戴维自从进电梯起，一直到走出电梯，一直都在死死地盯着明克斯看。戴维心里很清楚，像明克斯和韦尔这一类人根本就不知道要怎样动粗，他们活在这个世界上，唯一擅长的技能就是幻想，除此之外，别的什么都不会，所以，他们根本不可能在世界上拥有立足之地。在戴维看来，只有有勇有谋的人才能掌握整个世界，当然，他把自己也归入这一类人之中。

戴维现在根本没把明克斯当一个正常人来看。在他的眼里，明克斯不过是一个绝佳的实验品罢了。戴维心里真正不平的，其实是韦尔。直到目前，戴维在韦尔的面前使出了众多技巧，但韦尔似乎根本没把那当一回事儿。

距离提交报告的日期越来越近了。就在上交报告的前一个晚上，戴维选择留在公司加晚班。他坐在办公室里，确信公司里所有人都回家之后，他找了一块塑料卡片，打开了韦尔办公室的门。

他第一次做这种事情，不免显得紧张。他觉得呼吸都变得有些困难了，安静的办公室里似乎回响着他的心跳声。他在里面仔细地搜罗着，看看能不能找到韦尔的那份报告。他这样做，也是因为书中提到了一个观点，事先需要进行“合理侦查”。在戴维看来，如果韦尔胆子够大的话，他大可以潜入戴维的办公室里了解一下情况。

戴维翻了半天，终于在桌子中间的一个抽屉里找到了韦尔做好的那份综合报告，他快速地浏览了一遍。韦尔提出的方案和他的不同，韦尔认为，涂贴口盖的形式可以多样化，此外，要用一种更粗的纸板代替原有的纸板。戴维仔细考虑了一下，韦尔的这个方案比他的更加便捷，而且成本也更低。

他拿着这份报告，来到了自己的办公室，将里面的一些数据做了修改，然后悄悄地将这份报告放回了韦尔的抽屉里。

那天晚上，戴维很晚才回家，不过他却非常高兴。他站在浴室的镜子前练习斜眼看人的技能，最后，他决定不在家里做饭了，打算去外面好好庆祝一下。他洗了个澡，换了身干净衣服，然后就出门了。出门之前，他打开了家里的音响，目的在于欺骗小偷，制造家里有人的假象。

第二天上班的时候，罗蒂经理告诉戴维，他的方案通过了，并且公司决定，由戴维来接任东南区的分公司经理。对于他的报告，罗蒂也非常满意，因此当即伸出手，向戴维表示祝贺。戴维遵照书中所说的那样，用一种平等的态度回应了罗蒂经理。这是书中第三章所作出的预言，现在也成了现实。

不过，韦尔仍旧没有表现出太大的感情波动，脸上丝毫没有流露出失望的表情，反而以一种非常平静的心态接受了这个事实。在戴维看来，韦尔并不值得他同情，他认为，只有弱者才会为一些没有意义的人或事而怜悯。为了获取更高的地位，人有的时候就需要做一些不择手段的事情。

平时,戴维并不怎么喝酒,但是那天晚上,为了庆功,他决定去公寓附近的一家酒吧喝酒,那家酒吧他之前其实也去过几次，不过都是和朋友一块儿。这次只有他一个人，所以喝多了也没有人提醒他。直到从酒吧走出来之后，他才意识到，他居然连路都走不稳了。

他跌跌撞撞地摸到了家门口，等他拿钥匙开门的时候才发现，门口的地毯上满是玻璃碎渣。

等他进门之后，更令他吃惊的一幕发生了。摆在客厅里的那个昂贵而高档的音响被砸得稀烂，扯坏了的录音带被扔得到处都是，音响旁边的那个进口唱片机，平时用来放碟的转盘，现在也被折得弯了起来，就像易拉罐上面那个被拉开的拉环。戴维一手撑着墙，用一种难以置信的眼神打量着眼前的狼狈景象，他的拳头攥得紧紧的，根本不相信这一切居然是真的。

“很抱歉，我实在没有办法了，不得不这样做。”身后传来了一个男人的声音。

戴维转过身，发现沙发上正端坐着一个人。那个人正是明克斯，他双手搭在膝盖上，看起来非常冷静。

“你知道的，我不是崇尚暴力的人，但我跟你说过了，我家里人的身体都不好。我们家的每一个人都有不同程度的人格分裂症，我实在受够你了，我这样做，完全是被你逼的。”明斯克不紧不慢地说。

戴维只觉得刚刚喝下去的那些酒在胃里不断地翻滚，似乎要发酵了一般，他能感觉到一阵暴怒从心底猛地升起，那种热度，似乎连胆汁都烧开了。他迈着大步朝明克斯走了过去，一边走，一边失控地大喊着：“你这个卑鄙无耻的家伙，你赔！赔我的音响！赔我的唱片！统统都要赔！”

“赔偿？你是不是搞错了，要赔的人是你！”明克斯更正了戴维的话。他现在说话再也不像平时那样畏畏缩缩了，而是显得底气十足。他的脸上洋溢出一种嘲讽般的微笑，手从沙发后面摸起了一件什么东西，然后从沙发上站起身来。

戴维定睛一看，明克斯的手里举着一把明晃晃的消防斧头，那把斧头，按理说应该放在走廊尽头的消防箱里。

明克斯的举动大大超过了戴维的想象，他起先是目瞪口呆地望着明克斯的脸，那种固执的表情让他内心感到发麻，很快，他的视线转移到了那柄亮闪闪的斧头上。他能感觉到，锋利的斧刃上聚集了一股很重的死亡气息，而且这种气息瞬间朝他迎面扑来。

那一瞬间，他似乎变得特别冷静，他此时想到了那本还没有看完的《从艰难走向胜利》，不知道伟大的詹姆斯有没有给他支招，告诉他如何对付有人格分裂症的人。

爱的代价

瓦特回家的时候，那瓶杜松子酒还没有开封，而现在，那瓶酒已经被喝掉一半了。

屋里有一个女人正卖弄风情，用一种黏黏糊糊的声音对他说："瓦特，你打算把我怎么样？"然后用一种非常迷蒙的眼神打量着坐在桌子边的瓦特。

她现在看上去非常燥热的样子，连穿在外面的毛衣都脱掉了，一双肥嘟嘟的手搭在桌子上。青春不再的安娜如今俨然一副人老珠黄的模样，不仅双手失去了迷人的光泽，连大腿上也是青筋毕现。每当瓦特看到那条糟糕的腿，再强烈的欲望都会消退掉一半。

眼见瓦特没有任何动作，她又问了一遍："瓦特，你要把我怎么样嘛……"说完，她探过身子，将两只丰满而肥大的乳房搁在了桌面上。"你现在还不打算带我上楼吗？我觉得，你可以不用再喝了，刚才那些足够助兴了……"

虽然瓦特并没打算把她带上楼，但内心对她还是留有一种温情的。安娜其实挺可怜的，没有人相信，她头上的金发居然是假的，乌黑靓丽的睫毛是因为涂了睫毛膏的缘故……他不想伤害她，更不想惹她伤心，一旦泪水混合着黑黑的睫毛膏流到脸上，那就更难看了。

安娜是一个很坚强的女人，所以，她应该不会轻易流下眼泪。但即使是这样，他现在也不能将真相告诉她。或许她已经猜到了什么，但重点在于，他现在根本就没有勇气，开不了口。

他又往两个酒杯中倒了一些酒。

安娜说："瓦特，如果我们再这样喝下去的话，今天晚上你就得自己做饭了，要知道，我原本准备今晚给你做大餐的。"

瓦特什么也没有问，只是说："不必了，我吃了下午茶，现在还不饿。"说完，他端起杯子，猛地喝了一口。

坐在对面的安娜也喝了一口，然后朝着瓦特微微一笑，那种笑容非常深邃，似乎暗含着一丝忧虑，也可以说带着几分关切。

过了一会儿，安娜突然问：“瓦特，你是不是遇到什么麻烦了？被解雇了吗？”

他摇摇头，仍旧无法开口说话，不过那并不是因为懦弱。瓦特顿时觉得，想要打破眼前的这种僵局，真不是一件容易的事情。他端起杯子，将里面剩下的酒一饮而尽。此时，他意识到，就这么逃避等待也不是办法，而且再这么喝下去的话，今天的话肯定也谈不成了。他鼓起勇气，权当是为了他自己的将来，这件事情，无论如何，今天晚上必须解决。

“安娜……我……”他终于开口了。本来，他打算大声地喊出来，可真的开口之后，声音却又变得无比柔和了，里面甚至还夹杂着些许哽咽，“安娜……我要离开这个家了……”

安娜眨了眨眼睛，看着眼前的瓦特，她确信瓦特喝醉了，所以根本没有把他的话当一回事。安娜不停地安慰瓦特，让他不要胡思乱想。

“不，安娜，我是跟你说真的……我……我没喝醉。我真的要走了，我不得不离开你，而且就在今天晚上。本来，我打算打电话给你说这些事情的，或者采取写信的方式。不过，我后面想了想，我不能做那么无情的事情，所以，我决定鼓起勇气，要当面把这件事跟你说清楚。”瓦特说这句话的时候，显得特别认真，丝毫不像是在开玩笑。

听到这句话，安娜瞬间吓呆了，她的牙齿咬在嘴唇上，身子不住地在发抖，原本肥胖的脸瞬间塌了下去。凭着多年来的生活经验，她确信瓦特没有对他撒谎。她坐在椅子上，过了好一会儿才缓过神来。她有些茫然地看着瓦特，然后问：“我是不是做了什么对不起你的事情，惹你不高兴了？”

“不，安娜，一直以来，你都做得非常好，你是一位很好的太太，从开始到现在，你一直都是。”

她听完瓦特的话，怎么也弄不明白。“可是，你刚刚明明说了，你要离开我……”

“我的确要离开……”

“你想去哪里？”

瓦特知道，安娜一定会问这个问题，与其到头来让她发现，不如现在直截了当地跟她说清楚。“我要去另一个女人身边……”他的声音很小，同时，也显得极不情愿。

“另一个女人？”听到瓦特的回答，她丝毫没有生气，也没有表现出非常伤心的样子，好像只是很不理解瓦特为什么要这么做。

“我想知道，她是谁？叫什么名字？”

“莉丝。”瓦特小声地回答。

安娜像是突然想起了什么一样，吃惊地看着瓦特，过了好久之后，又用一种不敢相信的口吻确认了一遍：“你说的是……莉丝？”

瓦特坐在椅子上，耐心地等待着安娜的爆发。他心里很清楚，这对于一个女人的自尊来说，是一种莫大的伤害。而且，这种伤害是持续性的，一时半会儿根本不可能缓和过来。

她平复了一下情绪，然后问：“你说的莉丝……难道是住在白兰地胡同的那个？你说的是那个莉丝吗？”

“没错。”瓦特点了点头。

安娜将手中的酒杯放了下来，好像不敢相信自己的耳朵。她摇摇头说："你再说一遍？"

"你没听错，就是她。"

"你现在急着跟我分手，为的就是能跟她一块儿同居吗？"

"嗯。"瓦特的声音已经小到快听不见了。

"你们打算同居多久？永远吗？"

"差不多吧，安娜，至少我是这样想的。"

"我想起来了，那次参加大会的时候，她也在，我注意到你还偷偷瞟了她几次。"

"嗯。"

"对了，你们在酒吧也见过！"

"嗯，我根本就没想到，你会注意到这些细节。"瓦特说。

"居然是那个老莉丝！那个老女人！瓦特，你没搞错吧？她那么老了，年纪比我大，甚至比你还大！"

"我知道……"

"而且她还很胖，比我还胖！"

"或许是这样的。"

"凭什么！她既不是玛丽莲·梦露，又不是索菲亚·罗兰，那么她凭什么……"

"是的，她什么都不是。"

"那你倒是告诉我啊，到底是为什么？她很有钱吗？依我看到的情况来看，她不像个有钱人啊。瓦特，你告诉我，她是不是跟你保证了什么东西？比如说，她保证你跟她在一起，会有享不尽的荣华富贵？"

"不……我原来的工作还是继续要做，我白天仍然要上班，做跟之前一样的事情，晚上……"

"然后你打算晚上直接去她那儿，不再回我这里了？"安娜连忙接话道，"瓦特，你真的打算跟我离婚吗？"

"如果可以的话，我觉得离婚比较好……"

安娜立即给自己倒了满满一杯酒，然后一口就喝完了。她非常不理解地说："我真搞不明白，莉丝那么老，那么胖，而且也没钱，这些你都不在乎吗？你到底是瞎了眼，还是脑子有问题？你告诉我！"

"不，都不是……"瓦特的内心很纠结，但他知道，他必须将这件事情跟安娜说清楚，毕竟，安娜对他一直很好，她应该知道事情的真相。

"那到底是为什么？她的丈夫才死了没多久，尸骨未寒，她都不用守丧的吗？老贝尔啊，死了才不到一年，她居然就做这种事情，你不觉得，这种女人很可怕吗？"

"安娜，你说得没错，问题就在这里。"瓦特觉得这是个好机会，于是连忙打断了安娜的话，"老贝尔之所以会死，和我有很大的关系。"

安娜的脸上再次显露出了迷茫的表情，她完全不明白瓦特到底在说什么。

“其实，莉丝已经喜欢我很久了，至于原因，你就不要问了，我也不知道该怎么跟你说。不过，我很清楚，她一直对我有好感，所以，她会时不时地跟我说一些悄悄话，或者是邀请我一块儿出去玩。我当时就告诫过她了，希望她不要这样做，这是不好的行为。我甚至明确跟她说了，她已经是有丈夫的人了，勾引其他男人的这种事情不要做。可是，她对我的忠告根本不予理睬，不管我说什么，她都回答我一句话：‘我从不勾引男人，除了你。’直到参加完老贝尔的葬礼，她才告诉我：‘现在，贝尔不再是我们之间交往的障碍了。我给他的饭菜中加了砒霜，现在，我重新成了一个自由的女人了。’”

听完之后，安娜非常吃惊地说了一句：“天哪……砒霜！”

“没错，也就是老鼠药。安娜，你现在能明白了吗？”

“不，我不明白。”

“老贝尔是因为我而死的，因为她喜欢我，想跟我在一起，所以杀死了老贝尔。她为了跟我在一起，居然会去犯罪。这种听都没听过的事情，居然发生在了我的身上……”

“天哪，这的确是一件闻所未闻的事情！”

“安娜，我想，你还是没有弄明白。我从来没有想过她那样做就是对的，或者说，她那样做是一件合法的事情，是一件好事，因为对老贝尔来说，这是一件非常糟糕的事情。不过，如果站在我的角度来看，我现在已经四十六岁了，并不是什么有权有势的人，不过是律师事务所的一个小职员而已，但是居然有一个女人会为我做这种事情，我只是觉得受宠若惊而已。”

安娜并没有继续往杯子里倒酒，而是有些无奈地看着眼前的这个男人。“瓦特，我根本就没有想到，你居然这么轻易就被别人给勾走了……”

“其实，我觉得这件事情挺浪漫的。”瓦特回答。

“浪漫？瓦特，你居然懂浪漫？”安娜显得非常惊讶。

“懂一点儿吧，至少我觉得，莉丝因为我而杀死了老贝尔，我为她的行为而感动。”

“你简直是个怪物。”安娜摇摇头，然后突然想到了什么，转而问，“你刚刚说，莉丝是用砒霜毒死老贝尔的？”

“没错。”

“警方对此没有说什么吗？”

“他们对这种小案子根本没兴趣。”

“我可以把这个细节透露给警方，我想，他们会对这种蓄意杀人案感兴趣的。”

“安娜，你千万不要那么做，那只会给你蒙羞。在外人看来，你这样做不过是因为嫉妒另外一个女人，从而想方设法对她进行诬告而已。更重要的是，我会出面否认你的观点，莉丝也绝对不会承认的。”

安娜看着瓦特，眼睛眯成一条缝，然后说：“这不是什么难事，开棺验尸，一切问题就都解决了，因为吃下去的砒霜不会排出体外。再说了，这种事情发生得还少吗？到底是不是死于投毒，查一查就知道了。”

“你说得倒轻松，”瓦特摇了摇头，然后极力争辩道，“首先，你必须要让警方相信你的话，你得让他们相信，老贝尔的确不是自然死亡。老贝尔一直就有胃病，那些厚厚的病历单就是最好的证据。开棺验尸是一件非常烦琐的事情，前前后后手续一大堆，警方更不会因为你一个人的怀疑而去做这件麻烦事。所以，安娜，到此为止吧，不要再争了。这就是最后的结果。我现在找到了一个新的爱人，我相信你也能找到一个更好的。”

安娜的眼中顿时就涌满了泪水，并且夺眶而出，每流下一滴，脸上就多一条黑黑的泪痕。这是瓦特最不想看到的场面，所以，他连忙从椅子上站起身来，走到了面向花园的窗户前。此时，夕阳的余晖洒满了院子的每个角落，但静静的暮光丝毫削减不了他内心的波澜。而安娜仍旧坐在桌子旁，正在用手帕大声地擤鼻涕。

在他看来，安娜会哭是意料之中的事情，她现在有权利这么做，所以，就让她先哭着吧。如果他将这番话说出来之后，安娜面无表情，像什么都没发生一样，那才是他最大的失败。

他站在窗口，静静地听着安娜的哭声。那种难过的情绪持续了至少有三四分钟，中途，他听见了一个声音，安娜也许打开了手提包，在从里面拿新手帕擦脸，当然，也有可能是用围裙擦脸。瓦特心想：唉……由她去吧。

过了一会儿，哭声慢慢地停了下来，瓦特觉得，这个时候差不多可以转身了。回过头的他发现，安娜现在的脸果然很难看，一张肥嘟嘟的脸上布满了黑色的泪痕，头发也显得格外凌乱。好在她已经停止了哭泣，嘴巴紧紧地抿着，看起来很坚强。

“我觉得，你应该不会留在家里吃晚饭了吧？”安娜问。

瓦特摇了摇头，说：“行李我已经都收拾好了，其他的东西暂时先放在你这儿，我到时候会过来取。”

“瓦特，你真的决定要离开这个家吗？”

“嗯，没错。”

她用一种楚楚可怜的眼神打量着瓦特，看到这一幕，原本十分坚定的瓦特瞬间心软了。最开始他简单地认为，跟安娜说出这件事是最难的，没想到，从家里走出去比开口说出事实还要难一些。

瓦特坐在桌子的对面，然后开始往杯子里倒酒。他鼓起勇气对安娜说：“安娜，不要这样，我们干一杯吧，为了我们过去共同经历的那些美好岁月。”说完，他高高举起酒杯，做出要向安娜敬酒的样子，之后，一口干了杯里的酒。但是，安娜并没有那样做，只是象征性地抿了一小口。

瓦特把杯子放回了桌上，然后说：“我将年轻力壮的时候统统给了你，现在虽然变成莉丝来照顾我了，但我的身体也开始逐渐衰老。所以，你并没有损失什么。安娜，我们再喝一杯！”

他一直不停地在喝。与其说他是在安慰安娜，倒不如说，他是在鼓励自己，给他自己打气。最后，他一个人将剩下的那半瓶杜松子酒喝完了。

现在，他决定了，他要离开，他不想再看见安娜那副愁眉苦脸的表情了。他很快地上了楼，行李早就收拾好了，就放在床下，他只需要将行李箱拖出来就行了。接着，他挑了一顶帽子戴在头上。一想到待会儿就要到莉丝那里去了，他竟然有些激动。在瓦特看来，世界上再找不出第二个女人能像莉丝这样富有热情了。

他在镜子面前照了很久，不停地变换着帽子的戴法。在这个过程中，他不住地问自己："我究竟有什么魅力，竟有两个女人如此痴狂地爱着我？"他看了很久，也没看出个所以然来，不过，他自己这张脸的确很耐看。他对自己做了一个微笑，然后拖着箱子准备下楼。

等他走到楼下的时候，突然觉得全身有些发麻。他把行李箱暂时搁在一旁，然后在楼梯上坐了下来。难道是刚刚酒喝多了？

他坐在楼梯上不停地眨眼睛，过道的光线原本就很昏暗，现在越发看不清了。他将帽子摘了下来，但眼前的光线依旧很暗。

此时，安娜走了过来，低下头，看着坐在楼梯上的瓦特，用一种关切的声音问："瓦特，你怎么了？"

"不知道……"

她也坐到了楼梯上，紧紧地挨着瓦特，一只手搭在他的肩膀上，然后用一种非常温柔的声音说："瓦特，我在酒里下了安眠药。我下了整整一盒呢，而且都是新鲜的，今天刚刚才带回来的。我一点儿都没剩下。"

听完安娜的话，瓦特一点儿也没有生气，只是有些好奇地问："你是什么时候放进去的？"

"你站在窗口看夕阳的时候。那时，你背对着我，刚好，我的手提包就放在身边。我故意哭得很大声，而且用力擤鼻涕，为的就是不让你注意。我只有一个目的，我不想你去莉丝那儿。她为了爱情，把不想要的人毒死了，而我，为了爱情，把最想要的人毒死了。我觉得，我比她更爱你，你难道不这么觉得吗？"

没错，安娜一直深爱着瓦特。瓦特什么也没说，只是头微微一沉，靠在了她的肩膀上。

"瓦特，安安心心地睡吧，做个好梦……"安娜非常温柔地安慰道。

大胆的假设

“按你的说法，今天晚上，或者说是昨天晚上十一点的时候，你根本不在希尔顿饭店，而是在一个距离希尔顿好几里地之外的地方？”迈克尔警官思考了一会儿之后，非常认真地说。

“没错，可不近呢，到城南之后还要向东走一点。”约翰回答。

迈克尔警官走到办公桌前，从桌上的烟盒里抽出了一根烟，然后看了看坐在一旁的杜勒斯警探。

杜勒斯似乎在琢磨着什么，然后说：“他的确是有一个不在场证明，不过，这个证明好像有些不太靠谱。”

约翰随即转过身来，很快地瞅了一眼杜勒斯，然后说：“不太靠谱的不在场证明？你这话是什么意思？你有没有跟其他的警察仔细调查过？再一个，辛蒂不是已经告诉你们了吗，我整晚都跟她待在一块儿。”

杜勒斯警探什么话也没有说，只是不停地用笔在他的本子上记录着什么。

“辛蒂？你居然让我们去相信她的话？那种女人为了钱，什么样的鬼话都能说得出来！”迈克尔警官显得非常愤怒。

约翰只是耸了耸肩。“迈尔克警官，我说你啊……”此时，约翰也变得激动起来，“你看看你的手下，半夜一点钟，什么理由都没有，就把我从床上给野蛮地拖了起来，而且什么理由都……”

“理由早就跟你说过了！”杜勒斯警探连忙打岔说，“你的确跟我们解释过了，你有证人，不过我们也将原因详细地跟你说过了。但结果呢，你只管一个人在那儿不停地说，根本没注意听别人到底在说些什么。”

此时，迈克尔警官平静地说：“杜勒斯先生，你现在去看看你的搭档彼得森是不是查案去了，怎么还没回来？”

杜勒斯从椅子上站起来，离开了迈克尔警官的办公室，然后去了对面的凶案组。离开的时候，他顺手将门带上了。

"现在只有我们两个人了，我们再好好谈谈吧。"迈克尔警官盯着约翰，然后说，"差不多在十一点的时候，也就是大约三个钟头之前，两个孩子头戴面具潜入了饭店，他们还带了枪，准备抢劫饭店。当时，他们用枪威胁饭店经理，要他将存放有客人贵重物品保险箱的库房打开。"

"嗯……嗯……"约翰连着打了两个哈欠，但明显跟他那双灰色眼睛里透露出来的紧张眼神不太吻合，然后有些不耐烦地说，"可是这件事情你已经跟我说过很多遍了。"

迈克尔不顾约翰的打岔，继续说："饭店的警卫在接到消息之后，以最快的速度赶到了位于通道口旁边的休息室，他们在那里和两个抢劫犯进行了激烈的搏斗，由于寡不敌众，歹徒试图逃跑。可是，两个人中有一个跑得稍微慢一些，他还没来得及跑到停靠在马路拐角的汽车边，就被追上来的警卫给击毙了，一枪正中后脑勺。他那个跑得快的同伙钻进了汽车里，然后以最快的速度发动了汽车，并且逃离了现场。对了，我们后面调查了一下，那个吃枪子的人名叫雷蒙，他可是你的老朋友了。当然，更重要的是，他是这起案子的共犯。约翰，我想你现在应该能领会到，为什么我们要费这么大的劲把你叫来了吧？"

约翰伸出一只手，在他那又红又乱的头发上紧张地挠了半天，然后说："但直到目前，你们都拿不出任何证据能够证明，我跟那桩抢劫案有任何关系。而且我之前就说了，从晚上七点开始，一直到晚上十二点，从头到尾，我都跟辛蒂待在一块儿。还要我说多少遍？还有，你们为什么不去问她？问她你们就会搞清楚一切事情了。"

迈克尔警官并没有说话，只是默默地把椅背转了回去，眼睛望着脏兮兮的天花板发呆。约翰说得没错，他现在的确找不到任何有力的证据证明约翰有罪，他的所有判断，依靠的都是他的直觉和以往的审讯经验。

没过多久，杜勒斯警官兴冲冲地赶了回来。他看着迈克尔警官，有些上气不接下气地说："彼得森……彼得森他回来了……刚刚……他又去重新调查了一下……"

"嗯。"迈克尔警官似乎非常满意，然后问，"有新的收获没？"

"他找到了一把刀，并且发现，身上，还有背上，一共被捅了六刀。"杜勒斯一边跟迈克尔警官陈述着，一边用笔将这些新的发现记在了随身携带的本子上。

约翰先看了看迈克尔警官，又看了看杜勒斯，然后有些生气地问："你们到底想干什么？打算把结不了的案子推给那些无辜的人吗？"

此时，杜勒斯严肃地说："约翰，我再给你最后一次机会，我们已经查过了，你跟雷蒙……"

"别瞎扯了，我说过了，我根本不在现场！"约翰直接从椅子上站了起来。

"你给我坐下！"迈克尔见约翰站起身来，怒火瞬间蹿了起来，然后转过身，对杜勒斯说，"要是他再不老实，你就直接用手铐将他铐起来。"

约翰连忙坐了下来，嘴里还小声嘀咕道："警察……"

迈克尔根本就没理会他的情绪，然后直接说："约翰，我只是希望你能够如实地向我们承认。你之前一直强调，六点到十二点，你都跟辛蒂待在一块儿，并且一直没有离开……”

此时，约翰有些激动，他打断了迈克尔的话，“我大概在午夜的时候回到了家里，然后就直接准备睡觉了。然后，我就听到外面有人在敲门，敲门的就是这个人。”说到这里，他用手指了指杜勒斯，然后继续说，“那时都已经快凌晨一点了。”

“等等，你敢发誓吗？”迈克尔警官问。

约翰问：“发誓？为这半个小时所说的话吗？”说完之后，他看了看杜勒斯。此时，杜勒斯拿着笔，似乎在笔记本上记着什么。看到这里，约翰的眉头不禁皱了一下，表现出一副不安的样子。他起初坐在座位上，跷着二郎腿，没过多久，两只脚又分开放在两边。

“杜勒斯先生，约翰说的是实话吗？你跟彼得森是不是凌晨一点去了他的住所？你们有什么发现吗？”

“我们到门口的时候，他确实睡了。当我们说明来意之后，他就执意要把那个女人的事情告诉我们。随后，他开始穿衣服，我们就坐在他的屋里等着。过了一会儿，我们就都下楼了。但是，从头到尾，他的嘴里都在说那个证人，而且是反反复复，没完没了地说。最后，我们没有办法，看到有一家小店还没有关门，我们就走了过去。彼得森借了一下店家的电话，然后打给了那个叫作辛蒂的女人。”

“她在电话里很明确地跟你们说了，我确实没有撒谎，可是你们不信，而且仍旧强行将我抓了过来。”约翰说话那架势，显得理直气壮。

然而，杜勒斯则显得非常淡定：“其实，彼得森的那通电话根本就没打通，他最后只是跟女房东聊了几句。”

“我就不明白了，她……”约翰此时显得有些气急败坏了。

“彼得森确实找到了辛蒂的电话，但是怎么打都打不通，所以不得不给房东打电话，并且让房东去看看，到底是怎么回事。”杜勒斯说完之后，然后开始抽烟。

“没错，辛蒂就是这样的人，只要一睡觉，就会睡得很死，很难把她叫醒。对了，你们找到她了吗？”

杜勒斯没有说话，只是在那默默地抽烟，然后转过脸，看了看迈克尔警官。

此时，迈克尔警官看了看约翰，然后说：“我们的警察已经找到了她。不过，我们有些不大明白，一方面，对于待在她那儿的这个事实，你表现出的是不予以否认的态度；另一方面，你又极力宣称，你的的确确跟她在一块儿。你能解释一下吗？”

“你到底要问什么？”约翰反问。他坐在转椅上，身子不停地扭来扭去，一只手紧紧地扯着衬衣的领口，故作淡定地说：“我说过了，我跟她在一块儿，如果你们真的见到了她，她肯定也会跟你们这样说的。”

杜勒斯听完之后，直接将笔记本合了起来，然后看着迈克尔，非常郑重地说：“警官先生，我想插一句嘴。说不定当时有人在她的屋里看见了约翰，而这件事恰好被约翰知道了，所以他就认准了这一点，想借此反咬我们一口。所以，从头到尾，他都一口咬定，他在辛蒂的家里，这样一来，他就有了充分的不在场证明。不过，他可能并不清楚，要验证这些事情非常简单，只需要交给验尸官进行化验，很快就能知道真正的死亡时间了。”

“没错，这些只要交给验尸官就行了。杜勒斯先生，你是不是也有种感觉，他太滑稽了，自以为撒谎的本领很高，想用这些谎言让我们上当……”迈克尔和杜勒斯两个人似乎完全没有把约翰放在眼里。

“等一等，”约翰的语气显得非常粗暴，他突然从椅子上站起身来。“你们俩到底在说什么？我怎么听不明白？”说完，他额头上的汗珠沿着脸颊的鬓角滴了下来。

迈克尔示意约翰先保持冷静，然后慢慢地说：“你先坐下。我们要告诉你一个消息，关于发生在饭店的那桩劫案，你确实找到了辛蒂来为你作证。我们刚刚派彼得森去了解了一下情况，嗯……”迈克尔停了下来。

约翰慢慢地坐了下来，脸上堆满了疑惑的表情，并且抬起一只手，用衣服的袖口擦了擦额头上的汗珠，说：“然后呢？我没明白……”

“你还没明白吗？真是一个可怜的家伙……你没注意到，这半个小时里，彼得森都不在吗？你怎么不想想，他到底去干什么了？”杜勒斯说。

约翰坐在转椅上琢磨了一会儿，然后恍然大悟，整个人差不多要晕过去一样。过了一会儿，他才用一种带着颤抖的声音说：“难道……难道在这桩劫案中，还有人意外受伤？而且，那个受伤的人就是辛蒂？”他觉得这是不可能的事情。

迈克尔和杜勒斯都没有说话，只是沉默地看着约翰，他不安地坐在转椅上，不停地变换着坐姿。

“等等……”约翰突然说。

“我们一直都在等，而且等了很长时间了。”迈克尔警官平静地说。

约翰想了一会儿，然后说：“那个臭婊子，我早就知道，她迟早会被千刀万剐，果然，今天晚上她遭报应了！”

“既然如此，那么你为什么要……”迈克尔欲言又止地问。

“其实，我昨天晚上根本不在她家。我只是给她打了个电话，为的是给她安排事情，你明白吗？没错，那起劫案的确是我跟雷蒙一块儿干的，原本计划做得很周密，我们可以借此大赚一笔，可是没想到，半途出来一帮警卫，结果把事情给搅黄了。”约翰回答。

“怎么改口了？你现在承认，你也参与抢劫了，是其中的一个劫匪，那么最开始的时候，你为什么又说，你从头到尾都待在辛蒂那儿呢？”

“实话跟你说吧，我都有差不多一个星期没有见到她了，平时最多就是给她打个电话，我告诉她，让她作证，如果她这样做，我会给她多少钱。你明白了吧？”

“噢？我们了解的情况可不是这个。”杜勒斯回答。

“不，你们听好了，我会带你们去看我扔枪的地点，按理说，枪应该还在那条沟里。这样一来就能证明，我其实当时是待在旅社里，我发誓，从头到尾，我都没有干任何谋杀她的勾当！”

迈克尔转过头，看了一眼杜勒斯，然后说：“让他带你们去扔枪的现场看看，并且叫上彼得森，去那儿仔细调查一下。如果他要要什么花样的话，我想你知道该怎么处理。”

不一会儿，杜勒斯带着约翰离开了办公室。这时，坐在桌子边的迈克尔突然放声大笑起来。他没有想到，一个既抢劫又杀人的罪犯居然一次性将罪行都招了，这真是给我省了不少心啊。

约翰不知道的是，饭店的警卫其实早就死了。当然，如果他知道了这一点，他打死也不会认罪的。

迈克尔警官此时得意地哼起歌来，然后起身走到了办公室的外面，朝守候在门外的警察说：“你们去把辛蒂带过来，我想跟她聊聊。”

致命跟踪

我做事情向来很有条理，但在遇到一些自己也拿捏不定的事情时，心里就会烦躁。当然，不论是什么样的情况，我都会为自己所做的事情负责。这也是我去跟踪尼尔森的原因。

我的妻子戴安娜在一年前被杀，我知道凶手就是尼尔森，可是，由于他在动手之前做好了周密的安排，所以直到现在，没有人证，也没有其他有力的物证证明他有罪，律师们也不敢接下这个案子，因为没有什么把握能胜诉。

戴安娜生前曾经与尼尔森私通，但尼尔森渐渐认为这件事情开始影响到了他的婚姻，这让他非常头疼。而且，加上经济条件的恶化，他不想让这种关系继续发展下去，所以他直接掐死了戴安娜。并且，他唆使证人做伪证，说案发的时候，他并不在现场，而是在距离现场足足一千里之外的地方。

但是，我所掌握的情况不是这样的。其实，我那天晚上一直在跟踪戴安娜，我亲眼看见尼尔森跟她约会，并且杀掉了她。没错，虽然她与尼尔森私通，但归根结底，她终究是我的太太。他杀了人，这是事实。

我如今在丹佛，正在悄悄地跟踪尼尔森。由于工作的原因，他不得不游走于全国各地。为此，我也不得不动用我的积蓄，在全国各地尾随。现在我敢肯定，他打算去一家专门的鸡尾酒酒吧，这是他最喜欢去的地方。

事情果然不出我所料。我跟着他也走了进去。他此时坐在吧台边，而我则挑了一个能清楚地观察到他的位置，然后坐了下来。他其实知道我跟了进来，但我不仅不在乎，反而会故意装作不小心，暴露一点行踪，好让他看见我。他向服务生点了一杯酒，正当他抬头的时候，他从镜子里看到了我，我们俩的视线在镜子上相遇了。我注意到，此时他那张英俊而结实的面庞上微微显现出些许红色。我每天都这样紧紧地跟着他，这让他感到极度烦躁。

当然，尼尔森有可能会走到我的座位边，也许他会跟我聊聊天，也许会将整件事对我和盘托出。我也知道该怎么处理，谈话没有问题，但我不会把这个变成他的一种减压方式。

我知道他为什么而烦恼，我更知道他为什么而害怕。

他端起酒杯，缓缓地走到了我的座位旁。尽管他现在有些发福，小腹有些突出，但由于他穿着一件剪裁合身的西装外套，搭配着一条黑色西裤，不仅将他身形的缺陷完全掩盖了，而且使他整个人看起来非常健壮，如同一个运动员一般。一般来说，这样的男人对于女人有着一种强烈的吸引力。

“帕尼，你要到什么时候才肯放弃呢？”

“尼尔森，这种问题你还需要我来告诉你吗？我是不可能放弃的，永远都不会。”尽管他不喜欢我直接叫他的名字，但我偏偏喜欢这样叫。我有必要为他考虑吗？

“我不明白，你每天这样跟着我，到底有什么意义呢？你图什么呢？”他直接在我的身边坐了下来，尽管我根本就没请他坐。

不过，这种小事，我也没必要跟他计较了，我显得非常平静，然后缓缓地说：“很简单，我太太是被你杀死的，所以你必须得为此偿命。”

“我根本就没有杀你的太太！”尼尔森非常生气地说，那种样子，好像我真的冤枉他了一样。他随即补充道，“何况，警方已经说过了，那桩案子早就结案了。整个调查过程中，没有任何证据表明，我跟你太太的死有任何关系，而且事实也是如此，我本来就是清白的。”

“那是警方的事，但我不这么认为。”

他坐在座位上，发出了一阵长长的笑声。当他停下来之后，看着我，用一种非常自信的语气说：“伙计，我跟你说了，我就是清白的，你说警方的话不算数，难道他们会相信你的一面之词吗？你就不要在这上面浪费时间了。何况，戴安娜早就在你和我之间做出了选择，你知道她并不爱你了，既然如此，你何必去为一个不爱你的女人而伤心呢？她现在死了，跟你又有什么关系呢？”说完，他端起杯子，喝了一大口。

“你根本就不懂。”

“不懂？嗯，我的确不懂。我想不明白，案子的调查早就结束了，就算你一直跟着我，哪怕跟到我死，你又能怎样呢？这个事情难道还会发生改变吗？当然，如果你打算以此来恐吓我，而且想借机对我造成伤害的话，我肯定会寻求法律途径来进行自我保护。如果你把我杀了，警察肯定也不会放过你。”

“我知道。”事实上，我跟尼尔森之前就谈过这个话题。他明确地告诉我，他给他的律师留了一封信，并且告诉他的律师，只要他意外死亡，就将这封信递往法院。这封信的大致内容是：我一直在跟踪尼尔森，并且诬陷他是凶手。我这样做的原因则在于，在我看来，尼尔森杀掉戴安娜的事情根本就不是什么秘密。

“你心里其实很清楚，你根本没有证据，所以你改变不了任何事实。”尼尔森说。

“噢，你以为我真的证明不了吗？”我端起酒杯，慢慢地喝了一口，然后非常冷静地说，“在我看来，你就得坐牢。因为你杀了戴安娜，所以你就必须过着等死的日子。到那个时候，你每天就只能掰着手指头数剩下的日子了。而且最后，你不得不在心里默数，看看你还有几分钟就要被送到行刑室里。说不定，你还会倒数读秒。”

"见你的鬼去吧！"此时，尼尔森的脸上布满了细密的汗珠，握着酒杯的手也在不停地发抖。

"不过，"我耸了耸肩，说，"你其实说得没错，我的确是没有证据。"

"那你为什么不停地跟踪我？"他那黑色的眉毛瞬间拧了起来，像是打了一个结，一双眼睛死死地瞪着我。

"噢，没什么，只不过碰巧跟你顺路。"

他的牙齿紧紧地咬着下嘴唇，一双眼睛仍旧死死地盯着我看。过了一会儿，他从椅子上站起身来，然后走出了酒吧。过了一会儿，我也起身走了出去，紧紧地跟在他的身后。

尼尔森其实说得没错，我的确证明不了，否则，我也不至于拖到这个时候。但我心里清楚，总有办法让他接受应有的惩罚，作恶的人就应该为他的行为付出代价。

他走进了一家旅馆，我也跟着走了进去，因为我们都住在这儿。我是故意的，这样一来，我就好跟着他。当然，我现在没必要盯得那么紧了，连日的跟踪使得他现在躲都懒得躲了，他似乎想通了，躲我根本就是徒劳，即便他想方设法将我甩掉，我又会在另一个地方重新盯上他。我对他的情况可以说是了如指掌，再不济的情况下，我甚至可以直接在他的家门口蹲守，我等也能把他等出来。好在，这个备用方案，直到目前都还没有启用过。

正当我跟回旅馆的时候，我想到了尼尔森提前准备的那封信。我相信他写了，而且相信他把信放在了他的律师那儿。在他看来，这是保障他安全的最好方式。想到这里，我不免笑了一下，因为从头到尾，我都没想过要加害于他，因为我知道，那样做是违法的。

在那一个月里，我一路跟着尼尔森，先后去了圣路易、印第安波利、芝加哥，最后去了底特律。我对于他的行踪可以说摸得一清二楚，我甚至可以提前乘飞机去下一个地点等他。尽管如此，我并没有那么做，我不希望我的整个计划因为一些意外因素而被破坏，所以，我一直紧紧地跟着他，让他时时刻刻都出现在我的视线之内。我就是要把他弄到崩溃，不过，看现在这个样子，他差不多就要崩溃了。

当我跟到印第安波利的时候，他在当地的一家酒吧里扬言要揍我一顿。我当时就让酒吧的侍者去报警，最终因为害怕，他冷静了下来。

现在，我跟尼尔森离得很近，我甚至能够清楚地听到他打电话的内容。他现在正在预订一张机票，打算飞往迈阿密。我并不是一个容易情绪激动的人，而且我对于他做出这一类型的决定一点儿也不意外。不过，让我不理解的是：他为什么要去迈阿密呢？这个地方并不在他的巡回路线上啊。

过了一会儿，我给那家航空公司也打了一个电话，而且跟尼尔森订的是同一趟航班。一直以来，我都是这样做的，而且我还喜欢挑他前面的位置坐下来，这样一来，他想不看到我都难，我的后脑勺会时不时地出现在他的眼前。

抵达迈阿密之后，尼尔森在机场租了一辆车，然后朝城郊一间相当豪华的大旅馆开了过去。这一回，我没有跟着他住进同一家旅馆，而是去了一家我所了解的著名旅馆。那儿有高档的娱乐区，外加私人专享的海滩。这家旅馆一直非常火爆，常年挤满了人。不过，我很幸运，提前预订了一间中央楼层的房间，在那里，我能看见楼下人来人往的热闹街市。整个房间布置得十分讲究，室内环境极为优雅。和周围的喧嚣相比，这里显得非常宁静，这对我来说，是一个非常有利的条件。

我给尼尔森打了一通骚扰电话，并且将我的住址告诉了他。我相信，他一定会赶到我这里来的。

果然不出我所料，天黑之前，他出现在了我的房间门口，毕竟他不希望在这件事情上浪费太多的时间。我刚刚将门开了一条小缝，他就打算强行挤进来。我没有反抗，而是略微向后退了几步，将门打开，让他能大大方方地走进来。我的这一举动让他十分意外。

“你居然会亲自登门，我真是感到荣幸万分！”我说。

他朝四周望了望，像是在检查房间。见到窗帘全部拉得严严实实之后，他从西装外套的内袋里摸出了一把手枪。

“看样子，你是想杀我了？”我又说。

“你说对了！”尼尔森咧着一张大嘴对我说，眼睛里还充斥着浓重的仇恨，“这怪不得别人，是你自己找死！这也是让你不再跟踪我的唯一方法！”

“你打算杀我，难道你就不怕被捕？”

“你别想用这种问题吓到我，我化名来到这里旅行，而且会沿用这个化名在今晚返回，这样一来，根本就不会有人注意到我来到了迈阿密。为了以防万一，我还买通了一个证人，他会为我做不在场的证明。按照我制订的计划，我现在应该是在我预订的旅馆房间里面玩牌。”

“噢，对了，当年戴安娜被害的时候，你说你在赛马场，对吧？”

“没错，我还有票根作为证明。”尼尔森回答。

“看来，你真的挺聪明。”我开始表扬他。

“你其实也挺聪明的。可惜了，你就是聪明反被聪明误。你给人的感觉，就像一只鸽子一样，急匆匆地飞过来，却没有任何人知道你究竟在哪儿。你应该知道，你这样做有多么冒险。当他们发现你的尸体时，我早就赶回底特律了。而且，即使警方介入，他们也不会怀疑到我的头上，因为我连杀死你的动机都没有。”

“是吗？那么，如果他们知道你是因为受到了我的引诱才过来杀我的呢？”

“你根本伤不了我的！”尼尔森起初脸都白了，但过了一会儿，他极力让自己保持镇定，然后说，“小子，难道你不记得了吗？我在我的律师那儿留了一封信！”

“我记得。”

“那就好，赶紧给我进卧室里面去！”他提高了声音，看样子，他准备动手了。他用手枪顶住我的后背，并且一把将我推进了卧室里。

“你一定会坐牢的，你会为你生命的终结而读秒。”我淡定地说。

“你给我闭嘴！”说完，他用枕头包住了枪口。

我感觉子弹进入了我的胸膛，不过，我并没有听见枪声。随后，我渐渐失去平衡，整个人仰面倒在了床上。他一定很不理解，我已经被他杀死了，为什么我的脸上仍旧挂着微笑。

因为，他并不知道，我的口袋里藏着一只微型录音机，此外，我也给我的律师留了一封信。

送狼入室

道尔丁身材魁梧，看起来和一尊没有经过仔细雕琢的石像差不多。一双眼睛冷冰冰的，感觉就像阿拉斯加地区的高寒冻土。不管是谁，在认识他的第一个月里，都不会感觉到他的脸上有非常明显的感情变化。

可是这一次，他的表情变了。他俯下身子，朝我探过身来，那张脸虽然看起来依旧冷漠，却明显地表现出了一种不信任。他用那双冰冷的眼睛打量着我，然后说："刚才的话，你再给我说一遍？"

我清了清嗓子，放慢了语速，将刚才的话又非常清晰地重复了一遍："我是说，假如你的太太突然去世了，你会不会为此而感到高兴？"

我说完之后，他朝四周望了望，发现除了我们俩之外，就只有三个年纪较大的人在酒吧的另一头聊天。实际上，整个温泉乡村俱乐部的酒吧里根本就没几个人。

当确定周围不会有人偷听之后，道尔丁开始把目光移回到我的身上，然后压低声音说："卡尔，你到底要表达什么意思？"

"没有，我只是想想而已。"

"那些想想而已的事情，我可不关心。"

"噢，你真的不关心吗？难道你不是想着，如果你的太太死了，你就能继承她所有的财产？此外，如果她真的死了，你就能够名正言顺地跟那个叫作瑞拉的女人结婚了。我说得不对吗？"

听我这样一说，道尔丁瞬间表现出一副目瞪口呆的样子。

"我可知道瑞拉的事情，而且在我看来，她是一个非常可爱的女人，性感而富有魅力，这些，你那脆弱而古板的太太又怎么能比得上呢？"

他盯着我看了很久，端起面前的酒杯，猛地喝了一大口白兰地。他想极力控制自己的情绪，不过，整件事情的王牌如今握在我的手里，我又怎么会轻易把它放出去呢？

我接着说："其实你非常清楚，那些被疾病缠身的中年妇女，她们可能会遭受意外，也可能会遭遇心脏病一类疾病的困扰，甚至可能会有自杀的倾向。只要她们想死，就不愁找不到方法。"

此时，道尔丁显得非常紧张，连呼吸都变得急促了。他冷静了一会儿，然后问："卡尔，你究竟是什么人？你真的只是一个财务专家吗？我们是在四个星期之前认识的，但那次相遇，真的只是偶然吗？你那次跟我聊天，真的只是随便聊聊而已吗？"

"其实，你都没说错。"我没有说别的，只是微微一笑。

"你究竟是什么人？"他有些不安地问。

我耸了耸肩，表现出一副满不在乎的样子，然后说："你可以把我看作一个为人分担忧愁，帮人解决麻烦的人。"

"你是个杀手，而且是个职业杀手。"他的声音听起来很有意思，里面除了有一种惊恐不安的因素外，还夹杂着一些其他的情感。不过，看来我已经占据了整个对话的主动权，我已经成功地套上了他。

"对于你刚刚说的那个词，我并不介意，而且，如果就我的职业而言的话，你的概括基本正确。"我回答。

"既然如此，你怎么能加入温泉乡村俱乐部呢？按理来说，你是不可能获得会员资格的。"他问道。

"不，我可不是会员，但我的朋友是。道尔丁，其实我的生活并不神秘，相反，我的日子过得非常平常，就跟普通人一样。"

道尔丁似乎在考虑着什么，然后说："看来，你是在向我推荐你的业务了？"

"你可以这么理解吧。"

说完之后，我们相互对视了一会儿。道尔丁此时问："那你觉得，我现在应该做什么事情？"

"我怎么知道？"

"我要送你去警察局！"

"警察局？不，我敢打赌，你不会这么做的。"

"你可真自信。好吧，我确实不会。"他在说话的过程中，一双眼睛一直在死死地盯着我看。

"嗯，我一直觉得你不会那么做。当然，即使你做了也无所谓，我矢口否认就行了，因为你没有任何证据。如果到时警方真的对我进行详细的调查，他们可能还会惊讶地发现，我在我的家乡还是一名守法模范公民呢。"

此时，道尔丁的脸上开始露出微笑，不过，那种笑意似乎无法融入他那冰冷的眼神之中。"卡尔，我敢打赌，你一定仔细调查过我。"

"可以这么说吧。"

"你是怎么知道我的名字的？"

"这不是什么难事，毕竟我在这里也有很多朋友。"

“他们都是你的暗探吗？”

“他们叫什么都无所谓。”

他从口袋里掏出了一支雪茄，然后拿出一把金剪刀，将雪茄的末端剪掉，接着用一个纯金的打火机将雪茄点燃。他透过烟雾望着我，然后问：“你开个价吧。”

“很好，我最喜欢跟做事干脆的人做生意。一万块，事前预付一半，剩下的等完事之后再付。”我说。

“这样吧，你让我考虑考虑，我这人向来不喜欢草率地做决定。”道尔丁说这句话的时候，脸上的表情看起来跟平时没什么两样。他似乎又变成了平日里的那个道尔丁，给人一种镇定、自信且善于打算的样子。

“没关系，你可以先考虑着。”我说。

“这样吧，明天晚上九点的时候，我给你答复。”

“没问题。如果你同意，明天来的时候，就带五千块现金过来。别给整钞，我喜欢小面额的。另外，记得带上你们家的户型结构图。”

道尔丁朝我点了点头，然后站起身来说：“行吧，今天先到这，明天见。”说完，他转身便走出了酒吧的大门。

第二天晚上，我如期来到了酒吧喝酒，等我喝到第二杯时，我注意到，道尔丁进来了。这时刚好九点。等侍者从我身边离开之后，我举起酒杯朝他晃了晃，他看到之后，立即走到了我的桌子边。

“挺准时的啊。”我非常愉快地说。

“我向来不喜欢迟到，这是我的原则。”

“这种品德真不错。”

“我还有另外一个原则，只要能正面解决的事情，我就不喜欢拖拖拉拉绕弯子。”他将手伸进了外套的内胆里，然后拿出了一个信封。他轻轻地放在我面前的桌子上，用手在上面拍了拍，说：“里面一共有五千元。”

我直接将信封收了起来，也没有具体点数。“很好，平面图带来了吗？”

“带来了。”说完，他将卷着的一张纸放在桌上摊平，然后前后花了足足五分钟向我讲解其中的内容。介绍完之后，他直接问我：“什么时候能够动手呢？”

“你想什么时候动手，我都可以满足你的要求。”

“要不星期四晚上吧？到时，我会想办法让我太太一个人留在家里，并且我会将家里所有的仆人统统支走。”

“家里的那条狗你打算怎么弄？”

“你连这个都知道？”他扬了扬眉毛。

“必需的。”

“这你不用担心，我会想办法将它们都拴起来的，并且保证不会给你添麻烦。”

“很好。最后我还有一个要求，平时供仆人进出的那扇门不要上锁。”

“照你说的办。”道尔丁略微沉思了一会儿，然后问，“现在你能告诉我你大概准备怎么做了吗？”

“你就那么想知道？”

“我只是想大概了解一下情况，你不用跟我说细节。”他回答。

“整件事情看上去会像是一桩意外，之前有一个相关的统计，数据表明，平均每五起家庭意外事件之中，就会有一起意外与死亡有关。”我回答。

听到这里，道尔丁不禁冷笑了一声：“这个统计还真是够无聊。”

“噢？”我端起桌上的酒杯，然后说，“不管怎样，道尔丁先生，这一杯酒我先敬你。当然，连同瑞拉一块儿。”

“瑞拉？”道尔丁有些意外。此时，我能明确地感受到，暗藏在他眼神当中的那一丝冰冷，一瞬间就融化了不少。

我没有说什么，只是微笑地看着他，然后喝干了杯中的酒。

到了星期四的晚上，我在午夜之前赶到了道尔丁的家，并且将车子停在了一个安全的地方。他家的围墙很高，上面还长满了青苔，我小心翼翼地沿着这堵围墙往前走着，并且穿过了一片矮树林。我在一个相对隐蔽的地方停了下来，戴上了一副薄手套，然后非常轻松地翻过了围墙。

里面没有灯光，黑漆漆的一片，我非常谨慎地穿行在院子里长满树木的草坪里。道尔丁做得不错，他家的那条狗没有在这个时候给我添麻烦。

很快，我就摸到了平时供仆人们进出的那扇门。我轻轻地推了一下，门并没有上锁。我拿着一支微型手电悄悄地潜入屋子里，然后轻轻地将门带上了。我并没有急着深入屋内，而是仔细地在门口听着，看看屋里有没有响动。

我仔细地回忆了一下道尔丁给我看的那幅平面图，打开手电之后，我用左手遮住了电筒的光圈，然后悄悄地来到了里屋。当我走到楼梯的底端时，似乎听到了一阵细微的响动。于是，我连忙躲到楼梯的后面，然后仔细地辨别着那细微的声响。后面我才意识到，楼梯上传来的那阵细微的响动，正是道尔丁太太的鼾声，除此之外，便是屋里那座大钟的钟摆声。

此时，我心中非常愉快地祝福道：道尔丁太太，希望你能睡个好觉，做个美梦。

想到这里，我便转身离开了楼梯口，进到了道尔丁的书房里。我在他的书房里整整花费了十一分钟，才找到了他的保险箱。他居然将保险箱嵌在墙里！好在那只是一个传统的保险箱，我知道该怎么处理。不一会儿，我就将它打开了，里面差不多有两千元的现金、一条钻石项链、两副耳环，还有一些公债。我点了一下，价值应该不低于一万五千元。

我将这些东西统统装进了我的口袋，前前后后花了我差不多三分钟的时间。接着，我便悄悄地沿着进来的路走了出去。

当时，我心中其实有一个邪念，我真想亲眼看一看，当道尔丁回来之后，发现他的太太居然还活着，可保险柜里的东西已经被洗劫一空时，他脸上的表情究竟会是怎样的。

其实，我这样做并不是因为别的，只是因为他这个人平时太过于冷漠无情了，打一开始，我就对他深恶痛绝。

人情交易

莱肯跟着雇主来到了一间酒吧。进入酒吧之后，他发现里面的灯光非常昏暗。吧台旁边站着一个人，那个人身上穿着一件格子西装，雇主进门之后，就不住地朝他点头示意。那人装出一副不经意的样子，然后大致瞄了一眼莱肯，随即微微地点了点头。

这个时候，莱肯基本上心中有数了，那个穿着格子西装的人就是他的目标。于是，莱肯又仔细打量了一番，那个人有些胖，还有些秃顶，整个人约莫四五十岁的样子。此时，莱肯心中不免一阵紧张，连胆囊都不住地开始收缩起来。

等到雇主离开之后，莱肯从桌子上端起一杯啤酒，走到那个胖子的身边，找了个位置坐了下来。然后莱肯问："请问，你是马丁吗？"

"是我，你是……"此时，那个胖子扬了扬两道眉毛，突然想起来什么，然后说，"真该死！你是莱肯，我居然都没认出来！"

莱肯当时就在想：要是你没认出来可能还好一些。于是随即转移话题道："我记得最开始认识你的时候，你好像不叫这个名字，我记得你叫马瑞罗。"

"早改了，打完朝鲜战争回国之后就改了。"说完，他握了握莱肯的手，"你几乎没怎么变，还是那么帅。看到你现在的样子，我不禁想起当年把你从埋伏圈里救出来的场景，简直完全一样嘛。"

"谢谢。"

"你现在在做些什么呢？还有，你怎么知道我改名字了？"马丁的脸上原本洋溢着笑容，此时突然收了回去。

"我知道的事情多了去了，可不仅仅只有名字而已。"

"你这是什么意思？"

"这样，先找张桌子吧，我们坐下来慢慢聊。"

刚一坐下，莱肯立即就问："据我了解，你赌博的钱，不是你自己的吧？"

“你听谁胡说八道的？”马丁的眉毛瞬间就收拢了。

“我们现在都在为同一伙人效力。”

“你？你也跟我们一块儿？”马丁显得更加惊讶了。

“嗯，我也在行动小组。”

“行动小组？什么行动小组？”

“我接受上级的委派，特地过来干掉你。”

听到这里，马丁的脸顿时就吓白了。

莱肯接着说：“其实，我在接受任务的时候，名字、相貌我都没怎么注意，直到刚刚看到你，我才意识到，这次的行动目标居然是你。”

“但是，之前菲尔斯先生跟我说，让我不用着急，钱可以慢慢还，而且，他还说……”很明显，马丁现在有些着急了。

“他这么说，无非是想让你放松警惕而已。马丁，你知道菲尔斯为什么大老远地把我从加利福尼亚叫过来吗？就是因为，整个纽约地区的职业杀手你都认识。对了，我想问问你，你怎么想的，怎么会动用帮会的钱？你不想活了吗？”

“当时，有个赛马手跟我透露了一个内幕，他们在一匹马上面做了手脚，一赔二十，稳赚。也正是因为这个原因，我想从中大赚一笔。”

“那怎么又赔了呢？”

“唉……”马丁叹了口气，说，“比赛才刚刚开始，结果那匹马的右前腿就断了。”

“所以，你就因此而把钱给赔进去了？”

“嗯，我第一时间就把这个情况反映给老板了，他让我直接跟菲尔斯先生去说，我也照做了。而且我告诉他，我是老员工了，在公司也没犯过什么错，记录一直很好。而且我向他保证了，欠公司的那笔钱，我一定会尽快还回来，当时他也点头答应了。”

“你不明白吗？菲尔斯只不过想拿你杀鸡儆猴而已。”

“为什么？难道就因为我亏了公司的账吗？可是这个缺口我很快就能填平的。”

“他这样做，或许不是为了钱，而是为了在公司里树立他的威信。”我回答道。

“噢，天哪……”此时，马丁用一种央求的眼神看着莱肯说，“莱肯，你一定要救救我，就算看在我曾经救过你一命的份上，救救我吧……”

“那么，走吧。”莱肯说道。

第二天一早，莱肯手里拿着一份报纸仔细地看着，脸上还露出了满意的笑容。

报纸上有这样一篇新闻报道：昨晚，在码头仓库附近发生了一起激烈的枪战，警方接到报警后迅速赶到了现场。通过对现场的仔细勘察，警方在一根锯齿状的木桩上发现了一件残破的男性外套，外套口袋里还有一本驾照，据上面的信息显示，该证件的持有人名叫马丁。据警方透露，马丁有涉黑的嫌疑，是黑社会外围的一个小人物。

看完报纸，莱肯随即离开了旅馆，并且在街边的电话亭打了一通电话。

没过多久，那边便有人接电话了，“喂？”

“任务已经完成！请指示。”

“七点，家里见。”

菲尔斯尽管个子很高，但身形瘦削，是一个给人强烈冷漠感的中年人。屋子里摆放了一张宽大的写字桌，他此时正坐在桌子后面，板着脸，一脸严肃地看着门口的莱肯。尽管莱肯一再向他解释，自己并没有带枪，不过菲尔斯执意让门房对他进行细致的搜查。莱肯也不做过多的解释，笔直地站在门口。

“只是例行检查而已，请坐吧。”菲尔斯说。

“谢谢。”

“你昨晚的事情办得真糟糕。”菲尔斯摇了摇头。

“很差吗？”

“你觉得呢？我要见到尸体。”

“我给他灌了很多酒，之后趁他醉的时候，把他带到了码头。当时，他一看到我手里的枪就吓蒙了，一个劲儿地朝水边跑。最后我没有办法，朝他开了一枪，结果，因为中弹之后没有站稳，他就直接跌入了水里。”

“噢……那么，谁把这件事告诉警察了？”

“我们都没报警，只是当时刚好有辆车经过现场。估计司机听到了枪声后报警的。”

“你们洛杉矶的专家就是这样办事的？”

莱肯无奈地耸了耸肩。

“这样吧，如果你说的都是实话，请你回头，然后给我解释一下。”菲尔斯显得非常淡定。

“如果？你为什么会这么说？”

“不用问我为什么，没什么好问的，回过头，你就明白了。”

莱肯将信将疑地回过头，顿时就愣在了那儿。

“莱肯，很抱歉。”身后站着的那个人是马丁。

“首先，你对昔日的朋友心怀感情，这份情谊与忠诚，我非常感动。但是，这份忠诚与感动不应该与帮会相左。我已经审问过马丁了，他将一切经过都详详细细地跟我讲了，包括你如何设定了这个计谋，以及如何伪装木桩附近的现场，如何向警方报警。所有的一切，他都说了。所以，我现在想听听你的解释。”

“你居然出卖我！”莱肯冷冷地瞪着马丁。

“很抱歉，我也是被逼的。虽然你给我送了五千元，但这笔钱无法让我花一辈子。况且，我不可能一直不工作。再说了，帮会的力量非常强大，到处都是帮会的人，我这样躲是没有任何意义的，总有一天，我会被他们发现的。”马丁解释道。

“你不是还有加拿大的亲戚吗？你不是还有农场吗？”

“莱肯……那些都是不存在的，是我编出来骗你的……”

菲尔斯此时插话道：“我觉得，马丁做得非常对，他及时醒悟了，并且将他欠帮会的账一笔还清了……”

莱肯冷笑道："是用我给他的那笔钱吗？"

"你说对了，正是你给的那笔。在我看来，马丁对帮会是非常忠诚的，所以，我愿意给他一个改过自新的机会。"菲尔斯说。

莱肯本想从椅子上站起身来，可是，门房挥出了重重的一拳，直接打在了他的胃上，顿时，他只觉得身体一阵无力，只能瘫坐在椅子上。此时，马丁从口袋里拿出一卷钢丝，解开后套在了莱肯的脖子上。

马丁说："莱肯，朝鲜战场上的那笔账，你已经还清了，现在，算是我反过来欠你一份吧。"

理想国的谋杀案

保罗 2473 发现了一本书，而他的问题也因这本书而起。

这本书光从外表来看，就显得很有历史了，应该是来自遥远而模糊的某个世纪。之前有一次，他无意经过微缩档案室时，发现里面有很多人正在拷贝一些类似的书籍，拷贝完之后，他们就将这些书籍统统销毁了。

而这本书现在就在他的身边，并且没有其他人知道。此时，他心中升起一股很强的好奇心，但与此同时，也产生了些许恐惧。

那天是星期四，他正在一条乡间小路上参加长跑训练。训练中途的休息时间，他在路旁的一栋古老建筑旁边的草地上仰躺了下来。周四的长跑训练是最枯燥乏味的，所以他的眼睛不停地在四周打量着，看看能不能找到一些有趣的东西。

他无意中发现，古建筑的墙壁上有一道裂缝，墙角处还有一个小小的洞穴，一些小动物便在这个洞穴里安了家。

保罗来到了那个小洞穴的旁边，趴在旁边的草地上，朝里面探望了一下。尽管洞穴里面黑漆漆的一片，但他还是一眼就发现了那本书。当时，他的第一反应就是，将那本书拿出来，然后直接上交给排长。“但凡跟过去文明有关的事物，既具有很高的研究价值，也具有很高的危险系数。”这种观念在他很小的时候就深入他的内心，因此，他很清楚，他既无权将这本书毁掉，也无权私自偷看书中的内容。

他朝四周看了看，排长并不在周围，而排里的其他人也都躺在地上休息，并且和保罗有一定的距离，似乎没有任何人注意到他的行动。于是，保罗屏住呼吸，将手伸进了洞穴里，一把将那本书给拿了出来。此时，他看着拿出来的那本书，身子还有些微微颤抖。

书并不大，而且很轻，感觉已经没有了纸张应有的重量，似乎只要用力一捏，它就可能变成一堆碎纸屑。他仔细看了看，封皮上并没有字，在强烈好奇心的促使下，他抬起还在颤抖的手，轻轻地翻开了封面，书的名字显露了出来——《谋杀的逻辑》。

看到书名的一瞬间，他突然觉得有些失落。他懂得“逻辑”这个词的含义，可是“谋杀”这个词，他就完全不懂了。如果他不能理解这本书里所讲的内容，那么这本书对他而言就没有任何价值了。究竟是自己拿着，还是交给排长呢？他犹豫了很久，最终也没做出个决定。他只是觉得，通过这本书他或许能够掌握究竟什么是“谋杀”，说不定“谋杀”是个非常有趣的东西呢？

此时，从远处传来了排长的声音：“全体集合！”

就在这时，保罗做出了一个决定，将那本小书塞进了衬衫里。随后，他以最快的速度从地上爬起来，伸了一个懒腰，然后跑步归队了。

留在小屋里的保罗，此时却玩起了学生时代的老把戏。每天晚上，当小屋里只有他一个人的时候，他就会将那本小书摆在《进步新闻报》下午版的下面，然后装作在读报的样子，专心地阅读那本神秘的小书。他之所以这样做，为的就是躲避安装在墙角的监控摄像头。

他知道这么做其实非常冒险，不过，他实在无法抵抗这本书的诱惑。他对书中的内容越发感到痴迷，并且逐渐从中归纳出了一些结论。

现在，他知道“谋杀”究竟指的是什么了。起初的时候，他还感到非常震惊，原来谋杀就是将一个人的生命剥夺，这是他之前想都不敢想的。尽管他知道，人不可能长生不老，他也知道，人在一定的时候，可能会因为疾病缠身而被送往医院、诊所或者是病理实验室，也有可能自那以后，那个人就再也看不到了。此外，根据他的了解，人在死亡的时候并不痛苦，除非当局是出于生理研究的需要，可能会故意让人处于痛苦之中。总之，他基本上没有仔细地考虑过死亡这回事，也从来没有因为迟早要面临的死亡而感到恐惧。

根据书中的信息，保罗了解到，谋杀应该是古代文明中所存在的一种常见现象。那个时代的当局对于人的死亡不需要负责，但对于个人威胁他人生命安全的行为则严加管控。尽管如此，谋杀仍旧是当时社会的一种常见现象。看到这里，保罗不免感到震惊，他简直不敢相信，过去的社会居然是这个样子。他根本无法抑制住内心的好奇，所以不得不继续往下读。

他根据自己所掌握的知识，将谋杀定性为一种非常邪恶的行为，但当他了解到当时的社会环境时，他瞬间又觉得，这种行为放在当时的社会中也是合情合理的。由于那个时代的社会，当局对于每个人的伴侣并不予以干涉，每个人都能自由地进行选择，因此，一些因为感情而嫉妒或者报复的人们，就会采用谋杀的方式来对付自己厌恶的人。另外，当时的社会当局不会为人们提供必需的生活用品，人们为了能够获得更多的财富，往往也会采用谋杀的方式。

通过不断地阅读，保罗了解到了各种各样的杀人动机。书中的章节也是五花八门，除了上面提到的之外，还包括谋杀方法等一类与谋杀直接相关的专题。此外，书的末尾还附带有侦破谋杀案件、逮捕与惩罚谋杀罪犯等边缘内容。

这本书最令保罗 2473 惊讶的部分，要数书的篇末总结了。总结指出：“谋杀这种现象广泛地存在，迄今为止，没有任何一项数据能够准确地统计出谋杀的数量。很多的谋杀其实都是冲动下的产物，而非人们单纯想象的‘蓄谋已久’。法律对于其中的一些凶手给予了严厉的制裁，但是更多的谋杀者则成功地逃脱了法律的惩罚。这一类人所犯下的多为经过精心策划的案件，这种案件侦破起来有很高的难度，自然而然也占据了悬案之中的大多数。如果将凶手与警察放在同一个水平面上来较量，凶手的优势要明显得多。尽管统计口径各有不同，侧重点也不尽相同，但至少都能说明一个问题，大部分的谋杀案都成了悬案，犯案的凶手也多因为不能结案而逍遥法外，他们甚至能够利用犯罪的非法所得安享晚年。”

读完之后，保罗 2473 陷入了沉思。此时，他意识到了自己所处的危险局面，这种书在现代的文明社会中是绝对不允许传播的，目的在于，当局不希望现在的人们意识到，不久之前，人们居然过着那样的野蛮生活。如今他也明白了，这种书为什么会被当局划为禁书。偷看禁书的事情一旦暴露，他可能会受到当局的严厉斥责，会被降级处理，甚至还可能被拉到公共场合，遭受众人的羞辱。

不过，他现在对“谋杀”这个新概念非常着迷，满脑子都在琢磨这件事情。因此，他并没有将那本书摧毁，而是将它小心翼翼地藏到了床垫的下面。

突然，他的脑子里萌生了一个想法。他想将这件事与卡罗尔 7427 一块儿分享。他基本上每天晚上都会跟卡罗尔 7427 在娱乐室碰面，然后跟她一块儿进入爱抚小屋。他跟卡罗尔 7427 携手进入的频率远远超过了他跟其他的女人。此时，当局正安排他与卡罗尔 7427 进行和谐性实验。他心中只有一个想法：希望当局将她许配给自己的期限设定为三年。当然，如果她的许配期能达到五年的话，他自然会更加高兴。

读完那本书的当天晚上，他差一点儿就把那件事情告诉了她。

她走进娱乐中心的时候，并没有换掉工作服。而且，即使在穿着工作服的情况下，她那曼妙的身材仍旧展露无遗。他痴痴地望着她，一头美丽的金发，水灵灵的蓝眼睛，外加白里透红的雪嫩肌肤，瞬间让他想到了配对一事。他满脑子都在幻想着一个画面：和她配对之后，两个人就能在同一个双人间下愉快地相处，平时可以聊一聊心里的开心事，还可以就谋杀这一类新鲜而又有趣的话题畅所欲言……这该是一件多么惬意的事情啊！

此时，她的身旁正坐着几个辐射农业讨论小组的成员，他将她拉到一旁，尽量与其他人保持一定的距离，然后问她：“卡罗尔，我有一个秘密想告诉你，你想知道吗？”

她起初眨了眨那修长的睫毛，然后红着脸，小声地说：“保罗，你要跟我说秘密吗？那会是个什么样的秘密呢？”

“我违反了当局的一条约定。”

“真的？”

“嗯，而且那条规定非常重要，我估计后果有点严重。”

“真的？”起初，卡罗尔 7427 还只是有些惊讶，但给他这么一说，她现在反而变得非常兴奋了。

“不过，我发现了一件很有意思的事情。”

“那你赶紧说来给我听听啊！”说完，她探过了身子，和保罗挨得更近了。由于之前吃了香水片，她现在无论是说话的语气，还是呼吸的气息，都带着几分让人陶醉的清香。

“不过，如果我把这件事告诉你的话，你要么会告发我，要么则会陷入跟我一样的危险境地，这也是我纠结的地方。”

“保罗，我向你发誓，我一定不会告发你的。”

“可是，我不希望让你因为这件事情而深陷危险的境地。”

听到这句话，她撅起了小嘴，显露出一副失落的表情。不过，看到她的这种表情，保罗的心中却显得非常高兴。保罗之所以想跟她说，是因为他们俩都具有冒险精神，而且好奇心都非常重。不过，为了安全起见，他选择了暂时保密。如果下个星期他们能够成功配对的话，他们就能在双人小屋中就这个问题进行深入讨论了。不仅如此，他还要给她看那本书，这样一来，他们之间的讨论或许会变得更加热烈。

就在那一刻，保罗 2473 就坚定地认为，他跟卡罗尔 7427 两个人非常投缘。据说配对的机器也以这一点为主要参考，所以，他坚信，他会跟她配对成功。

可惜，结果并没有如他所愿。第二个星期四，当他训练回来之后，巨大的布告栏上贴出了配对的信息，最上面写着一行大字：55 区成员未来五年配对表。他以一种极度自信的心态走到了榜单之前，然后在密密麻麻的名字中查找着自己的名字。令他意外的是，他的配对对象是劳拉 6356，卡罗尔 7427 配给了理查德 3833。看到这个结果，他内心突然一阵惶恐。

他简直不敢相信，他居然要跟那个劳拉 6356 一起待五年！那个女人又矮又胖，那头深灰色的头发看起来就让人没了兴趣，而平时脸上总是挂着傻乎乎的笑容。此时，他心中一阵怨念：“配对的机器是有问题吗？居然认为我跟劳拉 6356 非常合得来？”可是，转而想到卡罗尔居然要跟那个理查德 3833 一起过五年，他的怒气就更大了。“那个傲慢无礼、装腔作势的畜生，凭什么能够占有卡罗尔五年的时间？”他在心中再一次咒骂着。

尽管愤怒，但是保罗仍旧在谨慎地考虑着他的未来。他现在年纪已经不小了，按照当局的规定，他不能再出入爱抚屋了，在他这个年龄段，就应该过着安定而规律的生活，只有这样，才能有益于社会。所以，因为这条原则，他只能跟劳拉 6356 配对生活，同样也是因为这条原则，理查德 3833 能够享有和卡罗尔 7427 共同生活的五年期限。

没有温馨的双人房也就算了，更悲惨的是，他以后要想跟卡罗尔见面都是一件十分困难的事情，更不用说跟她一块儿去讨论那本非常神秘的书了。

那本书啊！想到这里，一个念头在他的脑海中闪过。他随即做出了一个非常重要的决定，他要学以致用，他要实行谋杀！眼下，谋杀是解决问题的唯一办法。很快，他便回到了小屋里，然后重新翻开了那本神秘的书，在里面搜索合适的方法，寻觅适宜的动机，同时估量整个行动的风险。

他做这件事情，可以算是动机十足。原因很简单，他不得不跟一个自己厌恶的人生活五年，自己心仪的人却被许配给了他人。他仔细地在书中寻找着，看看过去有没有发生跟他非常类似的案例，如果有的话，他该选用一种什么样的方案来动手。这种例子书中似乎没有记载，但是根据书中的理论来看，如果一个极度情绪化的凶手在遭遇到这种情况时，他可能会直接将卡罗尔杀掉，这样一来，理查德也甭想得到她。这属于典型的“破罐子破摔，我得不到的你也别想得到”的做法。不过，他考虑了一下，并没有采用这个方案。因为在他看来，即使这样做了，他的问题仍旧没有得到解决：第一，他并没有得到卡罗尔；第二，他还是要跟那该死的劳拉生活五年。

于是，他转念一想，不妨接连进行两次谋杀，将理查德和劳拉统统杀掉。虽然这样一来，整个计划瞬间就变得复杂了，但是为了达到目的，他豁出去了。

在制订详细而周密的计划之前，他首先挑好了行凶的武器。当然，更确切地说，受到现实的制约，除了那个东西之外，他别无选择。他既不可能弄到枪支，也不会使用毒药，而且不论是理查德 3833，还是劳拉 6356，这两个人身体都不瘦弱，特别是理查德，属于高大威猛类型的人，想用纯粹的暴力解决他们两个，估计有些够呛。刀成了他的唯一选择，为了提高伤害力，他可以将刀磨得更加锋利一些，此外，他本身懂得一些生理学的知识，知道下手的时候，该捅哪个部位。这些都属于他能力范围内能够改善或把握住的内容。

武器的问题解决之后，他开始对整个行动的风险进行评估。他会不会被那两个人抓住呢？如果真的被抓住了，又会怎么样呢？

此时，他突然想到了一个细节，并且刚一想到，就让自己吃了一惊。现在的社会中，根本就没有谋杀的这项罪名，如果有的话，他肯定会知道的，因为他们从小就被灌输了良好的行为教育，哪些事情可以做，哪些事情不能做，都交代得清清楚楚。至于不应该做的事情，无非就是那么几大类。叛国罪位列第一，涵盖了各种形式的破坏、暴动等颠覆活动；其次便是懒惰罪，不按规定完成工作量、会议缺席、不保持精神与肉体上面的健康等，统统归在这一类的下面。

罪行从大类上说，就是这些了。不仅没有谋杀，和谋杀相关的，诸如抢劫、伪造等，也统统没有。在保罗看来，他现在所生活的社会，就是一种完全理想化的文明状态，这里的人们根本就不会有那些粗暴的犯罪动机。当然，这并不包括他后来所发现的一些情况，比如，某些官员在进行和谐性试验的过程中犯了错，导致实验无法继续进行。

此时，他那原本紧绷的神经现在似乎松弛了下来。既然国家连谋杀罪提都没提，这也就意味着，国家并没有对付谋杀犯的工具，也没有审讯谋杀犯的部门，更不会有经验丰富的侦探来对整个案件进行侦破，估计科学家都不太清楚谋杀这种东西到底是什么。这一切的一切，都只存在于已经远去的古老文明中，所以那一套机制根本不可能存在于现在的社会中。只要这个计划策划得好，新的社会文明对于这种行为根本就束手无策，所以，这个计划的开展算得上是绝对安全的。

一想到这一点，保罗便开始激动起来。他平整了一下呼吸，然后开始认真准备整个计划。一般来说，住房信息一旦公布之后，配对计划就要正式实施了，但住房的安排往往需要大约一星期的时间，所以，他的时间可以说非常充裕。他琢磨了一会儿之后，决定在两天内完成整个计划。

由于他是 55 区的空气过滤工程师，他可以利用职务的便利，自由穿行于整个区域，并且不会受到任何人的怀疑。他可以设定一个工作路线，首先接近第一个目标，然后再赶往第二个目标就行了。

星期四的时候，他做了整整一个下午的长跑训练，等到星期五的时候，他突然发现了一个好机会，空气过滤存在问题的几个地点中，恰好覆盖了行动计划里两个目标所在的地区。

他挑了一把刀锋锐利的刀子，别进了衬衫后面的皮带里，换了一双质地柔软的橡胶绝缘鞋，这样一来能够最大限度地减轻走路过程中的响动，不至于引起其他人的注意。整个工作的间隙排得非常紧，不过由于事先安排好了行走的路线，他可以从中抽出一两分钟的时间来完成整个计划。

首先，他直接来到了理查德 3833 所在的病毒化验室。理查德在这里拥有一个专属于他的工作角落，这样一来，他就能够安心地在里面工作。

保罗走近那个角落时，发现理查德正趴在显微镜上专注地做着实验。他小声地朝理查德打了个招呼：“嘿，理查德，你真走运，和你配对的卡罗尔是个很棒的姑娘。”

不过，这个行动的确存在着一个潜在的可能，工作间里的话筒也许具有偷听的功能，墙上的监视器也许在悄悄地运作。这一点其实保罗事先就已经想到了。不过，由于理查德和劳拉都属于平时比较安分的人，所以卫兵一般不会对他们进行严加监视，再加上是工作时间，卫兵们能够顾及的区域毕竟也非常有限。所以，为了整个行动能够如期完成，他宁愿冒着这种细小的风险。

“谢谢。”理查德只是随便敷衍了一句，很明显，他根本就没把心思放在卡罗尔的身上。“既然你来了，我给你看个小东西，很有意思的。”说完，他从凳子上下来了，并且示意保罗踩到凳子上去看看。

保罗的心思定然不会在这种事情上面，所以他也只是随意地转动了一下显微镜，然后非常敷衍地回答：“有东西吗？我怎么什么都没看到？”

理查德则显得非常耐心，他走到显微镜旁，然后重新调整着显微镜的焦距。此时，他那宽厚的背正对着保罗，整个人也全神贯注地投入在显微镜上。

保罗瞅准了时机，果断地将手放到身后，将别在皮带上的刀子抽了出来，猛地捅进了理查德的身体。理查德根本没有时间反应，只是吃惊地“哼”了一下，一双手死死地抓着面前的实验桌。

保罗此时又快速地将刀子从他身上拔了出来，然后闪到了一旁。他亲眼看到理查德慢慢地垂下身子，然后便一动不动地躺在了地上。确认理查德失去知觉以后，保罗把刀子在理查德的衬衫上擦了擦，然后以最快的速度从化验室逃走了。整个过程完成得几乎不带声响，他也十分确定，没有人看见他来过这里。

等他到达劳拉所在的数学计算中心时，已经是杀害理查德 3833 四分钟之后的事情了。和理查德一样，劳拉工作的地方也只有她一个人。此时，劳拉正在摆弄眼前那台硕大的机器，尽管发现门口站了一个人，但她现在并没有空去打招呼。她是一个非常勤快的人，此时还有很多命令等待她去下达。

说实话，要不是看到那份配对方案，保罗几乎没有正眼看过这个女人。实际上，劳拉也是在那份方案出来之后，才开始注重打扮自己的，她现在的着装看起来起码像个女人了。

稍微闲下来的时候，她把头转向了门口，然后笑呵呵地说："保罗，你好啊！这个时候来找我，难不成你想告诉我，房子现在已经收拾好了，我可以直接搬进去住了吗？"

劳拉也确实想不到其他的原因，所以她只能这么说了。保罗并没有答话，而是将手放到了背后，用手摸到了那把刀，并且渐渐地向她靠近。

劳拉又一次自作多情了，她以为保罗走近她是为了抚摸她。尽管这种行为在工作中是被明令禁止的，但她的内心还是满怀期待。她那肥胖肩膀上的肉都在不停地颤抖着，似乎在等着他的手伸过来安抚。

保罗直接拔出刀子，然后捅进了她的身体里。和理查德不一样，她并没有躺倒在地，而是整个身子都扑在了控制台的面板上。由于身体的重压，机器面板上的好几个按钮都被同时按了下去，整个机器也发出了奇怪的声响，指示灯也在不停地闪烁着，示意操作错误。

保罗将刀子拔了出来，并且在她的身上擦干净。此时，他想到了那个配对的机器，心中暗喜：谁说那个机器准来着？我就要证明，那台机器是不准的，它也会出错。

随后，他以最快的速度离开了那里，并且回到了他正常的工作路线上。此时，他舒了一口气，心想：现在，理查德 3833 和劳拉 6356 都已经不在了，而卡罗尔 7427 和保罗 2473 恰好落单。正常来说，委员会应该会把这两个意外落单的人安排在一块儿，这样一来，他就能够达成愿望，跟卡罗尔一块儿生活五年了，说不定，以后还能继续生活在一块儿。一想到这，他心里就更加高兴了。

接下来的事情，他其实也不知道会如何发展，他无法猜到 55 区的统治者可能会做出怎样的决定。这方面，那本书里也没有提到，毕竟在古代的文明中，这种情况根本就不会存在。

放在古代文明时期，一般来说，谋杀往往能够引起人们的注意，如果受害者特别有名，或者说谋杀与某种丑闻有着某种联系的话，这种关注度就会被抬到一个更高的高度。而且报纸往往喜欢对这类型的案件做追踪报道，不管整个案件要拖多长的时间，哪怕是好几个星期、好几个月，他们也会一如既往地跟踪下去。即使是凶手被警方抓住了，报纸还会对整个审判过程做专题报道。

可是，55 区当天下午新出版的《进步新闻报》中，对于那件事情只字未提。当天晚上的时候，也没有发生什么异常状况，唯一与平时不同的地方在于，娱乐中心里少了两个人的身影，一个是理查德 3833，另一个是劳拉 6356。

保罗在娱乐中心碰见了卡罗尔，他这时才意识到，配对方案已经公布好几天了，但是他好像还没跟卡罗尔说过话。她现在和她的同伴们待在一块儿，保罗想了个办法，然后把她叫到了一旁，非常谨慎地问："你看到理查德了吗？"

她双手一摊，然后说："没有呢，今天一天都没看见他。"

看到卡罗尔这样说，保罗心里非常高兴，这也意味着，理查德现在是失踪的状态，更重要的是，她对于理查德的失踪显得非常平静，那种感觉，好像这个人对她可有可无一般。

于是，保罗在心里盘算着，当这件事情过去之后，她说不定能很快地接受新的安排。

这天晚上，他几乎都和卡罗尔待在一块儿，心中感到一种无比的满足感。他觉得，说不定当局之前从来没有遇到过这种事情，所以他们现在也不知道该怎么处理，所以对此避而不谈，就当没发生一样。这样一来，占据绝大多数的一般人根本就不会知道“谋杀”这种事情。直到晚上睡觉的时候，他都一直坚信，他的判断是正确的。

可是，星期六清晨的号声将他的幻想打得粉碎。其实，他早就听到了那个声音，只是他怎么都不敢相信，那居然就是起床号。回响在耳际的号声越来越大，但他所睡的单人间的外面仍旧是漆黑一片。

他以最快的速度换好了衣服，然后走出了房间。走廊里的人看上去和他一样迷惑，而且都表现出一副没有睡醒的样子，走起路来摇摇晃晃的。

“齐步——走！”

他们在走廊里面排着长长的队伍，然后朝走廊尽头的方向走了过去，接着，他们下了楼，来到了宽敞的院子里。天还没有亮，但屋顶和院子高墙上的探照灯全开了，那种亮堂的程度与白天无异。所有人都按照各自所属的排和连队站好，站得整整齐齐。尽管所有人都处于半梦半醒的状态，但没有一个人对这么早被叫醒发出怨言。院子里非常安静，静得让人压抑，让人恐惧。

保罗同样也有这种感觉，尽管他不停地在心里安慰自己，不会有事的，没必要害怕，但在大环境的影响下，内心的情绪也由不得他自己来控制了。

他们到底想要怎么样？直接宣布有两个人被杀？然后呢？难不成他们想要凶犯自首吗？还是想让大家集中起来，然后收集情报，揭发凶犯？

他自己也说不清楚，这种情况下，他为什么能够比其他人还显得冷静。他经过简单的分析，然后得出了一个结论：如果他们真的找出了凶手，也就不会这么大费周章地把人们都集中在这里了。想到这里，他就更加淡定了。

保罗冷静地分析着当下的局面：现在看来，当局可能要做地毯式的调查，他们应该会向每个人问一些问题，也许想从中获得一些线索。当然，这个过程中并不能掉以轻心。不过，不管他们怎么做，有一点是可以肯定的，他们现在并不知道凶手是谁，只要把握住这个关键点，并且在回答问题的时候小心谨慎一些，他们就永远不会知道事情的真相了。

不过，令他有些意外的是，大喇叭并没有播报什么实质性的内容，这一大群人更像是被扔在了这里，让他们好好体验一下这种恐惧的滋味。说不定这也是当局的一个方案吧，凶手说不定会受不了这种恐惧的折磨，然后迫于心理压力，向当局自首。

一大群人就这样安安静静地站在外面吹北风，时间过去了半个小时，天依旧没有亮，也没有人离队。除了呼啸而过的风声，密密麻麻的人群里居然听不到半点别的声音。

别的都无所谓，最让保罗头疼的就是那高高的探照灯，光线很强，照在眼睛上显得非常不舒服。而且过了一会儿之后，他发现了一件奇怪的事情，他可以对着灯光眨眼睛，但只要他将眼睛闭上，他的身体就会不自觉地晃动起来。他可不想发生那样的事情，否则所有人都会注意到他。所以，他只能极力地忍受着这种奇怪的感觉，并且用事情过后的幸福憧憬来冲淡当下的这种不适感觉。

他相信，这种折磨的方式很快就会结束，毕竟整个55区有好几万人，难不成就因为死了两个人，就要让整个区的所有人平白无故地遭受折磨吗？何况死亡这种事情每天都会发生，他们的位置迟早会有人来填补，虽说初期可能会出现一些磨合的问题，但整个局面迟早都会恢复到常态。

“正常……”

“那个人好像跟卡罗尔分在一个房间……”

“咦，有人说话了……”

“小声一点，没事的……”

“唔，终于结束了……”

“这种感觉真不舒服……”

“据说他们的房间没有装话筒和监视器，不过也是，配对住双人间的人能够享有隐私。”

卡罗尔听到，人群中开始有人窃窃私语了。

“一连，向右——转！齐步——走！”伴随着一阵整齐的脚步声，有一百个人开始从院子里离开了。尽管看不见，但从口令和脚步声，保罗能够猜出来，他们现在正要去娱乐中心，说不定他们要去那里接受特别的检查了。

保罗他们仍旧站在原地，也许过了几分钟，或者是十几分钟，他只觉得眼前的灯光非常晃眼。他们在外面站了很长时间了，保罗开始觉得脚有些发酸，头也有些晕晕乎乎的，眼睛看东西也变得有些迷蒙。他试图将眼睛闭上，但那种摇摇欲坠的感觉马上就上来了，而且四周都布满了灯光，即使闭眼也遮挡不住强烈的光线。

“二连！向右——转！齐步——走！”

听到这句口令，他心里非常高兴，终于可以动一动了。和一连一样，目标也是娱乐中心。两个卫兵走在前面，打开大门之后，二连的一百人也进入了空旷的大厅里。

虽然大厅里面也是灯火通明，但相对院子里的探照灯来说，这里的灯光已经非常柔和了。当人们进入里面之后，开始小声地说起话来。整个队伍的人一直慢慢地向前走着，当快走到尽头的时候，两个卫兵要求所有人排成一列。此时，他们也不用再保持立正的姿势了，不过他们看起来仍旧非常紧张，也许是之前的恐惧氛围太过浓厚了，很多人直到现在都没有缓过神来。

所有人排着队，依次通过一扇小门。他站在队伍中，显得非常镇定。当局之所以会做出这么大的反应，恰巧印证了他的猜想：因为找不出凶手，所以才要这么做。

从排在前面的人的肩膀上方往前看，差不多能够看到前方房间里的动静了。他仔细地看了看，发现整个房间里只有一个护士，前面摆着一张桌子，上面堆满了针头。此时，他心中的石头终于落了地，一种复杂的情绪涌上心头，他有点想笑，又有点想哭，心中默默地嘀咕着：“原来是要打针啊，难道是集体接种疫苗吗？这跟我犯下的谋杀案简直八竿子打不着嘛。”

很快，护士就要给他打针了。针头扎进手臂的那一下略微有些疼，但他满不在乎。跟刚才院子里的恐惧折磨相比，这一点疼痛又能算得了什么？

话虽是这么说，但他打完针之后，感到有些奇怪，手臂上的针口不疼了，整个人却晕晕乎乎的。他告诫自己，胜利就在前方，千万不能在这个紧要关头晕倒在地，不过，在强大的药效作用下，他根本就控制不住自己。此时，卫兵架着他走进里面的小屋，他根本没有任何反抗的能力。小屋里端坐着一个穿着白大褂的人，看到保罗进来之后，他眼睛里的目光瞬间变得锐利起来，然后非常直截了当地问：“保罗 2473，昨天那两个人，是你捅死的吗？”

他也不知道怎么回事，他控制不了自己的脑袋，只能将整个事情的经过一五一十地说出来。也许，这才是当局安排所有人打针的最终目的。

很快，他就被公开审判了，不过，当局审判他并不是为了处罚他，而是要给广大的 55 区成员予以警示。

审判过后，他直接被安放在了院子一侧一个玻璃做成的笼子里，整个人被绳子直挺挺地捆着，一百多条电线穿过玻璃罩接在了他身上的不同部位。所有电线的另一端都有一块控制板，上面还有一个按钮，整个处罚的过程由所有的 55 区成员来进行。当局规定，所有人只要有空，就必须来到这个笼子旁边，然后按下控制板上的按钮，以此来表达他们对当前文明的热爱与忠诚。按下按钮之后，每一次的电击都会让保罗感到疼痛，但这种程度的电击丝毫不会伤及保罗的性命。

为了让人们时刻谨记，广播内每天都会将保罗的事情播报一遍，并且提醒人们要注意表达对现代文明的热爱与忠诚。

现在，广播里面又传来了抑扬顿挫的声音：“保罗 2473，由于无视现代文明的威严，擅自损毁两名国家财产，分别是理查德 3833 和劳拉 6356，经法院审议，判处危害国家财产罪，定性为国家叛徒。”

对于罪行的错误估计只是其一，更令保罗 2473 备受打击的是，参观笼子的常客，并且最喜欢通过按钮的方式来表现忠心的，正是卡罗尔 7427。

杀手的委托

“罗伊！”一个温柔的声音喊道。

原本处于睡梦之中的罗伊瞬间醒了过来，他从床上坐起身来，揉了揉眼睛，似乎在让迷蒙的双眼适应黑暗的环境。此时，房间里的灯突然打开了，位于天花板的顶灯发出耀眼的亮光。他瞬间觉得看不清东西，眼前一片白茫茫。过了一会儿他才发现，一个穿戴整齐，个头不高的人正在床尾站着，一双眼睛直直地盯着他看。

罗伊似乎并没有完全清醒，他使劲地眨了眨眼睛，像是在调节眼睛的焦距。过了几秒钟他才反应过来，原来那个人手里正举着一把装了消音器的大口径自动手枪，枪口正对着他。此时，他彻底清醒了，并且非常痛心地说：“唉……终究是来了，看来这种日子要到头了。但我怎么都没有想到，居然是以这样的方式结束的，我的生命居然要了结在西班牙的巴塞罗那，而且是一个又破又旧的小旅社里。”

那个人完全没有理会他的动情倾诉，而是冷冷地说：“你够了，这只不过是一场时间的游戏而已。考利昂先生雇佣我已经有九个月了，这九个月里，我的日子过得一点都不舒坦。中间还有几次，我一度以为自己不小心把你给跟丢了。不过现在看来，这场猫捉老鼠的游戏还真是挺有趣的。我们差不多算是环游世界了。从加拿大开始，然后到墨西哥、中美洲、南非、摩洛哥，现在，我们到了欧洲。”

那个人是个杀手，他的语气听起来有些自傲，并且显露出了浓重的成就感。罗伊则将手慢慢地伸到了枕头下面，他在枕头下藏了一把枪，枪里还有子弹，为的就是能在出现意外的情况下防身。罗伊此时正在幻想着，希望能趁着那个杀手说话的空隙，一把掏出手枪，然后在那个人出手之前，朝他先开一枪。

谁知道那个杀手用一种极为不屑的口吻说：“你还想找手枪？我早就把它拿走了。还有，我真想说，这种无聊的把戏我已经陪你玩够了。”

听到这里，罗伊的心里顿时凉了半截，他的手已经伸到枕头边了。不过，他深吸了一口气，然后用一种敬畏的语气说道："按平时来说，我也算是一个警惕性很高的人，如今，你不但能悄无声息地潜入我的房间，还能在我丝毫没有察觉的情况下，将我枕头下的手枪拿走，你真不简单。你到底是什么人，至少，在我死前，我应该知道是被谁杀死的。"

那个杀手点了点头，然后说："戈登·威廉，我觉得我可以算得上是这一行中的佼佼者，我的身价也不低，而且你应该是考利昂先生的重点关照对象，否则，他也不会为此花那么大的价钱。"

听到这里，罗伊只是笑了笑，表现出一副无奈的样子，然后说："其实，这也是整件事情当中最有意思的地方。考利昂他根本不需要怕什么，我其实也不是针对他，只是不喜欢帮里面做的那些事情罢了，所以，经过再三的考虑之后，我打算离开。从头到尾，我都没有想过要出卖他，那只不过是他一厢情愿地认为罢了。"

"也许你说的都是事实，不过，我的任务还是得继续执行下去。所以，留给你的时间不多了。"戈登非常有礼貌地说。

罗伊此时已经能够意识到，他逃不过这一劫了，额头上的汗珠越来越密，越来越大。此时，他突然用哀求的口吻对戈登说："我想知道，现在这种局面有没有什么方法可以挽回，如果你要钱的话，我可以给你很多，我不缺钱。"

面对罗伊的哀求，戈登显得无动于衷。他非常平静地说："很抱歉，作为一名职业杀手，就得遵守职业操行，要是我接受了委托而不完成的话，我以后估计很难在这一行继续做下去，即便做下去，名声也会大打折扣。我想，这个道理不需要我多说。"

"好吧……"罗伊显得很无奈，他停了一会儿，然后用非常温和的语气说道，"既然如此，在你杀掉我之后，我希望你能帮我做一件事情。你身后有张写字台，中间的抽屉里放了一个信封。你等会儿可以打开信封读一读，然后再把它转交给考利昂。不知道这个忙你能不能帮？"

"没问题。"说完，他便在没有任何征兆的情况下扣动了扳机。由于消音器的缘故，子弹出膛的时候几乎没有发出太大的声响。罗伊额头的正中间有一个枪眼，由于子弹的冲力，他仰面朝床上倒了下去，四肢张开摆成了一个大字。

之后，戈登熟练地把枪收了起来，然后拿出随身携带的一台微型照相机，拍了一些罗伊的尸体照片。这也是他工作的一部分，最后交差全靠这些照片了。

正当他准备走出房间的时候，他突然想起了罗伊死之前跟他说过的话。于是，他打开了写字台的中间抽屉，将那个信封拆开，拿出了装在里面的纸条。他快速地浏览了一下，然后便装回了信封里。他在房间里看了看，然后打开门，朝走廊里探察了一下，在确认没有什么异常状况之后，他便离开了罗伊的房间。

考利昂的耐性很差，当他第一眼看到戈登从西班牙完成任务回来之后，便迫不及待地冲到戈登的面前，一把抓住他的手，然后非常激动地说："哎呀，你可回来了，我的这块心病你终于给我除掉了。你根本体会不到我的感受，只要那个人多活一天，我心里就要多难受一天。好在现在问题已经彻底解决了。对了，拍照片了吗？让我看看。"

戈登一句话都没有说，默默地拿出已经冲洗好的照片。考利昂一把将照片抢了过来，从头到尾,反反复复地看了好几遍,越看越高兴。看来,对于戈登的这次行动,他非常满意。“戈登啊，辛苦你了。所有的酬金，我都会派人全额打入你在瑞士银行的户头里。对了，我想知道，你在干掉他之前，他到底是怎样一副痛苦的表情？他有没有哭呢？有没有用卑微的姿态乞求你不要杀掉他呢？嗯，我觉得他一定这样做了，因为他本身就是个胆小鬼。”

“不，”戈登面无表情地看着考利昂，然后冷冷地说，“跟你预料的情况刚好相反，他表现得非常从容,可以说,他面临死亡所表现出来的那种态度,比我见过的任何人都要好。”

听到这句话，考利昂似乎非常不高兴，语气瞬间变得粗鲁起来：“噢，是吗。你去休息吧，这么远的距离，估计累坏了。你走吧！”

“请等一下，”戈登冷冷地笑了一声，然后说，“罗伊给你留了一封信，我觉得，你至少应该读一读。”说完，他便把那个信封递给了考利昂。

这显然超出了考利昂的预料，他打开信封，拿出了里面的那封信。信件的内容是用铅字打印出来的，感觉非常整齐。

“考利昂先生，我知道你雇了杀手一路追踪我。不过，为了公平起见，如果你指派的杀手把这封信转交给了你，那也就意味着，他同样接受了我的委托，并且会‘以牙还牙’。因为我在信封里装了两万元的酬金。所以，考利昂先生，永别了。”

那封信从考利昂的手中滑落下来，整个人直接被吓瘫了，一屁股直接跌到了地上。不过，早在他落地之前，他前额的正中央也出现了一个圆圆的枪眼，那种场面，简直跟罗伊当时的情况一模一样。

那天晚上，深沉的秋夜就像一阵浓雾一样，将刚刚翻过土的农田和穿越而过的州际公路给笼罩了起来。

农舍的前方一片黑暗，一个高大的男人身影隐隐约约地在附近徘徊。他在农舍附近悄悄地徘徊着，就跟一个影子一样，时而飘到这边，时而飘到那里。最后，他在农舍的大门口停了下来，仔细地打量着门口发出微弱亮光的一盏小灯。尽管窗户被窗帘遮盖得严严实实，但在浓重黑夜的映衬下，窗帘里仍旧透过了些许光亮。此时，他摇了摇头，似乎在为敲前门还是敲后门的问题而苦恼。

他站了一会儿，然后迈开步子，大步向前走去。门口的那盏昏暗的小灯照亮了他的面容：那个人有着一双有神的眼睛，两撇浓密的眉毛，一个挺拔的鼻梁外加一张宽大的嘴巴。等他走到前门门口的时候，他将耳朵朝门口贴近，想听听屋里的动静。此时，里面传来了一阵男人说话的声音。他将耳朵贴得更近了，过了一会儿，他听出来了，那个声音应该是从电视机或者收音机里传出来的。

“……警方出动了众多警力，全力追堵从州立精神病院里逃走的精神病患者。据悉，该名病患在逃走之前，持刀杀死了医院的一名职员。警方在此特别提醒民众注意安全，由于该名病患看起来身形瘦弱，不具备攻击性，人们往往容易对其放松戒备，不过只要处于发病期，他将具有极高的暴力伤害能力。警方将会进一步追查此事，我们也会继续做跟进报道。另据一位目击者称，一名金发女子在郊区一所偏僻的加油站实施抢劫时……”

他一直静静地守候在门口，等他听到里面不再播放新闻，而是插播广告的时候，他敲响了大门。此时，原本充斥在整间屋子里的声音突然中断了，取而代之的是一阵由远及近的脚步声，随后，脚步声也停了下来。

敲门的时候，他就知道外面的纱窗门并没有上锁，但是很明显，里面的木门是锁了的。根据刚才脚步声的判断，屋子的主人此时应该正透过门上的猫眼在窥探他。他则表现出一副很不在乎的样子，用眼睛瞟了瞟四周，然后低下头，打量了一下他自己的脚。此时，摆放在门口的一张蓝色踏脚垫进入了他的视野，上面清清楚楚地写了两个白色的字——莫迪。

他等了一会儿，似乎并没有人开门，于是，他又敲了敲，并且说："请问，家里有人吗？我是比恩，是迈克家里新来的长工，是他让我过来借工具的。"

话音刚落，他又听见屋子里传来的脚步声。这回门开了，门里站着的，是一个头发乌黑、身材瘦弱的女人，她有些好奇地打量着门外的那个男人。

"请问你是莫迪太太吗？"那个男人透过纱窗门问道。

"你有什么事？"

"真不好意思，这么晚了还来打扰你，迈克先生让我过来借一套工具，就是有螺旋钳的那一套。如果你不清楚的话，你可以问问你家先生，他一定知道的。"

里面的莫迪太太皱了皱眉头，一脸的不高兴，然后用手撩了撩垂下来的一缕头发，不耐烦地说："我不知道那个东西放在哪。"

"嗯，莫迪太太，你之前从来没见过我，所以有些疑心很正常，我确实是今天才过来的。如果方便的话，还麻烦跟莫迪先生说一下，他应该知道的。"

"我先生啊，他……他现在不在家。"

比恩用手搓了搓下巴，然后非常认真地说："看来，我得等他回来了。因为迈克先生带着他的太太和孩子去看电影了，也正是因为这样，他才让我过来拿工具的。明天一大早，他就需要用那套工具。所以我觉得，最好的方法就是在这里等你的先生回家。对了，他应该很快就会回来了吧？"

"不。"莫迪太太很快地回绝了他，随后又面带微笑地说，"噢，我没有别的意思，只是觉得，你明天早上来比较好，那个时候他肯定在。"说完，她便准备把门关上。

"太太，请等一下，也许有些冒犯，不过，你能给我倒杯水吗？毕竟从迈克先生家里走过来还是有些距离的。"

"没问题，我这就去给你拿。"说完，她转身就走进了屋子里。

此时，比恩也立即跟了进去，然后轻轻地走过客厅。此时，她已经接了满满一杯水，正准备转过身给他端出去，回头却发现，他居然就在厨房的门口站着。

她顿时就吓了一跳，瞪大眼睛望着他，杯子里的水也洒出来一些，然后怒斥道："谁准你进来了？"

"太太，请不要生气，我不会伤害你的。"

"你为什么要突然出现在我的身后？你知不知道，你刚刚吓到我了！"

"我知道，而且我知道你要说什么。我这个人就是块头大，长得也不好看，而且脑袋有些笨。如果你想说的话，你随时都可以说，我习惯了。"此时，他微笑地点了点头，努力做出一些温和的表情，想让他那张难看的脸能够让她看得下去。

"不，比恩先生，我并不是那个意思，如果刚才的话伤害了你，我向你道歉。对了，水给你倒好了，喝完之后，就麻烦你离开这里吧。"

他一口就把水给喝完了，好像很久没有喝过水一样。此时，她伸过手，准备接过他手里的杯子。不过，他并没有把杯子还给她，而是对她说："太太，今天晚上并不安全，你一个人待在家里其实挺危险的。"

"噢，谢谢关心，我现在很好，麻烦你现在离开。"

"我今天听了新闻，据说有一个精神病的患者从医院里逃了出来，而且那家医院好像就在这附近，我觉得，他有可能在附近出没。你知道的，那些人一旦发起疯来，是一件很麻烦的事情。特别是当他们知道你一个人在家的话……你想想看，难道你不觉得害怕吗？"

"这些问题我自己会解决，谢谢你。不过，你得离开了，我要锁门了，这些事情不需要你操心，我自己知道怎么做。"

比恩一个劲儿地摇头，那只硕大的脑袋此刻就像一个大号的拨浪鼓，"莫迪太太，我想你可能还没有意识到那些人的危险性。如果他们真的发起疯来，门窗根本起不到任何作用。他们能够轻易地破门而入，然后自由地出入你的家门，而且他们可能用爆发出来的蛮力，打破、摧毁甚至是杀害所有的东西。更让人头疼的是，单单从外表上看，他们跟普通人几乎没什么差别，你很难辨别出来。说不定迎面朝你走来的那个人就是病人，但是你心里根本就无法提前预知，更别说做出防御的准备了。"

比恩笑了笑，似乎想告诉她，他刚刚说的都是真的，"另外，我还想告诉你一点，说不定今天逃出来的那个人就会到你家门口敲门，而你可能仅凭第一眼的印象就毫无防备地开门了，甚至可能让他进到家里来。毕竟他看起来跟普通人没什么差别，最多不过是从眼神里透露出一丝疯狂的气息。他们可能会编一些理由来博得你的同情，比如汽车在半路上抛锚、突发意外借个电话等，这种理由谁都编得出来。如果他发现，你现在是一个人在家，而且你的男人一时半会不会回来，那么他很可能立马就对你翻脸，要是情况更糟的话，说不定你还会丧命。要知道，你不可能按常理去推断他的行为。"

此时，莫迪太太的脸都吓白了，她吃惊地盯着眼前这个人看了好半天，然后说："你……你为什么这么了解精神病院里的那些人？"

"因为我之前在里面待过两年时间。"

"什么？"她简直不敢相信自己的耳朵，慌张地朝后面退了两步，身子撞到了水槽的边缘，嘴里不停地默念着："不……不……"

比恩似乎明白了什么，连忙解释道："噢，太太，你可能误会了，我不是那里的病人，我只不过是医院的园丁罢了，算是医院的管理员。我差不多三年前从那儿辞职的。"

听到这里，她松了一口气，然后说："唔……你刚才都快吓死我了……"

比恩咧开他那张大嘴，然后笑着说："你知道，由于我的长相问题，你可能会把我误认为从精神病院里逃出来的那个病患。不过，有句话说得好，人不可貌相，其实，精神病院里面有很多女病患，她们看上去跟你差不多，而且给人一种乖巧甜美的感觉，如果不是事先知道的话，很多人都不会将她们与粗鲁残暴联系在一块儿。"

"嗯，这个我明白。但是，我还是认为，你不需要留在这里等莫迪回来。我也可以向你保证，我不会轻易放任何陌生人进来，所以，你只管放心。”

“这就对了，太太，如果你一个人在家的话，一定要按我之前告诉你的去做。最好不要随便搭理那些门口的陌生人，凭我在精神病院工作的经验来看，他们都是一等一的好演员，他们的话你都不要轻信，如果他们真的跟你说了，你就当作没听见，这是最保险的方式。”

“好的，我会记住的，现在请你离开吧，等你出门之后，我就会把门窗都锁起来。我向你保证，我绝对不会为陌生人开门，甚至连话都不会跟他说。”说完之后，她再次将手伸向比恩手里的杯子，这一次，他把杯子递给了她。

比恩接着说：“太太，真是非常感谢你，感谢你耐心地听我说了那么多。我之前也遇见过一些太太，她们根本就不想跟我多说话，我知道那是因为我的相貌问题，所以她们可能会寻找各种理由避免跟我交谈，有时候还会直接逃跑，甚至高喊救命。也正是这个原因，我基本上都没跟什么女人好好地说过话。我之所以跟到厨房来，就是想跟你聊聊天，我想你也许能体会到我的感受，其实，只要能站在这里好好地说说话，我就会非常高兴了。”

“噢，那随时欢迎你过来。”莫迪太太面带微笑地说。

此时，一阵急促的敲门声响了起来。比恩注意到，她的脸上显露出一种惊恐的表情，然后便开始不住地摇头，那种情景就好像一只跌入陷阱的野兽在绝望地寻找出路一般，她甚至张开嘴似乎马上就要尖叫起来。比恩立即冲到她的身边，用一只巨大的手掌捂住了她的大半边脸。好在他站的位置非常巧妙，外面的人无法透过纱窗门直接看到他们。

此时，她极力开始反抗，想挣脱那只手掌，但很明显，她的力量根本无法与比恩相抗衡。比恩用力将她推到冰箱旁边，并且用魁梧的身子顶住她，这样一来，她便无法从他身边跑开了。过了一会儿，敲门声又响了起来。

比恩随后用略高于耳语的声音对她说：“莫迪太太，希望你不要尖叫，否则别人还以为你遇到了危险，说不定他们还会误把我当作凶手，这样一来，我可能会被迈克先生解雇。如果刚才的动作太过于粗鲁，还希望你能原谅，我只是想让你冷静下来，等你冷静下来之后，我就会让你去开门。”

此时，他能感觉到，被手掌捂着的那张嘴似乎要说话。她的身子仍旧在不停地扭动，似乎想要极力挣脱开来。

“莫迪太太，身子放轻松，刚刚我们聊天时的那种状态就挺好的。你也别紧张，敲门的可能是你的朋友，也可能是附近的邻居。如果是熟人的话，他看一看也就明白了，我们可能正在聊天；要是门口站着的是陌生人，你也不要紧张，交给我对付就行。有我在，我能保证你不受伤害。”

此时，比恩慢慢地将手松开，然后扶着她，慢慢地走到门口。接着，比恩停了下来，而她则继续往前走了两步，透过纱窗门看了看门外站着的人。比恩也看了看，发现门外站着一位身形苗条的金发女郎。

莫迪太太不安地问道：“你是谁啊？”

“我可能需要你帮忙，我的车爆胎了。”金发女郎回答道。

“噢，那你进来吧。”

此时，比恩一声不吭地站在后面，一双眼睛认真地打量着进来的那名女子。她看上去非常年轻，身上穿着一件黑色的毛衣，外加一条长裤。外面披着一件军装风格的风衣，不仅皱巴巴的，而且还沾满了油污，尺码也明显不对，套在身上松松垮垮的。

“我的车在附近的公路上爆胎了，距离这里不是很远，因为我不会换轮胎，所以想找人帮个忙。如果你们不信的话，可以过来看一看。”金发女郎说道。

莫迪太太连忙回答道：“这个人是我的先生，也许你可以让他去帮你换轮胎。”

比恩起初愣了一下，然后立马反应过来了。她还真是聪明，眼前这个女人她并不认识，所以要他去应付。

门口那个金发女郎随即回答：“噢，那简直太棒了。”说完，她面向比恩，然后面带微笑地说：“你真是太可爱了。”

比恩的脸上微微地红了一下，因为她的这句夸奖。但是，比恩很快就意识到，她说这句话并不是出自真心——他碰见过那么多女人，没有一个人夸过他可爱。于是，他冷静地看着眼前这个撒谎的女人，抑制住内心的怒火说：“你们这些女人就是这样，当需要男人来为你们干活的时候，你们就会说些违心的好话来哄男人，但是，当我这样的男人只是想要跟你们聊聊天时，你们就会找各种借口来回避……所以，很抱歉，你去找别人帮你换轮胎吧。”

此时，那个金发女郎将手伸进了外套的口袋里，摸出了一把左轮手枪。她用枪口抵住了比恩的胸口，说：“老兄，你要这么说，那就怪不得我了。现在，我明确地告诉你，我要你的车，还有，你太太也一块儿出来。”说完，她身子向后退了一步，并且挥动着手枪，让他们往前走。

他回过头，然后对莫迪太太说：“我们走！”

“不……不要……”莫迪太太显得非常害怕。

此时，比恩突然想到了之前在门口听到的那段新闻，里面提到有个金发女子在郊外的加油站抢劫。他看了看眼前的这个女人，头发刚好也是金色的，而且手里还拿着一把手枪。他突然意识到，这个女人，应该就是新闻里提到的那个抢劫犯。

“快点啊，该死的东西！”那个金发女人喊道。

此时，比恩的心中涌起一阵怒火，脸上的五官更是拧成了一副丑陋的面具。他板着脸走出门外，然后趁着那个女人不注意的时候，猛地挥手，直接打在了她拿着枪的手臂上。她的手一滑，枪从手里飞了出去，然后落在地板上，直接滑到了墙角。然后比恩一个箭步冲到她的身边，一把抓住了她的双手。她似乎还想用手指甲和脚来挣扎一番，但比恩更加迅速地挥出一拳，重重地打在了她的下巴上。她瞬间晕了过去，倒在了地板上。正当比恩打算挪步离开那个金发女郎时，耳边传来了一阵枪声。子弹打到了旁边的墙壁上，飞起的石灰粉末落在了他的脑袋上。比恩随即愤怒地大吼了一声，然后以最快的速度穿过客厅，冲进了房间。原来莫迪太太捡起了落在墙角的手枪，并且在慌乱中开了一枪。此时，她似乎没有要放下枪的意思，而且准备再开一枪。

比恩用力一撞，将她撞得退了好几步，然后顺势往前跨了几步，用手托住了她，免得她摔倒在地。她像是受到了很大的惊吓，不停地喊着，极力想从他的手里挣脱开来，并且仍然试图开枪。比恩用力将她手里的枪打落在地，然后伸手猛地切了一下她的后脖颈，她瞬间就晕了过去，整个身子软了下来，然后瘫坐在地上。

比恩也受了不小的惊吓，整个人不停地在喘着粗气。他站在房间的中央，将地上的手枪捡了起来，然后看了看那个倒在地上的金发女郎，心中满是疑惑，一边摇头，一边嘀咕道："估计这种女人怎么也想不明白，为什么一提到我的外貌我就会朝她发那么大的火。"他看着那个女人，松了一口气。他知道刚刚下手重了些，所以她一时半会儿肯定醒不来，加上枪已经被他拿走了，她也构不成什么威胁。他有足够的时间报警，剩下的事情统统交给警察就是。

此时，他很担心莫迪太太的状况。根据他的经验，像莫迪太太这种胆小的女人，一旦遇到这种突发状况，很容易就失去理智。他现在心中暗自庆幸，好在他没有离开。莫迪太太出于同情而为那个金发女人开了门，但对她丝毫没有防备，也就是说，莫迪太太可能在毫不知情的情况下，就会遭到那个金发女人的毒手。

此时，他瞬间觉得莫迪太太有些可怜，于是，他决定在莫迪回来之前好好地照顾她。

他转过身，将她从地上温柔地抱了起来，然后走进了卧室。毕竟，她躺在那里最为合适，而且还能顺便给她做一下冰敷，这样她很快就能清醒过来。

他抱着莫迪太太，缓缓地穿过过道，来到了一扇门前。推开这扇门，一边是浴室，另一边则是一个黑漆漆的房间。他在黑暗中摸索到了开关，然后打开了卧室的灯。

此时，他不禁倒吸了一口凉气：卧室的床上还躺着一个女人，她的头发是红色的，一把尖刀捅进了她的胸口，看样子，她死了应该有一段时间了。

比恩看着这个女人，满脑子都是疑惑：她究竟是谁呢？他抬起头，朝卧室里到处看了看。最后，他看到了梳妆台上的照片，那应该是房间主人的结婚照，男的穿着一身礼服，女的穿着一身漂亮的白色婚纱。比恩仔细看了看，照片里的那个女人也是红头发，正是躺在床上早已死去的那个女人。

比恩低下头，仔细地看了看倒在他怀里的那个女人……

她根本就不像是一个刚从精神病院里逃出来的人啊。

离婚协议书

朱迪预定的航班是第二天上午的，不过她现在已经收拾好了全部的行李，并且准备赶往机场。按理来说，她应该在家里等哈里回来之后，再一块儿过去，不过她决定不等了，因为没有任何意义。

前天，当时哈里正准备赶往北部的缅因州，朱迪当时就告诉他："既然你去的时间不长，那我就等你回来，到时候我们再签字吧。"

现如今，当哈里回来的时候，她早已动身前往那片迷人的海滩了。她这么着急与哈里离婚，究竟是为什么呢？

她将续上的咖啡也喝完之后，随手拿起了架子上的报纸开始翻起来，并且还点了一根烟。其实，哈里应该比她更着急这件事，只有离婚了，他才能尽早地跟那个叫玛丽的女人结婚。只要能达成这个目的，他愿意不惜代价，接受她提出的任何条件。

她看完新闻版面之后，开始研究起她颇感兴趣的貂皮、钻石等奢侈品广告。女人似乎对于这两种东西情有独钟，但是哈里是肯定不会再给她买了。广告上的一串珍珠项链引起了她的注意，正当她准备将这则广告从报纸上撕下来时，她顺手翻到了报纸的背面，想看看有没有遗漏什么重要的新闻。不过，反面刊登的似乎是一条讣告。她刚准备把报纸翻过来，眼角的余光瞟到了讣告内容中的一个名字——玛丽。

"玛丽？"她吃了一惊，然后仔细地看了看讣告的内容。

"汉蒙德城玛丽女士因故去世，享年四十五岁。追悼会时间：本周一上午十一点，地点：惠普尔殡仪馆。"

她看完这个消息之后，她愣了几分钟，然后才意识到，她没有看错，这件事的确是真的。随后，她便开始自言自语道："玛丽小姐真是个可怜人儿，看来这场游戏中，她是输得最惨的了。不过，她一死，哈里得多伤心啊。对他来说，这个玩笑未免太大了吧……"然后，她摆出一副胜利者的姿态，面带微笑地将那则讣告给撕了下来，然后将它折好，放进了皮夹中。她突然想到了一个主意，她可以将这则讣告寄出去，寄给现在正在缅因州的哈里。

一想到这里，朱迪就忍不住要笑出声来。可是，她转念想到了另一个比较严重的问题，脸上的笑容瞬间就凝固了：现在玛丽已经死了，也就是说，哈里有可能会重新跟她商议离婚的事情，而且搞不好还得重新商议离婚条件。要是真的发生了这种事情，最倒霉的就变成她自己了，她能分得的财产说不定变少了，甚至还有可能一分钱也得不到。此时，她立即掐灭了手中的香烟，并且做出了一个决定：必须在哈里知道玛丽的死讯之前，先把离婚协议给签了。只有这样，她才能保住现在能够获得的利益。要是他回到家里，可能很快就会知道这个消息，当然，也可能有人会给他打电话，然后把这件事告诉他。他甚至还可能自己给玛丽打电话。总之，哈里迟早会知道这件事情。她几乎能猜到哈里现在在干什么，他正在缅因州忙着做他小木屋的收尾工程，这样一来，他就能在那间小屋里过冬了。

但是直到现在，小木屋里也没有安装电话。

既然已经到这个份上了，还等什么呢？想到这里，她立即将重要的文件装进了皮包中，抓起一件外套披在身上，拿着车钥匙就冲到了车库里。

在开车前往缅因州的过程中，她很庆幸自己想到了这一方面，并且为自己能随机应变、逢凶化吉而感到高兴。此时，她又在琢磨一件新的事情：哈里面对她的突然出现，会不会产生怀疑呢？

过了一段时间，她的车子已经驶入了缅因州境内，并且进入了哈里的产业区。这个产业区原本属于哈里的叔叔，自他过世之后，这片区域也就成了遗产，归到了哈里的名下。他跟叔叔一样，都有养鸟、赏鸟的习惯。此时，她看见了哈里的汽车，于是她打了一把方向盘，把车停在了哈里汽车的旁边。

她打开车门，朝哈里的小木屋走去。路上，一阵寒风吹来，她觉得有些冷，不自觉地扯了扯衣服，手环抱在胸前。小木屋就在前方了，她加快了脚步。

她推开门，走进了屋内，一股温暖的感觉瞬间融化了身上的寒意，这让她有些惊讶。她突然想到，小木屋里是安装了取暖设备的，而且哈里曾经跟她提到过这件事情。其实，哈里并不怕冷，甚至他自己本身就算得上是个取暖器。她将外套脱下来，然后在一张椅子上坐了下来，并且点了一根烟，试图驱散椅子散发出来的霉味。

此时,朱迪满脑子只想着一件事情,哈里越早回来越好,这样一来,所有的事情就都了结了。她抽完了第一支烟，当准备拿第二支的时候，却发现烟盒里面已经没有烟了。她在皮包里翻了半天，想看看某个角落里是不是还落下了一根，结果，里面什么都没有。此时，她开始暗暗自责：刚刚停车加油的时候，怎么就没想到多买一包呢?

此时，她觉得非常无聊，开始在小木屋中来回地踱步，心中不住地在担心，要是字还没签，他就知道了玛丽过世的消息，那麻烦就大了。只要想到这一点，她就坐立不安，想抽根烟缓一缓，哪怕是哈里喜欢抽的那种淡淡的薄荷烟也行，总比没有要强。

门后面的衣钩上挂着一件有些发旧的皮夹克，那是哈里以往经常穿的一件衣服。她走过去，在各个口袋里摸了个遍，香烟是没有找到，却找到了哈里的皮夹，这让她感到非常意外。以往哈里的皮夹从来不离身，绝对不会出现人出去了皮夹却落在家里的情况。

她翻看了一下皮夹里面的东西，无非就是一些零钱、信用卡之类的。她不甘心，又仔细地翻了翻里面的夹层，看看他们当年结婚的照片是不是还装在里面。

果然，照片的确还在，不过看到照片的那一刻，她惊呆了。照片上，她那原本美丽的脸上被画上了一排尖尖的牙齿，看起来跟吸血鬼差不多。这还不是全部，原本那双明亮而有神的眼睛上也被画上了两个大大的“钱币”符号。

她仔细地盯着照片看，试图将她平日所认识的哈里，和这张照片中所表现出来的哈里中和一下，然后她得出了一个结论：哈里从来没有把她放在眼里。不过令她感到意外的是，哈里向来文质彬彬，说话温文尔雅，这样的人怎么会画出这样的东西呢？

她继续翻了翻皮夹，然后发现，他们的合照旁边，还摆了另一张照片，那是他跟玛丽的合照。朱迪在心中暗自咒骂道：“这个狡猾的东西！”照片上的两个人正在深情地对望，而照片的下面则整整齐齐地印着一行字：“亲爱的哈里，我爱你，我们永远在一起。玛丽。”

看到这里，她的怒火瞬间就窜了上来。她划燃了一根火柴，将那张被画坏了的合照投入了火里，然后将事先撕下来的那张讣告放进他的皮夹子里。她放的时候非常用心，把他和玛丽的合照放在中间，并用讣告将它包了起来，然后用两张五元的零钞夹着，放进了平时他装零钞的地方，这样一来，他肯定能看得见。

此时，门外传来了一阵脚步声，应该是哈里回来了。她迅速地将皮夹放回了外套的口袋里，然后坐下来静静地等他开门。

门推开了，哈里站在门口，胸前挂着望远镜，身上穿着一件羊毛格子衬衫，胸前的口袋里还装着一支烟斗。他伸手将鼻梁上的那副眼镜摘了下来，然后揉了揉那双显得疲惫不堪的眼睛，用一种非常奇怪的眼神看着她，然后说：“我回来的时候注意到停在外面的汽车了，我有些好奇，今天究竟吹的是什么风，居然把你给吹过来了？”

她撒谎道：“我原本跟旅行社签订了旅行计划，可是今天早上旅行社告诉我，社里的计划发生了一些变化，出发时间改到了明天中午。我看了下时间，反正刚好还够，所以我决定亲自过来一趟。

“噢，这就是你突然过来的全部理由吗？”他将信将疑地问。

“你这么问是什么意思？”她有些心虚，脉搏的跳动速度明显加快了。

“当然，也许我猜错了，如果你觉得不舒服，还希望你能原谅。只是你的这种态度让我感到非常意外，毕竟你从来没有这样主动跟我合作过。”

“那你现在签不签字呢？”她将离婚协议从包里拿了出来，并且顺带着拿出一支笔。

哈里很爽快地在两份协议上签了字。朱迪看了看两份签好字的协议，将她的那一份装进了皮包，哈里也拿过了属于他的那一份，折好后，放进了装皮夹的那个口袋里。

“现在都搞定了吧？”他问道。

“嗯，对了，你办完所有的事情之后，是不是就会立即跟玛丽结婚呢？”

“如果你真的很想知道的话，我可以非常负责地告诉你，我会。”

她并没有多说什么，这个正是她想听到的答案，所以只是微微一笑。

“朱迪，我们非常和平地解决了这件事情，这非常好。现在，我觉得我可以蹭一下你的顺风车，麻烦你顺路把我带回城里。我之前看了天气预报，说今天晚一些会有暴风雪。要是真的遇上了，我肯定会赶不上明天的航班。”

“哈里，我可不会因为你要搭我的顺风车而在你这里耽误一个晚上。”她说。

“不，不用等很久，我过一个小时就能走。我们可以各自开车下山，我会把车子寄存在飞机场，但是，我现在要做一点别的事情。”说着，他打开一个柜子，从里面取出了一些杂粮，说，“我要去给那些鸟儿喂食，这大概需要花十分钟的时间。之后，我还得去一趟‘瓦拉布’，我还有些东西放在那儿，得把它们取回来。”说完，哈里没有等朱迪答话，拿起挂在门后面的夹克便出门了。

朱迪最讨厌的事情，就是跟着哈里一块儿回家。她坐在屋子里，当注意到哈里的身影消失在屋后的小树林中时，她就准备发动汽车，然后离开这里。

她一烦恼就想抽烟，此时，她的这种需要变得格外强烈。她开始满屋子找烟抽，但是放眼望去，视线所及的地方都不像有烟盒的迹象。哈里并没有戒烟，那么烟被他放到哪里去了呢？

她又一次仔细地搜索了整个屋子，此时，她注意到摆放在墙角的一张写字台，上面还有几个抽屉。直觉告诉她，那里应该会有。

她拉开了最上面的那个抽屉，然后在里面翻找着。抽屉里装了一只手电、几根蜡烛、一些火柴，但就是没有烟。随后，她又拉开了下面的一个抽屉，里面放着几本说明书，一本是壁炉节气闸的开关说明，一本是煤油灯的使用说明，还有一本是水管排水说明书。很明显，烟也不在这里。此时，她拉开了第三个抽屉。抽屉里只有一个上了锁的微型保险箱，除此之外，并没有别的东西。很明显，哈里肯定不会把烟装进保险箱里。不过，联想到之前翻出来的皮夹子，她觉得，这个保险箱里说不定也有什么秘密，于是，她研究了一下保险箱的锁，看上去并不是非常复杂的那种，有一些简易的工具应该就能开锁了。当然，哈里回来后，肯定知道这个箱子是她撬开的，但那又能怎样呢？他们现在已经不存在任何关系了。

她立即走向厨房，从里面找了一把有尖刃的小刀，然后将刀尖插进钥匙孔，她就这么上上下下进进出出地试着，直到听到“咔嚓”的一声，她知道，锁已经开了。

她迫不及待地打开了箱子，里面装着好几个信封。她随便打开一个，然后抽出了装在里面的纸，翻开一看，上面还有哈里的亲笔签名，落款的日期居然就是昨天。她大致看了看纸上的内容，都是股票的信息，是包括将军股、国际商务机械股在内的数百只股票的最新时价信息。她又拆开了另一个信封，里面也是一张纸。她打开后浏览了一下，刚看到标题，她就决定好好看一看。这居然是哈里叔叔遗嘱的副本。越往下读，她就越生气，现在她知道哈里为什么会有那么多钱来买股票了。另外，哈里在赡养费的问题上也没有跟她说实话。如果这份遗嘱里面的内容是真的，那么事实上，哈里是一个非常富有的人。这的确让她大吃一惊，要不是发现了这份遗嘱，她至今都被蒙在鼓里。

怒火与猜忌在她心里交织着，她此时气得浑身发抖，已经没有继续往下看的心情了。她将遗嘱塞到了箱子里，然后将箱子放回了原来的抽屉。

“哈里这个骗子！”她咒骂道。尽管如此，现在她也没有办法了，她刚刚才督促哈里在协议上签字。她的律师事先就警告过她，只要她在协议上签了字，之后哪怕再闹上法庭，无论是谁都不能帮她再追加赡养费了。

她决定将刚刚那份协议拿回来！不过，她心里也非常清楚，哈里不可能答应她的这个请求，死也不会。此时，她似乎想到了什么，然后用力地朝敞开的抽屉踢了一脚，将抽屉关了起来。要真是那样的话，参加他的葬礼其实也是个不错的选择，不过就是成为他的寡妇而已，这有什么大不了的？

此时，她坚定了一个想法：哈里就是该死！要是有个合适的机会就好了，她开始犯愁，难道要随着他一块儿回家吗？这样做的话，谁的胜算比较大呢？夜长梦多，早点解决才能早点安心啊。必须制订一个计划，最好让他看上去像是意外死亡。那么，到底该怎么做呢？

想着想着，她看了看手表，哈里临走前交代，他去喂鸟食了，大概要十分钟，之后还要去“瓦拉布”，来回最快也要一个小时，如果是这样的话，她现在的时间就很充裕了。可是，现在手头没有烟，这让她感到非常烦躁，她根本就静不下心来思考问题。

此时，一阵脚步声响起，并且离屋子越来越近。看样子，哈里喂完鸟了。他拿着一只空了的袋子走了回来，朱迪立即迎上去，望着哈里，她硬挤出一丝笑容，然后说：“哈里，给我一支烟吧？”

他在身上摸了摸，然后掏出了一个烟盒，但打开之后，发现里面也只剩下一支了。

她迫不及待地点燃了这支烟，深深地吸了一口，脸上露出一副满足的表情，然后问：“只有这一支了吗？”

“嗯，要是你还想抽的话，一会儿跟我出去买吧。”

“我……要不你带回来算了。”

“我肯定会买的。我现在得去把水管里的水放掉，这样，一会儿回来之后，我们就能直接出发了，也不至于耽误时间。”说到这里，他随即转身，然后走向通往地下室的楼梯。

听到哈里说去地下室，她似乎突然想到了什么，然后连忙说：“先等一等吧，毕竟我还没走呢，万一要用水呢？”

“嗯，也对……那就等我回来之后再关吧。”说完，他便转身走出了小木屋。

过了一会儿，门口传来了汽车开走的声音，她立即来到通往地下室的门口。她推开门，并且打开了灯，发现一条长长的楼梯直通地下室，而且楼梯的两侧并没有安装扶手。不过，哈里每天都要进出这个地下室，即使不开灯，他走这个楼梯也没有太大的问题。她可以把灯泡弄坏，但这样做，哈里也只是换个灯泡的事情，并没有什么太大的用处。此时，一个新奇的想法浮现在她的脑海里，而且她也感到奇怪，这么好的方法，为什么之前没有想到呢？

她将戴在脖子上的珍珠项链取了下来，仔细地数了数，上面一共有四十三颗，每一粒都泛着晶莹的光泽，而且圆润无比。她弄断了串联珍珠的细线，将取下来的珠子码放在手里，然后蹲在楼梯口，将珠子小心地倒在了下楼梯的第一级台阶上。接着，她站起身来，小心翼翼地将头顶的灯泡取了下来，并且捏着灯泡的金属圈用力地摇晃着。过了一会儿，等她确定灯泡的钨丝已经断裂之后，她重新把灯泡拧上，并且打开开关验证了一下，此时，灯果然不亮了。

不过，她现在开始担心一件事情，如果哈里从这里摔下去没死，而是成了残废，那该怎么办呢？她想了想，然后狠下心来，暗暗对自己说：“如果真的发生那种事情，就在他头上再补几下。反正已经残废了，不在乎多几条疤。这样一来，我还可以顺道把珍珠捡回来，并且拿回他手里的离婚协议书。”

朱迪想了想，再确定还有什么遗漏的地方。突然，她想到了放在抽屉里的手电。当他发现灯泡坏了之后，说不定会用手电照明。于是，她来到写字台边，从第一个抽屉里拿出那支手电筒，卸下了里面的电池，然后去厨房调了一碗盐水，并且将电池在盐水里泡了一会儿。等时间差不多了之后，她把电池拿了出来，用抹布擦干净之后，重新放回了手电筒里。她按了按手电筒的开关，现在手电筒已经不亮了。现在，她将手电原封不动地放了回去，并且尽量将抽屉里的东西恢复到刚开始的样子，这样一来，哈里就不会起疑心了。这样一来，哈里要想照明，就只能点蜡烛了。可偏偏他又是个近视眼，就算点了蜡烛，他也看不清台阶上的珠子，所以这个问题算是基本解决了。

她松了一口气，此时，她又想抽烟了。不过她知道，就目前来讲，这个愿望根本就不现实，所以她决定去床上躺一会儿。

但关于睡还是不睡的问题，她又纠结了一会儿。这种紧要关头下，怎么能睡觉呢？不过，哈里要回来也是半个小时之后的事情，而且这段时间里也没有什么事情要做了，而且下午还要开很长一段距离的车，明天还得赶飞机去佛罗里达，这都是费体力的事情。所以，她决定去卧室的床上好好躺一会儿，哪怕是眯一下。

可当她来到卧室的时候才发现，床上什么都没有，就是一张光秃秃的床板。她打开壁橱，在里面仔细地翻了翻，但是并没有发现她想要找的床单或者是毛毯。“哈里平时不睡觉吗？”她又暗自嘀咕起来。不过，她很快地安慰道：“哎，用大衣包着，将就一下吧，反正就是眯一会儿而已。”

等她睡醒的时候，天已经快黑了，整个房间里昏昏暗暗的。从床上爬起来的时候，她能明显感觉到脸颊上与脖子上的刺痛感，而且整个鼻子都已经麻掉了，她是被冻醒的。她将大衣穿好之后，走到窗边，顺手撩起了窗帘，此时，窗台上已经积了一层薄薄的雪了，不远处的松树被呼啸的狂风吹得左摇右摆。现在，她哈出的气息立即就能变成白雾。

她看了看手表上的时间，哈里已经去了一个多小时了，到现在还没回来。天色渐渐暗了下来，这让她感到非常不爽。

她从写字台的抽屉里将剩下的几根蜡烛都拿了出来，然后在壁炉的柴火堆里找到了两截没烧完的木棍。她试图用报纸来引火，但直到报纸烧完，木棍也没有被点着。“难道节气闸关了？”她自言自语道。但是经过仔细检查，闸门并没有关。于是，她随手从桌上摸了一本杂志，点燃之后，直接扔进了壁炉里。她又从屋里翻出了几本，然后一本一本地点燃。那两根木棍终于被引燃了。此时，她的手已经被冻得没有血色了，她蹲在壁炉边，用火的温度驱走身上的寒冷。她一边来回地搓着手，一边咒骂着哈里和关键时候就靠不住的电力公司，正是因为他们，她现在才会挨冻。不过，从另一个方面来说，这也许是件好事，没有电的话，整个屋子里的光线就更差了，那么哈里也就更加容易中招。

她蹲在那儿继续等着，两根木棍烧得很快，大约只过了不到十五分钟的时间，木棍就烧成了灰，火光熄灭了。

哈里怎么还不回来？他的汽车专门配备了防雪胎，再说了，现在的雪又不大，哪怕没有护路工人来铲雪，他也能开着车回来。他要再不快点，一会儿路上结冰就更麻烦了。而且待会儿还要开车出去，路况会更加糟糕。

此时，一个恐惧的念头浮现在她的心里——他是故意的吗？她仔细想了想，这种可能性其实并不低。说不定他看到了钱包里的东西，这样做是为了报复她，因为那张被画坏了的照片现在变成了玛丽的讣告。如果真的是这样，那她现在就麻烦大了，因为已经没有东西能让她取暖了，这样下去，她非得冻死不可。于是，她立即来到餐厅，端起一张椅子，然后用力地往壁炉的石壁上敲，费了好大的劲才把椅子变成一堆破烂的木头。她用类似的方法拆掉了其他的椅子，然后慢慢地往壁炉里扔。火势渐渐变大了，一阵暖意瞬间环绕在她的身旁。这时，她突然想煮一杯咖啡。正当她打好水的时候，猛地想起来，屋子里没有电，气得她用力地将装满水的水壶往地上一摔，结果里面的水溅了她一脸。

朱迪此时心想：要是可以的话，她真想一把火把这房子当柴火给烧了。不过，她很快就冷静了下来，要是真的这么做了，她的计划也就实施不了了。

她这时想到了之前翻抽屉时找到的那几本说明书，其中一本是关于煤油灯的使用的。可是，灯在哪里呢？

她点燃了一根蜡烛，借着微弱的亮光在橱柜里翻找着。最后，整个屋子里都找遍了，煤油灯依旧没有找到。只剩下地下室没找了，不过，现在那里肯定一点光亮都没有了。她现在很想回到车里，发动汽车的话，车里总比这里暖和。但是她又想到，她中途只加了一次油，而且一会儿还要把车开回去，这样做很有可能会提前把油耗光，这样一来，她就会被困在这儿了。于是，她决定鼓起勇气下到地下室，一定要把煤油灯给找出来。为了赶时间，她急急忙忙地走到了地下室的楼梯口。

她知道第一级台阶上撒了珍珠，所以她小心翼翼地直接下了两级台阶。她就这样慢慢地摸索到了楼梯的底部。等她踩到地下室的地面时，松了一口气，并在原地站了一会儿，好让眼睛适应一下黑暗的环境。尽管蜡烛上的火苗仍在努力地跳跃着，但在地下室的黑暗中，那种光亮感觉就像是要被吞噬了一样，根本起不到什么实质性的作用。这个时候，她哆嗦了一下，然后立即将衣领竖了起来，天气真是太冷了，冷得不同寻常。

最后，她终于在楼梯后面的一个凹进去的柜子里找到了煤油灯。回想起之前翻看抽屉时瞟到的说明书内容，她借着蜡烛的微光开始仔细研究起手边的煤油灯。她先看了看刻度，然后欣喜地发现，里面装着的煤油非常充足。她随即用一只手将煤油灯夹在臂弯之中，然后用另一只手拿起蜡烛，准备离开地下室。

爬上去的时候，她同样注意避开最上面的那一级台阶。好不容易从地下室爬了上来，她坐在房间里，正准备点亮煤油灯的时候，突然想到一件事情：所有的珍珠都堆在一个台阶上，要是哈里没有踩到，那么根本就伤不到他。而且，哈里要是因为赶时间，急着去关闸门的话，他很有可能会一次跨两个台阶。有没有什么办法能够让他不得不踩到第一级台阶上呢？要是他直接跨过了第一级台阶，又怎么办呢？一连串的问题开始浮现在她的脑海里。于是，她把煤油灯搁在壁炉旁边的架子上，重新开始思考整个计划，看看能不能找到什么改进的方案。

她将手伸到壁炉的火堆边取暖，一边来回搓着手，一边琢磨着。最后她决定，把珍珠分散放在几个台阶上。此时，她的烟瘾又上来了，但先不说手边没有烟，即使有，她也没时间抽了。哈里现在还没回来，但晚了这么多，也意味着他随时都可能回来，点煤油灯可能都来不及了。于是，她急急忙忙地端着蜡烛，走回了通往地下室的楼梯口。

她把蜡烛放在楼梯的中间，蹲下身来，从第一级台阶上抓起一把珍珠，顺手放进了口袋里。接着，她站起身，跨过第一级台阶，在第四级台阶上坐了下来，两腿叉开，并从口袋里摸出几颗珍珠，小心地码放在两腿中间的台阶上。然后，她往上走了一级台阶，用类似的方法在第三级台阶上也码放了珍珠，然后是第二级台阶。

放完之后，她心中涌起了一阵莫名的成就感。她反手想将身后的蜡烛抓过来，并且打算起身走回房间，没想到手碰倒了放在楼梯口的蜡烛。她探过身子打算将蜡烛捡起来，却不想身子失去了平衡，整个人往前倾了一下，最终手先着地，并且直接压在了蜡烛的火苗上。蜡烛熄灭了，屋子陷入一片黑暗。

她惊声尖叫着，慌忙地从楼梯上起身，不料起来的时候，手扫到了第一级台阶上的珠子，然后噼里啪啦地滚了下来。几颗珠子正好滚在了她的脚下，加上她本身就处于慌乱中，根本就没有站稳，脚下一滑，整个人重重地摔在了楼梯上。加上刚刚在下面的几级台阶上也撒了珍珠，她的脚根本就没有一个稳定的着力点，所以整个人直接从楼梯上滚了下去。楼梯是石头砌成的，滚落的过程中，头在阶梯上还磕了几下，最后重重地摔在了地下室的石头地上，然后就不省人事了。

过了很久，她睁开了眼睛，眼前仍旧一片漆黑。她试图用胳膊撑起身体，但一阵电流般的痛感瞬间贯穿全身。她趴在冰冷的地板上根本动弹不得，两只眼睛里不断地涌出痛苦的热泪，然后在冰冷的空气中很快变冷，滴在地上的泪珠也慢慢地凝固起来，变成冰珠。

此时本应该是哈里躺在这儿，不过如果这个时候哈里回来了，她也比现在的处境好不到哪里去。反倒是因为她的倒霉运，哈里逃过一劫，成功地将死亡的厄运转嫁了回去。

不过，哈里在哪儿呢？

“医生，病人看样子已经睡着了。”

“嗯，那也就意味着，他脱离危险了。”医生推了推架在鼻梁上的金边眼镜，看了看手表上的时间，然后说，“不过，他刚刚被人送到医院的时候，确实吓了我们一跳，唉，真是一个可怜的人啊，他居然都不知道自己心脏病发作了，好在送来得及时。对了，李小姐，他的身份现在确定了吗？”

“现在只知道他不是本地人，之前清醒的时候，他说他住在附近山上的一栋房子里，大概有二十里的距离，不过暂时还没有装电话。”

“噢，他还说了别的东西没？”

“昏迷的时候，他一直在喊一个人的名字，好像是玛丽，我猜那个人可能是他的太太。”

“喏，他的手上还戴了戒指，”医生记录下这条新的信息之后，朝哈里的手上指了指，然后说，“如果他的太太在家的话，我们最好通知她尽快赶到医院来。当然，我们也可以告诉警方，让他们去把她接过来，说不定她现在也在担心呢。”

“嗯……但也许他们并没有住在一块儿……”护士说完，从他的皮夹中拿出了朱迪之前包好放进去的那个东西，然后打开放到了医生的手里，“他的太太已经死了，救护人员刚刚赶到现场的时候，就发现他的手里拿着这些东西，一张是他和他妻子的合照，另一张则是他妻子的讣告。”

“噢，这真是太悲惨了，也许他是因为伤心过度。给他打一针镇静剂吧，先稳住他的情绪，别让他胡思乱想。”

“嗯。还有，医生，我今天得替班，原本今天晚上值大夜班的护士刚刚打来电话，说外面的天气太冷了，车门都被冻住了，她根本赶不过来。”

医生无奈地摇摇头说：“也是，外面早就结冰了，而且感觉这呼呼的北风，门窗根本就拦不住。与其忍受这种鬼天气，我宁肯什么都不要，直接搬到南边的佛罗里达州去住。”

此时，天已经蒙蒙亮了，进山的道路也依稀可见了。

汉森从木屋离开之后，径直走向了他最喜爱的那片山谷。此时，他心中只有一个念头，希望昨天发现的那只牡鹿还在那里。在他居住的小木屋的壁炉上，一直留着一个位置，他希望能猎到一只巨大的鹿，然后把鹿头挂在上面。他发誓，今天一定要把那只牡鹿给抓住。

他做好了在山谷里待一天的准备，所以出门之前，他披上了一件非常厚实的棉衣，这样一来，哪怕是遇到零下十度的恶劣严寒天气，他也能够从容应对。此外，他还准备了两份三明治，这样一来，饥饿的问题也解决了。为了能够御寒，他还随身带了一个保温瓶，里面装着热腾腾的茶水。当然，最关键的行头还是左臂上挎着的那把来复枪，这是他打猎的武器，也是最好的防身道具。

他此时的心情非常激动，尽管踩在厚厚的雪地上，步子仍旧轻快而稳健。他已经有好几年没有到这片区域来打猎了。

此时，他来到了一个小山丘上，然后在那儿停了下来。顺着斜坡上的道路往前看，前方是一片树林，路边停着一辆轿车，上面覆盖着厚厚的积雪，但是车轮和车窗玻璃不见了。

这辆车在这里停了很多年了，在他小时候，这辆车就停在这里。有一年的春天，封山的积雪融化之后，漫山遍野的野草野花很快就从土里钻了出来，那辆老轿车似乎也是在那个时候出现的，好像和山里的花花草草一样，是从土里长出来的。

要想把车开到那里，必然要穿过一大片灌木丛和树林。之前，汉森的爸爸还在世的时候就曾经说过，开车的一定是个喝醉酒的疯子，只有那种人才会在伸手不见五指的晚上把车开到那个鬼地方。

对于这辆车的来历，村里人众说纷纭。有人说那辆车是某个案子的歹徒开来的，想将那辆车给处理掉；也有人说是某个固执的人在大晚上的时候把车开了过来，结果迷路了，不得不在车里将就了一个晚上，结果第二天早上发现车子坏了，只好把车丢弃在这里。

汉森迈开步子，准备走下斜坡，但他突然又停了下来。因为他注意到，那辆破车里面居然冒出了烟，大清早的，怎么会冒烟呢？他觉得眼前出现幻觉了，于是揉了揉眼睛，又仔细地看了看。他没有看错，而且烟越来越浓了，也许有人在里面生火吧。这种事情还是很可能发生的，也许有猎人在山里迷路了，不得不在车里将就一个晚上。之前还有个人想了一个法子，在车顶上用钻子钻出一个洞来，在车底也凿了几个洞，这样一来，这个车架子就能当一个简易壁炉用了。

汉森走近一看，两个男子正坐在里面。从衣着上看，他们并不是猎人，头顶上戴着毛皮帽子，身上穿着大衣，脚上穿的也是普通的皮鞋。他们其中一个人蜷着身子，窝在后排的角落里，用帽子挡着眼睛，另一个则弓着身子，把手放在快要燃尽的火堆上取暖。

“嘿，早上好！”汉森大声地朝那两个人打招呼。

正在烤火的那个人把头抬了起来，用一种非常呆滞的眼神看着汉森。他的脸色很不好，惨白的脸上看不到一丝血色。他的头发是红色的，看起来年纪并不大，可能还不到汉森年龄的一半。尽管挨着火堆，但是那辆破车两面透风，根本锁不住热气。他知道，这个小伙子肯定被冻坏了，要是没有东西给他暖暖身子，他肯定没法从这里离开。

尽管汉森身体非常强壮，但这个小伙子和他差不多高，要把他抱下山去也不是一件容易的事情。

他拿出保温瓶给那个小伙子倒了一杯热茶，说：“别急，你先慢慢喝一点儿，等会我把你们弄下来。你们不能老是这样窝在里面，必须出来活动活动，只有这样，才能促进血液循环。对了，你的朋友没事吧？”

那个小伙子正在喝茶，听汉森这样一问，他的手紧紧地捏着杯子，然后用一种低沉的声音说：“已经死了……”

汉森拉开车门，试图将那个蜷成一团的人弄直，不过，那个人应该死了有一段时间了，加上天气寒冷，整个人都被冻住了。不过，他有可能不是被冻死的，汉森注意到，他身上穿的那件外套，靠近胸部的地方有一个窟窿，周围还沾了一些黑黑的污渍。

看到这一幕，汉森突然知道他们是谁了。就在昨天晚上，当地新闻还报道了一桩奇案。北面一个二十里开外的小镇发生了一桩劫案，两名歹徒洗劫了一家出售电视机和各种工具的五金店。其中一名歹徒从店中抢走了八千元现金，在逃跑的时候恰巧被一名下班路过的警察发现，警察当即朝他开了一枪，并且打中了他。

此时，汉森能够确定，他们就是新闻里报道的那两个歹徒。只不过，他们为什么会跑到这里来呢？

他抬起头，此时，那个小伙子也正在仔细地打量着他。

“天气这么冷，你没被冻死已经是万幸了。”他故意这样说，似乎想让那个小伙子知道，他并没有看见那个伤口。

汉森绕到了汽车的另一边，然后将车门拉开，对那个小伙子说：“来，下车活动活动，一直坐在里面可不好。”说完，汉森朝他伸出了一只手。

之后，汉森扶着他一直在雪地里来回走着，直到那个小伙子能够自己一个人慢慢行走时，他才放开手，并且让那个小伙子继续来回走几圈。

过了一会儿，他问："怎么样，你的脚现在有感觉了吗？"

"没有。"

"唔……你把鞋子袜子都脱下来，让我看看。"汉森说完，那个小伙子便照做了。汉森仔细地看了看他那双白得跟纸一样的脚，然后说："真麻烦……"

汉森从地上捧起一把雪，放到那个小伙子的手里对他说："用这些雪不停地搓脚，搓到有感觉为止。"他随手将尸体上的羊毛围巾给取了下来，递给了那个小伙子。

一两分钟后，汉森又问："怎么样，现在有感觉了吗？"

那个小伙子继续摇着头说："没有。"

汉森将随身带着的一块大手帕取了下来，然后说："把脚擦干，然后重新穿上鞋袜。刚刚给你的围巾也戴起来，记得遮住耳朵，保持身体的热量。现在，我们要想办法离开这里。你现在走路还有问题吗？"

"没问题，可以走了。"

"对了，你叫什么名字？"

"戈登。"

"很好，戈登，那我们现在就出发吧，等我们找到帮手之后，再把你的朋友从这里抬出去吧。"说完之后，他从地上捧起几堆雪，将车上的火堆给盖住，继续燃烧也没有任何意义了，毕竟那个人已经死了。

等他完成这一切，准备转身离开时，一杆枪直接抵在了他的腹部。看到这一幕，汉森显得非常淡定，大笑着说道："你想干什么？"

"把你身上的暖和衣服给我脱下来，我要离开这个该死的地方。"

汉森将厚棉衣的外套拉开，然后依旧非常平静地说："衣服可以给你，不过你觉得你有衣服就够了吗？茫茫森林，你要往哪里走？就算你知道走哪个方向，就凭你现在那双脚，你能走多远？戈登，我觉得你还是懂点儿事吧，看你的样子，就知道你是城里长大的孩子。我敢打赌，没有我带路，你一定转不出去，而且最终会冻死在这片森林里。我也不跟你多说废话了，赶紧把枪拿开吧。"

"老头，别看不起我。我是分不清方向，但我总可以顺着你来的路走回去吧？"

汉森听他这样一说，瞬间就咧开嘴笑了笑，心里想：这个小家伙还有点小聪明。于是他撒了个谎："你凭什么认为我是从林子外面来的呢，我是在山里打猎的猎人，根本就没有一个固定的行走路线。我刚刚说了，你就是个城里来的孩子，根本就不懂在野外要怎么生存。你抬头看看，雪一直在下，我刚刚走过来的脚印很快就会被盖住，你觉得顺着脚印走，能走多远？"

"好，那我有一个要求，只要你能把我带出这片森林，我就不杀你，你觉得这个条件能接受吗？"

汉森没有搭理他，而是将棉衣的拉链拉开，伸手想把那把来复枪给拿起来。

“把那把枪放下。”戈登的语气显得很凶。

汉森无奈地摇了摇头，叹了口气，然后说：“孩子，这片森林里面是有野熊的，你打算用你手里的那把玩具枪去跟熊过家家吗？这是来复枪，救命用的。”

戈登听着汉森的话，琢磨了一会儿，然后说：“那也行，你把子弹给卸下来，然后装到口袋里。如果我们待会儿真的碰见熊了，我这把玩具枪还是能给你预留出上子弹的时间的。”

低温的环境或许真的把戈登的脚给冻坏了，不过他的脑子好像没有受到任何影响。

汉森一边将枪膛里的子弹卸了下来，一边冷静地说：“戈登，我现在准备往外走，你可以有多重选择。你可以跟在我的身后，当然，你也可以开枪，只不过那样的话，明天开春的时候，最多就是为这个世界增添了两具尸体。如果你没有开枪，只要跟着我，我就会带你出去。不过，我有一个条件，昨天抢来的那些钱你得给我，当作是对我救你的补偿。”

戈登的眼睛死死地盯着汉森，他抿了抿嘴，然后说：“在我看来，你是个诚实守法的善良公民，诚实守法的人是不屑用偷来的赃款的。而且，你会主动救我，完全是出自你的善心。这一点，我没有说错吧？另外，我很好奇，我们昨天晚上抢劫的事情，你是怎么知道的？”

“收音机啊，这里又不是原始社会。我现在可以明确地告诉你，你现在能走的路不超过六条。此时此刻，整个州的警察肯定已经设下了天罗地网，到处都是路卡，我完全可以将你交给他们。当然，要走出去还要很长一段时间，你可以在这个过程中慢慢思考。怎么样，关于那些钱，你能够给我一个答复了吗？”

戈登略微思考了一下，然后将手枪一挥，说：“上路吧，我跟你走就是。”

于是，汉森沿着刚刚进来的路走了出去。尽管雪花纷飞，但由于时间并不是很长，之前留下的脚印，只要仔细看，还是能够看得出来的。

戈登的样子，一看就不像是一个因为喜欢枪而玩枪的人，他似乎只有借助枪的力量，才能维系他那随心所欲的想法。一直以来，戈登都认为枪是世界上最有意义的东西。如今的现实状况让他明白，他的想法是何其幼稚。大雪纷飞、天寒地冻的森林里，他随身携带的枪毫无用武之地，哪怕是对他身边的那个人都没有一丝震慑力。

其实，戈登没有想明白一个问题，相对于枪这种东西，他现在更需要的是能够御寒的东西，无论是汉森身上的羊皮外套、手套、靴子等，任何一样东西都比枪要强。哪怕尺寸不合身，至少也是有用的。而且，因为身体状况的原因，他比汉森更需要这些东西。

汉森说得没错，戈登毕竟是城里长大的孩子，在这种危急情况下，他很容易就乱了方寸。汉森也正是看准了他的这个弱点，所以才会那么自信。而且戈登直到目前都没有意识到，这种低温严寒的环境会让他的体能很快下降，而且会渐渐消磨他的精神意志。这种环境下，强健的身体就是最大的优势。

由于汉森本身生活在山里，虽然他的年龄比戈登大一倍，但在走山路这一方面，戈登远远不是他的对手。

其实，汉森根本就没把戈登的手枪当回事，他现在正为另一件事烦恼。他要带着这个小伙子下山，然后还得摆脱他，最后再回到山里来，来回一折腾要好几个小时，而这段时间恰好是他抓捕牡鹿的最佳时机。他心里在惋惜着：错过这一只牡鹿，要想碰到下一只，那估计得是猴年马月的事情了。在他的眼里，那只鹿比什么都重要。现在，他只能唉声叹气了，说不定只能通过戈登的那笔钱来弥补今天的损失了。

突然，戈登开了一枪，子弹打在了汉森脚旁的雪地里，一些雪也顺势飞了起来。“老头，你走那么快干什么，你是想把我甩在后面自己走吗？”

汉森本来就在为打乱计划而生气，现在戈登还弄了这么一出，刚刚那一枪一下点燃了他整个上午的怒火，他转过身朝戈登怒喝道：“小子，你给我听好，要是你再用这种方式跟我说话，我就把那把枪塞到你的喉咙里去。没把你的枪抢过来是我不屑于拿走，让你留在手里玩，你听明白了没有？要不要我给你示范一遍！”

原本戈登还想顶一句嘴，但当他看到汉森那愤怒的表情时，他的气势瞬间就弱了下来，嘴巴动了动，似乎在嘀咕什么，然后一言不发，只是挥了挥手里的枪，示意汉森继续往前走。

不过，戈登这一闹也给汉森提了个醒，然后开始在心里琢磨着：要是不把戈登手里的枪抢过来的话，一旦他觉得我没有利用价值了，说不定就真的会朝我开枪了。他放慢了脚步，离开了刚刚走来的路线，拐了个弯。这条路也通往小木屋，不过是到小木屋的上面。

此时，雪比早上的时候大了不少，而且没有要停的意思。他心中一阵失落，今年注定是抓不了那只鹿了。

之后，他带着戈登在树林里转了差不多一个小时，此时，前面的路上横着一根倒了的树干。他将树干上面的积雪踢掉了一些，然后把来复枪斜靠在树干上，直接坐了下来，并且朝跟在后面的戈登也招了招手，让他也坐下来休息一会儿。

看到这一幕，戈登又举起了枪，问：“为什么要停下来休息？”

“走五十分钟，歇十分钟，要想走得远，就必须这么做。这是我多年积攒下来的经验。”汉森不紧不慢地说。

木屋其实离这里很近，只有十来分钟的路程，只不过他对这一带不熟，所以只能跟着汉森绕圈子。

“你有没有搞错，天气这么冷，而且雪还一直在下，我都快冻死了，你居然还要我停下来休息！”戈登像疯了一样地尖叫道。

“你紧张什么？还有，我现在手伸到里面的衣袋，不是拿枪，而是给你拿三明治，一共两个，我出门的时候带着的。”汉森冷静地说完，随手扔了一个三明治给他。

戈登伸出一只手，准确地接住了，然后说：“既然你刚刚说了有两个，那么你就应该把两个都给我。”

汉森没有多说什么，把第二个也给了他。而且，他把保温瓶也拿了出来，“干脆，你连这个一块儿拿走得了。”

“老头，看不出来，你很大方啊。”戈登撕开装三明治的袋子就准备吃。

“很大方吗？天底下哪有免费的午餐？你吃完之后是要付钱的，一共八千美金，出发之前咱们不是说好了吗？我想你还记得吧。”

戈登看了看汉森，将刚刚咬下的那口三明治咽了下去，然后说：“老头，你未免太想当然了吧，说拿就拿，我花了那么大的劲儿才弄到手，我凭什么要给你？”

“小子，不要嘴硬，我相信你一定会给我的，毕竟你现在最需要的是命，而不是钱。再说了用这些钱换你一条命，我觉得还亏了呢。对了，我很感兴趣，昨天晚上，你们怎么就摸到那辆破车里了呢？”

“我们抢完那家店子之后，就匆忙地逃出了那个小镇。经过一个弯道时，我们发现了一个非常偏僻的地方，那里刚好有棵树，我们就爬了上去。因为就在公路边，我们在想能不能拦一辆过路的车，至少能带我们走一段距离。可是，我们在树上蹲了大半夜，最后只来了一辆车，我们也没有耐心继续等下去了，就纵身跳到了那辆车上。结果，我差点儿没被车给轧死。后面一想不对劲，他们很可能会报警，这样我们就麻烦了，所以，我就带着我的朋友，借着手电筒的光亮拼命地往树林里跑。本来是想找个屋子的，没想到根本连人影都没有，最后只能窝在那辆破车里了。”

听到这里，汉森笑了笑，然后说：“真是天真，你以为这里是城郊接合部吗？这里是无人区，我居然能在无人区里撞见你们，你想想看你该有多走运。”

戈登喝了一口热茶，然后继续说：“是啊，菲克在逃跑的过程中被警察打了一枪，就在他快要咽气的时候，居然下雪了。当时，手电筒里的电池也快要耗尽了，黑暗、寒冷、孤独，这种环境简直太难受了，所以，我去周围的林子里搜罗了一些枯掉的树枝，生了一堆火，至少可以保证暂时不被冻死。后面，我也累了，等我再醒来的时候，你出现了。”

汉森摇了摇头，然后说：“每个人一生中都只有一次宝贵的运气，你恰好刚刚用完，所以你其实真的该死。”

“你闭嘴！”戈登不悦地摆了摆手，然后说，“算了，赶路吧！”

汉森仍旧坐在树干上，似乎没有要走的意思，“你不付钱的话，我是不会走的。”

戈登将手枪的保护盖打开了，似乎又想用枪瞄准他。

汉森不屑地抬起左手，然后说：“戈登，我不知道你对扑克感不感兴趣。如果我握着牌，非常淡定地坐着，你却非常着急地要去开牌，你觉得，谁比较可能赢呢？最开始我就跟你说了，你可以开枪打死我，之后，你可以在整个山里游荡，一直游荡到死都可以。当然，你或许能够找到一间房子，或者能够找到走出去的路，但那又怎么样呢？你也不想想你现在的脚是怎样一种糟糕的状态，你现在的确是能走，但几个小时之后呢，你还能走吗？或许那个时候，你的脚也差不多废了，等你走出去也是截肢的命。如果你不把钱给我，那也没关系，我大不了就带你兜圈子嘛，这么冷的天气，你迟早会撑不住，当然，关键是你的脚。说不定你最后还会求我，让我背着你走。你觉得，那个时候，你还有反抗的余地吗？我可以轻轻松松地将你身上的那些钱拿走，而且把你一个人留在这里。所以呢，我还是建议你，不要固执了，把钱交出来，这样一来，我们俩都能毫发无损地下山。其实我觉得这桩交易你一点儿也不亏，你自己掂量一下，你的命和你的一双腿，难道连八千元都不值吗？”

戈登犹豫了一下，然后问：“要是我把钱给你的话，你觉得，我们还要多久才能下山？”

汉森耸了耸肩膀，然后撒谎说：“走得快的话，差不多一个小时吧。”

戈登举起枪，朝汉森头顶上的树枝开了一枪，子弹打在树枝上，将树上的积雪打落了一地。“好，那我就再跟你走一个小时。要是到那个时候，我们还在山里转，那就别怪我不客气了。当然，你要是继续留在原地，那么我现在就一枪打死你。其实我有一种感觉，从这里走出去，根本没有你说的那么远。”

汉森又一次叹了一口气，他伸手拿起斜靠在一旁的来复枪，准备起身赶路。他觉得，差不多够了，再继续逼这个孩子，也没什么太大的意思了。汉森很清楚，尽管戈登刚刚吃了两个三明治，又喝了一些热茶，不过由于天气寒冷，他的身体状况并不是特别好，加上还有一双拖后腿的脚，他可能也没有什么耐性了。

他带着戈登走了一段下坡路，然后，一道石头砌成的矮墙出现在了他们的面前。墙的另一面是一条路，上面还有一道浅浅的车辙印，就像一条隧道一样，弯进了树林里。从他们站的这边看这堵石墙，并不是很高，最多到膝盖的位置，不过，另一侧的道路和这边的地面不在同一个水平线上，明显要低一些。

这种高度，汉森能够轻松越过，但是，戈登就不行了，他现在全身都已经被冻麻木了，而且脚早就没有了知觉。可在这种情况下，他除了跳下来，也没有其他的办法。

汉森回过头说：“下来吧，下面就是马路了，要好走一些。”

“下去之后，我们朝哪边走？”

汉森此时摇了摇头，说：“因为你没有给钱，我只能带你到这儿。”

戈登朝两边看了看，但是不论哪一边，眼前能看见的，除了成堆的雪花，就是成片的树林，矮墙和道路都伸向看不见的远方，除此之外，再没有任何东西能够给他提供半点有用的信息，让他判断出哪边通往人间，哪边通往死亡。

汉森用手将石墙上面的雪花擦了擦坐在上面，非常认真地打量着戈登，然后问：“怎么样，想好了吗？咱们要不要做这笔交易？”

戈登眯起双眼，愤怒地说：“你这个贪得无厌的人，我要宰了你！你根本没想带我出去，你想借着天气寒冷的条件把我的体力耗完，然后让我冻死在这里，这样一来，你就能带着那笔钱逃跑了。我发誓我要杀了你！我不需要你了，我宁可自己赌一把！”

“随便，开枪前，我最后提醒你一次，选错方向，就等于选择了死亡，连回旋的余地都没有。当然，即使你选对了，我估计你的结果也相当悲惨，以你现在这种情况，能不能活着走出去也是个很大的问题。反正我觉得，最大的可能性就是，你会被巡逻的警察带出去。难道你觉得这才是你想要的满意结果？对了，我忘了告诉你了，你现在肯定在想，要是有辆车就好了。我不得不说，你真的太幸运了，因为我刚好就有一辆。”

此时，戈登已经气得要发抖了，撑着僵硬的身躯，一言不发地瞪着汉森。

汉森此时提高了语调，非常直截了当地问："小子，我最后说一遍，我只有一个目的，就是拿钱。你还想不明白吗？到时候整个人搞得缺胳膊少腿，半死不活的，你要钱干什么？你有命花吗？我劝你不要挣扎了，因为你连底牌都没有了。现在你是亮牌，还是认输？"

戈登朝两边又望了望，气势似乎软了下来："看来，我真的只能认输了。原来你们这些老实人也不过如此，别人抢来的钱，你们用得不亦乐乎，自己却没种去抢钱，然后美其名曰是道德约束。可是，一旦碰上我这种陷于危难之中的人时，你们的那种贪婪的本性就暴露出来了。"他拉开了拉链，将藏在内袋的一个褐色纸包朝汉森扔了过去，然后冷冷地说道："你也别得意，如果我真的被警察抓住了，我就会揭发你的罪行，我会告诉他们，钱被你勒索走了。"

"那我们就走着瞧吧，看看警察愿意相信你，还是愿意相信我。反正我会告诉警察，你肯定是在慌乱的逃跑过程中，把钱落在树林里了。"汉森用手掂了掂纸包，然后说："小子，这里面根本就没有八千元。"不过，他并不失望，毕竟，他最开始根本就没想过今天会拿到这八千元。

"嗯，这里面确实没有八千元，因为我们抢劫的那家店的经理要了个心眼，他想趁机敲诈一下保险公司，就是这么简单。"

"戈登，你不是在玩我吧？新闻里说你们抢了八千，最后你手里只有两千？"

戈登非常老实地将双手一摊，然后说："老头，你知道六千元的大钞捆起来得占多大一块地方吗？你看看我身上，有哪个地方是凸出来的吗？我没有骗你，我已经把身上的钱都给你了。对了，昨天因为太冷，所以我点了几张钞票引火。你不会因为这个怪我吧？"

汉森大笑起来，"算了，你表现出来的不过是一种求生的本能而已，在那种情况下，钱的确是一文不值的东西。"他将那个褐色的纸袋塞进了厚棉衣的内袋里，然后继续说，"小子，你应该感到高兴，因为你刚才的举动，你的生命也许延长了几个星期，也有可能是几个月，当然，还可能是更久的日子。如果你继续惹麻烦的话，那就不好说了。现在，请你把枪收起来，因为它根本没办法帮你做任何事情。"

在确定戈登已经把枪收起来之后，汉森才转身，轻松一跃，跳到了矮墙下面的马路上。

现在，那把枪仍旧留在戈登身上，汉森知道戈登在打什么鬼主意。现在的戈登，肯定在等待一个合适的时机，一旦知道怎么走出去的时候，他就会用手枪把钱从汉森的身上抢回来。汉森知道那个戈登留了一手，不过，汉森也不是那么好欺骗的。

"你下不下来啊？"汉森表现出一副极不耐烦的样子。

戈登慢慢地走到了墙边，然后一屁股坐在了墙上，慢慢地抬起两条僵到无法弯曲的腿，艰难地挪了过去。面对另一侧的道路，他突然变得犹豫起来。他现在已经快没有知觉了，虽然这个高度并不高，但对于已经冻僵了的戈登来说，却是一道不小的坎。从这里跳下去，没有关节的灵活缓冲，他肯定会摔伤。不过，为了活命，为了走出这片该死的森林，他豁出去了。

戈登用手撑着，屁股率先离开了墙头，整个人本想慢慢地沿着积雪滑下去，不想在半空却失去了平衡，两条腿根本不听他的使唤，半弯着悬在空中，整个人翻了个身，面朝上背朝下地落了下来，最后屁股先着地，整个人仰躺在了雪地里。

汉森走到他的身边，将他的身子扶起，并且用膝盖顶住了他的背脊，然后将手伸进了放枪的那个口袋里，将枪拔了出来。这时，威胁总算是彻底解除了。汉森将他从雪地上拖了起来，用枪指着他，让他沿着道路往前走。

过了五分钟，汉森带着他来到了自己的小木屋，并且给他生了一炉火，让他暖暖身子。

之后又过了半个小时，戈登被裹在了毛毯里，由警察押着去了医院，汉森则开着汽车，紧紧地跟在警车的后面。警察局还派了几个人去山上将菲克的尸体抬了下来。

戈登坐在警车里，不经意间一扭头，发现汉森正开着车，紧紧地跟在警车的后面。他突然想起汉森说过的一句话——天底下哪里有免费的午餐。想到这里，他突然对警察说："警官先生，我要报告一个情况，后面跟着的那个老头，他叫汉森，我抢的钱都让他给拿走了，是他逼我这么做的。他威胁我，如果我不把钱给他，他就要把我困死在山里。"

"行了，小子，不要再说了，你说的事情我知道，等把你送到医院之后，我还要跟他好好聊一聊。"

"聊一聊？什么意思？难道跟你分赃吗？"

警察的脸瞬间就黑了下来，"小子，你胡说八道信不信我揍你一顿！虽说那笔钱本来就是汉森的，但我相信，他会把那笔钱交出来的。"

"你说什么？他的钱？"戈登简直不敢相信自己的耳朵。

"因为，你昨天抢劫的那家五金店，店老板刚好就是他，他只不过是拿回原本就属于他自己的钱而已。"

"真搞笑，如果真的是这样的话，那他就是个蠢货。之前他还说，要是我不给他钱，他就把我困在山里，直到把我困死为止。"

警察笑了笑，然后说："汉森会那么说，我一点儿都不觉得意外。除非他让你相信，真的还有十里山路，否则，他是不会把你带进小木屋的。他玩牌也是一样，这一片区域的人，但凡要跟他玩牌，都会事先跟他约定一个规则，否则大家都不敢玩。他很厉害，就我了解，你很难猜出他手里的底牌。对了，他带着你从那辆报废的破车走回小木屋，前后一共花了多少时间？"

"差不多一个小时吧。"

"嗯，看来跟我估计得差不多，毕竟这段距离还是挺远的。汉森其实带你走了一条捷径，帮你省了不少脚程。只不过呢，这个捷径可能要让你的脚稍微吃一点点亏，不过过几天就好了。"

此时，戈登突然想起来，快到木屋的时候，他在心里是如何咒骂汉森的。但是，现在他又不太理解，汉森为什么不直接将他的枪给缴了，这样一来，也不用那么麻烦，还能直接把钱拿到手。

此时，汉森开着车，紧紧地跟在警车后面，一边开车，一边轻声地吹着口哨。今年的狩猎计划就这样落空了，至于那头健壮的牡鹿，今年估计是没戏了。不过，他一想到跟戈登斗智的过程，心中就非常开心。戈登的手里拿着枪，他却成功地让戈登把钱给交了出来。这种情形，简直就像一场精彩的牌局：他的牌面是一张黑桃 A，外加一张黑桃 K，底牌却相当无力，但偏偏就是这样的一手烂牌，他凭借气势就让拿着好牌的对手不战而败。

汉森只觉得，这种兴奋的感觉，他已经有很多年没有感受过了。但是，当他转念想到五金店的那个经理时，他的口哨声也停止了。那可是八千元啊！

近几年，国家的经济一直不太景气，通货膨胀日益严重，但是那个人的生活丝毫没有受到影响。汉森一直以来都很清楚，那个人肯定在账目上做了手脚，不过，会计师苦于找不到他贪污的证据，一直没有办法制裁他。

碰巧，戈登和菲克抢劫了五金店，经理借着这个机会，将存在保险柜里的六千元装入了自己的口袋，然后将损失转嫁到了歹徒的身上。所以，只要将戈登抓住，然后让店铺的经理和戈登进行对质，那么事情的真相就能水落石出了。

等他们将戈登送到医院，对五金店经理的抓捕行动也开始了。这回，他根本没有办法在账本上偷偷做手脚了。想到这里，汉森踩了一脚油门，加速往店铺赶去。

尽管他仍旧在为没能抓到那头牡鹿而感到遗憾，但当他想到，现在可以将经理私吞的钱给追回来，也算是从另一方面给了他补偿，何况这件事还是由他亲自出马去完成的，也算是弥补了没能将鹿头挂在壁炉上的缺憾了。

神奇的柜子

玛莎已经七十四岁了，就在她生日的前一天，她收到了这个柜子。负责送货的工人在她家楼下的走廊中拆解包装，然后将柜子慢慢地抬到玛莎的家里。楼梯过道虽然够宽，但曲曲折折的楼道仍旧让工人们感到费力。好不容易抬到了玛莎的家里，可在经过卧室房门的时候，柜子不小心蹭到了卧室门的门把手上，玛莎当时顿时一阵心疼。

“把柜子放在墙边。”她用手指着柜子要落地的方向。等放稳后，她迫不及待地将工人支走，然后独自一个人欣赏着这个柜子。渐渐地，一种熟悉而神秘的感觉浮现在了她的心头。

玛莎小时候经常会去看望她的姑妈，可是，姑妈很早就过世了。之后，在家庭聚会上，玛莎经常能听到家族的晚辈们在谈论着和姑妈有关的事情，比如：早在姑妈三岁的时候，吉卜赛人就把她绑架了；姑妈年轻的时候，她的恋人为她而自杀；姑妈的家挨着森林，她每天会准备一些面包屑来招待林中飞来的小鸟。

玛莎现在还记得她跟姑妈最后一次相见时的情形。那天早上，姑妈将玛莎叫了过来，然后有些古怪地对她说：“玛莎，你是一个懂得尊重他人的孩子，尊重他人的秘密，不会随便翻看别人的东西，这一点，你比其他的孩子都要强。我那儿有一个柜子，里面有很多抽屉，其他的孩子每次过来，都会好奇地翻一翻，只有你不会。所以，我决定将来把那个柜子送给你。”

此时，玛莎看了看眼前的柜子，心中不禁感慨：不知不觉，距离第一次看见这个柜子已经过去了三十年。整个柜子厚约一尺，宽四尺，高五尺。这个柜子和一般的柜子不同，它的顶部是一个三面扇形，中间高，两边低，形状看起来像一栋欧式古老建筑。整个柜子被漆成了乌黑色，由于年代久远，表层的漆已经开始龟裂，透过细密的裂缝，柜壁上原有的金色花纹依稀可见。整个柜子一共有二十四排、十五列抽屉，左下方另有五个抽屉，分格整齐，大小相同。柜子的右边开了一扇小门，门上刻了“闰年”两个字。

别看整个柜子十分复杂，其实做工非常古朴，很多抽屉的门把手都是木头做的，花式老旧。眼前的柜子和她的记忆完全吻合，每个抽屉刚好代表每年的一天，而柜子右侧的那扇小门，则是给闰年多出来的那天用的。

她现在还记得，以前姑妈在世的时候，每天都会用这个柜子来占卜当天的运气。每当她从抽屉里抽出纸条之后，总会表现出一副非常严肃的样子，然后很认真地说："现在，我要看看今天的运气如何了。"

回想到这段记忆，玛莎眉头微微一皱，心中琢磨着：抽屉其实都是按顺序排放好的，不过，具体要按照什么样的顺序来查看这些抽屉就不得而知了。是从新年的第一天开始看，还是从生日的那天开始看呢？虽说这个顺序她并不清楚，不过抽屉里的纸条长什么样，她还是远远地瞟见过的。纸条是淡蓝色的，上面还有着娟秀的字迹，但具体里面写了些什么内容，就不得而知了。

"玛莎小姐，邮差把今天的晚报送来了。"门外传来一个女人的声音。站在门口的那个人是苏珊娜，她现在还在大学读书，目前是半工半读的状态。她跟玛莎一块儿住在这里，平时负责照顾玛莎的起居：早上推着她坐轮椅，晚上将她扶上床休息。二十五年前，玛莎经历了一次意外，她不得不终身坐在轮椅上。期间，她雇佣过很多女孩照顾她的生活，其中不乏一些非常势利的人，认钱不认人，但好在大多数的女孩心地都比较善良，在照顾的过程中与玛莎建立了深厚的感情，尽管毕业之后没有再生活在一块儿，但仍旧会跟玛莎写信，依旧保持着亲密的联系。

苏珊娜打量了一下眼前的这个柜子，然后随口说了一句："这个柜子真是太奇怪了。"

"它可有很长的一段历史了，而且是纯手工做成的。"玛莎答话的语气中明显夹杂了一些不快的情绪。

看到玛莎这么说，苏珊娜似乎意识到自己说错话了，连忙解释道："我不是说这个柜子不好，而是说，抽屉的容量非常小，根本装不了什么东西。我估计，要想把一副扑克装进去都不是件容易的事情。对了，这个柜子是干吗的呀？装珠宝用的吗？"

"你问这么多干吗？不管怎样，你对于别人手里的东西，最起码要表现出一种尊重的态度。"说完这句话，玛莎自己都意识到，情绪似乎有些过了，隐隐约约还透露出一些姑妈的口吻。

苏珊娜显得非常委屈，"很抱歉，玛莎小姐，我以为里面没有东西……"

"算了，说不定里面真的什么也没有。"玛莎的语气也缓和了下来。

当天晚上，玛莎躺在床上，翻来覆去睡不着觉，整个人在床上瑟瑟发抖。似乎受到窗外浓雾的影响，她总觉得房间里面跟以往不太一样，黑暗中仿佛多了几分神秘。走廊里微弱的灯光映照在漆黑的柜面上，光亮若隐若现，使得这种神秘的气息越发浓郁了。

玛莎突然从床上坐了起来，暗自咒骂道："玛莎，你在胡思乱想些什么？你这个疯女人。"

玛莎年轻的时候，曾经是一所私立学校的数学老师，一直以来，她都因为自己头脑聪明、思维敏捷而颇有优越感。后来，她和一个颇有地位但年纪大她很多的男人结婚之后，这份工作她就没做了。尽管如此，她对于迷信一件家具这种事情仍旧不能理解，不明白她作为一个曾经的知识分子，为什么会做出这么愚昧的事情呢？顿时，她开始为刚才的想法心生愧疚。她突然想到了姑妈，姑妈将她的一生都托付给了这个柜子，将命运依附于此，现在看起来，姑妈应该是有一种轻微的痴呆症。

第二天早上，玛莎醒来之后提高嗓音，开始自言自语地安慰自己：“玛莎，不要多想了，事情都过去那么多年了，说不定，抽屉里面真的什么都没有了。”过了一会儿，苏珊娜来到了她的卧室里，将她安顿到轮椅中，然后苏珊娜便离开了。她坐在轮椅中，两只眼睛望着那个黑漆漆的柜子，双手不自觉地推动着轮椅就来到了柜子边。她战战兢兢地将手抬了起来，用手轻轻地摸了摸柜子上的抽屉，从上到下，一个接一个地摸。随后，她实在难以按捺内心的好奇，猛地吸了一口气，小声地对自己说：“我倒要看看里面到底装了些什么东西。”

说完，她立即伸出手将其中的一个抽屉拉了出来，然后摆在大腿上，仔细地看了看，里面果然装着一张小纸条。

那张纸条已经有些发皱了，她小心翼翼地展开纸条，和记忆中的一样，纸面是淡蓝色的。不同的地方在于，由于时间的推移，原本光亮的纸条现在已经黯淡变脆了，上面的墨迹也渐渐地褪色，成了铁锈色，就像溅出来的血迹被风干之后的颜色。纸条上只有简简单单的一行字：来自过去的一条消息。整句话没有空格，也没有任何标点符号。

玛莎盯着那张字迹清秀的纸条看了很久，然后重新将它折好，放回了抽屉里面，自言自语地说：“玛莎，你看，纸条上说的是‘来自过去的一条消息’，这个柜子，装着的不都是来自过去的消息吗？”

下午的时候，苏珊娜回来了，她还带回了一封信。玛莎仔细地打量着那个白色信封，寄信的地址是一家律师事务所，信封背面邮戳的封口日期是二十五年之前。上面还有一条附注：请在我的侄女玛莎七十四岁生日的前一天，将柜子送到她那儿。玛莎连忙拆开信封，里面只有一张信纸，上面写道：

亲爱的侄女玛莎：

我写的这封信，你势必在很久之后才能读到，而等你读到的时候，我已经早就不在人世了。我心里非常清楚，人们总是在背后笑话我，在他们的眼里，我是一个举止奇怪的女人。不过，我是一个能预知过去与未来的人，这一点，就留待时间来证明吧。我写这封信的时候，遗嘱也已经立好了，那个抽屉众多的黑色柜子，我会在你七十四岁生日的前一天送给你，希望你能好好利用。

姑妈卡伦

看完这封信，玛莎只觉得背上冒起了一丝凉意。她想到了上午看到的纸条，原来，上面写着的“来自过去的消息”指的并不是柜子本身，而是姑妈寄过来的这封信。

收到信之后的几天时间里，玛莎把柜子当作不祥之物，敬而远之。可是，到第四天的时候，她内心的好奇心又发作了，她控制不住自己的双手，将当天对应的那个抽屉打开来，拿起里面的纸条仔细看了看，上面写着："一个美丽可爱的孩子，头发是浅黄色的。"

她对着纸条想了半天，脑子里完全没有一个黄头发小孩的印象。而且最近几天，她更是连小孩的影子都没看见。事后，她也没有多想，吃过中饭，她便躺到床上美美地睡了一觉。之后，还是苏珊娜将她叫起来的。

苏珊娜轻轻地对她说："玛莎小姐，我记得你以前告诉过我，要是有小孩想吃甜点了，就把他们带到你这里来。"

玛莎来到客厅，一个非常可爱的小姑娘正坐在那儿，她头戴一顶红色的小帽子，帽子下面是一头长长的浅黄色头发。此时，早上看过的纸条内容又浮现在了她的眼前。在小女孩离开之后，她开始不停地安慰自己，这些都是巧合而已。但纵使这样进行心理暗示，她仍旧无法压抑内心的这种不安。

每天起床的时候，玛莎都在心里默念，试图让自己不要去关注放在墙边的那个黑色柜子，但偏偏适得其反，她每天似乎都被一种魔力牵扯住，不自觉地来到柜子旁边，并且打开当天所对应的那个抽屉。每张纸条上的话语都应验了，比如，某天的纸条上写着"来自一个老朋友的祝福"，在那天，她果然收到了一名多年不见的挚友的来信；有一天的纸条上写着"到访者非常年轻"，结果，之前照顾她的一个女孩，带着刚刚出生的孩子来拜访她了。

尽管纸条上的事情一一兑现了，尽管她知道这种事情巧合的成分很高，不过，她内心的抵触情绪越来越弱，对于这个柜子的认可度越来越高。渐渐地，开抽屉变成了她每天生活的一部分，抽屉里的纸条就像一幅拼图中的散件，越来越多的预言堆砌在她的生活中，就像早就有人知道一样，拼构出了她的未来。

之后的一天，她又得开抽屉了。今天这个抽屉和以往的略有不同，把手不再是木头做的，而是白瓷做的。抽屉里面的纸条上写着："一段包含了欺骗与犯罪的回忆。"这不是什么好消息，所以，她读完了之后，眉头一皱。等她把纸条放回去，打算关上抽屉的时候，抽屉里传来了一阵细微的声响。她重新把抽屉拉了出来，将纸条拿在手里，仔细地看了看，原来抽屉的最里面放了一枚镶有蓝宝石的戒指。

她小心翼翼地将戒指拿在手上，然后尝试性地往手指上戴了戴，发现戒指有些不合手。她将戒指放在眼前，仔仔细细地辨认了半天，突然，她心中一阵恐慌，连忙将戒指扔进了抽屉里。她认出了这枚戒指。当年，姑妈曾经就戒指的问题质问过玛莎，玛莎非常干脆地否认了，说她根本没有拿过那个戒指。事实上，戒指就是玛莎拿的，拿走之后，就把戒指藏在了衣柜中一个装鞋的盒子里。

玛莎连忙关上了抽屉，然后将轮椅转了个向，不敢再看那个柜子。她坐在轮椅里，身子不停地发抖，并且不停地自言自语道："这……这不可能……"然后，她又回头看了看那个柜子，说："不可能的……她不可能知道这件事的！"

玛莎在紧张和不安中，又消磨了几天。后来，有一张纸条写道："一次谎言，铸错一生。”玛莎又陷入了一片沉思，她在琢磨着，究竟是怎样可怕的谎言，能够铸成终生大错呢？但不管她怎么想，都无法找寻到这一段记忆。此时，苏珊娜示意她该吃中饭了。

苏珊娜的眼睛朝窗外瞟了瞟，然后好奇地问道：“玛莎小姐，快看，对面那户人家正在挂国旗呢，今天是什么特别的日子吗？”

此时，玛莎突然意识到，今天是十一月十一日，是休战纪念日。很多年前的今天，姑妈的男友曾经来到家里，邀请她一块儿去参加纪念游行。当时，玛莎也在家里。面对姑妈男友的到访，玛莎调皮地朝他开了个玩笑：“卡伦姑妈今天不在家，她跟一个长得非常帅的叔叔去镇上参加游行了。”

第二天早上，有人在树林里发现了一个男人的尸体，那个人正好是姑妈的男朋友，根据推断，他是因为从马上跌落而摔死的。听到这个消息的时候，玛莎吃了一惊，她原本只是想开个玩笑而已，却不想闯了这么大一个祸。可是，随着时间的流逝，加上之后也没有人再提到这件事情，她也逐渐忘记了这件事情。现在看来，卡伦姑妈是知道这件事情的，而且很早就知道了。

元月十四号的纸条上写了这样一句话：“一桩随随便便的婚姻。”这一天是玛莎的结婚纪念日，自从二十五年前，她的丈夫因为意外事故死亡之后，她就一直守寡，直到今天。她仔细地琢磨了一下她和丈夫的婚姻生活，他们之间确实有诸多的不合适，他们之所以能够在一起，确实是互相在将就着过日子。没过多久，她发现她的丈夫居然有了外遇。

二月十四日，这一天所对应的抽屉，把手是心形的。她跟往常一样打开了抽屉，里面的纸条上写着：“充满怨恨的礼物。”她稍稍回想了一下，便知道这张纸条指的是什么事情了。玛莎暗暗地说了一句：“这是他罪有应得。”

当时，她在帮她丈夫整理衣物的时候，在外套的口袋里发现了一块小手帕。玛莎仔细端详了一下，手帕上还绣了字，闻起来香味扑鼻。此外，手帕上还绣着一串地址。玛莎将手帕洗干净之后，用熨斗熨平，整整齐齐地叠好后，装进了一个心形的盒子里，并且将一把上好子弹的小手枪放在了手帕的上面。她封好盒子之后，在外面附赠了一张小卡片，然后模仿她丈夫的笔迹在卡片上写了这样一句话：“我们被发现了，一切都结束了。”确认无误之后，玛莎按照从手帕上抄下来的地址将盒子寄了出去。

自那以后的几个星期，每天晚上，玛莎总是默默地坐在她丈夫的对面，并以一种十分欣赏的态度打量他。而他也好像变了个人一样，晚上早早便回到家中，似乎不用再加班了，每天晚上都板着一副脸，面无表情地反复翻看着同一本书。玛莎对此则显得非常平静，只是默默地借着灯光，一针一线地绣着花边。

转眼到了三月，阳春的日子按理应该阳光明媚，心情愉悦，不过看到纸条的玛莎心情却格外紧张。这天的纸条上写着：“一杯咖啡。”

事后，她将那个心形盒子的事情告诉了她的丈夫，本想以此来达到警告他的目的，没想到一听到这件事，她的丈夫瞬间火冒三丈，立即宣布要和她离婚。这是玛莎之前从来没有想到的。

玛莎当即抗议道："别开玩笑了！"

"你觉得我像是在跟你开玩笑吗？我一会儿就把东西收拾一下，然后住到旅馆去，"他停了停，然后继续说，"我明天就搬走！"

第二天一早，玛莎趁着她的丈夫还没醒，偷偷地潜入厨房，然后在保姆事先为她丈夫准备好的咖啡中下了大量的安眠药粉，之后又悄悄地回到了房间。

她的丈夫出门后，在距离家里大约十千米的地方遭遇了车祸，不幸身亡。听说这件事的时候，玛莎还在楼上的卧室里，因为时间地点都与她扯不上关系，她直接被排除在嫌疑人之外。原本，她希望因为这件事情，警察将她抓走，但是偏偏事与愿违，警察压根就没有怀疑过她。最后，她自己从楼梯上摔了下来。

由于伤得很严重，她住了好几个月的医院。最后，虽然她康复出院了，却落下了半身残疾。自那以后，她就只能一个人独守空房。由于之前的经济条件不错，所以她有条件聘请一个厨师来料理她的饮食，另外还请了一名女大学生来照顾她的起居。而且自那以后，她的生活方式也发生了很大的改变，每天，她会选择以看书来打发绝大多数的时间，然后会玩一些单人游戏，聊以娱乐，晚上的习惯还是没有变，一如既往地做着针线活儿。

这种日子随着那个古老的柜子的到来而终止。现在，她的心思全在这个柜子上。早年的经验和理智告诉她，人的命运不可能事先被人安排，所以，不管发生了多少预言成真的事情，她都安慰自己说，那不过是巧合而已。尽管她很早之前就告诉自己，每天早上起床之后不要去开那个抽屉，但过了这么久，她一天都没有克制住自己。

春寒料峭，一个倒春寒的日子里，她打开了一张纸条，上面写着："今天该算账了。"玛莎仔细地看了看整个柜子，现在，只剩下最后几个抽屉没有打开了。想到这里，她不禁叹了口气。

此时，苏珊娜走了进来，轻声对她说："玛莎小姐，邮差刚刚送来了一封信，是你的。"

玛莎接过之后看了看，这封信同样来自律师事务所。此时的她，已经没有多余的精力去思考一些别的事情了，她有些疲惫地撕开了封口，发现里面居然还有一个信封。她拆开之后，浏览了一下信件的内容：

亲爱的侄女玛莎：

你现在应该明白了，很多事情其实我是知道的。其实，原本应该一早告诉你，不过，每当我发现你还只是个孩子的时候，我就觉得我难以说出口。不过，我的理性最终战胜了情感，你做的很多事情是不正义的，我必须将你交给当地的警方来处理，所以，我特地在当地的律师事务所里留了一封信，告诉他们，在你七十五岁生日的前夕，将那封信寄给警察局。至于我把柜子寄给你，完全是想让你用一年的时间回顾你的一生。最后，希望上帝能够念在你忏悔的份上，宽恕你的灵魂。

卡伦姑妈

备注：如果玛莎已死，烦请将该信烧毁。

此时，玛莎直接惊呆了，生平往事就像放电影一样，快速地从眼前闪过，之前经历过的种种恐怖此时不停地在蹂躏她那不堪一击的脆弱神经。她原本就因为这个柜子而神经紧张，现在更是坐立不安，脑子里面乱成一团。她刚一闭上眼睛，一个个问题立即在她的脑海中闪过：卡伦到底跟警方透露了些什么？一个死了这么多年的人，警方会相信她的话吗？我现在这么大年纪了，警方会起诉我这种年迈的老人吗？这个令人讨厌的柜子该怎么处理？卖掉还是烧掉呢？

玛莎睁开眼睛，以一种厌恶的眼神打量着眼前这个漆黑的柜子，然后暗暗地说："你这个让人讨厌的东西，赶快从我的眼前消失吧！"

第二天清早，苏珊娜和以往一样，在帮玛莎换衣服。看到玛莎憔悴的表情，苏珊娜不禁问道："玛莎小姐，你的脸色看起来真差，你昨天晚上没有睡觉吗？"

"没啊，我挺好的。"玛莎直挺挺地坐在床上，看着苏珊娜在房间里忙这忙那的，脑袋中不停地在放空。

眼前的柜子，只剩下两个抽屉没有打开了。她暗暗发誓："这两个抽屉，我一定不会再打开了！一定不会！"

为了分散注意力，早上九点之后，她就坐在桌子前读早报，报纸翻来覆去看了一遍又一遍。十点，她转而开始读书。可到了十一点的时候，她还是被自己打败了。她默默地将轮椅推到了柜子前，然后屏住呼吸，将倒数第二个抽屉打开，然后拿出了里面的纸条，上面写着："最后准备的日子。"

看到这里，玛莎不自觉地再次皱了皱眉头。苏珊娜走了过来，准备给她洗头。之后，苏珊娜又给她换了新的床单。此时，玛莎低着头，在专心地修剪着她的指甲，尽管指甲并不长。最后，她让苏珊娜将轮椅的坐垫也换了一块新的。

晚上，她躺在床上，回想起早上看见的纸条，心中不安地回忆着，准备工作有没有做完呢？还有没有哪些该做但是忘记了的事情呢？屋子里非常安静，只听得见钟表走秒的声音。十点、十一点、十一点一刻……最后，到十一点半的时候，她按捺不住了，连忙伸手，按响了床头的电铃。

苏珊娜匆匆忙忙地跑了进来，喘着气，有些担心地问："玛莎小姐，怎么了？"

"帮我把那件蓝色的礼服换上，然后扶我坐到椅子里。"玛莎的语气显得非常坚定。

苏珊娜听从她的吩咐，很快就弄好了，然后蹲下身子，非常关心地问道："玛莎小姐，是不是出什么事情了？我感觉你心里有些烦躁。而且，你半夜穿成这样，有些……你还好吗？"

"苏珊娜，我没事，你回房去休息吧。"

"好，虽然我还是有些不放心，但是我相信你。那我先回去了。"她俯下身子，在玛莎的脸上轻轻地亲吻了一下，然后走回了她的房间。苏珊娜照顾玛莎这么长时间了，做出这种举动还是第一次。

玛莎用手摸了摸苏珊娜刚刚亲吻过的地方，内心显得十分悲凉。屋子里静悄悄的，苏珊娜远去回房的脚步声，关上电灯的声音都能听得非常清楚。玛莎鼓起勇气，将轮椅推到了柜子旁边。只剩下最后一个抽屉了。

一阵沉闷的钟声响起，现在已经是午夜十二点了，新的一天悄然开始。她轻轻地说了一句："我来了。"然后将手伸向最后一个抽屉的把手。

拉开抽屉之后，玛莎发现，这个抽屉比之前其他的抽屉都要重一些，里面除了纸条之外，还多了一包小东西。她将那包东西取了出来，仔细地琢磨了一下。包在最外面的是一条绣了字的手帕，里面裹了一把小型的女式手枪。她将手帕完全展开后放在了手里，瞬间觉得非常眼熟。啊，她想起来了，这就是那次被她装进礼物盒的手帕，可是，当时她怎么没注意到这上面绣了卡伦的名字呢？

看到手绢，玛莎立即想到了当年随同礼盒一同寄出的卡片，可是她找了半天，抽屉里并没有其他的东西了。难怪姑妈要将这个柜子留给她，因为对于其他人而言，这个柜子不具有任何意义。更重要的是，那个论辈分高过玛莎，论年纪却十分相仿的姑妈，居然就是当年玛莎的丈夫所找的情人。

她一把将抽屉里的纸条攥在了手里，用一种非常冷静的语气自言自语道："她肯定有话要交代。"说完，她便将最后的那张纸条慢慢地展开。

看完之后，她左手轻轻地拿着纸条，右手握着手枪，用枪口抵在左胸上，轻轻闭上双眼，然后果断地扣动了扳机。

那张浅蓝色的纸条从她的手中飞落下来。

最后的那张纸条上只写了很简单的一句话："闭眼长眠。"

死亡面孔

米丽娜透过两片窗帘之间的缝隙打量着前来的两个人，其中一个人是金，另外一个人她似乎不太认识，只知道他在和金谈话。不过，从外表上看，那个人应该非常有钱，而且那种富有程度远远超过了当地的平均水平。

那个人的穿着打扮非常讲究，身上的西装一看就是定制的。头发虽然有些发灰，但经过精心打理，看上去也非常舒服。肤色更是象征健康的小麦色，从这一点也能看出，他现在的生活水准应该极具品质。综合上述所见，米丽娜认为，金绝对不会把那个男人带到这里来。

然而，事实出乎她的预料，他们正朝着她所在的方向慢慢地走来。

似乎是为了迎接这个男人，金特意换上了一套吉卜赛人的服装，耳朵上还戴起了一对金耳环。此时，他的嘴巴不停地动着，似乎在快速地说着什么，而且一边说话，一边还忙着打手势。透过窗帘，米丽娜注意到，金在微笑的时候，八字胡的下面能时不时地露出一排洁白的牙齿。

金一直在跟他说着什么，那个人的脸上也一直挂着微笑。在金的带领下，他们两个人一直沿着马路往前走，然后在一栋曾经用作门面的小屋子前停了下来。屋子门口的招牌并没有拆下来，上面写着：米丽娜夫人——看手相的专家。除了这几个简单的文字之外，没有任何承诺性的话语，这也就意味着，这样的门牌不会触犯任何法律条例。

这个地区的警察对于吉卜赛人都非常宽容，只要平时没有接到市民对他们的投诉，警察就不会为难他们，随便他们怎么生活。可尽管如此，米丽娜和金最多也只能在这里住一个星期了，一周之后，这里就要进行拆迁，一栋造价不菲的停车大厦将拔地而起。他们后面的那片平房早已被工人们推平了，接下来就要轮到他们家的房子了。

那两个男人快要走过来的时候，米丽娜将窗帘放了下来，转身向房间里面的一张桌子走去，然后坐下来，静静地等着他们的到来。那张桌子被一块红绸布盖着，上面还印着金色的太阳、月亮和星星。

米丽娜不自觉地抬起手，用手摸了摸垂在肩上的浓密黑发。其实，她是个美人胚子，如果平时能注意化一些淡妆，能稍微打理一下头发就更好了。不过，在金的眼里，她已经是个美人了，所以，她化不化妆，能不能变得更加漂亮，她其实一点儿也不在乎。

“先生，进来吧。”门打开了，传来了金的声音，“那位神通广大的吉卜赛女神仙现在就坐在里面，她可是无所不知，无所不晓啊。你需要做的，就是把手伸给她看。她会根据你的手相，了解到你的过去，预测出你的未来。”金将那个男人领到了她的身边，然后介绍道：“这就是我之前给你提到的米丽娜夫人。”

她微微地朝那个男人点了点头，似乎是在认可金刚才对她所作的那段介绍。此时，她近距离地重新打量了下这个男人：看起来估计有五十岁了，身形微微有些发福，不过五官非常端正，眼神中流露出一种慈祥。眼前的他看起来非常从容，整个人精神头不错，而且像个衣食无忧、生活富足的人。

“请坐。”米丽娜对那个男人说。

那个男人礼貌地回答道：“谢谢。其实，刚刚到这，我内心还有些紧张。”

“请随意，别那么紧张。”

“嗯，”那个男人面带微笑地说，“我之前并没有算过命，我也不太相信这些。事实上，我是准备去约会的，当然，距离约会的时间还有一会儿，可是你的……”说完，他朝带他进来的金看了一眼。

“噢，他是我的先生。”

“你的先生口才真是太好了。”

米丽娜微微一笑，然后问：“那我就给你看看手相吧。”

“有什么特别的讲究吗？比如，看左手还是右手？”

“这个随便你，想解密过去就看左手，想预知未来就看右手。”

那个男人也笑了笑，然后伸出右手，掌心朝上地摆在桌面上，然后说：“过去的事情都已经过去了，看看未来就行了。”

米丽娜装出一副非常认真的样子，好像她真的在研究那只手一般。过了一会儿，米丽娜说：“你手上的事业线非常顺畅，最近的这笔大生意肯定能以你满意的价格成交，而且整个交易过程都会非常顺利。”

要推测出这一点并不难。他在进门的时候就提到，他原本是要去赴约的，整个这一片地区都属于拆迁区，根本没有用于交际约会的地方，所以他很有可能是过来谈生意的。刚好对面街道有个进出口公司，说不定他待会儿要去的地方就是那儿。另外，从他的衣着打扮、言谈举止来看，他很符合大老板的这个身份定位，所以，他待会儿要做的这笔交易数额一定不低。上述一切假设都是合情合理的，至于对他成功部分的预测……其实，一般做这种预测的人，都希望听到能够成功顺利之类的好话。但接下来的对话，米丽娜就要格外注意了，因为第一眼观察能够获得的信息已经利用完了，她现在必须从他接下来的语言和神态里获取有价值的信息。

金故意从她的身边走过，然后朝她使了个眼色，意思让米丽娜以最快的速度，敲诈这个人一笔，如果顺利的话，赚个二十来块没有任何问题。

米丽娜领会了他的意思，可正当她抬头，打算进一步研究他的神态时，她突然愣住了。其实，谈一谈是没有什么问题的，可是，米丽娜有一个原则就是从来不骗人，尤其是对于这种一眼看上去就非常善良正直的人，她更不忍心。

米丽娜此时瘫坐在椅子里，根本无法动弹。米丽娜发现，眼前这个人的面容正在悄然发生变化。她瞪大了眼睛，发现他脸上原本健康的小麦色皮肤渐渐地变成了苍白色，而且开始显出褐色的斑点。那个人仍旧神色自若地靠在椅子上，但米丽娜注意到，他脸上原本健康的肌肉开始逐渐萎缩、腐烂，接着慢慢地变黑、干枯，最后只剩下了一副光秃秃的骷髅架。

那个人不明就里地问了一句："怎么了？"并且试图将他的手抽回去。米丽娜这时才回过神来，原来她的手指甲刚才一直掐在他的手臂上，在他的手臂留下了一个很深的印记。她像触电一般松开了他的手，然后有些激动地说："你赶紧走吧，我没什么要说的了……"说完，她紧紧地闭上了双眼。

"你是不是不太舒服？我能帮你什么吗？"那个人有些关切地问。

"不，不用了，你赶紧走吧。"

此时，挂在卧室门口的门帘晃动了一下，因为金一直躲在后面偷听。那个人从椅子上站了起来，看上去非常犹豫。米丽娜仍旧低着头，不敢直视他的脸。

"这样吧，酬金我还是得照付。"那人说完，从外套口袋的皮夹里拿出了一张五元的钞票，然后将它摆在了米丽娜的面前，没等米丽娜抬头，转身走出去了。

此时，金一把摔开门帘，然后走到米丽娜的身边，质问道："米丽娜，你在想什么？他可是个有钱的主，你为什么这么轻易地把他放走了？"

米丽娜仍旧低着头，两只眼睛直直地盯着自己的腿，一言不发。

金原本准备提高嗓门朝她怒吼，但似乎意识到了什么，然后克制住了情绪问："等一下，你是不是在他的脸上看到了那种东西？他脸上出现了死人相，对吗？"

米丽娜呆呆地点了点头。

"你疯了吗？他的皮夹子里装了那么多钱，你居然都没有看见？"

"他要那些钱根本没用，他活不到今天傍晚……"

听到这里，金的两眼开始放光。他快步走到门口，将门帘掀开，朝外面看了看，然后说："瞧，他就在前面，正准备去对面那条街的商店买东西。"说完，他就准备朝门外走去。

米丽娜连忙问："你要干什么？"

"我得追上他。"

"算了，让他走吧。"

"别担心，我又不会伤害他，何况，根本就没那个必要。再说了，如果他的脸上出现了死人相，他必死无疑，谁也救不了他。这方面，我想你比我更清楚。”

“既然你知道，你为什么还要跟过去？”

“现在还没到傍晚呢，如果他倒下了，我觉得有个人在他身边会比较合适。你刚刚也说过了，他带那么多钱，根本用不着了。”

“难道你打算对一个死人进行抢劫吗？”

“你这个婆娘，给我闭上你的嘴！我刚刚跟你说过了，我只是跟上去看看，我想看看他会丧命在什么样的地方，就是这样。你不要想太多了。”

说完，金就急急忙忙地出门了。米丽娜也没打算再跟他说什么，因为她心里现在正琢磨一件事情：虽说是假装看手相，但好歹前前后后混江湖也混了这么长时间了，见过很多人的手，给很多人算过命，可真真正正如此清晰地看见死人的脸，今天还是头一次。这简直太奇怪了。

其实，米丽娜第一次发现自己有这种能力的时候，她还很小。当时，她和其他的同龄小孩一样，天真活泼，平时主要随着父母，外加三个兄妹四处流浪。虽然漂泊不定，但日子过得也算安逸，无拘无束。米丽娜的父亲看起来非常魁梧，身形健硕，他的笑声粗犷有力，给人一种精力充沛的感觉。一天，父亲准备跟他的两个朋友外出打猎，临别之际，他将米丽娜抱了起来，准备跟她道别。她和以往一样注视着父亲的面孔，就在这时，她突然开始惊声尖叫起来。原来，米丽娜惊讶地发现，他父亲的那张脸慢慢地开始腐烂，最后渐渐地变成了一副令人头皮发麻的骷髅架子。

父亲显得非常疑惑，以为是抱得太用力，将她抱疼了，所以把她放了下来。他想尽了各种方法来哄米丽娜，可是她非但没有止住哭声，反而越哭越厉害了。最终，父亲只能将她交给母亲，然后跟着朋友打猎去了。

一直到父亲离开很久之后，米丽娜才渐渐地止住了哭声。平静下来之后，她将刚刚眼前看到的情景原原本本地告诉了母亲。听米丽娜说完，母亲的脸上露出了非常惊恐的表情，吓得米丽娜又哭了起来。母亲示意她安静下来，并且悄悄地对她说，不要将今天早上看见父亲脸上发生异样的事情跟任何人讲，今后也要守住这个秘密。米丽娜似懂非懂地点了点头。之后，母亲便离开了，米丽娜独自坐在野外的山楂树下，一直到天黑才回家。

母亲到家之后，随同父亲一起出门打猎的两个人也回来了，可是，父亲并没有自己走回来，而是被抬回来的。自那以后，米丽娜的生活中再也没有了快乐。

当米丽娜十二岁的时候，这种事情再次发生了。她一直遵守着跟母亲之间的诺言，没有将父亲的事透露给任何人，尽管如此，那件事情仍旧在她的脑海中时隐时现。似乎也是因为这件事情，母亲开始疏远她，对她的态度也渐渐变得冷酷起来。她的母亲认为，父亲之所以会意外地倒在别人的枪口下，完全是因为米丽娜的错。

自那以后，米丽娜就像变了个人一样，由以前的天真活泼，变成沉默寡言。后来，她只剩下一个朋友，名叫玛丽，是一个有些驼背的小女孩。平时，她们俩经常在一块儿玩，哪怕不出声，也能乐呵呵地玩上一个钟头。她们最喜欢做的事情，就是从草地里采来野花，然后将它们放在水面上，就像小船一般，随着流水静静地漂向下游。

一天，米丽娜和玛丽两个人跟平时一样在树林里玩耍。米丽娜一个无意中的抬头，猛然发现玛丽的脸上浮现出一个骷髅头像，多年之前的那种情形又出现了。米丽娜一边尖叫着，一边快速跑进了树林里，然后躲在一棵树下，一直到天黑的时候才战战兢兢地走出来。

当她赶回家的时候，发现人们围成一圈，像是在看什么东西。米丽娜穿过拥挤的人群，发现地上躺着一个溺死的人，那个人正是玛丽。这一回，她转身向一位身形干瘦的老妇人倾诉。那个人正是玛丽的祖母。

“奶奶，你能告诉我，这到底是怎么回事吗？”她有些好奇地问道。

听完米丽娜的话，玛丽的祖母沉默了很久，然后非常平静地说：“孩子，你看到的景象，的确是人死亡时的面孔。我们人类中，有一种人生来就具有这种天赋，你便是其中之一。所以，但凡你眼中的人的脸上出现了死人相，那么他必然活不过今天傍晚。这跟你没有任何关系，但是我们的族人并没有想明白这一点。其实，预言和犯罪根本就是两件不同的事情，他们回避你，除了能给你带来额外的伤害之外，没有任何的意义。”

“奶奶，你有什么好办法吗？我不希望成为别人眼里的怪人。”

“孩子，这个问题，我也帮不上你。只要你活在这个世界上，你就无法回避这个问题。”

自从玛丽死后，米丽娜就彻底变成了一个孤独的人，再没有人敢跟她靠近。人们如果见到她，也都是避之不及，视她为不祥之人。

族人之中，只有一个人对于大家这种恐惧死亡的态度嗤之以鼻，那个人就是金。他当时三十多岁，整个人看上去充满活力。他看中了这个被他人视为怪物的米丽娜，向她求婚，而且答应带她去美国。米丽娜受宠若惊，当即便答应了金的请求。

当他们来到这个全新的国度之后，从一个城市迁徙到另外一个城市。米丽娜主要负责给别人看手相，金则依靠健壮的体格为别人打短工，两个人就这样勤奋而拮据地过着日子。穿梭在人群之中时，米丽娜有时会看见一些人的脸上带着死亡的面孔。每当这个时候，她就会将脸转向一旁，装作什么都没看见，这样一来，就不至于因为这些事情而烦心了。多年以来，一直都是他们两个人过日子，也没有结交到什么朋友。

见到那个生意人的第二天一早，黎明的曙光透过窗帘的缝隙，洒落在他们的床上。米丽娜睁开眼睛，见床上只有她一个人，金并没有躺在她的身边。此时，后门传来了一阵轻轻的开门声，米丽娜紧张地将毛毯裹在身子上，然后试探性地问了一句：“是金吗？”

“嘘——别出声。”

“发生什么事情了吗？”

“你先安静下来，把我们身上的钱都拿出来。”

米丽娜紧紧地裹着毯子，然后从床上坐起身来，屋里光线很暗，只能模模糊糊地看到一个黑影。“鬼鬼祟祟的干吗？你不会是闯祸了吧？”米丽娜不安地问。

“我也不想闯祸，但我昨天跟踪那个人，发现他从那家进出口公司出来的时候，我就迎了上去，原本只是想跟他打个招呼说说话，没想到他居然挥出拳头打了我。我当时觉得莫名其妙，所以就顺手推了他一下，没想到他那么不经推，轻轻一下，他就倒在地上了，而且再也没有起来。”

“他死了？”米丽娜问。

“是啊，但问题在于，有人亲眼看见我推倒了他，所以我不得不在外面躲了整整一个晚上。还有，我应该是被警察盯上了，他们可能很快就会到。真是太可惜了，他的皮夹子里面还有那么多钱，我根本就没有时间去捡。”

米丽娜连忙从床上下来，将衣服稍稍整理了一下。光线很暗，金只能趴在地板上，用手一块一块地试探着贴在地上的地砖。他们在房间的地板上挖了一个暗格，用来藏钞票，暗格的上面铺了一块地砖，所以敲上去应该是空心的响声。终于，他摸到了那块松动的地板，将那块地砖掀了起来，从暗格中取出了一个油纸包，钞票就包在里面，那是他们多年的积蓄。

他快速地将纸包拆开，然后往衬衣里装了一些现金，接着，他撩开了门帘，快速地冲到外面的店铺，拉开了窗帘，想看看现在街道上的情况。米丽娜也跟了过去。

此时，太阳又升起了一些，屋里的光线渐渐明亮起来。米丽娜能够清楚地看见金了，脸上的表情现在也能看得一清二楚。

米丽娜有些焦急地说：“来不及了，他们已经走到路口了，你赶紧从后门走，去对面的旧房子里先躲一躲，等他们检查完了再说。”说着，她重新将窗帘拉了起来。

金还在门口犹豫着，其实米丽娜清楚，他在等候她的吻别，可是，米丽娜非但没有把头凑过去，反而将整个身子转向一旁，极力控制着有些失去平衡的身体。

“我先走了，等什么时候消停了，我再回来。”说完，金头也不回地从后门走了。

过了几分钟，有人来敲门了。米丽娜先朝后门瞅了瞅，确认没有什么异常之后，她才将门打开。和预计的一样，警察过来了。其中一个大约三十岁的样子，年纪不大，但眼神非常坚定；另一个更年轻，却时不时地还在用手捋胡子。

年纪稍大的那个警察介绍道：“你好，我叫麦金龙，边上这位是我的同事杰克。”他用手翻了翻手上拿着的一个小本子，然后问：“请问，这里有没有一个叫金的男人？”

“有，他是我的先生。”

“噢，请问他现在在家吗？”

米丽娜摇了摇头。麦金龙朝屋子里看了看，然后问：“太太，我们想去你的卧室调查一下，不知道是否方便？”

“请随意。”说完，米丽娜将身子闪到一旁，给他们让出了通往卧室的路。麦金龙一个人走进了卧室里，而杰克只是在卧室外面的店铺中四处查看了一下。

“夫人，你平时主要就是看相吗？”杰克问道。

“是啊，难道本城看相是违法的？”

听到米丽娜这么一说，杰克突然觉得有些尴尬，“不，没有的事，我只是看到之后，觉得有些好奇罢了。就在上个星期，我的太太带了一副占卜的牌回来，我琢磨了很久，也不知道那副牌要怎么用。事实上，我太太她也不懂，都只是弄着玩而已。”

“确实，那种牌很难上手。”

“嗯，我深有体会呢。”

麦金龙从卧室赶回来后，摇摇头说：“里面没有人。”

“他好像不在屋子里。”杰克回答。

麦金龙看了看随身携带的小本子，然后问道：“你记得最后一次看见金是什么时候吗？”

“别问了，没有意义的，你们找不到他的。”米丽娜有气无力地回答道。

“太太，你别紧张，我们只是例行公事，要询问他一些问题而已。”

“我说了，你们找不到的。”米丽娜没有说其他的，只是重复这一句。没有人比她更清楚了，就在之前打开窗帘的时候，米丽娜发现，金的脸上出现了死亡的面孔，所以他必然活不过今天。

看到米丽娜如此不配合，麦金龙似乎有些不高兴了，有些严厉地说：“夫人，我最后再跟你说一次，你最好是能够配合……”

此时，屋子后面传来了一阵砖墙倒塌的声音，并且掺杂着一个人的惨叫声。紧接着，又是一阵倒塌的声音，之后，整个屋子都安静了下来。麦金龙看了看杰克，两个人以最快的速度从后门冲了出去。

米丽娜则显得非常冷静，她从桌子旁边找了张凳子坐了下来，两手交叉，叠放在桌子上。之后，救护车来了，医生从坍塌的废墟里将金的尸体拖了出来，然后运走了。整个过程中，米丽娜始终呆呆地坐在那儿。

处理完金的事情之后，麦金龙重新走回了屋内，然后向米丽娜询问了几个问题，并且将重点记录了下来。杰克没有参与问话，只是默默地站在后面，神色显得有些不安。等做完笔录之后，两个警察便向米丽娜告辞，然后从前门离开了。米丽娜仍旧没有反应，保持着开始的姿势，在桌旁静坐着。

大约过了一分钟，杰克赶了回来，“夫人，对于你丈夫的事情，我感到非常难过，因为我刚刚结婚不久，知道婚姻中一个男人对于女人的意义所在，也能体谅到你失去丈夫的苦楚。”

此时，米丽娜按捺不住激动的情绪，将头埋在了交叉的两手之中，撕心裂肺地喊道：“你快走！快走！”这一辈子，米丽娜似乎都没有这么激动过。

杰克站在门口愣了一会儿，他似乎也不知道这种场面该怎么收场了。此时，麦金龙赶了过来，连忙对他说：“快点走吧！刚刚上面来通知了，这一带有劫匪活动，让我们注意。”

杰克原本还想朝她做个手势，似乎还想对她说些什么，但米丽娜一直低着头，而且也没有打算抬起来的意思，杰克只能作罢，立即转过身，跟着麦金龙上了路边的警车。

米丽娜过了好一会儿才将身子挺起来，她的眼中此刻噙满了泪水，朝门外望去，然后有些绝望地说：“杰克，你为什么要回来……你还如此年轻，正是人生最美好的时候，你怎么可以死……”

原来，就在刚才问话的时候，她在杰克的脸上看见了死亡的面孔。

生死时速

那个司机自己也不知道为什么要停下车，让路边那个竖起大拇指搭顺风车的人上来。路边要搭顺风车的，很可能是恐怖分子，而车上开车的人，或者开车的那一家人最终遭遇不幸的新闻也并不鲜见。结局稍微好一点的，可能只是丢掉了汽车，或者随身携带的那些值钱的东西；结局悲惨一点的，或许就只能去太平间了。这其中，又有些人只是身中一枪，死得也算干脆，而另外有些人，死相则十分凄惨，让人不忍直视，甚至可以说是十分恐怖。

或许纯粹是因为一个人开车太过于无聊了，那天下午，他五点钟就开车出来了，等遇上路边那个搭顺风车的人时，已经是晚上九点了。他的那辆车尽管外面有些灰尘，但还是能看得出，整辆车的成色非常新，除了车载收音机似乎有些毛病——打开开关之后，只能发出一些听不太清、让人烦恼的杂音。几个小时的枯燥车程让他深感乏味，他现在非常希望旁边能坐一个人，跟他说说话。灰色的公路在眼前一直伸向远方，一成不变的景色快速地从眼前闪退，他便是这样将车子一公里一公里地往前开。

当时会停下车来，完全是因为想到了他年轻的时候。他曾经也多次站在路边，朝路过的车辆竖起大拇指，希望有好心的司机能够搭载他一程。帮助他的司机并不在少数，这帮了他很大的忙。当然，也有遇到拒载的时候，所以他对于那种直到深夜仍没有到达目的地的困窘局面深有体会。

当时，他正好从一个叫春谷的收费站经过，站里的工作人员告诉他，过了这个收费站之后，就少有人烟了，至少在到达阿玉巴镇之前，路上是没有人的。根据最新的气象预报显示，阿玉巴镇附近会有小雨，行车要注意安全。谢过工作人员的提醒之后，他接过缴费的票据，顺手塞进了遮光板的后面，然后开车上路了。一点小雨而已，对于开车构不成很大的影响。

黑暗中，道路两旁的里程碑成了他排解寂寞的陪伴。里程碑上安装了反光带，汽车驶过的时候，车前灯的亮光照在反光带上，形成了黑暗中的打眼亮光。每过大约一百五十米，就会安装四根里程碑，那些反光带犹如黑夜中的猫眼石，迅速地从他的身旁飞过。接下来的六百多千米路程，几乎不会经过路口，他也不用因此而减速，由于有隔离带，他也不用担心对面的车借用这边的车道超车。

车子就这样在黑暗中开了一段路，路面越来越窄。此时，车头的大灯照亮了远处路边站着的一个小伙子，他的脚边还摆着一只行李袋，看上去很廉价的那种。车子离他越来越近了，他竖起了大拇指，看样子想搭顺风车，脸上表现出一种非常疑惑的表情。

他见状内心一阵触动，连忙将车停了下来。借着灯光，他打量了一下车外站着的那个人，他身上穿着一件夹克外套，里面穿着衬衣，打着一条领带，就是头发有点长，像是很久没有打理过一样。从相貌上看，他不像是个坏人，而且也不像习惯于背着行李袋坑蒙拐骗的流氓客。

见到车子停下来，路边站着的那个人有些羞涩地看着他，然后朝他微微一笑。

他打开车门对他说："赶紧上来吧。"

那个人将随身携带的行李放进了车里，整个人往后一仰，靠在椅背上，然后长长地松了口气。估计是走了很长一段路的原因，那个人看起来非常疲惫的样子。

他熄灭了车内的顶灯，然后发动汽车，继续往北驶去，速度盘上的指针很快就攀上了六十迈。

他开着车，随口问道："小伙子，你要去哪？"

"阿玉巴镇。对了，你应该会直接开到那儿吧？因为我要去那里办件事情，必须在明天八点之前赶到那儿。"他回答道。

"这没有问题，我要一直开到水牛镇，刚好路过你要去的地方。我到时候把你放在去阿玉巴镇的出口，那里有个坡道，你在那里下车就是。"

"好的，那里车子比较多，我刚好可以搭顺风车。"

之后，他们便在黑暗中平静地开了几分钟。此时，他又问道："小伙子，你叫什么名字？"

"我叫迈克·杰瑞，叫我迈克就行。对了，我已经不是小伙子了，今年都二十五岁了。"

他笑着回答："二十五岁，唔，对我来说，二十五岁就是小伙子嘛。不过，话说回来，迈克，我送你去阿玉巴镇没问题，而且我也非常乐意，但是我得提醒你，以后可不要再在高速公路旁边拦车了，这毕竟是违法的啊。"

这句话说完，迈克明显感到有些不安，在座位上不停地扭动着。过了一会儿，迈克小声地问了一个问题："你现在要把我送去警察局吗？"

"那倒不是，其实我也不知道我为什么要那么说。年轻的时候，我也做过这种事情，那个时候的人们要单纯得多，不管我想去哪里，总有热心人愿意捎我一程。"

"天刚刚黑下来，我就在那里等车了。如果看见类似警车的车辆开过来，我还得到身后的树林里去躲一躲。我今天必须得搭上车，不然时间就来不及了。而且，我还必须躲开交警，不能被他们抓到。"

汽车朝前面快速地行驶着，依稀中，一些零星的灯光出现在黑夜之中。看样子，前面应该是个服务区了。他转过身子，向迈克提议：“前面应该就是赛芬的出口了，那里有个小餐厅，我们不妨去那里歇歇脚吧，反正时间也还够，一起喝杯咖啡怎么样？看你太辛苦了，放松放松吧。”

“我不想喝咖啡。”迈克回答。

司机似乎想到了什么，然后说：“是不是没带什么钱？噢，没关系的，我请你喝。一起喝一杯吧？”

“我不喝，我什么都不想喝。”迈克重复道。

“那我就一个人去了，你在车上等我一下吧，不会很久。因为我只喜欢喝热咖啡。”

此时，车里传来了一阵抖动衣服的声音，然后是拉开拉链的声音。或许迈克改主意了，想看看钱包里是不是有钱？

迈克用一种低沉的声音说：“先生，我们还是不要在那里停留了吧。”

“小伙子，这车毕竟是我的吧，我想去喝咖啡，难道还要征得你的同意？你不觉得，你管得太宽了吗？”

“我觉得，你必须征得我的同意。”话音刚落，迈克拿着手枪，用枪口重重地顶在了他的胸口上，顿时，一阵痛感传来，他的手滑了一下，车子差点撞上了路中间的分隔带。

“你给我好点儿开！”迈克大声喊着。

司机又转了一下方向盘，车子驶入正常车道了，但在这个时候，他轻轻踩了一脚刹车，车速瞬间就慢了下来。

“不准停车，一直往前开，保持你的车速，不要太快，也不要太慢。你给我老实点，别耍花样，听明白了吗？”

他们快速地驶离了服务区，朝哈里曼立交桥方向疾驰而去。这个区间大约有二十四千米，车子行驶在这段路上的时候，他们一句话都没有说。周围一片漆黑，没有人烟。

“前面路变窄了，只有两个车道。”他说道，声音有些干涩。

“那有什么关系，不是照样能开吗？这一路上，我们遇到的车子连十辆都不到。还有，如果一会儿碰上警车，我希望你能老实点，别给我耍花招，打灯光信号求救这一类事情，我劝你最好还是早点死心，我可不是瞎子。如果你不老实的话，我就不客气了。”说完，迈克拿着手枪在他的眼前晃了晃。

他的心中顿时感到一阵恐惧，不安地问道：“你究竟要我把车开到哪里去？”他用一只手操控着方向盘，另一只手将紧紧套在身上的安全带松了松。

“越远越好，这样一来，警察就抓不到我了。唉，其实我还是挺喜欢那儿的。”他不自觉地用手枪的手柄敲了敲仪表盘，然后接着说，“都是那个老太婆害的，不过，她也活该。”

“老太婆？她是你的母亲吗？”他问。

“不，我指的那个人，就住在春谷收费站附近的一栋楼里。起初我发现，住在那栋房子里的男女主人带着孩子出门了，我以为家里的人都出去了，所以就直接冲到了屋子里。刚好后门也没有锁，我连撬门的功夫都可以省了。我在楼下确实搜刮到了不少好东西，卖了的确能够赚点钱，而且家里本身还藏了一些现金。对了，这把枪也是从那里搜到的。哪知道，屋里面还住着个老太婆，正当我满载战利品准备离开的时候，那个老太婆穿着一身睡袍，直接堵在了门口。看到她的那副样子，我就觉得，她十年前就该死了，更出乎我意料的是，这样一个弱不禁风的老太婆，偏偏有个响亮无比的嗓门，那一嗓子，我估计整个镇子的人都能听到。"

"那……她最后怎么样了？"他有些紧张地问道。

迈克似乎在琢磨着什么，用手摸了摸手枪，然后非常平静地说："怎么样？反正我只知道，她不可能再开口说话了。"

"你这是畏罪潜逃，你打算要做什么？"

"现在，事情的发展取决于你的表现。你要是配合的话，说不定明天还能再见到阳光，要是你耍什么花样的话，你就等着警察来为你收尸吧。不过，不管你是什么样的结局，对我来说都无关紧要。"

"我可没有耍什么花招，我只想保住我的命。"

"可不仅仅是你，每一个人都是这么想的。"

汽车继续在向前行驶着，他的身子一直在发抖，根本控制不住。他想保住自己的命，其实，这也是迈克的想法，所以他才会拿着枪。

汽车在驶入新堡立交桥的时候，一辆挂着拖车的重型卡车从下坡的匝道上冲了出来，直接插到了汽车的前面。他连忙踩了一脚急刹，这才没有造成事故。迈克此时也吓出了一身冷汗，两只脚不停地踩着车底板，似乎他的脚下也有刹车，可以帮着踩一脚一样。

冷静下来之后，迈克恶狠狠地骂了一句："这个蠢货，差点儿我们俩就都死了！"

他重新让车子平稳地开了起来，而且速度直接飙上了八十迈。此时，他反而冷静了下来，仔细地盯着车前大灯在公路上的投影，紧接着，他按了一下开关，仪表盘上的背景灯光全亮了起来。此时，他用眼角的余光注意到，迈克正试图用一只手将安全带扯出来，准备系在身上。

"别乱动！"他突然朝他大吼了一声，这让迈克始料未及，出于一种本能，原本紧握着安全带的手一下就松了回去，但他瞬间就意识到，这只不过是司机的一招虚张声势而已，所以，他很快就笑了起来，轻轻地说："你是不是搞错了，现在有权发号施令的是我，而不是你。"

"现在是我在开车，你最好老老实实听我的，否则，我会让这种该由谁来发号施令的争论变得毫无意义！说不定，交警一会儿就可以去路边的水沟里给我们俩收尸了！"

"听起来很有意思嘛，先生，你继续讲，正好我觉得这段时间很无聊，你的话刚好可以给我打发时间。"

"你的手别在车里乱动，包括安全带这些东西，更别想把它们扣在身上。"

"你看，我现在根本就没有碰啊，我的手离它们那么远，怎么碰呢？"迈克装出一副非常无辜的表情。

“很好，现在把你的双手都摆出来，摆在我的视线能看得见的地方。要是你不照做，只要我等会儿看见路边的什么东西足够坚硬，我就会直接撞上去，大树、石墩，这些都可以。”

“先生，你是不是考虑得太多了，我觉得，我这方面你根本就不用考虑。而且，你有没有想过，你要是真的那么做，你自己也会没命的。而且，现在的车速已经上了八十迈了，你觉得你系着的那根安全带能保证你的安全吗？”

“我觉得没想通的是你。反正我会死，所以我无所谓，不过你不一样。”

“我可是在一上车的时候就告诉你了，只要你配合我，我一定会放过你的。毕竟，我杀你没有任何意义，我只不过是想借你这辆车用用而已。”

他摇了摇头，冷笑道：“你少在这胡说八道了，像你这种杀了人的，多杀一个少杀一个有区别吗？你现在心里只有一个想法，逃到一个让警察找不到的地方，以此来逃脱法律的惩罚。如果你真的放我走了，那也就意味着向警方提供了一个活线索。你会做这么愚蠢的事情？反正我不相信。”

“老东西，车子不能开慢点吗？现在已经超速了！”

“那当然，我就是故意开这么快的，车速这么快，你要是朝我开枪，就等于是自杀。”说完，他用力踩了一脚油门，车子跑得更快了。

“你这个疯子，你就不怕车子翻到沟里去吗？路这么窄，你稍微碰上个什么东西，我们就可能翻下去！”

“你居然怀疑我的开车技术？迈克，你平时喜欢看体育新闻吗？尤其是赛车方面的新闻？”

“我对那种东西还真没有一点儿兴趣。”

“怪不得了，不过，我想你应该听过我的名字吧？我叫欧文·史密斯。你真是太幸运了，你居然能够和一个明星赛车手同坐一辆车。我拿过两次全国性赛车比赛的冠军，到目前为止，不管是什么赛道，都还没有翻车记录。我相信，这种平稳的公路赛道就更加不会有问题了。”

“你现在想怎么样？你没看到前面的车吗？”

“少啰唆，管好你自己就行了，注意你手上的枪！”

“枪怎么了？我又没碰它！”

“把枪从窗户里扔出去，你最好按我说的去做，否则，车速不可能会慢下来！”

听到这里，迈克突然笑了起来，“你当我是傻子吗？让我扔掉枪，然后你把我送到警察局，警察可以顺利地以谋财害命的罪名逮捕我，那我就死定了。我宁可让你撞车，这样一来，我说不定还有一线生还的可能，最多就是受点伤。所以，你就别打这个主意了。”

“我可不仅仅只是一个赛车手，我还同时兼任一家汽车公司的安全顾问，我敢保证，你对于汽车安全这一款，肯定也是一窍不通。”他有些得意地说。

“我就是不懂，但那又怎么样？”

“正因为你不懂，所以你根本就不知道，时速八十迈的汽车如果迎头撞上某样东西时，到底还有多少逃生的机会。我以前专门做过这种实验，不过，试验车的车速根本开不到这么快，充其量就是五十迈。我可以跟你讲讲，五十迈的车速，如果发生碰撞将是什么样的情形。”

他根本就没给迈克留下说话的余地，接着说道：“汽车一旦发生高速碰撞的时候，第一秒里，车子的前端缓冲板、车里的冷却器以及各种动力机械都会因为强大的冲力而瞬间成为一堆挤在一起的废铁。第二秒的时候，车头盖也会因为强大的惯性而被压得粉碎，如果你的视力够好，而且当时还足够冷静的话，可以透过挡风玻璃目睹它在你眼前爆裂的景象，当然，车后部的轮子这时候也会离开地面，在半空中飞转。虽然说汽车的动力装置这个时候已经彻底报废了，但是车子的后半部分仍旧具有强大的冲力，能够推着汽车继续飞速前进。在这种力量下，你的身子也会不自觉地坐直。还记得在前一个立交桥下那辆重型卡车窜出来的情形吗？就是那种感觉。紧接着，你的膝关节，就成了你的腿和身子的分界线。”

“你这个老不死的，少拿这些吓唬我。”

“我只是在帮你分析死亡的过程而已，所以，请你不要插话。等到第三秒的时候，车子的惯性会带着你的身子继续往前冲，突出来的仪表盘会碾碎你的骨头，接下来的两秒钟里，你的整个身子与汽车一样，都会继续以三十五迈的速度前进，你的脑袋将会和汽车的仪表盘发生亲密接触。等到第六秒的时候，整个车子都会扭曲变形。不过，你肯定看不到这一幕了，因为坚硬的仪表盘肯定早就将你的脑袋压成糊糊了，至于你那原本粗壮的腿骨，也会因为汽车的挤压而被折断，然后发出嘎吱的声响。或许连你脚上穿着的鞋子都会被直接拔下来。然后，就没有然后了，差不多最后的结局就是这样吧。”他说完之后，停了下来。

想了想，他又补充了一句：“对了，车门也许会被弹开，螺丝也可能会蹦出来，汽车的前座可能会被强大的力量给撕裂，而后座则会猛冲上来，这个时候，不仅仅是你的脑袋，你整个身子或许都被压成饼干了。不过，你根本就不会感到任何痛感，因为那个时候，你早就已经死了。”

迈克此时有些头皮发麻。“这些都是你亲眼目睹的景象吗？”

“我们在车队的试车场里经常能看到这种慢动作的回放，目的就是提醒我们注意赛车技术，避免这种事情的发生。当然，在我多年的赛车生涯中，这种极端惨烈、不忍直视的车祸现场，我看得也不少。迈克，那种场面真的容易让人反胃。”

此时，迈克忍着一种不安的情绪，勉强地从嘴角挤出了一丝微笑，然后故作平静地说：“你刚刚讲得的确非常精彩，我一度都听入了迷，但我相信，你不会做这种傻事的。毕竟，你现在也没有处于走投无路的状态。老家伙，你就不要跟我耗了，心理战是没用的。还有，你要跟我斗智力吗？我可不担心，你车里的汽油毕竟是有限的，等你的油耗完了，我看你还有什么资本跟我玩横。”

“我还真不怕你，我毕竟是专业赛车手，而且之前就跟你说过了，我是全国比赛的冠军。车里车外，大到一个装置，小到一个零件，我都非常清楚。对了，你怎么就不想想，我为什么不让你系上安全带？”

“为什么？”

“我只需要将车速控制在一个特定的速度上，这样一来，我可能会撞向某个东西，因为你没有系安全带，所以你可能会飞出去，而我系了，它却刚好能够保证我的安全，最多就是我的胸腔可能会被磕一下，然后有些瘀青，但这并不会造成很严重的后果。至于你飞出去之后会有怎样的后果，我就不清楚了，不过我觉得，我现在为你做个预测还是没问题的。说不定，你的脑袋会直接撞到坚硬的仪表盘上，然后整个人瞬间失去知觉，也有可能直接将前挡风玻璃撞个粉碎，甚至撞出一个窟窿，不过那样一来，我估计你会不太好看，碎掉的玻璃可能会划烂你的脸，甚至会割断你的喉咙。反正不管怎样，我不会有太大的事。所以，我对你没有别的要求，只是不准你碰安全带。”

此时，汽车以很高的速度在两条车道上来回变换，这让迈克的重心有些不稳，他一双手死死地扶着仪表盘，但显得非常吃力。

“迈克，我再跟你说一遍，希望这是最后一遍，把枪给我扔出去！”

此时，迈克的手紧紧地握住手枪，一种发自喉咙里的低沉的声音从嘴里冒了出来：“该死的，我要……”迈克慢慢地拔出手枪，用枪口对准了他。此时，一个在专注地高速开车，另一个则极力保持身体的平衡，还要将枪口对准开车的人，根本无暇说话。车内的气氛很紧张，只听得见轮胎与路面高速摩擦发出的沉闷的声音和窗外呼呼的气流从车窗缝隙中挤进来的尖叫声。

迈克一只手打开了手枪的保险，子弹已经上膛了，发出了一声清脆的咔嚓声。他的脑子里此时在做激烈的挣扎，他在权衡两个方案下的利害得失。如果他被警方逮捕，那么毫无疑问，因为那个老太婆，他会被起诉，接下来的时光或许只能在监狱中度过了；如果开枪的话，后果似乎也不太乐观。毕竟现在的时速已经逼近一百迈了，这个时候开枪，最终肯定会车毁人亡，而且扭曲变形的金属肯定会将尸体撕个粉碎，就像战场上被敌人乱刀砍死一样，根本不成人形。

他虽然看似平静，但内心却也是极度紧张，一双满是汗的手紧紧地握着方向盘。

最后，迈克暗自咒骂了一句，然后摇开车窗，将手枪扔了出去。开窗的那一刹那，一股强烈的气流冲进车内，司机通过后视镜目睹手枪飞出去的景象之后，心中的石头才落了地，但他的表情并没有发生什么变化，只是慢慢将车速降到了六十迈，基本上回到了高速路的正常时速。

车子驶过金士顿镇，在穿过一个地下隧道的时候，车前方停了一辆警车，警车的门此时是打开的，上面的红色顶灯也在旋转着。他将车开到了警车旁，然后停了下来，并且事先就多考虑了一步，车子是挨着警车停下的，由于间距不够，迈克没办法开门从车里逃出去。

司机简单地描述了一下情况，警察随即走了过来，用手铐将迈克铐走了。在离开的时候，迈克非常不屑地吐了一口唾沫，“欧文·史密斯，我会记住你的。我真是倒了八辈子霉，居然会碰上你这么个赛车的冠军。不过，要不是亲身体验，你的话还真是让人难以置信。如此瘦弱的身躯，居然有那么大的力量来驾驭汽车。”

“迈克，你不要搞错了，开车是个技术活，讲究的是巧劲，而不是用蛮力。”

“我只能说，你捡了个大便宜。如果你不是赛车手，不知道撞车的严重性，我现在早就逃出去了，警察也根本抓不到我，甚至，连你的尸体也找不到。”

警察将迈克押进了警车里，而后，回到了他的身边。

“刚刚那个人说你是欧文·史密斯，不过，怎么跟我在电视里看到的不太像呢？不，应该说，你根本就不是。”

“当然，我肯定不是。”他非常温和地回答道，“我叫约翰逊，在费城开了一家私人书店。我原本是要开车去水牛城的，我的女儿和外孙现在还在等我。我给他们带了一份礼物，是一本书。经历这件事情之后，我觉得他们应该好好看看那本书，因为真的太实用了。当然，如果可以的话，我觉得迈克也可以读一读。”说完，他从车里拿出了一本很厚的平装书。警察拿过书之后，大致翻了翻。那本书叫作《汽车驾驶安全须知》，而写这本书的作者名叫欧文·史密斯。封面上印着一个英俊的年轻人，那个人戴着赛车的专用护目镜，正抬头望着他。

“我只是跟他讲了书里面的东西而已，没想到，居然真的把他给吓住了。”他乐呵呵地说，“现在看来，没事多看看书总归是没有坏处的，说不定还能救你一命。”

罗马艳遇记

这是我生平第一次来到罗马，之前，我一直生活在一个封闭的乡村，过着平淡的生活。虽然我只有二十四岁，但连年的奔波生涯已经让我看透了这个世界，小时候的那些单纯幻想早已灰飞烟灭。在到达罗马之前，我更没有奢望能在这个世界性的大都市里遭遇一些惊奇的事情，罗曼史什么的更是连想都不敢想。我这种人，就是被美好生活欺骗的现实例子，正常的需求都没有办法满足，哪还敢奢求些别的呢？

罗马的风光其实被人们描述得有些夸张了，从我亲眼所见的景象来看，也不过如此，好在我事先做足了心理准备，内心的落差也处于一个可以接受的范围。生命中还有很多事情远远超出了我们的预料，所以这根本就不算什么。再说了，这样一个庞大的都市，原本就会包容很多东西，怎么能用一个简单的好或者不好来概括全部呢？

我脑子里一边琢磨着事情，一边在罗马的街头游荡。路旁商店的霓虹灯在飞快地闪烁，马路上的汽车川流不息地行驶着，喇叭声、音乐声、人们的说笑声、鸟儿的鸣叫声交织在一起，整个空间给人一种嘈杂的感觉。路人们的脸上没有什么太多的表情，阴晴不定，光从外表根本无法区分这个人的喜怒哀乐，像是戴了一副面具一般。罗马的歌剧非常有名，给人一种热闹的感觉，而且每个角色定位分明，不可随意代替。而罗马的街景，就是罗马戏剧最为真实的写照。行走在街上的每一个人，都可能对应罗马歌剧中的某个角色，他们个个行色匆匆，似乎要赶往某个地方，急于开始那丰富多彩的夜生活。这似乎是这个城市的活力所在，每个人都有专属于自己的夜生活，而且乐此不疲。

我就像个外来人，不，应该说本来就是外来人，在漫长的大街上毫无目的地逛荡着。

罗马有它独有的氛围，我觉得我很难融入其中，感觉就像一个独立的个体，无法享受群体的温暖。繁华的夜市之中，似乎没有我的容身之处，在夜晚的喧闹声中，我显得格外孤独。我很讨厌这种伤感的感觉。

不过，没过多久，我突然心生一种安慰之情，正因为有了这种特殊的情感，我在这个千人一面的城市中反而显得与众不同，我现在就好像置身于一个陌生的世界当中，每往前迈出一步，都是猎奇的举动，每多看一眼，都能收获生活在这里的人们所体会不到的新奇感觉。少年时的那种激情，瞬间回到了我的心里，我不由得迈开步子，以更快更大的步幅向前行走。

我从罗马城区最为拥挤繁华的一条小街中穿行而过，两旁开满了各色各样的餐厅和咖啡店，一栋造型独特的中世纪教堂格外引人注目。街道的尽头是几级台阶，登上台阶之后，我来到了另外一条马路上。也许，走这条路，我能够返回居住的旅店。

这条街道看起来也有一些年月了，道路两旁的马路牙子略显沧桑，远不如刚才那条小街那么繁华。整条路上都看不见几个人，仅仅只有一条街的距离，却仿佛让人置身于两个不同的世纪。借着微弱的暮光，马路尽头的教堂依稀可见。小路的左手边是公墓，黑漆漆的色调让这一带显得格外肃穆。然而，就是这样一个十分清静的地方，却弥漫着浓郁的比萨饼香味。

走了一段路之后，我才发现，这条路上除了我之外，找不到第二个行人了，就好像我的专用道路一样，空旷的街道上只回响着我一个人的脚步声。

空荡的环境最容易让人心生寂寞，正当我为这种寂静而伤感的时候，路的尽头出现了一个人影，而且在慢慢地向我走来。我定睛一看，原来是个衣着素雅的女人。

她走起路来很像那些时装界的模特，有模有样，但是没有她们看起来那么夸张。她手里挎着一只印有拉丁文的手提包，举手投足之间，透露出一丝高雅的气息，只需要一眼，就能被她感染。她脸上似乎蒙着一层薄纱，由于光线微弱，她的脸有些看不太清，不过光从这种优雅的举止和不凡的装扮上看，她一定是一个貌若天仙的女子。

渐渐地，她离我越来越近了，可是，我却觉得她的形象看上去更加梦幻迷离，就好像这将要暗下来的夜色一般，让人难以捉摸。我突然微微地侧过身子，将头扭向一旁，自从看见她，我就无法让自己冷静下来，而且整个脑海中的思绪变得更加混乱了。

她慢慢地走过了我的身边，我原本不敢看她，由于内心的伤感，加上曾经的经历，像我这种人，在这样一个现代化的都市里邂逅一次罗曼蒂克，那简直就是天方夜谭。不过，我仍旧按捺不住内心的好奇，不自觉地扭过了头，悄悄地瞥了一眼她的脸庞。

仅仅只是瞥了一眼，然后我整个人瞬间都呆住了。那张脸，竟是如梦幻一般的美丽，我整个人原本处于一种极度低迷的状态，现在居然在一瞬间就清醒了过来，也许就是因为这张俊美的脸吧。很快，我意识到了自己的举止表情有些失态，但我真的没有办法控制自己，因为她的美，远远地超出了我的预料。

她似乎注意到了我，然后也露出了微微的笑意。那种笑容，有些羞涩，又有些矜持。

可是，在看到这样一个美丽女子的时候，我的脑海中居然下意识地想到了一种人——妓女。不过，这个词只是在我的脑海中一闪而过，我凭直觉将这个判断给否定了。那种笑，并不是因为长期的职业行为而堆出来的笑容，而是发自内心的，一种纯自然的微笑，其中不夹杂任何功利与谄媚。那种笑有一种独特的魔力，我感觉我的整个身心此时都变得空灵了。

更令我没想到的是，她居然率先跟我说话了。

“很抱歉，恕我有些冒昧，不过我觉得今天的夜晚真的很美，如果只有一个人欣赏这优美的月色，似乎有些太可惜，太寂寞了。不知道，你的想法是不是跟我一样？”

由于之前一直沉浸在她的美丽之中，对于她的问题，我竟然一时失语，不知道该如何回答。好在，微笑是最好的一种语言，不知道说什么的时候，报以一个会心的微笑，往往是最好的选择。

看到我的微笑之后，她似乎也非常高兴，整个人也稍稍放松了一些，然后用一种略带迟疑的声音问道：“不知道，我们能不能一块儿散散步？或者……我们一块儿去吃点东西？”

此时，我整个人终于轻松了下来，嗓子也似乎终于打开，能够说话了。“当然，能受到你的邀请，我感到非常荣幸。我刚刚从前面那条街走过来，路上似乎有很多餐厅，而且看上去也相当不错。”

她微微一笑，然后说：“不用这么客气的，我的家距离这里并不远，就在前面……”

随后，我转过身，跟着她朝刚才来的路往回走。尽管这段路在不久之前刚刚走过，但现在一看，路两旁的景色竟变得截然不同。或许，产生变化的并不是我眼前的景色，而是我的内心。但是，我仍然不相信，我会在罗马这样的城市遭遇一段罗曼蒂克的经历，这种桥段都是小说里的，如果真的相信它会存在于现实之中，未免有些太过天真了。

太阳落山之后，气温渐渐地降了下来。她低着头，慢慢地走着，并且微微地低着头，月光之下，她的脸变得更加朦胧。微风轻轻拂过，搭在肩上的薄纱披风轻轻地扬了起来，嫩白丰腴的香肩若隐若现，雪白的肌肤仿佛因为月光的映照而泛出美丽的光泽，看起来跟新鲜的奶酪一般。我偷偷地用眼角的余光打量着她，因为侧身的角度，我才发现，原来她的睫毛是如此修长动人，弯弯地画出一道优美的弧线，每眨一次眼睛，那弯弯的睫毛就会轻轻地颤动一下，显得无比诱人。

我有一种感觉，她那迷人的睫毛似乎能织成一道网，如果我继续这样目不转睛地看下去，我整个人都会陷入这张网中。我再一次提醒自己，我已经二十四岁了，现在是在罗马，不要做白日梦了。

我好不容易将自己的内心平复了下来，可就在不知不觉中，我居然来到了一栋大房子的门口。她也停了下来，从身上拿出一把巨大的金色钥匙，紧锁着的大门“吱”的一声就打开了，然后向我伸出右手，意思是请我走进去。那双手很白，不过略微显得有些清瘦，纤纤玉手的指尖，玫红色的指甲油格外抢眼。

此时，房间里走出来一个身穿制服的男仆，看上去像是这栋房子的管家。她轻声地对那个男人说了几句之后，那个男人随即向我鞠了一躬，然后就退到了房子里。他是这栋房子的管家，那个女人应该就是这里的主人，而我，此时成了她邀请来的客人。

我一直跟在她的身后，走过了一片很大的草坪，绕过了一个带有喷泉的泳池，最后来到了摆放着桌椅和阳伞的休息区。水池中的灯光经过精心调试，光线非常柔和，但又刚好能够满足照明的需要。

我们坐在水池边，然后慢慢地开始聊了起来，期间谈笑风生，显得十分投缘。我今年二十四岁，但从外表上看，长得并不算丑，以前也与很多女孩约会过，而且我懂得该如何与女孩子聊天，知道怎样让她们关注到我，我一度因为自己的这项本事而非常得意。虽说我出生在贫穷的乡下，但是我之前读过很多书，所以，对于罗马的历史乃至神话，我都能够侃侃而谈。自古至今，亚平宁半岛上从来不缺乏浪漫的故事，所以我们根本不用担心没有话题。

仆人端上来一杯加了冰块的葡萄酒。酒的纯度很高，借着月色，还泛出一种淡淡的红宝石光泽。她举起酒杯，对我微笑致意。我也端起杯子，和她轻轻地碰了一下。因为加了冰块的原因，酒入口的时候有些凉意，不过却很适合在炎炎夏夜，特别是在这样一个浪漫的夜晚饮用。一阵清凉的感觉由嘴里进入食道，又渐渐地因为体温而变暖，等最后进入胃里时，喝下去的酒竟然变得有些烧灼的感觉。这种美好的感觉，我还是第一次品尝。看到我陶醉的表情，她似乎领会到了我的心思，于是用她那轻柔的声音告诉我，这瓶酒是波斯产的。

我居然能够饶有兴致地跟一个陌生女人聊了这么长的时间，而且越聊越有意思，这让我非常意外，之前我一直以为我不是一个相信浪漫的人。当然，这神秘的酒肯定起了很大的作用。

此时，她的视线落在了我的身上，我能感受到她那若即若离的眼神，朦胧而又羞涩。她的眼睛也如同杯中的葡萄酒一样透明、清澈。她似乎张嘴要说什么，却一直没有出声。最终只是微笑地看着我，似乎在朝我做某种暗示。

我突然谨慎了起来，暗示自己一定要事事小心。我从来就不相信一见钟情这种事情，如果不想在这异国他乡发生什么意外，今天的浪漫之夜或许到此为止最为合适。我随即从座位上起身，打算为她今天晚上的款待表示感谢，然后告辞离开。

她没等我把那些成套的客套话说完就打断了我，脸上起初还能看得见微笑，但渐渐地，她显露出了一种忧伤的表情，“先生，我已经吩咐仆人为你做了一顿丰盛的晚餐，如果你今天晚上的事情不是特别紧急的话，恕我冒昧地提一个请求，希望你能够多留一会儿。当然，你可能会认为，我对你提出这样的要求也许存在着另外的企图，我非常理解你的心情，因为我们相识的时间到现在都不超过一个小时。如果是我的话，我可能也会有类似的想法。”

“不，小姐，你多虑了，我从来都没有对你的诚意表示过半分的怀疑。”

“先生，我跟你说实话吧，虽说我们刚刚认识，我对你的了解也非常有限，但在我的眼里，你跟满大街走着的罗马人并不相同，他们给我一种俗气的感觉，但你的身上没有，相反，你有一种独特的魅力，我正是被这种魅力深深地吸引了。我的直觉告诉我，你是一个有内涵、有深度的男人，我相信我的直觉，所以我决定接近你，然后跟你交谈。我并没有其他的理由，如果你要追问的话，我也没法回答你，女人的第六感就是这样的，所以……所以，你能不能多留一会儿呢？我想你留下来陪陪我……”

经她这么一说，我哪还能走呢？我不相信浪漫，并不代表我从出生开始，身体中就不存在着浪漫的细胞。然而，现实是残酷的，我一次又一次地被现实嘲弄，最终导致我不敢相信浪漫这种东西，尽管我也渴望。其实，今天晚上的机遇正是我多年以来梦寐以求的事情，只是事发突然，我完全没有心理准备，内心竟然有些害怕。尽管我对于罗马这个地方有些戒备，对于这里的风景、这里的人们都刻意地保持着一些距离，但转而一想，如今有个这么好的机会就摆在我的面前，如果我没有好好珍惜，我一定会后悔一辈子。我的内心似乎已经帮我做出了决定，我的指尖在微微颤抖，但这并不意味着，我是一个胆小怕事的人。

我不得不承认，这个女人的身上散发着一种独特的魅力，我被她深深吸引着。此外，我对她还抱有一种信任，我相信她所说的一切。生活中总会发生些如意的事情，命运再坎坷的人，他的一生中也或多或少能够收获几次意外惊喜。

最后，我答应她留下来，并且跟她一同共享浪漫的晚宴。整个宴会的过程中，仆人们里里外外忙个不停，而我和她，则尽情地陶醉在美食的享受之中，不仅有油焖虾、烤火鸡、烤牛排、馅饼、新鲜水果，还有非常珍贵的杜松子酒。

大快朵颐之后，我们又坐回了休息区，仰躺在柔软的沙发上，看着寂静而美丽的夜空。仆人们收拾完餐桌的残局之后，渐渐地也退下了，整个院子里最后就只剩下了我们两个人。不知是夜色醉人，还是美酒弄情，她竟然倒在我的怀里睡着了，但我却浑然不知。

整个院子里非常安静，我们就这样静静地相互依偎着。过了一会儿，她从我的怀里起身，柔情地看了我一眼，然后轻轻地拉着我的手，将我带向了眼前的那栋大房子。

此时，我似乎能听到自己的心跳，整个世界都屏住了呼吸，我的脑子里此时一片空白，不知道要说什么，唯一感觉到的，就是她那纤细而修长的手，正轻轻地拉着我的手。

我们走进屋子，大厅灯火通明，将大理石地板照得发亮。我的心跳越来越快，这难道是一种恐惧的心情吗？这个念头刚刚在我的脑海中浮现，我都没来得及多想，就立即将它否定了。我虽然不相信浪漫，但这并不影响我欣赏这个世界的美丽。我的心里现在涌起了一阵久违的兴奋感，非常单纯的兴奋感。的确，在这样一个美丽动人的夜晚，我应该保持一种兴奋的状态，并且还要报以十分的热情去迎接将要到来的一切。

她拉着我上了楼梯，来到了楼上的卧室。灯亮了，正对着的墙上挂着一张她的巨幅画像，画像中的人身上只披着一件薄如蝉翼的纱衣，就像法国画家笔下创作出来的美丽天使。可当我转过头进行比较的时候，我只觉得，眼前的这个女人，比画上更具魅力，而且，就在我刚刚专注地欣赏画像的时候，她早已将身上的衣物尽数脱去。

简直太美妙了，这应该是我这辈子经历过的最完美的一夜。不管怎样，我仍旧是个俗人，我无法抗拒世间原本就存在的美丽，而早已被我尘封已久、压抑在心底的罗曼蒂克心理，此时也似乎如同脱缰的野马一般疯跑出来。我不假思索地便将她抱了起来，她的身子很轻，所以我能够将她捧在手里，然后仔细地端详。此时，她似乎显得迫不及待，连忙将嘴唇微微上翘，想亲吻我的身体。我还能感觉到，她那凹凸有致的完美身材正紧紧地贴在我的身上，两只手灵巧地将我衬衫上的纽扣一一解开。

我对她的举止一点儿也不反感，这一切都是情理之中的事情，也没有什么应该不应该的。

我的头脑此时似乎根本就不属于我自己了，我无法思考，满脑子的热情与冲动似乎在告诉我自己：爱情就是这般甜蜜，生活本应如此美好。

我们双双赤身裸体地躺在了床上，正当我打算亲吻她的时候，我突然觉得有些异样。我稍稍停了一下，充分调动我的感觉细胞，对周围的一切加以探视。

她就躺在我的身边，完美的曲线展露无遗，我觉得眼前的景象似幻似真，她的眼神中流露出了一种强烈的热情与期待。直到这时我才明白，根本就不存在什么异样，完全是我心里紧张罢了。

由于太过心急，我居然忘记关灯了。我一直以为，做爱这种事情就应该关灯，光线太强会破坏美感。我仔细地回想着开关的位置，似乎就在进门的墙边。可是，当我准备去关灯的时候，我的内心又犹豫了起来。

她温柔地看着我，眼皮眨了两下，弯弯的睫毛跟着微微地颤了颤，显得非常性感。她似乎看穿了我的心思，然后在我的身下轻声地呢喃着："亲爱的，事情就交给我吧，你不要乱动，不要离开我……"

话音刚落，她便将手抬了起来，手掌越来越大，手臂越变越长，渐渐地，手臂的长度超过了宽敞的大床，跨过了地毯，几乎横跨了整个卧室。在顶灯的照耀下，整个卧室瞬间被一个巨大的阴影所笼罩。最后，她的手臂伸到了十几米外的开关上，然后用一根巨大的食指轻轻地摁下了开关，"啪"的一声，卧室的灯熄灭了。

“我知道你急着把房子租出去，不过，我相信你也看出来了，我关注的并不在你的房子上。”迪克在对布莱恩说话的时候，他那双黑亮的眼睛里流露出了些许不安的神色。

“这我知道。”布莱恩说话的声音虽然显得非常柔和，但语气非常坚定。

“我这次过来，完全是因为我朋友的介绍。”迪克说。

迪克站着的位置很有意思，后面就是一道拱门，是玻璃做成的，从这一面看过去，门上“布莱恩房地产经纪人”这几个字刚好倒了过来，并且因为光照的原因，就像光圈一样，刚好呈一个弧度，映在了他的脑袋上。

“是的，你的朋友已经打电话告诉我了，迪克先生，我觉得你值得我信任，而且我相信，你现在非常需要我的帮助。不过，有些话我得说在前面。”

这话一说，迪克顿时觉得有些不太自在，不过，他仍旧勉强挤出了一个微笑，尽量不让这场谈话显得尴尬。

“我觉得，如果是谈事情的话，那就应该开诚布公地谈，不要拐弯抹角。你希望借助我的力量，达到谋害你太太的目的，我可以很负责任地告诉你，你找对了人，我做这种事情有很丰富的经验，多年以来，我也是依靠这个本事来赚外快的，基本上没失手过。”

迪克深深地舒了一口气，悬在心里的一块石头似乎落了地，然后说道：“布莱恩先生，说实话，你能主动提出，开诚布公地说这件事情，我感到非常高兴。事实上，我憋了很久了，现在有人知道我的这个心结，并且愿意与我一同分担，甚至解决，我感到非常高兴。其实，哪怕是大声地将‘我讨厌我太太’这个想法说出来，我的内心也会轻松不少。”

“迪克先生，请问，这种憎恨存在于你们双方的心中吗？”

“差不多吧，我的太太早就看我不顺眼了，但她跟我不同，但凡心中有不满的情绪，她就会借助日常生活中的那些琐事，非常直接地表露出来。虽然都不是些什么很大的事情，但你知道的，长期下来，我……”

“我能够理解，那的确是一件非常烦人的事情。而且，如果说一个女人的内心充满了怨恨，她就会想方设法地变着花样折磨人。不过，据我了解，她提出了离婚，但是你并不同意。”

迪克点了点头，然后坐在了桌子旁的一张椅子上。“我凭什么要听一个什么都不懂的法官的意见呢？要真离了，我至少要损失一半的财产。我绝不会干这种傻事的。”

“这件事情，你的太太怎么看呢？”

“很明显，她也不希望平白无故地就少了一半的财产。要知道，妇女解放运动发起之前，她早就将她自己解放出来了。”

“那么，你的太太是怎么看待搬家这件事情的？”

“搬家的事情她早就有想法了。附近邻居太吵，加上周围还住着几个喜欢摩托运动的男孩，平日的练习将屋子附近的小路弄得坑坑洼洼，所以她早就想搬了，想换一个清静点的地方。不过，前前后后弄了一年多，却一直没有搬成。”迪克的语气显得非常肯定，像是在作保证一样。

布莱恩从椅子上站起身来，然后朝角落的酒橱走了过去。过了一会儿，他转过头问：“迪克先生，要不要喝杯酒？”

“好主意，如果可以的话，请给我一杯威士忌。谢谢。”

布莱恩向两个杯子里倒了一些酒，差不多两个指节那么高，并且往里面加了一些冰块。他端着酒来到桌边，将酒放在迪克的面前，然后坐在桌子的一角，看着迪克说：“迪克先生，在探讨更为细致的问题之前，我觉得我们有必要先把条件谈清楚。”

迪克喝了一口酒，然后说：“之前，我的朋友告诉我，费用大约是三千元。”

布莱恩笑了笑，然后说：“那是以前的价位，现在得四千了，提前预付两千，剩下的在事成之后付清。你知道的，现在经济不景气，物价飙升，包括房租，包括日常的开销，只要你能想到的，都在涨。”

“当然，这点我理解。如果你能将她解决掉，四千块钱我也能接受。我敢打赌，只要你亲眼见到她，你就会明白我现在的处境。”迪克认真地说着。

“我要推荐给你们的那栋房子位于一条叫作比德顿的小巷里，那儿非常安静，我相信你的太太会喜欢的。而且，我觉得你太太对于那里的租金也会相当满意的。”

“那么，我们什么时候过去看房子会比较方便一点？”

“如果你有空的话，明天就可以，我会陪你们一块儿过去。现在我们条件也谈完了，接下来的事情就交给我吧，我会把一切事情都安排好，并且保证能让你们夫妇顺顺利利地住进去。接下来的事情，就交给时间来解决吧。”

“也就是说，我们最快能在月底的时候，开始我们的计划？”

“先别急嘛。”布莱恩说完之后，打量了一下迪克的面庞，此时，他那张脸看起来并不好看，他脸上的表情非常复杂，既包含着一种愉快，又包含着一种阴沉的幻想。

迪克微微地低下了他那晒得黝黑的额头，然后脸上显出一丝不悦的表情，问：“我有一个疑问，我到底该怎样做，才能让这件事情看起来是一个纯粹的意外？毕竟，根本没有人知道我们预设的那个陷阱究竟在哪。”

布莱恩端起酒杯喝了一口酒，然后信心十足地说：“迪克先生，这点你完全不用担心，毕竟我能算得上是这方面的专家了。如果你对我的能力有怀疑的话，我想你也不会过来找我的。”

迪克只是静静地坐在那儿，并没有吭声。布莱恩刚才那番颇有自信的话让他陷入一阵尴尬。不过，布莱恩的这种自信，其实也相当于在给迪克灌输信心，而这种信心恰好是迪克现在急需的。

“这样吧，迪克先生，我们就约定在周三的下午了，那个时候，我会将你们夫妇领到新房子那儿去看看。如果一切事情都定下来，我立马就会将那些需要注意的事情告诉你。”

迪克点了点头，端起杯子，将里面剩下的酒一饮而尽。布莱恩则接过了他喝完的酒杯，然后伸出手，一边握手，一边跟他说：“那栋房子位于比德顿巷的 432 号，要是可以的话，我们就将时间定在周三下午四点，我会在那等你。”

迪克说：“行，到时候，我会将第一个月的租金带给你。当然，这也是最后一个月的租金。”

布莱恩笑着说：“嗯，别忘了，还有两千元的预付款。”那种语气，像是一种善意的提醒。

迪克也笑了笑，似乎已经忘记了这件事情，连忙解释道：“噢，当然，当然，这个肯定不会忘的。”

星期三的时候，迪克夫妇按时赶到了位于比德顿巷的那栋房子，当布莱恩看到迪克太太的时候，突然感到些许意外。眼前的这个女人，跟他想象中的样子相去甚远。她看起来非常娇小迷人，跟他丈夫描述中的那种狡黠似乎完全挨不上边。当然，婚内生活中可能存在着一种暗流，这种暗流具有强大的破坏力和高度的危险性，而它最致命的地方在于，人们几乎对它难以察觉，而往往当婚姻的双方察觉到这种暗流时，为时已晚，两人之间的感情已经出现了裂痕。不过，在布莱恩看来，迪克太太可能不全是迪克所说的那样，她给人一种聪明而理性的感觉。

巷子里的那栋房子位于一块空旷街区的中央，四周栽种了许多植被，景色宜人，非常清静。这栋房子分为两层，卧室在楼下，一共有两间，楼上还有一个小小的娱乐室，结构非常合理。整栋房子的占地面积并不大，但是却给人一种精致、温馨的感觉，对于迪克夫妇这种没有养育子女的中年夫妇而言，这栋房子的确是个非常不错的选择。

之后，他们便进屋看了看。迪克太太进去之后直接奔向了厨房，看了一圈之后，她满意地说：“真没想到，一栋这样古老的房子里面，厨房设施却如此现代而齐全。”

布莱恩说：“其实，有些年头的房子也有它们独到的好处，而且，现在人盖房子大都不如从前了，这一点我敢打包票。”

“这栋房子有地下室吗？”迪克问了一个问题，表现出一副非常自然而诚恳的样子。

“有的，地下室还不小，还可以储藏水果。之前这户人家的主人用地下室来存放燃料，如果你们喜欢喝酒的话，这里存酒也相当不错。”说着，布莱恩便带他们参观了一下地下室。

整个地下室非常宽敞，而且一点儿也不潮湿，的确适合储藏东西，这让迪克太太非常满意。

之后，他们又回到了楼上，去其他的房间转了转。整个过程中，迪克太太连墙角这些细节都不放过，尽管对于浴室的壁纸和灯具都非常满意，但她仍旧吹毛求疵地在其中挑出了各种毛病。

正当迪克太太在仔细地检查衣柜时，迪克心照不宣地看了一眼布莱恩，而布莱恩则报以微微一笑。

“你打算出多少钱？”迪克太太走回到门廊的时候，突然问道。

“第一年的话，我可以给你一些优惠，每个月的租金为一百七十五美金。”布莱恩诚恳地回答道。他期待着她能答应下来，因为就凭这栋房子的条件，这个价位再加五十美金，照样会有很多人来租。

布莱恩注意到，迪克太太正朝迪克在使眼色，那种感觉，应该是看中了这套房子，打算租下来的意思。

迪克连忙接话道：“嗯，我觉得这栋房子挺不错的，价格也比较合理。亲爱的，你喜欢吗？”

“我也觉得挺不错的，刚好适合我们用。”

“那真是太好了，二位如果敲定了的话，就去我的办公室办理一下签字手续吧。”布莱恩面带微笑地说。

之后，他们便朝布莱恩的汽车走了过去。期间，迪克太太回了一次头，瞥了一眼那栋房子，似乎露出了一丝喜悦的表情。看样子，她对这栋房子的确很满意。不过，迪克并没有回头多看，而是趁着她不注意的时候，悄悄地将一只信封塞到了布莱恩的手里，里面装着约定好的两千元预付款。

周末的时候，迪克来到了布莱恩的办公室。布莱恩能够明显感觉到，迪克的表情和上次过来的时候有着很大的不同，他现在非常高兴。的确，租房子的计划进行得非常顺利，一切都在计划之中。

布莱恩在桌子旁边的一张椅子上坐了下来，然后问迪克：“怎么样，房子里面的事情都准备好了吗？”

“你觉得……我们做这件事情的成功概率有多大？”

“这不是什么困难的事情，就像扣动手枪扳机一样简单。迪克先生，为了以防万一，我们需要一些时间的检验。整个事情要想顺利地进行下去，我们就不能出任何岔子。当然，凭借我的经验与能力，如果这次不成功的话，我们还可以尝试第二次。总之，我向你保证，这件事情我终究会帮你办妥。”

迪克坐在椅子上显得有些不安，身子不停地在扭动着。

“我觉得越快越好，我已经被折磨了十年了，再也受不了了。重获自由是我现在最大的渴望。”

“迪克先生，对于你的遭遇，我深表同情，我会尽力而为的。”此时，布莱恩打开了桌子下面的一个抽屉，从中抽出了一张卷好的纸条，然后展平放在迪克的面前。他接着说：

“迪克先生，这张纸条上详细地列举了你在这个计划中要小心避开的危险区，对于上面所列举的每一个细节，你都必须铭记在心，而且一定要严格按照我告诉你的步骤来做。当你将这张纸条上的所有内容全部记清楚之后，请你务必将它烧毁。别看它只是小小的一张纸，但它现在能带给你的价值远远超过了一块黄金。”

“不过，她并没有这张图啊。”

“你说对了！所以，你必须在我的办公室里将这张纸上的内容记熟，为了安全起见，我不能让你把它带走。”布莱恩的语气中充斥着一种蛮横，其实他自己也不知道为什么会对迪克表现出这样一种态度。

过了一个小时，他们开始对纸条上所列举的观点一一进行温习。

第一条，地下室楼梯的第二级阶梯千万不能碰。楼梯事先被人做过了手脚，不管是谁，只要踩上去，踏板一定会断裂，整个人一定会从楼梯上掉下去。

第二条，厨房左侧的那个火炉被安装上了一种特殊的装置，一经点火，它有百分之五十的概率会发生爆炸，而且伤害的半径宽达一米半。所以一定记住，不要碰它。

第三条，后门门廊的右边也被动了手脚，类似于地下室的第二级台阶，否则也有可能发生坠落的危险。

第四条，打开客房电灯开关的时候，一定要注意，千万不要将手碰到插座的金属面，否则就会因为触电而身亡。

第五条，屋子里配备的那台自动洗衣机平时不要用，它经过特殊处理，工作过程中极容易发生漏电。

迪克确信他能将这些内容都记住的时候，便将纸条叠了起来，然后放回桌上。正当他打算点火将纸条烧毁的时候，他猛地想起了一个问题，于是有些不安地问道：“家里安装了这么多陷阱，你就不怕事后被人们查出来吗？”

“不管是事先调查，还是事后调查，这些东西都不会被发现。要知道，我就是这方面的专家。迪克先生，我认为你应该充分相信我，我为你夫人所准备的这一切，都是经过我精心安排过的，这点你可以放心，而且全世界找不出第二套这样的机关。”布莱恩非常自信地回答道。

“你真的有十足的把握，能让这一切看起来就像是意外事故？”

“那是当然。”布莱恩非常干脆地回答，话语中听不到半点犹豫的意思。

听到这里，迪克勉强做出一副微笑的样子，试图掩盖脸上仍旧不安的表情，那种不真心的微笑夹杂着这样一种令人讨厌的表情，真是丑极了。不过，他很快就表现出了对布莱恩的信任，非常坚定地从椅子上站了起来，并且朝布莱恩点了点头。

布莱恩补充道：“等事情完成之后，那两千元你可以用邮寄的方式给我，就不用再亲自跑一趟了。”

迪克已经走到了门边，听到布莱恩这么一说，他脸上那种丑陋的微笑再次出现了，然后跟了一句：“嗯，事成之后，一定寄到。”说完，便离开了布莱恩的办公室。

布莱恩在办公室里等了大约五分钟，确认迪克走远了之后，他给迪克太太打了一通电话，并且约定在一家餐厅见面。见面之后，布莱恩便将所有的事情统统告诉了迪克太太。

最开始的时候，迪克太太对于布莱恩所讲的事情一点儿也不相信，但经过布莱恩的努力，迪克太太的情绪很快由震惊变为恼怒，或者可以这么说，她这辈子还从来没有这般恼怒过。

“真是不敢相信，迪克那样没种的男人居然想做这种事情，不过，我也真是没有想到，他对我竟然恨之入骨。这个混账东西！”她一边喝着咖啡，嘴里一边咒骂道。

布莱恩添油加醋地说道：“是啊，才五千块，你说说看，五千块算个什么？”

迪克太太一言不发地坐在那儿。

坐在对面的布莱恩此时正仔细地打量着她。她似乎在仔细琢磨着刚才所听说的每一件事，越是琢磨，火气就越大，到后面，可以说已经到了一点就炸的地步。

布莱恩适时地又补充了一句：“还有，他连任何条件都没有谈，至于痛不痛、快不快这种事情，他也完全不加以考虑。”

“畜生！混蛋！他为什么要这么对我！”她咬牙切齿地咒骂道，“不行，这口恶气我一定要出，我发誓，我要杀了他！”

“确实，我都为你感到不平了。我觉得你应该这么做。”

迪克太太似乎明白了什么，然后用一种狡黠的眼神打量着布莱恩，不紧不慢地说：“噢，我现在明白了，原来你告诉我，是另有所图啊。”

“你放心，整个过程花不了你很多时间的。”

“布莱恩先生，有件事情我觉得你可能搞错了，我跟我的先生不一样，我的心肠没有他那么狠毒，何况我也不忍心下这个手。”

“既然如此，你准备怎么弄死你的丈夫呢？”

“还能怎么办？当然是交给警察去处理啊。”

布莱恩并没有急着回答什么，而是往咖啡里加了一些牛奶，搅拌均匀之后，看了看迪克太太，用一种满不在乎的语气说道：“迪克太太，我得提醒你一件事情，在他没有动手之前，你根本拿不出任何证据，而且就算他将这一切事情都向警方交代了，那又怎样呢？什么事情都没有发生，警察怎么相信呢？他们怎么知道，你们夫妻俩到底是来真的，还是闹着玩呢？这种情况下，警方根本就不会采取进一步的行动，最多就是让你们私下调解。而且，还有一点我要申明，我始终会保持中立的立场，不会偏袒你们中的任何一个人。”

迪克太太的两只眼睛一直盯着桌面在看，似乎在仔细权衡着布莱恩刚才所说的一切。

布莱恩接着说：“迪克太太，我可以非常负责任地告诉你，你现在什么也做不了，除了等待下一次的机会。”

“下一次的机会？你这话是什么意思？”

布莱恩扬了扬眉毛，然后说：“太太，这个道理很简单。你丈夫想让你的死看起来像个意外，要是他这次没有得手的话，就一定会策划下一次。难不成你觉得，一次的失败就能让他知难而退，就此罢休？”

迪克太太非常认真地看着布莱恩，“布莱恩先生，看来你是想告诉我，你才是我唯一的选择。只有你，才能让那个心肠狠毒的人死，而且死得让大家毫无疑心？”

“差不多就是这个意思吧。当然，你也可以选择跟他离婚，但我想，离婚虽然能够缓解一时的矛盾，但你们之间的怨恨这么深，我很难保证你在离婚之后能够事事平安。”

“布莱恩先生，我之前已经说过很多遍了，我不想再说废话，离婚是不可能的事情，以前不会，现在也不会。而且，我更不会因为你的一句无故恐吓而这么做。”

布莱恩只是笑了笑，然后握住她的手，说：“太太，我觉得我有必要将事情的详细告诉你，否则，你今天回去就有可能会被迪克谋杀，因为我事先为迪克做了一套安排，你稍不注意就会掉入圈套之中。如果警方在他得手之后才了解到事情的真相，他们一定会根据法律，对他进行严加惩处，可是，如果他的计划没有成功，就算了解到了真相，法律也不会重判他的，这样一来，我想你的目的可能并没有达到。”

“他这么做，付给你多少钱？”

“他一共要给我五千，事前预付两千五，事后付清尾款。当然，我从一开始的时候就没打算收回那两千五的尾款。”

“看样子，你早就为我做好了决定。”

“迪克太太，我的直觉告诉我，你会雇佣我的。”

此时，她的脸上也露出了微笑，而且那种笑容，跟迪克当时在办公室里表现出来的简直是一模一样，“布莱恩先生，希望你的建议是正确的。”

布莱恩也笑了笑，然后也跟她说了五个细节：小心地下室的第三级阶梯、厨房右侧的火炉、后门门廊的左边通道以及通道里的开关盒，等等。

时间过得很快，等布莱恩从报纸上了解到比德顿巷 432 号所发生的命案时，已经是两个月之后的事情了。

根据报纸上描述的内容，布莱恩大致可以判断出当时的情形：迪克正好在窗边远眺，由于地板打了一层蜡，他一不小心，居然从窗子里翻了出去，直接从二楼摔到了一楼。根据检验，迪克落地的那一刻扭断了脖子，因而当场就死了。

布莱恩将报纸平放在桌子上，手指不停地在社会新闻的版面上来回地敲着。他摇了摇头，感叹道：“迪克，你这个可怜虫，简直蠢到家了！”

迪克下葬之后的一个星期，布莱恩收到了一只大信封。信封有些分量，而且包得严严实实。他拆开一看，里面装着的是两千五百元的现金。看到这里，布莱克似乎能够想到，迪克太太在寄出这笔钱时，内心做出了多大的挣扎。

没过多久，布莱恩又收到了一封信，同样是迪克太太寄过来的。她在信中告诉布莱恩，由于迪克死了，她只能搬到佛罗里达州去住，毕竟她的家人还在那里。发生这种事情，房子肯定不会继续再租了。

当布莱恩收到信的时候，她已经搬到佛罗里达去了。看样子，迪克太太之所以写这封信，是对房子里布置的陷阱放心不下，想让布莱恩去清理一下现场。布莱恩微微一笑，摇着头自言自语道："我哪会那么傻呢？不管多么精心设计过的陷阱，只要有人为操纵的举动，就一定会留下痕迹，说不定还会让我自己陷入危险之中。"

布莱恩之所以能够在这一行混迹这么多年，完全凭借着他的小心谨慎。布莱恩几乎想都不用想就能立即确定，迪克并不是因为失足而掉落的，一定是她的太太将他推下去的。不过，他此时对迪克太太心生了一丝佩服之意，毕竟要做出这样一个决定，光有很大的勇气还不够，还要有足够的力气。也难为了他们，一对貌合神离的夫妻，却在那样一栋房子里共处了两个月的时间。

事实上，布莱恩根本就没有在那栋房子里安装任何机关，他们心中的恐惧和憎恨本身就是最有用的武器，那些"陷阱"根本就是多此一举。

探路者

那条道路的尽头是一个环状的居民区，小区里一共有六栋豪宅，建筑风格各不相同，既有早期的华丽美式风格，又有视线开阔的开放式农场风格，还有洋溢着摩登气息的现代风格。虽然风格各不相同，不过这六栋房子都有一个共同点，就造价都不便宜，每栋楼的花费至少都是二十万。

他开着一辆产自底特律的汽车，喷漆非常单调，但是坚固耐用。开着这种车入出，当地人一看便知道，他是外地来的，这一点绝对不会有错。和当地人的汽车相比，他的汽车就像是垃圾运输车，或者是马路上飞驰的翠绿色汽车一样，显得格外打眼。

他将车子停在了一颗榆树的树荫下，打开车门之后，似乎是要舒展一下疲惫的筋骨，伸了伸胳膊，弯了弯腿，两只眼睛不住地往四周在打量着。

他的个子虽然算不上很高，却有着一副魁梧的骨架，长着一张大众脸，五官的比例看上去非常协调，没有什么特殊的地方，因而也不容易引起别人的注意。像他这种类型的人，永远都不会成为电影里的主角，不过倒很适合当那种衬托主角的小人物。

他朝离他最近的一栋房子走了过去。那栋房子有上下两层，是美国早期的典型建筑式样，白色的百叶窗上雕刻着精美的花纹，精致的窗台上整齐地摆放着粉色和黄色的花。这种小区就是安逸富足生活的代表，人们一般难以将它与命案相联系。不过，既然有人报案了，那么就应该对这片区域进行仔细调查。位于长岛这片区域的居民跟住在曼哈顿布隆克斯那里的居民完全不同，这里的人们只要有一点风吹草动，就会向警方求助，而那里的人们，即便是发生了命案，并且有成堆的目击者，也不会有人想到要找警方寻求帮助。

他按响了大门上的门铃，见没有人前来开门，他又按了一次。在两次按铃的间隙，他随意地翻阅了一下手中拿着的小册子。

之后，他第三次按了门铃。这时，门终于开了，一个系着围裙的女人走了过来，矮矮胖胖的，年龄似乎有些大。

“你找谁？”那个女人问。

他出示了警徽，从口袋里掏出一只皮夹，里面有上了胶套的证件，上面还贴了他的照片。“打扰了，我是卡尔警探，请问，你是贝拉太太吗？”说完，他又朝小册子上看了看，以确定问话的对象。

“我是他们家的管家。”

“贝拉太太在家吗？如果在的话，麻烦转告她一下，我有点事情想询问她。”

那个女人随即站到了门边，示意他先进屋。随后，她将卡尔带到了一间面积不大的起居室里说：“请你稍等一下，我去跟贝拉太太通报一声。”

没过多久，一位头发有些灰白的女人出现在了起居室里。卡尔重新向她做了一遍自我介绍，随后便开始对案件的线索进行调查。

“太太，请问在今天凌晨三点或者四点的时候，你有没有听到什么异样的响动呢？”

“没有，我平时睡得很早，十点就睡了，而且屋子的隔音很好，一般听不见。”

“据我了解，那动静还挺大的，你都没有感觉到吗？”

“很抱歉，我平时睡眠不太好，所以我一般都会服用一点安眠药，只要药效没过，我是醒不来的。”

“那你能不能回忆一下，迷蒙之中有没有一些印象呢？”

“也许会有吧，但迷蒙之中，我也不知道那声音的可信度有多高，何况，我没什么印象。”

“你的管家呢？她有没有听到什么动静？”

“她应该听不到的，毕竟晚上她不住这里，每到傍晚的时候，她就下班回家了。”

“你的家里还有其他人吗？”

“自从侄儿去世之后，这栋房子里就只剩下我一个人了。”她摇着头说。

卡尔耸了耸肩，然后说：“好吧，太太，我的问题问完了。”

“这附近发生什么事情了吗？”贝拉太太问。

“不用担心，你们现在这里非常安全，我之所以过来，只是想深入了解一下情况。如果打扰了你的生活，我非常抱歉。”

卡尔随即去敲了第二家的门，同样等了很久之后，才有人慢慢地过来开门。这回开门的是个男人，他的脸上胡子拉碴，身上的衬衣和裤子都是皱巴巴的，像是刚刚从床上起来一般。他的脖子上还挂着一枚没有取下来的奖牌。虽然整个人给人一种邋遢的感觉，不过，他那双灰色的眼睛非常透亮，显得非常警觉。卡尔朝屋里看了看，屋子里传来了阵阵响动，一阵喧闹且不怎么悦耳的音乐飘了出来，就这种情形，他刚刚肯定没在睡觉。此时，他看了看门口的卡尔，胡子下方两排雪白的牙齿显露了出来。他问道：“你找我有事吗？”

卡尔出示了一下警徽，然后说：“你好，我是卡尔警探，请问你是不是鲍比先生？我有几个问题想向你请教一下。”

“请随意，就跟你自己家一样，进来吧。”那个人朝他鞠了一躬，似乎在嘲弄一般，将一只手往屋里一摆，示意他可以进屋。

走进屋里才发现，音乐声简直震破天。整个屋子看上去像是新装修过的一样，而且看上去非常奢华。不过，桌面上的一层浅浅灰尘显得和屋子里的格调非常不搭，屋顶上悬挂的花式吊灯上居然挂着一个空的啤酒瓶，像是被人扔上去的一样。

之后，他们走进了一个房间，里面摆放着好几张沙发，并且聚集了差不多二十个人，他们个个服装怪异，有几个人直接躺在沙发上，而有的人则似乎没有地方躺了，只能向后仰靠着，还有些人则只能挤在沙发前端的空位置上，懒散地坐着。其他还有一些奇形怪状的姿势，难以用语言描述，但给人一种非常不雅的感觉。整个屋子里充斥着让人烦躁的音乐，卡尔环视了一下，声音的源头应该来自墙角的一个巨大的音响设备。

鲍比朝墙角的一个人打了个手势，似乎是让他将开关关掉。过了一会儿，音乐停止了，整个屋子顿时清静了下来。

鲍比清了清嗓子，然后装出一种导游的腔调说："各位朋友，有件事情要跟大伙儿说说，就在刚才，我们的聚会上来了一名警探先生，他想跟各位聊一聊。"

话音刚落，远处沙发上的两个人随即表现出了一种非常不屑的态度，将烟头用力往烟灰缸里一摁，然后一脚将烟灰缸踢到了旁边。

看到大家都停下来之后，鲍比转向卡尔，然后说："你有什么问题就直接问吧。大家都在呢。"

"就在今天早上的时候，你们有谁听到了异常的动静？"

听到这句话，整个屋子里的人都笑起来了。其中几个人互相看了看，还有几个人互相拍了拍手，所有人都在起哄，这让卡尔感到一阵尴尬。

鲍比连忙解释道："我们这个聚会到今天已经是第三天了，确实，有些时候会发出一些不小的响动。"

"不，我不是说这个，我是说，你们有没有听到屋外的响动？"

鲍比朝周围的人看了看，大家的表情非常统一，都显得极为木讷。他摇了摇头，对卡尔说："小家伙，估计没有。"

之后，鲍比便将卡尔带出了房间。正当他们走到门口的时候，屋里的音乐声重新响了起来。鲍比提高嗓门，让他的声音尽量压过音乐声，"警探先生，我们在搬进来的时候，房间已经做好了隔音处理，因为我们都是一群喜欢开派对的人，我们不希望因为我们的疯狂而招致邻居的厌恶，当然，对于那些本身让人讨厌的邻居，我们也是向来就不待见。我没有别的意思，我就是想说，我们不会干扰到别人，至于外面的动静，哪怕是炸弹爆炸了，我们在里面也不可能听见。"

"看样子，你们在这方面花了不少钱啊。"

鲍比眨了眨眼睛，笑着说："没事，只不过是钱而已嘛。"

卡尔告辞之后，去了第三家。这一家的房子是西班牙风格的，每一扇窗户上都安装了带有花纹的钢栅栏。大门设计看上去非常讲究，粗雕的红木上镶嵌了铜质的金属钉，所有钉子排列成了两个大写的英文字母"MG"。不过，卡尔并没有进去，而是开着车，直接从门口经过，去了下一家。可是，卡尔按了足足有五分钟的门铃，仍旧没有人前来开门。于是，他按响了第五家的门铃。

没过多久，门便开了，开门的是一个又矮又胖的男人，看上去差不多五十岁，身上穿着一身早就过时了的西装，系着一条黑色的领带。他用粗大的嗓门喊道："别按了，汤姆家里没人，他们全家都去旅游避暑了。"

卡尔将警徽亮给他看了看，并且例行做了一番自我介绍。紧接着，他问道："凯文先生，谢谢你将这个情况告诉我。请问，今天早上的时候，你有没有发现什么异样的状况呢？"

凯文朝着卡尔刚刚经过的那栋西班牙风格的建筑指了指，然后问："那肯定跟摩根那个家伙有关。摩根就是歹徒，我没说错吧？"

卡尔有些好奇地问："你这么说，有什么根据吗？"

"我注意到了，自从他搬到我们这个小区之后，警探就经常在这一片区域活动。我看了今天早上的报纸，最近的那起匪徒火并的案子跟他也有牵连，据说，黑社会里面的帮派打算把他的地盘给抢走。其实，你刚刚进来的时候，我就注意到你了。你最开始进了贝拉太太的屋子里，接着去了那个音乐家的屋子。不过，你路过摩根家的时候，连他们家的门铃都没有按，直接开到了下一家。所以你想先从周边了解一些信息，而这些信息是他不可能告诉你的。"说完，凯文长长地舒了一口气，似乎对他刚才的那番话语颇为得意，好像警方会因为他的这种合作而给他颁发一枚奖章一般。

卡尔警探并没有多说什么，只是平淡地夸奖了他一句："你真是个当警探的好苗子。"然后便直接转入正题，"现在麻烦你告诉我，今天凌晨三点到四点的时候，你有没有听到什么异样的响动？"

凯文此时显得有些极不情愿，嘟嘟囔囔地说："没有，我什么也没有听到。发生什么事情了吗？"

"好吧，可能真的什么都没发生，我来这里的目的，其实也就是确认清楚而已。"

此时，凯文突然眼前一亮，似乎想到了什么，兴奋地对卡尔说："对了，我刚刚想起了一件事情，摩根每天晚上差不多三四点的时候，才从夜总会回来，这个时间跟你刚刚提到的时间相吻合。因为布局的原因，我和我太太睡觉的地方刚好在他屋子的后面，所以基本上听不到屋外的响动，按理来说，我不可能知道他什么时候回来。不过，有天晚上，我因为失眠，不管用什么方法都没办法睡着，于是我就趴在窗口看星星，没想到却看到摩根开着车回来了。我还特地看了看时间，就是凌晨三四点钟的样子。"

"凯文先生，非常感谢你将这条线索提供给我。"说完，卡尔就准备去第六家敲门。

"别去了，他们家也没人，他们跟着汤姆一家一块儿出去的。估计要两个星期之后才会回来。"

"很好，凯文先生，你真是帮了我一个大忙啊。"卡尔微笑着说。

卡尔准备开车从这里离开，凯文连忙跟了上来，并且将身子趴在车窗上，"这个小区原来的住户人品都非常不错，对于住户的准入条件也非常高，但没想到，现在只要能付得起租金，什么人都能住进来。你看看住在那边那栋房子的音乐家，每天从里面进进出出的人有几个像正常人？对了，你觉得有摩根的存在，是否意味着，我们这个小区最后连黑社会的人都能住进来？”

“你想得太多了，不用担心的。”卡尔简单地回了他的话，朝他挥了挥手，然后发动引擎，驶离了这个小区。

卡尔将车开到布鲁克林之后，才开始留心街道两旁的公用电话亭，最后，他在加油站的附近找到了一个，便把车停了下来，然后在工作人员为他的汽车加油的空当，他给他的上司拨出了一通电话：“初步的调查已经完成了，跟我们所预计的时间差不多，摩根每天回家的时候已经是凌晨三四点钟了，而且周围的住户基本上不会察觉到我们的动静，所以我们可以放心动手。当然，为了保证计划万无一失，我已经在手枪枪口安装了最好的消音器。”

伶俐女贼

她是一个专业的女贼，专门在百货公司做顺手牵羊的事情。近两年的时间里，她经常在“街上购物中心”下手，不过，从来就没有人怀疑到她的头上。她有一双淡蓝色的眼睛，看上去显得非常纯真。她的手很小巧，动作灵活而敏捷，平时出门的时候，习惯性地会在左肩挎一个大小合适的包。

她行窃的手法称得上娴熟，如同变魔术。她偷东西的时候习惯用左手，并且会用右手打掩护。一旦东西得手，她会立即用左手的小指将皮包的搭扣轻轻地勾开，手指微微一弯，东西就扔进了包里，接着，她会顺手将手肘往下压，皮包的搭扣就自动地合上了。

为了练就这套动作，她花费了很长的时间。所谓功夫不负有心人，她现在的这套动作已经做得相当熟练了，就像天鹅拨水一般，整套动作流畅而自然，一般人根本就不会注意到。挎在左肩的那个包能够在她的手臂上下自如，似乎那已经不再是个包，而是她身体本身的一部分。

其实，再娴熟的偷窃动作也是暗含了一定风险的，有些店员的目光非常敏锐，他们在售卖东西、管理店铺的时候，眼睛不停地在店里来回打量，一般的窃贼碰上这种店员的时候，心中难免感到胆怯，往往不敢轻易下手。此外，为了防止盗窃案件的发生，百货公司还专门雇用了一批人员在商场内游走，他们的巡视没有固定的时间，而且他们都会化装成一般的顾客，穿行于各个商店之间，乍一眼看上去，他们跟一般的顾客没有任何区别，因为他们都在柜台前面挑挑选选，似乎都在买东西。除了这些流动的人员之外，店内还有专门的保安，他们统一身着绿色的制服，虽说都有相对固定的岗位，而且容易躲避，可是一旦失手，下场也最为糟糕。而且他们有足够充足的理由随时将你拦下，不论是你在宽敞的走道中散步，还是在结账的柜台附近排队，只要他们认为你非常可疑，就会对你身上的手提袋或者挎包进行搜查。有的时候，他们通过搜查会发现，连那些背在身上的手提袋都是偷来的。

尽管有层层监管，但经过长期的摸索，她还是发现了一些规律。一般而言，保安会选择在商场外面做这些搜查的工作，这样能够人赃并获，不管怎么辩解，事实总归是摆在那儿的。她对于自己的能力充分相信，也根本没有把他们放在眼里。

她做这一行得出一个重要的经验，就是如果没有勇气、缺乏自信，那么在下手的时候或者得手之后，一定会露出破绽。或许并没有人发现你偷东西，不过，你那不安的表情、奇怪的举动、焦急的神态等都会出卖你。虽然都是一些非常细微的地方，但这些小动作足以引起保安人员对你的关注了。

相反，只要你的手法不是特别拙劣，并且能够表现出一种自信的态度，那么一般人都不会对你产生怀疑。在他们看来，这样的人都是来商场购物的顾客，属于正直的好人。她正是这样一个充满自信的人，既对自己的能力自信，也对自己不会被抓持有极大的信心。所以她在商场下了这么多次手，却从来没有人将她和顺手牵羊的事情联想到一块儿。

有一次，她和以往一样，信心满满地准备离开商场。此时，有个人非常郑重地拍了拍她的肩膀。她有些意外，转过身，用一种非常镇定的声音问："找我有事吗？"那种样子，非常自然，好像她真的什么都不知道一样。

那个保安身形高壮，长得也非常英俊，即使穿着绿色的保安制服，身上的肌肉线条也非常明显地凸显了出来。他非常认真地说："小姐，很抱歉，麻烦打开你的皮包，我要进行检查。"

"检查皮包？凭什么？"

"我怀疑你有偷窃行为。"

她瞪大了那双淡蓝色的眼睛，表现出一副非常无辜的样子，然后提高语调问道："你说什么？我偷东西？天哪，你居然怀疑我偷东西？"她一边说，一边还喘着粗气，表现出一副难以置信的样子。

那个保安依旧非常认真地说道："小姐，很抱歉，这是我的工作职责，请你配合。"

"工作职责？真高尚的理由。居然敢搜我的东西，你好大的胆子！"此时，她表现出一副非常恼怒的样子。那种表情，似乎是一个原本作风正派、诚实守信的人，无缘无故地遭到了他人质疑时才能表现出来的。

他并没有理会她的抱怨，而是用手轻轻地把戴在头上的帽子向上推了推，黑色的卷发随之露了出来，然后非常干脆地说："小姐，请跟我来。"

其实，从最开始的时候，他就占据了最有利的位置，并且顺利地将她卡在了红色砖墙砌成的角落里。现在，她现在已经无路可逃了，而他似乎可以强制履行他的工作职责。

她挪了挪身子，抬起头看着那个保安，然后质疑道："你刚刚说怀疑我偷东西，那你倒是说说看，我偷了什么？"

"如果我没看错的话，应该有一台照相机、一只名牌打火机，当然，说不定还有别的东西。当然，我非常希望你的包里并没有别的东西，因为这样一来对你的影响不太好……现在，要是你不介意的话……"

她随即将挎包从左肩上拿了下来，然后不服气地说道："哼，查就查！"

"很好！"保安点了点头。

就在这时，一阵飞快的脚步声朝这里传来。她手里的包被一个人快速地抢走了，保安甚至都没看清那个人的脸，只看到一个瘦瘦高高的背影，并且很快就消失在他们的视线中。这样一来，证据便消失了，那个保安顿时感到束手无策，恼怒地喊了一句："真该死！"

此时，她开始大喊大叫："我的包被抢走啦！快来人啊！帮忙抓贼啊！来人啊！"

保安显得非常冷静，他打量了一下这个女人，然后问："喊什么？刚刚那个人可救了你一命。"

听到这句话，她脸一扭，摆出一副趾高气扬的样子，装腔作势地说："哼！我的包都被人抢走了，我不大喊大叫，你想让我怎么办？都怪你！"

"噢，你刚才是因为包丢了才大喊大叫的？"

"不然呢？"她说完之后，那张美丽的小嘴微微地翘了翘，一双眼睛和以往一样透亮，显出透明的淡蓝色。

那个保安心里非常清楚，她此刻显露出来的是一种得意的表情，分明就是在嘲笑他。他并没有急着说什么，而是微微低头思考了片刻，然后看着她的眼睛说，"小姐，我对于你丢失皮包的事情感到非常抱歉，希望你能够早日将这个丢失的皮包给找回来。"此时，他放慢了语速，非常认真地说道，"我是认真的，希望你真的能找回来。"

等她回到公寓之后，她的嘴笑得都快合不拢了。之前在商场里抢包的那个男人也在，他叫哈利，此时正坐在桌子旁边，专心地研究她偷来的那个相机。

"你知道吗，你今天跑得真快，那种速度，我估计都可以去参加世界运动会了。他刚准备跑的时候，你就已经消失不见了，真是太厉害了。对了，你的时间掐得很准嘛，估计多个一两秒钟，我就暴露了。"

他仍在专心地把玩那个相机，对于她的话并没怎么听进去，只是敷衍了一句："我知道。"

"你觉得，我要不要换一家新的购物中心下手呢？"

"可以，去另一个地方吧，这样就不会有人认识你了。"他一边说着，一边将偷来的相机、打火机、手表，外加其他一些值钱的小东西装进了一只不大的皮囊里，"对了，等会我要出去一趟，今天你收获的这些东西，我要给老板送过去。"

之后，他警告道："以后你下手的时候，一定要小心谨慎，今天因为事情紧急，所以我救了你，当然，如果以后还有需要，我可能还会救你一次，但是你要明白事不过三的道理。"

哈利说完这番话之后，她的脸上表现出了一种非常沮丧的神情。

"哎，我有些累了，我想歇会儿。"他洒脱地摇了摇脑袋，并且朝她微微一笑，"我们去轻松一下吧？"在她的眼里，哈利摆头的那一下，加上微微一笑的表情，足以让她神魂颠倒，因此，他们很快便和好如初了。

之后，她决定换一家叫作"坎伯兰"的购物中心，它位于城市的另一个方向，所以必须重新熟悉环境。前前后后一共花费了差不多一个星期的时间，她基本上走遍了每一家店铺，然后摸索了一下逃跑的出口，并且注意观察活跃在商场里面的人，企图找出那些潜伏着的监视者。

这家购物中心的保安制服是蓝灰色的，从做工上看非常粗糙。她通过连日来的观察，发现这家购物中心里有四名固定巡逻的保安，他们着装非常一致，甚至连脸上都清一色地显露着厌烦的表情。

没过多久，她便开始在这家商场下手了。技术一如既往的娴熟，购物中心里的东西开始在保安的眼皮底下频频失窃。几次顺利的收获，让她的自信心又回来了，看到这一幕，哈利也面露喜色，他们的生活似乎也恢复了往日的平静。

不过，之后的一天，她失手了。

和往常一样，她信心满满地准备从购物中心离开。这一次，她的包里装满了各种精美而昂贵的首饰物品。正当她走到门口的时候，她的肩膀被人拍了一下。

她连忙转过身，然后用非常镇定的声音问："有事吗？"

那个保安个子高高的，身材很健美，而且长得很帅，他用一种非常礼貌的语气对她说："小姐，很抱歉，麻烦你打开皮包接受检查。"

"我为什么要那么做？"

"小姐，我怀疑你在购物中心偷东西了。"

她跟以往一样，瞪大了那双蓝色的眼睛，然后装作非常生气的样子说："什么？你居然污蔑我偷东西，把我当什么人了？扒手吗？真是莫名其妙！"

"小姐，麻烦你配合我的工作。"话音刚落，他伸出一只手，示意她往手伸去的方向走。

她又被逼到了墙角，看样子，保安准备对她进行搜查了。

她熟练地挪了挪身子，然后将包从左肩上取了下来，看着保安，然后说："你查啊！"

这时，一阵急促的脚步声传来，哈利的速度依旧非常快，一只手迅速地抢过了她手里的皮包。此时，那个高个子保安一手用力抓住她的手臂，然后将他魁梧的身子微微一侧，用坚硬的皮鞋尖勾了一下哈利的脚，哈利被绊了一下，整个人直接脸朝下，重重地扑在了坚硬的水泥地板上。由于那个保安事先用力拉住了她的手，她也因为哈利刚才扯包的那一下而失去了平衡，整个人歪着身子倒在了地上。保安随即弯腰将她扶了起来，这时，戴在他头上的帽子掉了下来，一头乌黑的卷发露了出来。

"居然是你？怎么又是你？"她一眼就认出了他。

"自从你上次溜走之后，我就跟那家购物中心提出了调离，我只有一个目标，就是抓住你。为了达到这个目的，我对市内所有的购物中心一一进行了排查，然后猜测你可能会在哪里下手。"

"你为什么要这么做？难道抓住我，对你有很大的好处吗？不过，我觉得我们可以商量一下，如果你放了我，我就给你一大笔钱，你觉得怎么样？"她说。

"我觉得我想要的东西，远远超过了你能给我的钱。"他摇了摇头。

"什么意思？"

他微笑着说："是这样，我相中了一家顶级珠宝店，不过我缺少一个女搭档，尤其是像你这样技术娴熟并且信心满满的女搭档。"

新的借口

直到凌晨两点三十分的时候，卡特和雪莉终于住进了这家旅馆，比他们既定的入住时间晚了不少。当然，这也没有办法，谁让他们的汽车坏在了半路上，并且半天都没有修好呢。

登记完毕之后，旅馆的服务生便提着他们的行李，来到了他们预定好的房间。卡特在睡觉之前特地确认了一遍闹钟，七点的时候，他必须得起来。

第二天清早，闹钟刚响，卡特立即醒来了。他的动作很轻，并没有吵醒熟睡中的雪莉。洗漱完毕之后，他将车子挪到了修理厂。那家修理厂距离他们入住的旅馆有八个街区，他把汽车弄到那里之后，从修理厂徒步走了回来，并且在途中随便吃了一点早饭。

等他返回到旅馆敲门的时候，却没有人开门。卡特离开旅馆的时间不到一个半小时，现在才八点半，说不定雪莉还没有睡醒。于是，他跑到了楼下的服务台，找服务生拿钥匙开门。

等他进门之后却发现，床上并没有人，他又去浴室看了看，里面也没人。卡特并没有多想什么，雪莉一向起得晚，现在不在也没什么奇怪的，说不定去楼下吃早饭了。于是他决定坐在房间里等雪莉回来。

渐渐地，阳光逐渐变得强烈起来，这个时候待在外面不免会觉得有些热，相对而言，待在空调房里是个不错的选择。

其实，卡特并不想在这样一个炎热的季节外出旅行，要不是雪莉执意去海边游玩，他实在不愿意怀着度假的心情出来遭罪。

他们睡的是双人间，其中一张床靠着窗户，那是雪莉睡的。不过，现在这张床却整理得非常整齐，从表面上看，根本不觉得这里昨天居然有人睡过。相反，卡特的那张床则显得狼狈不堪，被子床单搅成一团。早上时间紧迫，他根本没来得及收拾床铺。

此时，打扫房间的服务员进来了。她将卡特的床铺整理了一下，随后看了看雪莉的那张床，非常整洁，看来没有整理的必要了。此时，服务员将手里的清洁工具放到了一旁，将身子趴在房间的地上，像是在寻找什么东西。

卡特随即问道："你在找什么？"

"烟灰缸。你们住的是双人间，所以床头的柜子上按理来说应该放了两只才对，现在少了一个，我看看是不是掉床底下了。"

卡特也帮着找了找，但房间里似乎并没有另一个烟灰缸的影子。

此时，女服务员白了卡特一眼，然后漫不经心地说着："当然了，有的顾客离开时，会不自觉地将这些小东西一块儿打包到他们随身携带的行李中，然后带出旅馆。"

听到这话，卡特有些不悦，"小姐，我还住在这里呢，暂时也没打算走。再说了，我要真想拿东西，也肯定是毛巾和肥皂这种，而不会是笨重的烟灰缸！"

服务员并没有再说什么，只是默默地打扫着房间，完成她的工作后，便从房间离开了。卡特将外套脱下来，准备挂到衣橱里。可是，当他打开橱柜门时，他惊呆了：壁橱里面，他的衣服一件不少地挂在那儿，可是雪莉的衣服却一件也找不到了。

看到眼前的景象，他不禁皱了皱眉头。他依稀记得，昨天晚上睡觉的时候，她将随身携带的衣服都挂进了衣橱里，整理好之后，她便将空着的衣箱放在了墙角。他将视线挪了挪，发现那个空的衣箱也不见了踪影。

这真是太奇怪了。他连忙起身走到五斗柜旁边，将抽屉统统拉开看了看，他的内衣内裤仍旧整整齐齐地叠放在抽屉里，不过雪莉的东西都不见了踪影。

卡特不死心，将整个房间仔仔细细地检查了一遍。但不仅仅雪莉的人不见了，她的东西，甚至连她住过的痕迹统统都消失得干干净净，好像昨天晚上她根本就没有到这家旅馆住过一样。

他坐下来仔细地想了想，如果雪莉只是出去吃个早餐，她有必要带着所有的行李一块儿走吗？难道……雪莉准备离他而去？想到这里，他心中不禁一阵暗喜。但是转念一想，他认为这种可能性太低了，他很清楚雪莉这个人，毕竟这么多年的夫妻了，她肯定不会这么轻易地将自由生活还给他。

他决定继续等下去，有的时候，雪莉的举止常人难以捉摸，对此他早已习惯，久而久之，自然见怪不怪。他觉得没必要让自己没事找事，留下来等应该是最好的选择。他坚信，雪莉会回来，而且会带着一个合理的解释回来。

想到这里，他又重新坐了下来。回来之后，短短的时间里，这是他第三次坐下了。既然两个人如此不合，当初为什么要结婚呢，直到现在，他也没有想清楚这个问题。而且这么多年过去了，不合的状况并没有得到任何一丁点儿改善。雪莉跟刚刚认识的时候一样，对钱看得很重，如今家里所有的钱都是她一个人掌管着，并且平日里对他非常吝啬。在他看来，这段婚姻毫无幸福感可言，整个婚姻生活充满了悲剧与烦躁。要说这段婚姻的唯一优点，可能就是安全了，因为卡特内心非常清楚，他根本不可能跟这个女人离婚。

此时，他的脑子里又闪过了一个念头：雪莉会不会出意外了呢？这个念头刚刚浮现，立马就被他否定了。首先，她带着那么多能够证明她身份的东西出门了，而且旅馆房间的钥匙应该还在她的身上，上面旅馆的名称以及他们入住的房间号一应俱全。如果真的出了什么状况，一定会有人顺着那些消息找到他。再说了，不管是什么样的理由，都无法解释她带着行李出门的问题。所以，事情绝对没有那么简单。

他一双眼睛死死地盯着雪莉那张收拾得非常整洁的床。很快，他的脑海中浮现了一个新的假设，这个假设非常大胆：难道雪莉跟其他的男人私奔了？但他又回想了一下雪莉现在的样子，她凭什么东西去吸引男人呢？结婚的时候，她就一点儿也不好看，何况现在又老了六岁。这六年的时间里，她的相貌并没有往好的方向发展，说话依旧刁钻，脾气也没有一丁点儿改进。而且，卡特对于感情中的这种细微变化非常敏感，如果雪莉的身边真的潜伏着一个这样的男人，他一定会察觉到的。

卡特就这样建立一个设想，然后否定一个设想。时间就这样耗到了晚上六点。天色渐渐暗了下来，但仍旧没有雪莉的消息。

他再一次捡起了白天的一个设想：雪莉真的跟男人私奔了？他首先假设这种可能性的存在，然后开始琢磨构成这种假设的条件。那个男人应该不是身边的熟人，说不定，她被某个野男人盯上了，那种饥渴难耐的男人，什么类型的女人都能将就……

之后，又过了两个小时，脑袋转了一天的卡特，此时有些疲惫了，就着渐暗的天色，他不知不觉地倒在了床上，等他再次醒来的时候，夜已经全黑了。他打开灯看了看，房间里除了他，并没有别人，雪莉仍旧没有回，而此时已经是深夜十一点半了。

他又开始猜想起来：如果她真的要跟别的男人私奔，那么她必须带钱走。凭她那种嗜钱如命的性格，怎么可能让人走了钱却没带走这种事情发生呢？如果让雪莉进行感情和金钱的选择，她会毫不犹豫地选择金钱，这一点根本就不需要多想。

这会不会是她早已预谋好的事情呢？说不定，她早就悄悄地将财产全部清理完毕了，只等着寻找一个合适的机会，然后整个人连同财产一同消失！他稍微想了想，便觉得她不可能做到这点。先不说清理财产是件多么庞杂的事情，好歹夫妻一场，钱虽然不归他直接管理，但放在哪里他还是知道的，他敢肯定，出来度假之前，她没有动过家里的钱。

但眼下的事实是，雪莉确实失踪了，而且是连同她的所有行李一块儿失踪的。卡特开始意识到事情的严重性，他披上外套，喝了一口酒，然后准备出去报警。

他首先来到了柜台，向旅馆的服务生询问一下情况："你好，我的太太失踪了，请问我现在该怎么向当地的警方报案呢？"

柜台里面一共坐着两个服务员，听到他这么一说，两个人都表现出了一副非常惊讶的样子。事后他了解到，这两个服务员一个叫雅克，另一个叫科尔。

雅克随即问道："请问你是卡特先生吗？你刚刚说什么？你的太太不见了？怎么会发生这种事情？"

听到这一问，卡特觉得有些意外，他没想到，在这个陌生的旅馆仅仅住了一晚，服务生居然就记住了他的名字，看来，他留给外人的印象还是很深刻的。

"嗯，我今天早上很早就出门修理汽车去了，不过等我回来的时候，我太太就不见了。

起初我没放在心上，以为她可能也起来了，只不过去外面吃早饭或者逛街之类的。可是，现在已经快十二点了，她还没回来，我觉得这里面肯定有问题了。”

雅克表示理解地点了点头，随手翻了翻住户的登记表。可是来来回回翻了好几遍之后，他摇了摇头，说：“卡特先生，我刚刚翻看了一下登记表，上面入住人的信息只有你一个人而已，并没有你太太的名字。”

“登记簿上怎么写的我不管，反正我能确定，我昨天晚上同我太太一块儿住进你们店里的。现在的事实就是，我找不到她了，她失踪了！”

雅克一脸歉意地说：“先生，你是不是记错了。如果说到昨天晚上的话，我好像有点印象，你进来登记的时候，确确实实只有你一个人，这点我敢确定。”

听他这么一说，卡特顿时无语地笑了笑，“记错的应该是你，和太太一起进来这种事情，我怎么可能会记错呢？她当时明明就站在我的身边，就在这个柜台的边上。”

雅克点了点头，然后说：“先生，一般来说，这种事情确实不太可能记错，不过我印象里，确实只有你一个人。这样吧，我问问我的同事，看看他有没有印象。”说完，便朝大厅里的一名服务生招了招手，那个人随即跑了过来。

卡特一眼就认出了这个服务生，昨天晚上，就是他帮着把行李搬进了房间。

此时，雅克看着那名服务生，然后用手指了指卡特，问：“我没记错的话，昨天是你帮这位先生将行李提到楼上的房间里的。不过，现在这位先生说他是跟他太太两个人住到房间里来的，你有印象吗？”

服务生连忙点头道：“嗯，行李确实是我搬的，不过，我并没有看到他的太太。印象中，他昨天是一个人来的。”

卡特此时有些惊讶，连忙解释道：“你再好好想想，我太太很好辨认，个子高高的，骨架比较大，不是小巧玲珑的那种。而且她昨天戴了一顶红色的帽子，样式还有些奇怪，你应该印象深刻才对。”

那个服务生摇着头回答：“先生，真的很抱歉，我对你的太太没有任何印象。我只记得，你是一个人住进来的。”

卡特没有多说什么，他从来就没有怀疑过他的记忆力，更何况是这方面的事情。而且他还记得当时的一些细节：昨天晚上坐班的正是雅克，而在大厅里负责为客人搬运行李的，正好也是这个服务生。那么，他们到底因为什么样的原因而串通起来说假话呢？

现在，卡特可以确信一件事情，雪莉并没有跟其他的男人私奔，她现在应该遇到麻烦了。之后，他花了五美元打听出了一条消息，这个服务生名叫李森，是雅克的亲生弟弟，之前因为盗窃而入狱。

卡特回忆了一下早晨的情形。他离开房间的时候也就七点左右，虽然当时雪莉并没有起来，但是印象里，她的身子在床上翻动了一下。那么，出门之后呢？雪莉有没有起床呢？有没有出去呢？

卡特做了一番假设。也许雪莉在他出门之后不久也离开了房间，并且她离开的时候，恰好被李森看见了，所以李森就认为房间里没有人，因此动了盗窃的念头。一般来说，雪莉的早餐就只有一杯咖啡而已，所以她不会在外面待很长的时间。也许当她返回房间的时候，李森还在里面没有出来，并且被雪莉撞了个正着。雪莉当时一阵恼怒，可能摸起床头柜的烟灰缸就打了过去，之后，两个人就扭打到了一块儿。这样一来，烟灰缸莫名其妙失踪的情况也能得到合理的解释了，而且这种容易被人一把抓在手里的东西最容易成为打架中的凶器，至于事情的结局，雪莉应该是被李森打死了。

事情发生之后，李森连忙向他的哥哥雅克求助，所以，两个人以最快的速度将尸体处理掉了，并且对房间做了一番布置，把跟雪莉相关的所有东西统统都清了出来，伪装成她从来就没有到这家旅馆住过的样子。他们这样做只有一个原因，因为李森毕竟有犯罪前科，如果出了这种事情，很容易被人怀疑。

这样的解释似乎合情合理，不过，仍旧有一个疑点，卡特始终琢磨不透。关于雪莉是否来过，作为她丈夫的卡特最有发言权，就算他们兄弟俩串通好了，也不可能改变卡特的记忆。而且，一旦双方僵持无果，最终肯定会把事情闹到警察局去，这对于他们并没有任何好处。既然如此，他们为什么要这么做呢？换一个其他的理由不是更好吗？比如说，雪莉离开了旅馆，不知道去哪里了。

面对这个疑点，卡特陷入了沉思，他一边喝着白兰地，一边重新梳理了一下细节。

在梳理的过程中，他又找到了几个新的疑点。早餐时间段，很多人都醒来了，他们是怎么处理掉雪莉的尸体的呢？他们不可能堂而皇之地将尸体运出去。还有，雪莉有那么多衣服，他们又是怎么处理的呢？想了半天，卡特得出了一个结论，尸体和行李很有可能还在这栋旅馆里面，他们肯定在等待时机，比如半夜三点这种客人稀少的时间段，这个时候，他们就算把尸体拖到外面也不会引起人们的注意。而且早上时间紧迫，他们不可能有很多时间来搬运尸体，所以，尸体应该就藏在附近的房间里。

想到这里，卡特立即走到了门外。他先来到了右边的第一个房间，然后用手轻轻地压了一下门把手。门并没有上锁，他悄悄地将门推开了一条缝，想先看看里面的情况。

房间里光线很暗，但还是能看得出里面有一男一女，两个人一丝不挂地躺在床上，正在寻欢作乐。看到这一幕，他连忙将门关了起来，并且感到不解：居然还有这种人，做这种事情都不锁门的？

他站在这个房间的门口想了想，觉得挨个查探房间的方法肯定行不通，因为继续搜寻下去，还不知道会碰到多么奇葩的事情。

就在这时，他注意到，走廊的尽头有个房间，而且它的门跟其他的客房门不一样，没有挂门牌。他立即走了过去。推开门之后，他才发现这里原来是清洁间，里面堆满了卫生工具。小房间里的东西一览无遗，既没有雪莉的尸体，也没有她的行李。但是他有一个意外的收获，即如果躲在这个房间里的话，一旦有人从房门出入，或者是通过走廊搬运东西，都可以看得一清二楚。

卡特立即赶回了房间，将剩下的那瓶白兰地拿了出来，并且以最快的速度回到了那个堆放清洁工具的小房间里。他将里面的拖把、扫把、水桶和清洁剂挪了挪，给自己腾出了一个地方，这样一来，他就不用一直蹲着了。他并没有将门关紧，而是留了一条缝。之后，他便坐了下来，一边喝酒，一边从门缝里窥探走廊上的情形。

不知不觉中，卡特将带来的那瓶白兰地喝光了，此时已经是凌晨三点。卡特开始犹豫起来，心里在琢磨着，到底是继续躲在这里观察，还是回去再拿一瓶过来，用来打发时间。正当他纠结不已的时候，走廊里传来了一阵声响。卡特将耳朵贴过去仔细听了听，他确认那是手推车的声音。果然，几秒钟之后，李森推着一只放着大衣箱的行李车出现在了走廊里。卡特将身子往门边靠了靠，然后透过门缝，目不转睛地看着外面的情形。

李森走到了走廊另一头的房间，打开房门之后，他将车子推了进去。之后，卡特便一直等着李森从那个房间里出来。时间一分一秒地过去，一直过了二十分钟，李森还在里面。卡特有些坐不住了，他在心底埋怨道："真磨蹭，还不出来，他到底在干什么？"

之后又过了一小会儿，李森终于出来了，小推车上的大衣箱上面又多叠了两个箱子。卡特仔细瞧了瞧，那不就是雪莉的箱子吗？

卡特终于坐不住了，一把将门推开，然后快步朝李森走了过去。"李森，你在这里干吗呢？噢，这个箱子真大啊，要是我没有猜错的话，里面怕是装了一个人吧？"

李森听到这句话，脸瞬间就吓白了。他似乎知道这件事情不可能瞒过卡特，于是叹了一口气，老老实实地交代道："嗯，还是被你发现了。你先等会吧，我把这件事情给我哥哥说一下，因为只要是牵涉到动脑子的事情，一律都是他来处理，我只负责按他的意见来做。"

"那麻烦你尽快，你可以直接去我的房间打电话。"卡特冷冰冰地说。

李森随即将手推车推了进去，然后给雅克打了电话。挂断电话之后，他一边用手擦了擦额头的汗珠，一边说道："你先别急，我哥哥很快就会过来。"

"你白天是不是趁着我们房间没人，于是就偷偷地摸了进来，打算顺便在里面偷点东西？"卡特停了停，然后继续说，"可是没想到，我太太下楼之后没几分钟，很快又回来了，并且刚好被她抓住了现场。所以你恼羞成怒，将她杀了？"

李森看上去显得非常沮丧。"不不不，你误会了，我根本就没想过要偷你们的东西。我早就洗手不干了，之后的七年时间，我一直在这里做事。不过，我虽然不偷东西了，但是却养成了另外一个癖好，我对别人带的行李非常好奇，总想看看里面到底装着什么。现在，我也是有老婆孩子的人了，为了他们，我也不能再干那些偷偷摸摸的事情了。"

"你这个癖好真奇怪。"

"请你不要误会，我真的只是看看而已。我会这么做，其实也是满足一点小小的心理欲望罢了。我会大概估计一个价值，如果真的动手，我能够赚多少，其实就是过过心瘾而已。如果真要动手，我去年就动手了。那次，我们店里住进来一个有钱人，当时我发现，如果下手的话，我可以赚至少六千元。不过，我既然决定了，就不会轻易违背我的诺言。"

"那么今天呢？按你所说，你是在'看'东西，但是这个过程被我太太发现了。当然，在那个时候，你肯定没有机会解释，而且就算你解释了，她也不会相信。在她看来，你就是在偷东西。”

提起雪莉，李森似乎非常气愤：“你还别说，像你太太那么暴躁的女人，我还真是头一次见到。你都不知道她冲进门之后的那个样子，不问青红皂白，抓起手里的提包，然后就用力地往我的头上砸。我当时根本都没有还手，她下手很重，我的手都用来捂头了。可是，也不知道怎么的，可能是因为她当时穿着高跟鞋，然后脚没有站稳，整个人滑倒在地，落地之前，她的头撞到了床头柜上。她摔得很重，那个玻璃烟灰缸都碎了。好在，她死得并不痛苦，一下就断气了，我敢发誓，我说的都是真的。”

“听起来不错，那么你解释一下，行李是怎么回事？为什么连行李都一块儿搬走了？”

“她当时摔倒的时候，血溅到了那个装衣服的箱子上，所以我们必须把箱子处理掉。可是，单独把箱子拿走，有些不符合常理，而且警方到时候肯定会重点调查那个箱子的去向。如果真的是出走的话，肯定会带着行李一块儿走，不会只拿走箱子的。最后，我和哥哥商量了一下，决定伪造现场，把她的东西统统清出房间，装出一种她从来没有到旅馆来住过的假象。而且我跟哥哥商量好了，一口咬定她没有来过。这样一来，能证明她来过这里的，就只有你一个人，而我们这边有两个，所以，我们占有优势。”

“要是我没有撞见你，你们打算将我太太的尸体运到哪里去？”

“这个我们想好了，城市北面有一块荒地，我哥哥是那片土地的所有人。荒地上有一口古井，我们打算趁着没有人的时候，把她投到井里去。反正那里不会有人去，所以我们可以放心地把井填掉，这样一来，任何线索就都没有了。”

此时，门口传来了一阵敲门声，敲门的不是别人，正是李森的哥哥雅克。

开门之后，雅克迅速地窜了进来，并且带上了门。他朝房间里看了看，然后打量了一下堆在手推车上的箱子，最后看了看卡特，还有他的弟弟。他沉默了一会儿，然后问李森：“你跟卡特先生说了什么？”

“什么也没说。”

雅克稍微沉思了片刻，然后一边来回搓着双手，一边说：“嗯，我来分析分析，整个事情的经过应该是这样的：卡特先生，首先，你从房间里打了一通电话到服务台，你告诉李森，让他送一个大箱子给你，他照做了。并且你告诉他，过二十分钟之后，来你的房间取箱子。等他再次上来的时候，你让他把这个装好东西的箱子搬下楼，然后运到某个地方去，他也照做了。可就在他挪动这个沉重的大箱子时，他意外地发现，箱子上面有血迹。”

说到这里的时候，他拎起其中一个箱子，让有血迹的那一面朝上，并且指了指那已经发黑的斑斑血迹，然后接着说，“李森当时就反应过来了，因为你之前曾经到服务台无理取闹过，并且说你的太太在我们的旅馆里失踪了，想把责任推给我们。他看穿了你的心思，所以暂时把你拖住在这里，并且给我打了一个电话，让我赶紧上来看看。好在我及时赶到了，事情没有变得更为糟糕。现在，我得征求你的意见了。卡特先生，你觉得我们是现在就把箱子打开，看看箱子里究竟装着什么，还是现在报警，一切等警察来了之后再说呢？”

卡特的心中顿时升起一股无名火："你们这两个家伙，居然想把这件事情诬陷在我的头上！"

雅克笑了笑，然后说："为什么不行呢？我们有两个人，而你只有一个人。"

卡特连忙跟了一句："你们以为这样就行了么？你们想想看，这个箱子里里外外都是李森的指纹，屋子里肯定也有。这一点，你们打算怎么跟警方解释呢？"

雅克突然不说话了，他沉默了一会儿，然后说："嗯，你说的这点的确是个问题。如果实在不行的话，我们就只能把你拉下水，陪我们一块儿坐牢了。我们大可以向警方承认，你的太太是我们杀死的，不过这都是受你的委托。在你们办理酒店入住登记的时候，我一眼就看出来了，你跟你太太的婚姻生活一点儿也不和睦。我相信，如果警方愿意深入调查的话，他们肯定能找出很多相关的线索。"

"嗯,如果真要坐牢的话,就拖着他一块儿！"李森的那种语气,包含着对他哥哥的钦佩。

事实已经明摆在眼前了，而且看这个架势，他们的确打算把他拖下水。如果真的闹到警察那边的话，他也不会占多少便宜，甚至还可能吃亏。

这个时候，雅克的一句话打破了僵持的气氛，"这么说吧，卡特先生，我们都是明白人，既然大家都心知肚明，为什么还要惊动警方呢？所以，我们也就都省省事，不要去骚扰警察了。我们原本也不希望和你们夫妇发生这种事情，不过，你太太的脾气确实太糟糕了，从而导致了这么一场误会，如果可以的话，我觉得……嗯，我想你明白我的意思，在我看来，你是一个非常崇尚自由的人。"

卡特静下来想了想，雅克的话的确也有几分道理。于是他无奈地叹了口气，眼睛望着那个箱子静静地发呆。

"人死不能复生，这件事情既然已经做了，就把它做完吧。我先把箱子里的东西都搬到楼下的卡车上，等会儿再把你的太太运下去。"说着，李森准备将手推车推出门外。

卡特有些疑惑，然后问："怎么，我的太太不在里面？"说完，他用手指了指下面那个大箱子。

"嗯，她不在里面。按照原计划，我是要把她装进去的，可就在我要动手的时候，科尔居然闯了进来。后面我了解到，当时你去柜台询问太太失踪这件事情的时候，他当时就对我们兄弟俩起了疑心，所以他躲在那个房间里，就等我进去。不过，你也不要把他当成什么善良人，他那么做，并不是为了帮你找到失踪的太太，而是想借着这件事情，趁机敲诈我们一笔。"李森摇了摇头，"唉……旅馆又少了一只烟灰缸。现在你知道了吧，箱子里不是别人，正是科尔那个家伙。你的太太还被我藏在那间房子里，我根本没有机会把她装出来。"

雅克叹了一口气，"唉……真是个添乱的家伙，我现在还要再为科尔失踪而多编一个理由……"

他闭上眼睛思考了一会儿，然后眼前突然一亮，兴奋地说，"嗯，我想到了，就说他偷窃旅馆的公款之后，畏罪潜逃！这个主意不错，可以说是一举两得啊！"说到这里的时候，他自己都忍不住点了点头。

当他们将手推车推出去的时候，卡特从钱包里拿了五元小费给李森。确实，要把那么多东西搬下楼，他真的要费一番力气。

门关上之后，他打算好好睡上一觉。在关灯之前，他做了最后一件事情。

他用旅馆的房间打了一通电话，这通电话是打给一个职业杀手的。

“你好，我是卡特。我现在改变主意了，你不用出手干掉我的太太了……嗯……违约金吗？这个好说，按照之前约定数目的百分之二十五付给你。”说完，便挂断了电话。

卡特向来不希望自己被一些小事束缚着。另外，就在半个月之前，他为他的妻子购买了一大笔保险。

自首的头目

华生警探坐在警察局的办公室里，他拼命地揉了揉眼睛，以确定没有看错人。站在他眼前的那个男人叫马丁，是黑帮的一个重要人物。如今，他居然瘸着腿，跑到警察局自首来了。

很多年以前，马丁被牵扯进了一桩勒索案，当时办案的警察正是华生。然而，由于一个黑律师出手相助，马丁最终被无罪释放了，之后，由于证据不足，警方也无法再次起诉马丁，因此，马丁过了很长一段逍遥法外的日子。而现在，马丁则主动要求警方拘留他，这让华生大感意外。

马丁此时说话的声音非常低沉："只要你们愿意把我关起来，我会将所有的事情统统告诉你们。"

面对马丁的说辞，华生警官显得非常冷静，这是他办案的一贯风格，"你把警察局当什么地方了？你以为这里是旅馆吗？还有，你怎么知道，我们对你所说的内容会感兴趣呢？"

"华生警官，在我面前，你就别装了……"他原本想装出以前那种非常凶悍的声音来，可是，等他开口说话的时候，声音便软了下去，而且还带了几分哭腔，"我知道你想要什么，你们想把金斯那个家伙抓捕归案，但由于缺乏证据，你们一直没有办法动手。证据我这里有，而且我敢保证，凭我的证词，他一定会吃官司的。我只有一个条件，你们要无条件地保障我的人身安全。"

"金斯先生？"华生警长的语气中透露出了一丝疑问，但又装出一副对这件事情无所谓的态度。

其实，金斯这个人有问题，警方一直都很清楚。他活跃于旧金山一带，在幕后操控着诸多的非法集团，他的势力非常大，甚至可以这样说，但凡是这个城市里发生的非法案件，或多或少都能够与金斯扯上关系。金斯这个人做事非常谨慎，多年以来，尽管华生和他的手下严密布控，但就是找不出半点能够扳倒他的有力证据。

当然，金斯这个人不仅混迹于黑道，在白道也非常吃香，后来居然成了上流社会的风光名人。不过，他的那些非法勾当照做不误，只不过他不再亲自出面，而是转交给马丁这一类的手下去替他处理。就在不久之前，当地举行了一个规模浩大的城市纪念游行的活动，金斯居然坐在了活动主席台的位置。看到这一幕，华生等警察们除了暗自咒骂之外，想不出半点方法。

马丁的出现可谓正合时宜，而且他还打算当污点证人，这让华生的心里乐开了花。正如马丁所说，他的证词的确十分有力，如果马丁说的都是实话，金斯一定能被绳之以法。不过，他现在还不能喜形于色，只能将这份感情藏于心底，所以，他的脸上现在仍旧没有什么表情，看上去显得非常平静。他用一种极为平淡的语气问道："马丁，既然你刚刚说有情况要汇报，那你现在就说说看吧。但是，我要提醒你，就算我们对于金斯这个人颇有兴趣，我们对于你所说内容的真实性也要进行考量。对了，对于你的事情，我也有所耳闻，你曾经为金斯效力过，而且是他手下的几名得力干将之一。"

"华生警长，我向你发誓，我说的一切都是事实。我求求你了，我没有别的要求，你们只要保证我的安全，保证我不死就行了！"此时，马丁再也无法保持那种傲慢的态度了，语气中充满了急切与绝望。

华生此时能够确信，马丁的话都是发自真心的。"马丁，首先我要跟你说清楚，在目前的情况下，我无法向你承诺任何事情。如果可以的话，希望你首先交代一下你今天来到警察局的原因，至于我能不能相信你所说的话，那要根据你所说的情况来进行判断了。"

马丁点了点头，然后深吸一口气，像是在给自己鼓起勇气一般，"这三年以来，我一直在为金斯先生做事。我平时的工作，就是帮他收城北一带的保护费，谈价、收钱这种事情也都是由我来负责的，一旦有人不服，我还要出面去教训那些人。"

听到这里，华生警长点了点头。马丁所说的这一点，的确是事实，黑社会一直以来都是这么办事的。据说势力范围内的店主如果不交保护费的话，就会遭到极度凶残且恶毒的报复，并且事后不会留下任何证据。店主们都不敢得罪他，一旦摊上事的话，他们连帮打官司的人都找不到。也正是出于这个原因，警方苦于没有证据，只能任由金斯、马丁这些人披着光鲜的外衣，干一些非法的勾当。

马丁随后继续说道："我在他手下干了一年之后，我就提高了保护费的额度，事实上，金斯并没有让我这么做。多出来的那一部分，我就收入了自己的口袋里。对此，金斯也毫不知情，毕竟他的那份，我一分没有少他的。这件事情，店主也不知道，因为城北这一块的钱，最终都要从我的手里过。"

这的确是新情况，不管是华生，还是其他的警察，之前应该都不清楚这一点。

"我不是一个非常贪婪的人，多收来的钱，我只留了百分之十。而且我花钱也非常有分寸，从来不胡乱挥霍，这一点，我跟很多人都不同。赚得的这笔收入，我全部存到了外地的一个银行账户上。按照我自己最开始的计划，再过一年之后，我就洗手不干了，然后用攒下来的钱，去南边买一个加油站，像一个老实人一样，去过安逸本分的日子。"

马丁居然会产生要做个老实人的想法！听到这里，华生警长不禁笑出声来："马丁，如果你真的能成为一个老实人的话，我估计那个时候地狱里的烈火都已经熄灭了。"

这句话显然刺痛了马丁的心，他显得有些恼羞成怒，但一想到现在毕竟是在求警方办事，所以他强压住了心中的怒火，继续往下说："但是，事情偏偏就是这么不凑巧。有天晚上，我去酒吧喝酒的时候，碰见了一个长得非常漂亮的小姐。她看上去小巧迷人，头发乌黑亮丽，一双蓝眼睛非常性感，我当时只有一个感觉，她绝对不逊色于杂志封面上的那些模特。因为对她心生好感，所以我主动约她喝了一杯。我在聊天的过程中知道了她的一些信息，她叫艾琳，是一个老师。当然，具体的我没有办法去验证，我只知道，她跟众多混迹酒吧的女人完全不同，整个人看上去很有气质，属于很有修养的那一类。她之所以会来酒吧，完全是因为要安慰她的一个朋友。她那个朋友刚刚失恋，情绪很差，想找个人谈谈心。"

说到这里，马丁停了停，点了一支烟，然后说："警长，按以前来说，跟女人纠缠不清这种事情绝对不会发生在我的身上，但这个艾琳确实有些意外，我最开始接近她，根本没想过要跟她约会。后面在聊天的时候，我随口就这么一说，没想到她居然点头答应了。这让我倍感意外。原来，我马丁也能跟档次这么高的女人约会。"

华生警长不禁笑出了声："你们这一对还真是有趣啊。"

此时，马丁叹了一口气，"唉，长话短说吧。我们自那以后的一个月时间，差不多每天都会约会。或许是因为两个人之间的了解越发深入，渐渐地，我产生了一种想法：她就是我的终身伴侣。她是那么美丽，那么有气质，我居然被一个有文化的女人看上了，她愿意和我交流，能够容忍我身上的毛病，这只能说明一个问题，她也爱上了我。"

马丁越说越激动，渐渐地，他看起来显得有些伤感，"华生警长，我敢肯定，她一定是爱上我了。在我们交往的那段时间里，我们相处得非常愉快，基本上没有因为意见相左这种事情吵过架。当然，这可能跟她那温柔的性格有关，包容了我很多性格方面的缺陷，所以让我们的交往看上去非常融洽。但她越是对我好，我内心就越纠结。因为我始终瞒着她一件事情，我一直不知道该怎么跟她开口，我怕跟她说了实话之后，她就会冷落我，疏远我。她是一个老师，所以，她的男人也应该有一份体面的工作，这样才能与她相称。于是，我编造了一个身份，我告诉她，我在一家公司担任推销员。不过，她好像不太相信我说的话。最后，我们就因为这点小事，差点儿吵起来。如果真吵起来了，这也可以算是我们第一次吵架吧。"

"马丁，你的爱情经历还挺感人的嘛。"说完之后，华生警长坐在椅子上，非常舒服地伸了个懒腰，然后打着呵欠揶揄道，"我对于你的感情经历兴趣不大，所以，你打算什么时候开始讲重点？要是没有的话，就麻烦你回去吧，我还有别的事情要做。"

马丁连忙打断说："你让我把话说完。我最后下定决心跟艾琳求婚，我的直觉告诉我，她一定会答应的。我们的条件都不差，要是立马结婚也不存在任何问题，而且，她可以选择继续工作，这点不会受到任何影响。我决定将收保护费的工作彻底放下来，用攒下来的钱去南方买个加油站，然后和她平平淡淡地过日子。至于度蜜月的地方，我想好了，就安排在南方，这样一来，我可以顺便看看那边的加油站的情况，如果有合适的，我当即就买下来。也许在金斯先生那边会遇到一些阻力，不过问题应该不大，我毕竟是他非常看重的人，如果我告诉他，我是因为结婚才离开的话，他应该不会为难我的，更何况，他对于我背着他截留保护费的事情毫不知情，所以我根本用不着担心。”

此时，他突然想起了什么，“对了，华生警长，你知道吗，我昨天给艾琳买了一只戒指。那只戒指得两千多呢，我特意去城里最大的那家金器店买的。”说完之后，马丁故意停了下来，用眼睛瞄了一眼华生警长。华生警长的脸上依旧面无表情，对他所说的这件事情似乎没有太大兴趣。

马丁觉得有些自讨无趣，于是继续交代他的故事：“今天晚上，她来到了我的家里，我们一块儿吃的晚饭。她烧菜的水平很不错，我还特意去外面买了一瓶香槟酒回来。晚饭我们吃得非常尽兴，气氛也很好。饭后，我们还吃了一些甜点。等一切都弄完后，我主动向她提出了求婚的想法。

“不过，她的态度让我有些意外，既没有当即答应我，也没有立即回绝我。之后，她向我表达了爱意，不过，她随后补充道，两个人要在一起，必须坦诚相待，否则就会影响到今后生活的幸福。她其实只有一个顾虑，就是不清楚我的工作状况，用她的原话说，就是‘我怎么能放心地将自己嫁给一个连做什么工作都还不知道的人呢’？”马丁用手摸了摸下巴说，“看来那句老话说得并没有错，漂亮的女人都是祸水，所以，没什么事别去勾搭女人，那样会惹祸上身。”说完之后，马丁便陷入了沉默。

这番话勾起了华生警长的好奇，他连忙追问：“惹祸上身？发生什么事情了？”

“接下来发生的事情，就是我来这里的真正原因了。现在我突然觉得，我就是一个彻头彻尾的大傻瓜。她只不过是用一种严厉的眼神瞪了我一下，然后我就将所有的事情都告诉她了。我告诉她，我在金斯先生手下工作，平时主要收保护费。我可以说，我做到了对她足够坦诚相待了，连那百分之十的截留款的事情都告诉了她。为了表示我的诚心，我告诉她我决定不再做这一行，想带着钱去南方经营一个加油站，从今往后，跟她过安安分分的日子。

“我真是太天真了，居然认为她能够理解我的苦衷，能够体会我的心意。我的话音刚落，她就坐在家里哭。她说我让她感到不安，她现在不知所措，对于我的表现，她非常失望，而且在考虑到底要不要继续跟我在一起。我跟她一样，她一连串的问题抛出来，我也不知道该怎么办。哭了一段时间之后，她停了下来，说要去包里拿纸巾擦脸。但让我没想到的是，她从包里掏出来的居然是一把手枪，而且拿出来之后，立马用枪口对准了我。

“华生警长，你能理解吗？看到这一幕的时候，我的心都碎了。我当时就央求她，让她在杀我之前，好歹让我知道为什么要杀我，也不枉我对她一片真心。可是，她的回答将我推入了更深的绝望之中。她告诉我，她接近我是受人指使的，以考验我是否忠诚。尽管她并没有将幕后的主使人告诉我，但是我心里非常清楚，那个人一定是金斯先生。我真是蠢到家了，居然将自己主动往枪口上送。其实，我不该被她迷失了理智，现在想想看，她出现的那一刻就非常可疑，一个如此有修养的女人，怎么可能出入于那样一个庸俗的场所里？另外，我也过分地高看了自己，居然认为，她是因为被我的魅力吸引，所以跟我真心地约会。

“我原本以为，我的生命可能就到此为止了，多亏那时，家里的电话响了。我趁着她回头的那一瞬间，纵身一跃，向窗子外面跳了出去。她当即意识到我想逃跑，连忙回过身，重新将枪口对准了我。幸好我反应快，跳得早，才躲过了她的子弹。虽说我就住在一楼，但由于过度紧张，加上用力过猛，落地的时候，我不小心将脚给扭伤了。但是我也顾不得疼痛了，这个时候保命是最大的事情。我发疯一样地狂奔，当时只有一个念头，跑去警察局。按照这种情景，我明天一早肯定会被专业的职业杀手给盯住，这样一来，我就必死无疑了。”马丁一边说，一边用手揉了揉他那受伤的脚踝，看样子，现在伤痛又开始发作了。“我真没想到，我为他卖命那么多年，为他做过那么多事情，到头来，他居然派人接近我，怀疑我，而且还打算让女人来除掉我。所以，华生警长，这里是我唯一的避难所了，请你一定要救我。”

“嗯，马丁，听你这么一说，事情确实有些麻烦呢。我相信你，因为如果你在这种事情上撒谎的话，对你没有任何好处，会弄得你里外不是人。的确，你的选择非常正确，不管你的目的是什么，这个时候选择和我们合作，总归是没错的。”

华生警长从椅子上站起身来，又伸了一个懒腰，然后径直走到门口，喊了一声：“汤姆，赶紧过来一下。”

不一会儿，另一个警员便赶了过来。“这个人叫马丁，你现在把他押下去，事由就是扰乱社会治安，然后让一个速记员去跟他录口供。对了，最好拿个新的本子，他应该有很多情况要跟我们交代。你们要仔细记录下来，不要遗漏。”

华生警长说完之后，马丁便被带走了。看着马丁一瘸一拐远去的背影，华生不禁笑了起来。现在，有了马丁的帮助，他能够轻而易举地将金斯抓捕归案了。不得不说，最近的运气还是不错的。

华生警长稍稍收拾了一下，准备去审讯室旁听马丁招供的情况。但在那之前，他打了一通电话。很快，电话便接通了，接电话的是个女人。

“艾琳，你真是太棒了，我们的计划进行得非常顺利。现在，马丁已经到警局交代事情的经过了，他会跟我们透露很多有关金斯的情况，这一次，我们一定能够拿下金斯。不过，你真是够让我惊讶的，真没想到你的演技这么棒，马丁直到现在都还没发觉呢。你没拿奥斯卡奖真是太可惜了。”

“唔……真的吗？他去警察局自首了？感谢上帝，我都觉得，我快要人格分裂了，那个下流坯子，我真的忍不了了。还好我唬住了他，因为那把手枪里根本就没有子弹，否则的话，今天晚上在马路上狂奔的人就得是我了。”

之后他们还聊了些别的事情，但在挂断电话之前，她说了一句话：“对了，亲爱的，马丁今天吃饭的时候给我送了一只戒指。虽说那个家伙没别的什么优点，但是挑东西的眼光还是很不错的，这只戒指相当棒啊！所以，我们结婚的时候，你买的戒指，一定不能比他的差啊！”

“亲爱的，你就放心吧！”

远见

杰克和琼两个人一直沉默不语。杰克的手死死地抓着方向盘，然后用力踩了一脚刹车，汽车以很慢的速度驶过了一个U形弯道。路的下面就是深不见底的峡谷，怪石嶙峋，看得琼心里一阵惊慌。

“这个该死的地方，除了天上盘旋的老鹰，什么都没有！真不知道我们什么时候才能离开这里，我都要疯了……”琼看着遥远的天边，心里感到非常难受。

杰克打断了她的话，语气显得有些不耐烦。“等我觉得可以离开的时候，我们就能走了。这种事情，我比你有经验，我知道什么时候走比较安全。”

“是啊，多亏了你，精明地除掉了那个看守，让我们在这个荒蛮之地窝了这么长时间。”

他握着方向盘，然后有些得意地说：“可是，我们弄到了十万元，你不觉得这很值得吗？难道你觉得跟我在一块儿花大钱不开心？”

她望了望手里拿着的那个空汽油桶，然后不屑地说：“那也得逃得掉，有命花才行。整天穿着工装裤采草莓，你觉得这种生活有意思吗？我反正是一点儿都不喜欢。”

“你有的选吗？还是说，你更希望被抓住，然后判死刑，吃枪子？”杰克心中一阵不悦。他一边开着车，心里一直嘀咕着：这个黄脸婆真是不识好歹，这笔钱要是给我一个人花，我高兴都来不及，分给她用还啰啰唆唆的。

车子在泥泞的路上行驶了差不多两公里之后，终于开上了平稳的高速公路。他们注意到，路边有一家杂货店，虽说看起来比较破旧，但卖的东西还挺齐全，更重要的是，那家店还卖汽油，这对他们来说无疑是个天大的好消息。杂货店旁边还有另外一家商店，他们可以在这里好好买点必需品了。

这个时候时间还早，周围也没有什么车。这是他事先计划好的，他对于时间的把握一向非常准确。类似这种问题，琼根本就想不到，也不会去想。

他去杂货店里逛了一圈，出来的时候，手里拎着一大一小两个袋子，大袋子里面装满了各式各样的杂物，小袋子里面装的是碎冰块。他看了看路边的指示牌，上面写着：迪本斯机场，十一千米。随后，他又走进了旁边的商店，对里面的店员说：“伙计，一瓶波恩酒。”

等待之余，他打了个电话到机场。电话接通了，那头传来的女性声音非常柔美，比琼的声音好听一万倍。“先生，请问你是要预定今天晚上去圣东安尼的航班吗？我刚查了一下，刚好还有一个空位，请你到机场后，直接去三号窗口购票，我们会为你预留到十点四十五分，请你安排好时间，谢谢。”

一想到明天就能到墨西哥，他就不自觉地笑了笑，那里不但有美酒，还有美人。

琼一直在车外面等他回来。见到他之后，她一手接过了杰克手里的两个袋子，然后说：“杰克，就让我跟你进去一次吧，就一次，好不好？”

“你疯了吗？警察现在在全城搜捕我们俩，他们在找一个矮子跟一个黄头发的女人，我们俩一块儿进去，你当店里的人都是瞎子吗？”

“你真讨厌，以后我再也不跟你出来了。”

“随你，爱来不来。”

之后，杰克便安静地开着车，再也没主动跟她说话。当开回到那个U形弯的时候，车子似乎发出了一些异响。他转过头问：“嘿，你刚刚听见没，这车子的声音不对，估计哪里出毛病了。”

她用一种轻蔑的眼神看着他说：“你也知道啊，车这么破，要不是我一直对它进行修理的话，我们早就只能步行了。你这个没用的，车都不会修。让开，我来开！”

他们对调了座位，之后的路由琼负责驾驶。车子最后安全回到了山上，在一栋非常破旧的小木屋前面停了下来。

杰克将酒拿了下来，而琼则将那一袋巨大的杂货提进了屋里。进门的时候，琼恶狠狠地瞪了他一眼，不过杰克装作什么都没看见，径直地走进了屋内。

在屋子里吃过午饭之后，杰克决定去睡个午觉。等他醒来的时候，已经是下午三点了。他将事先买好的那瓶波恩酒拿了出来，然后均匀地倒了两杯，并且往里面加了一些冰块。琼最喜欢喝加了冰块的波恩酒了，看到这里，琼显然感到非常意外，她不明白杰克为什么突然给她调酒，但心里还是非常高兴的。杰克则装作什么都没有发生一样，脸上的表情看上去并没有什么变化。

他们俩端着酒来到了屋子的后院。后院里有一条长椅，他们双双坐了下来。琼将身子微微一弯，喝了一口酒，然后抬起头，视线落在了两三里地之外的火车站。那里有一个小镇，此刻正停靠着一列火车。

杰克说：“距离那件事情，已经过去了四个星期，他们应该已经停止搜查了。”

琼否定了他的看法：“不，我觉得搜查会永远继续下去。不过，再过两个星期，我们也许就安全了，到时候，我们也坐那趟火车离开这里吧？”

“希望如此吧。”说完，杰克拿着空酒杯回到了屋里。

琼跟在杰克的身后说：“嗯，待会儿少给我倒点，快喝不下了。”

听到这句话，他咧开嘴笑了笑，表情显得有些狰狞。倒酒的时候，他故意给琼的那杯多倒了一些。他将杯子递给了琼，琼看了一眼，然后说："喝了这杯，再不喝了。"

他估计得没错，琼不会拒绝酒这种东西的。所以，后面的第四杯酒，她也没有拒绝。而且，她之后还喝了第五杯、第六杯。最后，不需要杰克去劝，她自己迈着凌乱的步子，挪到桌子边，将整瓶酒给喝了下去。

差不多天黑的时候，酒劲上来了，她直接醉倒在了地上。杰克试探性地摇了摇她，此时，她早已醉得不省人事了。见到这一幕，杰克心中一阵窃喜，连忙将她从地上抱起来，放到了后面的长椅上，他则一个人回到了屋里，将放在屋中间的桌子挪到一旁，把藏在地下暗格里的东西给取了出来。一共有两样东西：一只皮箱，一只圆形的布袋子。

他看着那个袋子，脸上的表情有些奇怪，"这个袋子应该是琼的才对，她的行李怎么会在这里面呢？"

他又掂了掂箱子，这时他才反应过来，原来箱子里面的东西，早就被她转移到那个袋子里了。随后，他也明白今天早上在买东西的时候她为什么要那么说了。不跟他去杂货店，为的就是能够趁他去买东西的时候，坐火车从这里溜走，火车每天早上九点发车，那恰好是杰克早上去买东西的时候。

他不禁笑了起来，然后将她拿走的那些钱统统放回箱子里。他刮了胡子，特意换了一身笔挺的西装，然后将装满现金的箱子扔进了车里。他关好门，朝小木屋望了望，然后发动了汽车，朝山下驶去。一路上，他都在为摆脱了那个女人而暗自高兴。

这一路来来回回不知道跑了多少次了，他开得格外轻松。等到 U 形弯的时候，他跟以往一样踩了一脚刹车。不过，这一次，汽车并没有停下来，而是加速朝前面飞奔过去。此时，他的脸色顿时苍白了起来。

夜空里，一辆疾驰的汽车冲出了路面，跃入了黑暗的夜色中。之后，伴随着一阵惊恐的叫声，杰克跟着汽车坠入了悬崖。

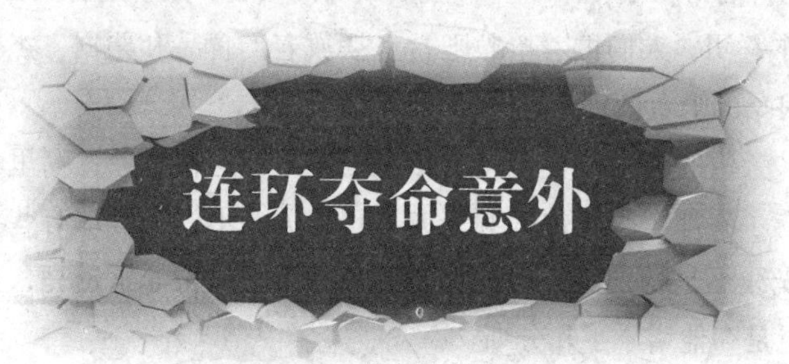

连环夺命意外

电影里面经常会上演便衣警察的故事，他们经常与歹徒搏斗，上演飞车追逐、英雄救美、单刀赴会这种激动人心的场面。事实上，便衣警察的生活并没有这么精彩，至少绝大多数便衣警察的生活不是这样的。甚至可以说，他们的生活有些枯燥乏味。拉尔森就是一名便衣警察，他的主要工作是挨家挨户地查看鞋子，如果遇到与犯罪现场相似的鞋印时，他就会敲开这一户的门，将那双鞋子的主人叫去警察局问话。

今天，他又花了大半天的时间在外面做调查。前天，一个叫凯莉的女人被杀，警方根据初步侦查，认定杀死凯莉的凶手应该是一个面色发红并且得了牛皮癣的男人。那个男人叫作梅洛克，他不是别人，正是凯莉的男朋友。如果他认罪了，整个案子也就可以了结了。但不知道他用了什么方法，找来了一大堆人为他做不在场证明。根据证人的证词，案发当时，他在外面开会，开会的地点距离案发现场有好几千米，短时间内不可能往返于两地。看来，这个案子得拖一段时间了。

下班之后，拉尔森打算赶回单身公寓。在开车回家的路上，他路过了肯尼迪汽车旅馆，随即将车停在了路边。他下车走进里面的一家鸡尾酒酒吧。他喜欢喝鸡尾酒，而这里的鸡尾酒更是深得他的青睐。

要说这里的鸡尾酒味道有多么独特，也不见得，拉尔森喜欢来这里，只是因为他认识这家酒吧的调酒师。调酒师名叫杰克，是他的中学同学。杰克很健谈，而且懂得与人聊天的礼数。如果你今天兴致很高，有聊天的欲望，他就会跟你聊一些有趣的话题，如果你今天情绪低落，他就会让你一个人静静地喝酒解闷，而他则在吧台后面专心擦洗高脚杯。

拉尔森走进酒吧，刚刚往吧台上一坐，杰克立即给他准备好了杯子，外加他平时最喜欢喝的那种酒。

拉尔森的边上坐着一个矮个子绅士，嘴上蓄着一撮小刷胡。他端起面前的酒杯，呷了一小口。杯子里的酒是粉红色的。拉尔森无意中发现，坐在那个绅士边上的人也在喝这种酒。

他随后扭过头，开始和杰克聊天。

此时，整个酒店还是非常安静的。

很快，第一杯酒喝完了，杰克又给拉尔森倒了一杯。

这个时候，吧台的另一端传来了一阵玻璃破碎的声音，似乎是有人打碎了酒瓶。顿时，吧台的另一头乱作一团，人们忙着抢救吧台上摆放着的食品和票据，杰克见状，也连忙赶了过去，将一片狼藉的吧台清理干净。

“真粗心！”旁边的那个矮个子绅士似乎很看不惯这种景象，嘴里嘀咕了一句。拉尔森扭过头，仔细看了看那个人：他的额头方方正正的，不过下巴却有些尖，头发看上去略显稀疏。酒吧里光线不是特别好，但他那双蓝色的眼睛显得非常透亮，架在鼻梁上的那副金丝边框的眼睛更是为他增添了几分斯文。

他的抱怨不但没有停止，反而加重了语气说：“要是每个人都稍稍注意那么一丁点儿，这种粗心大意的事情不知道要减少多少。哎，还是市民的素质问题。这个城市的人就是这样，毛手毛脚的，真是受不了……”

再怎么说，这里也是拉尔森的故乡，是他从小到大生长的地方，此时居然被这个人评价成了这个样子，他心中顿时感到不悦。他立即转过身子，面对着那个人，想让他就这个问题解释一下。事后的自我介绍中，拉尔森了解到，那个矮个子绅士名叫乔治·福特，来自费城。

福特介绍道：“我在费城的一家调查所工作，主要负责民意调查这一块。今天我特地来到这里，主要是受到了这里一家洗涤剂公司的委托，为他们公司的产品进行市场调查，不过，请原谅我不能将这家公司的名称透露给你。这属于商业机密。”

“嗯，这点我知道，不过我不太理解，你做这项调查，跟你刚才讲的粗心大意有什么必然的联系呢？”

福特端起面前的酒杯，喝了一小口之后，略微思考了一下，然后慢慢地说道：“是这样的，过去的两天里，我连着遭遇到了两起意外事件，而且还特别严重，这让我很不高兴。这都是人为疏忽造成的。前天下午，我在完成基础的调查工作之后，随便在街上走了两圈。当时，我正好从一个工地旁边路过，我觉得，你应该知道我说的是什么地方。”

拉尔森立即点了点头，因为整个市区里，现在就只有一个工地在施工。那儿正在挖地基，每天有很多运土方的汽车在那个工地的大门进进出出。

福特先生继续往下说：“你可能都不敢相信，当时一辆装满了土方的汽车正准备沿着通道往外面开。就在那个时候，我居然摔倒在了卡车进出的通道上，而且就倒在卡车开来的正前方！”

“你滑了一跤？”

“不，当时路边有很多人，我被人撞了一下，然后失去了平衡，一脚踩空，所以摔倒了。当时真是太惊险了，一旁的妇女都尖叫着。我也被吓呆了，好在不知道什么人，一把抓住我的大衣衣领，猛地将我往回一拉，我也因此而逃过一劫。要不是那个人的帮助，后果简直不敢想象啊！”他端起酒杯喝了一大口，似乎想要以酒压惊。“当时那个场面，别提有多混乱了，我倒没什么事，不过却把工地施工的工头和卡车司机给吓坏了。我当时坐在路边，他们都过来关切地问我有没有受伤，要不要去医院做个检查之类的。当时，边上还有人用纸笔记录了几名目击者的姓名。我当时就朝他们摆了摆手，意思是不用闹出那么大的动静来，毕竟我毫发无伤，所以我也不会起诉那个工地，何况这件事情，本身也跟他们没有关系。”

拉尔森说：“确实，这是挺危险的，不过，这并不能证明你刚才所说的那个观点啊。”

福特并没有急着反驳他，而是继续喝了一口酒，说了另一件事情。“另外一件事情发生在昨天下午。事情做完之后，我一大早就回旅馆休息了，那时差不多是下午三点左右吧。我坐在房间的写字台上，打算将这段时间收集到的资料整理一下。至于具体在写字台边坐了多久，我记不清了，只知道后面听到‘砰’的一声，窗户玻璃碎了。我只感觉到，有什么东西打了进来，而且离我的身体很近。我感觉像是子弹，好在只是打在了我旁边的墙壁上。”

“你能确定，打进来的东西是子弹吗？”

“其实，最开始的时候我并不确定。不过这件事情发生之后，我感到非常烦躁，于是到楼下的大堂跟旅馆的经理抱怨起来。起初，他也没有太把这件事情放在心上，整个人看起来懒懒散散的。等查看完房间的情况之后，他立即变得紧张了起来，并且连忙用房间的电话报了警。等警察勘察完现场之后，我的猜想便被证实了，打进来的东西的确是子弹。不过，由于整面落地窗的玻璃都碎了，警方无法准确地判断出子弹飞过来的方向，具体是从院子里打上来的，还是从对面公寓里平射过来的，现在都还不得而知。反正，他们离开的时候给出的判断是：可能某人在试射来复枪的时候走火了。你说说看，这算不算粗心大意？”

拉尔森原本想为这件事情和他辩论几句，就在这时，坐在福特先生旁边的那个人突然惨叫了一声，双手用力地捂着胸口，直接从吧椅上滑了下去，一屁股坐到了地上，脸上的表情看上去非常痛苦的样子。

起初，酒吧里仍旧非常安静，当这个人倒地不动之后，整个酒吧瞬间炸开了锅。坐在附近的人们连忙起身，并且迅速地后退。杰克直接从吧台上翻了过来，拉尔森则一个箭步冲了上去，头脑中一边回忆着心脏病的急救法则，一边准备为他施救。

“不会吧，他才喝了一杯酒，就醉了吗？”

拉尔森头也不抬地说了一句：“没那么简单，他一定不是醉酒。”

当时有一个人伸出手，似乎想要帮忙，准备为倒下的那个人把脉，可是，拉尔森一把将他推到了一旁。拉尔森当时只有一个念头，就是保护现场，因此也没有注意到更多的细节。那个打算把脉的人，手上正戴着手套，哪有戴着手套来把脉的？

“杰克，你去叫辆救护车吧，不过……”拉尔森停了停，然后说，“我估计没什么用，他已经死了。”说完，他抬起头看了看吧台上的酒，酒杯里装着的酒是粉红色的，跟福特先生杯子里的酒是一样的。

第二天晚上，福特又来到了这家鸡尾酒吧，没过多久，拉尔森也走了进来。看到拉尔森之后，福特非常热情地跟他打了个招呼。那种感觉，就像他们认识了多年一样，是很好的朋友了。

“拉尔森先生，晚上好啊，我们又见面了，一块儿喝一杯怎么样？”

“福特先生，那咱们就一块儿吧。”

服务生将两个人要喝的酒记录下来，然后便去吧台后面忙了。

福特开口的第一句话便是：“拉尔森，你看起来真的不像一个警察。”

这句话，拉尔森不是第一次听了，而且一般人跟他说这句话的时候，往往含有一些不太好的评价，类似于“你并不称职”。不过，拉尔森能够感觉到，福特要表达的并不是这个意思，而且他能感觉到，福特表现出来的是对他的一种欣赏。

拉尔森微笑着说：“我毕竟是便衣，便衣如果太像警察的话，我的工作就做不下去了。”

“可是，你说话的语气也不像。真的，你身上看不到一丁点儿警察的影子。”

拉尔森叹着气说：“唉……我的上司就这个问题跟我说过很多次了，在他们的眼里，我就像是个专攻文学的研究生。算了，不说这个了。你今天去泊松大街做调查了吧？怎么样，有收获吗？”

“这件事，你是怎么知道的？”福特顿时感到非常好奇，眼睛眨了好几下。

“怎么样，我这个便衣警察还算称职吧。我都掌握了你的行踪了，可是你丝毫没有注意到我的存在。现在我手里有一桩命案，我在四处搜寻线索。我想，如果你关注报纸的话，应该听过这件事才对。”

“一般来说，我在外面出差的时候是不会去关注报纸上的东西的，毕竟地方性的报纸内容太少，广告太多，不值得看。”

“原来是这样。对了我注意到，今天下午你从街边的一栋公寓里走了出来。上次委托你过来办事的那家公司的调查工作还没有结束吗？”

“还差一点点，明天还有半天。等完成之后，我就得赶回费城了。”

“祝你今天好运，别再碰上那种因为别人的‘粗心’而造成的意外了。”

“哈哈，你放心，我哪有那么倒霉呢？”他停了停，然后似乎想起了什么，“对了，你不说我都忘记了，昨天坐在我旁边的那个人怎样了？他的心脏病好些没？”

“他可不是心脏病。”

“什么？不是心脏病？”

“验尸官昨天看了看，他死于中毒。”

“天哪！”福特简直不敢相信他的耳朵，“难道说……难道说他自杀了？”

“这一点现在还不清楚，我们现在正在寻找证据。不过，根据我们了解的情况来看，找到有价值的线索非常困难。死者生前是一个性格非常孤僻的人，一般不与他人交流往来。我们查过了这家旅馆的入住记录，里面并没有他的信息，所以，他应该只是顺路经过这里，然后喝了两杯。”

福特沉默了一会儿，叹了口气说：“唉，看来你的生活挺有意思的，一定很刺激，很紧张！”

“英雄救美、单刀赴会、飞车追凶……”拉尔森轻描淡写地罗列了一连串的形容词，这让福特好生羡慕。看到福特的表情之后，拉尔森不忍心了，连忙一本正经地对他说：“行啦，我刚才是逗你玩的，哪有那么精彩，你以为演电影呢！我们的工作跟其他职业差不了太多，机械而枯燥。其实，换个角度想想，不管是什么样的工作，或多或少都能碰上一些新鲜事，这一点你承认吗？”

福特顿时两眼放光，点头说道：“确实，有的时候的确能碰上。就拿我现在做的事情来说吧，民意调查虽然是件非常枯燥的事情，但有的时候，一些精彩的回答确实能让你倍感欣喜。有人对我说过这样一句话，一旦他喜欢的那款咖啡换了包装，他从此就不再喝咖啡。有一次，我去做一个有关电视节目的调查，等我进到某个人的家里后，发现那家人从来不看那个节目，倒是他们家的狗坐在地上，看得津津有味，那是一部环保片。后来的一次，我去访问了一个朋友，他叫白瑞德。当我进去的时候，他正和一名少妇一块儿在做瑜伽，最重要的是，那个少妇做了一整节课的倒竖蜻蜓，而且一丝不挂。但是，自那次以后，白瑞德就从公司退休了。他告诉我，他已经征服了所有，没有什么再值得他去奋斗了。”说完之后，福特的脸上露出了一丝享受般的笑容。

“你在工作的过程中有没有遭到过别人的拒绝呢？比如拒绝回答你的问题之类的。因为我在工作过程中，人们可能不会配合我的工作，对于我提出的问题拒绝回答。”拉尔森问。

“这倒是没有，不过我在为另一种情况发愁。让他们开口说话并不困难，但是我不知道该怎样让他们闭口。因为工作的原因，我接触了很多人，其中有些人属于话匣子一类的，只要开口说话了，就很难停下来，当然，还有另外一些，他们本身并不是属于话多的那一类，而是因为某些原因，心中积压了太多的事情，需要找一个人倾诉，好好说说话。就在前天，我去一户人家做调查的时候，正碰上那家人在吵架。当时是个女人开了门，我还没问她几个问题，她就硬生生地被一个男人拉回去了，并且随手关上了门。我猜那个男人应该是她的丈夫。”

“如果你当时也问那个男的几个问题，说不定就不会出现这种情况了。因为两个人的注意力都被分散之后，他们可能就不想继续吵下去了。”

“怎么说呢，其实我并没有看到他本人，因为我在问他妻子问题的时候，他一直都待在门的后面。最后他用一只手将他的妻子拉了回去，并且把门关了起来。所以，我对他没什么印象。噢，有一点，他的手上当时戴了手套。”

“还有其他的收获吗？”

福特双手一摊，然后说：“我之后敲了敲周围邻居的门，不过好像都没有人在家。后面我看了看时间，也不太早了，所以准备收工，其他的等第二天再说。所以我后面就去市区里随便逛了逛，接下来，就发生了我在工地摔倒，差点被运土方的汽车压死的事情了。”

他们在酒吧里聊得很尽兴，喝完酒之后，还一块儿吃了晚餐，两个人谈了谈各自工作中的难处与风险。吃过晚饭很久了，两个人还没有聊尽兴，于是他们又换了一个地方，福特邀请他去自己新换的房间坐了坐，之前居住的那个房间由于正在进行落地窗的维修，暂时不能住人。

刚到房间，福特就拿出了一张调查表，然后仔细地跟拉尔森解释，在遇到一连串的事情的时候，该怎样对它们进行整理与分析。聊完了之后，在拉尔森的带领下，福特生平第一次仔仔细细地参观了一次警察局，并且对于里面的环境设施叹为观止。之后，两个人又重新回到了旅馆，喝了两杯之后，才相互告别。

不过，那天晚上，拉尔森并没有回家，而是在旅馆中住了下来。

大约凌晨三点的时候，拉尔森听到了一阵轻微的“咔嚓”声，随后，他的房门便被人打开了。黑暗中，拉尔森看到了一个黑影，从黑影判断，那个人个子比较高，手里还拿着一把一尺左右的大砍刀，正蹑手蹑脚地从门口走进房间。等接近了床的位置之后，那个人便举起手里的大砍刀，对着床上睡觉的人一顿猛砍。

拉尔森见状，立即从浴室里走出来，并且打开了房间的灯。闯入的那个人事先完全没有预料到这一点，所以灯亮的那一瞬，他手里的刀并没有停下来。

“梅洛克先生，你停手吧，我现在正式以谋杀凯莉的罪名宣布你被捕了。你什么时候将手里的刀放下来，我什么时候向你宣读公民权。”

突如其来的惊吓让那个人瞬间瘫坐在了地上，他就是之前有着众多不在场证明的人，他是凯莉的男朋友。随后，拉尔森将他带上了去警察局的车。

路上，梅洛克好奇地问拉尔森：“你为什么会怀疑到我？”

拉尔森笑了笑，说：“梅洛克先生，你是个非常谨慎的人，但在这件事情上，你的处理有些谨慎过头了。福特先生先后遭遇了几次生命危险，第一次是在工地旁，他差点儿被运土方的汽车给压死，要说这是意外，能说得通；第二次是在他的房间里，一颗子弹打进了他的房间，虽说警方的解释是枪走火，但这不得不让人产生怀疑；第三次是在肯尼迪鸡尾酒酒吧里，跟他坐在一块儿的那个人被意外毒死，而那个人喝的酒跟福特先生的酒是一样的。事情到这里，可以说已经非常明显了。就在那个人倒地之前，酒吧里还传来了一声异响，一个玻璃酒瓶被打碎了，当时，这个声音吸引了绝大多数人的注意力，包括我。当然，这都是故意安排的，这样一来，就有下毒的机会了，但是很可惜毒下错了。正是因为这件事情，我确信有人要杀掉福特先生。不过，让我费解的是，他并不是这个地方的人，而且很快就要从这里离开，凶手为什么要对这样一个人下手呢？所以，我想跟踪一下他的行踪，可没想到你居然也在跟踪他。

“其实最开始的时候，我根本就没有怀疑你。我注意到你的时候，是因为福特跟我说的一个细节。一次，他去一户人家做访问，不巧，那户人家的男女主人正在吵架，关键在于，他注意到那户人家的男主人吵架的时候，手上还戴着手套。我当时就想起了你，我第一次调查凯莉的那个案子时，你就对我说过，因为手上有牛皮癣，你不得不随时戴着手套，一来是遮盖，再一个，也是对周围人的保护。你自己也认为，这个特征太过于明显，所以你必须在福特意识到这一点之前，动手将他杀掉，所以才会有那接二连三的‘意外’发生。”

梅洛克点了点头，然后说：“可是我还有一个疑问，凯莉这件事情在当地闹得沸沸扬扬，他发现了这么明显的证据，为什么没有报警呢？”

“因为你并不了解福特这个人。”拉尔森停了停，接着说，“福特有个习惯，出差或者旅行在外，从来不会关注当地的报纸新闻。他其实根本就没有听说过这个案子。也就是说，你不杀他的话，我也根本不会盯上你。他去你家调查，也不是因为那个案子的事情。他有一个访问计划，凯莉也包括在其中，直到我昨天看过那份访问者的名单之后，我才知道，他为什么会被人追杀。昨天晚上，我就是担心再次发生意外，所以整个晚上都跟他待在一块儿，我甚至还带他参观了警察局。当然，我这么做也是有目的的，我要让你产生错觉，以为他是去警察局举报你的。这样一来，便能引你动手，将你抓捕归案。我早就预料到了这一点，所以提前安排旅馆的经理调换了房间，让我住在福特的房间里。床上并没有人，只不过是一堆枕头而已。”

梅洛克苦笑着说：“好吧，我认栽。”

由于昨晚一个晚上没有睡好，拉尔森早上在旅馆补了一个上午的觉。等醒来的时候，已经是下午了。他去楼下的餐厅点了一份三明治，外加一杯咖啡填肚子。这时，福特先生刚好回来，看见拉尔森之后，他热情地打了个招呼：“嘿，拉尔森，你上报纸的头条啦！”

福特快步走到拉尔森的身边，然后接着说：“我这个人虽然到了外地从来不看报纸，不过，这次不一样，头版头条的新闻跟我的朋友有关，我不得不看啊。对了，报纸上说，之前那桩传得沸沸扬扬的杀人案已经被你侦破了。”

拉尔森更正说：“其实呢，应该是两个案子。第一个案子，一个男人将他的女朋友杀死了，第二个案子则是由此引发的，他担心事情败露，想要杀死证人，却意外地害死了一个陌生人。”

福特先生的眼睛瞪得老大，满是钦佩地说：“拉尔森，这样的生活还叫枯燥啊？简直太刺激了！”他端起面前的杯子喝了一口酒，然后说，“对了，我的工作快要结束了，下午再走访几家之后，我就直接赶往机场，搭四点三十五的飞机返回费城。这次的调查真是令我大开眼界，我的收获非常丰富。噢，还有一件事我得跟你说。我今天又遭遇到了一次意外，上午出门的时候，我租了一辆汽车，但是没想到，汽车的刹车居然有问题。万幸的是，汽车只是一头撞在了路边的草堆上，没有什么大碍。反正我还是那个观点，你们这里的人啊，真的是太粗心了……”

女人的报复

这里是城市的商业中心，附近的两条街上一共有三家大型的金融机构。如果你从第一国家银行向西，往州立大街方向走的话，你就能看到哈里逊储蓄公司。继续向西，你就会来到一个叫作摩尔的大型购物中心，这个中心里面容纳了七十一家有名的商户，大众信托公司的北区分行也在这个中心里面。

一个阴雨绵绵的星期四，赛尔只用了十五分钟不到的时间，便完成了对那三家金融机构的抢劫计划。要不是梅莉和格茵两个人拖后腿，他完全可以非常轻松地将抢来的四万三千元外加一些零钞带离现场。

这个抢劫计划的制订，赛尔花费了很大的心思，计划中的每一步看上去都非常自然。格茵是莫宁赛百货店的一个售货小姐，他的计划中有一项，就是去这家百货店看望格茵。

他按照计划的时间，十一点四十分准时赶到了店里。店里的顾客很多，而且大多为十几二十几岁的小年轻，衣着也非常入时。他们在这个店里主要是想买些粉盒或者口红之类的礼物，送给他们的女朋友，或者是他们的母亲。

相对于其他买东西的顾客来说，赛尔的表情看起来有些急切，另外，还有几分难以掩饰的尴尬。急切是格茵造成的，而表现出来的尴尬却纯粹是装出来的。

说到格茵，她的确有几分姿色。一头金色的大波卷发十分惹人注目，眼睛透露出一种贪婪，这与她甜美而纯真的外表一点儿也不相称。此时，她正站在柜台后面为顾客做商品介绍。赛尔注意到，她的身体凹凸有致，曲线尽显，从上到下的每一个部位，都有着无穷的引诱力。

单从外表上看，很难想象格茵居然是个野心勃勃的女人。她并没有将工作的这一点微薄薪水放在眼里，满脑子想着能够赚一笔大钱，至于赚钱的方式，她却毫不在意。也正因为这样，赛尔跟她提出了抢劫的计划之后，她便一口答应了。

另外还有一点，在格茵的眼里，赛尔应该是个完美的男人，因为她找不到任何一个理由来拒绝他。的确，赛尔有着过人的魅力，一般的女人都不会拒绝他。格茵很清楚她现在的状况，一旦这次抢劫成功，她拿到了赛尔给她的钱，她们之间就不再是合作关系，而是情人关系了。

等到柜台前面没有顾客的时候，赛尔走了过去，此时，他们之间的交谈就不会受到约束了。在聊天的过程中，格茵时不时地会从柜台的样品盒里拿出一款香水，然后非常专业地在赛尔的鼻子下面晃一晃。这样一来，即使有人看见他们，也不会产生疑心，在旁人的眼里，那个男的在挑香水，可能是送给他的女友，也可能是送给他的母亲。

赛尔说："宝贝儿，今天是个好机会，刚好下雨，而且外面的街道上人并不少。所以，趁着中午吃饭的时候，我准备下手。"

格茵显得有些兴奋，"太好了，我等这一天等了很久了。"

"深有同感！"说完，他将身上那件防水夹克的帽子理了理，将拉链稍稍往下拉了一些。那是一款长夹克，长度差不多到赛尔的膝盖了。

"按照计划，你准备先偷一辆好车吧？"

"不，我想到了一个更好的主意，我打算用梅莉的那辆车。"

"什么？梅莉的那辆？"格茵显得非常惊讶。

看到她的那副样子，赛尔略带嘲讽地说："怎么，不可以吗？"

"她知道你要做什么吗？"

他把头从香水瓶子上移开，然后默默地点了点头。

格茵眉头一皱，小声地问："这会不会太冒险了？"

"格茵，这件事也没什么好隐瞒的。梅莉那边，你一点儿也不要担心，她就是个十足的笨蛋，属于下大雨也不知道应该打伞的那种人。但是有一点，我非常放心，她爱我，你明白吗？就因为这一点，她可以为我做一切事情。她只有一个目的，获得我的认可，跟我结婚过日子。"他大笑道，"格茵，或许你都不敢相信，她在连我全名都不清楚的情况下，坚定地认为，我一定会跟她结婚，会把她娶回家。其实，我跟她是两个月之前才认识的，第一次在酒吧见面，我完全是个陌生人，可是她却深深地爱上了我。我想，你应该能猜到这其中的原因了吧？梅莉现在处于极度的空虚寂寞期，哪怕是一只鹦鹉向她问好，她都会对它心生爱慕的。"

说到这里，赛尔笑了起来，格茵也跟着笑了起来。但是格茵马上就打住了，提醒道："赛尔，有一点你要注意，不管梅莉到底是不是个笨蛋，你要是完成这件事之后，将她一个人丢在这里的话，她肯定会告发你的。"

"我敢确定，至少在星期天晚上之前，她不会这么做。我们约定在星期天的时候，去费城结婚。可是事实上，等到星期天晚上的时候，宝贝儿，我们早就去赌城了。那时，就是我们俩的快活世界了！"

格茵本想忍住的，但还是笑了出来："赛尔，你太坏了。不过说真的，这对她有点不太公平。"

“什么公平不公平的。的确，她以前是挺好的，但自从遇见你之后，我就越看她越不顺眼。她有什么值得我欣赏的？是呆头呆脑还是善于嫉妒？她只不过是被我利用的一个工具而已，她存在的价值，就是方便我今天顺利地逃跑。”

“对了，她对我大概是个什么样的印象？还是说，她根本就不知道，这个计划中，还有我这个人的存在？”格茵问。

“你觉得我做事会那么不动脑子吗？你想想看，像她那样一个嫉妒心爆棚的女人，我要是提到你，她还不得吵翻天？我的保密工作做得很好，她对于你的存在一无所知。”

格茵点了点头，似乎接受了他的这个说法。但她似乎转念想到了什么，于是问道：“赛尔，我些担心，你如今能够狠下心来将梅莉一个人丢在费城，那么，我又如何能确定，你今后不会把我一个人丢在赌城呢？万一今后你迷上了某个蒙特利尔的女孩，并且去了她那儿，我该怎么办？”

赛尔非常不屑地扔了一句：“这种醋你也吃？你和梅莉不一样，梅莉那种嫉妒心太强的人，我反正是受不了。对了，我给你买机票的钱还在吧？”

“嗯，在呢。”说着，她用手摸了摸丰满的胸部。赛尔如痴如醉地欣赏着她的姿势，然后温柔地说：“你看，我帮你出了机票钱，但是没有给梅莉一分钱，她要去费城，还得自己掏腰包。这样一比较，你还不明白吗？我肯定会跟你去赌城的，你放心吧。”

“那么，我们到时候在哪里见面呢？”格茵问。

“这样吧，星期六晚上，你去赌城的蓝天汽车旅馆，那儿便是我们见面的地点。我大概会在星期六的下午赶到，因为还要将梅莉的那台汽车给处理掉，那可能要花点时间。你如果到了的话，就跟那里的服务生说，你是我的太太，我事先已经跟他们打过招呼了。”

“那就这么说定了，等中午的时候，我就把去赌城的机票买了。”说完之后，她又从柜台上拿了一瓶香水的样品，然后在他鼻子下面摇了摇，仍旧装出一副在买东西的样子。

“格茵！”一个声音突然从店铺前面传来，这让她吓了一跳。她连忙放下手中的香水问道：“有什么事？”

“刚刚有个顾客打电话过来问，我们这里有没有新到的香水？”

格茵不耐烦地回了一句，而且声音有些大：“告诉他没有！”

此时，赛尔一把将她的手推到一旁，然后微笑着说：“宝贝儿，我们星期六的晚上见了！赌城，不见不散！对了，记得祝我好运啊！”

“嗯，赛尔，加油，多弄点回来啊！”格茵似乎快要按捺不住心中的兴奋了。

赛尔微微一笑，然后用非常响亮的声音说：“噢，真是麻烦，我根本做不了决定！我觉得，先回去问问她比较好，看看她到底喜欢什么样的香水。”他一边说，一边离开了店铺，表现出一副踌躇满志的样子。

格茵则一直默默地盯着他的背影在看……

外面的雨仍旧没有停。赛尔冲进雨中，朝庞特阿西街方向跑了过去，因为梅莉就住在那边。

梅莉的头发是褐色的，说话带有一点西班牙口音，正是因为这一点，赛尔对她产生了兴趣。他觉得，梅莉的话语中有一种魔力在吸引他。不过，在赛尔的眼中，这个女人所表现出来的特性更像是一个墨西哥人。如今，她在一家电话公司工作，而且主要负责接听夜间的来电。也许是这个职业的原因，赛尔才会对格茵做出那种分析——梅莉是一个空虚寂寞的女人。

两个月前的一天，梅莉在上班之前遇见了赛尔。在那之前，她的生活可谓是空虚寂寥，但现如今,她就像换了个人似的,每天快乐到近乎疯狂的状态。而这一切只是因为,她恋爱了。

赛尔曾经非常明确地跟她说过，他们的婚姻之路有些非同寻常，而且要冒一些风险，只有抢银行成功，他们才能成功地结婚，而且，结婚的地点不在本地，而是在遥远的费城。纵使如此，她仍旧毫不介意，并且满怀欣喜。

赛尔赶到她的住处时，已经十一点五十五分了。按响门铃的那一刻，她刚刚换完了一套新衣服。门打开了，呈现在赛尔面前的是一个光彩照人、整装待发的女人，而她这么做，只是为了迎接他的到来。

“赛尔！赛尔！”梅莉一边高兴地喊着他的名字，一边将他拉进了卧室里。他刚刚将防水外套的帽子往后一掀，梅莉就将双手张开，然后一把搂住了他的脖子，将整个身子都依靠在他的肩膀上，接着便开始不停地说话。“亲爱的，从昨天晚上到今天，我觉得时间过得真是太慢了。对了，赛尔，我怎么觉得你好像有心事呢？噢，对了，你是打算今天中午的时候动手吧？”她抬着头，天真地看着他。

其实，赛尔最不喜欢她这一点了，每次都问些废话，这让他感到非常烦躁。

“对了，赛尔，我已经把车子送去修理站检查过了，车况非常好，而且连油都加满了。到时候，这辆车就是我们的婚车了，结婚那天，就用这辆车把你带到费城去。”

赛尔顿时觉得非常好笑，不过他克制住了，然后非常认真地说：“很好，梅莉，今天刚好下雨，街上的人们要么打着伞，要么穿着雨衣，非常适合动手。而且今天，购物中心的停车场里车子肯定也不多。”

“赛尔，你打算什么时候用车？我把车子停在哪里比较好？”梅莉小声地问，表现出一种对赛尔唯命是从的样子。问完之后，她又将身子靠了过去。

赛尔伸手看了看表，然后说：“十二点二十五分，不要晚于这个时间就行了。然后，你把车停在靠近床上用品那家商店的边上，车头朝着马路，车尾朝着人行道，停好之后，引擎不要关。我出来之后，可以直接开走，也不用掉头，这样最安全。”

“嗯，赛尔，我会等你的，你千万要小心啊！哎，一想到你要做这么危险的事情，我就感到紧张，连呼吸都有些困难。”

“宝贝儿，你别担心啊，这只是一次非常简单的抢劫计划，而且所有的细节我都考虑好了。我们按照原计划，星期天的晚上在费城碰面。你想想看，那天是我们结婚的日子，多么具有纪念意义，算是我生命的最高潮，所以，无论如何我都会安全抵达的。”

梅莉突然显得有些不太高兴。“可是……可是我心中总是有些疑虑，直到现在，我都没有百分之百的信心认为你会把我娶回家。我知道你女人缘很好，很多女孩子都喜欢你，而且为了得到你，她们可以不择手段。”

赛尔拍了拍她的小手，然后认真地对她说：“嘿，你看看，又来了！梅莉，不要老是觉得自己不如别人。我爱的人是你，有这一个理由，就足以让我忘掉其他的女人了。你再说之前的那些话，我可要生气了。按我刚才说的做，明天晚上，我们在费城碰头，就这么说定了。”

“……赛尔，我问你，你之前有没有去过费城？”

“没有。”

“你真的没去过？”梅莉非常认真地望着他。

“我真没去过。你干吗这么问？”

“噢，我只是有些不放心而已。我总觉得，你可能认识某个费城的女孩，而且到了费城之后，那个女孩可能会把你从我身边抢走。”

“怎么会呢，不要胡思乱想了。”说完，他一把将她抱进了怀里，然后不停地吻着她。

“赛尔，我是爱你的，可是万一……万一你到费城之后，移情别恋了，我该怎么办？”梅莉抬起头问。

赛尔已经不想再回答这一类的问题了，他看了看手表，然后说：“时间不早了，我得开始行动了。对了，赶紧拿个袋子给我。”

“好，你等等！”她连忙跑到了桌子边，拉开抽屉，从里面拿了三个纸袋出来。“赛尔，我没有其他的要求，只希望你万事小心。”

“放心，那么明晚见了。对了，地点还记得吗？”

“记得！”她思索了片刻，然后说，“胜利大道上的格林尼治旅馆。我今天晚上就过去，这样一来，明天你到的时候，我肯定就在那儿了。”

“很好！”说完，赛尔亲吻了她一下。

梅莉仔细地盯着他的眼睛看了看，回吻了他一下，然后用她那特有的嗓音轻轻地说：“你不用为车子的事情担心，我会将它停在你需要的位置的。”

他把梅莉刚刚拿过来的三个纸袋子叠好之后，夹进了腋下，并且将外套的拉链往上拉了一些，随后便离开了她住的地方。

走了几步之后，他回过头看了看，梅莉还站在门口，一直在目送他。他挥了挥手，然后头也不回地走进了雨中。

赛尔离开之后，梅莉也换上了雨衣，急急忙忙地赶到了停车场。虽说她的那辆汽车已经开了好几年了，但完成这样的事情还是非常轻松的。她开着车，以尽量快的方式朝摩尔购物中心的方向开了过去。路上，他希望赛尔告诉他的那个地方刚好有个车位，这样她也不用再花时间去找别的位置停车了。她看了看时间，赛尔要用车也是二十分钟之后的事情了，她松了口气，现在时间非常宽裕。

赛尔抢劫的整个过程比他想象中还要顺利。

他首先进入了第一国家银行。赛尔发现有一个窗口刚好没有人，他便带着事先准备好的一张纸条，径直地走了过去。走到柜台边，他将那张纸条从窗口的小洞里递了进去，然后一直面带微笑地在那儿等着。在头罩的遮挡下，他只露出了半张脸。出纳接过字条看了看，上面赫然写着一句话："把钱通通装进袋子里，否则就宰了你！"此时，出纳员瞪大眼睛看了看外面那个人，眼神中充满了恐惧。不过，他仍旧表现得非常冷静，不慌不忙地将钱一叠一叠地取出来，然后码进了赛尔刚刚递进去的手提袋里。

银行方面对于职员遭遇到这种突发事件时所做的培训是这样的：在为劫匪取款时，一定要遵照劫匪的要求来做，并且时刻保持冷静，等劫匪将钱拿走，远离柜台的时候，如果有必要，再去充当英雄，尽量避免与歹徒之间发生直接的冲突。毕竟，银行的所有财产都上了保险。关于这一点，赛尔非常清楚。另外，他还知道，每个柜台的后面都有一个紧急按钮，出纳只要碰到那个按钮，警报立即就会启动，而且隐蔽的摄像机会将柜台前方的歹徒容貌拍下来。正是这个原因，赛尔进入银行之后，并没有将头罩取下来。有照相机又有什么关系呢？只露了半张脸的照片，又有多高的辨识度呢？

出纳将纸袋和字条都递了出来。赛尔看了看，露出了满意的笑容，然后礼貌地朝里面的出纳说了一句："小姐，辛苦了。"随后，他立即走出了银行，混入了人行道上拥挤的人群中。直到这时，那个出纳才反应过来，按响了报警器。虽然下着雨，但街上并不冷清。街上的人流熙熙攘攘，打伞的，穿雨衣的，背包的，提手袋的，各种各样的人都有。第一国家银行的警卫站在门口张望了半天，连赛尔的影子都没看见。此时，赛尔早就来到了哈里逊储蓄公司。

之后，他在这里将刚才的手法重新演绎了一遍，完成之后，他仍旧不忘记加上那句"小姐，辛苦了"。一切都很顺利，他的心里也感到非常轻松。或许等他逃离之后，报纸在对这则连环抢劫案进行报道时，人们可能会送给他一个非常好听的绰号——"强盗绅士"。

一般遇到抢劫这种事情的时候，人们的反应都会慢半拍。等哈里逊公司的警报响起时，赛尔已经进入了第三个目标——大众银行北区分行。和前两次一样，抢劫顺利完成。

之后，他以最快的速度赶到了和梅莉约定的地点。没错，床上用品商店旁的车位上停着一辆车，那是梅莉的车，引擎没有关，也不用掉头，踩下油门就能走。

购物中心周围的街道上依旧人来人往，人们行色匆匆，打着雨伞或者披着雨衣在雨中前行。从购物中心一直到发动汽车，没有一个人用稍带异样的眼光看过他。他连忙发动了汽车，然后沿着州立大街驶离了购物中心。此时，身后传来了呜呜的警笛声，按理来说，他应该感到紧张才对，因为警察已经出动了，可一想到计划进行得如此顺利，他内心就感到兴奋、快乐、骄傲无比。

他沿着州立大街一直往西开，车子很快就要开出城了。根据州立条令，雨雾天气必须打开车前灯，他照做了。那两只勤奋的雨刮器在挡风玻璃上来回不停地刮着，为他的行车保证了良好的视野。他的车速不快，一直控制在限制的范围内，而且整个人的状态十分轻松，看上去一点也不紧张。这种状态，完全不像是抢了钱要逃跑的劫犯，更像是一个普通的市民。

经过一个路口时，红灯亮了，他将车停了下来。此时，一辆警车跟了上来。起初，他只是心中一惊，但很快就安慰自己说，这也许只是巧合。紧接着，另一辆警车从前方的路口拐了过来，而且就停在了他前面的那个十字路口。原本悠然自得的他瞬间慌了起来。

赛尔当即意识到，他被警方给包夹了。他本来想赌一把，猛踩一脚油门，朝前面停着的那辆警车撞过去，但转而一想，梅莉的这辆车开了很多年了，车况一直不太好，如果直接撞过去，车子非散架不可。这个时候汽车逃跑也太迟了，因为警察已经下了车，并且还拿着手枪，正往他这边赶过来。

警察示意他下车，将双手放在头顶，然后背过身子站好。除了照做，他还能怎样呢?

没过多久，法院就开庭审理了这起案件，而且这件案子的目击证人正是梅莉。她在法庭上说："我当时正好在大众银行的北区分行办理存款的业务，填写存款条的时候，我无意抬了抬头，然后就看到了这个人。他当时穿着一身长到膝盖的夹克，可以防雨的那种，而且头罩也没有取下来。当时我就觉得这个人有些奇怪。紧接着，我看见他站在柜台旁边，往窗口里递了个什么东西。里面的那个出纳开始还好好的，可是突然一下脸色就变得非常差了。我当时并不知道发生了什么事情，只是觉得好奇，所以我一直在盯着那个人看。我当时根本就不敢相信，只能在电视里看到的情节居然被我碰见了，为了确认我的想法，我悄悄地跟了出去。所以，我不知道出纳后面按响了报警器，因为我在银行外面的马路上，根本就没有听到。后面我发现，那个人在床上用品商店外面的马路边转了转，打量了一下停在那里的几辆车。最后令我气愤的是，他居然把我的车给开走了！直到这时，我才肯定，他真的是在抢劫，而且还抢了我的车！

"没错，当时我的确是疏忽了，不过，我那天忘记关引擎也是有原因的，毕竟那天天气不好，下了一天的雨，而且我要办的事情也不多，估计就是打个转的时间。当我意识到事情的严重性之后，我立即回到刚才取钱的银行，将刚刚发生的事情跟警卫说了一遍，然后银行方面立即就与警察取得了联系。"

梅莉向警方透露了很多关键的信息：劫案发生在大众银行北区分行的四号柜台，她停放在床上用品商店正门口车位上的汽车被盗，歹徒沿着州立大街向西逃跑了。她还将她的车型以及车牌号告诉了警方，因此，赛尔才会这么快被捕。

在法庭上，梅莉是这样描述她与这个强盗之间的关系的："抢我车的那个人就是他！抢银行的也是他！还有，我根本就不认识他！"

总之，赛尔注定要在监狱中过很长一段时间了。其实，梅莉是否出庭作证根本就不重要。判刑的依据是他抢走的那三袋纸钞，外加一把玩具枪。整个案件基本上不存在什么争议，审判一结束，赛尔就被关进了联邦监狱。

很快，赛尔的第一个探监日到了，而第一个前来探访他的人居然是梅莉。

看到赛尔之后，梅莉又傻傻地朝他笑了起来。他们俩之间隔了一层铁丝网，于是，她用手摸了摸网子那边赛尔的手，这是他们现在唯一进行肌肤接触的方式。她一边笑，一边朝里面的赛尔打招呼："亲爱的，有很长一段时间没见到你了，你在这里过得还习惯吗?

我想你了，所以过来看看你。对了，你一定要坚持，我会等你出来的。到那个时候，我再跟你结婚！”

赛尔看着眼前的这个女人，只觉得一阵恐惧感扑面而来，他有些不安地说：“梅莉，你可以不用等我的……真的……我……我就想知道一件事情。”

她心中很清楚赛尔到底想问什么，但她仍旧用一种非常天真的声音问道：“噢？你想知道什么事情？”

“你为什么要报警？你不是跟我说过吗？你会爱我，会嫁给我，哪怕是跟我一起抢银行也不后悔，这些你都忘了吗？”

“怎么可能忘呢？我一直很爱你啊，包括现在。”她非常认真地回答。

“既然如此，你为什么要报警？为什么要向警察出卖我？”

“因为你爱上别的女人了！我心里很不高兴，就这么简单。”她回答得非常干脆，并且带着浓重的西班牙口音。

“我真不明白，你怎么会这么想！”

“因为你抢劫的那天，我原本只是跟你吻别。可当你的肩膀靠近我的时候，我闻到了一股香水味。如果我的判断正确的话，那款香水应该叫作香奈尔五号。”

赛尔没有再反驳什么，只是默默地点了点头。

“也正是因为这样，我决定要给你一点小小的惩罚。”梅莉起初表现得非常淡定，但很快，她就掩饰不住内心的急切了，“我也有个问题要问你。抢银行的那天，你中午来找的我，找我之前你在干什么？是不是在跟某个女人约会？”

“事到如今，我也不瞒你了，我那天的确和一个叫作格茵的女人见面了。她是庞特阿西街上一家百货店的销售员，主要卖化妆品。按照我的原计划，抢劫成功之后，我要带着她去赌城。”

听到这句话，梅莉起初目光呆滞，整个人精神状态低落到了极点，随后，她的怒火瞬间爆发了出来，提高声音，哽咽地喊道：“伪君子！你这个伪君子……你这个……没良心的东西！”那一瞬间，她并不只是带有西班牙口音了，而是仿佛成了一个真正的西班牙人。

赛尔仍旧不打算反驳什么，从事实上来说，梅莉说得没错。不过，他现在在琢磨一连串的问题：“肩膀上的香水是否是格茵故意喷上去的？或许这是女人之间的一种竞争方式，以此达到向梅莉挑衅的目的？或许是因为她知道，梅莉这个人嫉妒心太强，可能会因为这件事而采取一些行动来整我？如果真是这样的话，格茵这么做的动机在哪里呢？”这一系列的问题都是纯理性的，真正的答案他现在也不可能知道。

想到这里，赛尔叹了口气，说不定格茵也是一个嫉妒心很强的女人呢？也许给钱的那个做法本身就是错误的，因为不信任她，所以才给她钱。其实，他的初衷本非这么复杂，只是想在抢劫完成之后，将这两个人通通地从身边支开而已。

梅莉用一种近乎绝望的声音问道：“赛尔，我最后问你一个问题，你必须老老实实回答我！我，还有那个女人，你到底选哪一个？”

赛尔此时已经烦透了，要不是这个叫梅莉的女人，他现在也不至于落得这般下场，还有什么好跟她解释的呢？赛尔抬起头，隔着铁丝网，直直地盯着眼前的这个女人，然后说：“你一个人伤心去吧，我永远不会告诉你的！”

其实，这个结局对梅莉来说，也未必是件坏事。赛尔抢劫成功之后，他既不会带着梅莉去费城结婚，也不会带着格茵去赌城逍遥。他真正的目的地是得克萨斯州的拉里诺。那里有他中学时代的初恋，那个女人叫白娜，现在是夜总会的一名女招待，他打算将她带回老家。

因祸得福

一般来说，我在进行长途旅行的时候，随身都会携带一本侦探杂志，以此来消磨漫长而无聊的时光。这一次，也是头一次，我觉得我包里的那本杂志是多余的，因为我旁边靠窗坐着一个人，他比任何一本杂志都要有趣得多。

从容貌上看，他已经步入中年了，虽说衣着搭配方面显得有些保守，但也显露出了一种粗犷的感觉。他的眉毛很浓，眼睛是褐色的，搭配上一个双下巴，整个人的面容看上去非常温和。

飞机要起飞的时候，我坐了下来。他侧过头，用一种不经意的眼神瞥了我一眼。之后，我们俩就默默地干坐在那儿。其实我很想主动跟他说说话的，却不知道该跟他聊什么。

飞机升空以后，我将安全带松开了，并且伸了个懒腰。这个时候，他也松开了安全带，并且问我："看样子，你应该是个侦探小说迷吧？"说完，他用眼睛瞅了瞅我手上拿着的那本杂志。

"严格来说还算不上吧，我看小说只是为了打发时间而已。"

"那我也不算，而且我读侦探小说不为别的，就为了节约学习的时间，从而最快地掌握那些最新的犯罪技巧。"

"你这样说的话，有很多人可能会误会你的，他们也许会把你当成一个歹徒来看。"

他笑了笑，然后说："你把问题想得过于严重了。我在银行工作，每天都有大量的钱从我这里经手，歹徒喜欢抢银行，无非也是因为钱。所以，对于犯罪方面的东西，我应该要多学学，这样一来，万一我所在的银行出了点什么事情，我也好知道该怎么应对。"

"原来如此，幸会幸会。对了，我叫约翰逊。"

"其实，我还真的亲身经历过一次抢劫案，不过那是很多年前的事情了。如果没记错的话，那桩案子发生在加州的一个小镇里，好像是当地的一家商业银行。自那以后，我就确定了一点，这种事情的确随时都有可能发生。"

“嗯，看来这段经历一定很有趣。”

“差不多吧，的确是挺扣人心弦的。”说完之后，他整个人往后面的椅背上靠了靠，双眼轻轻地闭了起来，似乎是在回忆那段故事。

对于这种事情，我一向很有兴趣，于是对他说：“既然这么有趣，不妨说出来分享一下吧？”

“我觉得，你有可能会感到厌烦。”说完之后，他睁开了眼睛，停了一会儿才说道：“既然你想听的话，我就告诉你吧。事情发生在二十年前，当时，我在那家银行工作，是里面职位最低的员工，做的是出纳助理。当时，我们银行有一种业务，叫作夜间存款，主要是方便在镇上做生意的那些人，让他们能够在自己经营的门店关门之前，将现金存入我们银行，也算是多了一重保障。那时候，在星期四这一天，商店一般都会营业到晚上九点，所以，星期五那天的早上和晚上，我们银行都会收到大笔存款。”

“嗯，这个我知道，我在F城开了一家运动品专卖店。”我说。

“真的吗？F城那个地方真不错。我那时候每天很早就得赶到银行里，将前一天晚上存入银行的现金统计出来，并且将它们单独提出来，整理好，整整齐齐地摆在出纳的办公桌上，等他来上班之后，就可以直接开始工作了。一般来说，每天我都是第一个到的。其他的同事都没必要来这么早，他们在开门之前的十五分钟左右赶到就足够了。每天早上，我忙完自己的工作以后，还要差不多等半个小时，银行才会正式上班。在我看来，每天的这半个小时就是我最为享受的时间。那时候，我会形成一种错觉，偌大的银行似乎都由我一个人在管理。不知道这种感觉你能不能体会得到。”

我点了点头，以表示理解。

“一天早上，我跟以往一样，离开家去上班。八点出门，然后等公交，一辆灰色的福特汽车在公交站台边上停了下来，司机摇下窗户问我，要不要搭个顺风车，他们准备进城。碰到这种好事，我想也没想就答应了，直接拉开车门，坐到了副驾驶的位置上。”

听到这里，我自作聪明地分析了一番：“按照侦探小说中的情节构架，如果陌生人无缘无故地给你一些小恩小惠，这后面往往伴暗含着一些不可告人的目的。所以，从保险的角度考虑，你当时就应该直接拒绝他，然后继续在那里等公交车。”

“或许，我当时真应该这么想，但事实上我没有，而且毫无顾虑地上了那辆福特车。直到上去之后我才发现，原来汽车的后座上还有两个人，而且后座右边的那个人手里还拿着一把枪，枪口正对准着我。看到这一幕，我当时就愣住了。不过，我老老实实地待在车里，既没有想要挣脱，也没有想向外面的人求救，这一点我可以向你保证，绝对是真的。他们也不需要向我发出别的指令，那把手枪就能说明一切问题了。

“之后，车子以一种平稳的速度开到了银行，并且在银行的后门停了下来。我当时觉得，我应该被他跟踪一段时间了，他似乎对我的行踪了如指掌。这个门是我平时早上进出银行的通道，后面的这条巷子也可以算是银行职员的专用通道，所以这个时候，巷子里绝对不会有其他人。当时，那个拿着枪的人命令我下车，随后，坐在他旁边的另一个人也下车了。

我看了下，后座的两个人，举枪的那个头发是金黄色的，身形比较瘦弱，另外一个人头发又黑又长，后面的头发都到脖颈了，而且长得非常壮实。拿枪的那个瘦子命令司机继续留在汽车上，随后让我打开银行的后门，好让他们进去。虽说是个抢劫犯，但是我感觉他的语气还挺有礼貌的，而且整个人看上去一点儿也不紧张，似乎这就是他每天的工作一样。这一点，我无从得知，没准真的是这样呢。

“如果你被人用枪指着，不管你做什么样的争辩，都没有任何意义，最好的举措，就是老老实实地听话。我从口袋里拿出了钥匙，并且插进了钥匙孔里。在扭动钥匙的那一瞬间，我用眼角的余光看了看手表上的时间，当时是八点十五，其他的同事，连同警卫现在不可能赶到银行来，指望他们估计是没戏了。不过我并不担心，因为地窖上了电子锁，那个锁我是打不开的，他们也不可能打开，解锁的时间固定在银行开门之前的几分钟，除了等待开门之外，没有其他的办法。

“当我打开门之后，他们走进大厅，只说了一句话，我当时就绝望了。因为他们来的目的，就是为了夜间存款。看来我刚才的猜想没有错，他们应该盯我盯了有一段时间了，不仅将我上班的时间、路线摸得清清楚楚，甚至连我工作的内容都了如指掌。我当时想到了一个词，叫作‘探路’，一般来说，专业作案人员都懂得这项技能。约翰逊先生，你觉得是不是？”

这个词是歹徒们之间通用的“黑话”，而他却因为看侦探小说而学会了。我能感受到，他正在用一种极度期待的眼神看着我，似乎在等我称赞他一般。尽管我点了点头，但我总觉得哪里有些不对劲。后面我想到了，他毕竟是一个银行家，年纪也不小了，看起来威严十足的样子，怎么能张口闭口就是黑社会的话呢？

“随后，他们直接把我逼到了大门旁的一堵墙边，每天的夜间存款都放在那儿。当时，银行的大门也没有现在这么先进，并不是现在这种坚固透明的玻璃结构，更没有电子监控器这种高科技的设备，只有一扇可以活动的百叶窗。不过，百叶窗的用处很大，我们基本上每天都能用得上。大门的右边安放着我们副经理的座位，中午阳光太强的时候，我们就会将百叶窗全部拉下来，这样能够挡住刺眼的阳光，平时则会根据阳光的高低来调节百叶窗的高度，下班之后，百叶窗又会被全部拉下来，并且保持到第二天早上。等我赶到这里之后，我会将它全部拉上去。其实可以这么说，我每天的第一份工作并不是整理昨天的夜间存款，而是拉百叶窗。所以，约翰逊先生，我当时在银行里也可以说是身兼数职啊，什么都要做，包括门房。”说到这里，他不禁笑了起来。虽说眼神依旧祥和，但我能感受到他说这句话时透露出来的得意之情。

“不得不说，习惯的力量是强大的，当时，那个高个子正用枪口顶着我，可是我仍旧习惯性地走到了门边，并且准备将门上的百叶窗给拉上去。我后面的那个男人立即警觉地喊了一句：‘你给我站住！想要什么花招呢？’其实，我本来没动什么歪脑筋的，于是我非常耐心地跟他解释了一遍，因为长期的工作，我养成了这样的习惯，只要早上赶到了这里，我就会将百叶窗给拉起来。那个人并不认同我的解释，对我说道：‘至少，你今天可以将这个习惯改一改，我不喜欢对着来来往往的路人这么高调地做事。’他们不说也就罢了，说了之后，我心中反而产生了一种想法，不管怎么样，我都要做出一些反抗，让他们知道我的态度。所以，当那个男的用枪顶着我的背，让我将存放夜间存款的箱子打开的时候，我回绝了他，尽管那声音听起来极不自信。‘很抱歉，这个箱子的锁非常特殊，没有钥匙我打不开。钥匙在我们银行出纳的身上，但他至少得半个小时以后才能赶到这里。’听我这样一说，那个大块头立即走到门边，从百叶窗的缝隙往外面探了探情况。而那个高高瘦瘦的男人似乎并没有理会我的话，拿枪口用力地在我的背后顶了一下，严厉地对我说：‘小子，老实点，你的行踪我早就调查得清清楚楚了，别当我什么都不知道。你真以为我不知道这个箱子每天是由谁打开的吗？赶紧的！’我不敢再说什么，连忙将钥匙从口袋里掏了出来，老老实实地打开了箱子。唉，真是太不经吓了，可是，我还有其他的选择吗？”

我安慰他说：“你也别想那么多了，换成是我的话，我也只能老老实实按他说的去做。”

“那天正好是星期五，箱子里的存款挺多的，不仅有现金，还有支票，这些钱都是昨天一个晚上存进来的。那个高个子望着箱子里的现金，不禁笑出了声。过了一会儿，他将一个黑色的手提箱递到了我的手里，命令我将这里面的钱统统装进他的那个箱子里。我知道明着反抗没有任何意义，所以我没有做那么愚蠢的事情，但我知道，动作磨磨蹭蹭一点是看不出来的，只是尽量不要表现得那么明显就行。不过，等我将箱子里面的存款和支票统统装进他的箱子之后，我才发现时间还早得很，才刚刚八点半，这个时候，距离同事和警卫过来上班至少还有十五分钟的时间。想到这里，我心中开始感到不安，我不知道他们带着钱离开这里时，究竟会怎么处置我。总之，我不敢做太乐观的打算，因为我知道他们长什么样，我可以将他们的长相描绘出来，甚至可以充当证人，对他们进行指证。对于那台福特车，我也印象深刻，车牌号码也是一条很有价值的信息。

“那个高个子男人随即让我平躺在地上，我不得不按他的意思来做。我当时只觉得心中一阵羞愧，整个人处于一种任人摆弄宰割的状态。另外一个人则一直手举着枪站在门口，这样一来，我既在他的监控范围内，而他又能同时了解窗外的情况。那个高个子看了看手表上的时间，似乎准备收工了。这时，副经理桌上的电话突然响了，那声音就像警报一样惊醒了我，也让那两个歹徒紧张了起来。高个子看了看我，然后命令我去接电话。那时，他的态度就不像刚刚下车时那般温柔有礼了，他警告我不要在电话里面耍花招，要看起来像什么事情都没有发生一样。他当时还威胁我，如果我不照办，就永远接不到下一通电话了。

“我最开始一直躺在地上，直到那个高个子让我去接电话，中间，电话铃声响了三下。我准备拿起听筒的时候，高个子也连忙跟了过来，并且警告我，让我将电话的听筒离耳朵远一点，让他们听听电话那边的人到底在说什么，顺便看看我有没有耍花招。另外一个人站在门边一直没有动，手里的枪仍旧对着我。我清了清嗓子，以保证声音听起来处于正常的状态，然后用清晰而明亮的声音说：‘喂？’电话那头的声音很小，但是能够听得清楚。‘请问是国家商业银行吗？’我按照他所说的，让听筒与我的耳朵之间保持着一些距离，使他也能听见对方的话。他用枪顶了我一下，意思是让我赶紧回答，于是我告诉电话那头的人：‘是的，有什么能帮你的吗？’

“那个人随即问道：‘噢，我就想了解一下，你们银行今天下午的关门时间是几点？’我回头看了看那个高个子，他扬了扬眉毛，压低了声音告诉我：‘赶紧告诉他！’。我告诉那个人：‘你下午三点半之前来都可以。’说完之后，对方回了一句‘谢谢’然后便挂断了电话。

“打完电话之后，我心跳加速，额头上的汗冒个不停，好像遭了一场大病一样，脚也开始发起抖来，感觉有些站不太稳。高个子似乎松了口气，而另外一个人则将枪口挪了一个位置，我感觉到，他似乎在瞄准我的肚子，刚刚打电话的时候，他不知不觉地靠近了我，那时，枪口距离我只有不到一米半。

“高个子当时看了一下他的同伙，然后让他回到门边。那个时候我才知道，门边站着的那个人叫怀特。接着，他挥了挥手里的枪，意思是让我再趴回到地上。我照做了。随后的一句话，让我明白了他之前看手表的意图，眼见时间还早，他便打算翻一翻出纳的抽屉，看看会不会有新的收获。很快，他便消失在我的视线中。但是我的耳朵告诉我，他还在屋子里，因为不停地传来抽屉被拉开的声音，当然，更多的则是他的暗自咒骂声，这一点我知道，因为出纳的抽屉里根本没有钱。

“我试着抬了抬头，想看看办公桌上面的壁钟。分针在艰难地一点儿一点儿往前挪，每挪一步，我都觉得像是过去了一千年。那个高个子似乎搜完了所有的抽屉，但是一无所获。我心里默数了一下，分针似乎只向前走了四格不到。现金一直都存放在地窖里，我当时差点儿就告诉他了，好在我没有。

“我猜，当时他可能觉得时间不早了，所以走回了大厅，提起箱子准备离开银行，不过他右手的枪始终是对着我的，我不敢轻举妄动。看样子，他们打算沿原路离开，那个时候，我的心都悬到嗓子眼了，耳朵里充斥着紧张的心跳声，非常清晰，这种感觉以前从来没有遇到过。

“怀特走到门边的时候，回头看了看我，然后询问那个高个子到底该怎么处理我。那个高个子想也没想，直接说了一句‘做掉他’。我当时真的快被吓死了，那个时候年纪还小，也不知道‘做掉他’究竟是什么意思，是杀掉我还是打晕我？我不得而知。只知道，怀特转身朝我走了过来，手枪在他的手上转了一下，我当时觉得头上一阵疼痛，眼前一黑，然后就什么也不知道了。”

说到这里，我感慨道：“看来从事银行业的确要冒着很大的风险啊。”

他点了点头，然后继续说：“嗯，我的经历告诉我，的确是这样的。事后我才知道，那两个歹徒之前开的福特汽车是偷来的，逃跑的时候，他们换了另一辆汽车，后面那辆车他们提前就准备好了，藏在半里地之外的一个地方。因为他们并不是当地人，所以不会有人认识他们，我也因此捡回了一条命——他们只是把我打晕了而已。”

我就像一个充满好奇的忠实观众一样，非常应景地问了一句：“接下来怎么样了？”

“接下来嘛，就是警察出动了。正当他们从后门逃跑的时候，警察就赶过来了，后门的那个巷子是个死胡同，所以警察很轻易地就将他们给抓住了。其实，早在他们从后门出去之前，警方就已经围了过来，至于在外面放风的那个司机，更是早早地就被警察控制住了。”

飞机的马达声似乎发生了一些变化，看样子快要到目的地了。一阵分神之后，我又问道：“警察怎么知道银行发生了抢劫案呢？”

“辛普森，是他报的警。”他回答。

对于新出场的这个人物，我显得非常疑惑，“辛普森是谁？你刚刚好像没提这个人。”

“噢，我和他是中学的同学，他也在银行工作，做的是出纳的工作，我们关系一直非常好。”

“可是，我还是不理解，他怎么会报警呢？”

“你还记得那通电话吗，电话是他打的，他问我几点钟银行关门，我告诉他的时间是三点三十分，这其实就是一个让他报警的暗号。”

此时，机场跑道已经清晰可见了，再过几分钟，飞机将要着陆，我把帽子和外套拿了过来，然后接着问：“难道说，电话上面安装了窃听器这种东西？他一听到有异响，所以就打电话过来了？还是说，这是你们事先商量好的呢？”

他看着我十分惊讶的那张脸，再一次露出了那种得意的表情，“那是当然，我一向习惯于将准备工作做足。这通电话的确是我和辛普森商量好的。”

“可是，他偏偏刚好在那天打电话来了，这是不是太巧了一点？”我立即反驳道，“难道说，每天早上他都会给你打一通电话？”

“那倒不是，他那时还是个光棍呢，连家都还没成。”

他似乎觉得，这样一个回答便能够解答我内心的疑惑了，好在他继续补充道：“因为他没有成家，所以早上必须去外面吃早饭。我们银行门口那条街的拐角处有家小店，叫作好妈妈咖啡馆，他每天早上上班之前都会去那里吃早餐。要去那里，必然要经过银行的大门口。如果他发现银行的百叶窗并没有拉起来，他就会打个电话到银行来，问之前的那个问题。我们其实下午三点就关门了，但如果我在电话里告诉他的时间不是这个，那就意味着我在银行里遇到麻烦了，他就会报警。因为那个时间段只可能是我在银行，所以如果电话被其他人接了，或者没有人接，他也会报警。”

“可是……”我随即想到了其他的可能性，“人总会出现一些意外状况的，比如某天你生病了，根本就没办法去银行把百叶窗拉上去，那该怎么办呢？”

“这就要靠我的妻子帮忙了，如果碰上我生病的那一天，她就会赶在辛普森出门之前，打一个电话到他家，将我生病的事情告诉他。”

“可是，万一辛普森生病了呢？他不可能不生病吧？”

他摇了摇头，说：“这种可能性实在是太低了，如果真的碰上这种事情，那我也没办法，只能怪运气不好了。”

飞机现在已经稳稳着陆了。我对他说：“可是你不觉得在这件事情上，你有些不太公平吗？你们都是朋友，在你遇到危险的时候，他却非常淡定地坐在咖啡馆里吃东西。”说完，我们都站起身来，准备排队走出机舱。

我们跟着人群慢慢往外走着。他对我说："那也无所谓了，反正那个时候大家都很年轻。虽然我当时感到恐惧，但更多的是一种刺激的体验。约翰逊先生，我不知道你能不能体会到那种感觉。你眼见自己被一个持枪的人打晕，可是在一段不省人事的时光过后，你又重新睁开了眼睛，而且发现自己居然还活在这个世界上，这该是一件多么刺激的事情啊！"

我笑了笑，然后问："现在你还在那家银行工作吗？"

"对，我一直在干着我的老本行，辛普森也没有换，现在，他已经做到银行董事这个位置了。"

"很不错啊，你现在怎么样？"

他面带微笑地回答我："我也升职了，现在是董事会的主席，这项具有一定风险的工作，我一直在坚持着。"

"原来如此……整个事情的经过居然是这样子的……"我含含糊糊地说着。

下了飞机之后，我们一块儿沿着通道走出了机场。我故意放慢了脚步，让他走在前面。天气有些热，我将外套搭在了右手手臂上。进入机场大厅时，我也不知怎么的，不自觉地伸出了右手的食指，然后用力地戳向了他的背部，当然，我用搭着的那件外套遮挡住了这个细微的动作。同时，我小声地对他说："前面左转，去一趟男洗手间。"

被我戳中之后，他并没显露出什么异样的表情，淡定地回过头看了我一眼。也不知怎么的，他突然变得有些紧张，并且不安地问了一句："为什么要去洗手间？"不过，我的手指一直戳着他，所以他的脚步并没有停下。

我随即对他说："这回，别再跟我说那把唯一的钥匙不在你的手里，被出纳拿着了。对了，赶紧进去。"

进入洗手间之后，我发现里面并没有人，真是太好了，我要的就是这种条件。我反手关上了门，然后将手指从他的背后抽开了。他转过头，仔细地打量着我的脸，过了一段时间之后，他似乎想起了什么，然后恍然大悟道："约翰逊先生，原来是你啊！这么多年不见，你的身子发福了不少嘛，而且连名字都改了。你刚刚跟我说，你现在在F城开了一家运动品专卖店，那是真的吗？"

"事实上，我想开一家这样的店。不过，我现在是一家专卖店的店员了，如果到下个星期能够凑足两千元的话，我就把它给买下来。"

"你已经改邪归正了？"这回轮到他感到惊讶了。

"差不多吧，刑满出狱之后，我就没再干过那种事情了。你看看，我枪都没有带。"我将空空的手掌亮给他看。

"如果缺钱的话，你可以去贷款啊。"他说。

"我试过，但是贷不到。你觉得哪家银行会放心地将钱贷给一个有犯罪前科的人？"

他想了想，觉得我说的的确是事实，继而说道："我原本是有这个打算的，我今天早上还在想这个问题。不过我当时并不知道你还在那里工作。"

"这就是你没去的原因？"

“也不是，我其实已经到了你们银行的大厅。可是，当我一看见坐在大厅里的副经理，外加那些正在忙碌的工作人员时，我就打消了那个念头。反正都会被拒绝，何必再尝试一次呢？除了你，不可能有人会答应这件事情的。”

“原来是这样。看来你是一路跟踪我过来的，而且还一直跟上了飞机。”

“这其实是个巧合，我当时看到了你，你戴着帽子，换了一身外套，而且手里还拎着行李，一看就是要出门的样子。我一直跟着你，发现你叫了辆出租车。为了不跟丢你，我后面也叫了辆车，就这样跟到了机场。之后，我来到了窗口，买了一张跟你同一趟航班的票。”

此时，他面无表情地点了点头，然后问：“你确定只要两千元？”

“我什么东西都没有，没办法办理抵押，所以只贷两千。”

听到这里，他又笑了笑，那种笑容显得有些勉强，“我现在还记得，上次抢钱的时候，你还让那个怀特把我‘做掉’，之后，他直接用枪的手柄把我打晕了。约翰逊先生，我那时不过是个孩子而已，你不觉得当时有些太过分吗？”

“的确，那段经历确实不太光彩。不过事到如今，我觉得我们可以从另一个角度来看待这件事情。要是没有上次那桩意外，你、辛普森，应该不会被你们的上级关照到吧？所以我觉得，那未必就一定是桩坏事。”说完，我屏住了呼吸，眯着眼睛看了看他。

他沉默了很久，然后说：“其实你这么说，的确也有些道理。我承认，我能被银行的上级关注到，的确与那件抢劫案有关。你不这么说，我的确不会从这个角度去考虑。所以，按照这个逻辑来看的话，我的确是欠了你一个人情。当然辛普森也欠你一份。”

“要不这样吧，你和辛普森每个人借我一千元，算是私人贷款，我也不想到银行那边去办手续了，钱我会如数还给你们的，你觉得如何？”

他想也没想，立即回答道：“我相信你。”话音刚落，他便将支票簿掏了出来，顺手在上面签了一张额度为两千的支票，然后递到我的手里。

这时，他问出了心中的最后一个疑问：“如果是借贷的话，飞机上、大厅里，很多地方都可以，为什么偏偏要选在卫生间里呢？”

我望了望四周光亮的瓷砖墙，然后笑着对他说：“很简单，因为厕所里没有安装百叶窗。”

第八名死者

尽管现在的车速已经超过八十迈了，但由于现在行驶在一条笔直的公路上，加上路况相当好，让人根本感觉不到是在飞速行驶。

副驾上坐着一个红头发的小伙子，一双眼睛非常明亮，眼神显得狂野而狡黠。他身形偏瘦，长着一副娃娃脸，看起来最多十七八岁，不过，实际年龄应该要在视觉年龄上再加个四到五岁。

此时，他正在专注地听着车载收音机里播报的新闻。过了一会儿，新闻时间结束了，他将声音关小了一些。

“现在，据说他们已经找到了七名受害者。”他用手擦了擦嘴角。

“嗯，我刚刚也听到了。”此时，我一只手操控着方向盘，另一只手在颈背上揉了揉。已经开了很长一段路了，而且一直保持在这个速度，这让我感到有些疲惫，此外，也有一些紧张。

他朝我看了看，然后面带微笑地问：“你干吗紧张？”

我随即白了他一眼，然后说：“紧张？我有什么好紧张的。”

他一直微笑着，保持着那狡黠的表情。“刚刚新闻里可说了，以爱蒙顿为中心，城市周围五十公里的道路上，警方都设了路障。”

“我知道。”

“不过，他的确很聪明。”说完，他不禁笑了起来。

他的腿上正放着一个布袋子，我瞟了一眼袋子的拉链，然后问：“你要去很远的地方吗？”

“我现在也不知道要去哪。”说完，他耸了耸肩，然后用手在裤子上揩了一下，“对了，你有没有想过，他为什么要那么做？”

“没有。”我随口回了一句，然后专心地关注着前方的路况。

“或许，他是被逼得走投无路了。可以说，他活到现在，分分秒秒都过着被人逼迫的日子，不是逼着他干这个，就是逼着他干那个。人要是真被逼急了，说不定就爆发了。”此时，他停了停，目视前方，然后接着说，“就像这次一样，每个人的承受力都是有限的，当他承受不了的时候，就必须有个倒霉蛋来充当出气筒的角色。”

此时，我松了松脚下的油门。

他转过头，不解地看着我：“怎么减速了？”

“前面有个加油站，车快没油了。刚刚跑了四十多公里，沿途一个加油站都没有，现在不加油，说不定等会又得跑这么远才有了。”说完，我便打了一把方向盘，从匝道进入了加油站，然后在三个加油机旁边停了下来。此时，一个老年人走到了我的汽车旁边。

那个小伙子打量着加油站，整栋建筑并不大，但是看起来显得非常破旧，窗户上更是落满了灰尘。路旁是一片宽阔的麦田，看来这里已经是彻彻底底的乡下了。不过这里通了电话。

老头将车头的盖子掀开来，仔细地检查着油箱的状况。

小伙子的脚在不停地摇着，然后不耐烦地说：“那个老头磨磨蹭蹭的，真烦人，我最不喜欢的就是做这种浪费时间的事情。你说，都这么大一把年纪了，还活在这个世界上干什么，趁早死了得了，对谁都好。”

我说：“我可不这么想。”

小伙子转过头，朝我看了看，然后咧开嘴笑着说：“我发现那个破屋子里居然有电话，你要不要下车去打一通啊？”

“不要。”我平静地说。

此时，油已经加好了，老人将零钱找给了我。此时，小伙子对着那个老人问：“先生，请问你这里有收音机吗？”

老人摇了摇头说：“我喜欢过清净的日子，所以我这里没有那个东西。”

“先生，我想你是对的，果然啊，安静能让人长寿。”小伙子朝老人咧嘴笑了笑。

很快，我把车驶离了加油站，并且将车速又提到了八十迈。

坐在副驾上的小伙子陷入了一阵沉默，过了一会儿突然问：“一共杀了七个人，做这种事情还是要点胆量的。对了，你用过枪吗？”

“那种东西，每个人应该都用过吧。至少我这么认为。”

“那你用枪瞄准过人吗？”他咧开嘴，微微地露出了牙齿。

我没有回答，只是斜看了他一眼。

他的两只眼睛此时格外有神，“被人敬畏的感觉其实很不错。如果你的手里有枪，那么你的心里也就会产生一种优越感。”

“嗯，枪这种东西，还能弥补一些缺陷，比如你的身高。”我淡淡地回答。

听我这样说，他的脸开始有些泛红。

“有枪的话，你就能变得高大起来。”

“杀人是一件很需要勇气的事情，不过，大部分人似乎都不清楚这一点。”他回答。

“这些遇害者里面，有一个只有五岁，他还只是个小孩。你觉得这也需要胆量吗？”

我问道。

“那是个例外。”

“不，人们可不会这么认为。”

“那么，他为什么要杀一个孩子呢？”他对此感到非常疑惑。

我耸了耸肩，“这我就不知道了。一个人杀的人越多，他就会对这种事情渐渐麻木起来。等到一定程度的时候，不管是杀什么人，男女老少，在他看来根本没有任何区别。”

“其实，到后面与其说是一种胆量，倒不如说他养成了一种喜欢杀人的习惯。”他沉默了很久，然后说，“不过我相信，没人能抓住他。”

我转过头，盯着他看了几秒钟，然后不解地问：“你为什么会这么说呢？现在全国上下都在围堵他，而且大家都知道他的样子。”

那个小伙子将单薄的肩膀挺了挺，然后说：“说不定，他根本没把这种事情放在心上。他只是完成了他该做的事情而已，而且也因为这件事情，他现在的名声很响。”

我没有作声，我们俩就以这样沉默的状态行驶了一段距离。

他将屁股从座位上抬了抬，估计坐得不太舒服，“对了，你有没有在收音机里听过任何关于他相貌的描述呢？”

“当然有，我从上个星期开始，一直都在关注这方面的新闻。”我回答。

“我刚刚搭你的顺风车的时候，你就没有怀疑吗？我的相貌，基本上跟收音机里的描述相吻合呢。”那个男孩有些好奇地看着我，视线一直没有从我身上移开。

“嗯，是挺像的。”

笔直的道路一直伸向远方，道路两旁依旧是一望无垠的平原，不但没有人烟，连树都很少看见。

“我看起来跟凶手差不多，这样一来，每个人见到我的时候，都会有些害怕，我很喜欢现在这种感觉。”说完，他又笑了起来。

“你笑够了没？”我冷冷地对他说。

“你不觉得很刺激吗？这两天我都出没在这条路上，警察都抓了我三次了。估计我都快跟那个凶手一样有名了。”

“嗯，不过我觉得你可以更加有名。我之前就觉得，只要走这条路，我就一定能碰到你。”说完，我把车速降了下来，然后扭过头问：“对了，你觉得，我长得像收音机里面说的那个人吗？”

那个小伙子仔细地看了看我，然后“噗嗤”一声笑了，“简直太不像了，最起码连头发的颜色都不对。他的头发是红的，是我这种颜色，但你的头发是褐色的。”说完，他不禁笑了起来。

我看着他，微微一笑，“噢，这样啊。可是，染个头发很难吗？”

此时，他突然愣了一下，然后瞬间明白了什么，眼神显得无比恐惧。

警方正在全力追捕连环杀手，就在这时，第八名受害者出现了。

命的赌局

为了将昨天钓到的鳟鱼洗干净，我直接在小溪边跪下来。我一边洗，一边还用鼻子闻了闻，然后自言自语道：“真奇怪，我钓的鱼没什么味道，可别人钓的鱼，为什么总有一股腥味？”

此时，身后小山上的小木屋里传来了一阵洪亮的大笑声，我舅舅的笑声就是这么有特点，跟他的人一样。

舅舅平时最喜欢玩牌，特别是跟他的好朋友巴兹尔一块的时候，更是兴致大发，二十元一局的赌注对他来说根本就不算什么，仿佛从手中来来往往的并不是钞票，而是不值钱的纸。

和以往一样，他们今天早上又开赌了。今天的赌注是五十元，赌的内容是看谁能钓到鳟鱼，最后这五十块被巴兹尔赢走了。

中午的时候，他们又换了一种赌法，赌谁钓的鱼更大。这一把仍旧是巴兹尔赢了。舅舅并没有表现出不愉快的样子，而是乐呵呵地将钱递给了巴兹尔。

舅舅和巴兹尔基本上每年都会来这边度假，而且来之前会象征性地给我母亲五块钱，算作对这个地方的清理费。而我则得全程陪护，并且赚不到一分钱辛劳费，感觉就像他们雇佣的免费奴仆一样，整天使唤我。

当我父亲还在世的时候，我们的日子都过得非常滋润，可如今，家徒四壁，每况愈下。家里唯一的一头母牛因为疏忽，独自走到了马路上，结果被一辆卡车撞断了腿；上次遭遇风灾的时候，整个屋顶被狂风掀走了一半，而且还吹倒了北面的整排篱笆；至于我那辆破旧的老爷车，早就到了该从里到外全部大修的年限了，但因为一直没钱，车子用起来总是出各种问题。每天还有各种杂七杂八的事情困扰着我，即使整个人从早到晚连轴转，事情仍旧做不完。

当然，这一切都算不上什么，被舅舅呼来喊去地做事才是最烦躁的事情。伺候他是件非常麻烦的事情，他一向给人一种狂妄自大的感觉，喜欢让人做这做那。而且另一点也深深地刺痛着我的神经：我辛辛苦苦一天做十六个小时的工，赚来的钱居然还抵不上他两个小时的工钱，这种不公平的待遇一直让我耿耿于怀。

我把洗好的鱼带进了小木屋，然后将干净的水倒进锅里。舅舅和巴兹尔仍旧沉迷在牌局之中，我进进出出的，他们连看都不会看我一眼，就如同我是空气一般。

他们在玩一种三点的牌。巴兹尔从牌堆里摸了一张牌出来，直接亮在了桌面上，牌面是皇后，点数又压过了舅舅。和以往一样，哪怕是输了钱，舅舅也毫不在意。他又从口袋里掏了一张皱巴巴的二十元钞票出来，一声不吭地摆到了巴兹尔的面前，然后用手摸了摸他那打理得整整齐齐的八字胡，手上的那枚钻戒迎着光，发出了耀眼的光芒。

此时，他似乎注意到了我的存在，连忙问："约翰，晚饭是不是做好了？"

"嗯，快了。"我回答道。

"这样吧，待会儿也让你玩一两把，怎么样？"说完，巴兹尔朝我笑了笑，然后将牌顺手一收。

我瞪了他一眼，这分明是在揶揄我，明明知道我没有钱，怎么可能出得起这么大的赌资？

舅舅则拍了拍他口袋里的钱，那声音跟他的嗓音截然相反，沉闷得很："巴兹尔，我这里有的是钱，你着什么急啊？再玩几局吧。"

巴兹尔则不屑地说了一句："你真是个怪人，输了这么多钱，还要乐呵呵地继续来。输钱也有瘾吗？"说完之后，他用力地吸了一口烟，然后朝天花板吐去。

"好了好了，别啰唆了，继续来。"

趁着我在厨房炸鳟鱼、做玉米面包的间隙，他们又赌了四局，这四局舅舅都输了，每一局的出账都不止二十元。好在，他在事情与事情之间区分得很清楚，输了这么多钱，丝毫没有影响到他吃饭的胃口。

我吃完饭之后就开始砍柴，将砍下来的柴火整整齐齐地码放到柴火箱里，而他们则继续在饭桌上吹牛。他们似乎有很多资本可以吹，比如在城里用各种方式赢来的钱，在各种场所玩过的女人。对于这些东西，他们向来津津乐道，而我则觉得快要恶心到反胃。他们去过很多地方，而这些地方我都没去过；他们经历过很多事情，其中有很多我连听都没有听说过。因为这种不公平，我的内心对他们充满了憎恨。

吃完饭之后，他们就坐到一旁喝咖啡去了，而我则要负责将杯盘狼藉的桌子打扫干净，接着还得刷锅刷碗。在我忙得不可开交的时候，他们又坐回到了桌子前，继续开始赌钱。

吃过饭的舅舅似乎转了运，手气红到不行，不但将白天输给巴兹尔的钱赢回来了，巴兹尔还倒贴了好几张大钞票出去。他们每天的生活都是如此，钞票不停地从这个人的钱包爬到那个人的钱包，看得我内心一阵心痒——这些钱要都是我的，那该有多好！

我随即对他们说："你们继续玩吧，明天我还有一堆事情要做，现在得回去了。"

舅舅朝周围看了看，然后说："噢，那好吧，约翰，明天见。对了，记得给你妈妈捎口信，我们最多再待一两天就走。"

我心里巴不得他们现在就走，但这显然是不可能的。对此，我的心中感到一阵沮丧，无奈地点了点头。

巴兹尔从座位上站起身来，慵懒地伸了个懒腰，说：“别玩了，先休息一会儿，你也该吃药了。”

“巴兹尔，我真觉得，你这个人婆婆妈妈的，整天啰唆个没完没了。”尽管舅舅嘴上在发牢骚，但他的左手却在一个有些发旧的小箱子上摸了摸。舅舅的心脏不太好，而治疗心脏病的药就装在箱子里。

我转身走到了门外。夜晚的气温还是有些凉的，而且今天的夜色很暗。我走到了那辆破旧的卡车边上，享受着夜晚这难得的片刻清净，让温柔的虫语舒缓整个白天紧绷的神经。没过多久，我就觉得整个身心都放松了下来。我将手伸到口袋里，摸了半天，摸出了一根抽了一半的香烟。

巴兹尔正从我的身后走来，见我拿出烟，他从口袋里摸出了一只有些分量的打火机，并且打着了火。借着燃烧的火苗，我看了看，那只打火机是用金子做的。我弯下腰来，将烟头对准了火苗，点燃之后，我将烟拿在手里，然后对他低声说了一句“谢谢”。

巴兹尔从他的烟盒里抽出来一根大号烟，点燃了之后，也靠在了我的卡车上，然后问：“约翰，这个地方又穷又破，你为什么会选择留在这里？”

“这是我的老家，我也许一辈子都会待在这里。”

他将烟从嘴里拿出来，然后问：“你从来没有想过换地方吗？比如赌城这一类更加繁华的城市？”

我有些不屑地说：“想啊，怎么不想，而且我还想过，要是过日子一分钱都不用花就好了。”

“我觉得你其实是个非常聪明的人，像你这样的人，不论走到哪里，都能混到一个不错的饭碗。”

“嗯，或许是吧。”

巴兹尔把身子往我这边靠了靠，然后小声地对我说：“你要有信心。想想看，假设你身上现在有一万元的现金，而且你可以去赌城或者雷诺城这种非常繁华的地方，那该是一件多么美好的事情。有喝不完的美酒，还有看不尽的女人……所有你没有尝试过的新鲜玩意儿，那里都有。”

我将口里的烟往地上一甩，并且一脚踩灭了烟头，抬起头问道：“老巴兹尔，你跟我说这些，到底想干吗？”

被我这么一问，他突然愣住了，默默地站在那儿，一直望着我。

四周静悄悄的，此时我们都不再说话了，只听见溪边似乎有只怪鸟在发出一种难听的声音。

“约翰，你给我听好了，要是你胡说八道，把我说的事情给张扬出去了，我让你好看。我不但会一口否认，我还要报复你！你居然敢怀疑我！”他用一种低沉的声音朝我呵斥道。

我随即回了他一句："有话就直说，没话就闭嘴，不要东拉西扯的，我最烦的就是听人讲废话。"

"行！"他笑了笑，然后说，"那我真说了，我先说好，我没有跟你开玩笑。"

"嗯，你说吧。"

他回头朝屋子里看了看，然后将嘴凑到我的耳边，小声地说了一句："这么说吧，要是你舅舅死了的话，我就给你一万元。"

听到这里，我当即犹豫了，眉头一皱，沉默不语地站在那儿。

"你干吗那么吃惊呢？约翰，你瞒不过我的，你其实憎恨你的舅舅很长一段时间了，我早就看出来了。论胆识，论财力，他都比你强，当然，你不仅仅憎恨你的舅舅，还有我。"

我随即回了他一句："没错，我的确不是很喜欢他，不过，我也找不到一个合理的理由去杀害他。"

"有，当然有，一万元的理由还不够吗？再说了，我从头到尾都没说过要杀死他，我说他'死了'，可能是别的原因引起的，比如他的心脏。万一哪天发作了，说不定就……"说完，他将两只手握在一起，将关节拧得"啪啪"直响。

他若无其事地拉开了那辆破旧卡车的车门，朝里面看了看，然后说："约翰，你先别急着回答我，好好考虑一番，想好之后，再把你的决定告诉我。"

听完他的这番话之后，我的心里确实久久不能平静，光是发动汽车就花了大半天时间。等回到家里之后，由于心烦意乱，加上天气本来就炎热，我躺在床上翻来覆去睡不着。就这样，我一直半梦半醒地熬到了凌晨五点。此时，我想的内容非常单一了，那就是如果真的拿到了那一万元，我能干什么。有了那笔钱，我的生活就能改善，用卡车可以随心所欲，不用为它随时可能抛锚而烦恼了；因为大风而损毁的屋顶也可以重新翻修一下，倒塌的篱笆也可以重新修好……

虽然整晚没睡，但我也没有困意了，随即从床上爬了起来。等我将前门关好，准备出门的时候，东方的天空已经微微发亮了。我将一些工具装进了卡车，然后发动，朝北方开去。伴随着太阳的渐渐升起，整个世界也变得日渐精彩起来。

大约到中午的时候，我在一块巨型石头旁边发现了一些异样的东西，虽然是在阴暗的背光面，却闪现着星星点点的光芒。我仔细地看了看，石头下面原来正蜷着一条巨大的蟒蛇。那条恶心的东西正扭动着身子，然后将自己盘成一团，抬起脑袋，似乎在等待合适的机会向我发起进攻。

我从身后的地上端起了一块足有脑袋那么大的石头，然后高高地举过了我的头顶。我也在等待一个合适的机会。那条大蛇似乎也变得警觉起来，两个黑点一般的小眼睛一直盯着我看，舌头不停地收进突出，发出"嘶嘶"的声音。我和那条大蛇就这样静静地对峙着。

正午的太阳最为毒辣，举起那块石头也是要费一些力气的。很快，汗水就从我的头皮上渗了出来，沿着头发往外流，然后脱离发尖，滴到了我的脸上。尽管这样，我仍觉得背后有丝丝的凉意。这个时候，我突然想到了巴兹尔提到的那一万元的现金。我当即做出了一个决定，将石头扔到一旁的草地上，转身跑回了卡车里。我在车上翻找着，最后找到了一只结实的麻袋，外加平日播种时用的鹤嘴锄。

看到我离开之后，蛇似乎也准备爬进石洞里。我当即朝它挥了一锄头，受到惊吓的蛇瞬间缩成了一团，然后猛地用头向我攻击，不断地往锄头上面撞。我赶在它重新将身子蜷成一团之前，用锄头把它钉住了，随后，我看准了时机，一脚踩在了它的头上。它并没有因此而停止进攻，反而不断地扭动着长长的身子，试图跟我挣扎到底。

我能感觉到，它的头正在我的脚下不停地蠕动，并且喷出了一股液体，闻起来有一股烂果子的味道。此时，我将身子弯了下来，一把掐住蛇头。此时，它仍在坚强地反抗着，用它那软长的身子将我的手一圈一圈地缠绕住。由于使不上劲，我的手一度快要松开。对付它比我想象中要难得多，它身上的鳞片本身就非常光滑，加上身子又粗又长，我根本就抓不住。

蛇的身子一旦盘起来之后，要再想将它拉开就不是件容易的事情了。这么大一个家伙，要完全塞进那只麻布袋里也不是一件轻松的事情。但我终究还是做到了，打开麻布袋的口，直接将蛇罩了进去，然后迅速将袋口往上一提，以最快的速度将袋口的绳结打好。此时，我已经没有力气了，双膝不自主地往下一跪，重重地压在袋子里的蛇身上。一阵折腾，衬衫早已被汗水打湿。

被装进麻袋里的那个家伙现在似乎也老实了一些，不再“嘶嘶”地叫了，只是偶尔会在袋子里挪动一下，以表明它还在里面。看着这条大家伙，我心里又开始犹豫了起来。我在心中反复地问自己同一个问题：你真的能下手吗？是的，舅舅这个人虽说非常讨厌，但不管怎么样，他总归是个活人。只要是人，他就一定存在着感情的因素，何况，我跟他并非无亲无故，他是我的舅舅。

我提起那个沉重的袋子，将它扔进了卡车。

车子沿着山路慢慢地向上爬着，等爬到坡顶的时候，我朝小木屋的方向望了望，大门朝外打开着的，里面不像是有人的样子。

接着就是下坡路了，我关掉了卡车的引擎，让它顺着坡路往下滑。当车子滑到门廊前面的时候，我将车稳稳地刹住了。正在这时，小溪的方向传来了舅舅那洪亮的声音，紧接着，隐隐约约地，我似乎听到巴兹尔也在说着什么。看样子，他们又在为某种事情而打赌。

我将纱窗门轻轻地拉开了，走进屋里以后，我暂时把麻袋放在了墙边，至少是一个离我有些距离的地方。我抓它只是为了做成一件事情，我可不希望出什么差错，更不想和那个东西有什么亲密接触。

我静下心来琢磨：这个东西只能放在舅舅的身边，而且还不能误伤巴兹尔，至少现在不能。到底该放在哪儿呢？

整个屋子被那两个人搞得一片狼藉，他们吃过早饭以后，盘子和残渣就扔在了桌子上，床铺乱得跟个狗窝似的，地板上到处都是抽完之后乱扔的烟蒂，而且昨天新砍的柴火似乎又用完了。看到这里，我心中甚是恼火，每天就是跟在他们屁股后面不停地收拾，收拾！

也正是在这样烦躁的收拾过程中，我有了意外的收获。我找到了舅舅用的那口箱子，而且还没有上锁！我打开箱子看了看，里面空间还很大，只有两件用来换洗的衣服，几盒还没有拆封的新扑克，差不多满满一盒的香烟，外加一小瓶治疗心脏病的药。看到这里，我满意地点了点头，的确，没有比这再合适的地方了。

我小心地将麻袋的绳结解开了，那条又粗又长的家伙慢慢地爬进了箱子里。抓蛇时的那种紧张感又重新回来了，我的手不自觉地又抖了起来。等蛇全部爬进去之后，我迅速地盖上了箱子，额头上豆大的汗珠不停地往下滚，打在箱盖上，发出“啪嗒啪嗒”的响声。可能是因为之前的惊吓，加上紧张，我只觉得一阵头晕。我在旁边随便找了个凳子坐了下来，告诉自己不要慌张。

现在时间还早，我决定暂时先离开这里，去做点别的事情，一直守在这里也没有任何意义，反正现在屋里只有我一个人。我走到屋子外面，然后将门用力一带，“咣当”一声，门重重地关上了。

我沿着门口的那条小路，头也不回地往小溪的方向走了过去。前面是一片小树林，进入树林之后的小路有些曲曲折折的，而且道路两旁还长满了荆棘。下午，太阳的光线依旧非常毒辣，但树林里面非常阴凉。我小时候最喜欢在小树林里探险了，现在也是，但凡是清净的地方，我都喜欢。林中小鸟的歌声格外悦耳，听着听着，我突然想抽烟了。我顺势往口袋里一摸，发现烟已经抽完了。刚刚翻开舅舅的箱子时，顺手从里面拿走一包烟就好了。

很快，我就走到了小溪边，视野一下变得开阔了起来。

我远远地就看见了他们俩的身影，原来他们正站在小溪里钓鱼。小溪还是有些深度的，潺潺的流水没过了他们的腰际，他们俩不停地甩着钓竿，姿势还挺优雅。舅舅站在靠近柳树的岸边，非常熟练地将钓鱼线抛到了水里。此时，他发现了我，一边朝我挥手，然后在跟我说着什么。可能是在钓鱼的原因，舅舅的声音没有往日那么大，我根本听不见他的声音，只看见他的嘴唇动了几下。而巴兹尔则趟着水来到我的身边，跟我打了个招呼：“约翰，怎么样，你现在还好吗？”

我非常直接地问了他一句：“有烟吗？给我一根。”他连忙从口袋里摸了一根出来，并且把打火机也递到了我的手里。点着烟之后，我就一直站在他的旁边默默地抽烟，然后另一只手不停地把玩着那只泛着金光的打火机。

巴兹尔将钓鱼的东西稍微整理了一下，准备再甩一竿出去。他问我：“怎么样，昨天晚上跟你说的那件事情，你考虑得怎么样了？”说完之后，他从随身带着的盒子里挑了一个长尾鱼钩，然后装在了鱼竿上。

“嗯，我考虑了一下，”我顺手摸了一块干鱼饵递到他的手里，“我是说真的。”

“你考虑的结果是什么？做，或者不做？”

我点了点头，然后将握得有些发热的打火机还给了他。

“决定做？”他试探性地问道。

“如果只有一万元，我就不做了。”

巴兹尔的眼睛瞬间亮了起来，仿佛我跟他手里握着的那团鱼饵有着同样的作用。他试探性地报了个价："那么，我再加百分之五十，一万五怎么样？"

我摇了摇头，说："两万五，一分也不能少。"

周围瞬间又安静下来，巴兹尔的眼睛死死地瞪着我，而我也以同样的方式看着他。我突然想到了当时抓蛇的情景，没错，我当时跟那条蛇也是这样对峙的。

一阵鸟叫声打破了我们之间的沉寂，他耸了耸肩，点头对我说："行，约翰，那咱们就一言为定。你先说说看，你的计划是什么样的。"

"其他的你都不用管，我自有安排。他那口旧箱子，你不要去碰它就行了，我没别的要求。"

巴兹尔一边缓缓地摇头，一边慢慢地对我说："唔……约翰，你真的动手了？"

"你不就想我这么做吗？现在你得告诉我，约定的那些钱，我什么时候能拿到手？"

"只要事情完成了，我就会把钱给你。"他的声音中似乎带有几分厌恶感，不过，他也并没有刻意去掩饰。

我随即转过身，沿着小路往回走。该死的巴兹尔，居然敢瞧不起我，他出的主意，可是等我做了的时候，他又显得惊讶不已。为此，我心中一直耿耿于怀，晚上坐回到卡车里的时候，心中这阵憋屈劲儿都没过去。

我只觉得那一天格外漫长，似乎因为天气炎热，时间都跑不动了。

那天，我意外地弄伤了两根手指，这样一来，修篱笆的计划是肯定泡汤了。我将原本用来修篱笆的时间统统用来做计划了。两万五千元，我之前连想都不敢想，我就是拼死拼活干三辈子，我也拿不到这么多钱，现在居然这么轻松地就能弄到手，简直太不可思议了。当然，这件事对舅舅来说，确实不太公平，不过，他反正是个赌徒，而且有一个道理，他肯定比我参悟得更加透彻：没有人能够一直赢下去。这一点是作为一个赌徒的基本觉悟。

我准备返回木屋的时候，天色早已暗了下去。

夜晚的山头格外冷，我不自觉地将身上的那件破夹克裹得更紧了些。我开着那辆破旧的卡车，沿着道路慢慢前行。车子离小路的尽头越来越近了，心中的恐慌感也越来越强烈。有的时候确实是这样，离结果越近，心中越是紧张。

车子开到木屋门口的时候，我看到了巴兹尔，他正坐在门口默默地抽烟。我盯着巴兹尔的脸看了看，试图从他的表情中读出点什么来。如果整件事情已经结束了的话，那自然是最好的，可是目前我完全不知道，因为巴兹尔只是不停地在摇头。

我从他的身边默默地经过，然后直接走进了小木屋。舅舅此时正在桌子边，一个人玩得非常尽兴。看到我之后，舅舅的脸上露出了微笑的表情，我也强挤出了一丝笑容，然后用眼睛快速地瞟了一眼放在边上的金属箱，似乎看不出有什么异常，于是我随口问了一句："舅舅，今天有鱼要洗吗？"

"今天运气不佳，钓到的都是小鱼，所以就都放生了。"说完之后，舅舅抽了一根烟给我，我顺手接了过来，然后从桌边抽了一张椅子，在远离那口箱子的地方坐了下来。看到这个箱子，我心中就感到莫名的紧张。这种情况再不结束的话，我估计就得疯了。我试图一边跟他聊天，一边琢磨方法，让他尽快地将箱子打开。

“对了，妈妈让我问你，最近身体还好吗？”

“哎,女人就是爱问东问西,你让她不用担心,我身体好着呢。”说完,他微微地笑了一下。

“她只是怕你累着了而已，而且你的心脏本来就不好，更要多加小心。”我补充道。

舅舅将他的手伸了出来,轻轻地摸了摸我的脸,用一种略带伤感的表情看着我,然后说:“约翰，从小到大，你第一次这么关心我，这种感觉真是太棒了，我觉得，我们就是交流太少了，以后一定要多沟通。”说完，他弯下腰，将那口箱子拉到了脚边。

我将身子直了起来，心里一直打鼓：里面的那个东西会不会因为这样的一个动静而发出声音来呢？如果真的出声了，舅舅会不会听见呢？我尽量让自己克制住不要离开屁股下面的凳子，静静地吸了一口烟，然后坐在那里等着。似乎没有什么响动。

舅舅又一次弯下了身子，我只觉得嘴巴有些发干，似乎有些难受的样子。也许是刚才的那几句话，我居然发现，舅舅的头上竟然有白头发了，而且还不少。

我突然喊了一句：“舅舅！”那声音比平时都要响亮，我自己也觉得有些不太自然。

舅舅直起身子看了看我，眼神有些奇怪。

我连忙解释道：“舅舅，没什么事情，我刚刚不是故意喊那么大声的。”

“约翰，你是不是工作太累了，没休息好啊？有时间去度个假吧，长时间这样弄，人会受不了的。”

“嗯，我安排了度假的计划的，就在不久之后。舅舅放心。”说到这里时，我才意识到，烟已经快烧到我的手指了，我连忙将烟灰弹了弹。

这个时候，伴随着一阵开门声，在外面抽完烟的巴兹尔回来了，我也不知道心中为什么会那么害怕，竟差点儿从座位上跳起来。他朝我笑了笑，但是那种笑容显得十分诡异，而且带着几分鄙视。我对他产生了一种莫名的怨恨感，那种程度，远远超过了我的舅舅。

舅舅此时对我显得非常关心：“约翰，你今天晚上到底怎么了？看起来很奇怪啊。我还是第一次看见这么紧张的人。”

巴兹尔笑了笑，然后说：“也许就是你说的那个原因吧，他可能真的是因为工作压力太大了。”

“你闭嘴，有人在跟你说话吗？”我头也不回地噎了他一句。

他没有再说什么，只是在那不停地笑。

“舅舅，对不起，我也不知道今天晚上我为什么会这样，为我的失态向你道歉。”

巴兹尔则用一种嘲笑的语气说道：“小家伙，谁没有个疲倦期呢？大家都是普通人，你也没有必要为这种事情如此自责啊。”他将手表伸到了舅舅的面前，并且用手指了指上面的时间，然后说：“你看，现在都几点了，还没吃药吧？赶紧的！”

听到这句话，舅舅也笑了起来：“你啊，每天就盯着这么些破事！估计你是忘不掉了。”

“当然，我一辈子都不会忘。”巴兹尔明明是在回答舅舅的话，但说话的时候，眼睛却一直盯着我在看。

舅舅先是拉起了铁箱子的搭扣，然后缓缓地抬起了箱子盖，而我，就站在舅舅的面前，连大气都不敢喘。盖子越抬越高，我颈脖后面的汗毛也渐渐地立了起来。我两只眼睛一直盯着舅舅的脸，想看看他在面临那样一个怪物的时候，表情到底会发生什么样的变化。

可是，舅舅就像什么都没有看到一样，非常冷静地将箱子里的药片给取了出来。他拧开了药瓶的盖子，将药片倒在手上，吞下去之后，把盖子旋紧，将药瓶扔进了箱子里，最后把箱子盖了起来。

蛇呢？上帝啊！难道它从箱子里溜走了吗？我的眼睛不停地在屋子里四处寻找着，桌子后面、椅子后面、装柴火的箱子后面，到处都看了一下，没有。心中顿时感到一阵极度的恐惧：它到底是怎么溜出去的？

"约翰，你找张椅子先坐下来。"舅舅双手一合，说话的声音有些大，我被这突如其来的声音吓了一跳。

"不！不用了！我必须走了！明天还有活要干！"我立即回答，显得非常慌乱。

巴兹尔一把将我的手臂抓住，然后说："小家伙，不要那么扫兴嘛，一块来玩两把啊。"

"不要！"我一把甩掉了他的手，发疯般地往门外跑去。一边跑，心中一边在琢磨：那个家伙究竟是怎样溜出去的？

很快，我便跑到了屋外。夜风夹杂着凉意灌入了我早已汗湿的衣服里，顿时我觉得全身发冷，甚至有些发抖。我跑回到卡车边，在黑暗中摸索着车门的位置。我拉开车门，随即听到了一阵近乎疯狂的"嘶嘶"声，然后一股烂果子的气味扑面而来。我顿时就明白了怎么回事，但已经太晚了。眼见黑暗中一条粗壮的物体从我面前一闪而过，紧接着，我的手臂上便传来了一阵剧烈的刺痛感。

我连忙从车上跳了下来，一路跌跌撞撞地摸回到小木屋里。我将袖子撕下来，紧紧地扎在伤口的上方，由于疼痛、毒液和惊吓的共同作用，我的手不自觉地抽搐起来。

"蛇！蛇！"我如同一个疯子一般，疯狂地撕扯着舅舅的衣服，并且不断地摇着他，想引起他的注意。看到他的眼中流露出疑惑的表情之后，我缓了缓，认真地对他说："舅舅，我刚刚被蛇咬了，救救我！"

舅舅举起手，然后往我的脸上用力一推，我整个人直接失去了平衡，身子撞到了墙上。因为力度很大，整个窗户的玻璃都响了起来。被蛇咬伤的那条手臂，现在痛得更加厉害了。他看了看倒在地上的我，用一种轻蔑的口气说："小畜生，你如此薄情寡义，死了也活该！"

我刚想起身，但他随即又朝我脸上重重地甩了一记耳光，直接将我打到墙角，"约翰，我刚刚才为你下了赌注，没想到……"话音刚落，我的脸上又挨了他重重一拳。

我跪在地上，不断地哀求他："舅舅，舅舅！你帮帮我吧！"

他丝毫没有理会我的央求，而是恶狠狠地对我说："巴兹尔刚刚跟我打了个赌，他说他有办法让你弄死我。我心想，这怎么可能呢？你毕竟是我的亲外甥啊。但我真的没想到……"

看来，所有的事情舅舅都知道了，他肯定不会救我的，他已经对我死心了。

事到如今，我只能靠自己了，我想到了停在外面的那辆卡车。没错，我可以开着车进城，去那里找医生，我一定不会死的！

我努力让自己爬起来，准备向门口跑去。不过，巴兹尔很快就赶到了我的面前，并且拿起一个小东西在我面前晃了晃。借着灯光，我看出来了，那是我卡车的车钥匙。我顿时陷入了绝望之中，喉咙里不断地发出阵阵低声哭泣的声音。手臂现在更痛了，而且仍旧在不停地抽动着，每一次抽动都如同针扎一般难受。

我把手伸到了巴兹尔的面前，想向他讨回那片钥匙，嘴里不断地哀求着他："巴兹尔，我求求你……"

他显得无动于衷，从我的身边绕了过去，然后对舅舅说："老兄，我给你一个机会，让你把刚刚输的钱赢回去。"

舅舅的眼睛死死地瞪着我，问："怎么赌？"

巴兹尔轻蔑地看了看我，然后一脸坏笑地说："你看，他块头这么大，看上去挺结实的。但是，他现在因为惊慌过度，所以我觉得，他可能看不到明天早上的太阳了。"

舅舅一边准备掏钱，一边用眼睛打量着我，然后果断地说了一句："赌了！"